Aus Freude am Lesen

btb

Buch

Charlotte Eriksson befindet sich nachts nach einem Treffen mit Freundinnen auf dem Heimweg, der sie an einem Friedhof vorbeiführt. Als sie von dort ein Wimmern vernimmt, folgt sie, neugierig geworden, der Stimme. Plötzlich fällt ein Schuss. Ihr Mann Harald, der zu Hause vergeblich auf sie wartet, alarmiert schließlich die Polizei. Die schwer verletzte Charlotte wird gefunden und ins Krankenhaus gebracht. Sie hat einen Bauchschuss erlitten und muss sofort operiert werden – Veronika Lundborg führt die Operation durch. Charlottes Zustand bessert sich schnell und bereits nach zwei Tagen wird sie, allerdings unter heftigem Protest ihres Mannes, von der Intensivstation in ein Einzelzimmer verlegt. Ein Fehler, wie sich herausstellt: Charlotte überlebt die erste Nacht im Einzelzimmer nicht. Starb sie an den Folgen der Schussverletzung, oder hat jemand nachgeholfen? Kommissar Claes Claesson und seine Leute suchen fieberhaft nach dem Attentäter vom Friedhof, doch zunächst ohne Erfolg. Erst als die Meldung eines weiteren Todesfalls bei der Polizei eintrifft, kommt Kommissar Claesson der Lösung des Falls näher …

Autorin

Karin Wahlberg arbeitet als Ärztin an der Universitätsklinik von Lund. »Die falsche Spur« war ihr erster Kriminalroman, der auf Deutsch erschien. In Schweden schaffte das Debüt sofort den Sprung auf die Bestsellerlisten. Auch in Deutschland sind Karin Wahlbergs Krimis schon lange kein Geheimtipp mehr. Die Krimis um die Chirurgin Veronika Lundborg-Westman und Kommissar Claes Claesson erfreuen sich auch im deutschsprachigen Raum großer Beliebtheit.

Karin Wahlberg bei btb

Die falsche Spur. Roman (72927)
Ein plötzlicher Tod. Roman (73076)
Kalter November. Roman (73284)
Tödliche Blumen. Roman (73348)
Verdacht auf Mord. Roman (73582)

Karin Wahlberg

Der Tröster

Roman

Aus dem Schwedischen von
Holger Wolandt und Lotta Rüegger

btb

Die schwedische Originalausgabe erschien 2007 unter dem Titel »Tröstaren« bei Wahlström & Widstrand, Stockholm.

Produktgruppe aus vorbildlich bewirtschafteten Wäldern und anderen kontrollierten Herkünften

Zert.-Nr. GFA-COC-1223
www.fsc.org
© 1996 Forest Stewardship Council

Verlagsgruppe Random House FSC-DEU-100
Das für dieses Buch verwendete FSC-zertifizierte Papier *Munken Print* liefert Arctic Paper Munkedals AB, Schweden.

2. Auflage
Deutsche Erstveröffentlichung September 2008

Umschlaggestaltung: Design Team München
Umschlagfoto: getty-images
Satz: IBV Satz- und Datentechnik GmbH, Berlin
Druck und Einband: CPI – Clausen & Bosse, Leck
SL · Herstellung: BB
Printed in Germany
ISBN 978-3-442-73790-1

www.btb-verlag.de

Prolog

Sara-Ida öffnete langsam die Augen und blinzelte in das zartrosa Licht, das durch den Spalt des Rollos drang.

Heute war ein besonderer Tag.

Wie eine satt gegessene Katze, die sich zusammengerollt hat, blieb sie träge liegen und betrachtete das Licht. Sie nahm an, dass die Sonne gerade aufging. Es konnte aber auch schon recht spät sein. Sie wollte es gar nicht wissen. Ihr fehlte die Kraft. Sie schaute nicht auf die eckigen Ziffern des Radioweckers auf dem Hocker neben dem Bett. Sie musste erst um eins zur Arbeit. Sie konnte auf Termine und Verpflichtungen pfeifen, stattdessen liegen bleiben und zerstreut an ihren Gedanken kratzen wie an einem alten Schorf.

Sie machte sich Gedanken über das Leben, denn sie hatte Träume, die ihr dabei halfen, die Welt bunter zu sehen. Das Grau der ereignislosen Tage, die kein Ende zu nehmen schienen, und das Dasein, das genauso blutleer und stumm wirkte wie die Bewohner des Pflegeheims, die zusammengesunken in ihren Sesseln oder Rollstühlen saßen, flößten ihr Angst ein.

Aber das würde sich bald ändern. Sie selbst würde weiterziehen, die anderen würden zurückbleiben.

Draußen surrte ein Motor im Leerlauf. Dumpfe Schläge und das Quietschen einer Hebevorrichtung waren zu hören. Das musste die Müllabfuhr sein. Es war also schon mindestens zehn Uhr.

Im Zimmer wurde es allmählich wärmer. Das Wetter war diesen Oktober ungewöhnlich schön gewesen. Das kleine Fenster stand offen, aber das weiße Stoffrollo mit lichtundurchlässiger Silberbeschichtung verhinderte, dass frische Luft ins Zimmer drang. Sara-Ida hatte nicht die Kraft aufzustehen, ließ stattdessen ihren Blick zur Deckenlampe schweifen, einem weißen Reispapierball, von dem aus sich ein Spinnennetz bis an die Decke erstreckte. Sie kam zu dem Schluss, dass sie es auf die eine oder andere Art schon schaukeln würde. Das Leben also. Sie war für etwas Besseres bestimmt. Sie sah gut aus.

Plötzlich begann es in ihren Gliedern zu kribbeln. Die Decke war zu warm, und das Laken war zerwühlt. Sie reckte und streckte sich, bis ihr Rückgrat knackte. Dann schwang sie ihre Beine über die Bettkante und stellte sich kerzengerade vor den hohen Spiegel im Teakrahmen gegenüber von ihrem Bett neben der weißen Kommode, die sie von zuhause mitgenommen hatte.

Jeden Morgen hatte sie bisher vor diesem Spiegel posiert. Manchmal nur ein paar Sekunden, meist jedoch länger. Sie konnte es einfach nicht bleiben lassen. Sie stand davor und gefiel sich ungemein. Ihre Mutter behauptete, das liege am Alter. Sara-Ida war das egal. Sie war sich sicher, dass sie noch lange so weitermachen würde, da sie wie besessen war zu sehen, wie verschiedene Mienen ihre Erscheinung beeinflussten.

Am vorteilhaftesten nahm es sich aus, wenn sie den Kopf leicht zurücklegte, die Augen leicht zusammenkniff und die Lippen ein wenig öffnete. Sie hatte diese Pose einstudiert, sodass sie sie ohne Spiegel beherrschte, aber ein bisschen komisch sah sie wohl doch aus. Er hatte peinlicherweise gelächelt, als wäre sie noch ein Kind, und wissen wollen, was sie eigentlich bezwecke, und sie dann mit Nachdruck gebeten, mit diesem kindischen Unsinn aufzuhören. Das war an dem Tag gewesen, an dem er eine Dreiviertelstunde hatte warten müssen, weil einer seiner Patienten aus dem Bett gefallen war und sie sich anerboten hatte, bis zum Eintreffen des Krankenwagens zu bleiben. Er war natürlich richtig sauer geworden, keinerlei Entschuldigung hatte geholfen, also hatte sie nichts unversucht gelassen, um ihn zu beschwichtigen. Aber es war schiefgegangen.

Der Spiegel war ihr treuester Kamerad. Als er sie aufgefordert hatte, ihn woanders aufzustellen, hatte sich alles in ihr dagegen gesträubt. Zwar erbebte sie allein schon vor unergründlicher Befriedigung, wenn sie seinen Namen, den sie kaum in Gedanken auszusprechen wagte, auf der Zunge zergehen ließ. Aber lieber würde sie sterben, als auf den Spiegel zu verzichten.

Sie hatten sich darauf geeinigt, ihre große Passion geheim zu halten.

Sie spürte im ganzen Körper, dass er es ernst meinte. Er fand jedoch, dass sie diese unübertroffen große Liebe noch eine Weile für sich behalten sollten. Und sie war damit einverstanden.

Als er sie gebeten hatte, den Spiegel umzustellen, hatte er verlegen gelacht, als handelte es sich um einen Scherz. Aber er hatte es ernst gemeint, das hatte sie gemerkt. Der Spiegel störte ihn, er fühlte sich beobachtet und von seinem eigenen Bild eingeengt, während sie zu Gange waren. Sie selbst wurde davon eher erregt. Er müsse ja nicht hinglotzen, hatte sie zu ihm gesagt, und könne doch auf sein schlechtes Gewissen pfeifen.

Er wird sich daran gewöhnen, dachte sie jetzt. Er würde sich jedenfalls nicht so schnell aus dem Staub machen. Zumindest nicht wegen des Spiegels, dessen war sie sich sicher. Außerdem war es viel zu mühsam, einen neuen Platz zu suchen. Und wo zum Teufel sollte er sonst stehen?

Sie war nackt. Das rotbraune Haar reichte bis zu ihren Schultern. Ihr Schamhaar hatte die gleiche Farbe. Sie betrachtete eingehend ihre Konturen im Spiegel. Musterte ihren Körper von vorne und von der Seite, als gehöre er jemand anderem. Als wäre sie ein objektives Jurymitglied bei einem Schönheitswettbewerb. Den Bauch einzuziehen machte keinen großen Unterschied. Er war auch ohne diese Finte flach. Sie war sich dessen bewusst, musste aber dennoch kontrollieren, dass es immer noch so war. Und ihre Brüste waren üppig wie zwei Hefebrötchen, wie er zu scherzen pflegte. Sie hatte noch nie jemanden getroffen, der derartige Witze machte. Ein wenig unbeholfen, aber gleichzeitig sehr reif.

Brüste mit zimtbraunen, trotzig vorstehenden Brustwarzen. Sie erinnerten sie an kleine Schäreninseln.

Er hatte sie im Ausschnitt des Morgenmantels zärtlich geküsst, erst die eine, dann die andere, bevor er kurz vor Mitternacht gegangen war. Er musste offenbar früh aufstehen und noch ein paar Sachen zu Hause holen. Sonst wäre er bestimmt die ganze Nacht geblieben.

Nachdem er gegangen war, hatte sie den letzten Rotwein getrunken, war wieder ins Bett geschlüpft, hatte sich zufrieden geräkelt und war mit einem Lächeln auf den Lippen eingeschlafen.

Jetzt musste sie sich nur noch ein wenig zurechtmachen und zusehen, dass sie den Arbeitstag zügig hinter sich brachte. Sie würde den Patienten ganz besondere Aufmerksamkeit zukommen lassen, mit ihnen schäkern und vergnügt sein, dann ging meist alles leichter von der Hand. Sie hatte inzwischen eingesehen, dass alles viel mühsamer wurde, wenn man schlechter Laune war und seinem Ärger Luft machte. Alles kostete dann mehr Zeit und Kraft, denn sie musste sich zusammenreißen und, wie sich die Oberschwester auszudrücken pflegte, ihren Mangel an Geduld und Empathie wieder ausbalancieren.

Sie wollte, dass der Tag wie im Fluge verstrich.

Denn heute Abend würden sie und er ein Liebesmahl genießen, das hatte er ihr versprochen. Heute hatte sie Geburtstag. Sie überlegte, ob er nicht der Typ Mann war, der Schmuck kaufte. Keinen billigen Plunder, sondern Stücke von Wert. Und natürlich aus Gold. Es spielte keine Rolle, ob Rot- oder Weißgold.

Sie drehte die Dusche auf und stellte sich dabei vor, wie er sie mit seinen samtbraunen Augen dabei beobachtete, wie sie behutsam das gepolsterte runde Schächtelchen öffnete. Der Inhalt würde schimmernd erstrahlen. Und sie natürlich auch. Sie würde ihn voller Leidenschaft ansehen, Sternenaugen würden Sternenaugen begegnen. Und er würde ihr zwangsläufig noch mehr verfallen und bereitwillig alles für sie tun, sie auf Händen tragen.

Sie erschauerte und hielt genussvoll ihr Gesicht in den warmen Strahl.

1

Sie standen auf dem Lilla Torget. Drei Männer unterhielten sich. Es war spätabends an einem Freitag Anfang Oktober.

»Kommst du morgen mit?«, fragte Stefan Lundvall den großen Mann, der neben ihm stand.

»Aber sicher doch«, erwiderte Harald Eriksson.

Ihm gehörte eine Umwelttechnikfirma, die besseren Zeiten entgegenstrebte. Die voraussichtlich steigenden Ölpreise und das zunehmende Umweltbewusstsein machten es erforderlich, Überschussprodukte der verarbeitenden Industrie zu sammeln und zu reinigen. Die Auflagen hatten sich verschärft. Die Industrie hatte inzwischen erkannt, dass Umweltbewusstsein ein Wettbewerbsvorteil war. Seine Firma Drott Engineering betätigte sich auf eben jenem Gebiet, entwickelte Methoden und lieferte maßgeschneiderte Anlagen, die die Abfallprodukte der Industrie entsorgten.

In letzter Zeit war er sehr beschäftigt gewesen. Seine Arbeit hatte ihn derart in Anspruch genommen, dass er sich nicht einmal seine heiß ersehnten Runden auf dem Golfplatz hatte gönnen können. Jeden Samstagmorgen um acht. Die Zeit dort draußen war wie ein reinigendes Bad.

»Dann sehn wir uns ja morgen«, sagte der Chef des kommunalen Bau- und Umweltdezernats Tommy Andersson.

Andersson schwang sich aufs Fahrrad und fuhr in falscher Richtung die Einbahnstraße den Kråkerums-Hang hinunter. Unterdessen ging Harald Eriksson mit Stefan Lundvall, einem Makler, das kurze Stück die Västra Torggatan hinauf zum Stora Torget. Mit Ausnahme zweier halb durchgerosteter Autos, die mit laufenden Motoren wie ein Liebespärchen dicht beieinander standen, war der Marktplatz wie ausgestorben. Der Kiosk mitten auf dem Platz war geschlossen.

Sie überquerten den Platz in Richtung Södra Långgatan. Dort verabschiedeten sie sich vor dem Gemeindehaus, das vor der dunklen Kulisse des Parks döste.

Die Uhr zeigte kurz vor zwölf.

Charlotte Eriksson kam als Erste nach draußen und ging den kurzen Weg durch den Garten zur Straße hinunter. Harriet stand abwartend in der Tür. Der gelbe Schein der Außenlampe drang nur bis zur Treppe.

Charlotte stand unter der Straßenlaterne am Gartentor und wartete auf die anderen. Zerstreut nahm sie das Summen ihrer Stimmen wahr, kümmerte sich aber nicht sonderlich um das Gesagte. Das meiste war bereits am Esstisch besprochen worden.

Obwohl man natürlich nie wissen konnte, manchmal ereilte einen das Bedürfnis, sein Herz auszuschütten, gerade im Moment des Aufbruchs. Alles, was sich im Innern angestaut hatte, brach dann in der engen Diele, auf der Treppe oder unten am Gartentor aus einem heraus. Wie damals, als Eva-Karin sich hatte scheiden lassen. Charlotte konnte sich daran erinnern, wie sich die Freundin den ganzen Abend über zusammengenommen hatte, obwohl ihr eigentlich hätte bewusst sein müssen, dass allen auffiel, dass irgendetwas mit ihr los war, denn sie war entweder schweigsam oder übertrieben aufgedreht gewesen. Und gerade, als sie über die Schwelle getreten und auf das Gartentor zugegangen waren, konnte sie nicht mehr an sich halten. Es war unter null und eisig gewesen. Auch damals hatten sie Harriet besucht. Harriet hatte sie resolut wieder ins Haus geschoben und eine weitere Flasche Wein geöffnet.

Solche Dinge vertiefen die Freundschaft, dachte Charlotte. Die Erinnerung versetzte sie fast in Euphorie.

Endlich waren auch die anderen aus dem Haus gekommen. Charlotte wusste, dass Harriet noch so lange draußen warten würde, bis sie ihre Fahrräder aufschlossen oder sich zu Fuß auf den Weg machten. Sie war nicht der Mensch, der die Tür hinter dem letzten Gast zuwarf und in die Küche stürzte, um aufzuräumen.

Sie gingen gemeinsam in der herbstlichen Dunkelheit das kurze Stück zum Låglandsvägen. Außer Charlotte Eriksson waren noch Alena Dvorska, Åsa Feldt und Susanne Lundwall mit von der Partie. Eva-Karin Laursen hatte sich bereits früher verabschiedet, da sie am nächsten Tag zeitig aufstehen musste.

Es war ein ungewöhnlich milder Tag Anfang Oktober, an dem die Sommerwärme noch einmal zurückgekehrt war.

Alena Dvorska hatte den weitesten Heimweg, sie musste knapp zehn Kilometer auf dem Gamla Kalmarvägen südwärts nach Sörvik fahren. Charlotte war froh, dass sie nur ein kurzes Stück zu Fuß gehen brauchte.

Als sie sich von allen verabschiedet hatte und in die Stengatan abgebogen war, wallte die Wehmut in ihrem Innern auf. Sie konzentrierte sich auf ihre Atmung, um einem Weinkrampf vorzubeugen, merkte aber, dass ihr das nicht gelang, und ließ den Tränen freien Lauf. Gleichzeitig verzogen sich ihre Lippen zu einem kleinen Lächeln, denn das Gefühl der Auserwähltheit und des Trostes war ebenfalls präsent.

Sie hatte schon immer nahe am Wasser gebaut. Sie genehmigte sich ab und zu ein Tränenstündchen, wenn sie das Bedürfnis überkam. Aber immer nur allein. Mit rotgeweinten Augen kam sie sowohl an ihrem Arbeitsplatz als auch zu Hause aus dem Badezimmer. Inzwischen fragte niemand mehr, wie es ihr ging. Schließlich war sie nach ihren Heulattacken stets zuvorkommend und geradezu munter und arbeitete weiter, als sei nichts geschehen.

Leicht vornübergebeugt, die Hände tief in den Taschen vergraben und mit gesenktem Kopf schritt sie immer rascher aus. Sie wollte ausgeweint haben, wenn sie zu Hause ankam. Sie verkraftete Haralds müden Blick nicht. Nicht schon wieder.

Sie hatte so viel vor.

Sie spürte in der einen Tasche ihre Hausschlüssel und die Metallhülse ihres Lippenstifts, in der anderen hielt sie ihr Handy wie ein Stress-Ei umklammert. Der kleine Rucksack aus weichem Nappaleder, den sie auf dem Kopenhagener Flughafen gekauft hatte, hing zu Hause in der Diele. Im Gegensatz zu vielen anderen Frauen, die sich ohne Tasche nackt fühlten, empfand sie ein Gefühl der Freiheit. Nichts behinderte ihre Bewegungen.

Vereinzelt brannte Licht in den Fenstern der Mietshäuser. Blaues Geflimmer von Fernsehern. Das Schulgelände gegenüber ruhte in dem schmutzig gelben Schein der Lampe über dem Haupteingang und der Schulhoflaternen.

Sie hatte sich immer vorgestellt, dass sie einmal viele Kinder haben würde. Seit sie sich erinnern konnte, hatte sie sich immer eine ganze Schar gewünscht. Sie war jetzt bald vierzig und hatte noch kein einziges. Unausweichlich drängten sich ihr diese Gedanken auf. Nach Kindern bekamen ihre Freundinnen nun Enkelkinder.

Veronika Lundborg hielt Claes die Tür auf. Er trug die schlafende Klara die Treppe hinauf und legte die Tochter behutsam in ihr Bett, in dem sie dann doch nicht die ganze Nacht liegen würde.

Claes ging wieder ins Erdgeschoss, hängte seine Jacke auf und lenkte seine Schritte in die Küche, weil er sich dort am liebsten aufhielt. Die Küche war das Herz des Hauses. Also machte er Licht, nur um es gleich darauf wieder auszuschalten, da er zweifelsohne kein weiteres Bier benötigte.

Veronika nahm das Telefon vom Ladegerät im Wohnzimmer und warf einen Blick auf ihre Armbanduhr. Sie wählte die Nummer der Notaufnahme. Nach fünfmaligem Klingeln kam eine

Krankenschwester an den Apparat. Es war Pernilla. Veronika fragte, ob sich der Bereitschaftsarzt schon hingelegt habe, was ihrer Vermutung nach eigentlich noch nicht der Fall sein durfte. Pernilla bestätigte dies. Veronika bat, ihn sprechen zu dürfen. Nachdem sie einige Male durchgestellt worden war, hatte sie Daniel endlich am Apparat.

»Alles ruhig?«

»Nicht ganz. Aber ich habe den größten Teil des Freitagstrubels abgearbeitet, na du weißt schon. Schlägereien im Suff und andere schöne Dinge. Aber keine größeren Sachen.«

»Ausgezeichnet! Ich bin jetzt zu Hause. Du erreichst mich auf dem Festnetz, falls was sein sollte. Und natürlich auf dem Handy.«

Das Mobiltelefon legte sie neben ihr Bett. Am nächsten Morgen um neun Uhr musste sie wieder zur Morgenvisite erscheinen. Falls sie nicht schon vorher herbeizitiert wurde.

Der Abend bei Harriet Rot war schnell vergangen. Normalerweise brachen sie gegen halb elf auf. Freitags war die Arbeitswoche deutlich in den Gliedern zu spüren. Die Abende zu Hause waren mit zunehmendem Alter immer wichtiger geworden. Nichts war wie früher. Und das war eigentlich auch gut so.

Charlotte schob den Ärmel ihres Anoraks zurück und schaute im Licht einer Straßenlaterne auf ihre Uhr. Zwanzig vor zwölf.

Ob Harald wohl schon zu Hause war?

Sie hatte ihre Tränen getrocknet und versuchte, nicht mehr verweint auszusehen, wenn sie ins Haus trat. Ihr Kopf war schwer vom Wein, aber am nächsten Morgen konnte sie ausschlafen. Vielleicht wollte Harald auf den Golfplatz? Das war lange her. Sie hatte ihm damit in den Ohren gelegen, er müsse sich mehr bewegen. Dürfe nicht immer so viel arbeiten, sondern müsse auch mal ausspannen und an sein Herz denken. Aber in letzter Zeit hatte er fast ganz aufgehört. Sie war nicht seine Mutter. Er tat sowieso, was ihm passte. Es war wohl eher ein Zeichen der Fürsorglichkeit. Damit er begriff, dass sie sich wirklich um ihn sorgte, dass Zuneigung sie verband. Einzig dank ihrer kleinen Liebesscharmützel trieben sie nicht nur nebeneinander her wie zwei Schiffe in der Nacht.

Es machte ihr auch nichts aus, allein im Morgenmantel mit der Zeitung und einem starken Kaffee zu Hause zu sitzen, während er seine Kontakte auf dem Fairway pflegte, die für ihn früher zumindest wichtig gewesen waren oder für seine Firma, was im Prinzip das Gleiche war. Die Firma und Harald waren eins, was sie momentan sehr freute.

Sie hatte also doch Recht gehabt! Sie lächelte schwach. Ihr Vater hatte sich seinem Schwiegersohn gegenüber anfangs ausgesprochen reserviert verhalten und ihn nur unter Vorbehalten und sozusagen aus reiner Gefälligkeit in die Firma aufgenommen. Harald hatte sich mühsam hocharbeiten müssen. Daher war es eine Ironie des Schicksals, wie sich schließlich alles entwickelt hatte. Durch Harald war der Betrieb wirklich in Schwung gekommen. Zwar dank einer aufwärts strebenden Konjunktur, aber dennoch. Das hatten ihre Eltern leider nicht mehr erleben können.

Sie näherte sich dem großen Westfriedhof, der aus der Ferne ebenso schwarz wirkte wie der Himmel.

Harriet hatte ihnen Hühnerfilet und lauwarmen Kartoffelsalat serviert. Die Nachspeise, ein köstlicher Apfelkuchen mit Feigen, war ein ganz besonderer Höhepunkt gewesen. Sie würde um das Rezept bitten. Feigen passen gut zu Weihnachten, dachte sie. Die Kreation wurde lauwarm mit Schlagsahne und einem Schuss Calvados darin serviert. Diesen Kuchen würde sie bei Gelegenheit backen. Sie hatte immer noch den frischen und gleichzeitig süßen Geschmack der Feigen auf der Zunge.

Susanne Lundwall war übrigens die Einzige gewesen, die ihrer Müdigkeit nachgegeben hatte und ein Stündchen auf dem Sofa eingenickt war. Das hatte nichts ausgemacht, denn es hatte eine herzliche, tolerante Stimmung geherrscht. Keine von ihnen befand sich zur Zeit in einer größeren Krise, die hätte erörtert werden müssen. Harriet schien sich nach einer Arbeit zu sehnen, aber wer wollte schon eine fünfundfünfzigjährige Pflegehelferin einstellen? Eva-Karin stand im Begriff, ihr Badezimmer neu zu kacheln, was immer das für einen Sinn machte, schließlich war das letzte Mal noch nicht lange her. Das Alter trieb einen zu ständigen Veränderungen, großen und kleinen Projekten, bevor die Erschöpfung zuschlug. Oder man fügte sich. Genoss das Leben, wie es war. So wie Alena Dvorska, die ihren Lebensrhythmus gefunden hatte und nicht das Geringste verändern wollte. Charlotte wünschte, dass sie sich ebenso hätte begnügen können und dass sie vom Wirbel der Veränderung nicht mitgerissen worden wäre. Obwohl es in ihrem Fall um etwas anderes als um Kacheln ging.

Dann war auch noch von Harriets Enkeln die Rede gewesen.

Charlotte hatte nun den Friedhof erreicht und blickte in die abgrundtiefe Dunkelheit. Nur die Waldkapelle war im kalten Licht der Fassadenbeleuchtung zu sehen.

Ein alter amerikanischer Straßenkreuzer mit glänzenden, sahneweißen Heckflossen fuhr mit derart laut aufgedrehter Musik vorbei, dass der ganze Wagen zu vibrieren schien. Dann herrschte wieder Stille. Weiter vorne würde sie die Stengatan verlassen und den Pfad am Friedhof entlang zu ihrer eigenen Straße, dem Tärnvägen, einschlagen. Dort war es noch finsterer, aber sie war wirklich nicht schreckhaft.

Nicht nur der Wein war ihr zu Kopf gestiegen. Ihre Gedanken drehten sich im Kreis, wie eine Katze, die ihrem Schwanz hinterherjagt. Gedanken, die sich nicht verscheuchen ließen.

Veronika Lundborg und Claes Claesson hatten den Abend bei den Lundins verbracht. Eigentlich war es Veronika zu anstrengend auszugehen. Aufgrund der schwangerschaftsbedingten hormonellen Umstellung ihres Körpers war sie bereits um sieben Uhr abends extrem müde. Sie wusste, dass sich das bald geben würde.

Sie waren vorsichtig. Noch hatten sie niemanden eingeweiht, nicht einmal Mona und Janne Lundin. Vorsicht war auch angebracht, schließlich war sie sechsundvierzig. Aber sie hatten ihren Besuch bei den Lundins schon so oft verschoben, und zu guter Letzt hatte sie die Anstrengung eines Freitagabends fern ihrer Fernsehcouch auf sich genommen, obwohl sie sogar Bereitschaftsdienst hatte. Aber der diensthabende Arzt Daniel Skotte kam gut allein zurecht, und es gehörte schon viel dazu, dass er sich genötigt sah, sie anzufunken.

Außerdem hatten sie diesen Herbst viele Fahrten nach Lund unternommen. Vor allem Veronika, die sich dafür extra hatte beurlauben lassen. Manchmal war sie fast eine ganze Woche in Lund geblieben.

Eine schwere Zeit, die noch nicht gänzlich vorüber war. Tage und Nächte hatten sie an Cecilias Krankenbett in der neurochirurgischen Klinik in Lund und anschließend in der Reha-Klinik in Orup verbracht. Allmählich war eine Besserung eingetreten. Vielleicht würde alles wieder gut werden, aber das alles andere überschattende Gefühl der Ohnmacht war geblieben.

Cecilia, Veronikas erwachsene Tochter. Obwohl sie jetzt nicht sonderlich erwachsen wirkte. An ihre Zukunft, Beruf, Freund, Familie, wagten sie gar nicht erst zu denken. Aber ihre Befürchtungen machten ihnen schwer zu schaffen.

Den Weg über Växsjö nach Skåne kannte sie mittlerweile im Schlaf. Cecilia wurde in Orup gut betreut. Dabei handelte es sich jedoch mitnichten um eine Erholungskur. Mit harter Arbeit würde sie sich die Welt zurückerobern. Sie waren sehr dankbar für alles, was für Cecilia getan wurde. Sie wurde von allen Seiten ermuntert, von Cecilias Vater, von Claes und von allen Freunden. Aber Veronikas Wut schwelte, der unproduktive Wunsch nach Rache. Das Bedürfnis, jemandem ins Gesicht zu schlagen, jemanden zur Rede zu stellen. Aber sie würden nie erfahren, wer der Täter war, das wusste Veronika. Und sie wusste auch, dass ihre Rachlust abnehmen würde. Aber das dauerte.

Sie waren vor allem eingeladen worden, um die Hochzeitsfotos zu bewundern. Auf den Fotos sah Cecilia glücklich und hübsch aus, und sie hatte dem Anlass zu Ehren darauf verzichtet, giftige Bemerkungen von sich zu geben, sobald sie Claes erblickte. Die große Katastrophe hatte sie zu jenem Zeitpunkt noch nicht heimgesucht.

Veronika betrachtete Cecilias entspannte Gesichtszüge. Ihr strahlendes Lachen. Gelassen hielt sie das Foto in der Hand und gewöhnte ihre Augen an den Anblick. Bisher hatte sie es vermieden, sich die Hochzeitsfotos anzusehen.

Natürlich verschwamm das Bild vor ihren Augen. Sie fuhr mit ihrem Zeigefinger über das glänzende Fotopapier und schluckte. Aber sie wappnete sich, fuhr in ihrer Betrachtung fort.

Mein großes Mädchen, hoffentlich bist du jetzt genauso stark und stur wie sonst!

Der Groll lag weit in der Vergangenheit. Die dunklen Wolken, die bereits aufgezogen waren, als Veronika Claes das erste Mal mitgebracht hatte. Die Tochter hatte sich geweigert, ihm die Hand zu schütteln, und Veronika in ihrem egozentrischen Liebesrausch war erschüttert gewesen. Sie könnte sich doch ruhig ein wenig für mich freuen, hatte Veronika damals gedacht. Aber die Hochzeit hatte die Wende gebracht. Als hätte Cecilia einfach nicht mehr genug Kraft zur Eifersucht besessen. Sie hatte sogar hingenommen, dass Claes ganz freundschaftlich den Arm um ihre Schultern gelegt hatte, als Mona fotografierte.

Janne und Mona hatten viele Fotos gemacht. Mona war die Fotografin. Es waren richtig gute Bilder geworden. Beide hatten betont, wie sehr sie die Einladung geehrt habe.

»In unserem Alter geht man nicht mehr so oft auf Hochzeiten. Es ist nur traurig, was dann geschah«, sagte Janne und deutete auf das Foto mit Cecilia.

Wohlweislich wich er Veronikas betrübtem Blick aus.

Es ist anders geworden, dachte Charlotte Eriksson.

Früher hatten sie sich bei ihren Treffen immer mit irgendetwas beschäftigt, einer Strickarbeit, einer Stickerei oder einem

Rock, der gekürzt oder verlängert werden musste. Inzwischen waren sie längst nicht mehr so fleißig. Recht oft legten sie die Handarbeiten beiseite oder nahmen sie gar nicht erst mit. Alles zu seiner Zeit. Nur Alena Dvorska nähte immer. Charlotte selbst hatte keinen Spaß an Handarbeiten. Alena hatte ihr an diesem Abend wiederholte Male prüfende Blicke über ihre Stickerei, pastellfarbene englische Rosen auf dunklem Wollstoff, zugeworfen. Die beiden Frauen kannten sich gut.

Sie merkte plötzlich, dass der Weg vor ihr gesperrt war. Die Stengatan hatte sich in einen Graben verwandelt. Vielleicht wurden neue Leitungen für Fernwärme, Wasser, Strom oder Gas verlegt. Selbst ein Stück von der Friedhofsmauer war entfernt und der Erdboden davor ausgehoben worden. Die Steine der Friedhofsmauer lagen zu einem kleinen Hügel aufgetürmt.

Wieder hörte sie ein Auto hinter sich. Es überholte sie langsam. Sie sah ihm hinterher, konnte aber nicht erkennen, wer am Steuer des rostigen Volvo Kombi saß, der wie eine Rakete klang. Defekter Auspuff, dachte sie.

Sie sehnte sich nach ihrem Bett. Manchmal saß sie in der Diele im ersten Stock und las, um Harald nicht zu stören, der immer sofort einschlief. Jetzt wollte sie aber schnell unter die Decke kriechen und würde wohl auch gleich einschlafen, ohne noch lange in die Dunkelheit zu starren.

Sie runzelte die Stirn.

Kannte sie den Fahrer des Volvos? Er war extrem langsam vorbeigefahren.

Harald Eriksson schloss auf. Er fand nur mit Mühe das Schlüsselloch, da die Außenbeleuchtung nicht an war. Alle Fenster gähnten schwarz. Charlotte war also noch nicht zu Hause.

Es war immer ein wenig unbehaglich, zu einem dunklen Haus zurückzukehren. Er schaltete die Außenbeleuchtung ein, zog sich dann den Mantel aus, einen Burberry klassischen Schnitts, und hängte ihn auf einen Kleiderbügel. Noch hatte er das ebenso klassisch karierte Innenfutter nicht eingeknöpft. Er wartete ab. Darin war er ein Meister. Mit dem Mantelfutter war es wie mit den Handschuhen, wenn er sie erst einmal hervorgeholt hatte, war der Spätsommer endgültig vorüber, und Herbst und Winter hatten unwiderruflich Einzug gehalten.

Außerdem wusste er gar nicht, wo Charlotte die Handschuhe versteckt hatte oder wo sich das Mantelfutter befand. Das war sozusagen nicht sein Terrain, aber er ging davon aus, dass die Sachen in dem großen Schrank in der Diele zu finden waren.

Er hatte sich nun seine ochsenblutfarbenen Schuhe mit Ledersohlen ausgezogen, die Schuhspanner hineingeschoben und war die wenigen Schritte zur Toilette auf Strümpfen gegangen, was er eigentlich nur ungern tat. Seine Blase fühlte sich an, als würde sie jeden Moment platzen. Es war entwürdigend, sich ohne Schuhwerk fortzubewegen. Die Kombination von Socken und Anzughose sah einfach lächerlich aus. Barfüßigkeit an einem heißen Sommertag war natürlich etwas ganz anderes.

Nachdem er seine Hände unter den Wasserhahn gehalten hatte, kehrte er in die Diele zurück, von der aus eine Eichentreppe ins obere Stockwerk führte. Die Decke war kreideweiß verputzt.

Charlotte hatte eine blaugrüne, glatte Tapete ausgesucht, die die handwerkliche Eleganz das alten Schreibtisches, den ihre Großmutter einst hatte anfertigen lassen und den sie nun als Telefontischchen verwendeten, unterstrich.

Er beugte sich zu dem Orientteppich hinab, der schwer auf den Steinfliesen ruhte, nahm die Schuhe und stellte sie ins Schuhregal. Gleichzeitig sah er sich suchend nach den Pantoffeln um, die er ordenungsgemäß neben der Eingangstür entdeckte. Es handelte sich um schwarze Båstadpantoffeln, die aussahen wie gewöhnliche Holzschuhe, aber aus Gummi gefertigt waren und somit weder den Parkettboden zerkratzten noch irgendein Geräusch verursachten. Er hatte sie gekauft, als er an einem Golfturnier in Båstad teilgenommen hatte. Sie waren sehr bequem.

Unruhig ging er zwischen Küche, Wohnzimmer und Diele hin

und her und machte überall Licht. Zu guter Letzt schlenderte er ins Wohnzimmer, postierte sich im Erker, der zum hinteren Teil des Gartens zeigte, und sah hinaus. Natürlich herrschte vollkommene Dunkelheit, nur beim Nachbarn brannte noch Licht im Obergeschoss.

Dann ging er zum Mahagonibarschrank in original dänischem Sechziger-Jahre-Design, öffnete die Türen und fand, was er suchte. Er griff nach der Whiskyflasche, nahm ein geschliffenes Kristallglas und schenkte sich einen halben Zentimeter von der bernsteinfarbenen Flüssigkeit ein. Mehr nicht, da sein ausgedehntes Abendessen bei den Rotariern auch nicht ganz trocken verlaufen war und er am nächsten Morgen fit sein wollte.

Während er sich den kostbaren Tropfen genehmigte, verließ er das Wohnzimmer und stellte sich ans Küchenfenster. Der Trastvägen lag wie leergefegt unter ihm da.

Sie wohnten in einem Haus mit Souterrain aus dem Jahre zweiundzwanzig in erhöhter Hanglage. Das Fundament bestand aus Granitblöcken und erreichte zur Straße hin eine Höhe von zwei Metern, die zum Garten wieder abnahm. Daher hatte er von seiner halb verdeckten Position hinter der Küchengardine einen guten Überblick über die Straße in beide Richtungen. Die horizontal verlaufende Holzverkleidung war braun, die Hausecken und die Fensterumrahmungen waren weiß gestrichen. Solange er sich erinnern konnte, war das Gebäude Pfefferkuchenhaus genannt worden. Es hatte keine pittoresken Fensterläden mit Herzchen, aber die alten Fenster mit je acht kleinen Scheiben pro Fensterhälfte hatten sie behalten, was besonders spürbar wurde, wenn Fensterputzen angesagt war, doch das ließen sie mittlerweile machen.

Er gähnte, begab sich in die Diele und hob den Hörer ab.

Veronika zog sich aus, wusch sich das Gesicht mit kaltem Wasser und begann sich die Zähne zu putzen.

»Mona hätte sicher gerne Enkelkinder«, nuschelte sie durch den Zahnpastaschaum.

Claes' Brustkorb streifte ihren Rücken, als er sich über sie beugte. Er griff sich seine Zahnbürste, die zuoberst im Spiegelschränkchen stand. Sie war elektrisch, deswegen musste er sie dort aufbewahren, wo Klara nicht an sie drankommen konnte.

»Da wird sie noch ein Weilchen warten müssen«, sagte er, den Mund ebenfalls voller Zahncreme.

Cecilia würde nicht den gleichen Beruf ergreifen wie ihre Mutter. Schon eher den ihres Vaters, der eigentlich ausgebildeter Journalist war, jetzt aber bei der Stockholmer Stadtverwaltung angestellt war und Öffentlichkeitsarbeit machte. Womit er sich dort im Einzelnen beschäftigte, wusste Veronika nicht.

Aber momentan wagte sie nicht, über Cecilias Zukunft nachzudenken, noch war alles ungewiss.

Veronika selbst waren keine besonderen Talente in die Wiege gelegt worden. Sie hatte als Erste in ihrer Familie eine sogenannte höhere Ausbildung genossen und war somit zur sozialen Aufsteigerin, wie es so schön hieß, geworden.

Sie kroch unter die Decke, drehte sich auf die Seite und schloss die Augen. Kurz darauf spürte sie, wie die Matratze schaukelte. Sie streckte ihren Arm aus, tastete hinter sich und fühlte Claes' Körper.

»Gute Nacht«, murmelte sie und fiel sofort in tiefen Schlaf.

Es war ungeschriebenes Gesetz, dass die Gastgeberin im Mittelpunkt stand.

Nach Hühnerfilets und lauwarmem Kartoffelsalat präsentierte Harriet ihre Enkelkinder. Nicht in Person natürlich, aber der Fotostapel, den sie zärtlich in ihren Händen hielt, war beachtlich.

Sie hatten sich alle über die Fotos gebeugt und sie vorsichtig am Rand angefasst, um keine unschönen Fingerabdrücke auf den Kleinen zu hinterlassen. Die beiden Mädchen lagen auf einem weißen Schaffell und trugen dunkelrosa Strampelanzüge. Die Bilder waren Hochglanzvergrößerungen.

Sie durchzuckte ein kurzer Schmerz, aber diese intensive Gefühlsregung klang dann wieder ab, ohne dass es jemandem aufgefallen wäre. Glaubte sie jedenfalls.

Aber man weiß ja nie, dachte sie jetzt und weigerte sich, ihre Träume sausen zu lassen. Vielleicht geschahen ja noch Zeichen und Wunder.

Der vorbeirauschende Verkehr auf der E 22 bildete eine dumpfe Geräuschkulisse, doch es näherte sich das Brummen eines Motors. Sie drehte sich um und erblickte ein neues erbsengrünes, chromblitzendes Auto, eines dieser kompakten, kurzen hohen Modelle, die in letzter Zeit so beliebt waren. Es überholte sie jedoch nicht, sondern blinkte und bog in den Kapellvägen ab.

Nun hatte sie die Absperrung erreicht. Der Asphalt war aufgerissen, die Straße war von der Böschung beiseitegeschoben worden und bestand nur noch aus unregelmäßigem Kiesgrund.

Genau wie die anderen hatte sie die Zwillinge bewundert und Komplimente gemacht. Das hatte sie aufrichtig gemeint. Sie war weder missgünstig noch eifersüchtig, denn Harriets erste Enkelkinder wollten ihr nichts Böses. Sie hatte sich kaum wappnen müssen, nachdem sich die erste Gefühlswallung gelegt hatte. Wohlwollend und ausdauernd hatte sie ohne größere Mühe lächelnd die Kleinen gelobt. Vielleicht gerade deswegen, weil diese beiden Wesen so gar nichts mit ihr zu tun hatten. Sie waren nur in ihrer Funktion als Harriets Enkelkinder interessant. Im Übrigen sahen die Mädchen aus wie die meisten Babys.

Es war ihr wichtig, ihre Trauer mit Fassung zu tragen, und sie schleuderte sie auch nicht mehr jedem ins Gesicht. Nicht Harald, nicht den Ärzten, die ihnen nicht hatten helfen können, und auch denen nicht, die einen Kinderwagen vor sich her schoben oder ein süßes Kind in den Arm nahmen, um es zu küssen. Damit hatte sie schon seit Langem aufgehört.

Sie sah ein, dass weder Harald noch sie Schuld daran trugen.

Niemand konnte die Natur bezwingen. Sie hatten alles nur Erdenkliche versucht. Auf einer Gratwanderung zwischen Hoffnung und Verzweiflung hatten sie sich Tests, Hormonspritzen, Spermienproben und In-vitro-Fertilisationen unterzogen ... Dann kam die quälende Warterei, die ihr wie eine Ewigkeit vorgekommen war. Um dann festzustellen, dass es nicht geklappt hatte.

Aber noch war es nicht zu spät.

Sie spürte einen spitzen Stein in ihrem Schuh, hatte aber keine Lust stehen zu bleiben, sondern überquerte das abgesperrte Gelände.

Gerade als sie auf den Pfad an der abgerissenen Mauer biegen wollte, hörte sie ein Geräusch. Es stammte von einem Menschen, vielleicht sogar von zweien.

Wie seltsam.

Sie hielt inne und lauschte. Handelte es sich um ein Liebespaar oder gar eine Vergewaltigung?

Aber jetzt war nichts mehr zu hören. Nur die Blätter des Fliederbusches hinter ihr raschelten. Also setzte sie ihren Heimweg bedächtigen Schrittes und mit größter Aufmerksamkeit fort.

Nach zwei Metern hörte sie erneut ein Jammern und blieb abrupt stehen. Angestrengt versuchte sie, genauer hinzuhören, aber ihr Herz klopfte so heftig, dass das Blut in ihren Ohren rauschte. Während sie auf den dunklen Friedhof spähte, schlüpfte sie aus ihrem Schuh und entfernte den Stein.

Nun schienen selbst die Motorengeräusche der Ostküstenstraße verstummt zu sein.

Das geht mich nichts an, dachte sie. Langsam stieg Furcht in ihr auf. Sie jagte sich ja selbst Angst ein, aber sie wollte in Erfahrung bringen, was los war.

Sie ließ ihren Blick über die Stengatan, den Friedhof und das Gebüsch hinter den Gärten der Einfamilienhäuser schweifen, setzte dann jedoch ihren Weg mit rascheren und zielstrebigeren Schritten fort.

Gerade als sie in den Tärnvägen abbiegen wollte, war das

Geräusch wieder zu vernehmen. Ein verhaltener, fast schneidender Laut, der widerzuhallen schien.

Resolut machte sie kehrt, rannte zurück. Jetzt würde sie herausfinden, was los war.

Es kam vom Friedhof, davon war sie jetzt überzeugt. Ihr Blick glitt über die Grabsteine und das Gebüsch jenseits des asphaltierten Pfades. Sie wollte methodisch vorgehen. Zum tausendsten Mal spähte sie über die Stengatan, lauschte angestrengt, atmete so lautlos wie möglich, stand mit geballten Fäusten da und wartete auf ein weiteres Geräusch.

Ein absurdes Gefühl, dass sich jemand mit ihr einen Scherz erlaubte und sie dazu zwang, in der Dunkelheit herumzustehen, beschlich sie. Gleichzeitig war sie aber auch zutiefst beunruhigt und außerdem neugierig. Was sie gehört hatte, war ein Laut der Verzweiflung, der Furcht, vielleicht des Schmerzes. Deutete auf einen Kampf.

Sie hätte ihre Befürchtungen gerne mit jemandem geteilt. Sollte sie Harald anrufen? Nein. Er stellte immer zu viele Fragen. Vielleicht sollte sie die Polizei informieren? Aber die war sicher mit anderem beschäftigt, schließlich war es Freitagabend, und sie selbst wäre nur enttäuscht, wenn niemand kam.

Aber die Polizei hätte Scheinwerfer, mit denen sich das Gebiet ableuchten ließe. Vielleicht lag ein Betrunkener am Wegesrand und übergab sich.

Da ertönte der Klagelaut von Neuem, in eisiger Deutlichkeit und zweifellos weiter unten auf dem Friedhof. Ohne Zögern sprang sie über den Graben hinter der abgerissenen Mauer. Sie rannte los, Pfade entlang, über Gräber, niedrige Buchsbaumhecken und Blumentöpfe hinweg. Sie folgte dem Geräusch, versuchte, die Richtung beizubehalten. Der Laut klang nun gedämpfter, als würde jemand geknebelt.

Die Laternen warfen vereinzelte schwache Lichtkegel auf den Friedhof.

Plötzlich erblickte sie die Umrisse eines Gesichts mit einem weit aufgerissenen Augenpaar.

Vorsichtig schlich sie näher. Stolperte und fiel auf einen Grabstein. Erhob sich, gewann das Gleichgewicht wieder, trat näher.

Jemand saß an einen Grabstein gelehnt. Ihr Herz klopfte, und sie beugte sich vor, um besser sehen zu können.

»Um Himmels willen!«, stieß sie hervor.

Und tastete nach ihrem Handy.

»Warten Sie«, sagte sie zu den aufgerissenen Augen. »Warten Sie!«

Sie hätte gern ein Auto angehalten. Sie wünschte sich jemanden herbei, der ihr helfen würde. Sie wollte mit dieser Sache nicht alleine sein.

Da hörte sie den Knall.

Wie ein Schuss, dachte sie.

Im gleichen Moment sackte sie in sich zusammen wie ein Taschenmesser, das zuschnappt, das Handy flog ihr aus der Hand. Ein furchtbarer Schmerz breitete sich in ihr aus. Sie versuchte, sich aufzurichten, aber es gelang ihr nicht. Sie unternahm ein paar stolpernde Schritte, aber der Schmerz schnitt in ihren Körper, strahlte in alle Richtungen, kehrte ihr Mageninneres nach außen. Sie stürzte.

2

Ein Klingeln aus der Ferne.

Veronika Lundborg schlief tief und traumlos, als wäre sie in einen dunklen Brunnen gefallen. Trotzdem genügte ein Klingeln, um sie zu wecken.

Wie eine Schlafwandlerin streckte sie ihre Hand aus und tastete nach dem Telefon, um es zum Schweigen zu bringen. Sie rollte sich aus dem Bett und antwortete mit rauer, belegter Stimme, die sogar ihr selbst fremd vorkam.

Nicht zum ersten Mal wurde sie mitten in der Nacht geweckt. Die blutroten Leuchtziffern ihres Radioweckers zeigten 00.58 Uhr. Sie hatte eine Stunde geschlafen. Claes regte sich nicht.

Sie schlich nackt in die Diele und starrte durch das Dachfenster auf einen Stern, der heller als alle anderen zu strahlen schien. Vielleicht konnte sie ja gleich wieder unter die Decke kriechen.

»Hörst du mich?«

Daniel Skottes Stimme klang laut und grell, was gar nicht zu ihm passte. Sie wurde gebraucht, und sie war sofort hellwach.

»Ja, ich höre dich«, sagte sie ruhig.

Klara bewegte sich im Schlaf. Veronika hielt den Atem an und hoffte, dass sie nicht aufwachen würde, aber in Gedanken war sie schon fast im Krankenhaus angelangt.

Ein Rettungswagen brachte eine Patientin mit Schussverletzung in die Notaufnahme. Niemand wusste, um wie viele

Schüsse es sich handelte. Wahrscheinlich ein Bauchschuss. Vermutlich hatte die Verletzte viel Blut verloren.

»Ich komme sofort.«

»Gut!«

Sie ging davon aus, dass alle Rettungsmaßnahmen, die sie für solche Situationen so oft eingeübt hatten, nun ergriffen werden würden. Und dass jeder an seinem Platz bereitstand, und zwar nicht nur in der Notaufnahme, sondern auch im OP. Und dass sowohl das Röntgen- als auch das Narkoseteam geweckt worden war.

Rasch kleidete sie sich in dem dunklen Schlafzimmer an. Dann beugte sie sich vor und tätschelte behutsam Claes' raue Wange. Flüsterte ihm zu, sie werde nun aufbrechen. Aus einem Grund, der vermutlich nicht unerklärlich, sondern eher Ausdruck der Gesetzmäßigkeit des geringsten Widerstandes war, gelang es Claes immer, Klara nachts zu überhören, wenn Veronika zu Hause war. Nicht aber, wenn sie abwesend war.

Ein kurzer Schauer des Glücks überrieselte sie, als sie seinen Geruch einatmete. Er brummelte.

Veronika drückte ihre Lippen an sein Ohr.

»Eine Schussverletzung«, flüsterte sie.

Aber auch jetzt erhielt sie nur ein Brummen zur Antwort. Als er sich endlich umdrehte und den Kopf vom Kissen hob, war sie bereits auf dem Weg nach unten.

»Was heißt hier Schussverletzung?«, hörte sie ihn hinter sich krächzen.

»Nichts Besonderes«, versuchte sie ihm noch so leise wie möglich zuzurufen, als sie die Haustür aufschloss und in die kühle Nachtluft hinauseilte.

Sie schloss ihren Wagen auf, die Windschutzscheibe war von einer dünnen Raureifschicht überzogen. Sie schaltete die Scheibenwischer und das Gebläse ein und erhielt dadurch genügend freie Sicht, um auf die Straße hinausfahren zu können.

Keine Übelkeit.

Nicht, dass sie sie vermisst hätte. Letztes Mal war es einfach widerwärtig gewesen. Unentwegtes Erbrechen und Ekelgefühle Lebensmitteln gegenüber. Darauf konnte sie verzichten. Und trotzdem fehlte ihr etwas. Nichts ist wie das letzte Mal, dachte sie und ließ den Wagen gemächlich aus dem Wohnviertel rollen. Vielleicht stimmte ja irgendetwas nicht. Vielleicht würde es schiefgehen. Aber es kam, wie es kommen musste. So ist das Leben nun einmal, versuchte sie sich einzureden. Und dieser gesegnete Zustand war vielleicht zu viel verlangt. Zumindest bei einer Frau ihren Alters.

Sie fuhr absichtlich nicht schneller als die vorgeschriebenen 50 durch die leeren Straßen des gepflegten, älteren Einfamilienhausviertels, das vorwiegend aus schönen, recht großen Holzhäusern bestand, die grau, gelb oder rot angestrichen waren. Einige lagen leicht erhöht auf felsigem Grund und schienen auf sie herabzuschauen.

Sie erreichte den etwas breiteren Kolbergavägen und bog zum Stadtzentrum ab. Es würde mindestens noch zehn Minuten dauern, bis sie im Krankenhaus eintraf.

Sie war nicht nervös, aber voller Energie. Sie war sich ihrer Fähigkeiten bewusst, aber es hatte sie viele Jahre gekostet, so weit zu kommen. Sie konnte sich unschwer die Anspannung vorstellen, der Daniel Skotte ausgesetzt war. Eine erlesene Mischung aus Aufregung und Furcht. Sie selbst empfand nunmehr inmitten von akutem Chaos ein seltsames Gefühl innerer Zufriedenheit. Genuss wäre zu viel gesagt, aber es war eine Ehre, einen Beruf auszuüben, der so viel Befriedigung mit sich brachte. Es war schon fast unanständig.

Was sie heutzutage mit Unbehagen erfüllte, waren nicht die medizinische oder chirurgische Versorgung, die schwierigen Entscheidungen oder die unbehaglichen Szenen, die sie mit ansehen musste, sondern die grundlose Aggressivität, die ihr manche Patienten oder ihre Angehörigen entgegenbrachten. Manchmal und irgendwie immer häufiger war das eine geradezu primitive Wut aufgrund von Lappalien.

Die Stadt schlief. Der Krankenwagen war noch nicht eingetroffen, als Skotte angerufen hatte. Nicht selten dauerte es länger als erwartet, aber die Zeit hatte ja auch die Tendenz, wie im Schneckentempo zu vergehen, wenn man bereitstand.

Eine Schussverletzung.

Ihre Erfahrungen damit waren begrenzt. Auch die der anderen. Zum Glück, musste man wohl fast sagen. Einmal war sie bisher dabei gewesen, und diese Operation ging sie jetzt nochmals in Gedanken durch. In chirurgischer Hinsicht war sie nicht sonderlich spektakulär gewesen. Ein Mann, der sich das Leben hatte nehmen wollen, indem er sich in den Mund schoss, war abgelenkt worden und hatte sich stattdessen in den Bauch geschossen und dabei die Milz zerfetzt, die entfernt hatte werden müssen.

Aber Veronika hatte viel Erfahrung mit schweren Unfällen und anderen gewaltinduzierten Traumata, wie Verletzungen durch Messerstechereien und Axthiebe. Der Einzige, der ihr einfiel und mehr Erfahrung mit Schussverletzungen besaß als sie, war Holger Sundström. Er hatte eine Zeitlang jenseits des Atlantiks in den Vorstädten von New York gearbeitet. Sie konnte eine Schwester bitten, bei Holger anzurufen und in Erfahrung zu bringen, ob er zu Hause war. Für alle Fälle.

Wenn sie sich recht erinnerte, war er es gewesen, der vor einigen Jahren einen Polizisten operiert hatte, einen Kollegen von Claes, der im Alleingang einen Täter hatte festnehmen wollen.

Der Täter, der übrigens eine Täterin gewesen war! Bibliothekarin. Herrschaftszeiten! Sie hatte eine Ärztin auf der Inneren umgebracht, die Veronika als nicht sonderlich sympathisch in Erinnerung hatte. Eine machthungrige Person. Aber ermordet zu werden! Es hatte sich um einen Racheakt gehandelt, eine Reaktion darauf, dass sie vom Ehemann der Ärztin an ihrem Arbeitsplatz schikaniert worden war. Was für ein Durcheinander! Veronika war damals im Mutterschutz gewesen.

Veronika lenkte den Wagen Richtung Hafen, bog in die Norra Fabriksgatan ein und erhöhte die Geschwindigkeit, als die Bebauung ab der Kurve Richtung Norrby spärlicher wurde. Ihr

Blutdruck war erhöht. Wie bei Piloten kurz vor dem Abheben. Aber sie war gesammelt und fühlte sich vor allem bereit.

Und fast unerlaubt guter Dinge.

Der Geruch nach feuchter Erde stieg aus dem Graben vor dem Friedhof auf. Der Aushub war nicht tief, die Kanten messerscharf und nach wie vor mit üppig grünem Gras bewachsen. Ungefähr zwanzig Meter der Steinmauer waren abgerissen und die Granitblöcke ordentlich aufgestapelt worden. Die Stadt war stellenweise auf Fels errichtet, und im Laufe der Zeit hatte man für neue Bebauung sprengen müssen.

Erika Ljung zog ihren Anorak enger um sich. Sie hatte Kripobereitschaft und war soeben aus ihrem beheizten Auto gestiegen. Sie war schlank, fast mager und fror leicht.

Mehrere Einsatzwagen standen dicht hintereinander an der Stengatan, und viele Kollegen waren bereits vor Ort. Erika sah sie in kleineren und größeren Grüppchen zusammenstehen. Die Türen des weißen Lieferwagens von der Kriminaltechnik waren geöffnet. Er stand neben der Grasfläche, auf der die niedergeschossene Frau gelegen hatte. Der Krankenwagen war soeben mit Blaulicht davongefahren, und Beamte brachten die Absperrbänder an. Benny Grahn alias Technik-Benny und seine Kollegen trugen ihre Sachen herbei.

Kriminalinspektorin Ljung begab sich zur Ecke des Westfriedhofs, wo sich der Pfad zwischen den üppigen Gärten auf der einen Seite und dem wohltuenden Dunkel des Friedhofs auf der anderen verlor. Nun stand sie direkt vor der Grube und starrte hinein. Sie war tief und gewährte Einblick in die verschiedenfarbigen Sandschichten, die seitlich in Erscheinung traten. Auf dem Boden erblickte sie in Plastikrohren verlaufende Leitungen, die wie dicke Lakritzriemen aussahen.

Sie wartete auf ihre Vorgesetzte, Louise Jasinski, die bald eintreffen würde. Louise wohnte fast um die Ecke. Sie und die beiden Töchter waren im Zuge der endlich auch rechtsgültigen

Scheidung aus ihrem Reihenhaus ausgezogen. Erika war nicht die Einzige, die fand, dass es an der Zeit gewesen war. Sie hielt es für wichtig, die eigene Würde zu wahren. Gewisse Dinge durfte man einfach nicht hinnehmen.

Erika hatte ihr Möglichstes getan, um Louise in jene Richtung zu lenken, die sie für die einzig richtige gehalten hatte. Jedoch ohne Druck auszuüben. Denn das konnte sich böse rächen, sollte Louise das Scheusal wieder aufnehmen. Ähnliches war im Bekanntenkreis schon des Öfteren vorgekommen.

Louise Jasinskis Exmann hatte sich allzu lange wie ein Schwein im Schlamm in seiner Vierzigerkrise suhlen dürfen. Erika fand, dass er viel zu viel Freiraum gehabt hatte, was sich natürlich auf die Arbeit ausgewirkt hatte. Mit Louise, sonst immer der Star und ein Vorbild für die Frauen im Polizeipräsidium, war nicht gut Kirschen essen gewesen. Aber wer konnte schon gute Miene machen, wenn sich der Ehemann ewig nicht zwischen seiner Gattin und der jüngeren Geliebten entscheiden konnte? Das Ganze war einfach lächerlich gewesen. Was Erika Louise auch eines schönen Tages verklickert hatte. »Jetzt reicht es aber«, hatte sie gesagt, obwohl Louise ihre Chefin war. Und obwohl sie Louise Jasinskis Privatleben wirklich nichts anging. Im Grunde genommen.

Andererseits wusste Louise sehr wohl, was Erika durchgemacht hatte. Körperliche Misshandlung üblerer Art. Soweit Erika wusste, hatte sich Louises Ehemaliger zumindest nie gewaltsam verhalten.

Die Frau hatte im Gras gelegen.

Viel war nicht gerade zu sehen, zumindest nicht im Schummerlicht der Straßenlaternen. Technik-Benny würde vermutlich allmählich etwas finden. Schuhabdrücke oder Blutspuren, möglicherweise Schleifspuren, sobald die Scheinwerfer installiert waren. DNA-Spuren waren ihnen am liebsten.

Die allererste Frage, die sich Erika ganz spontan stellte, war, weshalb die Frau im Gras neben dem Gehweg gelegen hatte.

War sie herumgeirrt, bevor sie gestürzt war? Hatte man sie dorthin geschleift?

Sie nickte zwei uniformierten Beamten zu, die neben ihr Posten bezogen hatten. Mustafa Özen, wie Erika auch in Malmö geboren und aufgewachsen, wurde gemeinhin Musse genannt. Er war ein Neuzugang, genau wie Lena Jönsson, die früher bereits als Anfängerin bei der Truppe gearbeitet und nun eine feste Stelle hatte. Die kleine und dem Äußeren nach zarte Jönsson mit ihrem kecken, blonden Pferdeschwanz war eine ungeheuer treffsichere Schützin. Und nicht im Geringsten zartbesaitet und sehr humorvoll.

Musse hatte schöne Augen. Samtweich wie Erikas. Sowohl Erikas als auch Musses Eltern waren Immigranten, beide kamen sie aus Malmö, aber dennoch entstammten sie verschiedenen Welten. Musse war in Rosengård aufgewachsen, Erika im Nobelviertel Limhamn. Beide hatten fasziniert festgestellt, dass die Menschen tatsächlich an sie herantraten und mit ihnen sprachen, wenn sie ihre Uniform trugen. »Sonst hätte mich niemand nach dem Weg gefragt«, sagte Musse.

Erika trug ihr Haar zu einem hoch sitzenden Pferdeschwanz zusammengebunden. Ihr schlanker Hals war unbedeckt. Sie erschauerte, klappte den Kragen ihrer Windjacke hoch und hielt ihn vorne zusammen. Seit sie Kripobeamtin geworden war, das Beste, was ihr je widerfahren war, trug sie nur noch selten die Uniform.

»Eine ganz gewöhnliche Frau mittleren Alters«, sagte Musse unaufgefordert.

»Wie alt war sie denn?«

»Tja, so um die vierzig«, vermutete Musse.

Und schon mittleren Alters. Es geht schnell abwärts, dachte Erika.

»Weißt du, wie es um sie steht?«

»Keine Ahnung.«

Sicherheitshalber warf er einen liebevollen Blick auf die um zwei Köpfe kleinere Lena Jönsson, die neben ihm stand. Diese wandte sich ihm zu, die beiden sahen einander an und hoben gleichzeitig die Schultern. Erika verspürte zu ihrer eigenen Verwunderung einen Stich unbegründeter Eifersucht.

Schließlich waren sie Kollegen, arbeiteten zusammen. Es gab nichts Größeres als das Gefühl, Teil eines Teams zu sein.

»Sie war ja nicht sonderlich gesprächig«, sagte Lena Jönsson. Als der Fahrradfahrer sie entdeckte, war sie fast schon bewusstlos.

Ein Kollege war gerade damit beschäftigt, den Fahrradfahrer zu befragen, einen Teenager mit weißer Basecap.

»Hallo.«

Erika Ljung drehte sich um. Da stand Louise Jasinski.

Das große Tor der Krankenwageneinfahrt schloss sich gerade, als Veronika Lundborg auf den Parkplatz bog. Sie hatte gesehen, wie sich das Blaulicht dem Krankenhaus genähert hatte. Die Ambulanz war von der Stadtmitte her gekommen, nicht von Döderhult.

Als sie ihren Code an der Tür zur Notaufnahme eintippte, tauchte ein Streifenwagen auf, sonst war es still.

Sie betrat das Krankenhaus, noch ehe das Auto zum Stillstand gekommen war. Im Warteraum schlummerte eine alte Frau auf dem Sofa, im Fernsehen lief ein amerikanischer Film ohne Ton. Veronika nahm an, dass es sich bei der Frau um eine Angehörige handelte, die jedoch vermutlich nicht zu der Verletzten mit der Schusswunde gehörte.

Die Ambulanzpfleger hoben die Frau auf eine Bahre. Daniel Skottes blonder Schopf tauchte über den Köpfen der anderen auf.

»Gut, dass du da bist«, sagte er.

Sie hörte die Erleichterung in seiner Stimme. Der Sanitäter drehte sich zu ihnen um und erläuterte den Sachverhalt. Veronika betrachtete das Gesicht auf der Bahre, während sie ihm zuhörte.

Die Frau war etwa im selben Alter wie Veronika, ihr Gesicht

war kreidebleich, und sie hatte offenbar Schmerzen. Die Krankenschwestern legten Venenzugänge und der Anästhesist einen zentralen Zugang. Sie nahmen Blut mit Hilfe einer Kanüle ab, um eine Blutgruppenbestimmung durchzuführen. Der Anästhesist verordnete eine Infusion und für einen späteren Zeitpunkt Blutkonserven. Ein Blick genügte um zu sehen, dass die Frau viel Blut verloren hatte. Sie vermuteten, dass mindestens eine Kugel im Bauchraum steckte, falls es sich nicht um einen Durchschuss gehandelt hatte. Noch hatte niemand die Patientin umgedreht und nach einer Austrittswunde gesucht.

»Versuch, möglichst wenig zu schneiden. Sie hätte gerne heile Kleider«, sagte eine großbusige Pflegehelferin zu einer Kollegin.

»Pech«, sagte die bedeutend kleinere Schwester Christel und setzte die Schere an der Vorderseite des hellbraunen Pullovers an. »Aber ich kann um den Einschuss herumschneiden«, brummte sie.

Zwei andere Pfleger zogen vorsichtig an der Hose. Alle trugen Handschuhe. Lila Gummifinger arbeiteten behände.

Veronika hatte bereits feststellen können, dass die Frau möglicherweise unter Schock stand. Sie überlegte, wie vorzugehen sei, um die Zirkulation so zu stabilisieren, dass man es wagen konnte, sie zur CT zu bringen. Wenn es sich um eine Schussverletzung handelte, steckte vielleicht noch irgendwo die Kugel. In diesem Falle musste man herausfinden wo. Es machte keinem Chirurgen Spaß, auf gut Glück zu suchen.

Veronika umfasste den Kopf der Patientin und befühlte mit den Fingerspitzen ihre Wangen. Sie fühlten sich kühl an. Sie beugte sich vor, und zum zweiten Mal in dieser Nacht sprach sie mit einer Person, die nicht ganz wach war.

»Mein Name ist Veronika. Ich bin Ärztin. Sie befinden sich im Krankenhaus. Sie sind verletzt. Wir kümmern uns um sie.«

Sie wusste nicht, ob sie zu der Frau vordrang, aber diese runzelte die Stirn. Sie strich der Patientin behutsam über die Wange.

»Die Blutkonserven sind bestellt«, hörte sie Daniel Skotte zum Anästhesisten sagen.

Günther fuhr mit seinem Bericht fort, während die verschiedenen Infusionsflaschen aufgehängt und an die Kanülen angeschlossen wurden.

Die Frau war vor dem Westfriedhof bei der Stengatan abgeholt worden. Ein Fahrradfahrer hatte sie in sich zusammengesunken auf der Wiese entdeckt. Und dieser Fahrradfahrer hatte möglicherweise auch einen Schuss gehört, und zwar einige Minuten zuvor, als er im Stadtzentrum losgefahren war. Er hatte keine anderen Personen in der Nähe gesehen.

»Die Kugel ist vermutlich vorne eingedrungen. Dort sind die Kleider blutig«, sagte Günther. »Nicht auf Brusthöhe, sondern tiefer. Sie hat die ganze Zeit recht gleichmäßig geatmet.«

Ihre Kleidung wirkte gepflegt. Sie war ganz klar niemand, der auf der Straße lebte.

»Gibt es irgendwelche Hinweise, wer sie ist?«, fragte Veronika.

Er schüttelte den Kopf.

»Weiß man, weswegen?«

»Nein«, sagte Günther. »Ein eifersüchtiger Ehemann vielleicht?«

Ein schießwütiger Verrückter, dachte Veronika, während sie einen Beamten musterte, der auf die Kleider und Schuhe der Verletzten wartete.

Christel öffnete eine Goldkette, die die Frau um den Hals trug, und zog ihr behutsam ein paar Ringe von den Fingern.

»Wir haben weder ein Portemonnaie, noch eine Tasche oder ein Handy gefunden. Nur diese Schlüssel und einen Lippenstift«, sagte sie und überreichte dem Polizisten die Gegenstände zusammen mit dem Schmuck.

»Ihr Kreislauf wirkt recht stabil«, sagte der Anästhesist nach einer Weile. »Wollen wir?«

»Ja«, erwiderte Veronika. »Los geht's.«

Sie machten sich auf den Weg zum Röntgen. Veronika und

der schweigsame Daniel Skotte bildeten die Nachhut. Es graute ihnen schon vor dem Ergebnis des CTs. Sie konzentrierten sich auf die bevorstehende Operation.

Ein Gefühl der Geborgenheit und Vertrautheit erfüllte sie. Die Routine war ihr ein Halt. Erst die Stabilisierung des Kreislaufs in der Notaufnahme, dann die Computertomographie und schließlich die Operation.

»Ein Patient mit Nierenstein ist eingeliefert worden«, rief ihnen eine Krankenschwester nach.

Sie blieben stehen und sahen sich an. Skotte kratzte sich am Kopf.

»Geh du und komm dann einfach nach«, sagte Veronika. »Ich brauche dich später zum Nähen.«

Harald Eriksson lag im Bett. Es war schon nach eins, und Charlotte war immer noch nicht zu Hause. Sie hatte auch nicht angerufen und keine Nachricht auf dem Anrufbeantworter hinterlassen. Er wusste nicht recht, was er mit sich anfangen sollte, deswegen lag er einfach nur da.

Er hatte Harriet Rot angerufen. Natürlich hatte er voller Besorgnis bei ihr durchgeläutet. Sie hatte schlaftrunken geantwortet und sich dann sofort große Sorgen gemacht. Die Freundinnen waren alle gleichzeitig, vor gut und gerne eineinhalb Stunden, aufgebrochen. Mindestens.

»Hast du die Polizei verständigt?«, hatte sie gefragt.

Bei diesem Gedanken war ihm nicht wohl.

»Nein, noch nicht. Es ist ja noch nicht sonderlich spät. Ein bisschen sollte ich sicher noch abwarten. Sonst denken die doch nur, ich sei übertrieben ängstlich.«

Er wollte zu keinerlei Gerüchten über sich und seine Frau Anlass geben. Warten Sie noch ein wenig ab, und melden Sie sich wieder, wenn sie nicht auftaucht, würden die Polizisten sagen. Sie war schließlich kein kleines Kind.

Harriet schwieg einen Moment.

»Mir fällt nicht ein, wie ich dir helfen könnte.«

»Ich werde einfach noch ein Weilchen warten«, sagte er schweren Herzens. »Aber besorgt bin ich schon.«

»Du willst nicht rausgehen und nach ihr suchen?«

Er überlegte. Der Gedanke hatte ihn natürlich auch schon gestreift.

»Du hast Recht. Mir wird wohl nichts anderes übrig bleiben. Das Problem ist nur, dass ich dann nicht da bin, wenn sie nach Hause kommt.«

»Willst du, dass ich zu euch nach Hause komme und dort auf sie warte? Sie in Empfang nehme, wenn sie eintrifft?«

Er überdachte ihr Angebot.

»Falls sie ihr Handy verloren hat oder die Batterie leer sein sollte, meine ich«, sagte sie. »Ich kann mich anziehen, mich ins Auto setzen und zu dir rüberkommen. Ich rufe dich dann an, sobald sie nach Hause kommt.«

Er konnte nicht widerstehen.

»Das wäre sehr nett von dir«, sagte er.

Harald zog sich die Hose an, die er vor Kurzem ordentlich auf einen Bügel gehängt hatte. Das Jackett ließ er jedoch hängen und wählte stattdessen einen Pullover.

Während er weg gewesen war, hatte sich Harriet einen Kaffee gekocht. Es duftete, als er die Tür öffnete. Aber er merkte sofort, dass Charlotte nicht nach Hause gekommen war. Es blieb ihm nichts anderes übrig, als die Polizei zu verständigen.

Er bedankte sich bei Harriet.

»Ich werde wohl Mühe haben einzuschlafen. Zum Glück muss ich morgen nicht arbeiten«, sagte sie, bevor sie ging.

Er versprach ihr, sie anzurufen, sobald Charlotte auftauchte, selbst wenn es sehr spät war.

Dann begann er, ruhelos in dem leeren Haus auf und ab zu gehen. Dieses Haus, das für zwei Personen sowieso viel zu groß war. Aber sie hatten ja damals auch mehr Bewohner eingeplant.

Nachdem er mit einem Polizisten telefoniert hatte, der ihn

zwar ernst nahm, aber nicht willens schien, Himmel und Erde in Bewegung zu setzen, floh er ins Schlafzimmer. Gerne wäre er der quälenden Ungewissheit in den Schlaf entronnen.

Was natürlich ein vollkommen abwegiger Gedanke war. Mit aufgerissenen Augen und leerem Blick lag er in dem dunklen Haus mit den vertrauten, leeren Zimmern, starrte an die Decke und lauschte gespannt. Nur das Rascheln der Zweige war zu hören. Das Schlafzimmer zeigte zum Garten. Das Fenster stand einen Spalt offen.

Manche Menschen werden in Situationen wie dieser vollkommen hysterisch, dachte er. Er aber blieb ruhig. Der geborene Chef behielt den Überblick. Das saß im Rückenmark.

Er sah sich gerne als jemanden, der mit dieser Eigenschaft geboren worden war. Nicht mit einem Silberlöffel im Mund, nein, das wirklich nicht. Er kam aus einfachen Verhältnissen. Aber er war mit einem stabilen Charakter auf die Welt gekommen. Ein Material, aus dem sich alles Erdenkliche schaffen ließ. Was er auch getan hatte, und zwar ganz allein.

Der Gedanke an seine eigene Unerschütterlichkeit verlieh ihm Zuversicht. Er wusste, dass er schwierige Situationen meistern konnte, selbst wenn sie lange andauerten. Er war zäh und unermüdlich.

Ein Mensch, der es nicht gewohnt ist, etwas geschenkt zu bekommen, kann immer verborgene Kraftreserven mobilisieren. Auch diese Situation kriege ich in den Griff, dachte er.

Im gleichen Moment spürte er, wie ihn der Schlaf schließlich doch übermannte.

Veronika Lundborg stand gefasst am Operationstisch, dessen Kante sie durch ihre Kleider am Oberschenkel spürte. Im OP herrschte konzentrierte Stille.

Auf der anderen Seite der Patientin und gegenüber von Veronika stand Daniel Skotte. Die OP-Schwester stand an ihrem Platz neben dem Fußende am Instrumententisch, der über die Beine des Patienten ragte.

Veronika mochte Rose, eine fähige Person. Sie dachte immer einen Schritt voraus, wie es sich für eine routinierte OP-Schwester gebührte. Skotte war anpassungsfähig und gelassen. Außerdem wirkte er nie zu gelangweilt oder eifrig, was den Arbeitsrhythmus hätte stören können. Eine Operation war wie ein Ballett und gelang dann am besten, wenn sich die Beteiligten einander anpassten. Veronika hatte Daniel Skotte zum Teil selbst angelernt. Sie waren aufeinander eingespielt. Er war ausdauernd und zäh, wenn auch keine außergewöhnliche Naturbegabung. Das waren sowieso nur wenige.

»Hat sie Antibiotika bekommen?«, fragte Veronika Arne, den Anästhesisten.

»Ja«, antwortete er und blickte zum Tropf. »Bald durchgelaufen.«

Rose reichte ihr ein Skalpell, und Daniel Skotte erhielt ein steriles Tuch. Er und Veronika betrachteten den gesäuberten Bauch. Es herrschte Stille. Nur das eintönige Ticken des Narkosegerätes war zu hören.

Mit Ausnahme des entblößten Bauches und des Kopfes war der Körper mit großen, hellblauen, sterilen Papierlaken bedeckt. Die Haut wies eine gesunde Bräune auf, vermutlich die Reste des langen, schönen Sommers. Die Gesichtsfarbe der Patientin war bei ihrem Eintreffen fast weiß gewesen, und sie hatte einen niedrigen Blutwert von 98 gehabt. Das Herz schlug natürlich rasch, um die relativ geringe Anzahl Sauerstoff transportierender Blutkörperchen auszugleichen. Die Ärzte waren sich bewusst, dass der Blutdruck bei fortwährendem Blutverlust zusammenbrechen und stark abfallen konnte, was leicht zu einem Schock führen würde.

Veronika setzte das Skalpell an die glatte Haut an. Es gab keine Narben einer Blinddarm- oder Gallenblasenoperation. Hingegen sah sie drei dünne, weiße Narben, eine unter dem Nabel, zwei im unteren Bauchbereich, die auf Endoskopien schließen ließen. War sie aufgrund gynäkologischer Beschwerden operiert worden? Der Verlauf der Narben deutete darauf hin.

Sie wussten immer noch sehr wenig über die Patientin, sie hatte ein glattes Gesicht mit fächerförmigen Fältchen in den äußeren Augenwinkeln, kleine, größtenteils einwandfreie Zähne, gepflegte Hände, saubere Fingernägel. Aus besseren Verhältnissen. Kein soziales Elend. Keine Kettenraucherin. Die Leberwerte verrieten keinen übermäßigen Alkoholkonsum.

»Es sieht so aus, als wurde mal eine laparoskopische Untersuchung gemacht«, sagte Daniel Skotte.

»Das dachte ich auch«, sagte Veronika.

Sie setzte den Schnitt knapp über dem Schambein an. Folgte mit dem Skalpell rasch der Mittellinie aufwärts, schnitt dann in einem Bogen links um den Nabel herum und anschließend einige Zentimeter aufwärts. Die Einschusswunde befand sich wenige Zentimeter rechts vom Nabel, ein kleines Loch in der Haut, umgeben von einem dünnen Ring getrockneten Blutes.

Auf den CT-Bildern war viel Flüssigkeit im Bauchraum zu erkennen gewesen, sie gingen davon aus, dass es sich um Blut handelte. Die Kugel steckte in Höhe der Steißwirbel, schien aber, den Bildern nach zu schließen, weder in die Wirbelsäule eingedrungen noch daran vorbeigeschrammt zu sein.

Der Bauch wirkte geschwollen. Die Patientin schien nicht viel Unterhautfett zu besitzen, was die Operation vereinfachte. Veronika arbeitete sich rasch und methodisch durch die Bauchwand vor. Erst die Haut, dann die dünne Fettschicht, daraufhin die zähe Faszie, die sich entlang der langen, geraden Bauchmuskelsehnenscheiden teilte. Unter dem fast durchsichtigen Peritoneum sah sie etwas Dunkles glänzen. Blut.

Ohne dass sie etwas sagen musste, hob Skotte das Bauchfell mit Hilfe zweier Pinzetten an, damit darunter befindliche Därme nicht beschädigt wurden. Mit einer stumpfen Schere schnitt Veronika vorsichtig ein kleines Loch zwischen den beiden Pinzetten. Dunkles, teilweise koaguliertes Blut strömte hervor. Sie setzten den Absauger an.

Nun waren sie in die Bauchhöhle vorgedrungen, und Veronika und Skotte setzten einen Wundhaken ein, um die Wunde aufzuklappen, damit sie sich einen Überblick verschaffen konnten. Die Därme schwammen in Blut, das stetig nachsickerte. Die Farbe war nun heller, was auf frischeres Blut schließen ließ.

Sie arbeiteten rasch und immer noch schweigend. Skotte wechselte zwischen Absaugen und Auswaschen der Bauchhöhle mit warmer Kochsalzlösung ab, bis die Sicht besser wurde und sie die Ursache der Blutung gefunden hatten.

Neben einer Dünndarmwindung sprudelte es aus einer Arterie wie aus einem Springbrunnen. Veronika klemmte das Blutgefäß mit Hilfe einer Péan-Klemme ab. Die Blutung kam sofort zum Stillstand. Veronika überließ Skotte den Griff der Klemme, während sie abknotete.

»Damit wäre vermutlich die schlimmste Blutung gestillt«, sagte sie, ohne den Kopf zu heben.

»Herzlichen Dank«, sagte Arne und Veronika hörte, wie er am Narkosegerät drehte. »Jetzt weiß ich, wie viel Blut ungefähr gebraucht wird«, fuhr er fort. »Der Druck ist zufriedenstellend.«

Kaum etwas vermochte Anästhesisten so sehr zu verärgern wie stete, unaufhörliche Blutungen. Schlimmer war höchstens, die Luftwege nicht frei halten und somit den Tubus nicht einführen zu können, sodass der Patient erstickte.

Nun konnte Veronika etwas gelassener fortfahren. Sie nahm die Region in Augenschein, aus der es geblutet hatte. Behutsam umfasste sie den Dünndarm, drehte ein wenig und stellte fest, dass die Darmwand in der Nähe der geborstenen Arterie beschädigt war.

»Hier muss ich ein Stückchen entfernen«, sagte sie zu Skotte. Sie bat um die für den Eingriff nötigen Instrumente. Während sie wartete, klingelte das Telefon. Die OP-Schwester hob ab.

»Die Notaufnahme. Sie wollen wissen, was sie der Presse sagen sollen.«

Auch das noch!

Veronika streckte sich und holte tief Luft. Sie hatte noch

nicht die gesamte Bauchhöhle begutachtet, sie hatte noch nicht einmal die Kugel gefunden.

»Wir können uns noch nicht dazu äußern. Vorläufig kein Kommentar. Aber es könnte bedeutend schlimmer sein, das kriegen wir schon hin.«

»Sie fragen, ob ihr Zustand kritisch ist«, sagte die OP-Schwester, den Hörer immer noch in der Hand.

Veronika seufzte. »Sag, dass sie ernsthafte Verletzungen davongetragen hat, die lebensbedrohlich gewesen wären, wenn sie nicht rasche medizinische Hilfe erhalten hätte.«

Die OP-Schwester leierte die Antwort in den Hörer.

»Damit müssen sie sich vorerst begnügen. Ich verspreche, mich zu melden, sobald ich mehr weiß.«

Als das beschädigte Darmstück entfernt und die Darmenden wieder zusammengenäht worden waren, suchte sie den Bauchraum systematisch nach weiteren Verletzungen ab. Der Dünndarm war an zwei Stellen von der Kugel durchstoßen worden.

Veronika überließ es Daniel Skotte, ihn zu vernähen, und vermied es, auf die große Uhr über der Tür zu schauen. Sie wollte nicht das Gefühl haben, sich beeilen zu müssen, damit alle, die sich im OP befanden, wenigstens noch ein paar Stunden schlafen konnten.

Das Telefon klingelte erneut.

»Das ist die Notaufnahme. Sie haben jemanden reinbekommen, der im Gesicht blutet«, sagte die Narkoseschwester. »Klingt nach einer Schlägerei.«

Veronika und Daniel Skotte tauschten einen schnellen Blick.

»Kannst du dich darum kümmern?«, fragte sie.

Skotte streifte rasch die Handschuhe und die sterile Kleidung ab und warf sie in Mülleimer und Wäschesack.

»Augenblick noch«, sagte Veronika, ehe Skotte durch die Tür verschwunden war. »Falls das Wartezimmer überfüllt ist, konzentrier dich auf die dringenden Fälle, damit du so rasch wie möglich wieder hier bist. Ich helfe dir dann.«

Er nickte. Sie wusste, dass ihm das recht war. Es war viel spannender, in Ruhe zu operieren, als sich um diffuse Bauchschmerzen und die Folgen von Schlägereien bei Trunkenheit zu kümmern.

Sie fuhr mit ihrer Arbeit fort, indem sie den Dickdarm untersuchte, der nicht beschädigt worden war. Dann folgte sie der Verletzung in dorsaler Richtung und suchte nach der Kugel. Rose verfolgte aufmerksam ihre Untersuchung. Veronika tastete mit den Fingerspitzen immer wieder in der Spalte, tupfte ab, betrachtete erneut, und stieß schließlich auf etwas, das sich wie ein unnachgiebiger Knoten anfühlte.

Die Kugel.

»Bitte eine lange Pinzette«, sagte sie ohne den Blick zu heben, während sie einen Finger auf der harten Stelle beließ.

Die OP-Schwester legte ihr die Pinzette in die Hand. Veronika setzte sie an der glatten Kugel an, die nicht sonderlich tief eingedrungen war. Behutsam stocherte sie im Gewebe und hob die Kugel dann langsam, um sie nicht zu verlieren, aus der Wunde.

»Super«, sagte Rose, als die Kugel mit einem Pling in eine Schale aus rostfreiem Stahl fiel.

»Erledigt«, meinte Arne Bengtsson lakonisch. Er stand hinter seinen Maschinen und hatte von dort die Extraktion der Kugel verfolgt. »So klein und doch so gefährlich. Die Leute sollten sich wirklich nicht so ereifern!«

Nach dieser philosophischen Betrachtung setzte er sich schwerfällig auf einen Stuhl neben den Narkosegeräten, reckte die Arme über den Kopf und gähnte herzhaft.

»Stimmt«, pflichtete ihm Veronika bei. Sie hielt den Blick immer noch auf die Wunde gerichtet. »Jetzt spülen wir mit warmer Kochsalzlösung«, sagte sie zu Rose, die sich ihrerseits an eine der Pflegehelferinnen wandte.

»Ich glaube, ich kenne die Frau«, meinte Berit und umrundete den Operationstisch, um das Gesicht der Patientin eingehender betrachten zu können.

Das Haar wurde von der hellblauen Haube verdeckt, der Tubus ragte ihr aus dem Mund, die Augen waren geschlossen, und die Gesichtszüge waren schwer zu erkennen, da der Muskeltonus fehlte.

»Ach, wirklich?«, fragte die Narkoseschwester neugierig. »Ich finde, dass man auf dem OP-Tisch niemanden wiedererkennt.«

Sie betrachteten sie gemeinsam. Wer war sie?

»Schätzungsweise um die vierzig«, meinte Berit.

»Oder etwas jünger«, meinte die Narkoseschwester. »Sie hat sehr glatte, schöne Haut.«

Veronika beteiligte sich nicht an diesem Ratespiel. Sie besaß momentan auch nicht die Muße, sich dem Kopf der Patientin zuzuwenden. Außerdem wusste sie, dass sie ihr im Gegensatz zu den anderen aus dem OP später wieder begegnen würde, wenn sie erwachte. Veronika würde der Patientin erzählen, dass sie bewusstlos eingeliefert worden war und man sie operiert hatte. Sie würde ihr erklären, welche Eingriffe vorgenommen worden seien und warum, und dass sie wahrscheinlich recht bald das Krankenhaus würde verlassen können.

Es war ein Privileg, einen solchen Gesundungsprozess begleiten zu dürfen, der manchmal zu einem ganz neuen Weltbild führte.

Veronika würde da sein, jedenfalls zu Anfang, solange der medizinische Zustand dies erforderlich machte. Warum? Das würde sich diese Frau ganz sicher fragen. *Warum ist das ausgerechnet mir zugestoßen?* Vielleicht würde sie auf diese Frage nie eine Antwort erhalten. Vielleicht würde es ihr den Anstoß geben, ihr ganzes Umfeld neu zu bewerten.

»Da hätten wir jetzt das Einschussloch«, sagte Veronika mehr zu sich selbst und betastete die rechte Bauchwand. »Ich glaube, ich erweitere es ein wenig«, meinte sie an Rose gewandt und ließ sich eine lange Péan-Klemme reichen, die sie in die Öffnung schob. »Es soll offen bleiben, falls durch die Kugel Schmutz in die Wunde geraten sein sollte, damit der Eiter ablaufen kann. Ich kann es dann später zunähen.«

Die Tür wurde aufgeschoben, und Daniel Skotte streckte seinen Kopf herein.

»Werde ich noch gebraucht, oder seid ihr schon fertig?«

Veronika spürte, wie verspannt sie im Kreuz war.

»Wir müssen nur noch zumachen«, meinte sie. »Wenn du das übernimmst, kann ich anfangen zu diktieren, in Ordnung?«

»Klar«, erwiderte er bereitwillig und lächelte.

»Beeil dich und wasch dir die Hände«, sagte Rose.

Er hatte sich bereits zum Gehen gewandt, da fiel ihm noch etwas ein.

»Ich kann von der Notaufnahme berichten, dass die Patientin wahrscheinlich identifiziert ist.«

Ehe jemand etwas erwidern konnte, war er auch schon draußen. Rose bereitete sich darauf vor, ihm neue sterile Kleidung sowie neue Handschuhe überzustreifen. Er öffnete die Tür mit dem Fuß und trat mit desinfizierten Händen ein.

»Jetzt seid ihr alle neugierig, oder?«, sagte er durch seinen Mundschutz.

Er nahm Rose ein steriles Papierhandtuch aus den Händen und steckte dann die Arme in den Kittel, den sie ihm hinhielt. Berit band ihn am Rücken zu. Jemanden steril einzukleiden ist wie ein Kind anzuziehen, dachte Veronika.

»Spuckst du es jetzt aus, oder nicht?«, fragte sie und ging um die Patientin herum zur Tür.

»Sicher recht tragisch. Jemand muss auf die falsche Person geschossen haben. Es hätte auch dich erwischen können«, meinte Daniel Skotte und sah Veronika an. »Oder dich.« Er warf Rose einen ernsten Blick zu.

»Oder warum nicht gar dich?«, spottete Rose.

»Ja, wieso eigentlich nicht. Wenn ich zum falschen Zeitpunkt am falschen Ort gewesen wäre.«

3

Harald Eriksson trug über seinem Schlafanzug einen Morgenrock.

Es handelte sich um ein altmodisches, elegantes Modell aus dickem, weinrot gestreiftem Samtfrottee, das ein ganzes Leben lang halten würde. Natürlich hatte er einiges gekostet. Charlotte hatte ihn gekauft. Er hatte den Morgenrock zu seinem fünfunddreißigsten Geburtstag bekommen, der ziemlich genau neun Jahre zurücklag. Damals hatte er gefunden, dass er viel zu solide und zu sehr nach altem Mann aussah. In seiner Familie trug man Bademäntel aus dünnerem Stoff.

Aber nicht zum ersten Mal hatte er umdenken müssen. Und er hatte natürlich mit keiner Miene verraten, was ihm durch den Kopf ging, als sie ihn damals morgens mit einem Frühstück im Bett überrascht hatte. Sie war so froh und begeistert gewesen. Sie erzählte, wie sie den Morgenmantel in dem noblen Warenhaus NK in Stockholm gekauft hatte, und ihm war klar gewesen, dass es das Modell war, das einem Mann wie ihm anstand.

Er richtete sich gerne nach ihren Wünschen. Es erforderte nicht viel Mühe, ihr eine Freude zu bereiten. Dabei ging es nicht um Besitztümer, denn sie hatte seit ihrer Geburt auf nichts verzichten müssen, und dafür verachtete er sie manchmal. Für sie war das alles selbstverständlich, und sie wusste nicht viel über die Lebensbedingungen anderer Menschen. Das war ein heikler Punkt, und immer wenn sie auf dieses Thema zu sprechen kamen, lag Spannung in der Luft. In seinen Augen würde sie immer die Naive und Ahnungslose bleiben. Während er die Rolle desjenigen übernommen hatte, der wusste, wie es in der sogenannten Wirklichkeit aussah.

Jetzt bekam er fast ein schlechtes Gewissen. Es war spät, es war immer noch dunkel draußen, und das Leben war nicht wie früher. Er war einen Moment eingeschlummert und ahnte nun, als er hinausschaute, dass der Tag bald anbrechen würde. Zu dieser nächtlichen Stunde gab es keine angenehmen Gedanken, sondern Angst und Unruhe rumorten in seinem Innern.

Er ging mit sich ins Gericht. Das Bild von Charlotte hatte er sich vermutlich so zurechtgelegt, weil es ihm so gepasst hatte. Denn eigentlich traf Charlotte die verschiedensten Menschen an ihrem Arbeitsplatz. Selbst sie musste daher einigen Einblick in unterschiedlichste Verhältnisse erhalten haben. Vielleicht war sie gar nicht so blauäugig, wie er immer gedacht hatte. Manchmal sah er ihr das auch an, aber es fiel ihm schwer, das zu akzeptieren.

Manchmal zankten sie sich, das war alles. Zum großen Streit kam es aber nie. Nein, auf dieses Niveau ließen sie sich nicht herab.

Manchmal ging er in die Küche, wenn es brisant wurde, wenn sie nicht die besten Freunde waren. Dann stellte er sich ausnahmsweise an den Herd und bereitete ein Liebesmahl zu. Es musste nichts Außerwöhnliches sein, ein Omelette und eine Flasche Wein genügten. Der gute Wille zählte, damit nahm sie es genau. Und anschließend war alles wieder gut.

Oder?

Sehnte sie sich nach Veränderung? Hatte sie ihm in letzter Zeit zu verstehen gegeben, dass sie unzufrieden war?

Nein, dachte er. Jedenfalls hatte er nichts bemerkt.

Aber das allergrößte Glück hatte er ihr nicht schenken können. Niedergeschlagen ging er im halbdunklen Wohnzimmer auf und ab und wartete darauf, dass der Türklopfer durch das Haus hallen würde. Sie würden bald da sein. Die Polizeibeamten. Sie hatten ihm nicht gesagt, worum es ging.

Vielleicht hatte sie damals bei NK, als sie mit der Hand über den weichen Frotteestoff gefahren war, gedacht, dass das ein Morgenmantel war, an den sich kleine Kinder kuscheln konnten, um zu spüren, dass er nach Papa roch.

Genug.

Harald atmete rasch durch die Nase. Er war den Tränen nahe und zitterte, als er wieder ausatmete. Dann schob er die schmerzhafte Leere, die unbeschreibliche Sehnsucht, beiseite.

Jetzt hörte er draußen Stimmen. Der Klopfer hallte durch das Haus. Er band den Morgenrock fester und ging auf die Haustür zu.

Die Situation war ausgesprochen verwirrend, obwohl er selbst ein weiteres Mal angerufen hatte, als ihm klargeworden war, dass sie nicht mit irgendeiner plausiblen Erklärung nach Hause kommen würde. Weder in der Morgendämmerung noch am Vormittag.

Der Beamte, der schließlich zurückgerufen hatte, hatte ihn aufgefordert, zu Hause zu warten. Andere Direktiven hatte er nicht bekommen, kein genauer Zeitpunkt war genannt worden, nichts hatte man ihm in Aussicht gestellt.

Jetzt waren sie da. Zwei. Er führte sie in das große Wohnzimmer. Ratlos betrachtete er Charlottes Kleidungsstücke, die sie aus einer großen braunen Papiertüte nahmen.

»Ja, das sind ihre Kleider.« Er nickte. Ein ungefärbter Wollpullover und eine sandfarbene Armani-Jeans. Um ihn zu schonen, zeigte die Polizistin ihm nur die Rückseite des Pullovers. Sie sprach es zwar nicht aus, aber ihm wurde es klar, als er in ihre dunklen, großen Augen sah.

Charlottes Verlobungs- und Eheringe waren auch dabei. Er brauchte gar nicht erst nach seinem eingravierten Namen zu suchen, sondern nickte nur.

Er erinnerte sich an ihre Verlobung im Grand Hotel in Lund, das er damals als einen ausgesprochen passenden Ort erachtet hatte. Traditionsreich und mit Atmosphäre. Dennoch war ihm zwischen den glänzenden Damasttischdecken und aufwändig gefalteten Stoffservietten nicht ganz wohl gewesen. Ein Strauß blassgelber Rosen hatte auf dem Tisch gestanden. Charlottes Augen hatten gefunkelt, alles war sehr romantisch gewesen. Ich bin so glücklich, hatte sie gesagt. Als er ihr den Ring auf den Finger geschoben und sie geküsst hatte, hatte er sich endlich entspannen und freuen können.

Die eigentliche Hochzeit war dann ganz anders gewesen …

»Sie hat Sie im Verlauf des Abends nicht angerufen?«, fragte die etwas ältere Polizistin, nachdem sie ihm erzählt hatten, Charlotte sei im Krankenhaus.

Sie war also am Leben. Alles war plötzlich verändert.

Keine der Polizistinnen trug Uniform. Die jüngere, die ihm die Kleider gezeigt hatte, war dunkelhäutig. Offenbar war das heutzutage ein Ausdruck der Political Correctness, auch solche Leute zu beschäftigen, dachte er. Jedenfalls war sie mit ihrem langen, schmalen Hals, ihrer hohen Stirn, ihrem markanten Kinn, den ernsten vollen Lippen und den durchdringenden braunen Augen, in denen Pupille und Iris nicht voneinander zu unterscheiden waren, eine ausgesprochene Schönheit. Sie sah ihn ruhig und fragend an. Das war nicht unangenehm, aber auch nicht wirklich angenehm.

»Nein, sie hat nicht angerufen«, antwortete er knapp.

Er hörte selbst, dass er müde und niedergeschlagen klang.

»Hat sie denn kein Handy?«

Die ältere Beamtin war um die vierzig und trug eine Ponyfrisur. Sie war ungeschminkt, wirkte typisch schwedisch und etwas langweilig, was vielleicht auch nur daran lag, dass diese ausgesprochene Schönheit neben ihr stand.

»Natürlich hat sie ein Handy. Haben Sie es nicht gefunden?«

Die Frauen sahen sich an.

»Nein noch nicht«, antwortete die Polizistin mit dem Pony.

Als er die Polizistinnen einließ, hatte Harald das vage Gefühl beschlichen, Charlotte sei tot und man würde ihn nun mit der nackten Wahrheit konfrontieren.

Jetzt wiederholten sie aber, Charlotte läge im Krankenhaus und werde soeben operiert. Über ihren Zustand sei nichts Genaues bekannt.

Sie hatte eine Schussverletzung erlitten.

Aber sie hatte überlebt.

»Begreifen Sie nicht, dass ich sie sehen muss? Ich will bei ihr sein und nicht hier herumsitzen«, ereiferte er sich plötzlich, als hätten die beiden das Fass zum Überlaufen gebracht.

Doch, das verstanden sie. Sie nickten beide nachdenklich mit dem Kopf wie zwei Wellensittiche.

»Das Krankenhaus wird sie verständigen, sobald die Operation vorüber ist«, sagte die Beamtin mit dem Pony. »Dann erfahren wir auch, wie alles verlaufen ist.«

Wir, dachte er. Wer, wir? Ich habe das Recht, es zu erfahren.

Die beiden Polizistinnen waren die ganze Zeit über freundlich, sachlich und so verdammt beherrscht, dass ihm fast der Kragen platzte.

Unruhig erhob er sich von seinem Sessel. Die beiden Frauen blieben auf dem löwengelben Plüschsofa sitzen. Die Stehlampe von Svenskt Tenn mit einem Stoffschirm mit Tulpenmuster von Josef Frank stellte die einzige Lichtquelle dar. Sie stand im Erker neben dem Sofa. Das Haus war plötzlich kein lebendiges und schön eingerichtetes Zuhause mehr, sondern ein Mausoleum mit leeren und dunklen Sälen.

Er hatte den Eindruck, dass die Ältere ein Gähnen zu unterdrücken versuchte, sobald er ihr den Rücken zuwandte. Sie zog ein Handy aus der Tasche.

»Spreche ich mit der Notaufnahme?«

Sie nannte ihren Namen, Louise Irgendwas, hieß sie. Ein ausländischer Nachname.

»Wir schicken einen Wagen, der Sie zum Krankenhaus bringt«, sagte sie dann.

Langsamen Schrittes begab er sich ins Obergeschoss, um sich umzuziehen. Ordentliche Kleidung. Er wollte sich auf das, was ihn erwartete, vorbereiten.

Veronika war jetzt sehr lange auf den Beinen. Sie saß in dem fensterlosen Kabuff mit dem Diktaphon. Sie öffnete die Tür hinter sich ganz, um etwas frische Luft hereinzulassen, während sie in das Gerät sprach. Der Gang hinter ihr war leer und lag im Halbdunkel. Nur das Rauschen der Lüftung und die leisen Unterhaltungen aus dem OP drangen an ihr Ohr.

Die Nacht ging in die Morgendämmerung eines ganz normalen Samstags über.

Sie mochte die Nächte. Man kam sich näher. Wenige hatten Dienst, waren weniger gehetzt und hatten mehr Zeit für alles. Wie oft hatte sie nicht im Laufe der Jahre noch weit nach Mitternacht allein in dem kleinen Kabuff gesessen und einen Operationsbericht diktiert? Ein Ritual, das den eigentlichen Eingriff beendete.

Jetzt beschrieb sie den gesamten Verlauf mit den wesentlichen Details in kurzen und prägnanten Sätzen.

Als frischgebackene Ärztin hatte sie die Tür immer sorgfältig hinter sich geschlossen, um sich die Formulierungen in Ruhe zurechtlegen zu können. Sie wollte mehrmals zurückspulen und wiederholen können, ohne gestört zu werden und ohne dass andere sie hören konnten. Sie hatte in dem Kabuff gesessen, bis der Sauerstoff aufgebraucht gewesen war, und trotzdem war sie unsicher gewesen, ob sie auch alles erwähnt hatte. Die Angst davor, Fehler zu machen, war die Geißel aller jungen Ärzte.

Den ersten Operationsbericht, den sie diktiert hatte, hatte sie nach der Abschrift ihrem damaligen Chef vorlegen müssen. Er war natürlich der Operateur gewesen und hatte somit auch die medizinische Verantwortung getragen. Sie hatte nur assistiert. Er hatte ihr gestattet, unter strenger Aufsicht des Oberarztes ein paar einfachere Schritte des langen Eingriffs durchzuführen. Es hatte sich um eine Krebsoperation gehandelt, etliche große Darmabschnitte waren entfernt und nach einem komplizierten System neu miteinander verbunden worden. Sie konnte sich immer noch daran erinnern, wie schwierig es gewesen war, die einzelnen Abschnitte der Operation zu rekapitulieren. Aber sie hatte nicht gewagt zu fragen. Außerdem war ihr nach der ungewohnten Anspannung schwindlig gewesen.

Einige Tage später hatte sie den Operationsbericht in ihrem Postfach gefunden. Der Oberarzt hatte ihn wortlos zurückgelegt. Fast der gesamte Text war mit Rotstift korrigiert gewesen. Sie hätte im Erdboden versinken mögen.

An der Sprache hatte er nichts auszusetzen gehabt, sondern an der mangelhaften Beschreibung der eigentlichen Operation. Die Anatomie, das Material für die Nähte, die Technik, welche Abschnitte entfernt worden waren, welche man wieder zusammengefügt hatte und in welcher Reihenfolge. All das musste genau erklärt werden, da es sich bei dem Operationsbericht um das Dokument handelte, in dem der eigentliche Eingriff beschrieben wurde. Falls später etwas schiefgehen und der Operateur angezeigt und zur Rechenschaft gezogen werden sollte.

Sie hatte seither einiges dazugelernt. Unter anderem, nicht zu zögern, um Hilfe zu bitten. Schließlich kam es immer auf das Ergebnis an.

Mittlerweile sprudelte alles förmlich aus ihr heraus. Erst das Datum, dann der Name, die Art der Operation, daraufhin die Indikation. Die gängigen hatte sie im Kopf. Dann begann die eigentliche Beschreibung.

»Diktat von Veronika Lundborg«, begann sie. Sie sprach mit leiser Stimme ins Mikrofon.

»Du heißt also jetzt nicht Claesson?«, hatte einer ihrer Kollegen wissen wollen.

Vor einigen Jahren hatte sie sich von ihrem zweiten Nachnamen Westman getrennt, den sie aus sentimentalen Gründen immer behalten hatte, obwohl sie sich bereits hatte scheiden lassen, als Cecilia ein paar Jahre alt gewesen war. Sie hatte sich von Westman getrennt, nachdem Cecilia ausgezogen war. Damit hatte sie sozusagen einen neuen Lebensabschnitt eingeleitet. Sie war wieder sie selbst gewesen und sonst niemand.

Bei ihrer Heirat vor zwei Monaten hatte sie nicht das Bedürfnis verspürt, sich den Namen Claesson zuzulegen. Es waren ganz andere Bande, die Claes und sie verbanden. Sie wollte die bleiben, die sie war, und daran hatte Claes auch nichts auszusetzen.

Ihre Töchter hießen Cecilia Westman und Klara Claesson. Jetzt stellte sich die Frage, wie das nächste Kind heißen sollte. Mit einem Mal fiel ihr auf, dass es in ihrem Körper ungewohnt still war. Ob sie noch wuchsen? Der Embryo und die Gebärmutter? Ihre Gedanken wanderten bauchabwärts, während sie weiterdiktierte. Sie hatte nicht geblutet, es gab also keine Anzeichen für eine Fehlgeburt. Sie spürte natürlich keine Bewegungen des Embryos, dafür war es noch zu früh. Was sie nachdenklich stimmte, war die Tatsache, dass es ihr so leicht fiel, die lähmende Müdigkeit zu ignorieren, die ihre früheren Schwangerschaften zu Beginn immer begleitet hatte und die auf der Hormonumstellung beruht hatte. War das wirklich normal? Zwar war ihr etwas flau im Magen, und sie hatte den Geschmack von Papier im Mund, aber es war ihr nicht regelrecht übel. Sie hatte auch nicht dauernd das Bedürfnis, etwas zu essen. Sie hatte schon eine Weile nichts mehr gegessen, aber sie verspürte trotzdem keinen Hunger.

Sie hatte sich in der Mütterklinik im zentral gelegenen alten Lazarett einen Termin beim Gynäkologen geben lassen. Außerdem hatte sie ihre ehemalige Mitstudentin Christina Löfgren verständigt, die in der Frauenklinik in Lund arbeitete. Sie hatten sich jahrelang nicht mehr gesehen und waren sich dann zufällig in dem großen Krankenhaus im August wiederbegegnet, als sie an Cecilias Krankenbett gesessen hatte. Christina hatte eine Plazentaprobe empfohlen, da sie bereits 46 Jahre alt war. Veronika hatte vor, die Frage mit dem Frauenarzt zu diskutieren. Dann würde sie sich eine Überweisung nach Linköping geben und die Untersuchung dort durchführen lassen.

Sie war am Schluss der Operation angekommen: »Danach wurde die Bauchhöhle mit einer fortlaufenden Loop-Naht verschlossen und die Haut mit Ethilon. Vor dem Eingriff erhielt die

Patientin 1,5 g Clont und 1,5 g Zinacef. Während der Operation wurde keine Wunddrainage gelegt. Die Patientin wird auf der Intensivstation versorgt.«

Eine Drainage war nicht nötig gewesen, da die Wunde trocken gewesen war und sehr gut ausgesehen hatte.

Als sie zu Ende diktiert hatte, gähnte sie so herzhaft, dass die Kiefergelenke knackten. Dann erhob sie sich und trat auf den Gang.

Hoffentlich war Daniel Skotte bald fertig, damit man die Patientin wecken und auf die Intensivstation bringen konnte, die auf demselben Stockwerk jenseits der Fahrstühle lag. Sie wollte mitgehen, sehen, dass die Frau dort gut untergebracht wurde, und den Intensivschwestern zusammen mit dem Anästhesisten noch ein paar Anweisungen geben sowie die Medikamente ordinieren.

Im Krankenhaus war man umweltbewusst. Nachts wurden die Gänge schwächer beleuchtet. Sie ging auf das Fenster über dem Vorbereitungstisch der Anästhesisten zu. Auch dort war es fast dunkel. Sie sah hinaus. Über der Ostsee war die Dämmerung zu ahnen. Das Tal unter ihr lag noch im Dunkeln. Der Döderhultsbach war als schmales, funkelndes Rinnsal zu erkennen. Auf der Straße beschleunigte ein Lastwagen mit Anhänger. Sie folgte dem motorisierten Glühwürmchen mit den Augen. Sie war nach der erfolgreich ausgeführten Arbeit angenehm zufrieden.

Vor nicht allzu langer Zeit hatte sie in einem anderen Krankenhaus hoch oben am Fenster gestanden und eine ganz andere Rolle bekleidet. Es hatte sie getröstet, über die Südküste Schonens Richtung Malmö und Kopenhagen zu schauen. Eine offene Landschaft. Ihre Seele eine offene Wunde.

Sie hatte sich auf der Neurochirurgie der Universitätsklinik Lund befunden. Der Alptraum aller Eltern wurde für sie Wirklichkeit. Ihr Kind war lebensgefährlich verletzt worden.

Das Schlimmste war jetzt vorüber, aber die Zukunft war immer noch ungewiss.

Cecilia konnte sich wieder bewegen wie früher, sie konnte allein essen und sich allein anziehen, obwohl das langsamer ging. Sie konnte ohne Hilfe auf die Toilette gehen und sich auch allein waschen. Vielleicht würde sie auch wieder wie früher rennen können. Und tanzen.

Niemand wusste das sicher. Würde Cecilia wieder Bücher lesen können, ohne nach drei Zeilen einzuschlafen? Würde sie begreifen, was sie las? Würde sie weiterstudieren können? Würde sie ihr Berufsziel erreichen und sich nicht einfach in ihr Schicksal ergeben? Und wie sah das eigentlich aus? Dass sie jemandem, der ausgerastet war, in die Quere gekommen war.

Veronika wäre diesem Menschen gerne begegnet. Hätte ihm gerne in die Augen gesehen.

Die Patientin besaß nun einen Namen. Sie hieß Charlotte Eriksson.

Man hatte sie inzwischen auf die Intensivstation verlegt. Ihr Ehemann, Harald Eriksson, hatte seine Frau noch nicht sehen dürfen. Er wartete in einem Zimmer auf demselben Flur.

Eine dieser vielen Begegnungen. Veronika ging davon aus, dass es recht schnell gehen würde. Nicht weil es so spät war oder genau genommen bereits frühmorgens und alle müde waren, sondern weil sie ihm eine gute Botschaft überbrachte. Außerdem hatten sie und der Ehemann und natürlich die Patientin selbst noch tagelang Zeit, sich im Krankenhaus in aller Ruhe zu unterhalten.

Veronika war zufrieden. Die Patientin würde vermutlich keine bleibenden Schäden davontragen. Eine Narbe, das ja, aber der Magen würde wieder in Ordnung kommen, und sie würde essen und trinken können wie vorher.

Aber die eigene Zufriedenheit durfte sie nicht blind machen, wenn sie jetzt gleich dem Ehemann gegenüberstand, der außer sich vor Angst war. Er würde mit Recht skeptisch auf einen zu munteren und bagatellisierenden Ton reagieren, das wusste sie aus Erfahrung.

Veronika vermied es, ernste Situationen kleinzureden. Charlotte Erikssons Verletzung war zweifellos lebensbedrohlich gewesen, als man sie eingeliefert hatte. Ernsten Situationen war mit Respekt zu begegnen. Und mit Zeit.

Sie erinnerte sich daran, dass sich nach dem Untergang der Fähre Estonia Patienten und Angehörige, die von anderen Katastrophen heimgesucht worden waren, beklagt hatten, sie seien ob der enormen Aufmerksamkeit, die den Estonia-Opfern und ihren Angehörigen zuteil geworden war, in Vergessenheit geraten. Ihre missliche Lage war im Vergleich gewissermaßen verblasst.

Trauer ließ sich weder messen noch vergleichen.

Daniel Skotte ging neben ihr den Korridor der Intensivstation entlang. In ihren grünen Kleidern mit den offenen Ärztekitteln sahen sie aus, als kämen sie direkt vom Schlachtfeld.

Skottes Handy klingelte und er antwortete. Das Gespräch war kurz.

»Notaufnahme?«, fragte Veronika.

»Ja. Zwei Patienten, aber beides keine eiligen Fälle.«

»Kommst du doch mit rein?«

Er nickte wie erwartet. Die meisten Ärzte wollten gerne von Anfang bis Ende dabei sein, von der Einlieferung über die Operation bis zur Begegnung mit den Angehörigen und später mit dem Patienten selbst.

»Es wäre nett, wenn du dich nachher allein um die beiden auf der Notaufnahme kümmern könntest, dann kann ich nach Hause fahren«, meinte sie.

Langsam wurde sie müde.

»Klar!«

Sie hatte das ganze Wochenende Bereitschaftsdienst und musste ihre Kräfte schonen. Skotte hingegen hatte um neun Uhr Feierabend. Dann konnte er nach Hause gehen und schlafen und hatte später einen Samstagabend im friedlichen Oskarshamn vor sich. Veronika überlegte, was er wohl unternehmen würde.

Daniel Skotte war inzwischen vierunddreißig Jahre alt. Er war groß, mager und blass, sogar im Sommer. Er hatte magere Oberarme, die aussahen, als hätte er nie ein Fitnessstudio betreten. Sein aschblondes Haar kräuselte sich jungenhaft und war im Nacken ausrasiert. Er war sehr kurzsichtig, und als er bei ihnen angefangen hatte, hatte er noch seine Militärbrille getragen, was ihm einen recht abgebrühten Ausdruck verliehen hatte. Er hatte ausgesehen wie ein Kampfschwimmer. Einige Kollegen, die ähnliche Brillen trugen, verstärkten den hartgesottenen Eindruck noch dadurch, dass sie sich den Kopf rasierten. In Skottes Fall hatte seine Brillenwahl jedoch finanzielle Gründe gehabt. Er stammte aus einfacheren Verhältnissen, sein Vater war Tankstellenpächter, und seine Mutter arbeitete in einem Hort. Bodenständige Leute, die ihrem Sohn jedoch nicht oft Geld hatten zustecken können. Jetzt hatte er die mageren Studentenzeiten hinter sich gelassen und trug eine moderne Brille mit einem dünnen schwarzen Metallgestell.

Veronika wusste, dass er gerade eine Trennung hinter sich hatte. Er hatte einige Bemerkungen fallen lassen, als sie sich einmal vor einer Operation nach allen Regeln der Kunst die Hände gewaschen hatten. Ihr war sein trauriger Blick über dem Mundschutz aufgefallen, aber dann hatten sie nie mehr darüber geredet.

Skotte sah im Großen und Ganzen recht nett aus, aber sein Aussehen prägte sich einem nicht sofort ein. Er war umgänglich, und in letzter Zeit war er etwas selbstbewusster geworden. Am auffälligsten waren seine kräftigen Beine. Er hatte eine extrem gute Kondition, war zäh und stur und scheute nicht davor zurück, sich selbst zu quälen, was eine gute Voraussetzung für einen zukünftigen Starchirurg war, der nie aufgeben durfte, wie kompliziert der Eingriff auch sein mochte. Skotte trainierte ständig für irgendwelche Marathonläufe, der nächste war in New York im November. Er hatte also bis vor kurzem eine Freundin gehabt, er hatte sogar mit ihr zusammengewohnt, aber Veronika hatte den Verdacht, dass er ihr ganz einfach davongelaufen war. Etwas Zeit war für alle Beziehungen erforderlich, aber sie hütete sich, ihm das zu sagen.

Jetzt war Skotte unrasiert, aber er wirkte trotzdem noch wie ein lieber Kater. Wie sie selbst aussah, war ihr egal. Sie wäre nicht einmal im Traum auf die Idee gekommen, in einer Situation wie dieser in den Spiegel zu schauen.

Veronika klopfte leise, räusperte sich und öffnete die Tür. In einem der Sessel saß ein Mann mittleren Alters. Er war leger, aber ordentlich gekleidet und besaß die Unerschütterlichkeit, die gewissen Menschen eigen ist, gleichgültig, wie es ihnen geht.

Der Mann, dessen Namen ihr im Moment wieder entfallen war, sprang auf. Sie wollte ihm gerade die Hand reichen und ihren Namen sagen, da wandte er sich an Daniel Skotte.

Er nahm sie nicht einmal wahr.

»Wie geht es ihr?«

Veronika kam rasch zu dem Schluss, dass sie es ihnen zugestehen konnte, einen Augenblick lang unsichtbar zu bleiben. Sie setzte ein mildes Lächeln auf. Wenn sie etwas konnte, dann lächeln. Das konnten die meisten Frauen. Es kam ihr neuerdings immer sinnloser vor, gekränkt zu sein. Woher sollte der Mann auch wissen, dass sie Chirurgin und nicht Krankenschwester war? Das Wichtigste war schließlich, dass sie das wusste. Und Skotte.

Sie lächelte also, während sie Skotte betrachtete. Sie wartete darauf, dass er sie zu Wort kommen lassen würde. Aber zu ihrem großen Erstaunen begann er, detailliert die Operation zu beschreiben. Er sagte *wir*, was so klang, als hätte er das Skalpell in der Hand gehalten und als hätte Veronika assistiert.

Nach einer Weile fiel ihr auf, dass der Ehemann überfordert war. Skottes energische Ausführungen, seine fuchtelnden, um Deutlichkeit bemühten Hände, der Gatte, der bei all den Manövern im Bauchraum seiner Frau immer bleicher wurde, den blutenden Därmen, die entfernt und zusammengenäht worden waren – schließlich griff sie ein.

»Ich heiße Veronika Lundborg und bin Oberärztin«, unterbrach sie autoritär wie eine Parteiführerin im Endspurt des Wahlkampfes und legte dem Mann gleichzeitig eine Hand auf den Arm.

»Ich finde, dass Sie jetzt zu Ihrer Frau reingehen sollten. Wir begleiten Sie. Sie haben einiges durchgemacht, aber Ihre Frau wird wieder gesund, genau wie Daniel Skotte eben gesagt hat. Wir können uns morgen weiter unterhalten.«

Der Mann sah sie etwas verlegen an.

»Sie sind sicherlich sehr erschöpft«, meinte sie freundlich.

»Stimmt«, gab er zu.

Eine halbe Sekunde verstrich.

»Haben Sie vielen, vielen Dank!«, platzte er dann heraus, nahm resolut mit beiden Händen Veronikas Rechte und drückte sie eine Ewigkeit. Anschließend wiederholte er die Prozedur mit Daniel Skottes Hand.

Ob er wohl Pastor einer Freikirche ist, überlegte Veronika.

Samstagmorgen. Die Stadt erwachte langsam.

Veronika fuhr vom Krankenhausparkplatz, der halbleer im feuchtkalten Morgendunst lag. Einige Elstern hatten den Inhalt eines Mülleimers, Bananenschalen und Eispapier, auf dem schwarzen Asphalt verteilt. Sie bog Richtung Zentrum ab und befand sich rasch in dem Kreisverkehr, der jeden Autofahrer in Oskarshamn empfing. Auf einem Hügel in der Mitte wuchsen strahlende Herbstblumen und ein paar späte Rosen. Es war fast sechs Uhr.

Um neun musste Veronika wieder in der Klinik sein, um mit Fresia Gabrielsson, die Daniel Skotte ablösen würde, die Visite zu machen. Fresia war jung und ehrgeizig, genau wie Veronika einst. Sie versuchte es allerdings immer allen recht zu machen. Veronika ärgerte sich ein wenig über Fresias abwartendes Verhalten, darüber, dass sie ständig ihre Umgebung beobachtete, um sich anpassen zu können, nicht zuletzt auch an die Schwestern.

Veronika fror. Sie umklammerte das Lenkrad und gab nur vorsichtig Gas, da sie wusste, dass ihr Reaktionsvermögen momentan ziemlich eingeschränkt war.

Es würde wieder einen für die Jahreszeit viel zu warmen Tag geben. Für diese feuchten und warmen Tage mit gelegentlichem Platzregen konnte man nur dankbar sein. Aber diese Wolkenbrüche hatten etwas Unnatürliches. Irgendetwas stimmte nicht. Und da wollte sie noch ein Kind zur Welt bringen!

Vielleicht.

Kolbergavägen. Ein Fahrradfahrer fuhr Schlangenlinien, vermutlich weil er betrunken war. Sie überholte ihn in einem weiten Bogen. Bald war sie zu Hause. Sie fragte sich, wie es wohl war, aus der Narkose zu erwachen und zu erfahren, dass auf einen geschossen worden war.

Veronika hätte Claes gerne wie ein kleines Kind, das sich nicht bremsen kann, sofort von der Nacht erzählt. Gleichzeitig hoffte sie jedoch, dass er und Klara noch schliefen, damit sie ins Haus schleichen und ihren schmerzenden Kopf noch einen Augenblick auf ein Kissen betten konnte.

Veronika überlegte, dass ihr Vater, wäre er noch am Leben gewesen, bestimmt sehr stolz auf sie gewesen wäre. Die Tochter, die eine Schussverletzung operierte. Er hätte das sicher ganz aufregend gefunden und ihre Erklärung, dass sich eine solche Operation nicht von einer Krebsoperation unterschied, nicht gelten lassen. Vielleicht hätte sie bei all seiner Bewunderung aber auch nur abwehrend und kleidsam bescheiden gelächelt. Und er hätte sie die Geschichte immer wieder erzählen lassen, aber nur in groben Zügen, etwa so, wie es in der Zeitung stehen würde. Im Gegensatz zu ihrer Mutter, die sie regelmäßig zum Verstummen gebracht hatte, hatte er sie nie ausgefragt. Die alterstrüben, braunen Augen ihres Vaters hatten stets auf ihr geruht, während er sich mit der Hand über die Bartstoppeln an seinem mageren Kinn gestrichen hatte. Er hatte ihr immer begeistert und ohne jeglichen Minderwertigkeitskomplex zugehört. Ihm gegenüber hatte sie in ihren Erfolgen schwelgen dürfen. Sie war der Liebling ihres Vaters gewesen.

Ohne Ankündigung brachen die Tränen aus ihrem Innern hervor. Sie wischte sie mit ihrer vom vielen Waschen rauen und trockenen Hand weg. Dann schniefte sie, suchte im Fach neben dem Fahrersitz nach Papiertaschentüchern und schnäuzte sich. Es war nur ein Anflug von ganz normaler Trauer und Wehmut. Das ging vorüber.

Ihr fröhlicher Papa war ein Meister im Garten gewesen, der Natur hingegeben und allen, die seine Hilfe benötigt hatten. Ein Mann mit grünem Daumen, dem, wenn er in Gummistiefeln dastand, in die Sonne schaute und dabei die Augen beschattete, die Ideen kamen. Wie er die Bäume, Büsche und mehrjährigen Blumen, aber auch solche, die nur einen Sommer blühten, pflanzen sollte, sodass der Platz am geschicktesten ausgenutzt würde.

Am Schluss war er nur noch ein Skelett gewesen. Es hatte ihr weh getan, ihn so zu sehen. Die Metastasen hatten auf seine Knochen übergegriffen, und sein Rücken hatte ihm bei jeder kleinsten Bewegung unerträgliche Schmerzen bereitet. Er hatte sich jedoch geweigert, sich hinzulegen und auszuruhen.

Eines Tages hatte er dann aufgegeben, und die letzten Monate hatte er kaum noch das Bett verlassen. Sie rechnete nach. Fünfzehn Jahre war das jetzt her. Die Zeit war etwas Merkwürdiges, manches blieb gleichsam bestehen, verblasste zwar, aber nur in Maßen. Alle hatten sich damals um ihren Vater herum versammelt, aber er hatte sich beharrlich geweigert, über seine Krankheit zu sprechen, hatte es vorgezogen, ihr zuzuhören, wenn sie von Cecilia, ihrer Arbeit, dem Wetter und dem Wald vor der Haustür erzählte. Die späte Geburt seiner Tochter hatte ihm ungeheure Freude bereitet. Sie hatte viele Geschichten von Mädchen gehört, die den ständigen Verdacht hegten, dass sie eigentlich Jungen hätten werden sollen. Nur als Junge wurde man voll akzeptiert. Ihr war es jedoch nie so ergangen. Keinen Augenblick hatte sie darüber nachgedacht, dass sie vielleicht eine andere hätte sein sollen. Ihr Papa hatte nur sie gewollt.

Sie sah das fleckige Heidelbeerlaub vor sich, das gegen ihre Stiefel geschlagen war, als sie direkt anschließend geradewegs in den Wald gelaufen war. Der Moorboden hatte unter ihr nachgegeben. Genau wie ihr Inneres.

Das Auto schaukelte etwas, als sie auf ihr Grundstück fuhr. Sie hörte auf zu weinen, stellte den Motor ab und ging zum Briefkasten. Die Zeitung lag noch da. Claes war also noch nicht aufgestanden.

Leicht schwankend ging sie zur Haustür und faltete dabei die Zeitung auf. »Schießerei«, las sie in fetten Lettern. Sie reagierte jedoch nicht darauf. »Die Frau mit der Schussverletzung wurde sofort ins Krankenhaus gebracht und akut operiert. Ihr Zustand ist kritisch.«

Habe ich das wirklich gesagt?, überlegte Veronika. Habe ich nicht gesagt, ihr Zustand sei stabil, seit mit ihrer Behandlung begonnen worden war?

Auch egal. Ihre eigene Beschreibung von Vorfällen stimmte selten mit der in den Medien überein. Sie hatte aufgehört, sich darüber aufzuregen.

Sie schloss die Tür auf, zog die Schuhe aus und schlich in die Küche. Sie warf die Zeitung auf den Küchentisch und ließ dann das Kaltwasser eine Weile laufen, bis sie ein Glas füllte und in einem Zug leertrank.

Dann ging sie mit steifen Gliedern und gefühllosen Wadenmuskeln die Treppe hoch. Im Schlafzimmer waren die Rollos heruntergelassen, es war halbdunkel und kühl. Das Fenster stand offen. Sie ließ ihre Kleider auf den Boden fallen und kroch unter die Decke. Das Laken war weich auf der Haut. Die Spannung ihrer Muskeln ließ nach. Ihre Füße kribbelten, als sie sich langsam erwärmten. Sie schloss die Augen und versuchte zur Ruhe zu kommen.

Sie hörte, wie sich Claes neben ihr umdrehte. Das Bett schaukelte, aber er stand nicht auf. Worauf wartete er?

Dann spürte sie die Hand, die sich unter der Decke vortastete. Wie eine Tatze legte sie sich zwischen ihre Schulterblätter und folgte dann ihrem Rückgrat bis zu ihren Hüftknochen und dorthin, wo es weicher wurde. Er massierte sie leicht. Ein behaglicher Schauer erfasste ihren Nacken und ihre Schultern. Vollkommen reglos genoss sie das Gefühl. Wartete. Wartete darauf, was sie selbst wollte. Sollte sie ihn bitten aufzuhören? Sie brauchte ihren Schlaf. Wie sollte sie den Tag sonst überleben?

Aber ihre Haut fühlte sich wohl. Sie bekam eine Gänsehaut und erschauerte vor Wohlbehagen. Sie ließ sich fallen, kam zur Ruhe, während seine Hand weiterwanderte. Dann machte sie es sich auf dem Rücken bequem und öffnete langsam die Beine. Er drückte sich an sie. Sie konnte sich nicht bewegen, konnte sich weder zu einem Streicheln aufraffen noch dazu, ihm das Gesicht zu einem Kuss zuzuwenden. Sie war vollkommen von ihrer eigenen empfindlichen Haut und seiner Hand, die sie berührte, erfüllt. Die Hand folgte ihren Leisten weiter zur Scham, vorsichtig und zielstrebig. Ihr Widerstand war jetzt gänzlich geschwunden. Es erstaunte sie selbst, wie schnell sie entflammte. Sämtliche Gedanken und Hindernisse verflüchtigten sich, die Verpflichtungen, die ihrer harrten, und auch jene Dinge, die sie möglicherweise versäumt hatte. Sie war einfach nur. Spürte, wie sich sein Glied an ihre Hüfte drückte, dann gegen ihren Bauch, bereit, wachsam, sein Ziel fand, wusste, dass der Weg frei war.

Und dann eindrang. Nur das Hier und Jetzt existierte.

Dann glitt er von ihr herunter und stand auf. Klara führte in ihrem Zimmer Selbstgespräche. Ausnahmsweise hatte sie die ganze Nacht im eigenen Bett geschlafen.

»Weck mich um acht«, murmelte sie und drehte sich wie eine träge Katze zur Seite.

Ihre Brust stieß an die Matratze. Sie schmerzte. Sie betastete sie vorsichtig und spürte die Knoten.

So soll es sein, dachte sie und schlief sofort ein.

4

Du hast dich also freimachen können?«

Louise Jasinski lächelte dankbar. Sie war noch blasser als sonst.

»Es ging«, antwortete Kriminalkommissar Claes Claesson. Mehr sagte er nicht. Mona Lundin hatte sich um Klara gekümmert, aber das musste er Louise ja nicht unbedingt auf die Nase binden. Mona sehnte sich ständig nach Enkelkindern. Das war fast schon eine chronische Krankheit.

Louise Jasinski raffte ihre Papiere zusammen.

»Ich weiß nicht, was mit mir los ist«, stöhnte sie. »Wahrscheinlich das Falsche gegessen. Oder eine Darmgrippe. Es kam wie aus heiterem Himmel, als wir gestern Nacht nach dem Gespräch mit dem Ehemann der Verletzten nach Hause fuhren. Seither habe ich mich den ganzen Morgen übergeben.«

Claesson sah angewidert aus und trat einen halben Schritt zurück.

»Das geht vermutlich rasch vorbei«, sagte er. »Aber warum um alles in der Welt willst du die ganzen Papiere mit nach Hause nehmen?«

Er starrte auf den Stapel Protokolle, den sie gerade in ihrer Tasche verschwinden ließ. Sie nickte, nahm die Unterlagen wieder heraus und warf sie auf den Schreibtisch.

»Danke«, meinte sie und verschwand.

Eine Schussverletzung, aber das Opfer lebte noch. Immerhin etwas, dachte er.

Er schaute auf die Uhr. Es war gleich zwanzig nach zehn, und er machte sich auf den Weg zum Sitzungssaal. Besprechung um zehn, etwas später als sonst, weil Samstag war. Er war spät dran, hatte aber keine Eile, sie konnten froh sein, dass er überhaupt kam.

Ein paar Stunden konnte er sich genehmigen, nicht mehr. Wie kompliziert das doch war. Manchmal hatte er das Gefühl zu ersticken. Aber es war die Mühe wert, diese Auffassung vertrat er sehr oft. Die kleine Klara. Wenn sie eine Hand auf sein Bein legte und sagte: »Mein Papa!«, als gehöre er ihr, dann schmolz er dahin wie Butter in der Pfanne. Bei diesem Gedanken hob er den Kopf etwas höher und richtete gleichzeitig den Blick auf den glänzenden grauen Linoleumboden des Korridors.

Vielleicht würden sie jetzt noch ein Kind bekommen.

Er würde sich von der komplizierten Familienlogistik also nicht unterkriegen lassen. Es wäre zwar praktisch mit einigen Verwandten in der Stadt gewesen, aber Veronika war Einzelkind, und ihre Eltern waren beide tot. Seine Mutter wohnte zwar in Oskarshamn, war aber dement. Seine beiden Geschwister waren weggezogen.

Veronika hatte versprochen, ihn anzurufen, wenn sie aus dem Krankenhaus kam. Wenn sie als Erste fertig wurde, würde sie Klara abholen, hatte sie am Morgen mit vor Schlafmangel kreidebleichem Gesicht gesagt. Er hatte nicht widersprochen, da sich Louise Jasinski gerade krankgemeldet hatte, hatte aber ein schlechtes Gewissen gehabt.

Während er immer zwei Stufen auf einmal nehmend die Treppe hinaufeilte, verdrängte er die häuslichen Probleme. Aus der geöffneten Tür drangen Stimmen und ein helles Lachen. Das musste Erika Ljung sein.

Der Raum hatte Fenster nach Süden. Als er eintrat, zog Peter Berg die Vorhänge vor.

»Ist es nicht schade um die Sonne?« Erika Ljung sah ihren Kollegen bittend an.

»Ach, verdammt«, stöhnte er, öffnete die Vorhänge wieder und setzte sich auf einen Platz im Schatten.

»Laut des neuesten Krankenhaus-Bulletins kommt sie durch«, sagte Janne Lundin. »Wenn sie sich von der Operation etwas erholt hat, wird sie uns Informationen liefern können. Falls sie sich überhaupt an etwas erinnert. Es könnte alles ganz schnell gegangen sein, außerdem war es recht dunkel.«

»Erika, du warst doch gestern dabei. Jetzt ist Louise schließlich nicht hier, könntest du so freundlich sein und den Verlauf noch einmal referieren«, sagte Claesson.

Erika hatte sich vorbereitet. Sie richtete sich auf und schob die Papiere zusammen, die vor ihr auf dem Tisch lagen.

»Ein siebzehnjähriger Schüler namens Jakob Hellqvist befand sich nach einem Treffen mit Freunden im Zentrum irgendwann nach Mitternacht auf dem Nachhauseweg. Lena Jönsson hat ihn bereits vor Ort vernommen. Er fuhr die Stengatan in südlicher Richtung hinunter und sah eine Person wie einen Sack daliegen, wie er sich laut Jönssons Bericht ausdrückte. Also am Rand der Stengatan auf der Höhe des Westfriedhofs. Dort befindet sich eine Baustelle«, verdeutlichte Erika Ljung und sah Claesson an.

»Die Straße war ganz leer, und Hellqvist radelte zuerst vorbei, weil er glaubte, es handele sich um einen Betrunkenen.« Erika verdrehte die Augen. »Außerdem habe diese Person irgendwie lallend gestöhnt. Dann bereute er es aber und kehrte um. Da erkannte er, dass es sich um eine fast bewusstlose Frau handelte. Irgendetwas habe seltsam gewirkt. Dann sah er das Blut vorne auf ihrem Pullover. Hier bin ich mir etwas unsicher«, meinte Erika Ljung und hob den Blick von ihren Papieren. »Es steht zwar nicht da, aber es hat den Anschein, als habe die Eriksson, also das Opfer, ihre Jacke offen getragen. Gestern war es schließlich recht warm, und sie ging vielleicht ziemlich schnell.

Wie auch immer«, fuhr sie fort, »Jakob Hellqvist schlug mit seinem Handy Alarm. Er war sich sicher, einen Schuss gehört zu haben, als er auf die Stengatan bog, ohne sich zu diesem Zeitpunkt sonderliche Gedanken darüber zu machen, wie er Lena Jönsson mitteilte. Die Frau wurde ins Krankenhaus Oskarshamn gebracht und dort sofort operiert. Am Tatort fanden sich keine Ausweispapiere. In der Notaufnahme erhielten wir ihre Kleider, aber Brieftasche und Handy fehlten.«

»Um …«, Erika Ljung überflog den Bericht und fuhr dann fort: »Um 2.54 Uhr meldete Harald Eriksson seine Ehefrau vermisst. Er habe wach gelegen, sagte er. Es sei noch nie vorgekommen, dass seine Frau nicht wie angekündigt nach Hause gekommen sei. Er selbst war kurz vor Mitternacht von einer Versammlung des Rotary-Clubs nach Hause gekommen. Das haben wir noch nicht überprüft. Seine Frau hatte sich mit ihren Freundinnen, einer Art Nähkränzchen, getroffen. Für gewöhnlich wurde es bei diesen Gelegenheiten nie sonderlich spät. Sie geht immer zu Fuß nach Hause. Die Ehefrau heißt, wie gesagt, Charlotte Eriksson, ist neununddreißig Jahre alt und Krankengymnastin mit eigener Praxis. Eine Kugel wurde bei der Operation in der Schusswunde gefunden, diese befindet sich bereits im Staatlichen Kriminaltechnischen Labor zur ballistischen Untersuchung. Das war alles.«

Zwei Sekunden lang blieb es still.

»Es handelte sich also um einen einzigen Schuss?«, fragte Janne Lundin.

Erika Ljung schaute wieder in ihre Papiere.

»Ja, hier im Bericht steht, dass der Zeuge nur einen Schuss hörte.«

»Dann muss sich der Täter also in ihrer unmittelbaren Nähe befunden haben«, meinte Lundin. »Sonst hätte er danebentreffen können, wenn sie sich bewegt hätte.«

Claesson nickte.

»Er hat das Herz verfehlt«, sagte Lundin.

»Es war vielleicht gar nicht beabsichtigt, sie zu töten«, erwiderte Erika Ljung.

Claesson zuckte leicht mit den Achseln.

»Wir vernehmen jetzt erst mal die Nachbarn und warten ab, was die Spurensicherung am Tatort findet«, meinte er. »Ich fahre hin und verschaffe mir einen Überblick, wenn alles erledigt ist.«

»Jemand muss auf die falsche Person geschossen haben«, meinte Peter Berg, schien jedoch keinerlei Erwiderungen zu erwarten.

Peter Berg war weniger schwermütig, seit er mit seinem Kollegen aus Kalmar zusammengezogen war. Er war fröhlicher geworden und konzentrierte sich nicht mehr ausschließlich auf seine Karriere, sondern gewährte seiner Persönlichkeit größeren Freiraum. Vielleicht war das auch immer so gewesen, und er hatte es nur weniger gezeigt.

»Ich habe sie überprüft. Uns liegt nichts über sie vor«, fuhr er fort. »Eine ganz normale Krankengymnastin mit einem ganz normalen Leben, verheiratet mit einem ganz normalen Mann.«

»Und sie ist noch am Leben«, meinte Claesson.

»Und kann ihr normales Leben fortsetzen«, sagte Peter Berg.

»Keine Ahnung, wie normal das Leben noch ist, wenn man einmal in die Mündung einer Pistole geblickt hat«, wandte Claesson trocken ein, »die dann auch noch losgegangen ist.«

»Viele sagen aber auch, dass sie nach einer Katastrophe nicht nur ihr Leben zurückerhalten haben, sondern dass dieses Leben auch viel besser geworden war. Irgendwie sinnvoller«, betonte Janne Lundin.

»Das kann man nur hoffen«, meinte Claesson noch trockener. »Für manche ist es anschließend die reine Hölle.«

Die anderen sahen sich an. Unglaublich, wie sauer Claesson an diesem Morgen war! Dann erinnerten sie sich. Die Tochter seiner Frau. Er war also nicht sauer, sondern ernst.

Lennie Ludvigsson, der Inspektor mit dem geröteten Gesicht, der so viel Freude am Kochen hatte, der behäbige Värmländer Conny Larsson und vier weitere Ermittler, die sich ebenfalls im Zimmer befanden, hatten bisher geschwiegen. Jetzt wurden sie unruhig.

Claesson räusperte sich also und schaute in die Runde, um die Ordnung wiederherzustellen.

»Hat sonst noch jemand etwas beizutragen?«

»Der Ehemann ist Geschäftsführer einer Firma, die Chemikalien reinigt. Darüber stand vor einiger Zeit was in der Zeitung«, sagte Peter Berg. »Ich glaube, die Firma heißt Drott.«

»Was stand denn in der Zeitung?«, wollte Claesson wissen.

Peter Berg starrte an die Wand und versuchte sich zu besinnen.

»Ich erinnere mich nicht. Irgendwas über Expansion, glaube ich.«

»Erinnert sich vielleicht sonst jemand?«

Claesson warf einen Blick in die schweigende Runde.

»Könntest du dich darum kümmern?«, fragte er dann Berg.

»Klar, mach ich.«

»Und dann haben wir da noch dieses Nähkränzchen. Erika, hast du die Namen der Damen?«

Sie schüttelte den Kopf.

»Schade. Du gehst aber trotzdem nach Hause und schläfst«, sagte er und wandte sich an Janne Lundin. »Du kümmerst dich um das Nähkränzchen. Finde die Namen heraus und erkundige dich, wann Charlotte Eriksson von dort aufbrach. Ihr Mann müsste eigentlich wissen, wie die Frauen heißen. Es reicht auch, wenn du einen Namen hast, dann ergibt sich der Rest von selbst. Eventuell kann auch ich eine von ihnen vernehmen.«

Aufgaben wurden verteilt. Claesson setzte voraus, dass seine Mitarbeiter mitdachten, aber es war wichtig zu wissen, wer womit befasst war, um zu vermeiden, dass Arbeiten doppelt erledigt wurden. Anschließend begab er sich zum Kaffeeautomaten und holte sich einen Becher normalen Filterkaffee. Mit Caffè latte und Cappuccino hatte er aufgehört, zumindest am Automaten. Milchpulver, das schäumte wie Waschmittel, schmeckte irgendwie süßlich, fett und synthetisch. Er musste aufpassen, dass er keinen Bauch bekam. Rettungsring hatte er nie einen gehabt, und er wollte ihn sich auch in Zukunft ersparen.

Sie hörte Schritte und das Rascheln von Stoff neben sich. Krankenhauskleidung. Fest verwebter weißer Faden, der wie Stahlwolle zu unverwüstlichem Stoff angewachsen ist. Sie erinnerte sich sehr wohl. Zieh das weiße Büßerhemd an. Damit hat sie jedoch aufgehört. Jetzt trägt sie nur noch hübschere und bequemere Arbeitskleidung. Überwiegend blau. Weiche, dunkelblaue Baumwolle. Keine ekelhaften Kunstfasern.

Sie weiß, wo sie sich befindet. Sie weiß sogar, wie sie dorthin gekommen ist. Auf einer Trage, einen Sanitäter neben sich. Mit Blaulicht und Tempo. Aber dann ist alles leer. Es fehlt ein Stück. Aber sie wird es früher oder später erfahren.

Sie spürt die Wärme einer Lampe, die angeknipst wird. Dann berühren Finger vorsichtig ihren Arm.

»Charlotte, ich spüle nur rasch diese Kanüle aus«, sagt eine freundliche Stimme mit dem ihr vertrauten Dialekt.

Die Schwester tut so, als würden sie sich seit langem kennen.

Spricht sie immer wieder mit Charlotte an.

Sie schlägt die Augen auf. Alles ist neblig. Sie holt tief Luft und hustet, verspannt die Bauchdecke. Es tut verdammt weh.

»Du Ärmste«, sagt die Stimme. »Es tut sicher weh, wenn du husten musst, ist aber nicht gefährlich. Huste ruhig.«

Sie hängt irgendwie in der Luft. Ein Vorher und ein Nachher. Sie weiß nicht genau, was. Sie erinnert sich, dass es weh getan hat. Es hat höllisch gebrannt.

Aber was war eigentlich passiert?

Sie war in Gedanken versunken am Westfriedhof entlang nach Hause gegangen. Ein Auto war gekommen, dann weitere Autos, dann konnte sie sich an nichts mehr erinnern. Jedenfalls nicht jetzt. Aber ihre Erinnerung kehrte vielleicht zurück, wenn ihr nur jemand die richtigen Fragen stellte. Sicher würde ein Polizist kommen und ihr diese Fragen stellen.

Dann döst sie ein, schläft tief. Im Grunde genommen spielt es keine Rolle, was sie tut, sie ist doch hier gefangen. Es ist angenehm, sich geborgen zu wissen und auszuruhen.

Sie erwacht erneut, hört, dass eine weitere Frau gekommen ist. Sie hat eine klare Stimme, die sie erkennt.

»Ich heiße Veronika Lundborg«, sagt die Frau. »Ich bin Ärztin«, fährt sie fort und nimmt Charlottes Hand und zwar richtig, nicht so, als hätte sie eine Seuche.

Ihre Hand ist warm. Charlotte räuspert sich vorsichtig, es ist aber eher ein Röcheln. Ihr Hals brennt.

»Wir haben Sie heute Nacht im Bauch operiert. Aber jetzt ist alles gut. Sie hatten einen Tubus im Hals, und das tut vielleicht noch ein wenig weh, dieser Schmerz geht aber schnell vorbei. Schlafen Sie einfach weiter. Ihr Mann kommt gleich. Er war übrigens schon mal hier, aber da waren Sie noch nicht richtig wach. Er ist nur kurz nach Hause gefahren.«

Harald. Ach ja. Der Gute.

Wie soll das nur enden?

Als Claesson zum Friedhof kam, war Benny Grahn bereits dort. Er ging den Blick zu Boden gerichtet langsam innerhalb der Absperrung auf und ab. Claesson räusperte sich.

»Hallo.«

Sie nickten sich zu, und Technik-Benny hob das blau-weiße Absperrband an, sodass Claesson darunter hindurchgehen konnte.

»Ich dachte, die Jasinski würde kommen.«

»Die hat es mit dem Magen.«

»So was auch.«

Benny Grahn sah Claesson rasch an, sagte aber nichts mehr. Die Sonne schien schwach, aber genauso unverdrossen wie bereits den ganzen einzigartig warmen Sommer lang. Gelbes Birkenlaub wirbelte wie Konfetti in der lauen Brise, die über den Friedhof zog. Sie führte bereits kühlere Luft mit sich, die ungemütlichere Zeiten ahnen ließ.

»Komm mit«, meinte Technik-Benny.

Claesson ließ sich die Stelle zeigen, an der Charlotte Eriksson zusammengebrochen war. Sie war relativ weich auf eine ungemähte Wiese gestürzt, die sich neben dem Bürgersteig befand, der sich in eine Baugrube verwandelt hatte, und zwar genau an der Ecke, an der der Fußgänger- und Fahrradweg von der Stengatan abzweigte und zwischen Friedhof und Einfamilienhäusern entlangführte. Dieser Weg erreichte erst den Tärnvägen und mündete dann in den Falkvägen. Charlotte Eriksson wohnte im Trastvägen, der Verlängerung des Tärnvägen.

Alles Vogelnamen, dachte Claesson.

»Wir vermuten, dass sie von Süden aus der Stengatan kam«, sagte Benny.

Claesson nickte. Sie gingen davon aus, dass sie vom Kärlekstigen den kürzesten Weg am Oscarsgymnasium vorbei genommen hatte, hatten aber noch keine Zeugen gefunden, die sie gesehen hatten.

»Wenn nötig, wenden wir uns damit an die Medien«, meinte Claesson. »Laut Ehemann war sie bei so einem Damentreffen, du weißt schon.«

»Nähkränzchen«, meinte Technik-Benny.

»Sie erlitt einen Bauchschuss«, dachte Claesson laut nach und sah sich um. »Jemand muss ihr entgegengekommen sein, vielleicht von Norden die Stengatan entlang. Oder jemand hat sie überholt, sich umgedreht und geschossen. Ich frage mich, welchen Weg sie nehmen wollte?«

»Keine Ahnung«, erwiderte Benny Grahn. »Wir werden sie fragen müssen. Entweder wollte sie geradeaus die Stengatan weitergehen und weiter oben in den Trastvägen einbiegen, oder sie hatte vor, den Fuß- und Fahrradweg hier zu benutzen. Da finden sich sicher Spuren, falls sie selbst sich nicht mehr erinnern sollte. Aber so weit sind wir mit der Spurensicherung noch nicht.«

Zwei weitere Kriminaltechniker befanden sich am Tatort.

»Die meisten Leute haben ihre Lieblingswege, von denen sie

nur selten abweichen. Die Person, die geschossen hat, hätte im Prinzip hier auf dem Weg auftauchen und wieder verschwinden können«, meinte Claesson. »Es ist schließlich leicht, sich zwischen den Büschen zu verstecken. Hier sind abends in der Dunkelheit mit Ausnahme des einen oder anderen Hundebesitzers vermutlich nicht viele Leute unterwegs.«

»Das Risiko, entdeckt zu werden, ist minimal«, pflichtete ihm Benny Grahn bei. »So gesehen eine wirklich gute Stelle. Auf der Stengatan fahren an einem Freitagabend auch nicht die Halbstarken spazieren.«

»Der Täter könnte jedes beliebige Fahrzeug benutzt haben, auch ein Fahrrad oder ein Moped. Möglicherweise war er zu Fuß unterwegs. So beiläufig könnte das passiert sein.«

»Sie könnte sich ja auch umgedreht haben. Jemand ging hinter ihr her, sagte etwas zu ihr, um ihre Aufmerksamkeit auf sich zu lenken, da knallte es schon«, sagte Benny.

»Es gibt wirklich viele Möglichkeiten. Sie soll es uns selbst erzählen, wenn sie wieder fitter ist.«

»Stimmt. Aber schau mal hier drüben«, meinte Benny und deutete mit dem Kopf ins Innere des Friedhofs.

Sie gingen ein kurzes Stück zwischen den Gräbern entlang. Als Claesson das Heidekraut und die schönen Herbstkränze mit ihren leuchtenden Farben, Hagebutten, Vogelbeeren und Kastanien, sah, die an den Grabsteinen lehnten, bekam er ein schlechtes Gewissen. Sie hatten für die Pflege des Familiengrabes bezahlt, und er ging davon aus, dass sich die Friedhofsgärtnerei darum kümmerte. Eigentlich müsste er es gelegentlich aufsuchen und nicht nur an Allerheiligen.

»Hier«, sagte Grahn und deutete auf einen aufrecht stehenden, allerdings ziemlich niedrigen Grabstein, möglicherweise aus rotem Granit. Der Stein war poliert und hatte roh behauene Seiten. In der oberen rechten Ecke war eine Linnea abgebildet, die bescheidene Blume der Provinz Småland.

Aber es ging Benny nicht um den Stein zum Andenken der seligen Elsa Ros Gustavsson.

»Die ist mir vollkommen egal«, meinte er mit einer despektierlichen Handbewegung. »Aber sieh hier. Die sind frisch.«

Claesson betrachtete eine Reihe Schuhabdrücke, die in der lockeren Erde genau neben dem Grabstein deutlich zu erkennen waren. Im Unterschied zum Nachbargrab, auf dem gerade Begonien verblühten, war hier nichts angepflanzt.

Die Spuren in der Erde stammten von geriffelten Sohlen.

»Seltsam, direkt neben dem Stein herumzutrampeln«, meinte Technik-Benny. »Das lässt fast an irgendeine Art Grabschändung denken.«

Claesson wusste nicht recht, was er sagen sollte. Mit Grabschändern hatte er Mühe. Diese Art von Auflehnung war nicht nur sinnlos, sondern auch feige. Selten handelte es sich um symbolische oder religiöse Motive, sondern in der Regel um reinen Vandalismus.

Die Gräber lagen unter hohen Kiefern, deren Kronen einen angenehmen Schatten spendeten. Zwischen den Gräbern war Rasen. Nach den außergewöhnlich heißen Tagen und feuchten Nächten der letzten Zeit dampfte der Boden förmlich. Es duftete nach Harz, Erde und außerdem süßlich nach dem eingetopften Heidekraut. Rötliche Begonien standen auf den meisten Gräbern, was einen recht einheitlichen Eindruck erweckte. Sie waren in den letzten warmen Spätsommertagen verhältnismäßig hoch aufgeschossen. Ein paar kirschrote Fleißige Lieschen sah Claesson auch. Eine träge Fliege prallte gegen einen Grabstein, erholte sich nach einer Weile und flog kreisend dem nächsten Ziel entgegen. Claesson fühlte sich an einen langsamen Totentanz erinnert.

»Wir müssen die Angehörigen fragen, ob sie in letzter Zeit hier waren«, meinte Claesson und betrachtete den Grabstein. »Elsas Nachfahren wollten hier vielleicht irgendwas pflanzen. Wirkt alles recht kümmerlich. Keine Blumen und keine Büsche, fast etwas verwahrlost. Vielleicht wohnen sie aber auch alle weit weg.«

»Jedenfalls haben sie ihr einen schönen Stein gegönnt«, erwiderte Benny Grahn.

Claesson war zwar anderer Meinung, sagte aber nichts. Er fand ihn zu protzig. Ihm gefielen unbearbeitete Steine, vorzugsweise Granit, in die einfach nur der Text eingehauen war. Namen, Jahreszahlen, der Rahmen, innerhalb dessen sich die Menschen bewegten. Eventuell noch ein altmodisches Kreuz, aber diese schienen zugunsten anderer Symbole wie Vögel, Blumen, Schiffe, Sonnenuntergänge und sogar einer Schildkröte zu verschwinden.

Er hatte plötzlich einen Kloß im Hals. Das musste der Grabstein eines Kindes sein. Für ein Kind würde er alles auf einen Grabstein malen lassen. Einen Teddybären oder auch Klaras abgewetzte Maus. Aber beim besten Willen kein Kreuz. Der schwarze Tod, der die Macht ergreift. Das Reich der Schatten.

Er vertrieb diese Gedanken und sah sich den Text auf dem Grabstein ein weiteres Mal an. Elsa Ros Gustavsson war vor zehn Jahren gestorben. So rasch wurde man vergessen. Ihr Mann hatte vielleicht eine neue Frau gefunden, falls er überhaupt noch am Leben war, und die Kinder lebten ihr eigenes Leben. Niemand hatte Zeit, sich um das Grab zu kümmern.

Dann konzentrierte er sich erneut auf die Schuhabdrücke.

»Keine sonderlich großen Füße. Jedenfalls nicht, was die Spuren betrifft, die am deutlichsten zu erkennen sind.«

»Vielleicht ein leichtes Mädchen«, scherzte Benny Grahn. »Findest du nicht, wir sollten die Spuren mit den Schuhen des Opfers vergleichen?«

»Klar, das versteht sich«, meinte Claesson. »Erledige das. Vielleicht sind es ja verschiedene Schuhe.«

Sie verstummten und sahen sich an. Sie dachten dasselbe.

»Vielleicht findet die Jugend von heute es erregend, auf dem Friedhof rumzumachen«, meinte Benny.

»Zu meiner Zeit war das noch nicht angesagt«, erwiderte Claesson, »aber vielleicht wissen sie ja nicht, wo sie sonst hinsollen.«

Er trat einen Schritt beiseite und entdeckte einige blasse Farbveränderungen auf dem Grabstein. Sie sahen aus wie Flecken.

»Was könnte das wohl sein?«, fragte er.

»Keine Ahnung. Mir ist das auch aufgefallen, und wir haben Proben zur Analyse ins Labor geschickt. Blut wird es nicht sein. Vielleicht irgendein Sekret.«

Sie sahen sich an.

»Außerdem habe ich einen Kassenzettel vom ICA-Supermarkt in Påskallavik im Rinnstein gefunden. Aber den könnte jeder x-beliebige Besucher verloren haben«, sagte Benny. »Er ist drei Tage alt, und die Person hat alles mögliche eingekauft.«

Als Claesson wieder auf die Straße trat, war es richtig warm geworden. Er bereute es, seine Jacke angezogen zu haben. Seine tannengrüne Goretexjacke, die er schon so lange besaß und die Veronika gerne durch eine neue ersetzt sähe, benutzte er nur morgens. Er mochte seine eingetragenen Kleider. Sie waren gewissermaßen ein Teil seiner Selbst.

Er beabsichtigte, ins Präsidium zurückzukehren, um zu sehen, ob es noch etwas zu tun gab. Vielleicht würde er ja die Gastgeberin des Damenkränzchens am Kärleksstigen aufsuchen. In diesem Fall musste er allerdings mit Veronika absprechen, wer von ihnen Klara abholen sollte.

Er war sich sicher, dass dieser Fall keine große Sache war. Fanden sie den Schützen, dann gut, fanden sie ihn nicht, war die Frau immerhin mit dem Leben davongekommen.

Er warf mehr der Ordnung halber einen letzten Blick in die Grube in der Straße, ehe er ging. Vermutlich wurden dort Rohrleitungen ersetzt.

Benny Grahn hatte sich wieder seiner Arbeit zugewandt und unterhielt sich mit den anderen Kriminaltechnikern, unter ihnen auch eine Frau. Benny fand, dass sie gewissenhaft war und eine rasche Auffassungsgabe besaß. Er erhoffte sich einiges von ihr.

Da sah Claesson plötzlich etwas auf dem Boden in der Grube

funkeln. Ein Gefühl ereilte ihn wie damals, als er als Kind eine Krone auf der Straße gefunden hatte.

»He«, rief er Benny Grahn zu. »Komm mal schnell her!«

Benny näherte sich mit den beiden anderen im Schlepptau.

»Siehst du, was ich sehe?«, fragte Claesson und ließ den anderen ein paar Sekunden Zeit, den Fund selber zu lokalisieren.

»Sieh mal einer an!«, rief Benny Grahn und entschuldigte sich dann: »Bis hierher waren wir noch nicht vorgedrungen.«

Neben einem der neuen Rohre aus schwarzem Kunststoff funkelte ein Metallgegenstand, der teilweise von Sand überdeckt war. Ein Handy. Es konnte nichts anderes sein.

»Volltreffer!«

Technik-Benny klopfte Claesson auf die Schulter.

Als Claesson auf den schwarzen Saab aus dem Carpool der Polizei zuging, war er sehr zufrieden mit sich. Er öffnete die Fahrertür und setzte sich in das stickige Auto. Er bereute es, nicht zu Fuß gegangen zu sein. Ein rascher Spaziergang von zehn Minuten hätte ihm jetzt gutgetan.

Der musste jedoch bis später warten.

Sara-Ida saß auf einer Bank in der Fußgängerzone Flanaden, jedoch nicht dort, wo die Straße überdacht und in eine kleinere Einkaufspassage verwandelt worden war, denn dort war es warm und stickig.

Sie saß an der frischen Luft, den weiten Himmel über sich. Es war immer noch so warm, dass man kurze Ärmel tragen konnte, ohne eine Gänsehaut zu bekommen.

Vielleicht würde es am Abend ein Gewitter und einen Wolkenbruch geben. In der letzten Zeit hatte es einige Male ordentlich geschüttet. Das war eine ganz neue Art von Wetter. Mama hatte erzählt, der Keller habe mehrmals unter Wasser gestanden, was ihren Vater sehr mitgenommen habe. Mama wollte plötzlich aus dem Haus ausziehen, sie hatte keine Lust mehr, noch länger mit anzusehen, wie alles im Keller herumschwamm, um anschließend zu verschimmeln. Alle Sachen, die Sara-Ida hatte mitnehmen wollen, wenn sie einmal eine Familie gründen würde, waren von der Nässe schwer beschädigt worden. Sie hatte ihrer Mutter angemerkt, dass sie sich ungern auch noch um Sara-Idas Siebensachen kümmerte. Am liebsten hätte sie alles direkt auf die Müllkippe gebracht.

Aber noch ausgeprägter war das unbehagliche Gefühl, dass Mama eigentlich Papa loswerden wollte. Sie deutete stets an, dass sie das Leben ereignislos fände und dass sie mehr zu bieten habe. Jedes Mal, wenn sie ihre Eltern besuchte, war sie wie gelähmt. Sie wurden nie wütend, ließen fast keine Gemütsregung erkennen und erinnerten an zwei tote Heringe.

Aber würde sich ihre Mama ein wenig zurechtmachen, dann würde sie gar nicht so übel aussehen! Dieser Gedanke amüsierte sie. Ihre Mutter, die Männer aufriss! Ein bisschen bedenklich zwar, aber wieso eigentlich nicht?

Eine Weile dachte sie vorbehaltlos über das Potenzial einer solchen Verwandlung nach und ließ dabei ihren Blick auf ihren Händen ruhen, die auf ihrer ausgewaschenen Jeans lagen. Sie spreizte graziös ihre schmalen, braungebrannten Finger und bewunderte sie.

Ganz einfach schick.

Sie trug ein enges hellrosa Top und fand, dass nackte Schultern zu dieser Jahreszeit weder unnatürlich noch zu sommerlich waren. Es war ja so gnadenlos warm. Sie hatte am Morgen vor dem Spiegel gestanden und sich bestimmt fünfzehn Mal umgezogen. Ihr neuer Push-up-BH mit Spitze schien durch, so wie er sollte, was aber nicht ordinär, sondern nur knackig aussah. Das Top wurde von schmalen Seidenbändern gehalten, die ständig abrutschten, aber das machte nichts. Das sollte irgendwie auch so sein, damit sie die Bänder mit ihren frisch lackierten Fingernägeln wieder hochschieben konnte, um auch diese vorzuführen. Die Jeans war auf alt gemacht. Verschlissenes Zeug, wie ihre Mama sagte. Die Hose war perfekt und keineswegs billig. Unter den Hosenbeinen schauten wahnsinnig spitze, schwarzglänzende Stiefel hervor. Wegen dieser Schuhe zog sie es vor, im Sitzen zu warten.

Sie war allerdings nicht mit *ihm* verabredet. Hänschen, obwohl er wollte, dass sie ihn Hans nannte. Er hätte gefunden, dass sie ungepflegt aussah. Wie eine Göre, und das gefiel ihm nicht. Sie wurde nicht recht schlau daraus, wie er es am liebsten gehabt hätte. Er nannte sie doch die ganze Zeit sein Baby. Aber einen gewissen Stil erwartete er natürlich dennoch. Das war ihr bereits klar gewesen, als er sie das erste Mal angesprochen hatte. Da war sie auf dem Weg nach Hause gewesen. Allein bei den Schuhen war ihr das klar gewesen. Also seinen. Und dann alles andere.

Er hatte Kohle. Und er liebte sie.

Ein wohliger Schauder überrieselte sie, wenn sie an ihn dachte. Wenn sie so ganz dicht beieinander lagen. Wenn er nach dem Sex regelrecht an ihr festklebte. Wie ein Pflaster. Er wollte jedes Mal mit ihr schlafen. Manchmal hatte sie keine Lust, aber das half nichts. Er sorgte immer dafür, dass er bekam, was er wollte, und ihr machte es nicht so viel aus. Sollte er doch rummachen, manchmal megalangweilig, da es immer eine Ewigkeit dauerte, bis er fertig war. Aber anschließend war er dann so glücklich wie ein Kind, weil er gekommen war. In diesen Momenten begriff sie dann, dass sie die Möglichkeit besaß, Menschen zu verzaubern. Zumindest Männer. Insbesondere ihn. Er hatte einmal eine Frau gehabt, aber die war vollkommen wertlos gewesen. Sie habe ihn nicht verstanden, sagte er, aber ihr, Sara-Ida, seinem Baby, würde er die Welt zu Füßen legen.

Zumindest anschließend.

Und trotzdem stellte sie ihre grundsätzlichen Erwägungen an, während sie wartete. Bleiben oder die Biege machen, lautete die ewige Frage.

Sie war zwiespältig. Sicherheit oder Abenteuer? Sie wollte weg, am liebsten mit dem Flieger, das war aufregender. London, Paris, Mailand, New York. Aber sie kam einfach nicht weg, und das machte sie immer ungeduldiger.

Und an allem war das Geld schuld. Wenn sie nur etwas mehr Geld gehabt hätte, dann wäre das meiste schon in die Reihe gekommen. Wenn sie einfach nur genauso viel Kohle gehabt hätte wie Madde. Ihre Eltern waren steinreich, aber Madde war nicht im Geringsten hübsch.

Wirklich schade, dass Sparen so langweilig war. Sie fuhr sich mit den Fingern durch ihr knisterndes, langes Haar und beschloss, es entweder hinzukriegen oder auch in diesem Nest unterzugehen. Ihr musste nur noch einfallen, wie. Denn wenn sie ihr ganzes Leben arbeitete und sich abrackerte, um eine gesalzene Miete, Essen und Kleider zu bezahlen, dann kam sie nie vom Fleck. Dann blieb einfach keine Krone übrig. In der Krankenpflege wurde man einfach nicht reich.

Dann fiel ihr Blick wieder auf ihre Hände. Nachdenklich ließ sie den Ring rotieren, während sie die Unterlippe vorschob. Sie glänzte. Sie hatte einen neuen Lipgloss gekauft, *Ultra gloss, Runaway Rose*, im selben Rosaton wie ihr Top.

Die Sonne funkelte in dem Diamanten. Sie trug den Ring, den sie sich erträumt hatte. Er sah supergut aus, und trotzdem schwebte sie nicht im siebten Himmel. Immerhin trug sie ihn nicht am Ringfinger, dafür war er zu weit. Glücklicherweise, hatte sie gedacht, als er ihn ihr übergestreift hatte. Vereint durch das Band des Glücks und der Liebe. So war es, und mit tausend mal tausend Küssen.

Superromantisch.

Sie lachte leise, gleichzeitig gab es ihr einen Stich. Plötzlich hätte sie sich am liebsten in sich selbst verkrochen und unsichtbar gemacht, sich vor der Welt versteckt. Das war in diesem Menschengewimmel und so gekleidet, wie sie es war, nicht leicht, in ihrem schicksten Top und mit einem Make-up, das ebenfalls ungeeignet war, sie unscheinbarer zu machen.

Alles war so wahnsinnig schnell gegangen. Sie wünschte sich, den Kopf schütteln und noch einmal von vorne beginnen zu können. Sie kam nicht mehr mit. Wollte die Notbremse ziehen!

Vielleicht kann mir ja Mama helfen, dachte sie. Sie würde Verständnis haben. Sie wusste stets guten Rat und besaß viel Lebenserfahrung.

Sie sah ein, wie absurd dieser Gedanke war.

Mama würde sich wahnsinnig aufregen. Sara-Ida konnte sich die Vorwürfe schon denken, sie sei naiv und kindisch, sie besäße nicht genug Verstand, um auf sich aufzupassen. Sie musste allein versuchen, da wieder rauszukommen, damit sie nicht schneller, als ihr lieb war, mit einem Haus und Heim und einer Schar Kinder dasaß, während die große Welt in der Ferne verschwand.

Am Mittelfinger passte der Ring allerdings perfekt. Schmal, aus Weißgold mit einem gleißenden Diamanten.

Trotzdem zog sie sich mit Hilfe des Daumens den Ring vom Finger, und zwar in der Hosentasche, als hätte sie Angst, es könne sie jemand dabei beobachten. Dann nahm sie den Ring mit Hilfe von Zeige- und Mittelfinger aus der Hosentasche und ließ ihn im Münzfach ihres Portemonnaies verschwinden.

Wo blieb Jessica, verdammt? Dreimal hatte sie bereits bei ihr angerufen, aber Jessans Handy war abgestellt. Die beiden hatten sich schon mindestens einen Monat lang nicht mehr gesehen. Jessan hatte so wahnsinnig viel um die Ohren, sie büffelte den ganzen Tag. Sie musste einige Fächer nachholen, um zum Studium der Veterinärmedizin zugelassen zu werden. Davon träumte sie bereits seit ihrer Kindheit.

Sara-Ida wünschte, sie könnte sich so wie Jessica für eine Sache begeistern. Sie wollte zwar wirklich Model werden, aber nicht so bedingungslos wie Jessica Tierärztin. Jedenfalls hatte Jessan keine Zeit, um sich um ihr Äußeres zu kümmern, das sah man bereits auf Abstand. Vermutlich saß sie die meiste Zeit über ihre Bücher gebeugt oder war mit ihrem neuen Freund zusammen, der in Skåne wohnte. Ein magerer Typ, hatte Jasmine gemeint, die ihm einmal in Oskarshamn begegnet war. Wenn Jessan genauso rund war wie beim letzten Mal, dann würde Sara-Ida das wohl oder übel kommentieren müssen. Vorausgesetzt natürlich, sie war immer noch ihre Freundin. Aber sie merkte, dass ihr das widerstrebte, als sie sich überlegte, wie sie diese Botschaft am besten verpacken könnte. Wenn sie sich darüber ausließe, wie ungesund Junkfood, Cola und Süßigkeiten seien, dann würde sie klingen wie ihre eigene Mutter. Noch schlimmer wäre es, über Fitnessstudios und Joggen zu reden, damit hatte sie schließlich selbst nichts im Sinn. Aber sie hatte das auch gar nicht nötig. Sie gehörte zu den Glücklichen, die essen konnten, was sie wollten, und trotzdem gertenschlank waren.

Ungeduldig stampfte sie mit dem Fuß auf. Sie hatte keine Lust, ihr einziges freies Wochenende seit langem auf einer Bank zu vertrödeln. Am Montag begann ein neues Leben. Sie hatte eine Schwangerschaftsvertretung auf der Chirurgischen übernommen. Dort würde es sicher interessant werden.

Plötzlich entdeckte sie Jörn. Ausgerechnet der! Er schwankte, obwohl er nüchtern war. Er bewegte sich immer so, als sei er aus Gummi.

Sie senkte ihre getuschten Wimpern, aber es war zu spät, er hatte sie schon entdeckt.

»Hallo!«, sagte er und ließ sich auf die Bank fallen, die langen Beine von sich gestreckt.

»Hallo«, erwiderte sie kaum hörbar.

»Danke für die Einladung zum Kaffee gestern«, sagte er und lächelte, sodass seine schiefen Zähne zum Vorschein kamen.

»Keine Ursache«, erwiderte sie mürrisch.

Sie hatte jedoch nicht die Kraft, aufzustehen und ihn seinem Schicksal zu überlassen. Sie wäre sich vorgekommen, als hätte sie ein Mobbingopfer im Stich gelassen.

Es war Mittag. Veronika Lundborg verließ die Kantine auf Ebene zwei. Lachs und Salzkartoffeln. Sie ging Richtung Treppenhaus, um noch rasch auf der Intensiv vorbeizuschauen, ehe sie nach Hause fuhr.

Aber zuerst ging sie in ihr Sprechzimmer, das im selben

Stockwerk lag wie die Kantine, um die Krankenakte zu holen, die ihr die Sekretärin der Notaufnahme am Vormittag gegeben hatte. Ein brauner Aktendeckel mit einem einzelnen Blatt. Die Aufzeichnungen waren zwölf Jahre alt. Damals hatte man noch so viel Verstand besessen, sich kurz zu fassen, und die Dokumentationshysterie, die EDV-Krankenakten möglich machten, hatte noch in weiter Ferne gelegen.

Den ganzen zähen Vormittag lang hatte sie es vermieden, sich hinzusetzen, da sie es nicht riskieren wollte, nicht wieder hochzukommen.

Sie drückte auf den Fahrstuhlknopf, betrat die Kabine und stellte sich neben einen älteren Mann mit Schiebermütze und Mantel. Dazu trug er karierte Filzpantoffeln. Wo er wohl hinwollte? Zurück auf die Station? Oder wollte er gerade die Biege machen? Sie vermied es, in den Spiegel zu schauen. Sie war zufrieden, obwohl sie todmüde war.

Claes und sie hatten sich getummelt wie zwei Frischverliebte, die ein gemeinsames Geheimnis verband. Sie verspürte immer noch Lust. Der Schlafmangel würde ihr erst am Nachmittag so richtig zu schaffen machen. Gestern hatte sie wieder einmal eine Reportage im Radio gehört, dass es Ärztinnen schlechter ging als Ärzten, dass sie gefühlsmäßig ausgelaugter seien und ein negativeres Bild von ihrem Arbeitsplatz hätten. Außerdem begingen sie häufiger Selbstmord als ihre männlichen Kollegen. Meine Güte. Diese Berichte tauchten in regelmäßigen Abständen auf. Die Schlussfolgerungen waren immer dieselben. Sehr wenige Veränderungen ergaben sich von selbst. Sie hatte das Gefühl, dass man ihnen die düsteren Fakten wie Mühlsteine um den Hals hängte. Allen *tüchtigen Mädchen*. Als wolle man ihre Begabung absichtlich torpedieren. Wäre es nicht besser, sie anzufeuern und zu unterstützen?

Sie stieg aus dem Fahrstuhl. Der Mann mit den Filzpantoffeln war ein Stockwerk vor ihr ausgestiegen. Sie hatte noch einmal einen raschen Blick auf das Krankenblatt geworfen, um ihr Gedächtnis aufzufrischen. Vor zwölf Jahren war Charlotte Eriksson wegen plötzlicher Bauchschmerzen in die Klinik gekommen. Sie war siebenundzwanzig Jahre alt gewesen und hatte damals wie auch jetzt keine Kinder gehabt. Der Schwangerschaftstest war genau wie jetzt auch negativ verlaufen. Sie hatte die Klinik mit intaktem Blinddarm wieder verlassen. Damals hatte sie solche Schmerzen gehabt, dass man einen endoskopischen Eingriff vorgenommen hatte. Dabei hatte man den Grund für die Schmerzen ermittelt: Eine Zyste an den Eierstöcken war geplatzt. Man hatte die blutige Flüssigkeit abgesaugt und die Zyste entfernt. Fertig. Nichts Besonderes. Die Patientin hatte bereits am folgenden Tag das Krankenhaus wieder verlassen können.

Es war mittlerweile halb eins. Zum zweiten Mal an diesem Tag schaute Veronika nach ihrer frisch operierten Patientin. Am Morgen war ihr Mann bei ihr gewesen.

Veronika betrat das Schwesternzimmer der Intensivstation. Schwester Anne saß am Computer. Das Zimmer war klein und hatte ein Fenster zu dem Raum, in dem Patienten unterschiedlich lange nach Eingriffen überwacht werden konnten. Veronika sah durch die Scheibe den Rücken einer Pflegehelferin, die sich über ihre Patientin beugte. Außer der Frau mit der Schussverletzung lag nur noch ein Patient der Orthopädie auf der Intensivstation.

Charlotte Eriksson erhalte immer noch Schmerzmittel, aber sonst gehe es ihr mit jeder Stunde besser, erzählte Schwester Anne. Die körperliche Genesung war besonders zu Anfang spürbar.

»Sie hatte wahnsinniges Glück, dass gerade jemand vorbeikam«, meinte Schwester Anne. »Ich habe beim Kaffeetrinken den Artikel in der Zeitung gelesen. Muss man jetzt schon Angst haben, wenn man mit dem Fahrrad nach Hause fährt?«

Darüber hatte Veronika noch gar nicht nachgedacht.

»Und dass der Schuss sie so weit unten erwischt hat, war auch ein verdammtes Glück«, fuhr Schwester Anne fort.

Veronika nickte. Sie hatte einen schalen Geschmack im

Mund, drehte den Kaltwasserhahn des Waschbeckens auf und zog einen Plastikbecher aus dem Spender an der Wand.

»Sie hätte tot sein oder zum Krüppel werden können«, sagte Anne, »wenn die Kugel das Rückenmark beschädigt hätte.«

Veronika nickte erneut. Sie war zu müde, um derlei Spekulationen anzustellen. Das Thema war zur Sprache gekommen, egal wo sie sich an diesem zähen Vormittag in der Klinik aufgehalten hatte. Das Gerede, das alles zwischen Traumata, Trauer, Wut und Ohnmacht wie Kitt zusammenhielt. Damit lebten sie jeden Tag und sahen sich Wechselbädern der Gefühle ausgesetzt. Man fühlte sich bestätigt, als Helfer, und durfte oft erleben, wie Menschen ihren Lebensmut wiedergewannen, sie besaßen die Gewissheit, auserwählt zu sein, eine Prüfung absolviert und das Glück gehabt zu haben, durchgehalten zu haben.

So wie ihre eigene Tochter.

Das Schlimmste ist vorbei, beruhigte sie sich. Es wird schon alles wieder. Obwohl Cecilia noch den größten Teil des Weges vor sich hatte.

»Ihr Mann will nicht, dass wir mit ihr über die Vorkommnisse sprechen«, meinte Anne, der Veronikas abwesende Miene nicht aufgefallen war.

Anne verschränkte die Arme über der Brust und lehnte sich auf ihrem Bürostuhl zurück. Sie gehörte zu den wenigen Menschen, die sagen konnten, was sie wollten, ohne dass das unverschämt oder kränkend klang. Außerdem war sie eine Schönheit und trug immer eine gepflegte Frisur. Ihre braunen Brauen stets korrekt gezupft. Ihr Körper war kompakt und wendig, sie bewegte sich rasch, war immer fröhlich, und ihre Augen funkelten.

»Ach? Und wie sollen wir das vermeiden?«, wollte Veronika wissen.

Sie hatte keine Lust auf einen schwierigen Angehörigen.

»Er meint, dass wir sie nicht beunruhigen sollen. Ich habe zu ihm gesagt, er soll das mit Ihnen besprechen.«

Schwester Anne lächelte spitzbübisch.

»Wie hieß er gleich wieder?«, fragte Veronika und fuhr sich mit dem Zeigefinger über den Nasenrücken.

»Harald Eriksson«, antwortete Anne und schaute sicherheitshalber noch einmal in der Krankenakte nach. »Ein recht gut aussehender Mann.«

Veronika memorierte den Namen des Mannes und trat ans Bett. Er saß in sich zusammengesunken auf einem Stuhl neben dem Bett seiner Frau. Sein Gesicht wies dunkle Schatten auf, und die Sorgenfalten hatten sich so tief eingegraben, als seien sie von dem bekanntesten Mann der Stadt, dem Holzschnitzer Döderhultarn, eingemeißelt worden. Die Skulptur könnte »Ehemann am Krankenlager der Frau« heißen, dachte Veronika und stellte sich ans Fußende.

Der Gatte trug einen olivgrünen Lammwollpullover und darunter ein hellblau-olivgrün kariertes Hemd. Die Hose war aus einem moleskinähnlichen Stoff und von demselben Farbton wie der Pullover, nur eine Nuance dunkler. Dazu trug er ein Paar dunkelbraune Schnürschuhe mit Ledersohlen, die erstklassig geputzt waren. Sicher Schuhe, die knarzen, dachte Veronika. Ein gemütliches Knarzen hochwertigen Leders.

Die Kleider wirkten warm, als hätte er sich auf Kälte eingestellt.

Die Pflegehelferin entfernte sich leise und ließ Veronika mit der Patientin und ihrem Mann allein. Charlotte Eriksson war immer noch bleich und lag reglos auf dem Rücken. Natürlich tat ihr trotz der Schmerzmittel jede noch so kleine Bewegung weh. Nun war sie allerdings etwas wacher. Angesichts der Umstände wirkte sie geradezu munter. Vorsichtig nahm Veronika ihre Hand und versuchte, ihr in die Augen zu schauen. Die Patientin bedeutete ihr, dass sie ihre Anwesenheit zur Kenntnis genommen habe, indem sie nickte, sagte aber nichts.

Zum ersten Mal konnte sich Veronika ein Bild davon machen, wie Charlotte Eriksson aussah. Der Muskeltonus war nach der Narkose wiederhergestellt, und das Gesicht hatte seine Konturen zurückerhalten. Die Frau sah recht gut aus, typisch nordisch mit aschblondem, eher kurzem Haar, das jetzt auf dem Kissen ausgebreitet lag. Ein hübsches, bleiches Gesicht mit klaren, sanften Zügen. Sie hatte eine für ihr Alter glatte und gleichmäßige Haut und nicht die großporige Pergamenthaut der Kettenraucher. Sie war schlank, und es war kein Problem gewesen, sie zu operieren. Veronika hatte sich durch keine nennenswerten Fettschichten arbeiten müssen.

Veronika hatte sich nicht mit dem Hintergrund der Patientin befasst, hatte aber trotzdem am Vormittag erfahren, dass sie früher als Krankengymnastin im Krankenhaus gearbeitet hatte. Die Gerüchte über die Vorfälle hatten sich natürlich in der gesamten Klinik verbreitet, und es gab immer Kollegen, die jemanden kannten, der es genau wusste. Veronika konnte sich nicht erinnern, ihr schon einmal begegnet zu sein.

Charlotte Eriksson hatte dem städtischen Krankenhaus den Rücken gekehrt und mit einer anderen Krankengymnastin eine Praxis eröffnet. Veronika konnte sich nicht den Nachnamen der anderen ins Gedächtnis rufen, wusste aber, dass sie Elle mit Vornamen hieß und früher in der Chirurgie gearbeitet hatte. Die beiden mussten sehr unterschiedlich sein, jedenfalls äußerlich. Elle war extrem kräftig und was ihre Bewegungen und ihr Temperament anging fast explosiv. Die blasse Frau im Bett erweckte einen ganz anderen Eindruck.

Veronika spürte förmlich die Missbilligung des Ehemanns hinter ihr. Er holte tief Luft und atmete aus, kräftig und langsam wie ein Drache. Vermutlich wollte er ihr zu verstehen geben, dass ihm bald der Geduldsfaden riss.

Im Krankenzimmer war es stickig. Veronika schaute hoch und erhaschte einen Blick auf den weißblauen Himmel durch das Fenster. Einige Birken schienen ihr mit ihrem gelblichen Laub zuzuwinken.

Sie sehnte sich nach Hause. Plötzlich überfiel sie eine enorme Müdigkeit, die sie förmlich niederdrückte.

Sie drehte sich zu Harald Eriksson um und blickte ihm in die Augen.

»Wie geht es Ihnen?«

Er sah sie finster an und beugte sich zu seiner Frau, die jetzt zu schlafen schien. Er schien Angst zu haben. Seine Schultern waren gebeugt, und sein Kopf schien von seinem eigenen Gewicht nach unten gezogen zu werden. Er umklammerte die Finger seiner Frau, allerdings in einer rührend behutsamen Geste, da eine Kanüle in ihrem Handrücken steckte.

»Ich dachte, wir könnten uns ein wenig über das Vorgefallene unterhalten«, sagte Veronika.

Er leckte sich über die Lippen und ließ zögernd die Hand seiner Frau los, als wagte er es nicht, sie allein zu lassen. Dann folgte er Veronika auf den Gang und in dasselbe Zimmer, in dem sie bereits am frühen Morgen gesessen hatten.

»Wie geht es Ihnen?«, fragte sie erneut.

Auch jetzt antwortete er nicht. Sie hatten beide in lachsrosa Sesselchen Platz genommen, die vor fünfzehn Jahren modern gewesen waren, als in den öffentlichen Bereichen alles pastellfarben gewesen war.

Schließlich zuckte Harald Eriksson mit den Schultern. Irgendetwas in seinem Gesicht ließ Veronika zurückweichen. Er ließ deutlich erkennen, dass er ein Mann war, der wusste, was er wollte. Seine Haltung verriet Einfluss und Autorität. Sein Blick verriet eine kritische Gesinnung, was Veronika unter Druck setzte.

Also bemühte sie sich um ein korrektes Auftreten. Sie versuchte, ihre Stimme zu dämpfen und zu beherrschen, um sich nicht zu verhaspeln. Sie spürte ihre Nervosität und wünschte sich einen Augenblick lang mehr natürliche Autorität in Form eines imposanten Schnurrbarts, eines Bierbauchs, der Mitgliedschaft im selben Golfclub oder, wieso nicht sogar, in derselben Jagdgesellschaft wie er. Das hätte ihr ihre Aufgabe ungemein erleichtert.

Sie erzählte, dass sie über die genauen Umstände, wie es zu

der Schussverletzung gekommen war, nichts wusste und dass es sie auch nichts anging. Dem ernsthaften Mann gegenüber betonte sie, viele Faktoren sprächen für eine positive Prognose. Das meiste deute darauf hin, dass seine Gattin vollkommen wiederhergestellt werden würde.

»Im Großen und Ganzen«, meinte sie.

»Was meinen Sie damit?«, erwiderte er.

Sie sah ihn ratlos an.

»Sie haben doch ›im Großen und Ganzen‹ gesagt. Wird sie denn nicht *vollkommen* wiederhergestellt werden?«

Veronika schluckte.

»Doch, sie wird vollkommen genesen«, antwortete sie ruhig, »wenn nicht unerwartete Komplikationen auftreten.«

»Wie zum Beispiel?«, sagte er scharf.

»Nach Operationen kann es immer zu Komplikationen durch Infektionen kommen. Unter anderem ... aber wir wollen hoffen, dass uns das erspart bleibt.«

Er starrte sie durchdringend an. Er wollte es genau wissen.

»Manchmal dauert es eine Weile, bis die Verdauung wieder funktioniert. Heutzutage dürfen die Patienten sofort nach der Operation wieder trinken und flüssige Nahrung zu sich nehmen. Nach ein paar Tagen beginnen sie dann auch mit fester Kost. Dadurch kommt die Darmtätigkeit wieder in Gang, und das ist gut.«

Er schien diese Antwort zu akzeptieren. Veronika war froh, dass sie ihm etwas Positives mitteilen konnte. Sehr oft hatte sie Nachrichten ganz anderer Art zu überbringen, und das zehrte an ihr.

Die ganze Zeit machten ihr ihre eigenen Erfahrungen zu schaffen. Sie hätte ihn damit trösten wollen, dass das Leben weiterging, selbst wenn der Täter nie gefasst wurde.

Es ist nicht einfach, aber es geht dann doch. Ich weiß das.

Natürlich sprach sie diese Worte nicht aus. Genauso wenig erzählte sie, dass sie in einem ähnlichen Zimmer gesessen und sich von einem optimistischen und freundlichen Arzt hatte anhören müssen, was man mit Cecilias malträtiertem Schädel unternommen hatte. Der Arzt, eine Koryphäe, hatte ihr eine positive Zukunftsvision präsentiert, genau wie sie das jetzt auch tat. Sie war ihm dankbar gewesen, dass er ihr nicht mehr abverlangt hatte, weil sie selbst Ärztin war. Sie durfte eine Mutter sein, deren Leben in jenem Augenblick total aus den Fugen geraten war. Das hatte eine große Erleichterung bedeutet. Ihre medizinischen Kenntnisse hatten sie eher behindert, als dass sie ihr weitergeholfen hätten, und das war auch diesem Arzt bewusst gewesen. Sie selbst hatte natürlich genau gewusst, wo die wirklich großen Probleme lagen.

Eine ungeduldige Bewegung des Ehemannes weckte sie aus ihren Grübeleien.

»Ich frage mich, wann die Polizei mit ihr sprechen will. Es ist schließlich wichtig, dass sie nicht die falschen Antworten gibt und dass sie keine Schmerzen hat oder unter dem Einfluss von Medikamenten steht.«

»Die Wirkung der Schmerzmittel klingt bald ab«, meinte Veronika.

»Aber wäre es nicht das Beste, wenn sie sich erst etwas erholt?«

»Ich weiß natürlich nicht genau, wann die Polizei mit ihr reden will. Vielleicht heute noch nicht, schließlich ist sie frisch operiert, aber …«

Unzufrieden rutschte er hin und her.

»Ich bin schließlich ihr nächster Angehöriger, ich kenne sie am besten. Und ich finde, dass sie sich erst einmal etwas erholen, dass sie erst wieder zu Kräften kommen muss.«

Ich, ich, ich, hörte Veronika ihn immer nur sagen wie einen trotzigen Dreijährigen oder wie jemanden, der es gewohnt war zu entscheiden und keinen Widerstand duldete.

Seine Erschöpfung war ihm anzusehen. Konnte sie es wagen, ihm vorzuschlagen, nach Hause zu fahren und sich auszuruhen?

Er sah sie forschend an.

»Jedenfalls erwarte ich, dass Sie sie …«

Er überlegte.

» … während der nächsten vierundzwanzig Stunden noch nicht behelligen«, sagte er schließlich.

Nun hatten die Verhandlungen also begonnen. Veronika kam die Situation etwas absurd vor. Alles wurde offenbar über den Kopf seiner Frau hinweg entschieden. Exakte Fristen, was menschliche Phänomene anging, stellten außerdem im Prinzip eine Unmöglichkeit dar.

Dies teilte sie ihm auch mit ruhiger und fester Stimme mit.

»Aber wir sorgen natürlich dafür, dass Sie dabei sind, wenn wir uns eingehender mit ihr unterhalten. Ich habe Ihrer Frau bereits gesagt, dass auf sie geschossen worden ist und dass man sie operiert hat, aber ich weiß nicht, wie viel sie davon wirklich verstanden hat. Ihre Frau wird früher oder später von sich aus Fragen stellen. Dann wird sie ohnehin das eine oder andere hören, möglicherweise nur gerüchteweise. Es wird eine polizeiliche Vernehmung geben. Das ist alles unvermeidlich. Dafür kann ich Ihnen allerdings im Augenblick noch keinen Zeitrahmen nennen.«

Er schien zu überlegen, ob er ihr Angebot annehmen sollte. Veronika war sehr müde. Sie sehnte sich nach Hause. Der Ehemann seufzte noch einmal tief, aber dieses Mal eher besorgt. Dann hob er die Hände und rieb sich das Gesicht.

Der Ärmste. Er tat ihr leid.

»Ich will nur, dass sie die bestmögliche Pflege erhält«, sagte er mit belegter Stimme.

»Das versteht sich! Das wollen wir auch.«

»Sie dürfen sie nicht verlegen, bevor es ihr wieder gut geht.«

Er klang verletzlich und besorgt, nicht wie der befehlsgewohnte Direktor.

»Man hört immer wieder von Patienten, die die Intensivstation verlassen müssen, weil die Kapazität dort zu gering ist«, fuhr er fort. »So etwas würde ich nicht akzeptieren.«

Jetzt war er wieder sein offizielles Ich.

Veronika nickte. Gleichzeitig merkte sie, wie sie errötete.

»Sie wird einen oder ein paar Tage hierbleiben«, erwiderte sie. »Hier erhält sie die beste Pflege. Wir verlegen sie nicht, bevor es dafür an der Zeit ist. Dafür sorge ich schon.«

Mit dieser Antwort schien er sich zufriedenzugeben.

»Darf ich noch eine Frage stellen?«, fuhr sie fort. »Haben Sie keine Kinder, die zu Hause auf sie warten?«

»Nein«, antwortete er kurz angebunden.

Sie meinte, ein leider in dem Wort mitschwingen zu hören.

Kriminalinspektorin Louise Jasinski lag zusammengekrümmt da und bemitleidete sich selbst.

Sie bewegte sich nicht, fröstelte, und nur ihre Nasenspitze schaute unter der Decke hervor. Sie versuchte einzuschlafen, aber ihr Magen rumorte und wollte einfach keine Ruhe geben. Brechdurchfall, wie er im Winter gehäuft auftrat, konnte es zumindest nicht sein, denn es war erst Oktober.

Sie befürchtete, sich bald übergeben zu müssen. Sie gehörte zu den Leuten, die Übelkeit verabscheuten. Dann schon lieber rasende Kopfschmerzen, die ließen sich zumindest mit Hilfe von Tabletten kurieren.

Aber jetzt gab es keine Mittel, und es war nur noch eine Frage von Minuten, bis es nicht mehr rumorte, sondern explodierte.

Sie schluckte wiederholte Male, wartete und krümmte sich. Dann nahm sie plötzlich einen Geruch wahr. Tatsächlich! Ihr Nachbar briet Speck. Dieser Sadist! Der Essensgeruch drang durch alle Ritzen, und sie hatte keine Chance zu entkommen. Das ist der große Unterschied zwischen einer Wohnung und einem Haus, dachte sie.

Ihr Magen krampfte sich zusammen. Rasch schlug sie die Decke zurück und rannte auf die Toilette. Ein Sturzbach. Pfui Teufel ...

Dann betätigte sie schwankend die Wasserspülung, behielt aber den Kopf über der Kloschüssel. Sie fror, wartete darauf, dass es wieder losgehen würde, und verschwendete keinen Gedanken an ihre Arbeit. Niedergeschossene Frauen, Einbrüche, Körperverletzungen und Diebstähle waren ihr komplett egal. Umso mehr machte es ihr jedoch zu schaffen, dass sie jetzt den Fußboden im Badezimmer putzen musste. Ihr saurer Mageninhalt war in alle Richtungen gespritzt.

Wenn man doch nur einen zuverlässigen Mann gehabt hätte, der sich um einen kümmerte! Wie angenehm wäre das doch gewesen, aber wie beschaffte man sich so einen?

Fast wäre sie vor Sehnsucht in Tränen ausgebrochen. Ein Paar starke Arme. Eine Umarmung. Gelassenheit und Verständnis. Ein Mann, der jetzt den Boden gewischt hätte.

Janos hätte das garantiert nicht getan. Er hätte sich rausgeredet, und sie hätte nur mit den Achseln gezuckt und es selbst erledigt. Wie alles andere.

Sie war allein zu Hause. Beide Töchter waren mit Janos unterwegs, schließlich hätte sie dieses Wochenende arbeiten sollen. Inzwischen fand sie es in Ordnung, dass sie bei ihm waren. Vielleicht hatte sie die Scheidung mittlerweile tatsächlich verwunden. Sie wollte ihn jedenfalls nicht zurück. Nicht mehr.

Trotzdem konnte es seltsamerweise immer noch vorkommen, dass ihre Wut aufflammte. Gefühlsneutral war sie noch lange nicht. Optimal wäre es, weder zu hassen noch zu lieben. Wenn es ihr einfach egal wäre. Dieser Tag musste noch kommen.

Und wenn nicht? Wenn sie nun bis an ihr Lebensende Energie darauf verschwendete, die gekränkte Exfrau zu sein? Dafür gab es in ihrer nächsten Umgebung genügend betrübliche Beispiele. Sobald sich eine Gelegenheit bot, legten sie los, insbesondere nach ein paar Gläsern Wein. *Den Tag, an dem mir aufging, dass er eine andere hatte, werde ich nie vergessen. Er schloss sich auf dem Klo ein und murmelte in sein Handy.*

So war es gewesen. Janos hatte nie so viel Zeit auf der Toilette verbracht wie damals.

Glücklicherweise gelang es ihr mittlerweile sich zu beherrschen und gemeine Bemerkungen, die sie anschließend doch nur bereute, zu unterlassen. Er war es einfach nicht wert, und sie fand ein solches Verhalten entwürdigend. Außerdem ließ es ihn ohnehin kalt.

Sie fühlte sich erbärmlich. Sie fror, und ihr Magen schmerzte, obwohl sie sich jetzt etwas besser fühlte. Sie stellte den gelben Eimer in die Wanne und ließ Wasser einlaufen.

Zugegebenermaßen hatte es sie mit einer gewissen Schadenfreude erfüllt, als Janos von seiner jungen Geliebten verlassen worden war. Geschah ihm recht! Jetzt merkte er wenigstens mal, wie das war. Sie hatte ihre eigene Zufriedenheit auch nicht ganz verbergen können, als sie ihm schließlich endgültig den Laufpass gegeben hatte, nachdem er zum x-ten Mal zu ihr zurückgekehrt war. Dieses ewige Hin und Her. Er konnte sich nicht entscheiden. Wollte sie beide. Er habe es so *schwer*, hatte er gejammert, Tränen vergossen und sie damit sehr verwirrt. Sie hatte sich Hoffnungen gemacht und Strategien ersonnen, wie alles wieder gut werden könnte. So wie vorher. Gemütliche Abendessen, herrliche Strandspaziergänge Hand in Hand, kuschelige Abende im Doppelbett, Lächeln und Aufmunterung, kein Genörgel, keine Mühen, nur ein freundliches, versöhnliches kleines Lächeln. Hoppla! Hatte die Wäsche wirklich zwei Tage in der Maschine gelegen? Das macht nichts, Liebes. Wir waschen sie eben noch einmal! Ihr war natürlich auch klar, zumindest anschließend, dass das lächerlich war und dass sie sich etwas vorgemacht hatte.

Die Plastikflasche enthielt noch einen Rest Schmierseife, und sie war froh, dass sie so umsichtig gewesen war, Gummihandschuhe zu kaufen. Glücklicherweise lagen sie auch im Badezimmer, sodass sie sich nicht mit dem ekligen Gestank, der ihr in den Poren hing, in die Wohnung bewegen musste. Dann kniete sie sich hin und begann zu putzen. Glücklicherweise war ihre Übelkeit nun fast ganz vorüber.

Sie duschte und ging anschließend in die Küche, öffnete eine Flasche Ramlösa-Mineralwasser und ging zurück ins Wohnzimmer. Das Fenster zur Straße stand offen, und ein beruhigendes Gemurmel drang aus der Fußgängerzone hoch.

Sie wohnte in einer Dreizimmerwohnung über einem Blumengeschäft in der Hauptgeschäftsstraße, die an diesem Ende Flanaden hieß. Eine Vierzimmerwohnung wäre ihr lieber gewesen, aber das konnte sie sich nicht leisten. Die Mädchen bewohnten die beiden Zimmer zum Hof, denn sie fand, dass beide ein eigenes Zimmer benötigten. Sie selbst schlief auf einer Schlafcouch. Sie hatte sich ein solides Modell gegönnt und nicht so eine billige Variante, auf der man weder bequem sitzen noch angenehm schlafen konnte. Außerdem war sie hübsch und mit einem grob gewebten terrakottaroten Stoff bezogen.

Im Großen und Ganzen war die Wohnung nicht übel. Ihr gefielen ältere Häuser. Die Mädchen hatten den Umzug gut überstanden, obwohl sie jetzt einen weiteren Schulweg hatten. Aber Oskarshamn war schließlich nicht London, die Abstände waren vertretbar, und sie fuhr sie, wenn nötig, auch schon mal zu ihren Freundinnen nach Svalliden. Sie selbst hatte das Präsidium fast vor der Tür.

Sie knotete ihren Morgenrock enger, beugte sich aus dem Fenster und blickte den Passanten auf die Köpfe. Eine frische Meeresbrise schlug ihr entgegen. Sie befand sich ganz klar auf dem Wege der Besserung.

Genau unter ihr saß ein junges Mädchen auf einer Bank. Louise erinnerte sich plötzlich, wie sie selbst in diesem Alter gewesen war. Damals, als sie noch winzige rosa Tops hatte tragen können und ihre Arme faltenlos und goldbraun gewesen waren. Mit Daumen und Zeigefinger kniff sie sich in die Seite und kam zu dem Schluss, dass sie immer noch recht schlank war. Knackig, um die Wahrheit zu sagen. Sie hatte ihre Figur doch nicht ganz verloren. Glücklicherweise gab es das Training, und sie war gezwungen, sich für die Arbeit einigermaßen fit zu halten.

Die Braunarmige schien sich gestört zu fühlen. Ein Jüngling, der sicher nicht ihren eventuellen Träumen entsprach, machte ihr unbeholfen Avancen, ohne sie jedoch zu berühren. Ob er wohl gleich aufsteht und geht?, überlegte Louise und wartete auf die Fortsetzung des Schauspiels. Beide blieben jedoch sitzen. Die Gutaussehende an einem Ende der Bank, vorgebeugt, als wolle sie sich verstecken, der junge Mann auf dem entgegengesetzten, bequem und nonchalant zurückgelehnt.

Louise erschauerte plötzlich, sie ging zum Sofa und kroch wieder unter ihre Decke. Dann schaltete sie den Fernseher ein: Wiederholung von »Mitt i naturen«. Das passt, dachte sie und schaute sich fünf Minuten lang die gezähmte Wildnis an.

Dann fielen ihr die Augen zu.

Kriminalkommissar Claes Claesson hatte seinen Wagen geparkt und las jetzt den Namen am Briefkasten. Rot, ein kurzer, guter Name. Dann dachte er einen Augenblick darüber nach, wie es wohl war, im Kärleksstigen, dem Liebespfad, zu wohnen.

Das Viertel lag zentral. Bis ins Zentrum waren es nur zehn Minuten zu Fuß. Der Kärleksstigen war eine Sackgasse. Außer seinem neutralen Dienstwagen parkten dort im Augenblick keine weiteren Fahrzeuge. Die Häuser aus den Sechzigerjahren hatten eine recht sichtgeschützte Lage, da die Vorderfront der gegenüberliegenden Häuser in die entgegengesetzte Richtung wies. Ausgesprochen friedlich, und selbst für Anwohner, die nicht liebeskrank waren, eine angenehme Lage.

Als er den Gartenpfad aus schönen roten Öländischen Kalksteinplatten betrat, hörte er vom Meer die Schreie eines Möwenschwarms. Wie ein Reflex meldete sich das Verlangen, schwimmen zu gehen. Aber es war Herbst. Er konnte sich nicht erinnern, dass er in Schweden je so spät im Jahr im Meer geschwommen war. Er hatte gelegentlich erwogen, sich zu den Leuten zu gesellen, die auch bei Eis und Schnee im Meer badeten, aber jetzt würde er wohl kaum noch die Zeit dazu finden. Vielleicht würde er damit später einmal sein Rentnerdasein versüßen.

Er betrachtete den kleinen Vorgarten, während er die wenigen Schritte auf die Haustür zuging. Vermutlich würde er nach dem Gespräch mit Frau Rot keine Lust mehr zum Schwimmen haben. Ein niederschmetternder Gedanke. In den Beeten leuchteten ungewöhnlich viele Rosen, eine dunkelrote Sorte, die wetterbeständig zu sein schien, und eine hellgelbe, deren Blütenblätter an den Rändern schon etwas gebräunt waren.

Die Gardinen bewegten sich, und die Haustür wurde geöffnet, noch bevor Claesson die Treppenstufen hinaufgegangen war. Harriet Rot hielt ihm ihre Hand entgegen und gab ihm einen kräftigen Händedruck. Sie ging auf die Sechzig zu, war mittelgroß, etwas füllig und hatte pralle Brüste. Sie trug Jeans und einen dünnen roten Rollkragenpullover, obwohl es dafür viel zu warm war.

Claesson hatte seinen Besuch telefonisch angekündigt. Sie hatte wenig Zeit, das wusste er bereits. Sie wollte zu ihren Enkeln, den Zwillingen, sah jedoch ein, dass die Sache mit ihrer Freundin unbedingten Vorrang hatte. Ihr hatte geschwant, dass etwas nicht in Ordnung war, als Harald Eriksson sie mitten in der Nacht angerufen hatte. Aber eine Schussverletzung!

»Als ich davon in der Zeitung las, hätte ich mir nie träumen lassen, dass es sich um Charlotte handelt! Und ausgerechnet nach einem Besuch bei mir, das macht es fast noch schlimmer. Als sei ich mitschuldig!«

»Empfinden Sie das so?«, fragte Claesson, während er das etwa tausendste Wohnzimmer seines Polizistenlebens betrat.

»Ja, dummerweise. Aber alle anderen, die nach meiner kleinen Party nach Hause gingen, leben noch«, meinte sie trocken. »Das habe ich kontrolliert.«

Sie verstummte und wurde über und über rot. Sie hatte selbst gemerkt, wie das klang, und schämte sich fürchterlich. Claesson musste das Gesicht abwenden, weil es in seinen Mundwinkeln zuckte.

Natürlich hatten die Freundinnen nach Bekanntwerden des Unglücks rege telefoniert. Davon war auszugehen. Sicherlich waren sie entsetzt und besorgt gewesen. Sofern sie sich gut verstanden hatten, was er allerdings nicht unbedingt voraussetzte, aber herauszufinden gedachte.

Er betrachtete die durchschnittliche Möblierung, ein Dreisitzersofa, darüber eine Landschaft in Öl, zwei Sessel, ein polierter Couchtisch mit einer Kristallschale, ein Flokati darunter, ein hübscher Esstisch mit einem modernen Kronleuchter darüber, ein Regal aus Eiche mit Nippes und eine eingebaute Vitrine mit Kristallglas. Dazu kamen die mehr oder minder verblichenen Fotos von Familienmitgliedern aus verschiedenen Phasen ihres Lebens. Ein Foto war, nach den leuchtenden Farben zu urteilen, erst kürzlich aufgenommen worden. Es zeigte die Zwillinge, von denen bereits die Rede gewesen war. Sie lächelten. Das Zimmer war aufgeräumt und schien nur selten benutzt zu werden. Claesson vermutete, dass beim Ehepaar Rot der Fernseher in einem anderen Zimmer stand, das sicher gemütlicher war als dieses.

»Ein Glück, dass sie nicht gestorben ist«, fuhr Harriet Rot fort, und ihre Stimme klang fast übertrieben besorgt, als wollte sie ihren Fauxpas wiedergutmachen. »Ich habe mir sagen lassen, dass sie die Sache wohl gut überstehen wird. Unsere Ärzte sind wirklich gut. Ich weiß das, ich arbeite als Pflegehelferin auf der Chirurgie«, erklärte sie, und Claesson nickte.

»Erinnern Sie sich, wann Charlotte Eriksson gestern Ihr Haus verließ?«

»Es war nach halb zwölf, dessen bin ich mir sicher. Alle gingen gleichzeitig. Ich stand auf der Treppe und winkte ihnen hinterher. Dann fing ich drinnen an zu spülen.«

»Darf ich Sie fragen, ob Ihr Ehemann zu Hause war?«

»Er kam, lange bevor alle gingen, etwa um halb elf, aber er war müde und ging sofort zu Bett. Er schlief wie ein Murmeltier.«

»Wir würden uns gerne mit allen Ihren Gästen unterhalten. Können Sie mir die Namen nennen?«

Claesson zog seinen Block aus der Tasche. Harriet Rot begann, sich die Schläfen zu massieren, während sie, wie eine Beschwörung, die Namen aufsagte.

»Alena Dvorska. Sie schob ihr Fahrrad. Ich vermute, dass sie erst damit gefahren ist, als sie sich beim Låglandsvägen von den anderen trennte. Sie wohnt ein Stück außerhalb der Stadt ... in Sörvik. Dann waren da noch Susanne Lundwall und Åsa Feldt.«

Sie sah aus, als hätte sie jemanden vergessen.

»Richtig! Eva-Karin Laursen ging früher. Sie musste heute in aller Frühe aufstehen.«

Claessons Stift flog über den Block.

»Ich habe die Telefonnummern«, sagte Harriet Rot und ging ihr Adressbuch holen.

Claesson schrieb die Nummern auf.

»Wie verlief das ... mh ... Treffen?«, fragte er dann.

Harriet Rot sah ihn ratlos an.

»Ist irgendwas Besonderes vorgefallen?«, verdeutlichte er.

»Nein«, antwortete sie und schüttelte so nachdrücklich den Kopf, dass ihr stahlgraues Haar in alle Richtungen flog. »Jedenfalls kann ich mich an nichts erinnern. Zumindest nichts, was mit Pistolen und Schüssen zu tun haben könnte. Mit so was beschäftigen wir uns nicht«, meinte sie mit leiser Ironie.

Sie schaute diskret auf die Armbanduhr. Draußen war ein Auto zu hören. Ihr Mann wollte sie abholen. Ihre Enkel waren wichtiger als alles andere, das war ganz deutlich.

»Vielleicht wissen die anderen ja mehr, sie sind schließlich zusammen aufgebrochen«, meinte Harriet Rot.

Claesson hörte, wie die Tür geöffnet wurde. Der Ehemann trat ein. Er trug ein kariertes Hemd und Hosenträger, hatte einen Bierbauch und erinnerte ein wenig an Karlsson vom Dach.

»Es ist unbegreiflich«, meinte Harriet Rot und runzelte die Stirn. »Sie müssen die Falsche niedergeschossen haben. Vielleicht handelte es sich um einen verrückten Patienten?« Sie schien sich zu freuen, dass ihr endlich etwas eingefallen war.

»Hat sie mit Ihnen über ihre Patienten gesprochen?«

»O nein, nie! Charlotte war sehr diskret. Sie nimmt es mit der Schweigepflicht sehr genau.«

»Es wäre doch denkbar, dass sie Ärger mit einem Patienten hatte und jemandem ihr Herz ausschütten wollte. Schließlich sind wir alle nur Menschen«, meinte Claesson und beobachtete ihre Reaktion.

Harriet Rot schüttelte jedoch energisch den Kopf.

»Nein. Sie müssen die anderen fragen. Mir fällt dazu absolut nichts ein. Oder fragen Sie sie selbst.«

Sie sah ihn an, ohne seinem Blick auszuweichen, schien aber gleichzeitig über etwas nachzudenken.

»Vielleicht war sie ja gestern Abend etwas still«, meinte sie zum Schluss.

»Können Sie das näher erklären? Ist sie sonst gesprächiger, meine ich.«

»Schwer zu sagen. Sie ist wohl normal gesprächig. Aber gestern war sie ungewöhnlich schweigsam.«

»Ist Ihnen das bereits da aufgefallen?«

Harriet Rot setzte die Brille mit rotschwarzem Gestell auf, die an einer Kette um ihren Hals gebaumelt hatte, was ihr das Aussehen eines Waschbären verlieh.

»Ja. Ich glaube, dass ich mir schon gestern Gedanken darüber gemacht habe, warum sie wohl so schweigsam war. Aber dann verging der Abend einfach. Wenn es etwas Ernstes ist, dann werde ich es wohl früher oder später erfahren, dachte ich. Obwohl Charlotte – der es doch so gut geht …«, meinte sie nach einer Pause.

»Wie meinen Sie das?«

»Nun, die Firma floriert. Ihr Vater hat sie gegründet. Aber Geld ist schließlich nicht alles«, meinte sie mit einem leichten Lächeln.

Claesson runzelte die Stirn.

»Woran denken Sie genau?«, wollte er wissen.

Harriets Blick fiel auf die Fotos im Wohnzimmer.

»Meine Kinder und Enkel sind mir eine große Freude«, sagte sie als Antwort auf seine Frage. »Enkel sind sozusagen das Sahnehäubchen, der letzte Pfiff des Lebens.«

Der Ehemann trat ins Wohnzimmer. Er wirkte ungeduldig. Harriet Rot erhob sich und strich ihren Pullover glatt. Claesson verstand den Wink. Er hatte keine weiteren Fragen und brach auf.

Als er sein Auto aufschloss, war ihm so trostlos zumute wie bei seiner Ankunft. Als würde das Leben einfach nutzlos verstreichen. Ein langweiliger Fall, dachte er voller Selbstmitleid, nichts, was einen anspornt.

Inzwischen hatte er keine Lust mehr, schwimmen zu gehen. Jetzt brauchte er einen Kaffee. Er rief Veronika an. Diese war auf dem Weg zu Mona Lundin, um Klara abzuholen. Ich hoffe wirklich, dass sich Mona nicht überanstrengt hat, dachte er.

Sara-Ida focht einen inneren Streit aus, blieb dann aber doch mit dem Idioten Jörn auf der Bank sitzen.

Immerhin betrug der Abstand zwischen ihnen einen Meter, mindestens. Niemand hatte den geringsten Grund anzunehmen, dass sie etwas miteinander zu tun hatten. Vor ihrem inneren Auge sah sie, wie er am Vortag das Hefegebäck, das sie ihm spendiert hatte, verschlungen hatte.

Aber jetzt hielt er ausnahmsweise einmal den Mund.

Schließlich hatte sie sich für einen großen Hefekranz von Nilssons entschieden. Klar, dass er dem nicht hatte widerstehen können. Manche waren mit wenig zufrieden. Sie selbst hatte nur eine dünne Scheibe genommen, und die anderen am Tisch hatten ihm den Kuchenteller immer wieder zugeschoben. Als würden sie ein Ferkel füttern. Grunz, grunz. Obwohl sie das Hefegebäck gekauft hatte und nicht die Weiber.

Verstohlen warf sie einen Blick auf ihre Uhr. Verdammt!

In ihrem Übereifer, den Diamantring vorzuführen, hatte sie sich um eine ganze Stunde vertan. Jessan würde frühestens in zwanzig Minuten auftauchen.

Sollte sie sich so weit erniedrigen und mit diesem Idioten bis dahin sitzen bleiben?

»Warum sitzt du eigentlich hier?«, hörte sie ihn sagen, als hätte er ihre Gedanken gelesen.

»Ich warte auf jemanden.«

Sie hatte lange darüber nachgedacht, ob sie zum Nachmittagskaffee etwas mitbringen sollte. Glücklicherweise hatte sie es dann doch getan. Sie hatten sich alle so wahnsinnig gefreut, ihre Kolleginnen.

Sie hatte am Vortag zwei Dinge gefeiert, ihren Geburtstag und ihren letzten Arbeitstag im Pflegeheim Gullregnet. Jetzt ging es Schlag auf Schlag. Eben hatte sie noch in der Rehaklinik gearbeitet, dann im Gullregnet, und am Montag würde sie schon auf der Chirurgie anfangen. Mama hatte es kaum glauben wollen, dass sie bereits einen neuen Job organisiert hatte. Das hatte sie ihr vermutlich nicht zugetraut. Obwohl sie fand, Sara-Ida solle sich eine feste Stelle suchen. Aber ihr machte es nichts aus, zu wechseln, ohne irgendwo hängen zu bleiben, solange sie nur Arbeit hatte.

Sie warf Jörn einen raschen Blick zu. Wäre er nicht so beschränkt gewesen, dann hätte er ihr glatt gefallen können. Sie schätzte ihn auf höchstens dreißig. Allerdings müsste man ihn neu einkleiden. Sie liebte es, sich Machen-Sie-das-Beste-aus-Ihrem-Typ-Projekte auszudenken. Vielleicht sollte sie Stylistin werden, falls sie es als Model nicht schaffte. Dann könnte sie solchen traurigen Typen wie Jörn helfen, dem es schon auf Abstand anzusehen war, dass er noch bei Mama und Papa außerhalb von Bockara wohnte. Die Kolleginnen im Gullregnet hatten ihr das erzählt.

Sie hatte erfahren, dass er schon seit Ewigkeiten als Hausmeister arbeitete. Jeden Tag schaute er in ihrer Nachmittagspause bei ihnen im Pflegeheim herein, darauf war Verlass. Er fuhr auf den Hof und parkte das Auto der Gemeinde unter den Birken, dann ging er die Treppen hoch, gab die Kiste mit den Medikamenten im Schwesternzimmer ab und ließ sich die Empfangsbescheinigung von Britta-Stina unterschreiben. Dann nutzte er die Gelegenheit, die Toilette aufzusuchen, um anschließend überrascht festzustellen, dass niemand mehr im Schwesternzimmer war. Also trottete er ins Kaffeezimmer, um Ich-bin-dann-mal-weg zu sagen, wozu auch immer das gut sein sollte. Jedes Mal blieb er dann in der Tür stehen, kratzte sich am Kopf und tat so, als habe er das Gefühl, ungelegen zu kommen. Er wirkte dann immer so hilflos, dass irgendjemand, meist Gertrud oder Johanna, sich seiner erbarmte und ihn bat, Platz zu nehmen.

Sie hatten ihn schon lange durchschaut, spielten aber trotzdem mit. Alle bemutterten ihn.

»Willst du noch lange hier sitzen?«, fragte er grinsend.

»Noch eine Weile.«

»Du hast doch aufgehört? Ich meine, im Gullregnet?«

»Allerdings«, erwiderte sie.

»Was machst du jetzt?«

»Weiß nicht.«

Sie wollte ihm ihren neuen Arbeitsplatz nicht verraten, schließlich ging es ihn nichts an.

»Irgendein Traumjob vielleicht?«, beharrte er.

Sie biss sich auf die Zunge und überlegte.

»Das könnte man vielleicht sagen. Ich werde Model«, hörte sie sich plötzlich sagen.

Nach einer Sekunde der Besinnung stellte sie fest, dass es sich überraschend gut anfühlte. Als wäre sie bereits ein Topmodel und müsste es nicht erst werden. So ein Idiot wie Jörn hatte eh niemanden, dem er es hätte weitererzählen können. Außerdem hörte ihm kein vernünftiger Mensch zu. Nach einer Weile fühlte sie sich mit ihrer halben Lüge also recht wohl.

»Was für ein Job! Riesenkohle, was?« Seine Augen leuchteten vor Bewunderung.

»Vielleicht«, erwiderte sie ausweichend und schlug sicherheitshalber bescheiden den Blick nieder.

Jetzt entdeckte sie endlich Jessan, die sich einen Weg durch die Menge bahnte. Sie hatte rabenschwarzes Haar, das ihr wie immer bis zur Taille über die Lederjacke hing. Die Augen waren schwarz geschminkt, und der gerade Pony reichte ihr weit in die Stirn. Jessan sah kompliziert und mystisch aus. Schon seit der sechsten Klasse lief sie so herum. Immer in schwarzer Lederjacke, auch wenn es vierzig Grad warm war.

Jessan wedelte mit beiden Armen. Sie hatte sie entdeckt. Eine Menge Silberarmreifen klapperten.

Sara-Ida war bereits von der Bank aufgesprungen und ging ihr entgegen.

Jörn, der mit einem stummen Grinsen auf den Lippen dasaß, ließ sie zurück. Sara-Ida umarmte Jessan und strahlte ein solches Glück aus, dass man hätte glauben können, sie hätten sich schon seit Jahren nicht mehr gesehen. Dann strebten sie Arm in Arm dem Lilla Torget entgegen und redeten dabei gleichzeitig unablässig aufeinander ein.

An Jörn dachte sie nicht mehr und merkte auch nicht, wie er sich von der Bank erhob und einige Sekunden später in dieselbe Richtung schlenderte.

Claesson fuhr auf den Låglandsvägen und bog dann Richtung Zentrum ab.

Er tat das alles mechanisch, tat, was von ihm erwartet wurde. Eine Schießerei war in ihrer Stadt eine große Sache, auch für die Polizei. Und trotzdem gelang es ihm nicht, sich zu engagieren. Er verspürte ein größeres Bedürfnis als je zuvor, danach eine Auszeit zu nehmen. Nach Monaten der Unruhe und unzähligen Fahrten nach Lund musste seine kleine Familie wieder zusammenfinden. Raus in die Natur oder was auch immer. Vielleicht würde ihm alles leichter fallen, wenn er nur etwas Zeit für sich bekäme.

Er war gut gelaunt aufgewacht und hatte Veronika an sich gezogen. Herrlich!

Aber jetzt war er müde und fand sein Dasein anstrengend. Es war an der Zeit, wieder einmal über etwas zu lachen! Auf gut Glück schaltete er das Autoradio ein. Nachrichten. Bei Oskarshamn war eine Endlagerstätte für Atommüll geplant. Er spitzte die Ohren und drehte lauter. Ein umfangreicher Antrag für eine Versiegelungsanlage war eingegangen. Die Endlagerstätte war fünfhundert Meter unter der Erdoberfläche geplant, und zwar ganz in der Nähe des KKWs auf der Simpevarpshalbinsel nördlich von Oskarshamn. Viele Arbeitsplätze, dachte Claesson zwiespältig. Irgendwo mussten sie den Dreck natürlich lassen. Der Schuss wurde in den Lokalnachrichten nicht erwähnt. Waffen gab es überall. Es hatte kaum einen Sinn, seine Zeit darauf zu verwenden, aber um den Schein zu wahren, würde die Polizei es trotzdem tun müssen.

Die Sache würde sich natürlich wesentlich ändern, wenn das Opfer selbst etwas beizutragen hatte, falls Charlotte Eriksson eine gute Täterbeschreibung geben konnte.

Er beabsichtigte, die Klinik aufzusuchen, und rief dort an. Er erfuhr, dass die Patientin noch einen weiteren Tag Erholung benötige, um ihm dann kohärentere Antworten geben zu können, die weniger von Schmerzen oder Medikamenten beeinflusst sein würden.

Er fuhr am Zentrum vorbei, am Hafen entlang und Richtung Kolberga. Es war nett, dass Veronika zu Hause war. Dann konnten sie gemütlich Kaffee trinken. Trotz der Wärme wurde es Herbst. Die Bäume verloren ihre Blätter, die Hagebutten leuchteten rot, und der Nachbar, ein Pedant, harkte das Laub zusammen.

»Gut, dass du kommst«, sagte Veronika, als er über die Schwelle trat. »Dann lege ich mich einen Augenblick hin.«

Hohläugig ging sie ins Obergeschoss und machte die Schlafzimmertür hinter sich zu. Klara saß am Küchentisch.

»Na denn«, sagte er und versuchte, seine Enttäuschung hinunterzuschlucken. »Dann eben wir zwei.«

5

Claes Claesson trug eingedenk seiner viel zu warmen Kleider vom Vortag ein kurzärmeliges Hemd. Erika Ljung begleitete ihn ins Krankenhaus.

Dank der Klimaanlage war es relativ kühl. Es war ein strahlend sonniger Sonntagvormittag, und das Foyer war menschenleer. Bis zur Besuchszeit waren es noch mehrere Stunden.

Sie fuhren mit dem Fahrstuhl nach oben. Irgendwo im Gebäude hält sich Veronika auf, dachte Claesson, als sie auf Ebene sechs ausstiegen. Eine grüngekleidete Frau sah ihnen lange hinterher und verschwand dann im OP-Trakt. Sie klingelten an der gegenüberliegenden Tür und warteten gemäß Anweisung auf einem Schild.

Mona Lundin hatte sich auch heute wieder bereiterklärt, sich um Klara zu kümmern. Sie mussten eine permanente Lösung finden und brauchten ein neues Kindermädchen, da das letzte umgezogen war.

Niemand öffnete. Sie drückten die Türklinke. Es war nicht abgeschlossen. In dem kurzen Korridor war keine Menschenseele. Auf leisen Sohlen, da sie glaubten, in jedem Bett läge ein schwerkranker Patient, traten sie ein, aber sämtliche Zimmer waren leer.

In einem Raum mit Glaswänden, dessen Türen offen standen, saß ein Mann in der blauen Kleidung des Pflegepersonals und starrte auf einen Monitor. Claesson räusperte sich, stellte sich vor und teilte sein Anliegen mit.

Immerhin legt er keine Patience am Computer, dachte Claesson, der sich hatte sagen lassen, dies sei in der Klinik vor allem nachts eine beliebte Beschäftigung.

»Ich muss nur schnell den zuständigen Arzt fragen, ob es in Ordnung geht, dass Sie sich mit ihr unterhalten«, sagte der Intensivpfleger.

Claesson wartete, während er telefonierte. Erika Ljung stupste ihn an.

»Arbeitet deine Frau nicht hier?«, flüsterte sie.

»Doch«, antwortete er leise, während sich der Intensivpfleger auf das Telefon konzentrierte.

Claesson war es wichtig, dass alles mit rechten Dingen zuging. Er wollte seine Beziehungen nicht ausnutzen, das konnte zu Missverständnissen führen.

»Kein Problem«, sagte Pfleger Peter, »aber der Ehemann ist im Augenblick nicht da.«

»Wir würden auch lieber mit ihr allein sprechen. Es ist also ein Vorteil, dass er nicht da ist«, meinte Claesson und versuchte, sich dumm zu stellen.

Dem Pfleger schien die Situation jedoch Unbehagen zu bereiten.

»Ich weiß nicht, wann er kommt. Er war nicht sonderlich angetan von dem Gedanken, dass sie verhört wird, bevor sie wieder richtig munter ist und weiß, was sie sagt.«

»Ach so«, meinte Claesson. »Wir werden sie schon nicht ermüden, das können Sie dem Ehemann ausrichten.«

Charlotte Eriksson war bleich, wirkte sonst aber den Umständen entsprechend recht munter. Ein durchsichtiger Plastikschlauch führte von ihrem Unterarm zu einer Infusionsflasche. Ein paar Gläser mit verschiedenfarbigen Flüssigkeiten standen auf dem Nachttisch. Wasser, Saft und noch etwas.

»Wir wollen uns nur ganz kurz mit Ihnen unterhalten«, begann Claesson, nachdem er Erika Ljung und sich vorgestellt hatte.

»Kein Problem«, erwiderte Charlotte Eriksson.

Sie klang alles andere als schwach.

»Erzählen Sie uns doch bitte, woran Sie sich erinnern«, sagte Claesson. »Glauben Sie, dass Sie das können?«

Sie hatte einen trockenen Mund und blinzelte, als bereite ihr das Tageslicht Kopfschmerzen.

»Ich erinnere mich hauptsächlich an das Geräusch. Den Schuss. Es klang fürchterlich. Kurz und durchdringend und fürchterlich.«

»Sie erinnern sich nur daran?«

»Und an so ein tiefergelegtes Auto, das an mir vorbeifuhr, aber das war eine ganze Weile, bevor auf mich geschossen wurde. Und dann war da noch ein Auto in einer hellen Farbe, das Krach gemacht hat.«

»Wie das?«

»Es dröhnte. Der Schalldämpfer oder der Auspuff war kaputt oder was auch immer. Es fuhr nur wenige Augenblicke, bevor auf mich geschossen wurde, an mir vorbei, und hielt dann auf der Stengatan, glaube ich zumindest, abrupt an. Ich dachte mir nichts dabei, da es nichts mit mir zu tun hatte.«

Sie versuchte zu husten, unterdrückte diesen Impuls aber.

»Das tut im Bauch so verdammt weh«, sagte sie stöhnend und schnappte nach Luft. »Jedenfalls erinnere ich mich, dass ich gerade den Friedhof verlassen hatte, als es knallte.«

»Den Friedhof?«

»Ja, ich war dort reingegangen. Dann knallte es und tat im Bauch weh. Ich krümmte mich und …«

Sie schluckte und verzerrte erneut vor Schmerzen das Gesicht.

»Was haben Sie auf dem Friedhof gemacht?«

»Ich hatte etwas gehört, aber …«

Es war ihr anzusehen, dass sie sich zu erinnern versuchte.

»Ich erinnere mich im Augenblick nicht so genau.«

»Sie sind also auf den Friedhof gegangen?«

»Ja, aber nicht sonderlich weit. Jetzt erinnere ich mich, ich glaubte, da wäre was. Ein Tier oder so, oder ein Mensch, der heulte. Ich war neugierig, aber hatte natürlich auch Angst.«

Claesson wartete vergeblich auf eine Fortsetzung.

»Das klingt interessant. Erzählen Sie weiter.«

Sie sah plötzlich gequält und müde aus.

»Das ist merkwürdig, aber ich weiß nicht mehr genau. Es war so dunkel, ich sah fast nichts mehr außer ...«

Ihre Stimme wurde leiser. Sie starrte ins Leere.

»Alles war ein einziges Durcheinander«, sagte sie. »Ja ... und dann knallte es.«

Er nickte leicht.

»Das ist alles, was Ihnen dazu einfällt?«

Sie starrte einen Augenblick an die Decke.

»Nein ... wirklich nicht. Vielleicht fällt mir ja noch etwas ein, wenn ich nicht mehr so müde bin.«

»Aber können Sie noch etwas über dieses Auto sagen, das an Ihnen vorbeigefahren ist, kurz bevor auf Sie geschossen wurde? Also nicht dieses tiefergelegte Auto, sondern das andere, das so einen Lärm machte?«

»Nein. Doch, es hatte eine helle Farbe ... Rostlaube ... vermutlich ein Volvo, so ein normaler Kombi.«

»Ein V 70?«

»Ja, vielleicht. Ich glaube aber, es war ein älteres Modell. Die heißen doch anders, oder?«

»Stimmt«, erwiderte Claesson, »Volvo 850.«

»Aha.«

Sie sah ihn desinteressiert an, als sei sie in Gedanken irgendwo anders.

»Einmal habe ich mich auch umgedreht, und da sah ich ein Auto, das nicht an mir vorbeifuhr, sondern in die Södra Fabriksgatan einbog. Das war ein kleiner grüner Wagen.«

»Also zusammengenommen drei Fahrzeuge«, sagte Claesson.

»Ja.«

»Keine weiteren?«

»Nein. Und das grüne Auto ist, wie gesagt, gar nicht an mir vorbeigefahren. Und dieser tiefergelegte Schlitten war schon recht weit entfernt, als es knallte. Dann war da also noch dieser weiße Wagen, also der Volvo«, meinte sie mit abwesendem Blick.

Dann wurde sie von einer weiteren Hustenattacke geschüttelt, und wand sich vor Schmerzen. Als sie sich wieder beruhigt und etwas Wasser getrunken hatte, stand ihr der kalte Schweiß auf der Stirn. Claesson gab es auf, weiter nachzubohren.

»Abschließend möchte ich Sie nur noch fragen, ob Sie sich erklären können, warum man auf Sie geschossen hat?«

Sie blickte ins Leere.

»Nein, ich habe nicht die geringste Ahnung. Wer könnte auf mich schießen wollen?«

Sie starrte Claesson mit einer Mischung aus Verzweiflung und Angst an. Claesson wusste auf diese Frage natürlich auch keine Antwort.

»Dann bedanken wir uns einstweilen«, sagte er. »Wir kommen später wieder, vielleicht bereits morgen. Dann geht es ihnen hoffentlich noch besser. Wenn Ihnen noch etwas einfällt, können Sie mich gerne anrufen. Ich lasse Ihnen meine Karte da«, sagte er und drückte kurz ihren Arm.

Sie schenkte ihm zur Antwort ein Lächeln.

»Scheint ein netter Mensch zu sein«, meinte Erika, als sie wieder den Korridor entlanggingen.

Die Tür der Intensivstation schlug hinter ihnen zu, und sie gingen die Treppe hinunter, waren aber erst ein paar Stufen gegangen, als sie hörten, wie sich die Fahrstuhltüren öffneten. Claesson ging rasch wieder hoch, sah aber nicht mehr, wer die Intensivstation betreten hatte. Er war neugierig auf den Ehemann.

Da Claesson wusste, dass die Tür nicht abgeschlossen war, öffnete er sie vorsichtig einen Spalt breit, um den Korridor überblicken zu können.

Er sah den Rücken eines Mannes, der keine Krankenhauskleidung trug. Er schlenderte den Korridor entlang, ohne zu bemerken, dass er beobachtet wurde.

Unbeschwerte Schritte, dachte Claesson, als würde er draußen im Sonnenschein flanieren.

Die Wärme hielt sich. Die Bootsliebhaber bevölkerten den Jachthafen. Veronika war dort nach der Vormittagsvisite in der Klinik mit Klara vorbeigefahren. Eigentlich hatte sie nur Milch kaufen wollen, aber plötzlich hatte sie sich nach freier Sicht und Meeresluft gesehnt. Deswegen war sie nach dem Einkaufen Richtung Süden die Küste entlanggefahren.

Sie ging auf den Steg und hielt Klara ganz fest an der Hand. Veronika fuhr oft hierher und ging zwischen den roten Häusern, in denen früher die Lotsen gewohnt hatten, spazieren. Der Jachthafen lag zwischen den Felsen am Ernemarviken. Die weißen Segel schaukelten auf den Wellen, schließlich war Sonntag.

Auf dem Steg unterhielten Veronika und Klara sich mit einem Bootsbesitzer, der gerade im Cockpit stand. Er war früher Patient bei ihr gewesen, aber es hatte schon lange keinen Grund mehr für eine neuerliche Begegnung gegeben, toi, toi, toi. Der Mann öffnete eine Flasche Weißwein. Sie hätten nicht vor, mit dem Boot rauszufahren, erzählte er. Seine Frau komme später.

Viele Menschen gestalteten ihr Leben wirklich behaglich, dachte Veronika. Sie genießen die guten Seiten. Sie selbst empfand ihre momentane Situation eher als eingeengt. Aber bald war das Wochenende vorüber.

Sie wünschte sich, segeln zu können, aber sie und Claes waren Landratten, benötigten jedoch das Meer ständig in ihrer Nähe. Es war ihnen ein Bedürfnis, den gerundeten Felsen der Blå Jungfrun zu betrachten, und sie liebten es, das Ein- und Auslaufen der Schiffe zu beobachten. Am häufigsten war die Fähre nach Gotland zu sehen. Veronika begriff nicht, wie andere im Hinterland wohnen konnten.

Claes war zur Arbeit gefahren und würde einige Stunden fortbleiben, was eigentlich so nicht geplant war, aber Louise Jasinski war noch nicht wieder ganz hergestellt und würde erst am Montag wieder zur Arbeit erscheinen.

Die Nacht war lang und ruhig gewesen. Fresia Gabrielsson war von einem Facharzt abgelöst worden, der mit dem meisten allein fertig wurde. Er hatte Veronika kein einziges Mal angerufen, und sie hatte geschlafen wie ein Murmeltier.

Als sie wieder zuhause waren, ging sie mit Klara in den Garten. Es galt jede Sekunde des strahlend schönen Wetters auszunutzen. Das ungemütliche Herbstwetter konnte jeden Augenblick Einzug halten.

Sie sammelte ein paar verschrumpelte Gravensteiner auf, der Rolls-Royce unter den Apfelsorten, die sie für einen Apfelkuchen retten wollte. Der Garten war von den ersten Besitzern des 1932 erbauten Hauses angelegt worden. Vorher hatte sie in einem schuhkartongroßen Haus aus den Sechzigerjahren gewohnt. Dort war der Garten im Lauf der Zeit immer weiter verwildert, und zum Schluss hatte sie den Wildwuchs gar nicht mehr in den Griff bekommen.

Als Claes und sie ihr jetziges Haus übernommen hatten, war der Garten gepflegt gewesen, aber es hatte trotzdem einiges zu tun gegeben. Veronika hatte damit gerechnet, dass es viel einfacher werden würde, da sie jetzt zu zweit waren. Sie hatten große Pläne geschmiedet und davon geträumt, den Garten wieder in seinen ursprünglichen Zustand zu verwandeln, dann aber einsehen müssen, dass sie dieses Projekt aufschieben mussten.

Aber eigentlich war gar nicht so viel zu tun. Sie stand zwischen den acht Obstbäumen und betrachtete den Garten. Der Anlageplan aus den Dreißigerjahren war, wie so oft damals, einfach. Sie mussten den Weg, der um das Haus herumgeführt hatte, erneut anlegen, der andere, der zur Haustür führte, genügte nicht. Auch dort musste man den Kies erneuern. Die Gemüsebeete hinter dem Haus mussten umgegraben werden, aber dazu würde es mit ziemlicher Sicherheit nie kommen. Kartoffeln und Möhren pflanzen war nicht ihr Ding. Sie hatten sich auf die Bäume konzentriert. Claes hatte sie nach allen Regeln der Kunst, die er sich angelesen hatte, beschnitten.

Sie hatten ziemlich viel Arbeit auf die Beete verwendet, die den Weg zur Haustür säumten. Dort sollte es vom zeitigen Frühling bis zum ersten Herbstfrost blühen. Sie hatten eine Menge Blumenzwiebeln gesetzt und Stauden wie Pfingstrosen, Lilien, Rainfarn, Goldrute, Herbstrudbeckie und Phlox gepflanzt. Diese Pracht, auf die sie sehr stolz waren, konnten sie vom Küchenfenster aus genießen. So stolz, dass die guten Ratschläge einer Nachbarin, wie der Rasen gleichmäßiger und die Beetkanten akkurater zu gestalten seien, an ihnen abprallten.

»Sie haben sicher Recht«, hatte Claes reserviert geantwortet.

Die Nachbarin arbeitete tagein, tagaus im Garten. Sie war krankheitsbedingt Frührentnerin und hatte viel Zeit. Es schien ihr gesundheitlich jedoch nichts zu fehlen.

Veronika wollte einen Apfelkuchen backen. Sie hatte drei Varianten im Repertoire: Rührkuchen, Apfelkuchen mit Vanillesauce oder Apfelkuchen mit Vanilleeis. Es kam nur selten vor, dass sie ihn bis zum Ende der Saison leid waren. Sie hatte vergessen Zimt zu kaufen. Es gab jedoch Marzipan und eine Zitrone, deren Schale sie abreiben konnte. Sie sehnte sich nach etwas Süßem. Vielleicht als Ausgleich zu der Schwermütigkeit, die von ihr nach dem kurzen Gespräch mit Cecilia Besitz ergriffen hatte.

Cecilia hatte von sich aus angerufen. Sonst war es meist Veronika, die anrief. Die Unterhaltung war wie so oft zäh und unbefriedigend verlaufen. Sie sehnte sich nach Cecilias sorglosem Geplauder von früher. Am liebsten wäre sie sofort zu ihr gefahren, hätte sich auf ihre Bettkante gesetzt und sich mit ihrem großen Mädchen unterhalten. Sie wollte einfach so bei ihr vorbeischauen können.

Claes kam gerade, als der Apfelkuchen fertig war. Klara hatte ein Butterbrot gegessen, Veronika kochte Kaffee und Tee und zündete eine Kerze auf dem Küchentisch an, ehe sie sich setzten.

»Wie geht's?«, fragte sie.

»Weiß nicht.«

»Glaubst du, dass ihr den Mann mit der Pistole erwischt?«

»Wirklich gut.« Er deutete mit dem Löffel auf den Apfelkuchen.

Sie lächelte.

»Der Mann mit der Pistole«, erwiderte er dann zögernd. »Und wenn es eine Frau ist?«

Claesson war gerade bei dem Ehemann gewesen, hatte aber nicht die Kraft und nicht die Lust, davon zu erzählen. Er war sich vollkommen bewusst, was er weitererzählen durfte und was nicht, genauso bewusst war er sich seiner gelegentlichen Verstöße.

Veronika war nur selten neugierig. Sie hatte genug gehört und gesehen, und auf weitere Katastrophen in ihrem Leben konnte sie verzichten. Sie erzählte fast nie von ihren Patienten und wenn doch, dann immer ohne Namen. Aber am Morgen hatte sie erwähnt, dass der Ehemann der Verletzten weiterhin extrem besorgt war, obwohl der Zustand seiner Frau sich von Stunde zu Stunde verbesserte. Wahrscheinlich würde man sie bereits Montagmorgen auf eine normale Station verlegen.

Der Mann wirkte übertrieben beschützend. Ganz offensichtlich liebte er seine Frau sehr, wie eine Krankenschwester festgestellt hatte. Man müsse verstehen, dass er außer sich vor Sorge sei. Einen solchen Mann müsste man haben, hatte eine andere Schwester, die gerade erst verlassen worden war, sehnsuchtsvoll gemeint.

Gleichzeitig stellte dieser zärtliche Ehegatte ihre Geduld auf eine harte Probe. Seine ständigen Fragen gingen ihnen auf die Nerven. Mit kritischem Blick beobachtete er jede Handbewegung, wenn der Venenkatheter im Handgelenk mit Kochsalzlösung gereinigt wurde, überlegte sich, ob die Blutproben auch zum richtigen Zeitpunkt abgenommen und die Schmerzmittel zum richtigen gegeben wurden. Er fragte stets nach, warum es wieder solange gedauert habe, wenn jemand die Kissen aufschüttelte, den Verband wechselte, die Getränke nachfüllte, das Kopfende verstellte oder die Bettpfanne holte.

Claes konnte es dem Mann nachfühlen. Auch ihn hätte es niedergeschmettert, wenn jemand auf Veronika geschossen hätte.

Aber er hatte am Morgen geschwiegen, als sie sich beklagt hatte. Ihm war aufgefallen, dass Menschen, die im Pflegesektor tätig waren, mit der Zeit abstumpften. Ähnliches war ihm auch bei Streifenbeamten aufgefallen. Sie bekamen immer alles ab, wenn sie als Erste am Tatort waren. Es war schwierig, ständig mit Elend konfrontiert zu werden und gleichzeitig sensibel zu bleiben. Trotzdem ließ ihn Veronikas lakonische Art manchmal aufhorchen, obwohl ihm klar war, dass sie gar nicht zynisch klingen wollte. Sie hatte einfach zu viel gearbeitet.

Aber jetzt war Spätnachmittag, und er hatte sich ein eigenes Bild von dem Mann gemacht. Zwar nur aufgrund eines ersten Gesprächs, aber auch kurze Begegnungen konnten aufschlussreich sein. Sie hatten sich im Haus der Erikssons getroffen, einer großen, elegant eingerichteten und zentral gelegenen Villa. Harald Eriksson hatte diesen Treffpunkt vorgeschlagen, und Claesson hatte keinen Grund zu Einwänden gehabt.

Eriksson war nur rasch nach Hause gekommen, um sich umzuziehen und etwas zu essen. Schon am Telefon hatte er gehetzt geklungen, als hätte er sich regelrecht vom Krankenbett losreißen müssen. Er hatte auch angedeutet, dass er es vorziehe, wenn Claesson nicht in einem Streifenwagen vorfuhr.

Harald Eriksson hatte jedoch auch nicht damit gerechnet, dass der Kriminalkommissar angeradelt kommen würde. Er hatte abwartend in der Tür gestanden und Claesson erst eingelassen, nachdem dieser seinen Dienstausweis aus der Brusttasche gezogen hatte.

»Das kam wirklich ungelegen«, sagte Harald Eriksson und schüttelte verärgert den Kopf, nachdem sie im Wohnzimmer Platz genommen hatten.

Claesson nickte. Unglück kam nur selten gelegen.

»Die Firma befindet sich gerade in einer schwierigen Phase«, erklärte sein Gegenüber.

Er strahlte sehr viel Autorität aus. Er war recht groß, hatte ein kräftiges Kinn und eine hohe Stirn. Sein dunkles Haar trug er zurückgekämmt. Seine Augen waren braun, sein Mund war schmal und streng. Er war ordentlich, jedoch leger gekleidet, Hemd, dunkle Tuchhose mit Bügelfalten und auch in Kniehöhe einem Knick, wo sie über einem Bügel gehangen hatte. Er hatte sie vermutlich eben erst aus dem Kleiderschrank genommen.

Harald Eriksson war selbstbewusst und machthungrig. Claesson war es in seiner Gesellschaft nicht recht wohl, und er sah sich gezwungen, jedes Wort auf die Goldwaage zu legen.

Eine nichts Böses ahnende Frau geht nach Hause und wird niedergeschossen. Das war geschehen, soweit sie wussten zumindest. Das hätte natürlich jeden Angehörigen vollkommen aus der Fassung gebracht. Der Ehemann beschrieb die Situation nicht nur als unbehaglich, sondern auch als unwirklich, fast absurd.

»Werden Sie den Täter fassen?«, fragte Harald Eriksson in einem Ton, der mehr wie eine Aufforderung als eine Frage klang. »Ich erwarte, dass Sie ihn dingfest machen«, fuhr er fort und warf Claesson einen forschenden Blick zu. »Haben Sie dafür überhaupt genug Leute?«

»Wir haben genügend Leute«, meinte Claesson, »aber das hilft nicht immer.«

»Dann müssen Sie eben noch aufstocken«, gab der Mann zurück.

»Wir tun unser Bestes.«

Claesson war schon auf dem Weg zur Haustür, blieb aber in

der Diele stehen, als wäre ihm noch ein Gedanke gekommen. Er war mit Eriksson noch nicht ganz fertig. Außerdem hatte er gute Erfahrungen mit sogenannten Dielenvernehmungen gemacht. Wenn der Besucher im Begriff war aufzubrechen, war die andere Person häufig weniger wachsam. Die Erkenntnis, in Bälde mit den großen Gefühlen der Trauer oder dem schlechten Gewissen alleingelassen zu werden, konnte zu Geständnissen oder langen Erzählungen führen.

Claesson wandte sich jetzt zögernd an Harald Eriksson, schaute ihm eine halbe Sekunde zu lang in die Augen, sodass es Eriksson fast Unbehagen bereitete. Ein Zucken im Augenwinkel, ein kurzes Blinzeln. Das ließ Claesson auf eine gewisse Unsicherheit schließen, vielleicht aber auch auf Trauer.

»Sie wissen nicht zufällig, worum es bei dieser Sache gehen könnte?«, fragte er leichthin. »Gibt es jemanden, mit dem Sie in letzter Zeit Schwierigkeiten hatten?«

Harald Eriksson musste über diese Frage nicht einmal nachdenken.

»Nein«, fauchte er unverzüglich, öffnete die Haustür und hielt sie Claesson auf.

»Eine reine Routinefrage«, meinte Claesson gelassen und verließ das Haus.

Peter Berg trat seine Schicht als Diensthabender der Kripo am Sonntagabend um neun Uhr an. Er radelte zum Präsidium.

Das Fahrrad war nigelnagelneu, mattglänzend, silbern lackiert und sauste auf dem Asphalt dahin. Nicko hatte es ihm zum Geburtstag geschenkt und sich beim Kauf sehr viel Mühe gegeben. Sein Lebensgefährte ging die meisten Dinge gründlich an. Er hatte im Internet nachgeforscht, welche Räder die Warentester empfahlen. So viel Mühe machte sich Peter Berg nie. Er gehörte zu den Leuten, die das erstbeste Fachgeschäft aufsuchten und ein preiswertes Fahrrad kauften, das man ihnen empfahl.

Aber Nickos Energie war ansteckend. In seiner Gesellschaft

fühlte er sich wohl. Niemand hatte es je zuvor so gut mit ihm gemeint. Und noch dazu so nachdrücklich.

Es gebe nämlich nicht viele Räder, die es wert seien, überhaupt aus der Fabrik geschoben zu werden, meinte Nicko. Und der Gefahr eines Gabelbruchs wollte er seinen Peter einfach nicht aussetzen.

Peter war ganz warm ums Herz geworden, und er hatte Nicko an sich gezogen. Sie hatten sich fest umarmt.

Er bog auf den Hinterhof des Präsidiums und parkte sein Juwel auf dem Fahrradparkplatz unter einem Wellblechdach. Es war noch nicht ganz dunkel. Die Uhr würde erst Ende Oktober umgestellt werden. Seine Armbanduhr zeigte zehn vor neun. Er ging auf den Hintereingang zu. Die Lampe über der Tür brannte bereits.

Plötzlich hörte er ein merkwürdiges Geräusch, wie von einer liebeskranken Katze, nur bedeutend leiser. Er drehte sich um, aber jetzt war alles still. Er zuckte mit den Achseln und ging weiter. Als er nach der Türklinke griff, hörte er das Geräusch erneut. Peter Berg blieb stehen und schaute über die Schulter. Der Hof war genauso ausgestorben wie ein Friedhof.

Da entdeckte er einen Pappkarton, der nicht weit vom Fahrradparkplatz entfernt demonstrativ schief stand. Natürlich hatte er bereits bei seinem Eintreffen dort gestanden, aber er hatte ihn geflissentlich übersehen, damit ihn jemand anders in den Müllraum trug.

Aber jetzt sprang ihm dieser Karton förmlich in die Augen. Vermutlich das Übliche, dachte er, ein Wurf Kätzchen, die irgendein Waschlappen nicht ertränken konnte. Die hoffen wohl, dass die Polizei das Problem für sie löst. Billiger, als den Tierarzt zu bezahlen, ist es auch.

Es wäre auch nicht das erste Mal.

Claes Claesson sah die Nachrichten. Klara schlief, und Veronika war noch einmal kurz in die Klinik gefahren.

Vor ihm stand eine Flasche Jever, und im Haus war es angenehm still. Er saß auf dem Sofa, die Füße lagen auf dem Couchtisch, und er begann sich etwas schläfrig zu fühlen, versuchte aber, die Augen offenzuhalten. Es war zu früh, um ins Bett zu gehen.

Dann kam der Wetterbericht, und Claesson wurde wieder munterer. Vermutlich würde es auch heute Nacht kein Gewitter geben. Auch gut, Technik-Benny mochte es nicht, wenn es ihm die Spuren wegregnete, obwohl er inzwischen vermutlich die meisten gesichert hatte.

Gewitter und Wolkenbrüche hatten sonst die unwahrscheinliche Hitze in unregelmäßigen Abständen abgelöst. Mittelmeerklima. Darüber konnte man sich hier oben im Norden nur freuen. Aber unter der Oberfläche brodelte die Unruhe. Und genau darüber unterhielt sich ein langhaariger Meteorologe mit einer akkurat geschminkten Frau mit Kurzhaarfrisur, die eine rosa Kostümjacke trug und unbekümmert fröhlich wirkte.

Sie sprachen über Klimaveränderungen, die sich zu Katastrophen auswuchsen. Schweden sei bislang eine geschützte Wetterzone gewesen, aber so würde es nicht bleiben, sagte der Langhaarige. Dass das Wetter dramatisch umschlage, würde man auch hier nun immer häufiger erleben. Ein weiterer Experte in grauem Jackett und mit offenem Hemdkragen warnte vor erhöhten Wasserständen im Mälaren und Vänern und vor teilweise überschwemmten Städten, unter anderem auch Stockholm, falls keine Gegenmaßnahmen ergriffen würden. Er wusste natürlich, dass Letzteres seine Wirkung zeitigen würde, denn alles, was die Hauptstadt betraf, fand Gehör. Stockholm, eine der schönsten Hauptstädte der Welt, teilweise auf Inseln errichtet, würde einfach davonschwimmen. Neue Abflüsse für die Seen seien notwendig. Todernste Stimme und gerunzelte Stirn. Man müsse etwas unternehmen und zwar jetzt!

Es geht um Klaras Zukunft. Was kann ich unternehmen?, überlegte Claes. Man kann nicht einfach nur zuschauen, während alles immer schlimmer wird.

Gleichzeitig lauschte er auf das Auto. Das Fenster stand einen Spalt offen. Veronika hatte nicht lange fortbleiben wollen.

Das Wohnzimmer lag im rückwärtigen Teil des Hauses und das Schlafzimmer direkt darüber. Nachts war es sehr still, und die Autos auf der Landstraße von Kalmar nach Västervik waren nur in sehr weiter Ferne zu hören. Hinter dem Haus lagen der Wald, die Weiden und die von Feldsteinmauern umfriedeten Äcker, vereinzelte rote Holzhäuser mit weißen Fensterrahmen und Glasveranden. In Gedanken fuhr er über Land. Er sah kleinere Industrieorte an Flüssen und Wasserfällen vor sich, uralte Fischerdörfer in den Schären von Misterhult mit kleinen Häfen in geschützten Buchten. All das stand ihm zur Verfügung. Ein Überfluss, den er als selbstverständlich erachtete. Könnte er ohne ihn leben? Konnte er sich woanders wohl fühlen?

Er wusste, warum ihm diese Gedanken gerade jetzt durch den Kopf gingen. Er versuchte sich daran zu gewöhnen, dass das Leben wechselhaft war. Er versuchte für den Fall, dass sie jetzt doch umziehen mussten, seinen inneren Widerstand zu brechen. Große Restrukturierungen waren im Krankenhaus geplant. Das sorgte für Unruhe. Man konnte nie wissen!

Eine Tür wurde zugeknallt, er zuckte zusammen und spitzte die Ohren, um zu hören, ob Klara sich regte. Wenn sie jetzt bloß nicht aufwachte. Aber im Obergeschoss blieb alles still.

Das waren natürlich Gruntzéns. Stritten sie?

Sein Nachbar war Unternehmer und hatte viele Eisen im Feuer, man erzählte sich so einiges. Er hatte unlängst eine junge Thailänderin geheiratet, seine zweite Ehefrau, und das schürte das allgemeine Interesse natürlich ungemein. Die Midlife-Crisis war ihm anzusehen. In dem honiggelben, kaputt sanierten Holzhaus, das nachts so gut beleuchtet war, gab es jetzt wieder kleine Kinder. Vielleicht würde Klara später einmal mit ihnen spielen? Und ihr Geschwisterchen …

Dann kamen die Lokalnachrichten, *Östnytt*, auf die Claes gewartet hatte. Als Erstes ging es um die neuen Pläne für das

Krankenhaus. Er spitzte die Ohren. Das war es ja gerade, was ihm Sorgen bereitete.

Ein Zentrum für nicht akute chirurgische Eingriffe und für Orthopädie sollte am Krankenhaus von Oskarshamn entstehen. Es klang sehr eindrucksvoll, als der Vertreter der Verwaltung die Pläne vortrug, aber Claes meinte genau zu wissen, worum es ging, nämlich darum, Geld zu sparen. Daran war im Grunde genommen nichts auszusetzen. Schließlich durften Steuergelder nicht verschwendet werden, außerdem war es wichtig, eine zufrieden stellende Gesundheitsversorgung für alle zu gewährleisten.

Es war geplant, die Notfallchirurgie zu schließen, deren Bemannung rund um die Uhr sehr kostenintensiv war. Die Patienten aus Oskarshamn sollten die achtzig Kilometer entweder nach Västervik oder nach Kalmar transportiert werden. Im Gegenzug sollten gewisse andere Operationen in Oskarshamn durchgeführt werden, meinte der Mann von der Verwaltung.

Das ist der Anfang vom Ende, dachte Claesson. Die Chirurgen und Orthopäden in Kalmar und Västervik würden nichts dagegen einzuwenden haben, ihr Revier zu erweitern. So waren die Menschen nun mal. Freiwillig würden sie keine Patienten abtreten.

Die Frage war, ob es sich Veronika zumuten würde, täglich 160 km nach Kalmar oder Västervik zu pendeln, und das mit einem weiteren Kind!

Umzuziehen erschien nicht sonderlich verlockend. Sie würden vermutlich nie mehr so ein schönes Haus wie dieses finden. Er betrachtete es gleichsam aus der Ferne wie in der Anzeige eines Maklers. Charmant, mattgelb, aus Holz mit hübschen, altmodischen Fenstern. Einen Augenblick lang vergaß er, dass er gelegentlich gestöhnt hatte. Das ist keine verlorene Liebesmühe gewesen, dachte er und vergaß, dass Holzhäuser praktisch ständig frisch gestrichen werden mussten, besonders wenn sie der Meeresluft ausgesetzt waren.

Dann tauchte ein bekanntes Gesicht auf dem Bildschirm auf.

Heute Abend schon wieder, dachte er. Der zuverlässige und tadellose Sprecher der Polizei von Oskarshamn, Janne Lundin.

Lundin sah noch genauso aus wie vor fünfzehn Jahren, als Claesson ihn bei seinem Dienstantritt in Oskarshamn nach einer kurzen Zeit in Stockholm kennengelernt hatte. Gewisse Menschen alterten nicht, sie wurden nur etwas diffuser.

»Die Polizei kann weiterhin keine näheren Angaben zu der Schießerei machen, bei der eine Frau schwer verletzt wurde«, sagte Lundin.

»Könnte es sich um eine Abrechnung der Unterweltskreise handeln?«, wollte der Reporter wissen.

Auch dazu wollte sich Lundin nicht äußern, aber Claesson meinte zu sehen, dass sein Mundwinkel leicht zuckte. Sie hatten glücklicherweise mit kriminellen Banden seit einiger Zeit in Oskarshamn nichts mehr zu tun gehabt, und Charlotte Eriksson verkehrte vermutlich genauso wenig in Fixerkreisen oder unter Kleinkriminellen und Schießwütigen wie Veronika.

Claesson trank einen Schluck Bier.

Jetzt hatten sie zumindest den Tatort gründlich abgesucht, die Nachbarn befragt und Zeugen verhört. Damit wurden rasch viele Aktenordner gefüllt, mit deren Hilfe sie dann weiterermitteln mussten.

Aber so weit waren sie noch nicht.

Sie hatten ein Opfer, das ansprechbar war, aber das hatte ihnen bislang nicht weitergeholfen. Vielleicht würde sich das ja ändern, wenn sie sich etwas erholt hatte.

Jedenfalls waren es nicht Charlotte Erikssons Schuhabdrücke gewesen, die sie vor dem Grabstein auf dem Friedhof gesichert hatten. So viel wusste Benny Grahn bereits. Sie hatten sich im Verlauf des Tages kurz im Präsidium gesprochen. Wie immer hatte Benny einen Adepten im Gefolge gehabt, einen jungen Polizisten von der Spurensicherung in Kalmar, der eine Art erweitertes Praktikum absolvierte. Er war mager wie ein Windhund und hatte ein schmales, spitzes Gesicht. Ungewöhnlich für einen Polizisten, dachte Claesson.

Die meisten seiner Kollegen waren grobschlächtig, meist muskulös.

Benny Grahn war arbeitssüchtig. Claesson hoffte, dass er sich nicht zu sehr verausgabte. Die Kriminaltechnik war in letzter Zeit förmlich explodiert, nicht zuletzt was die zahllosen DNA-Proben betraf, die zur Analyse ins Staatliche Kriminaltechnische Labor nach Linköping geschickt wurden. Benny arbeitete mit dem SKL eng zusammen, nach Linköping war es im Übrigen auch nicht weit.

Claes versuchte auszurechnen, wann Benny in Rente gehen würde, während er sich uninteressiert die Sportergebnisse anschaute. In acht Jahren vielleicht.

Für sich selbst sah er keine großen Krisen voraus, höchstens den Umzug.

Aber praktische Probleme lassen sich lösen, dachte er, um sich Mut zu machen. Er haderte nur selten mit seiner Lebenssituation. Die Jahre, in denen sein Dasein ein einziges Durcheinander gewesen war, lagen hinter ihm, aber das Leben hatte trotzdem nicht seinen Reiz verloren. Ihm gefiel der Alltag. Es hatte allerdings lange gedauert, bis er soweit gewesen war.

Lange hatte er in dem Glauben gelebt, dass man das Zusammenleben ohne größere Anstrengungen erlernen konnte, wenn man nur die Richtige fand. Jetzt hatte er die Richtige, musste sich aber trotzdem ziemlich anstrengen. Es hatte lange gedauert, bis er das begriffen hatte. Er hatte wirklich Glück gehabt, dass er Veronika begegnet war. Er hatte sich noch nie so wenig über jemanden geärgert, und es war ihm noch nie so wichtig gewesen, was eine andere Person von ihm dachte.

Auch nicht das, was ihnen in ihrem Privatleben im Augenblick bevorstand, konnte ihn aus der Ruhe bringen. Wenn sie noch ein Kind bekamen, dann hatte es eben so sein sollen.

Und wenn nicht … Nun denn! Schließlich hatten sie Klara.

Er hörte ihr Auto die Einfahrt hochfahren. Der Motor wurde abgestellt. Wenig später trat Veronika über die Schwelle.

»Hallo«, sagte sie und hängte ihre Jacke auf. »Schläft sie?«

»Ja«, antwortete er mit leiser Stimme.

Er hörte sie auf die Toilette gehen. Dann kam sie zu ihm ins Wohnzimmer.

»Wie war es bei dir?«, fragte sie.

Er hatte immer noch keine Lust, über die Vorfälle des Tages zu berichten, weil er seinen Kopf nicht anstrengen wollte.

»Gut«, sagte er nur.

Das Parkett knarrte. Veronika kam auf ihn zu und küsste ihn auf den Scheitel. Begann sich sein Haar etwa zu lichten?

Er wollte sie lieber nicht fragen.

Peter Berg würde nie vergessen, was dann passierte.

Um Himmels willen!

Er hob den Pappkarton vorsichtig hoch, trug ihn in den zweiten Stock und stellte ihn behutsam auf seinen Schreibtisch.

Auf dem Korridor traf er Lena Jönsson in Uniform. Lena mit dem blonden Pferdeschwanz.

»Komm mal mit rein!«

Widerwillig folgte sie ihm in sein Büro. Sie wartete auf Mustafa Özen, mit dem sie auf Streife sollte. Dennoch beugte sie sich nun über den Karton und blickte voller Erstaunen hinein.

Dann sagte sie:

»So was Kleines.«

Sie wusste nicht, was sie sonst noch hätte sagen sollen. Stattdessen griff sie in den Karton und fuhr mit einem Finger vorsichtig über die winzige Wange.

Das Kind reagierte. Es sah sie mit dunklen Augen an.

Da kam Lena Jönsson zu sich.

»Meine Güte, wo hast du es gefunden?«, rief sie.

Vorwurfsvoll sah sie Peter Berg an, ungefähr so wie eine Mutter, deren Sohn schon wieder Frösche oder Regenwürmer gesammelt hatte.

»Hinterm Haus. Der Karton stand so, dass er nicht zu übersehen war. Erst bin ich daran vorbeigegangen, aber dann habe ich ein Geräusch gehört und geglaubt, es seien ein paar ausgesetzte Kätzchen.«

»Fast wie früher«, meinte Lena etwas versöhnlicher. »Ein kleines Findelkind!«

Sie beugte sich wieder über den Karton. »Was sollen wir tun?«, fragte sie dann und sah ihn an.

Er zuckte mit den Achseln.

»Keine Ahnung. Vermutlich müssen wir das Jugendamt anrufen. Die sollen sich darum kümmern.«

»Worum, um das Kind?«

»Ja.«

»Ist es ein Junge oder ein Mädchen?«

»Hast du noch mehr Fragen, die ich nicht beantworten kann? Ich habe das Balg ja gerade erst gefunden«, erwiderte er.

Sie sah ihn missbilligend an.

»Ich meine, das Kind«, berichtigte er sich.

Peter Berg war froh, dass die Verantwortung nicht allein bei ihm lag. Lena Jönsson fuhr fort, mit dem Kind zu plappern.

»Na, mein Kleines, kümmert sich niemand um dich?«, sagte sie und gab dem Kind einen Finger in die Hand. »Jedenfalls frierst du nicht. Deine kleine Hand ist warm.«

»Hast du viel mit Kindern zu tun?«, fragte Peter Berg.

»Nein«, sagte sie und hob die Decke an. »Meine Güte, wie klein! Fast wie ein Neugeborenes.«

Peter Berg hatte bisher erst ein Neugeborenes gesehen, und das war ein Frühchen gewesen. Die kleine Tochter von Sara. Er hatte Sara im Zusammenhang mit einer Mordermittlung kennengelernt. Das Opfer war ein Arzt gewesen. Er hatte erschossen in der Sommerhitze dagelegen. Kein hübscher Anblick und auch kein angenehmer Geruch. Er bekam immer noch eine Gänsehaut, wenn er daran dachte.

Jetzt betrachtete er mit einer Mischung aus Zärtlichkeit und Entsetzen das kleine Wesen. Der Kopf bewegte sich in der zu großen weißen Mütze. Der Strampelanzug schien neu zu sein. Er war aus rotem Frottee, die Beine waren zu lang. Das Kind war sauber gekleidet und lag auf einem gelbweiß karierten Laken.

Plötzlich stand Musse Özen in der Tür.

»Was macht ihr da?«

Er schaute in den Karton und pfiff leise.

»Unglaublich!«

Am Fußende lag eine Plastiktüte. Sie öffneten sie. Windeln, ein Fläschchen und eine Schachtel Babynahrung.

Das Kind begann zu schreien. Die kleine Stirn war auf einmal so runzlig wie die eines alten Mannes. Es stieß leise Geräusche aus, während sich sein Mund öffnete und wieder schloss.

Die Beamten sahen sich erschreckt an.

»Was machen wir jetzt?«, wollte Peter Berg wissen.

»Wir rufen sofort das Jugendamt an«, meinte Lena Jönsson.

»Nehmt es doch raus«, schlug Musse vor.

Sie sahen sich an, und jeder wartete darauf, dass einer der anderen die Initiative ergreifen würde.

Lena Jönsson hatte sich das Telefon auf dem Schreibtisch geschnappt und wandte den anderen den Rücken zu.

»Bitte das Jugendamt!«

Da streckte Musse die Hände aus und hob das Kind hoch. Bevor er es an die Brust drückte, zögerte er jedoch. Seine Uniform war aus einem groben Stoff.

»Ich habe so unpraktische Sachen an«, meinte er. »Besser, du nimmst sie.«

Er hielt Peter Berg, dem Einzigen im Zimmer in Zivil, das Kind hin.

Peter Berg sah ein, dass wieder einmal das Sprichwort passte, die Not kennt kein Gebot. Er nahm das warme Paket entgegen und setzte sich sicherheitshalber auf den Schreibtischstuhl. Er drückte das Kind vorsichtig an die Brust.

»Woher willst du wissen, dass es eine Sie ist?«, fragte er Musse.

Lena Jönsson stand am Fenster und versuchte beharrlich jemanden beim Jugendamt zu erreichen.

»Keine Ahnung. Vielleicht weil der Strampelanzug rot ist«, meinte Musse Özen.

Das Kind war an der Brust von Peter Berg zur Ruhe gekommen.

»Wahrscheinlich braucht es bald etwas zu essen«, flüsterte Lena Jönsson, den Hörer immer noch am Ohr. »Dort scheint niemand erreichbar zu sein!«

Sie verdrehte die Augen.

»Ruf Claesson an«, sagte Peter Berg zu Musse. »Er muss informiert werden.«

Er selbst wagte es nicht, sich vom Fleck zu bewegen. Das Kind war an seiner Brust eingeschlafen.

»Ein Findelkind?«

Claes Claesson meinte, sich verhört zu haben.

»Jemand muss sich um das Kind kümmern, und es muss untersucht werden«, sagte er dann wie auswendig gelernt.

»Es wirkt recht fit«, meinte Musse Özen.

Auch Claesson wusste natürlich, dass die nächste Kinderklinik achtzig Kilometer entfernt in Kalmar lag. Die Kinderstation des Krankenhauses von Oskarshamn und die Kinderpoliklinik waren nur tagsüber geöffnet.

»Sollen wir das Kind in dem Pappkarton nach Kalmar fahren?«, wollte Musse wissen.

Das war natürlich eine Idee. Claesson biss sich auf die Lippe. Die Zeitungen würden jedoch über sie herfallen, falls sie davon Wind bekamen, dass sie das Kind ohne Kindersitz im Streifenwagen transportiert hatten. Das konnte auch wirklich nicht gut für das Kind sein.

»Und ihr habt also beim Jugendamt niemanden erreicht?«, wiederholte er, um Zeit zu gewinnen.

»Nein. Lena Jönsson hat es eine halbe Ewigkeit versucht. Das sieht nicht sehr vielversprechend aus. Die scheinen alle Feierabend gemacht zu haben.«

»Aber das kann doch nicht sein … ihr hättet doch auch jemanden anrufen können, der in der Kinderpoliklinik arbeitet.«

Claesson verstummte. Er sah ein, dass Mustafa Özen auch nicht mehr tun konnte. Außerdem, wenn auch widerwillig, sah er ein, dass er gezwungen sein würde, ins Präsidium zu fahren, obwohl er keine Lust hatte.

»Und das Kind wirkt gesund?«, versicherte er sich ein weiteres Mal.

»Soweit ich sehen kann, schon«, erwiderte Musse geduldig.

Claesson versuchte, seinen Seufzer zu unterdrücken, aber er war trotzdem zu hören.

»Ich komme«, sagte er schließlich.

»Gut.«

Während des Gesprächs hatte er sich erhoben und ans Fenster gestellt.

»Was ist los?«, fragte Veronika, die auf dem Sofa saß.

Er drehte sich zu ihr um.

»Ein Findelkind.«

»Wie bitte?«

Dann sah ihn Veronika traurig an.

»Die arme Mutter.«

An die Mutter hatte Claes noch gar nicht gedacht.

Fünfundvierzig Minuten später betrat er die Wache. In einer Hand hielt er einen Autokindersitz für Säuglinge, in der anderen eine Papiertüte mit Kleidern.

Die wartenden Kollegen sahen ihn beeindruckt an.

»Manchmal ist es gut, dass man Sachen vor sich herschiebt. Den Kindersitz hätten wir schon lange zurückgeben müssen. Er ist gemietet, aber irgendwie kam es nie dazu.«

Er stellte den Sitz auf den Boden. Sie hatten ihn zu guter Letzt auf einem Regal in der vollgestopften Garage gefunden. Es war lange her, dass ihr Auto dort Platz gehabt hatte.

Veronika war auf die Idee gekommen, dass er Kleider mitnehmen sollte. Sie mussten nach Spuren der Mutter suchen, die sich eventuell auf den Kleidern des Kindes fanden. Haare und Speichel. Außerdem brauchte das Kind Kleider zum Wechseln.

Jetzt reckte sich das Baby unzufrieden, streckte die Beine aus und fuchtelte Peter Berg mit seinen Ärmchen ins Gesicht. Dann kuschelte es sich wieder an seine Brust, jammerte leise und keuchte.

Peter Berg, der sich in seiner Babysitterrolle zurechtgefunden zu haben schien, wurde plötzlich unsicher.

»Was ist denn jetzt los?«, meinte er und legte dem Kind eine Hand auf den Kopf.

Es hatte aschblonden Flaum, die Haut war leicht gelblich, aber die Augen sahen nicht asiatisch aus.

»Wir müssen ihr ein Fläschchen machen und die Windel wechseln«, meinte Claesson und sah Berg auffordernd an, als erwarte er, Berg erledige das.

Er sah jedoch recht rasch ein, dass er der Einzige im Zimmer war, der Kinder hatte.

»Ruft bei Nina Persson an, ob sie eins mehr nehmen kann, wenn sie ohnehin schon dabei ist«, sagte er und nahm Peter Berg die Kleine ab. »Nur für eine Nacht. Das Jugendamt soll sich dann morgen darum kümmern. Ruft dann noch bei Roger an. Wir müssen die Hundestreife losschicken. Vielleicht finden wir ja den Platz, an dem das Kind zur Welt gekommen ist.«

Nina Persson arbeitete normalerweise am Empfang, war aber jetzt mit ihrem zweiten Kind im Mutterschutz. Ihr erstes Kind, Arvid, war etwa genauso alt wie Klara.

Claesson hatte immer noch ein etwas schlechtes Gewissen, wenn er an Nina Persson dachte. Die Kollegen hatten über sie immer anzügliche Bemerkungen gemacht und sie wegen ihres Barbiepuppenaussehens verspottet. Gleichzeitig hatten viele ihr Make-up, ihr perfektes Gesicht, ihre langen, geschwungenen Wimpern und ihren wippenden Busen in engen Tops attraktiv gefunden.

Aber dann hatte Nina einen Mann gefunden, den durchtrainierten, solariengebräunten Chiropraktiker Dennis Bohman. Claesson hatte sich von ihm behandeln lassen, als er Ärger mit dem Rücken gehabt hatte, und Bohman verstand sein Handwerk. Inzwischen hatten sie also zwei Kinder. Nina hatte nur kurz noch mal am Empfangstresen gesessen und war dann wieder in den Mutterschutz verschwunden. Sie selbst war unverändert, trotz ihrer Schwangerschaften war sie immer noch schön wie ein Filmstar. Im Präsidium hatten alle bezweifelt, dass sie mit ihren langen, lackierten Fingernägeln ein Kind halten konnte, aber auch da hatten sie sich geirrt.

Während Lena Jönsson versuchte, Ninas Telefonnummer zu ermitteln, legte er die Kleine aufs Sofa, streifte sich Gummihandschuhe über und zog ihr die Kleider aus, die vollkommen neu zu sein schienen. Er legte sie in Papiertüten, die Musse ihm aufhielt. Sie würden sie später zu den Technikern bringen.

»Sie sind mit Spuren von dir kontaminiert«, meinte er zu Peter Berg.

»Und wenn schon«, erwiderte dieser und strich sich die Haare zurück.

Alle warteten gespannt. Dann entfernte Claesson die Windel.

Musse hatte Recht gehabt. Es war ein Mädchen.

»Sie sieht aus wie meine kleine Schwester Matilda«, sagte Lena Jönsson. »Meine Mutter hat sie mit fünfundvierzig noch bekommen.«

»Kleine Matilda«, wiederholte Peter Berg.

6

NEUGEBORENES AUF PARKPLATZ GEFUNDEN

Ein neugeborenes Baby wurde gestern Abend hinter dem Polizeipräsidium in Oskarshamn in einem Pappkarton entdeckt.

Gegen 21 Uhr am Sonntag fand ein Polizeibeamter, der erst annahm, es handele sich um ausgesetzte Kätzchen, einen Karton, in dem ein kleines Mädchen lag.

Das Kind befand sich in guter Verfassung und war nicht ausgekühlt, was die Polizei zu dem Schluss veranlasst, dass es nicht lange dort gelegen haben kann.

»Was passiert wäre, wenn bis zum Auffinden noch mehr Zeit verstrichen wäre, wage ich nicht auszudenken«, meint Polizeisprecher Janne Lundin. »Säuglinge kühlen rasch aus. Eine Nacht im Freien hätte das Mädchen wohl kaum überlebt.«

Die Polizei bittet die Öffentlichkeit um sachdienliche Hinweise.

Alles wurde von dem Findelkind überschattet. Der Schuss von Freitagnacht war so gut wie in Vergessenheit geraten.

Nicht nur in den Lokalnachrichten, auch im überregionalen Rundfunk und im Fernsehen bat Janne Lundin die Mutter, sich zu melden.

»Uns ist natürlich bewusst, dass sich hinter dieser Tat eine tragische Geschichte verbirgt«, sagte er mit seiner Vertrauen erweckenden Bassstimme und schaute direkt in die Kamera.

Es war Montagmorgen, Viertel nach neun, und sie hatten sich im Aufenthaltsraum des Präsidiums vor dem Fernseher versammelt.

Eine Mutter, die ihr Neugeborenes aussetzte! Das erforderte keinen Kommentar. Alle verstanden, dass das kaum freiwillig geschehen sein konnte. Es musste sich um einen Hilferuf handeln.

»Die zuständigen Behörden sind sehr daran interessiert, der Mutter zu helfen. Von Bestrafung kann keine Rede sein«, fuhr Janne Lundin fort.

»Wenn sich die Mutter meldet, *wenn sich die Mutter nur meldet, dann lässt sich alles regeln*. Sachdienliche Hinweise nimmt die Polizei jederzeit gerne entgegen«, sagte Lundin abschließend auf dem Bildschirm.

Sein Ton war immer noch freundlich, aber er klang nun ernster und weniger entspannt.

Dann waren die Vormittagsnachrichten zu Ende. Sie brachen auf.

»Wir finden sie vielleicht bald«, meinte Erika Ljung. Sie klang optimistisch, als sie auf den Gang trat.

»Oder ihn«, meinte Lennie Ludvigson und kratzte sich am Kinn. »Ich meine den Vater.«

»Alle lieben eine Geschichte mit einem Happy End«, sagte Louise Jasinski.

»Das Licht im Dunkel«, meinte Claesson.

»Die Hoffnung stirbt zuletzt«, warf Technik-Benny ein.

Dann fielen ihnen keine Floskeln mehr ein.

In ihrem eigenen Alltag kam ein Happy End nicht allzu häufig vor. Das Meiste war betrüblich, und ab und zu konnte ein gestohlenes Fahrrad oder eine entlaufene Katze dem Eigentümer zurückgegeben werden. Vernachlässigung in der Kindheit, deformierte Seelen, Grausamkeit, Unvernunft und fürchterliche Vorurteile.

Kinder wurden von Eltern zur Welt gebracht, die nicht die geringste Ahnung hatten, wie man mit diesen kleinen Wesen umging, und diese kleinen Wesen waren den Launen der Erwachsenen vollkommen ausgeliefert.

Janne Lundin kam ihnen auf dem Gang entgegen. Er war nach seinem Fernsehauftritt, der im Besprechungssaal aufgenommen worden war, hochrot im Gesicht.

»Gut«, meinte Claesson und klopfte ihm auf die Schulter.

»Wie geht es ihr?«, wollte Lundin wissen und lockerte seinen Krawattenknoten.

»Gut. Sie wird heute sicherheitshalber noch einmal ärztlich untersucht.«

»Nina kümmert sich um sie?«

»Ja. Das Jugendamt wird es nicht leicht haben, wenn die Öffentlichkeit und die Zeitungen erfahren, dass dort niemand zu erreichen war. Eine Art Notbereitschaft müsste dort eigentlich vorhanden sein!«

Die Gedanken aller im Präsidium waren bei der kleinen Matilda. Die Mauern schienen von Fürsorge und Güte erfüllt zu sein. Claesson glaubte allmählich zu verstehen, dass Kinder und Hunde das Gute im Menschen förderten.

Sowohl Claesson als auch Nina Persson, die sich am meisten mit Kleinkindern auskannten, hegten die Vermutung, dass das Mädchen höchstens einen Tag alt gewesen war. Dünne Beinchen, runzlige Fußsohlen, das faltige Gesichtchen, die zuckenden Bewegungen und der verbliebene Rest der Nabelschnur, bleich, fast durchsichtig – alles deutete darauf hin. Sie hatten beide den Eindruck gehabt, dass die Mutter ihr Kind gebadet hatte. Es war sauber gewesen, als man es gefunden hatte.

Die Nabelschnur war nicht, wie im Krankenhaus üblich, mit einem weißen Band abgebunden gewesen, sondern mit einem fest verknoteten roten Baumwollfaden. Claesson hatte bei den Entbindungsstationen in der Gegend anrufen lassen, in Västervik, Kalmar, Växjö und Linköping. Er hatte sogar eine Anfrage an sämtliche Entbindungsstationen des Landes richten lassen. Der rote Faden war auffällig. Dieses Kind war mit größter Wahrscheinlichkeit nicht in einer Klinik zur Welt gekommen.

Sie setzten sich an den Tisch.

»Wie ihr wisst, haben die Suchhunde nichts gefunden«, begann Claes. »Die Person, die sie ausgesetzt hat, kam vielleicht mit dem Auto und lud den Karton, der uns eventuell weiterhilft, hier aus. Es handelt sich um einen Apfelkarton und zwar nicht um irgendeinen, sondern um einen aus Kivik in Skåne. Wir haben ja gerade Erntezeit.«

Janne Lundin meldete sich zu Wort.

»Ich irre mich vielleicht, aber möglicherweise ist es beruhigend, dass es sich um schwedische Äpfel handelt. Sie sind weniger vergiftet.«

»Gespritzt, meinst du wohl«, berichtigte ihn Claesson.

»Falls die Kleine überempfindlich sein sollte. Es kann schließlich nicht gut sein, in irgendwelchen Giftschwaden zu liegen.«

Die anderen schwiegen. Janne Lundin lebte selbst kaum nach der Maxime »gesunder Geist in gesundem Körper«. Er hätte sich, ohne mit der Wimper zu zucken, an süßen Teilchen totessen können. Vermutlich bewahrte ihn ein angeborener rascher Stoffwechsel davor. Er war groß und dünn wie eine Bohnenstange. Das Fett lagere sich aber vielleicht in den Organen ab, sagte Louise gelegentlich zu ihm, und würde seine Gefäße verkalken.

»So weit habe ich nicht gedacht«, meinte Claesson, »aber du hast Recht, vielleicht hat die Mutter ja darüber nachgedacht, in was für einen Karton sie ihr Kind legt, und nicht einfach den erstbesten genommen. Ludvigsson, kannst du dich um den Karton kümmern?«

Lennie nickte.

»Wie auch immer, wir müssen uns eingehender mit diesem Findelkind beschäftigen. Erika, könntest du ähnliche Fälle der letzten zwanzig oder dreißig Jahre heraussuchen und herausfinden, was damals unternommen wurde und wie sie ausgegangen sind? Also für die Kinder? Wie oft die Mutter ausfindig gemacht werden konnte? Was sich sonst aus den alten Fällen lernen lässt … Heute wollen wir das Mädchen noch von einem Kinderarzt untersuchen lassen.«

Louise Jasinski machte einen Vorschlag.

»Vielleicht sollte man auch einen Psychologen zuziehen? Oder einen Psychiater?«

Claesson starrte sie an. Für wen?, dachte er.

»Ich meine, vielleicht könnte er etwas über die Mutter sagen. In welchem Zustand sie sein könnte. Vielleicht leidet sie an einer dieser Psychosen, die manche Mütter nach der Geburt bekommen?«

»Gut«, erwiderte Claesson. »Jemand ruft bei der Psychiatrie in Västervik an. Wie wäre es mit dir, Lundin?«

Janne Lundin nickte.

»Du übernimmst die Hebammen und Ärzte, Jasinski.«

Noch hatte die Presse nicht in Erfahrung gebracht, dass es den Beamten nicht gelungen war, die Notbereitschaft des Jugendamtes zu erreichen, und dass sich deswegen eine Polizeibeamtin um das Mädchen gekümmert hatte. Claesson wusste jedoch, dass das früher oder später ruchbar werden würde, dann würde es einen wahnsinnigen Ärger geben, beim Jugendamt würden Köpfe rollen und neue Routinen eingeführt werden. Geschieht ihnen recht, dachte Claesson, so darf es einfach nicht sein.

Nina Persson würde sich aber nicht sehr lange um die Kleine kümmern können, falls es dauern sollte, bis die Mutter wieder auftauchte. Davon, dass die Mutter wieder von sich hören lassen würde, waren alle überzeugt. Etwas anderes wollten sie gar nicht erst in Erwägung ziehen. Eine Mutter ließ ihr Kind einfach nicht im Stich. Ein Vater schon eher. Mütter aber nicht! Nicht dieses wehrlose, kleine Wesen.

Im Jugendamt fehlten der Ärmsten, die Claesson schließlich an den Apparat bekam, erst einmal die Worte. Sie hatte die Zeitung bereits gelesen.

»Das ist natürlich haarsträubend«, sagte sie. »Sie müssen darüber mit meinem Abteilungsleiter sprechen. Der ist aber gerade auf einer Fortbildung und kommt erst am Mittwoch wieder. Ich vertrete ihn, aber ich werde ihm die Sache vortragen. Wir müssen herausfinden, was bei uns schiefgelaufen ist.«

»Da hat überhaupt nichts funktioniert«, erwiderte Claesson trocken. »Es war vollkommen unmöglich, überhaupt jemanden zu erreichen.«

»Das schon, aber wir müssen ... wir müssen einfach unsere Routinen überprüfen«, erwiderte die Frau nervös, und Claesson resignierte.

»Tun Sie das«, fiel er ihr ins Wort. »Aber das Kind benötigt jetzt Hilfe.«

»Wir werden sofort nach passenden Pflegeeltern suchen. Schließlich ist das eine wichtige Angelegenheit. Vielleicht handelt es sich ja nicht um einen sonderlich langen Zeitraum ...«

»Tja«, meinte Claesson, »es könnte aber auch um ein ganzes Leben gehen.«

»Ja. Dann stellt sich natürlich die Frage einer Adoption«, erwiderte sie. »Dazu wird man später Stellung nehmen müssen. Wir werden sehen, was sich sofort unternehmen lässt. Wir haben da eine Familie, an die wir uns immer in eiligen Fällen wenden. Die sind sehr professionell und haben sich schon ausgezeichnet um eine ganze Reihe von Kindern gekümmert.«

Claesson gefiel das Wort professionell in diesem Zusammenhang nicht, aber er wollte deswegen keinen Streit anfangen. Er wünschte der kleinen Matilda Zärtlichkeit und Liebe, keine Professionalität.

Bereits um 10.45 Uhr meldete sich die erste Frau, die behauptete, die Mutter des Kindes zu sein.

Es würden noch mehr werden. Und es würden sich viele melden, die bereit waren, die Kleine unverzüglich zu adoptieren.

Sara-Ida war bereits beim Kaffeetrinken um zehn Uhr todmüde.

Sie war nach einer höllischen Nacht unchristlich zeitig aufgestanden. Ihre Alpträume hatten ausschließlich davon gehandelt, dass sie sich bereits an ihrem ersten Arbeitstag blamierte. Sie sah sich in den Krankenhauskorridoren herumirren, ohne je ans Ziel zu gelangen. Sie sah sich Dinge missverstehen, auch die einfachste Anweisung, sie sah sich das Falsche holen, einen Kamm statt einer Zahnbürste, den sie dann auch noch dem falschen Patienten überreichte. Sie brachte Temperatur und Blutdruck durcheinander und die Betten, zu denen sie geschickt worden war. Alle Schwestern waren kühl und distanziert. Niemand machte Witze oder lachte. Sie durchschauten sie direkt. Erkannten auf den ersten Blick, wie unmöglich und unfähig sie war.

So wie Mama immer seufzte und meinte, dass Sara-Ida wirklich nichts bewältigte. Das hatte sie zuletzt gesagt, als sie bei Papas Fünfzigstem das Tablett mit den Schnittchen hatte fallen lassen. Erst hatte Mama die Zähne zusammengebissen, hatte sich hingekniet und mit knappen, verärgerten Bewegungen die Reste aufgeklaubt und in die Mülltüte geworfen. Sara-Ida hatte entsetzt und wie gelähmt daneben gestanden und sich nicht nicht zu helfen gewusst.

»Mama«, hatte sie einfach nur mit kläglicher Stimme gesagt, denn die Gewitterwolken hatten sich bereits düster und bedrohlich aufgetürmt.

Die Hälfte von Papas Kollegen war gerade zur Tür hereingekommen. Mama war es nicht gelungen, die unerschütterliche Gastgeberin zu spielen. Sie hatte Sara-Ida am Oberarm gepackt und zugedrückt.

»Nicht mal mit so einer Kleinigkeit wirst du fertig«, hatte sie gezischt und sie aus der Küche gezerrt. »Nicht einmal wegräumen, was du angerichtet hast, kannst du. Ich werde Kajsa bitten, mir in der Küche zu helfen.«

Anschließend hatte Sara-Ida in der Diele gestanden und sich den Arm massiert. Eines war ihr klar gewesen. Sie war verdammt noch mal zu alt, um sich so was anzuhören.

Nächtelang hatte sie wachgelegen und an nichts anderes gedacht. Jetzt reichte es. Sie wollte nicht noch mal hören, wie geschickt Kajsa und wie unbeholfen sie selbst war. Obwohl es um ihre Schwester ging, die klein und pummelig war. Es hätte umgekehrt sein müssen, meinte Mama und hielt das für eine lustige Bemerkung.

Aber bald würde sie ausziehen, und dann war dieses Problem gelöst, dachte Sara-Ida. Weit weg, und sie würde etwas werden, was sich niemand von ihnen auch nur vorstellen konnte. Berühmt. Und viel Geld würde sie verdienen.

Dann würden sie schon sehen!

Aber heute war es so, als hätte sie all das vergessen. Der Gedanke an ihre neue Arbeit erfüllte sie. Das Unbehagen mischte sich mit einem kribbelnden Gefühl der Spannung. Zum ersten Mal in ihrem Leben würde sie richtig in der Krankenpflege arbeiten. Sie würde etwas Sinnvolles tun.

Denn die Patienten waren wirklich krank, und sie würden geheilt werden, oder man würde sie zumindest gesünder machen. Nicht wie in der Rehaklinik, wo es zwar auch sehr wichtig war, was man tat, denn die Patienten waren recht jung oder vielleicht eher mittleren Alters und irgendwie rührend zerbrechlich, dachte sie, während eine Pflegehelferin namens Harriet sie auf der Chirurgie herumführte.

Harriet war bereits älter, und ihr war die Aufgabe zugefallen, Sara-Ida alles zu zeigen. Den Spülraum, das Wäschelager, die Behindertentoilette, Dusche, Küche, das Verbrauchsmateriallager. Harriet war nett. Keine der anderen Schwestern wagte es, sie herumzuscheuchen. Sie wusste, was sie wert war, und arbeitete schon seit Ewigkeiten auf dieser Station, hatte man Sara-Ida gesagt.

Sara-Ida hatte keine pflegerischen Tätigkeiten in der Rehaklinik ausgeübt. Sie hatte Betten gemacht und Kartoffeln und Möhren geschält. Hier auf der Chirurgie war das anders. Man erwartete von ihr, dass sie sich um Verbände und Katheter kümmerte. Harriet hatte versprochen, ihr alles zu zeigen.

Im Personalzimmer wimmelte es von Kollegen in gestreifter Arbeitskleidung. Sara-Idas hatte hellblau-weiße Streifen. Sie hatte ihren Namen auf ein Stück Leukoplast geschrieben und es auf ihre Brust geklebt. Die Ärzte trugen natürlich weiße Kittel.

Um den Tisch herum saßen junge und ältere Krankenschwestern sowie Ärzte, auch ein Pfleger namens Jesper, der supernett war. Im Pflegeheim hatten sie immer zu wenig Personal gehabt und waren die ganze Zeit unterwegs gewesen. War jemand krankheitshalber ausgefallen, hatte es in der Regel keine Vertretung gegeben.

Sie las die Namensschilder und versuchte, sich die Namen einzuprägen. Emma, Lotta, Pia-Lena, Annelie. Darunter stand, ob sie Krankenschwestern oder Pflegehelferinnen waren. Nur bei den Ärzten waren auch die Nachnamen auf den Schildern genannt.

»Vorname reicht«, hatte Harriet in der Umkleide im Keller gemeint. »Damit uns nicht irgendwelche Patienten in unserer Freizeit belästigen. Sie könnten sich sonst im Telefonbuch unsere Adresse raussuchen«, hatte sie gemeint und verschmitzt geblinzelt.

Sara-Ida war sich nicht sicher gewesen, ob sie sich dabei nicht über sie lustig gemacht hatte.

»Das wäre doch mal was«, hatte eine korpulente Schwester mit Kurzhaarschnitt namens Emma gemeint. »Ich hätte nichts dagegen, wenn ein Prinz auf einem weißen Hengst durch meine Wohnungstür reiten würde. Bei mir war schon viel zu lange tote Hose, was Männer angeht. Und selber einen aufzutreiben ist zu anstrengend.«

Es war bereits Vormittag, und Sara-Ida kümmerte sich um einen Mann mit einer Gehhilfe auf dem Gang. Plötzlich merkte sie, dass jemand hinter ihr stand.

»Könntest du mitkommen, um eine Patientin von der Intensivstation abzuholen?«, sagte eine Stimme.

»Sophie, Krankenschwester«, stand auf dem Namensschild.

Claesson fand, dass die Frau aussah, als friere sie. Bläuliche Ringe um die Augen, eingefallene Wangen, trockene, faltige Haut und schlechte Zähne. Sie war nicht die Frau, der er die kleine Matilda gerne anvertraut hätte.

»Haben Sie einen Ausweis?«, wollte er wissen. »Beispielsweise einen Führerschein?«

»Ich besitze keinen Führerschein.«

Sie suchte in ihrer Jackentasche und zog einen Personalausweis hervor. Jytte Hilleröd, dreiundvierzig Jahre alt. Recht alt, um gerade ein Kind zur Welt gebracht zu haben, dachte er, doch dann fiel ihm ein, dass seine Frau noch älter war. Aber das war natürlich etwas anderes. Veronika sah auch gesünder aus.

»Stammen Sie aus Dänemark?«, wollte Claesson wissen und versuchte, so freundlich wie möglich zu bleiben. Er wollte sich nicht allzu sehr von dem mausgrauen Eindruck, den die Frau auf ihn machte, beeinflussen lassen.

»Ich nicht, aber meine Eltern«, erwiderte sie und zog ihre Jacke enger um sich, obwohl es recht warm war.

Es war ihm bereits aufgefallen, dass sie tadellosen Oskarshamnsdialekt sprach mit den typischen småländischen Umlauten und einer Mischung aus gerolltem und gehauchtem R. Ihre Kleidung war heil und sauber, allerdings eher einfach, keine teure Markenware.

»Ich werde unser Gespräch auf Band aufnehmen«, sagte er. »Ich weiß, dass Sie dem Beamten am Telefon bereits alles erzählt haben … aber es wäre mir recht, wenn Sie mir noch einmal von der … der Geburt berichten könnten?«

»Mir war nicht klar, dass ich ein Kind erwarte«, begann sie. »Das kommt in der Tat vor, dass Frauen davon nichts merken«, fügte sie noch mit einer gewissen Schärfe hinzu, als könne er ihr nicht glauben. »Dann hatte ich auf einmal so wahnsinnige Schmerzen im Bauch. Und dann …«

Sie sah aus dem Fenster und suchte die passenden Worte.

»Dann kam es einfach«, sagte sie.

»Wo befanden Sie sich da?«

»Ich war zu Hause, allein. Im Badezimmer.«

»Ganz allein?«

»Hm.«

Sie nickte. Sie schien den Tränen nahe zu sein.

»Und was taten Sie dann?«

»Ich wusste, dass Olof außer sich geraten würde ... denn wir sind eine Weile nicht mehr ... also wir haben eine Weile lang nicht mehr miteinander ... nicht mehr, seit ich krankgeschrieben worden bin ...«

»Sie sind also krank?«

»Deprimiert. Aber jetzt fühle ich mich schon viel besser, ich bekomme sehr gute Medikamente, alles ist jetzt viel leichter, und ich kann wohl bald wieder anfangen zu arbeiten.«

Sie lächelte. Das machte sie richtig gut aussehend. Sie sah zehn Jahre jünger aus.

»Haben Sie weitere Kinder?«

Sie schüttelte den Kopf.

»Und der Vater des Kindes?«

Claesson sah sie freundlich mit seinen graugrünen Augen an.

»Ich will nicht sagen, wer es ist.«

Stur presste sie die Lippen aufeinander und schaute auf ihre abgekauten Fingernägel.

»Ihnen ist sicher klar, dass wir eine Blutprobe von Ihnen benötigen und, wenn es irgend geht, auch vom Vater, also wenn Sie das Gefühl haben, dass Sie uns seinen Namen anvertrauen können. Wir müssen uns sicher sein, wer die Eltern des Kindes sind. Aber Sie können mir vielleicht noch mehr über die Geburt erzählen. Das muss wirklich eine Überraschung gewesen sein und ... und auch wirklich keine einfache Situation für Sie.«

»Ich war schockiert.«

»Das verstehe ich. Aber was haben Sie dann konkret getan, als das Kind zur Welt gekommen war?«

Jytte Halleröd dachte nach, und Claesson hatte das Gefühl, dass die Frau nicht wusste, wie eine Entbindung vonstatten ging. Sie war einfach nur von einem starken Wunsch erfüllt. Sie klammerte sich an einen Strohhalm. Sie wollte Mutter werden.

»Ich habe es so gehalten«, sagte sie und demonstrierte mit den Händen, wie man ein Kind an der Brust hält.

»Da ist doch noch die Nabelschnur«, meinte Claesson.

Sie sah ihn mit großen Augen an.

»Ja.«

»Was haben Sie mit der gemacht?«

»Sie abgeschnitten«, antwortete sie.

»Und die Plazenta?«

»Die habe ich weggeworfen.«

»Wohin?«

»In den Haushaltsmüll.«

»Haben Sie die Nabelschnur abgebunden, ehe Sie sie abgeschnitten haben?«

Ihr standen Schweißperlen auf der Oberlippe.

»Natürlich.«

»Können Sie mir sagen, womit?«

Sie sah Claesson mit aufgerissenen Augen an. Eine Fangfrage. Nichts anderes als eine Falle. Claesson hatte das Gefühl, dass sie bald hineinfallen würde.

Aber noch war nicht alles verloren.

»Ich habe ein Gummiband genommen«, antwortete sie.

»Was für ein Gummiband?«

»Einen Gummizug.«

»Und welche Farbe hatte dieser Gummizug?«

»Er war natürlich weiß«, sagte Jytte Hilleröd im Brustton der Überzeugung. »Es war so ein ganz normaler, wie man ihn für Hosen verwendet.«

Im Zimmer wurde es eine halbe Sekunde lang ganz still, und weder Kriminalkommissar Claesson noch Jytte Hilleröd wagten zu atmen.

Dann brach sie in Tränen aus.

Sara-Ida nickte und folgte Sophie, die im Unterschied zu ihr eher die Größe eines Mannequins hatte und das Haar zu einem Pferdeschwanz zusammengebunden trug. Viele von ihnen trugen ihr Haar so, zumindest die Jungen. Auch Sara-Ida trug ihr Haar in einer mit weißen Perlen besetzten Spange zusammengefasst. Als sie die Spange an diesem Morgen ausgesucht hatte, hatte sie gefunden, dass sie zu der Krankenhauskleidung und zu den kleinen weißen Ohrringen aus Glas passen würde.

Sophie war nicht sonderlich gut aussehend und kaum älter als Sara-Ida. Sie sprach kaum mit Sara-Ida und sah sie nur selten an. Aber Sophie war eine richtige Krankenschwester. Und das weckte in Sara-Ida einen schlummernden Ehrgeiz, als sie den Gang Richtung Treppenhaus entlanggingen.

Warum nicht auch ich?, dachte sie.

Es war noch nicht zu spät, sie war noch nicht einmal zwanzig. Um Fotomodell zu werden, war es auch noch nicht zu spät. Und warum nicht erst das eine und dann das andere? Mama würde das für einen megaguten Vorschlag halten. Sie würde sich freuen, sie umarmen und ihr mit den ganzen Anmeldeformularen für Zusatzkurse helfen. Vielleicht würde sie ihr sogar, falls nötig, etwas Geld geben. Denn Mama fand es super, dass Kajsa bereits an der Fachhochschule studierte. Das war einfach nicht zu übertreffen.

Sophie ließ sich von der Schwester auf der Intensiv genau Bericht erstatten. Sara-Ida verstand nicht alles, sie stand schweigend dabei und versuchte, so viel wie möglich aufzuschnappen. Sie hatte nicht einmal gewagt, Sophie danach zu fragen, welchen Patienten sie abholen sollten, als sie sich auf den Weg gemacht hatten. Sie wollte nicht neugierig wirken und hatte Angst davor, dass man ihr über den Mund fahren würde.

Es handelte sich um eine ungewöhnliche Patientin, der man eine Pistolenkugel aus dem Bauch operiert hatte. Beim bloßen Gedanken daran erschauderte Sara-Ida, nicht nur, weil sie Schusswunden mit Eifersuchtsdramen assoziierte, sondern auch, weil es sich um eine ungewöhnliche Operation gehandelt haben musste.

Daher hatte es sie erstaunt, dass die Patientin ganz normal aussah und nur einen ganz normalen weißen Verband trug, der wie ein Streifen zwischen Schamhaaren und Nabel aussah. Die beiden Krankenschwestern hoben die Decke an und stellten mit Kennermiene fest, dass der Verband vollkommen trocken und strahlend weiß war.

Sara-Ida war vor lauter Anstrengung, alles richtig zu machen, fast gelähmt. Bemüht lächelte sie die Patientin an, als sie das Fußende des Bettes ergriff, um das Bett rückwärts aus dem Zimmer zu schieben. Die Frau erwiderte ihr Lächeln. Sie war zwar bleich, wirkte aber fröhlich.

»Jetzt geht's also los«, sagte sie und winkte dem Personal der Intensivstation mit einer schmalen Hand zu.

Sie klang ungewöhnlich heiter für jemanden, der einen Bauchschuss erlitten hat. In den Fahrstuhl, ein Stockwerk nach oben, aus dem Fahrstuhl hinaus.

»Vorsicht!«, fauchte Sophie und sah Sara-Ida mit funkelnden Augen an, als sie an der Fahrstuhlkante anstieß und das Bett schaukelte. »Das kann in der Wunde wehtun.«

Als Sara-Ida gerade an der Schnur des Türöffners ziehen wollte, flog die Tür zur chirurgischen Station krachend auf. Eine Ärztin mittleren Alters mit dichtem, gelocktem Haar und einer ernsten, strengen Miene kam ihnen entgegen. Sie war in Begleitung eines jüngeren Arztes, recht groß und dünn, mit einer lächerlichen, modernen Brille. Er blieb stehen und hielt ihnen die Tür auf, als sie das Bett auf die Station schoben: Sara-Ida am Fußende und Sophie am Kopfende. In dem Augenblick, als er die Türklinke losließ und die Tür zufiel, sah er Sara-Ida an. Er lächelte sie an und nickte, ungefähr als wolle er sagen: »Bis bald!«

Es dauerte nur eine Sekunde, aber ihr wurde ganz warm ums Herz. Ein milder Sturmwind wirbelte durch ihren Körper. Sie spürte, dass sie krebsrot wurde, und wusste plötzlich nicht mehr, wo sie hinschauen sollte. Sophie beobachtete distanziert jede Bewegung, während sie das Bett in das erste Einzelzimmer des Flurs schoben.

»Ihr Mann kommt gleich«, sagte Sophie, als sie wieder auf dem Gang standen.

Das klang ganz so, als sei auch der Mann etwas Besonderes, nicht nur die Patientin.

Sara-Ida nickte. Sie wollte gerade fragen, was an ihm so ungewöhnlich sei, aber da war Sophie bereits im Schwesternzimmer verschwunden, in das sie sich nicht hineintraute.

Noch nicht.

Louise Jasinski versuchte, alle Hebammen und Ärztezentren der Gegend zu erreichen.

Sie versuchten, eine Frau ausfindig zu machen, die ein Kind erwartet hatte und mit deren Niederkunft in diesen Tagen zu rechnen gewesen war. Das war ein ungewöhnlicher und emotional nicht unkomplizierter Auftrag.

Natürlich hatten sie die Möglichkeit erwogen, dass es sich um eine illegale Einwanderin handeln könnte, die allein entbunden hatte. Oder es konnte etwas mit Familienehre zu tun haben. Eine Frau, die eine wahnsinnige Angst vor ihrer Familie und ihrer Verwandtschaft hatte, die bedroht wurde und wusste, dass man sie ermorden würde, falls sich erwies, dass sie ihre Unschuld nicht bewahrt hatte. Oder noch schlimmer, dass sie ein Kind mit einem Mann aus einem anderen, nicht akzeptierten Kulturkreis bekommen hatte, vielleicht einem Schweden, den sie liebte. Unschuld garantierte nicht nur die Ehre der Großfamilie, sondern war auch finanziell sehr viel wert. Die Mitgift eines Mannes, der sich nach Schweden verheiraten durfte, konnte sehr hoch sein. Louise hatte gehört, dass es sich um bis zu einer halben Million schwedische Kronen handeln konnte.

Das Kind sah jedoch sehr nordeuropäisch aus. Helles, flaumiges Haar und rosa Haut. Die Augenfarbe sei so früh noch nicht zu bestimmen, meinte Claesson.

Louise hatte die Listen vor sich und telefonierte sie der Reihe nach ab. Immer wieder geriet sie an Anrufbeantworter. Es war zum Wahnsinnigwerden.

»Wir sind Montag bis Donnerstag von neun bis zehn Uhr vormittags zu erreichen. In dringenden Fällen wenden Sie sich bitte an das nächste Ärztehaus oder die Notaufnahme eines Krankenhauses …«, lagen ihr verschiedene Frauenstimmen in den Ohren.

Jetzt war es fast halb zwölf, und sie hatte nur zwei von den zehn Einrichtungen, die auf ihrer Liste standen, erreicht.

Sie wollte bereits aufgeben, um Verstärkung bitten und die Einrichtungen abklappern.

»Mittagessen?«

Claesson stand in der Tür.

»Gerne«, erwiderte sie und überließ die Listen ihrem Schicksal.

Harriet hatte lange bei der Patientin mit der Schussverletzung gesessen. Schwester Emma, die von einem Prinzen träumte, erzählte, dass sich Harriet und die Patientin im Einzelzimmer kannten. Sehr gut sogar. Mehr sagte sie nicht.

Vielleicht fand Harriet, dass sie sich an diesem Vormittag ausreichend lange bei ihrer Freundin aufgehalten hatte, denn sie bat Sara-Ida, ihr das Tablett mit dem bescheidenen Mittagessen, einem Teller Suppe und einem Glas Saft, zu bringen.

Sara-Ida tat, was man ihr aufgetragen hatte, trat ins Zimmer und stellte das Tablett auf den Nachttisch. Die Lamellenjalousie war heruntergelassen, aber nicht geschlossen. Das Zimmer lag in Richtung Norden und hatte eine schöne Aussicht. Im Halbdunkel sah Sara-Ida, dass die Patientin die Augen geschlossen hatte. Sie war sich nicht sicher, ob sie sie wecken sollte, aber das war dann nicht nötig.

»Danke«, sagte die Patientin mit schlaftrunkener Stimme, ohne sie anzusehen.

»Soll ich Licht machen?«, wollte Sara-Ida wissen.

»Nein, vielen Dank. Das mache ich schon selbst.«

Der Schalter für die Lampe befand sich am Nachttisch.

»Soll ich Ihnen das Kopfende höher stellen?«

Sara-Ida hatte das dringende Bedürfnis, noch etwas zu tun.

»Nein danke! Das ist sehr gut so.«

Sie scheint sehr müde zu sein, dachte Sara-Ida. Das war nicht verwunderlich, aber Sara-Ida hatte auch das vage Gefühl zu stören.

Da hörte sie ein Geräusch, als würde etwas auf der Toilette zu Boden fallen. Sie wollte gerade die Tür öffnen und nachschauen, als sich die Patientin räusperte.

»Ich glaube, ich habe es mir anders überlegt. Es wäre doch ganz gut, wenn Sie mich etwas aufsetzen könnten«, sagte sie und rollte sich auf die Seite, um sich aufrecht zu setzen.

Sara-Ida trat vor, um den Hebel unter dem Bett zu betätigen, mit dem sich das Kopfende verstellen ließ.

»Gut so?«

»Ja, vielen Dank. Jetzt komme ich allein zurecht«, sagte die Frau, zog das Tablett zu sich heran und nahm die Suppentasse in die Hand.

Sara-Ida schlenderte auf den Gang, blinzelte bei der grellen Beleuchtung und lief Harriet geradewegs in die Arme.

»Kommst du mit in die Kantine?«

Das war ihr sehr recht.

Sie schoben ihre Karten durch das Zeiterfassungsgerät und gingen die Treppe hinunter. Es war nett zusammen mit Harriet. Sara-Ida brauchte sich nicht zu verstellen, sie war weniger angespannt und wagte, sich zu unterhalten. Vielleicht würde Harriet ihr ja noch etwas über die Frau mit der Schussverletzung erzählen.

Als sie in die Kantine traten, stieß sie mit Jörn zusammen. Er war auf dem Weg nach draußen. Sie war sehr überrascht.

»Hallo. Was machst du hier?« war alles, was ihr einfiel.

»Hallo«, erwiderte er und grinste wie immer. »Ich hab ’ne Lieferung.«

Harriet hatte sich in die Schlange gestellt. Sara-Ida spürte, dass sie zu ihr herübersah.

»Jetzt muss ich aber weiter«, meinte Sara-Ida und stellte sich neben Harriet.

Es gab eine vegetarische Pastete oder Kartoffelklöße mit durchwachsenem Speck und Preiselbeeren. Eine schwere Entscheidung, auf beides hatte sie Lust.

»Wer war das?«, wollte Harriet wissen und nahm sich ein Tablett.

»Ach, nur jemand von meiner letzten Arbeitsstätte.«

Mehr wollte sie nicht sagen. Je weniger sie mit diesem Idioten in Zusammenhang gebracht wurde, desto besser.

»Kartoffelklöße«, sagte sie, nahm ihren Teller und zahlte.

Nachdem sie sich gesetzt hatten, sah sie sich im Speisesaal um. Er war voll, und das Stimmengewirr und Besteckklappern hallte im Raum wider.

Sie sah ihn nicht. Aber er kommt vielleicht, dachte sie und schob sich ein großes Stück Kartoffelkloß in den Mund.

Veronika Lundborg setzte ihren Fahrradhelm auf und zog ihr Fahrrad aus dem Ständer. Es war immer noch wunderbar warm, die Sonne schien, aber im Hinterland türmten sich dunkle Wolken auf. Sie legte ihre Jacke in den Fahrradkorb. Sie hatte sie am Morgen gebraucht, aber jetzt war sie überflüssig.

Sie hatte den Nachmittag frei. Freizeitausgleich für den langen Bereitschaftsdienst am Wochenende. Sie schwang sich aufs Rad und fuhr langsam Richtung Stadtbücherei. Sie wollte für Klara und für sich ein paar Bücher ausleihen, ehe sie ihre Tochter um drei aus dem Kindergarten abholte. Sie hatte ein paar freie Stunden ganz für sich.

Das Telefon klingelte. Es war der Kinderarzt. Er stellte sich vor, seine Stimme klang schon etwas älter, erfahren und Vertrauen erweckend. Claesson versuchte, sich an sein Gesicht zu erinnern. Er kannte ihn vermutlich. Er war dem Kinderoberarzt einmal begegnet, als er mit Klara bei einer Routineuntersuchung gewesen war.

Dem Mädchen gehe es ausgezeichnet, erfuhr er. Sie sei kaum älter als einen Tag, höchstens ein paar Tage, da der Rest der Nabelschnur immer noch etwas durchsichtig war. Genau wie er vermutet hatte. Sie war unversehrt und sauber. Nina Persson hatte sich natürlich sehr gut um sie gekümmert.

»Die Nabelschnur trocknet langsam und wird dann schließlich nach einer Woche, spätestens aber nach drei, das ist etwas unterschiedlich, abgestoßen. Erst ist sie glänzend weiß und wird dann immer dunkler«, erklärte der Arzt. »Das Mädchen hat die typisch rosige Haut der Neugeborenen, da die äußeren Gefäße in der Haut noch offen sind. Aber da das Kind auf diese Art sehr viel Wärme verliert, schließen sich diese Gefäße nach einigen Tagen. Die Haut wird blasser, und das Kind ist so besser gegen Wärmeverlust geschützt.«

Claesson hörte zu und schrieb rasend schnell mit. Bei der Art, wie der Arzt über das Mädchen sprach, wurde es ihm warm ums Herz. Ihm war die kleine Matilda, dieses unerwünschte Kind, ein wirkliches Anliegen.

»Außerdem ist ihr Stuhl normal für ein Neugeborenes«, fuhr der Kinderarzt fort. »Sogenanntes Kindspech oder auch Mekonium, sehr dünnflüssig und grünlich schwarz.«

»Wie viel wiegt sie?«, fragte Claesson und war ebenso neugierig wie damals, als er neben der Pflegehelferin gestanden hatte, die Klara gewogen hatte, als sie gerade auf die Welt gekommen war.

»3380 Gramm. Sie ist 49 cm groß. Ganz normal für ein Neugeborenes, das bis zum Ende ausgetragen worden ist«, antwortete der Kinderarzt.

Claesson schrieb die Zahlen auf. Gewicht und Größe der kleinen Matilda, diese magischen Zahlen, die keine Eltern je vergessen.

Sara-Ida Ström war in den Wäscheraum unterwegs, um saubere Laken zu holen. Ein Patient hatte seinem Blasendrang nachgegeben, und sie hatten ihm eine Windel angezogen. Er war erst zweiundzwanzig. Das Schlimmste war nicht das Malheur an sich, sondern dass er sich so schämte.

Sie eilte den Gang entlang. Harriet wartete bei dem Patienten. Sie half ihm unter die Dusche.

Da sah Sara-Ida den jungen Arzt, der ihnen am Vormittag die Tür aufgehalten hatte. Endlich, sie hatte so auf diesen Moment gewartet!

Überrumpelt, aber auch ein wenig entsetzt starrte sie ihn an, als er sich vom Treppenhaus her näherte. Seit Stunden hielt sie jetzt schon nach ihm Ausschau, hatte ihn aber nirgends entdecken können. Umso lebhafter hatte sie sich dafür ihren Fantasien hingegeben. Ihre Gedanken liefen auf Hochtouren, und ihr wurde innerlich ganz warm. Sie versuchte an das Wenige, das sie an diesem ersten, überwältigenden Tag auf der Chirurgie aufgeschnappt hatte, anzuknüpfen. Ein paar Sätze hütete sie wie einen Schatz. Sie unterlegte sie mit Fernsehserien, die sie im Laufe der Jahre gesehen hatte und die jetzt ganz unten im Brunnen ihrer Träume lagen. Sie glaubte zu wissen, wie es zuging, fast jedenfalls. Alle verborgenen Geheimnisse des geschlossenen OP-Traktes lockten sie. Das Terrain der grüngekleideten Menschen, zu dem nicht jeder x-Beliebige Zutritt hatte.

Aber er hatte Zutritt. Der junge Arzt mit dem durchdringenden und gleichzeitig entzückenden Blick hinter seiner Metallbrille.

Sie sah ihn vor sich, wie er mit Mundschutz und Haube viele, lange Stunden im Schein der OP-Lampe schwitzte. Er hielt Leben und Tod in seinen behandschuhten, sterilen Händen. Er führte wichtige Eingriffe durch, ergriff Maßnahmen, die alles verändern und das Leben der Patienten viel erträglicher gestalten würden. Vielleicht heilte er sie sogar gänzlich. Sie sah ihn vor ihrem inneren Auge über die offene Operationswunde gebeugt, sah das Herz sichtbar pochen, sah, wie das Blut abgesaugt wurde, sah die Infusion, die Injektionsnadeln, die Injektionen.

Jetzt war er fertig und hatte sich die grünen Sachen ausgezogen. Groß und aufrecht stand er in seinem weißen, zugeknöpften Kittel da. Der Gang schien plötzlich unendlich lang zu sein. Ihr wurde ganz weich in den Knien, und sie errötete über und über. Alles war wie im Film.

Als sie sich gerade in den Lagerraum retten wollte, betrat er das Schwesternzimmer in der Mitte des Ganges. Das war eine Enttäuschung.

Aber, dachte sie. Er hatte ihr in die Augen geschaut, bevor er aus ihrem Gesichtsfeld verschwunden war. Und sie war seinem Blick nicht ausgewichen. Wie wenn sich zwei Sterne im Universum berühren und es zu einer Explosion kommt.

Benommen taumelte sie in den Lagerraum, um die Wäsche zu holen, und kehrte dann pflichtschuldig zu Harriet zurück, bezog das Bett neu und half dann dem Patienten zurück ins Bett.

Danach fühlte sie sich recht erschöpft.

Harriet trug vermutlich Temperatur und Blutdruck in die Akte ein. Sara-Ida wartete währenddessen auf dem Flur und versuchte den Anschein zu erwecken, sie habe etwas zu tun. Sophie entdeckte sie dort natürlich und bat sie, bei der Patientin mit Schussverletzung das Essenstablett zu holen und ihr etwas Kaltes zu trinken zu bringen.

Ein paar Minuten später öffnete sie daher die Tür des Einzelzimmers. In einer Hand hielt sie ein Tablett mit einer Kanne und einem Glas mit Eiswürfeln und Strohhalmen.

Fünf Minuten später stürzte sie weinend aus dem Zimmer.

7

Was dann kam, ließ sich Sara-Idas Meinung nach am ehesten als Tumult bezeichnen.

Sie saß allein mit einer Tasse Kaffee im Personalraum, während alle anderen kopflos durcheinanderrannten. Nicht einmal im Pflegeheim hatte je so ein Durcheinander geherrscht. Aber dort hatte man auch stets mit dem Tod gerechnet.

Der erwartete und der unerwartete Tod. Zwei sehr verschiedene Dinge, dachte sie. Der unerwartete Tod ist der schrecklichste. Jedenfalls wenn er so eintritt wie dieser. Über einen solchen Todesfall berichtete man in der Zeitung. Und über junge Leute, die ihr Leben bei Verkehrsunfällen ließen.

Sara-Ida hatte Menschen unter ihrer Trauer zusammenbrechen sehen, selbst wenn es sich bei den Verstorbenen um sehr alte Menschen gehandelt hatte. Die Verbindung zur Vergangenheit reißt ab, wenn die Eltern sterben, egal wie alt sie sind, hatte Gertrud einmal gesagt, als sie einen sehr alten Verstorbenen gewaschen und frisch angezogen hatten. Sara-Ida hatte viel darüber nachgedacht, ob es gut oder schlecht war, dass sie dem Tod bereits so oft begegnet war. Das Entsetzen hatte sich verloren. Sie nahm ihn als eine Gegebenheit hin.

Ihr war eingeschärft worden, das Kaffeezimmer nicht zu verlassen. Man würde sich um sie kümmern, hatte es geheißen.

Später.

Niemand wollte im Augenblick seinen Beobachtungsplatz auf dem Gang verlassen, um ihr Gesellschaft zu leisten. Keiner wollte etwas verpassen, nicht einmal die Patienten, die aufstehen konnten.

Wie bei einem Unfall, dachte sie. Alles kommt zum Erliegen, und alle erstarren, bis die Klappe des Krankenwagens geschlossen wird. Oder jemand legt ein paar Blumen nieder und zündet eine Kerze an am Unfallort. Wie ein Grab.

Sie wollte auch nach draußen. Wollte dort sein, wo etwas passierte.

Die Patientin war sofort in den Behandlungsraum der Station geschoben worden. Sophie, Emma, Eva-Lena, alle waren losgestürzt, hatten den Alarmknopf betätigt, und das Herzteam war herbeigeeilt. Sie hatten den Stationsarzt gerufen, und er war mit hochrotem Gesicht hereingestürmt.

Nur Sara-Ida hatte man verscheucht.

Sie schaute auf die Uhr. Die Zeit hatte einen Satz gemacht.

Sie stand auf, ließ die unberührte Kaffeetasse stehen und stellte sich an die Tür. Das Team mit den Reanimationskoffern befand sich im Behandlungszimmer. Ein paar Schwestern, die keinen Platz gefunden hatten, standen vor der Tür.

Sie würden sie nicht wieder zum Leben erwecken, egal wie lange sie es versuchten. Davon war Sara-Ida überzeugt. Sie hatte die herabhängenden Lider, unter denen Iris und Pupille fast verschwunden gewesen waren, gesehen. Der Mund war halb geöffnet, die Lippen waren bläulich über die Zähne gespannt gewesen. Sie wusste, was das bedeutete.

Denn das hatte sie früher schon häufiger gesehen.

Hoffentlich glaubten sie jetzt nicht, dass sie bereits am ersten Tag etwas übersehen hatte! Sie wollte so lange hier arbeiten, wie ihre Vertretung dauerte. Vielleicht noch länger, man konnte nie wissen.

Auf einmal erblickte sie eine Person, die in einiger Entfernung von den anderen auf dem Gang stand. Es war Harriet, die sie ins Herz geschlossen hatte. Sie wirkte so einsam. Blass stand sie in der Nähe des Behandlungszimmers und wartete auf den Bescheid. Vielleicht hoffte sie ja noch.

»Unfassbar«, sagte Daniel Skotte aufgebracht.

Er saß im Schwesternzimmer, da dort mehr Platz war als im Ärztezimmer. Die Tür zum Flur war geschlossen. Drei weitere Kollegen waren erschienen, sämtliche Chirurgen. Das Reanimationsteam war wieder verschwunden. Für sie gab es nichts mehr zu tun. Das Herz hatte aufgehört zu schlagen, die Patientin war tot. Charlotte Eriksson, die Frau mit Bauchschuss, lebte nicht mehr.

Die Luft war stickig, aber keiner von ihnen beabsichtigte, das Fenster zu öffnen.

»Veronika muss etwas übersehen haben«, sagte der Chirurg José Fuentes und sah die anderen unglücklich an.

Seine Stimme entbehrte jedoch jeglichen Vorwurfs.

»Ja, aber ich war doch dabei«, meinte Daniel Skotte. »An der Operation war nichts Ungewöhnliches.«

»Vielleicht eine Lungenembolie«, meinte der Chirurg Sundström. »Das wäre dann einfach Pech.«

»Das hätte die Patientin spüren müssen. Sie hätte Schwierigkeiten mit der Atmung bekommen und geklingelt«, sagte Ronny Alexandersson, der Dritte.

»Stimmt«, pflichtete ihm Sundström bei.

»Vielleicht hat sie ein Loch im Darm übersehen?«, schlug Fuentes vor.

»Dann hätte sie aber Bauchschmerzen gehabt und hohes Fieber von der Bauchfellentzündung. Davon stirbt man nicht von einer Sekunde auf die andere«, beharrte Daniel Skotte.

Das wissen die anderen auch, dachte er. Aber irgendwie mussten sie ja die ewige Frage nach dem Warum beantworten. Sie und die Patienten verlangten nach einer plausiblen Erklärung.

Der Ehemann würde am Boden zerstört sein und natürlich keine Ruhe geben, ehe er eine Antwort erhalten hatte. Der Ärmste! Es würde eine Obduktion in der Gerichtsmedizin stattfinden, aber die Konfrontation mit dem Ehemann beunruhigte ihn trotzdem so sehr, dass er kaum wagte, daran zu denken.

Vielleicht konnte ihm einer der Älteren das ja abnehmen? Der Chef der Chirurgie vielleicht?

Ihm selbst war der Todesfall vollkommen schleierhaft. Es würde schwer sein, dem Ehemann das auseinanderzusetzen. Er bemühte sich stets, Patienten und Angehörigen eine akzeptable Erklärung zu liefern. Jedenfalls vorläufig. Er informierte und hörte nach allen Regeln der Kunst zu und war für alle Rückfragen offen. So hatte er es im Studium gelernt. Dieses Mal würde es wirklich nicht einfach werden. Er konnte einfach nur antworten: »Ich habe keine Ahnung.« Würde der Gatte das akzeptieren?

»Es gibt keinen vernünftigen Grund dafür, warum sie ausgerechnet jetzt gestorben ist«, platzte es aus ihm heraus.

Er starrte auf den Fußboden, biss die Zähne zusammen, und die anderen drei beobachteten, wie er mit sich selbst kämpfte. Alle kannten diese Situation.

Weshalb fällt es uns Menschen so schwer, die Ungewissheit hinzunehmen?, dachte er fast trotzig. Die Ungewissheit ist nun mal Teil der Wirklichkeit, nicht nur Teil des medizinischen Alltags. Man will die Straße überqueren und wird dabei überfahren. Sie versuchten, die Ungewissheit in der Medizin und bei den Patienten mit Wissen, Zahlen, Routine und plausiblen Hypothesen zu meistern.

Was hatten sie übersehen? Was hatten Veronika und er nicht vorausgesehen?

»Es ist unerklärlich«, verkündete er mit belegter Stimme, als müsse er sich verteidigen, obwohl ihn niemand darum gebeten hatte. Aber allen war klar, dass er das Bedürfnis hatte, seine Gedanken in Worte zu fassen.

»Das ist wirklich verdammt unangenehm«, meinte Sundström, der Älteste, der schon vieles erlebt hatte, so etwas jedoch noch nicht.

»Vollkommen unbegreiflich«, sagte Ronny Alexandersson und schüttelte erneut den Kopf. »Wir müssen versuchen, Veronika zu erreichen.«

Niemand wünschte Veronika solche Probleme, und niemand hätte jetzt in ihrer Haut stecken wollen. Alle wussten genau, was das bedeutete. Die Schuld, die ihr zugeschoben wurde. Zumindest bis die Obduktion durchgeführt war.

Das war die Kehrseite der Medaille. Sonst handelte es sich um einen interessanten Beruf, der manchmal sogar richtig Spaß machte. Es ging jedoch nicht immer glatt. Kam man damit nicht klar, suchte man sich lieber etwas anderes, das fanden alle, die hier arbeiteten. Man musste fähig sein.

»Veronika wird es jetzt eine ganze Weile nicht leicht haben«, stellte Sundström bedauernd fest.

Alle kannten das lähmende Gefühl, am Tod eines anderen Menschen die Schuld zu tragen, wenn auch indirekt und unbeabsichtigt.

»Hat sie heute Nachmittag nicht frei?«, fragte Fuentes.

»Doch schon, aber sie will es vermutlich lieber von uns erfahren als aus der Zeitung«, meinte Ronny Alexandersson. »Wer ruft sie an?«

»Das kann ich machen«, meldete sich Skotte, der inzwischen bereit war, alle Bürden auf sich zu nehmen, wenn nur alles wieder in Ordnung kommen würde.

»Habt ihr den Ehemann informiert?«, wollte Fuentes wissen.

Erneute Stille. Daniel Skotte holte tief Luft.

»Nein, ich habe niemanden unterrichtet«, sagte er wütend. »Es ist doch, verdammt noch mal, eben erst passiert!«

Er wirkte gestresst. Alle ignorierten seinen Ausbruch. Das musste geregelt werden.

»Was ist mit der Polizei?«, fragte Alexandersson vorsichtig, als hätte er eine Checkliste, die er gerade abhakte.

»Ich hatte auch noch keine Zeit, die Polizei zu verständigen«, stöhnte Skotte. »Sie werden natürlich eine Obduktion in der Gerichtsmedizin anordnen. Der Todesfall muss wohl als ungeklärt betrachtet werden«, meinte er sarkastisch und grinste trotz allem.

Die anderen nickten. Sundström schaute auf die Uhr.

»Ich habe Sprechstunde. Ich muss gehen. Wer hat Zeit?«

»Ich kann mich um die Sache kümmern, bis sie aus dem OP anrufen und es wieder weitergeht«, meinte Alexandersson.

»Danke«, sagte Skotte.

»Ich muss leider runter in die Notaufnahme«, meinte Fuentes.

»Ich verständige gerne Veronika, wenn du nichts dagegen hast«, erbot sich Alexandersson.

»Dann kümmere ich mich um die Pflegehelferin«, sagte Skotte. »Sie ist zu allem Überfluss noch ganz neu. Und jung. Es ist ihr erster Tag.«

»Und der Ehemann?«, fragte Sundström und warf einen Blick in die Runde.

Der Widerstand im Zimmer war kompakt.

»Mist«, verkündete Skotte. »Das wird kein Spaß.« Er schob seine Brille zurecht, sein Gesicht glänzte von der Wärme im Schwesternzimmer und vor Schweiß.

»Darum muss sich verdammt noch mal Veronika kümmern«, rief er energisch. »Sie ist schließlich die zuständige Ärztin.«

Die anderen drei schwiegen. Sie wollten ihm die Gelegenheit geben, es sich anders zu überlegen.

»Veronika hat frei«, sagte der Oberarzt Ronny Alexandersson leise, aber mit Nachdruck. »Du wirst ihn also informieren müssen. Veronika kann später immer noch mit dem Ehemann sprechen. Ich kann dabei sein, wenn du willst.«

Im Schwesternzimmer stand auch Schwester Sophie.

Ihre sonst eher bleichen Wangen waren stark gerötet. Sie kämpfte mit den Tränen und wagte kaum aufzuschauen. Sie hatte den Ärzten den Rücken zugewandt und machte sich an irgendwelchen Papieren auf dem Schreibtisch zu schaffen, um ihre Gedanken in Schach zu halten. Sie blätterte so leise wie möglich, um nicht aufzufallen. Durch das Fenster schaute sie auf das Döderhultstal, allerdings nur ganz kurz. Sie hatte Angst, beim wunderschönen Anblick der honiggelben, milden Herbstsonne, die immer wieder durch dunkelgraue Wolken brach, in Tränen auszubrechen.

Sie zerbrach sich den Kopf, was sie übersehen haben könnte. In der kurzen Zeit hatte sie nicht viel mit der Patientin zu tun gehabt. Sie hatte ihr eine Spritze mit einem Schmerzmittel verabreicht, das war alles, und ihr ein paar Tabletten gegeben. Nichts Besonderes.

Hatte sie etwas falsch gemacht? Das falsche Mittel gespritzt? Sie hatte ihr doch Ketogan gegeben? Hatte sie es vielleicht falsch dosiert?

Sie versuchte sich die Ampulle vorzustellen. Man kann wohl kaum zu viel Ketogan spritzen, dachte sie. Die Ampullen enthielten keine große Dosis. Und sie hatte es doch subkutan, unter die Haut, gespritzt und nicht direkt in die Vene?

Sundström und Fuentes waren gegangen, aber Daniel Skotte, Ronny Alexandersson und Sophie hielten sich noch im Schwesternzimmer auf. Es klopfte.

»Was sollen wir mit ihr machen?«, fragte die Pflegehelferin Emma. »Sollen wir sie fertigmachen und wieder in ihr Zimmer schieben?«

Die drei im Schwesternzimmer starrten sie an.

»Unternehmen Sie nichts«, sagte Alexandersson mit Nachdruck. »Belassen Sie alles, wie es ist! Immer hat man so viel am Hals«, murmelte er und griff zum Telefonhörer, um die Polizei anzurufen.

»Wir brauchen das Behandlungszimmer aber, um Verbände zu wechseln«, beharrte Emma, die ungeduldig in der Tür stehen geblieben war. Sie warf Sophie, der die Tränen in den Augen standen, einen fragenden Blick zu.

»Muss das ausgerechnet jetzt sein?«, fragte Daniel Skotte.

»Nein, aber man kann nie wissen. Sie kann schließlich nicht da liegen und das Zimmer blockieren«, sagte Emma, die offenbar nicht die Absicht hatte, ihren Platz in der Tür zu räumen.

»Doch, das kann sie«, fuhr Alexandersson sie barsch an.
»Ihr müsst das halt woanders machen«, fügte er noch hinzu. »Fasst nichts an! Ich will erst die Polizei anrufen.«

»Wo sollen wir denn dann die Verbände wechseln?«, beharrte Emma kopfschüttelnd. »Das geht sonst nirgends.«

»Wo ist denn Britt-Louise, zum Teufel?«

Ronny Alexandersson drehte sich auf seinem Bürostuhl um, als glaubte er, sie könne einfach so aus dem Nichts auftauchen. Britt-Louise Karp war die Stationsschwester.

»Sie soll sich um alles kümmern.«

»Sie ist in einem Meeting«, sagte Sophie und räusperte sich.

Alle drehten sich um. Es hatte den Anschein, als würden sie sie erst jetzt bemerken.

Veronika hatte für Klara einen Stapel Bücher in der Kinderbuchabteilung zusammengesucht und stand jetzt vor dem Drehgestell mit den Neuerscheinungen, die eine Woche lang entliehen werden durften. Sie hielt einen Roman in der Hand, las den Klappentext, blätterte und sehnte sich nach Zeit und Muße. Sie hätte ihn gerne gelesen, wusste aber, dass sie im Bett jeden Abend über dem Buch einschlafen würde. Sie hatte nicht viele Bücher gelesen, seit sie wieder Mutter geworden war. Sie sehnte sich nach der Welt der Bücher, aber die Zeit dafür würde wiederkommen, das wusste sie. Sie beklagte sich nicht.

Ihr Handy vibrierte in der Jackentasche. Sie stellte das Buch zurück, legte den Stapel Kinderbücher und ihre Benutzerkarte auf den Tresen und bedeutete der Bibliothekarin, dass sie rausgehen würde, um das Gespräch entgegenzunehmen.

Sie kehrte nicht mehr zurück, um die Bücher zu holen.

Daniel Skotte nahm am Tisch im Kaffeezimmer Platz. Sara-Ida saß ihm gegenüber. Sonst war niemand da.

Gerade als er sich erkundigen wollte, wie es ihr gehe, kamen eine Krankenschwester und eine Schwesternhelferin herein und stellten sich an die Spüle. Ihm war nicht recht klar, was sie dort Wichtiges zu tun hatten. Ihm fiel jedoch auf, dass sie sich Zeit ließen und nicht die Absicht hatten, die neue Pflegehelferin und ihn allein zu lassen. Sie sah so verdammt gut aus, dass es fast weh tat, sie anzuschauen. Als die Schwestern den Wasserhahn aufdrehten und mit dem Geschirr klapperten, erhob er sich demonstrativ.

»Wir können woanders hingehen«, sagte er.

Sara-Ida nickte. Dagegen hatte sie nichts einzuwenden. Sie ging mit ihrer Kaffeetasse zur Spüle und goss den kalten Inhalt in den Abfluss. Der Wasserhahn war besetzt. Sie hielt ihre Tasse in der Hand und wartete darauf, dass die beiden Frauen, deren Namen sie sich noch nicht eingeprägt hatte, sie an die Spüle ließen. Es war eine Todsünde, seine Sachen nicht wegzuräumen. Beide taten so, als sähen sie sie nicht. Ließen sie einfach stehen. Sie war ratlos. Daniel Skotte wartete auf sie.

Nicht das Hänschen, sondern *er*. Prickelnd.

»Kannst du die Tasse nicht einfach wegstellen?«, meinte er schließlich.

Sie wurde nervös. Schließlich war er Arzt. Er wirkte beschäftigt. Sie stellte die blaue Steinguttasse auf die rostfreie Spüle und wollte sie später abspülen. Über der Spüle hing ein Schild: »Deine Mama arbeitet hier nicht!«

»Ich kann das machen«, sagte die eine Schwester, der ihre Existenz plötzlich aufgefallen war. »Geh schon!«

Skotte und sie begaben sich ins Ärztezimmer. Er bot ihr den Lehnstuhl an, nahm auf dem Schreibtischstuhl Platz und beugte sich zu ihr vor, aber nur ein wenig. Absolut nicht zudringlich.

»Das war natürlich alles andere als erfreulich, das ist uns klar«, sagte er. In diesem Moment fiel ihm auf, dass auf ihrem Stuhl normalerweise die Patienten saßen. Er saß auf dem Platz des Arztes. Auf dem Stuhl mit Rollen.

Er war sich bewusst, dass die jetzige Situation trotz gewisser Ähnlichkeiten eine andere war. Die Rollen waren gegeben, er diktierte die Bedingungen. Von ihm wurde erwartet, dass er die

Initiative ergriff und das Beste aus der Situation machte, zuhörte und bestärkte. Seine Aufgabe war es, zu trösten.

Der Starke, dachte er. Ihm gefiel diese Rolle. Er war es, der eine helfende Hand darbot, wenn auch mit gemischten Gefühlen. Wie jetzt. Denn wer war eigentlich für ihn da? Er begann zu ermüden, und das Schlimmste hatte er noch nicht einmal hinter sich.

Im Grunde genommen fühlte er sich recht einsam. Seine Freundin hatte ihn vor fast einem Jahr verlassen, und er hatte nicht verstanden, aus welchem Grund. Sie war ausgezogen und hatte kahle Räume hinterlassen. Anfänglich hatte er immer gefroren, sowohl beim Zubettgehen als auch beim Aufstehen. Der Asphalt war sein Trost gewesen. Die langen, monotonen Joggingrunden.

Er dachte jetzt jedoch nicht mehr jeden Tag daran. Jetzt war es viel besser, jetzt war er bereit.

Sara-Ida saß vollkommen reglos da. Sie wusste nicht, was sie sagen sollte. Wartete.

»Nein«, brachte sie schließlich über die Lippen.

»Besonders bedauerlich ist, dass du so etwas ausgerechnet am ersten Tag erleben musstest.«

Sie nickte. Wusste nicht recht, was sie darauf entgegnen sollte. Oder tun sollte. Etwa hysterisch heulen?

»Ich habe nichts getan«, murmelte sie, schaute mit ihren schwarzen Wimpern nach unten, und ihre Wangen wurden fleckig.

Sie war so unglaublich süß, eine Tatsache, die er keine Sekunde vergessen konnte. Sie war so entzückend und fast kindlich, dass er sie am liebsten in die Arme genommen hätte. Ihre Ohren standen etwas ab, das machte sie nur noch niedlicher, obwohl sie eigentlich recht groß und sonst nicht der niedliche Typ war. Eher kühl wie ein Model. Sie trug kleine Steine in den Ohrläppchen, die unschuldig weiß funkelten, genau wie ihre gleichmäßigen Zähne, die sie zeigte, wenn sie lächelte. Ihr braunrötliches Haar trug sie mit einer Spange hochgesteckt. Er bekam plötzlich Lust, die Spange zu lösen. Wollte sehen, wie sie aussah, wenn ihr Haar weich ihr Gesicht umrahmte.

»*Niemand* glaubt, du hättest einen Fehler begangen«, sagte er mit Nachdruck und sah sie erstaunt an.

»Ich meine, vielleicht kommt irgendjemand auf die Idee, ich könnte etwas getan haben«, sagte sie so leise, dass er ihre Stimme kaum hören konnte. Er sah sich genötigt, sich noch näher zu ihr vorzubeugen.

»Niemand denkt so etwas«, sagte er leise und immer noch mit Nachdruck. »Wir nehmen viel zu bereitwillig die Schuld auf uns für Dinge, die wir nicht zu verantworten haben, das ist einfach so. Aber niemand glaubt, dass du etwas damit zu tun hast. Das war einfach Pech.«

Er versuchte zu lachen, um die Stimmung aufzulockern. Sie lächelte beinahe, aber sehr verlegen. Er spürte, dass sich seine Hand nach ihrer Wange sehnte. Wie er in Gedanken bereits dabei war, darüberzustreichen. Erst ganz leicht mit den Fingerspitzen, dann herunter bis zum Schlüsselbein.

»Wir kennen die Ursachen nicht. Du weißt doch auch«, sagte er mit begütigender Stimme, »dass die Patientin frisch operiert war. Komplikationen kann es immer geben.« Er beugte sich noch eine Idee näher zu ihr vor.

Sie nickte.

»Du darfst gerne jetzt schon nach Hause gehen, obwohl noch nicht Feierabend ist«, meinte er.

»Das ist nicht nötig.«

Sie zuckten beide zusammen, als es klopfte. Beide drehten ihre Köpfe zur Tür. Sophie schaute herein.

»Der Ehemann ist hier.«

Daniel Skotte nickte.

»Ich komme.«

Claesson sah auf dem Display, dass Veronika anrief. Das tat sie nur selten. Aber wenn doch, dann hatte es fast immer mit der

Familienlogistik oder mit irgendwelchen Besorgungen zu tun. Oder damit, dass er dringend irgendwo anrufen sollte.

»Hallo!«, sagte er freudig.

»Es ist etwas Schreckliches passiert«, sagte sie.

Ihm wurde eiskalt. Bitte nicht!, dachte er und lehnte sich innerlich auf.

»Die Patientin ist tot.«

Er atmete auf. Wenn weiter nichts war!

»Welche Patientin?«, erkundigte er sich der Ordnung halber.

»Die Frau mit der Schussverletzung.«

»Tot? Sie?«

»Ja.«

»Aber sie war doch auf dem Wege der Besserung?«

»Offenbar nicht.«

Veronika klang etwas spitz und angespannt. Und sehr traurig.

»Das kann aber doch nicht deine Schuld sein.«

»Weiß nicht«, meinte sie knapp. »Ich glaube es nicht. Das wirkt unwahrscheinlich. Aber wer weiß?« Sie seufzte laut in den Hörer.

Er dachte an die bevorstehende Ermittlung. Ihm war bewusst, dass er selbst sich nicht damit befassen konnte. Man würde ihn für befangen halten.

Jasinski, dachte er. Das war ein Fall für Louise Jasinski.

»Veronika, hör jetzt genau zu, zerbrich dir nicht im Voraus den Kopf. Immer eins nach dem anderen.«

»Ich sollte in die Klinik fahren. Mit den anderen sprechen, mit dem Ehemann, ihm erklären …«

»Wo bist du jetzt?«, unterbrach er sie.

»Vor der Stadtbücherei.«

»Fahr nicht wieder in die Arbeit. Hol Klara ab wie geplant. Morgen ist auch noch ein Tag. Etwas Abstand ist in solchen Lebenslagen nur gut, das weißt du selbst.«

Am anderen Ende blieb es still.

»Ich kann dich auch abholen«, sagte er.

»Das ist nicht nötig.«

Sie kommt schon zurecht, dachte er. Sie beendeten das Gespräch.

Claesson erhob sich und begab sich ins Büro von Louise Jasinski. Sie telefonierte gerade, und ihr war anzusehen, worum es ging. Sie legte auf.

»Du weißt also auch schon Bescheid«, sagte sie.

»Ja.«

»Wir müssen hinfahren.«

»Nicht wir. Du.«

Er wollte sie sehen. Es war ganz natürlich, dass Harald Eriksson seine Frau sehen wollte. Und zwar so schnell wie möglich. Aber er musste sich einen Augenblick gedulden.

Die Polizei hatte die Station regelrecht gestürmt. Dieser Ansicht war jedenfalls Daniel Skotte. Er fand aber, dass dies gar nicht so schlecht sei, denn dann kam er sich mit allem nicht mehr so allein vor. Auch der Klinikdirektor war erschienen, aber wieder gegangen. Er musste zu einer Besprechung nach Kalmar.

»Man wächst mit seinen Aufgaben!«, hatte er zu Skotte gesagt und ihm auf die Schulter geklopft.

Mit den vielen Beamten kam Daniel Skotte sein eigener Arbeitsplatz fast ein wenig fremd vor. Sie benahmen sich zwar recht zivilisiert, schienen aber mit ihren breiten Schultern und dunklen Uniformen doppelt so viel Platz zu beanspruchen wie alle anderen. Einige trugen auch Zivil. Manche verschwanden auch schon wieder. Die Männer von der Spurensicherung schleppten große Metallkoffer herbei. Sie trugen Einwegoveralls und nahmen sich zuerst das Einzelzimmer vor, dann durchsuchten sie sämtliche Mülleimer der Station. Sie verpackten das Essen auf dem Tablett, eine leichte Hühnersuppe, und das Wasser aus der Kanne, die auf dem Nachttisch gestanden hatte und die Sara-Ida durch eine frische Kanne Eiswasser hatte ersetzen wollen. Auch Suppenteller, Glas und Löffel wurden in beschriftete Plastiktüten und fast das gesamte Inventar des Zimmers in Tüten verpackt. Zahnbürste, Zahnputzbecher und Necessaire. Die Männer von der Spurensicherung sicherten Fingerabdrücke und suchten nach Blut- und anderen Spuren.

Und dann waren da alle Fragen. Die Polizisten schrieben Listen, in welcher Reihenfolge die Befragungen stattfinden sollten.

Warum hatte Charlotte nicht geklingelt, wenn es ihr nicht gut gegangen war? Diese Frage drängte sich Daniel Skotte auf. Alle stellten sich diese Frage. Wer war noch außer Sophie, Harriet und Sara-Ida in dem Zimmer gewesen? Wieso hatten sie nicht bemerkt, dass es der Patientin nicht gut ging? Dass sie schwitzte und bleich war? Sie war immer noch warm gewesen, als man sie gefunden hatte. Sie musste wenige Augenblicke, ehe Sara-Ida das Zimmer betreten hatte, gestorben sein.

»Wenn ich doch nur ein paar Minuten früher in das Zimmer gegangen wäre«, sagte Sara-Ida.

Skotte schüttelte den Kopf.

»Solche Überlegungen bringen nichts«, sagte er und nahm sie rasch in den Arm, weil sie so unglücklich aussah.

Er spürte, dass sie sich bei dieser kurzen Umarmung an ihn drückte. Sie sträubte sich ganz und gar nicht, war weder schüchtern noch unwillig.

Es war wenig wahrscheinlich, dass Charlotte Eriksson mit ihren neununddreißig Jahren einen Herzinfarkt erlitten hatte. Aber man konnte nie wissen, die Schussverletzung und die Operation waren vielleicht zu viel für sie gewesen? Vielleicht hatte sie dem physischen und psychischen Stress nicht standgehalten? Vielleicht gab es Herz- und Gefäßkrankheiten in ihrer Familie?

Nein, das war unwahrscheinlich. Niemand hatte erwähnt, dass sie eine Risikopatientin war. Der Ehemann hätte sie sicher davon in Kenntnis gesetzt.

Sie hatten die anderen Patienten so weit informiert, dass sie sich nicht beunruhigen mussten, indem sie ihnen erläutert hatten, dass keine Gefahr bestand und dass sie nicht betroffen waren. Es handelte sich weder um eine Epidemie, einen Giftgasanschlag oder einen Irren, der irgendwo ausgebrochen war.

»Vielleicht wurde sie vergiftet«, meinte ein alter Mann aus Fårbo. »Kann man es überhaupt noch wagen, hier etwas zu essen?«

Daniel Skotte überließ es den Beamten, sich um solche Fragen zu kümmern. Was hätte er schon antworten sollen?

Sie hatten ein Besuchsverbot über die Station verhängt und einen dementsprechenden Zettel an der Tür angebracht, um zu verhindern, dass unnötig viele Leute auf der Station herumliefen.

»Die Station ist im Augenblick zumindest teilweise als Tatort zu betrachten«, meinte eine Polizistin, die Louise hieß und einen ausländisch klingenden Nachnamen trug.

Charlotte Eriksson lag immer noch im Behandlungszimmer. Aber bald würde man sie in die Gerichtsmedizin nach Linköping bringen.

Daniel Skotte führte den Ehemann ins Zimmer.

Er brach vollkommen zusammen. Schluchzte wie ein Kind neben seiner toten Ehefrau.

Harriet Rot hatte rote Augen und fleckige Wangen. Sie schnäuzte sich andauernd und saß zusammengesunken auf einem Stuhl im Kaffeezimmer, das als provisorisches Verhörzimmer diente.

Zum zweiten Mal in ihrem Leben und noch dazu innerhalb kürzester Zeit wurde sie vernommen. Sie fand das nicht die Spur aufregend.

Gestern hatte sie ein Kommissar namens Claesson vernommen. Veronikas Mann. Das wusste sie natürlich. Sie hatten einen Überblick über die Doktoren und ihre Familien.

Jetzt saß sie einer Polizistin gegenüber. Zweifelsohne eine nette Person, sie hatte gutmütige Augen.

»Also, ich war am Vormittag gegen halb elf eine Weile bei

Charlotte Eriksson. Sie war recht müde, sagte nicht viel, ich saß einfach nur da, um ihr das Gefühl zu geben, nicht allein zu sein, aber auch nicht viel reden zu müssen. Wir kannten uns recht gut.«

»Was für einen Eindruck hatten Sie von ihr?«

»Sie wirkte nur müde, aber sonst war nichts Besonderes.«

Harriet hatte am Schluss etwas gezögert.

»Erinnern Sie sich an ihre genauen Worte?«

»Dass sie Glück gehabt hätte.«

Sie verstummte und dachte nach.

»›Ich habe Glück gehabt‹, genau das hat sie gesagt«, führte Harriet Rot weiter aus. »›Ich habe das Leben zurückbekommen‹ oder etwas in dieser Art. ›Jetzt muss ich sehen, dass ich auch etwas damit anfange‹, das hat sie auch noch gesagt.«

»Hat sie gesagt, wie?«

Harriet Rot schüttelte den Kopf.

»Nein, das sind so die Dinge, die Patienten sagen, die einen Schicksalsschlag erlitten haben. Aber meist geht das Leben dann nach einiger Zeit doch wie immer weiter.«

»Sie hatten also nicht den Eindruck, dass sie etwas Konkretes meinte?«, beharrte die Polizistin.

»Doch, in der Tat. Ich begann wirklich, mir zu überlegen, ob sie etwas Besonderes meinen könnte. Nachdem ich eine Weile bei ihr gesessen und sie die meiste Zeit geschwiegen hatte, sie brauchte schließlich Ruhe, hatte ich noch deutlicher das Gefühl, dass sie etwas auf dem Herzen hatte, aber irgendwie brachte sie es nicht über die Lippen. Ich kann mir das natürlich auch eingebildet haben. Aber ich dachte mir, sie wird es mir schon irgendwann erzählen, wenn es wirklich wichtig sein sollte. Schließlich haben wir alle Zeit der Welt, dachte ich. Ich sagte also zu ihr, dass ich morgen wiederkommen würde. Ich wollte mich auch nicht aufdrängen. Das hätte auch keinen guten Eindruck gemacht, müssen Sie wissen«, sagte Harriet und sah Louise an, als müsste die Polizistin automatisch begreifen, was sie meinte.

Louise glaubte tatsächlich zu verstehen, denn sie hatte in der Krankenpflege gearbeitet, was sie aber nicht verriet. Sie war gelernte Krankenschwester und hatte diesen Beruf fast ein Jahr mit Unlust ausgeübt, ehe sie sich auf die Polizeihochschule gerettet hatte. Nie zuvor war sie sich so eingesperrt vorgekommen wie damals, als sie Vollzeit auf einer Station gearbeitet hatte. Das war definitiv nichts für sie gewesen. Aber das verschwieg sie natürlich.

»Was meinten Sie, als Sie sagten, es mache keinen guten Eindruck, wenn Sie zu Ihrer Freundin ins Zimmer gingen?«, fragte Louise stattdessen, da sie die Vernehmung auf Band aufnahm.

»Das hätte so gewirkt, als würde ich eine bestimmte Patientin bevorzugen. Das ist heikel. Man muss immer gerecht sein«, erklärte Harriet Rot. »Sonst wird so viel geredet. Ich sorgte also dafür, dass nicht nur ich mich um Charlotte kümmerte. Ich schickte stattdessen die Neue, Sara-Ida. Und das war natürlich in gewisser Weise unglücklich.«

»Sie waren also heute Vormittag nur einmal bei Charlotte Eriksson?«

»Ja, nur einmal. Ich hielt das für ausreichend. Ich blieb, wie ich eben schon gesagt habe, recht lange. Aber da sie mich kannte, konnte ich einfach dort sitzen. Sie wissen schon«, fuhr Harriet Rot fort und wandte Louise Jasinski ihr verquollenes Gesicht zu. »Sonst sind mehrere und kurze Besuche vorzuziehen. Man verkraftet kaum mehr, wenn es einem schlecht geht.«

Sie schnäuzte sich erneut.

»Möchten Sie noch etwas sagen?«

»Es ist nur so eine Überlegung, vielleicht auch ein vollkommen verrückter Gedanke, machen Sie sich am besten selbst einen Reim darauf. Aber wenn wir Patienten haben, denen es richtig schlecht geht, die im Sterben liegen, dann passiert es recht oft, dass sie ihren letzten Atemzug tun, wenn sie ganz allein sind. Sie wagen es erst, ganz loszulassen, wenn ihre Angehörigen Kaffee trinken gegangen sind. Als wollten sie ihre

Ruhe haben, allein sein, wenn sie so etwas Bedeutungsvolles und Wichtiges tun wie zu sterben«, meinte Harriet, und ihre Stimme hatte wieder mehr Kraft.

Louises Augen wurden feucht. Sie war nie auf die Idee gekommen, dass man das auch so sehen konnte. Sie schaute auf ihren Block. Natürlich war das Sterben etwas Fundamentales. Das Ende des irdischen Lebens, ganz gleichgültig, ob man jetzt an ein Leben nach dem Tod glaubte oder nicht.

»Glauben Sie, dass das bei Charlotte auch so war?«, fragte sie vorsichtig.

Das war beunruhigend. War die Tote deprimiert gewesen? Davon hatte niemand ein Wort gesagt.

»Ich glaube eigentlich überhaupt nichts, aber man kann nie wissen«, sagte Harriet. Sie weinte. »Das stimmt natürlich nicht ganz. Charlotte war nicht so schlecht beisammen, dass sie schon hätte sterben müssen. Schließlich war sie auf dem Wege der Besserung. Sie wollte sich wieder dem Leben stellen. Einem ganz normalen Leben.«

»Meinen Sie, dass Charlotte vielleicht irgendeinen Grund hatte, sterben zu wollen?«, fuhr Louise Jasinski etwas provozierend fort.

Harriet zuckte mit den Achseln, wies diese Vermutung aber auch nicht von sich.

»Ich weiß nicht. Sie hätte mehr Grund gehabt, weiterzuleben als zu sterben. Aber ...«

»Aber was?«

»Warum in aller Welt hat sie nicht geklingelt?«

Ja, warum hat sie das nicht getan?, überlegte Louise und versuchte, sich das Ganze vorzustellen. Das Bett und den Nachttisch mit dem roten Knopf, auf den man drücken konnte. Louise war selbst nie richtig krank gewesen und kannte vom Krankenhaus nur die Entbindungsstation. Sie wusste also nicht recht, wie man sich in einer Klinik verhielt. Und dass sie in der Krankenpflege gearbeitet hatte, war so lange her, dass sie das meiste vergessen hatte. Sie schrieb Folgendes auf ihren

Block: »Warum hat sie nicht geklingelt?« Das Tonband lief zwar, und sie wusste, dass ihr vieles deutlicher werden würde, wenn sie die Abschrift las, aber sie wusste auch, dass andere Dinge untergingen.

Draußen war es allmählich dunkel geworden. Es war nicht nur der Abend gekommen, blauschwarze Wolken hatten sich am Himmel aufgetürmt.

»Da gibt es noch etwas, was mir nicht so recht klar ist«, sagte Louise Jasinski. »Wie lange haben Sie sich eigentlich gekannt?«

»Vielleicht seit zehn Jahren. Wir gehörten zum selben Nähkränzchen, oder wie immer man das nennen will, und sehen uns vielleicht alle zwei Monate. So haben wir uns auch kennen gelernt.«

Louise nickte. Fast alle Frauen nahmen an irgendwelchen Gemeinschaftsaktivitäten teil, außer sie selbst, da sie immer so unregelmäßige Arbeitszeiten hatte, dass sie gefunden hatte, es sei der Mühe nicht wert.

Sie hatten bereits die Namen aller, die abends bei Harriet Rot gewesen waren. Die Liste lag im Präsidium. Louise hatte sie noch nicht gesehen, wusste aber, dass man noch nicht mit allen gesprochen hatte. Die Sache mit der kleinen Matilda war dazwischengekommen, und die Schussverletzung war erst einmal liegen geblieben.

Aber jetzt sah es natürlich ganz anders aus.

»Wie nahm das Ganze seinen Anfang?«

Harriet sah sie ratlos an.

»Die Zusammensetzung des Frauenkränzchens?«, verdeutlichte Louise.

»Ach so. Charlotte hatte an einem dieser kreativen Kurse bei Alena Dvorska, die bereits in unserer Gruppe war, teilgenommen. Sie hat dann Charlotte eingeladen. Offenbar waren sie sich auf Anhieb sympathisch. Dann ging es einfach immer so weiter«, sagte Harriet.

Sie hatte aufgehört zu weinen. Louise Jasinski schaltete das

Tonband aus. Es war draußen beunruhigend dunkel geworden.

Mein Gott, was für ein Tag!, dachte Louise, als sie wenig später die Treppe hinunterging. Ihr Pullover kratzte unter der Jacke. In der Ferne donnerte es so stark, dass die Erde fast bebte.

Bald würden die Blitze näher kommen, aber noch regnete es nicht einmal. Sie eilte auf den Parkplatz und verspürte plötzlich Lust auf ein Glas Wein. Vorzugsweise roten. Und ein Steak, mürbe und saftig. Ihre Magenverstimmung hatte sie offenbar hinter sich.

Regentropfen trafen ihr Gesicht. Sie schaute in den Himmel, wo die Gewitterwolken immer größer wurden.

Ein Gewitter können wir jetzt wirklich gebrauchen, dachte sie, als sie Richtung Zentrum fuhr. Ich schaffe es noch, eine Flasche Wein zu kaufen, bevor der Laden schließt, stellte sie fest.

Sie passierte die Tennishallen und den Sportplatz, und die gerade verstorbene Charlotte Eriksson und der Witwer Harald Eriksson waren vollkommen aus ihren Gedanken verschwunden. Vor allem Letzterer. Mit ihm wollte sie erst am nächsten Tag nähere Bekanntschaft schließen.

Daniel Skotte kam spät nach Hause. Er hatte rasende Kopfschmerzen. Gerade an diesem Abend wollte das Gewitter kein Ende nehmen.

Trotzdem zog er sich um. Er zog seinen Trainingsanzug an und rannte hinaus in den Regen.

Der Begriff reinigendes Bad erhält eine vollkommen neue Bedeutung, dachte er.

8

Als sei es ein Tag wie jeder andere, stand Veronika auf, zog sich an, frühstückte und bürstete sich die Zähne.

Sie hätte genauso gut zu Hause bleiben und sich krankschreiben lassen können. Schließlich hatte man rasch mal etwas am Magen. Sie hätte die Decke bis ans Kinn hochziehen, an die Decke starren und am Nachmittag versuchen können, bei einem Waldspaziergang auf andere Gedanken zu kommen. In ihr kribbelte es.

Aber sie gehörte nicht zu den Menschen, die vor Problemen davonliefen. Sie krempelte die Ärmel hoch und packte an. Sonst wäre sie im Leben auch nicht so weit gekommen. Denn es gab ihrer Meinung nach nur einen Ausweg. Sie musste *das Unbegreifliche* zu fassen kriegen. Diesen unwahrscheinlichen und fundamentalen Fehler, dessen sie sich eventuell schuldig gemacht hatte.

Sie küsste Claes und Klara, nahm ihr Fahrrad und fuhr an diesem betrüblichen Dienstag die idyllische Wohnstraße entlang. Sie grüßte einen Nachbarn mit einem raschen Kopfnicken und bog dann auf den Kolbergavägen ein.

Wie an jedem anderen Tag auch.

Sie wollte sich verausgaben und stieg deswegen wütend in die Pedale. Rasch wurde ihr warm. Sie keuchte wie ein Hund an einem heißen Sommertag. Die Luft war nach dem Wolkenbruch des Vortages ganz sauber. Die Erde war feucht und wartete auf den Frost, der noch nicht kam, obwohl die

Äste immer kahler wurden und die Wiesen nicht mehr wuchsen.

Die Reifen sausten über den Asphalt. Sie näherte sich dem Hafen und sah das graue Meer aufblitzen, ehe sie den Kais und Lagerschuppen den Rücken kehrte und gerade nach Westen zum Krankenhaus am Stadtrand fuhr. Der Wind kühlte ihre Wangen. Sie schwitzte unter dem Fahrradhelm. Sie versuchte, sich auf die Empfindung des Alltäglichen zu konzentrieren, um so dem Unbegreiflichen auszuweichen. In den Senken hing noch der Frühnebel, und der Verkehr ließ darauf schließen, dass auch ohne sie alles weiterging. Eine Welt in ständiger Veränderung. Sie war nur eine Ameise im All, nicht mehr.

Redete sie sich ein.

Bereits am Vorabend, als sie sich durch die Lokalnachrichten im Fernsehen gequält hatte, hatte sie ihren Beschluss gefasst. Sie musste in die Klinik. Einige Stunden zuvor hatte sie Ronny Alexandersson angerufen und erzählt, was gegen alle Wahrscheinlichkeit eingetreten war. »Sorry«, hatte er gesagt. Das konnte man laut sagen.

Sorry, sorry, sorry!

Aber erst als sie sich abends aufs Sofa gesetzt hatte, hatten sich Schuldgefühle gemeldet. Sie würde wohl nie vergessen, wie Claes auf dem Weg in die Küche erstarrt war, als er die Stimme des Nachrichtensprechers im Fernsehen gehört hatte. Sie hatten beide kaum zu atmen gewagt. »Die Frau, die in der Nacht von Freitag auf Samstag in Oskarshamn angeschossen worden ist, ist verstorben. Sie wurde sofort operiert und schwebte nicht mehr in Lebensgefahr. Dennoch wurde sie heute in ihrem Krankenhausbett tot aufgefunden. Die Gründe ihres Ablebens sind noch nicht geklärt. Was den Mordversuch angeht, wurden polizeiliche Ermittlungen eingeleitet.«

Auf dem Fahrrad sagte Veronika sich die Worte des Nachrichtensprechers ein weiteres Mal vor. Sie wiederholte auch den Auszug eines Artikels aus der heutigen Zeitung. Sie hatte ihn mit klopfendem Herzen überflogen. Von einem verantwortlichen Arzt war nicht die Rede gewesen. Auch nicht von einer missglückten Operation. In dem Artikel hatte überhaupt nichts Negatives über das Krankenhaus gestanden. Der Text hatte jedoch alle Deutungsmöglichkeiten offen gelassen.

»Der Mann kann einem leidtun«, hatte Claes am Küchentisch gemeint und noch hinzugefügt, sie habe keinen Grund, sich zu verstecken. Sie habe weder etwas getan, wofür sie sich schämen müsse, noch etwas Ungesetzliches. Im Gegenteil. Sie habe die besten Absichten gehabt, obwohl das Resultat nicht wie gewünscht ausgefallen sei.

Nein, wirklich nicht! Allerdings zählte nur das Resultat!

Claes hatte ihr Mut gemacht. Immer wieder. Sie rief sich die Stimmen ihrer Eltern ins Gedächtnis, als sie auf der Geraden vor der Abzweigung nach Norrby und Döderhult beschleunigte. Du hast dir nichts vorzuwerfen, meine Kleine, hätte ihr Vater gesagt, wenn er noch am Leben gewesen wäre. Sie verschaffte sich alle Rückendeckung, die sie bekommen konnte. Legte sich ihre Verteidigung zurecht. Nahm sich vor, nicht einzuknicken. Er hat Recht, dachte sie. Ich habe keinen Grund, mir Vorwürfe zu machen, auch wenn es mein Fehler gewesen sein sollte. Ich habe das nicht gewollt. Ich wollte helfen, nicht schaden. Tränen liefen ihr übers Gesicht. Sie verspürte Angst, Wut, Scham.

Aber sie war nicht allein. Dadurch, dass ihre Kollegen auf ihrer Seite waren, fühlte sie sich nicht in gleichem Maße exponiert. Die Situation, in der sie sich befand, war ihr nicht unbekannt. Alle hatten Angst, Fehler zu machen, die nicht wiedergutzumachen waren.

Was hatte sie übersehen? Sie konnte sich keinen Reim darauf machen. Die ganze Nacht hatte sie operiert und anschließend zu Hause wach gelegen, war aber natürlich zu keinem Ergebnis gekommen. Sie war den Eingriff Schritt für Schritt bis ins kleinste Detail durchgegangen und hatte schon Daniel Skotte anrufen wollen, sich dann aber doch zurückgehalten. Sie hatte ihn schließlich nicht mitten in der Nacht noch mehr aus der Ruhe bringen wollen.

Sie trat in die Pedale. Obwohl sie ihren Grübeleien eine Pause gönnen und abwarten sollte, versuchte sie zu rekapitulieren, was sie diktiert hatte. Sie hatte die Abschrift des Operationsberichts noch nicht gesehen, und das stresste sie. Vielleicht war das Band noch gar nicht abgetippt worden, oder der Bericht wartete darauf, von ihr abgezeichnet zu werden. Jetzt würde sie alles genau überprüfen.

»Kommt schon wieder in die Reihe«, hatte Claes als Letztes zu ihr gesagt.

Aber er irrte sich. Das kommt nicht in die Reihe, dachte sie. Tote stehen nicht wieder auf.

Sie wünschte sich, abgeklärter und selbstbewusster zu sein und weniger empfindlich. Es sei unpassend, dass Frauen Chirurginnen würden, hatte einer der Ärzte gesagt, nachdem sie ihre lange Facharztausbildung absolviert hatte. Sie seien viel zu sensibel. Er hatte auf jeden Fall Unrecht.

Sie erinnerte sich an die ersten Jahre. Damals war sie nach fast jeder Operation nervös gewesen. Sie hatte sich erst über ihre gute Arbeit freuen können, wenn der Patient entlassen worden war und die obligatorische Kontrolluntersuchung hinter sich gebracht hatte. Jede Komplikation hatte sie als persönliches Versagen gewertet, sogar die vorhersehbaren, die niemandem erspart blieben, beispielsweise einfachere Wundinfektionen oder Hämatome. In ihrer Naivität und Unsicherheit, vielleicht auch ihrer Selbstüberschätzung, hatte sie sich ausschließlich Erfolge gewünscht. Die Genesung der Patienten hatte sie für sich, nicht um der Patienten willen gebraucht.

Als sie ihren ersten Rückschlag erlitten hatte, war sie untröstlich gewesen. Es hatte sich um einen ganz normalen Blinddarm gehandelt. Aber Blinddärme konnten heimtückisch sein, das wussten alle Chirurgen. Die junge Frau, deren Blinddarm sich nach der Abiturprüfung entzündet hatte, hatte nach der Operation eine Bauchfellentzündung bekommen. Sie waren gezwungen gewesen, wieder aufzumachen und den Darm eine Zeitlang auf ihren Bauch zu legen. Das war für die junge Frau, die geplant hatte, einen langen Sommer an einem exotischen Strand zu verbringen, eine Tortur gewesen. Schließlich hatte sie sich in ihr Schicksal gefügt. Was war ihr auch anderes übrig geblieben? Sie hatten den Darm wieder im Bauch verstauen können, und sie hatte ein paar Narben auf der Bauchdecke, aber keine bleibenden Schäden zurückbehalten. Mit den Eltern hatte es richtig Ärger gegeben, besonders mit dem Vater, einem Ingenieur, der vollkommen stur argumentiert hatte. Vermutlich hatte er seinen Brief an die Beschwerdestelle der Gesundheitsbehörde mit hochrotem Kopf verfasst. Als man Veronika nicht einmal verwarnt hatte, war er vollkommen fassungslos gewesen. »Das darf einfach nicht sein!«, hatte er gebrüllt.

Vielleicht hatte sie damals Dan mit ihrer Egozentrik und ihren ständigen Skrupeln in die Flucht geschlagen. Das war ihr erst sehr viel später gedämmert. Er hatte sich in die Arme von seiner Ansicht nach weniger egozentrischen Frauen, die seinem Ego mehr abgewinnen konnten, geworfen.

Sie dachte an die Redensart, kleine Ursache, große Wirkung. War das die kleine Ursache? Dass ein Sündenbock gebraucht wurde? Als Ärztin und Chirurgin heimste sie Ehre und Anerkennung ein, wenn alles gut ging, aber sie trug auch die Schuld, wenn die Dinge nicht wie geplant verliefen.

Es graute ihr davor, Charlottes Ehemann gegenüberzutreten, aber sie war bereit, sich dem auszusetzen, der Trauer und Wut und den verschiedenen Ausdrucksformen der Verzweiflung. Sie wollte einfach nur da sein. Das war schwer, aber man musste die Suppe eben selbst auslöffeln, wie sie sich im Kollegenkreis ausdrückten.

Als sie vom Fahrrad stieg, war sie mental vorbereitet.

»Findelkinder sind in Schweden ungewöhnlich. In den letzten zwanzig Jahren gab es nur etwa zehn bekannte Fälle«, sagte Erika Ljung zu ihren Kollegen, die sich zur Morgenbesprechung um den großen, ovalen Tisch versammelt hatten.

Alle waren sehr ernst.

Der Himmel war wolkenlos, es würde einen klaren und kühlen Herbsttag geben, und die unnatürliche Wärme sollte laut Wetterbericht abnehmen.

Die Kollegen hatten Erika Ljungs Liste vor sich liegen. Claesson hatte bereits gesehen, dass sich in der Mehrzahl der Fälle die Mütter schließlich gemeldet hatten. Mutter und Kind hatten zusammengeführt werden können und waren, das war zu hoffen, glücklich geworden. Aber er hatte auch gesehen, dass einige Kinder bei Pflegeeltern geblieben oder schließlich adoptiert worden waren. Vielleicht genauso gut, tröstete er sich.

Gar nicht so unwahrscheinlich war es also, dass sie die Mutter der kleinen Matilda finden würden. Es war ihm wirklich ein Anliegen, dem kleinen Mädchen zu helfen.

Claesson vermutete, dass er sich nicht als Einziger Gedanken darüber machte, was die Mutter für ein Mensch war. War sie wirklich eine Person, auf die man in der Not bauen konnte?

Der kleinen Matilda fehlte es jedenfalls nicht an potenziellen Erziehungsberechtigten. Die Anzahl der Familien, die sie adoptieren wollten, nahm von Tag zu Tag zu. Sie wurden ans Jugendamt verwiesen.

»Meist ist die Mutter jung, allein und sehr unglücklich, gelegentlich auch verwirrt«, fuhr Erika fort.

Um zwei Uhr sollte eine Pressekonferenz stattfinden. Bis dahin musste ihnen eine gute Strategie einfallen.

Louise Jasinski war noch nicht sonderlich weit mit ihren Nachforschungen bei Hebammen, Mütterkliniken und Entbindungsstationen gediehen, als sie unterbrochen wurde und ins Krankenhaus fahren musste. Sie hatte anscheinend einen neuen Fall zu bearbeiten und gab ihre Aufgabe an einen jungen Polizisten namens Martin Lerde ab. Er meinte, dass sich alles klären würde, je ausführlicher Presse, Radio und Fernsehen berichten würden.

»Man kann schließlich in den Medien so deutlich werden, dass alle begreifen, dass es uns *extrem* wichtig ist«, meinte er.

Janne Lundin hatte sich mit einer Oberärztin der Psychiatrie in Västervik namens Maria Stevenson unterhalten.

»Engländerin?«, fragte Erika Ljung.

»Nein, sie hatte keinen Akzent, auch keinen amerikanischen. Aber danach habe ich nicht gefragt. Sie bestätigte das Bild einer unglücklichen und einsamen Mutter, die irgendwie ausgerastet ist.«

Eine unglückliche Mutter, ein im Stich gelassenes Kind. Darüber waren sich jetzt alle im Klaren.

»Und?«, meinte Claesson. »Wie sollen wir die Sache anpacken?«

Er blickte in die Runde. Janne Lundin meldete sich zu Wort.

»Ich habe vor einiger Zeit von einem Findelkind in Dänemark gehört«, sagte er. »Dort hat sich die Polizei mithilfe der Medien direkt an die Mutter gewandt. Man veröffentlichte Bilder des Kindes und hoffte, dass die Mutter ihr Kind in der Zeitung oder im Fernsehen sehen und sich melden würde. Ich glaube, sie ließen sich von einem Verhaltenspsychologen bei dieser Strategie beraten. Klingt recht einleuchtend«, meinte Janne Lundin abschließend.

Im Zimmer wurde es vollkommen still.

»Das klingt nachahmenswert«, meinte Claesson schließlich, »oder was meint ihr?«

Sie sahen sich an.

»Warum nicht?«, sagte Erika.

»Aber wir brauchen dann richtig gute Fotos von ihr«, meinte Peter Berg.

»Yes«, erwiderte Claesson. »Können wir irgendwo einen Fotografen auftreiben?«

»Es kann doch nicht so schwer sein, einen guten Fotografen zu finden?«, sagte Erika Ljung.

»Gut, dann kannst du dich ja direkt nach der Besprechung darum kümmern«, entgegnete Claesson.

Erika Ljung nickte. So war es immer, sagte man etwas, bekam man automatisch mehr Arbeit aufgehalst.

»Und was ist mit dem Karton, in dem Matilda gefunden wurde?«, wollte Claesson wissen.

Lennie Ludvigsson erhob sich schwerfällig und heftete ein Foto an die Wand.

»Das ist also die fragliche Kiste.«

»Ihr seht alle«, sagte Lennie Ludvigsson und deutete auf das Foto, »dass hier ›Apfelreich‹ in blauen Buchstaben auf der Seite der Kiste steht. Sie hat einmal Äpfel der Sorte Aroma enthalten. Sie kamen aus Skåne, um genau zu sein aus der Gegend von Kivik. Hier steht auch der Name des Obstbauern.« Er deutete auf ein weiteres Foto, auf dem die Schmalseite des Kartons zu sehen war. »Er heißt Lage Jeppson und hat vermutlich nicht das Geringste mit der Sache zu tun. Ich habe ihn bereits angerufen. Jedenfalls ist das ein stabiler und guter Karton. Er befindet sich im Augenblick bei der Spurensicherung. Er ist für das Gewicht eines Säuglings mehr als ausreichend. Man kann daher davon ausgehen, dass die Mutter ihn nicht zufällig ausgesucht hat«, schloss Lennie.

Es fiel Claesson auf, dass alle ständig versuchten, die Mutter als fürsorglich hinzustellen, obwohl sie ihre Tochter spätabends ausgesetzt hatte. Die Nacht hätte kühl werden und das Mädchen erfrieren können.

»Der Karton ist robust und vierzig mal sechzig Zentimeter groß, also geräumig genug, um ein Neugeborenes hineinzulegen«, fuhr Lennie fort. »Matilda ist schließlich nur 49 cm groß. Wo bekommt man so eine Kiste? Praktisch in jedem Lebensmittelladen, bei COOP und ICA beispielsweise. Was ICA angeht, gehen die Äpfel vom Obstbauern zum Zentrallager nach Helsingborg, und von dort werden sie in ganz Schweden ausgeliefert.«

Lennie Ludvigsson verstummte und überlegte, ob er etwas vergessen hatte.

»Das war alles«, sagte er und ließ sich schwer auf seinen Stuhl fallen.

»Irgendjemand muss sich bei den Supermärkten erkundigen,

ob dort jemand um eine Kiste gebeten hat«, meinte Claesson. »Vielleicht unter dem Vorwand eines Umzugs.«

Zwei Beamte wurden mit dieser Aufgabe betraut.

»Dann wenden wir uns jetzt der Schießerei zu, die wir bislang als Mordversuch rubriziert hatten und die eine unerwartete Wendung genommen hat. Die Frau ist, wie ihr vermutlich alle wisst, gestern im Krankenhaus verstorben. Du kannst die Einzelheiten vortragen, Louise.«

Claesson nickte ihr zu, und sie referierte knapp, was sie wusste.

»Der Leichnam ist gestern der Gerichtsmedizin überstellt worden. Die Obduktion, die wir abwarten müssen, wird noch eine Weile dauern. Wir wissen auch noch nichts über die Waffe. Das Staatliche Kriminaltechnische Labor untersucht das Projektil. Die Angelegenheit wirkt undurchsichtig, um es gelinde auszudrücken ... Das war alles«, schloss sie ihren Bericht.

»Ich lasse die Getränke, die auf dem Nachttisch standen, auf Gift untersuchen«, sagte Benny Grahn, »aber mehr unternehme ich im Augenblick nicht. Ich lege die Proben auf Eis, bis die Obduktion abgeschlossen ist.«

»Ließ irgendetwas auf eine Vergiftung schließen?«, wollte Lundin wissen.

»Vielleicht«, erwiderte Louise Jasinski. »Die Leiche war noch nicht kalt, als sie gefunden wurde. Offenbar stand Charlotte der Schweiß noch auf der Stirn.«

Louise warf einen Blick in die Runde.

»Ich weiß allerdings nicht, was das bedeutet. Ich treffe heute den Ehemann. Er war gestern nicht so gut ansprechbar. Er wollte natürlich wissen, wann die Beerdigung stattfinden kann. Wahrscheinlich wird es noch eine Weile dauern. Wie immer, mit anderen Worten.«

Damit war die Besprechung beendet.

Es war kurz nach dem Mittagessen.

Louise Jasinski fühlte sich schläfrig, als sie den Trastvägen entlangfuhr und einparkte. Träge, obwohl sie nur einen kleinen Thunfischsalat gegessen hatte. Die Nachbarin gegenüber harkte Laub. Louise hörte das regelmäßige Schrappen des Rechens und spürte den Blick der Nachbarin im Rücken, als sie auf das Haus zuging.

Die Leute wollen mit ihren Gefühlen in Ruhe gelassen werden, wenn sie eine persönliche Katastrophe erlitten haben, dachte sie. Dann muss man sie äußerst vorsichtig behandeln. Sie selbst hatte sich nur noch auflösen und verschwinden wollen, als ihr klar geworden war, dass viele in ihrem Umfeld gewusst hatten, dass Janos mit einer jüngeren Kollegin ein Verhältnis hatte. Außerdem hatten die anderen das lange vor ihr gewusst. Alle anderen, nur sie nicht! Es spielte keine Rolle, dass das die klassische Situation war. Sie hatte sich total bloßgestellt gefühlt und hatte unglaublich viel Trost gebraucht. Sie hatte nur ihre engsten Freunde um sich haben wollen, liebevolle und warmherzige Menschen und nicht die, die gelogen hatten. Es war ihr schwergefallen, die Schande auszuhalten und die Neugier, die ihr entgegenschlug.

In einer Kleinstadt wurde es leicht mal zu eng.

Was jetzt passiert war, war natürlich viel schlimmer. Ein Tod ließ sich nicht rückgängig machen.

In der Auffahrt stand ein BMW. Schwarz, größeres Modell, ein Fünfer, sah sie im Vorbeigehen. Ein Rentnerschlitten, passend für einen Fabrikanten. Der Lack glänzte frisch poliert.

Ein Kiesweg führte zum Haus. Der Kies knirschte heimelig unter den Schuhsohlen. Hinter der großen Villa lag ein kleines Rasenstück, vor der Haustür war eine überdachte Veranda mit einer Bank. Die Tür wurde geöffnet, Harald Eriksson schien auf sie gewartet zu haben.

Die Diele war bedrückend dunkel, aber das Wohnzimmer wirkte heller als bei ihrem letzten Besuch. Da hatte sie Erika Ljung begleitet. Es war mitten in der Nacht, und die Ehefrau war noch am Leben gewesen. Sie war gerade operiert worden, und alle waren voller Hoffnung gewesen. Jetzt war die Lage eine andere.

Louise ging nicht davon aus, dass der Witwer sie wiedererkennen würde. Harald Eriksson schien jedoch ein gutes Personengedächtnis zu haben.

»Sie waren schon mal hier«, sagte er.

Er wirkte verbissen und blass. Auf dem Esstisch in der Ecke vor der Küche drängten sich Vasen mit Blumen. Die Sträuße waren noch in Zellophan verpackt, es waren weiße Lilien oder Rosen, womit man eben einen Witwer bedachte. Jedenfalls hatten sich die Schenker nicht lumpen lassen.

Die Couchgarnitur stand in einem Erker, vor dem eine Terrasse in südwestlicher Richtung lag. Die Tür war nur angelehnt, und Sonnenlicht fiel herein. Staubkörnchen wirbelten durch die Luft.

In dem hellen Licht sah der Mann noch mitgenommener aus.

»Ich muss mich um die Beerdigung kümmern«, sagte er mit tonloser Stimme. »Ich dachte, dass mir das erspart bleiben würde.«

Damit hat niemand gerechnet, dachte Louise Jasinski, sprach es aber nicht aus. Sie war sich nicht ganz sicher, ob Eriksson weinte, denn Männer verkniffen sich das meist.

»Ich habe ein Beerdigungsinstitut angerufen. Wann, glauben Sie, könnte das möglich sein ... ja ... ich meine, dass wir meine Frau beerdigen?«

»Leider werden bis dahin noch ein paar Wochen vergehen«, erwiderte Louise vorsichtig.

Er starrte sie stumm an.

»Es kann bis zu vier Wochen dauern, bis alles geklärt ist«, verdeutlichte sie. Vermutlich kam ihm das wie eine Ewigkeit vor.

Er dachte über ihre Worte nach, während er aus dem Fenster schaute und dabei die Zähne zusammenbiss, sodass sich seine Gesichtsmuskeln verspannten.

»So darf das einfach nicht zugehen!«, rief er plötzlich mit funkelnden Augen.

Sie räusperte sich.

»Das muss schneller gehen! Haben Sie gehört?«

Ja, sie hatte gehört.

»Leute so warten zu lassen. Schließlich habe ich auch noch meine Arbeit.«

»Es ist leider so, dass eine genaue Untersuchung Ihrer Frau einschließlich aller Laborproben dauert«, meinte Louise. Sie hoffte, dass ihn eine Erklärung beruhigen würde.

Sie merkte, dass es ihr schwerfiel, das Wort Obduktion auszusprechen.

»Haben Sie denn arbeiten können?«, fragte sie, um das Thema zu wechseln.

»Nicht viel«, antwortete er resigniert. Er saß zusammengesunken in einem Sessel.

»Wenn ich das richtig verstanden habe, handelt es sich um ein Familienunternehmen?«

Sie arbeitete sich mit vorsichtigen Fragen vor.

»Ja. Mein Schwiegervater hat es aufgebaut.«

Louise nickte.

»Und er lebt nicht mehr?«, fragte sie, immer noch vorsichtig. »Ich meine, Ihr Schwiegervater?«

»Nein. Glücklicherweise. Er hätte den Tod seines einzigen Kindes auf diese fürchterliche und sinnlose Weise nicht verkraftet. Erst angeschossen zu werden und dann zu sterben, weil die Ärzte versagen. Das ist wirklich nicht zu fassen. Das ist alles, was ich dazu sagen kann.«

Louise war klar, dass er sich nun über die Inkompetenz der Ärzte auslassen würde, und überlegte, ob sie jetzt erst einmal dieses Thema abhaken sollten.

Sie wollte aber noch mehr wissen.

»Und Ihre Schwiegermutter, ist die noch am Leben?«

»Nein. Sie kamen beide viel zu früh bei einem Verkehrsunfall ums Leben. Mein Schwiegervater Ernst Drott überholte kurz vor Högsby einen Lastwagen mit Anhänger. Das hätte er bei Gegenverkehr nicht tun sollen. Der Unfall liegt vier Jahre zurück.«

»Sie führen also die Firma weiter? Sie heißt doch Drott Engineering?«

»Ja«, erwiderte er mit Nachdruck. »Wir haben ein paar schwierige Jahre hinter uns, aber jetzt läuft alles. Es wäre schön gewesen, wenn Ernst das noch erlebt hätte.«

»Wieso das?«

Der Mann zögerte. Er schien sich zu überlegen, ob es sich lohnte, sich mit Louise über Dinge zu unterhalten, die sie vielleicht doch nicht begriff.

»Es handelt sich eigentlich um eine reine Familienangelegenheit und in einem gewissen Maße auch um ein Geheimnis. Ernst war recht bestimmt. Ich kann ohne Bitterkeit sagen, dass es nicht ganz leicht war, ihn dazu zu bringen, neue Wege zu beschreiten und zu verstehen, dass sich die Firma profilieren musste, wenn wir weiterkommen und expandieren wollten. Die Firma muss sich ausschließlich auf Umwelttechnik konzentrieren, wenn sie trotz der Konkurrenz bestehen will. Wir hatten die erste Etappe dieser Neuorientierung eingeleitet, als er starb, aber richtig profitiert davon haben wir erst später. Ich bin Ingenieur und habe mich immer für Innovationen interessiert.«

»Ach?«

»Unsere Vision ist es, vorbildlich zu sein, was Umwelttechnik und unsere Art und Weise zu arbeiten angeht. Umwelt ist schließlich im Augenblick hochaktuell, und dafür ist es wahrhaftig auch höchste Zeit. Man muss nur an die Klimaveränderungen und den Treibhauseffekt denken. Wir müssen zur Besinnung kommen. Drott Engineering trägt sein Scherflein dazu bei, die Umweltbelastung zu verringern, indem Brennstoffe wiederverwertet werden.« Er sah Louise an, ob sie ihm auch folgen konnte.

Louise hatte gegen das Thema Umwelt nicht das Geringste einzuwenden. Daran hatte sie seit ihrer Zeit auf dem Gymnasium ein schlummerndes Interesse. Aber damals war es mehr um die Rettung von Bäumen gegangen, und dieses Stadium hatte sie rasch hinter sich gelassen. Sie machte jedoch immer das Licht aus, wenn sie ein Zimmer verließ. Das Problem bestand für sie darin, das ihren Töchtern ebenfalls beizubringen.

»Kleinvieh macht auch Mist«, fuhr Harald Eriksson fort. Es klang, als hätte er in der Trauerarbeit eine Pause eingelegt. »Wir konzentrieren uns auf die Wiederverwertung und Reinigung von Abfallprodukten aus der verarbeitenden Industrie. Im Augenblick läuft alles auf Hochtouren. Umweltbewusstsein ist, wie gesagt, brandaktuell. Die Gesetze sind strenger geworden. Außerdem versuchen wir, flexibel zu sein und können unsere Produktion rasch umstellen. Wir passen uns den Bedürfnissen der Kunden an.«

Diesen Vortrag hatte er vermutlich schon öfter gehalten.

»Interessant«, sagte Louise aufrichtig. »Vielleicht sollte ich mal eine Führung machen.«

»Gerne. Drott Engineering befindet sich im alten Kupferwerk nicht weit vom Liljeholmskajen. Wir haben natürlich einiges umgebaut. Riesige Hallen benötigen wir nicht.«

»Das werde ich schon finden«, meinte Louise. »Es handelt sich also um ein Familienunternehmen?«

»Genau. Um eine Aktiengesellschaft, die sich in Familienbesitz befindet.«

»Darf ich fragen, ob der Tod Ihrer Frau die Besitzverhältnisse verändert?«

Louise wusste, dass Charlotte Eriksson keine Geschwister gehabt hatte.

»Ich habe noch nicht mit dem Anwalt gesprochen«, antwortete er in korrektem Ton und machte keine Anstalten, das weiter auszuführen.

Louise hatte den Verdacht, dass die Sache nicht ganz unkompliziert war.

»Was haben Sie jetzt weiter für Pläne?«, fragte Harald Eriksson.

»Wir warten erst einmal ab, was die Obduktion ergibt. Vielleicht liefert sie eine Erklärung … vielleicht ergibt sich auch nicht mehr als das, was wir bereits wissen … über die Schießerei.«

Ihre Worte gaben das Chaos ihrer Gedanken wieder. Sie wünschte sich, sie hätte ihm eine genaue Strategie vortragen können.

»Wissen Sie denn überhaupt was?«, erkundigte er sich säuerlich.

»Wir müssen noch einige Funde analysieren, aber es gibt keinen Verdächtigen. Einstweilen nicht.«

Er starrte auf den Perserteppich und schüttelte dann den Kopf, als hätte er es nur mit Idioten zu tun.

»Ich sage es immer wieder«, meinte er verbissen. »Wenn Sie hier bei der Polizei Oskarshamn nicht die Möglichkeiten haben, dann müssen Sie eben dafür sorgen, dass Ihnen geholfen wird. Dafür wird es doch Spezialisten geben! Experten aus Stockholm, die helfen können.«

»Wir bitten wirklich immer um Hilfe, wenn wir das für nötig halten«, betonte Louise, »es geht uns wirklich nicht darum, uns einen Fahndungserfolg an die Brust zu heften, das müssen Sie wissen.«

Sie dachte an die Täterprofilgruppe, die sie bei komplizierten Ermittlungen konsultieren konnten. Bislang hatten sie mit ihr noch keinen Kontakt aufgenommen. Aber vielleicht sollten sie das tun? Die Gruppe bestand aus handverlesenen Spezialisten, die bei schweren Gewaltverbrechen wie Mord, Vergewaltigung, Misshandlung und Erpressung bei den Ermittlungen behilflich waren. Sie stellte auch Risikoberechnungen an.

Louise Jasinski wollte den Witwer jetzt in Ruhe lassen und erhob sich. In der düsteren Diele entdeckte sie ein gerahmtes Schwarzweißfoto von Harald und Charlotte, die an einem Cafétischchen saßen. Sie wirkten jung und glücklich. Louise blieb stehen und sah sich das Foto genauer an. Harald hatte seine

Hand auf Charlottes gelegt. Die Kontraste waren scharf. Das Foto war sicher irgendwo im Süden aufgenommen worden.

»Da waren wir noch jung«, meinte Harald Eriksson mit belegter Stimme.

Louise nickte.

»Die Zeit vergeht«, erwiderte sie.

»Wir waren glücklich. Das war auf unserer Hochzeitsreise nach Paris.«

»Wo haben Sie sich kennengelernt?«, fragte Louise, mehr um überhaupt etwas zu sagen.

Sie merkte, dass er erzählen wollte. Sie änderte ihre Strategie. Es war wieder einmal so, dass jemand auf der Türschwelle gesprächig wurde. Wahrscheinlich würden sie eine Weile dort stehen.

»In Lund«, antwortete er, den Blick verträumt. »Wir haben beide dort studiert.«

Louise nickte.

»Es wurde am ersten Abend nichts.«

Es wurde nichts, was für ein schicksalsschwerer Anfang, dachte Louise. Sie hatte sich auf Zuhören eingestellt.

»Aber der Ball war ins Rollen geraten«, fuhr Harald Eriksson nachdenklich fort und verstummte dann. »Doch wer außer Charlotte will sich diese sentimentalen Geschichten überhaupt noch anhören?«, meinte er verzweifelt und brach in Tränen aus. »Und sie ist nicht mehr hier.«

Louise stand reglos da. Der Mann schluchzte.

»Ich höre gerne zu, wenn Sie erzählen wollen«, meinte sie vorsichtig. »War es Liebe auf den ersten Blick, oder … kam die Liebe erst später dazu?«

Er zog ein klassisch kariertes Taschentuch hervor und schnäuzte sich. Dann musterte er sie verärgert. Sie sah ein, dass sie es zu eilig gehabt hatte, und wurde über und über rot.

»Niemand hat mir je diese Frage gestellt. Nicht mal Charlotte«, meinte er dann nachdenklich. »Aber ohne zu lügen, kann ich wirklich sagen, dass es bei unserer ersten Begegnung so etwas wie Liebe auf den ersten Blick gab, obwohl das vielleicht kitschig klingt.«

Er seufzte und steckte das Taschentuch wieder in die Hosentasche.

»Leider können wir Charlotte nicht mehr fragen, aber ich glaube, dass sie auch dieser Meinung war. Obwohl wir uns nur selten darüber unterhalten haben. Wir sind beide vermutlich eher praktisch veranlagt, wenn ich das einmal so ausdrücken darf. Romantische Grillen lagen uns nicht.«

Er starrte auf die dunkle Eichentreppe, die ins Obergeschoss führte.

»Und trotzdem musste ich sie erobern«, meinte er zufrieden. »Das war fast wie ein Feldzug.«

Louise sah ihn mit großen Augen an. Sie wäre gerne Gegenstand einer Eroberung gewesen, zielstrebig, ausdauernd und leidenschaftlich.

»Zum ersten Mal sind wir uns auf einem Ball begegnet. In ungeraden Jahren feiern alle aus der Region Kalmar das Fest des großen Kartoffelkloßes. Das heißt wirklich so. Bei diesem Fest handelt es sich um den ältesten Studentenball in Lund. Bei meinen Verhältnissen ... ich komme aus Figeholm, und meine Eltern haben beide nicht studiert, damals war das auch nicht üblich. Wie auch immer, ich hatte das Glück, zu einer Zeit die Schule zu besuchen, zu der bereits allen die höheren Schulen offen standen. Mir ist auch immer alles leichtgefallen. Ich habe in Lund an der Technischen Hochschule ein Ingenieurstudium absolviert, und zwar in der kürzest möglichen Zeit.« Er konnte seinen Stolz kaum verbergen. »Ich hatte keine große Ballerfahrung. Ich musste einen Frack mieten und forderte Damen in langen Kleidern zum Tanz auf.«

Louise dachte darüber nach, ob sie seit ihrer Hochzeit jemals wieder ein langes Kleid getragen hatte. Sie war eine Braut in Weiß mit Schleier und allem Drum und Dran gewesen, aber das war auch die einzige Gelegenheit geblieben, bei der sie lang getragen hatte.

»Ich war also schon einige Jahre in Lund gewesen, als Charlotte plötzlich auf diesem Ball schräg gegenüber von mir saß. Sie trug ein dunkelblaues, ärmelloses Kleid aus einem glänzenden Stoff. Daran erinnere ich mich. Ich erinnere mich auch, dass sie unsicher, fast schüchtern wirkte. Sie war neu in der Stadt, das sah man ihr an der Nasenspitze an. Ich versuchte, ihrem Blick zu begegnen, aber das war schwierig. Wir feierten in einem burgähnlichen Gebäude aus dem 19. Jahrhundert mitten in der Stadt in einem Park, der Lundagård heißt. Der Saal gehörte der Akademischen Vereinigung und war groß. Es wurden Kartoffelklöße mit Preiselbeeren und Milch serviert. Ungewöhnlicherweise keine zerlassene Butter. Sonst ist mir eigentlich ein Stück Butter auf diesen Kartoffelklößen lieber. Sie läuft dann wie Lava herunter. So hat das meine Mutter immer zubereitet.«

Louise nickte, sie aß die Klöße auch lieber mit Butter.

»Ich bin abgeschweift. Falls Sie sich fragen, welches Dessert es gab, dann war das natürlich Småländischer Käsekuchen. Unmengen von Kalorien. Aber damals konnte man noch essen, ohne auf die Figur zu achten. Wir tranken Bier und Schnaps. Charlotte nippte nur. Unter den Tisch trinken war also nicht.« Er lachte.

»Ist sie anschließend mit Ihnen nach Hause gegangen?«, fragte Louise, die langsam richtig neugierig wurde.

»Nein. So einfach war das nicht«, erwiderte er und schüttelte den Kopf. »Sie war im Handumdrehen verschwunden. Ich versuchte sie zu vergessen. Ich wusste natürlich, wie sie hieß, ich hatte mir ihre Platzkarte unter den Nagel gerissen. Aber ich hatte damals nicht genug Selbstbewusstsein, um mit ihr Kontakt aufzunehmen. Noch dazu mit diesem Nachnamen.«

»Kannten Sie sie denn schon aus Oskarshamn?«

»Nein. Sie war so viel jünger als ich, dass wir nicht zusammen auf dem Gymnasium waren, aber ihr Vater war hier in Oskarshamn zweifellos eine Persönlichkeit. Dann verging der Herbst, im Januar kamen wie immer die Prüfungen, und dann begann das neue Semester. Die Zeit verging mit Büffeln und Seminaren. Dann wurde es Frühling, und die blauen Leberblümchen blühten im Park vor der Unibibliothek. Nirgendwo in Schweden ist der Frühling so schön wie in Lund.«

Louise hoffte, dass ihr Handy nicht ausgerechnet jetzt klingelte, um auch weiterhin zuhören zu können, ohne unterbrochen zu werden.

»Dann fand im Verbindungshaus der Kalmarer Nation ein bescheideneres Frühlingsfest statt. Da sah ich sie wieder und drängelte mich zu ihr durch, um in ihrer Nähe zu sein, wenn sich alle ihre Plätze suchten. Jetzt war sie in der Stadt nicht mehr neu, wirkte aber trotzdem noch unsicher, das war ihren Gesten anzumerken. Sie würde mich nicht sofort zurückweisen, da war ich mir sicher. Vielleicht warf sie mir ja auch den einen oder anderen verstohlenen, aufmunternden Blick zu.«

Plötzlich verstummte er und starrte ins Leere. Louise wagte kaum, Luft zu holen.

»Was ist?«, fragte sie.

»Es kam mir in den Sinn, dass Charlotte gelacht hätte, wenn sie mich jetzt gehört hätte«, sagte er müde. »Wir haben uns später nur selten über diese Zeit unterhalten. Das kommt dann so. Alles verschwindet, weil man mit der Gegenwart so viel zu tun hat. Oder man liest Zeitung oder sieht fern, statt sich miteinander zu unterhalten, und die Jahre gehen ins Land.«

»Aber wie ging es dann weiter?«, wollte Louise wissen.

»Wie es weiterging? Ich erinnere mich, dass ich mein Jackett auszog. Ich schämte mich ein wenig, weil mein Hemd nicht gebügelt war. Das waren meine Hemden damals nie. Wenn man sich bei einem Fest ohne Tischordnung einen Platz sucht, entsteht immer ein Gedränge. Es gibt Leute, neben denen alle sitzen wollen, und Leute, die allein sitzen. Aber ich wollte an diesem Abend nur eins. Ich wollte Charlotte Drott erobern. Sie war zusammen mit zwei Freundinnen gekommen, die eine war Kristina Luna, die damals noch Pettersson hieß. Sie treffen sich, soweit ich weiß, immer noch gelegentlich. Jedenfalls telefonieren sie miteinander.«

Er machte eine Pause.

»Oder? Ich weiß allerdings nicht, wann sie sich zuletzt gesehen haben. Es sind so viele Jahre vergangen. Kristina Luna hat jedenfalls Blumen geschickt.« Er schaute Richtung Esszimmer, wo die Vasen standen.

»Immerhin saß ich bei Charlotte und ihren Freundinnen und wurde mutiger als bei der Feier des Kartoffelkloßes. Charlotte war blass, aber strahlte trotzdem. Das war, bevor ich realisierte, dass dieser farblose und vorsichtige Stil ein Zeichen für Klasse war. Dieses nüchterne Äußere hatte sich in Charlottes Familie über Generationen vererbt. Dünne Wolle, Tweed, Loden, Wildleder. Sie sah natürlich sehr jung aus, fast mädchenhaft. Sie war zartgliedrig und trug das Haar kurz geschnitten nur bis zu den Ohrläppchen.«

Er zeigte mit den Händen.

»Sie war schließlich noch sehr jung«, wiederholte er. »Für reife Frauen in grellen Farben hatte ich noch nie etwas übrig.«

Was Sie nicht sagen, dachte Louise und sah ihn an.

»Es dauerte jedenfalls auch dieses Mal eine ganze Weile, bis sie mich ansah. Es war wahrhaftig nicht leicht, mit ihr zu flirten.«

Er wechselte das Standbein. Louise überlegte sich, wie lange er bereits erzählte, schaute jedoch nicht auf die Uhr. Die Zeit verging rasch.

»Am besten kann ich mich heute noch an die Gerüche erinnern«, sagte er. »So ist das wohl bei uns Menschen. Ein Duft weckt viele Erinnerungen. Gestern habe ich versehentlich eine Flasche Eau de Toilette fallen lassen und glaubte, der Schmerz würde mich überwältigen. Es war der hauchzarte Duft von Louise. Nichts an ihr war aufdringlich. Es war auch das Zurückhaltende, Diskrete, was einem das Gefühl von Exklusivität vermittelte. Ich wusste damals natürlich nicht, wie ich diesen Unterschied beschreiben sollte. Aber ich empfand ihn deutlich in diesem Keller der Kalmarer Nation. Plötzlich wollte ich sie nur noch vor dem Lärm schützen und von dort fortbringen. Warum, verstand ich nicht einmal selbst. Aber ich hatte das Bedürfnis, mich um sie zu kümmern. Es kam tief von innen heraus«, sagte er.

Vielleicht war ihm ja auch nur daran gelegen, ihre ungeteilte Aufmerksamkeit zu genießen, dachte Louise Jasinski. Sie war froh, dass ihr Tonband in der Tasche lief. Sie wusste jedoch auch, dass sie die Aufnahme nicht würde verwenden können, da sie ihn nicht um Erlaubnis gebeten hatte, das Gespräch aufzuzeichnen.

»Aber Charlotte machte überdeutlich, dass sie sich nicht dabei helfen lassen wollte, von dort wegzukommen«, fuhr er fort. »Sie könne auf sich selbst aufpassen, sagte sie.«

Er lachte voller Wärme.

»Wir blieben also sitzen, und das war genauso gut. Wir tranken ein Bier nach dem anderen, und auf dem Tisch lagen Zigarettenkippen in den Essensresten auf den weißen Papiertischdecken. Plötzlich stand Charlotte auf und erklärte, sie werde jetzt nach Hause gehen, und zwar allein. Ich schrieb ihr meine Telefonnummer auf ein Stück Tischtuch. Ich glaubte selbst nicht daran, dass sie mich anrufen, sondern dass sie den Zettel in den erstbesten Papierkorb in der Biskopsgatan werfen würde. Aber drei Tage später rief sie an.«

Um seine Augen tauchten Lachfältchen auf, und er sah plötzlich viel jünger aus. Louise Jasinski verstand, was Charlotte damals anziehend gefunden hatte. Entschlossenheit gepaart mit Sensibilität wirkte auf gewisse Frauen attraktiv. Er war ein Mann, dem nichts geschenkt worden war und der es nicht kannte, dass sich Probleme mit Hilfe von Kontakten oder Geld lösen ließen. Er hatte die Schwierigkeiten des Lebens selbst meistern müssen. Das trug zur Charakterstärke bei.

»Und dann fing es an«, sagte er mit einem glücklichen Gesichtsausdruck.

Es vergingen ein paar Sekunden. Es war so, als hätte er einen

Rollladen heruntergelassen. Er fiel in sich zusammen und begann zu schluchzen.

»Seien Sie so gut und gehen Sie«, sagte er zu Louise Jasinski. »Ich muss jetzt allein sein.«

Louise ging zu ihrem Wagen. Es war etwas kühler geworden. Die Nachbarin harkte noch immer Laub. Louise stieg ins Auto und saß ganz benommen am Steuer. Sie holte ein paarmal tief Luft, bevor sie den Zündschlüssel herumdrehte. Heute halte ich keinen einzigen Menschen mehr aus, dachte sie. Von Trauer und Elend habe ich genug.

Veronika schloss auf. Es war stickig und warm. Sie zog Klara die Jacke aus.

Es wurde bald Abend. Sie ließ den Kopf hängen. Es half nichts, dass sie sich sagte, dass alles seine Zeit hatte.

Sie konnte nicht einfach so verschwinden, was wahrhaftig eine Befreiung gewesen wäre. Sie hätte nicht gewusst, wohin sie fliehen sollte.

»Denk daran, dass Arbeit nur Arbeit ist«, hatte die Psychologin freundlich zu ihr gesagt, als sie sich zufällig vor der Kantine begegnet waren. »Arbeit ist nicht das Wichtigste im Leben.«

»Nein«, hatte Veronika lahm erwidert und höflich gelächelt.

Ich bin da anderer Meinung, dachte sie. Arbeit war wichtig. Im Augenblick verlangte ihr das Krankenhaus alles ab, es belagerte sie förmlich, und das war nicht unwichtig. Sie wusste, dass sie im Augenblick das Gefühl für Proportionen verloren hatte. Sie konnte sich ihre Diagnose selbst stellen.

Sie sah ein, dass sie abwarten musste, bis sie wieder Nuancen erkennen konnte und nicht alles nur grau war.

Bis dahin musste sie durchhalten.

Sie setzte sich auf die Toilette, hatte die Tür aber einen Spalt offen gelassen, um Klara hören zu können. Nein, Arbeit war nicht alles, damit versuchten sie natürlich im Augenblick alle zu trösten.

Sie spülte und knallte den Klodeckel zu. Sie fühlte sich wie gelähmt, und eine diffuse Übelkeit überkam sie. Wütend drehte sie den Wasserhahn auf und ließ Wasser über ihre Hände laufen. Als sie sich im Spiegel musterte, zuckte sie zusammen. Rasch sah sie weg, trocknete die Hände ab und ging nach draußen, um nach Klara zu sehen.

Klara saß mit einem Puzzle auf dem Teppich vor dem Sofa im Wohnzimmer. Glücklicherweise war sie ein pflegeleichtes Kind.

Veronika packte Klaras Kindergartentasche aus und grübelte weiter. Alles hatte Vor- und Nachteile. Sie war sich bewusst, dass sie einen Beruf hatte, um den sie viele beneideten. Daran klammerte sie sich fest. Sie genoss das Privileg, eine Arbeit zu haben, die selten sinnlos war. Sie war wirklich stolz darauf, Ärztin zu sein! Es hatte gedauert, bis sie akzeptiert hatte, dass sie selbstbewusst sein durfte, ohne dass das gleich überheblich war.

Das hatte sie sich schon oft gesagt. Ihr Verhältnis zu ihrer Arbeit war nicht immer gleich gewesen. Als junge Studentin hatte sie manchmal sogar gelogen, wenn sie irgendwelche neuen Typen kennengelernt hatte, und behauptet, sie würde Sprachen oder Literaturgeschichte studieren. Sie war da nicht die Einzige gewesen. Als Frau Medizin zu studieren war abschreckend. Auch Dan, ihr erster Mann, hatte damit nicht umgehen können. Als sie daran dachte, wurde sie immer noch wütend.

Ihre ehemalige Schwiegermutter hatte Cecilia in Orup besuchen wollen. Heute?

Egal! Cecilia und ihre Großmutter sollten selbst sehen, wie sie klarkamen.

Das auch noch wäre ihr jetzt zu viel. So war es einfach.

Sie ging in die Küche. Machte kein Licht. Hätte sie nicht gewusst, dass sich ein neues Leben in ihr einrichtete, hätte sie eine Kopfschmerztablette geschluckt. Sie hatte das Gefühl, ihr Kopf stecke in einem Schraubstock. Eine Tablette half aber ohnehin nicht bei einem verspannten Nacken. Vielleicht sollte sie ein Bad nehmen? Mit Klara? Schaumbad?

Sie hatte jedoch nicht die Kraft dazu. Sie öffnete das Küchenfenster einen Spalt, um frische Luft hereinzulassen, und blickte sich in der Küche um.

Um Gottes willen!

Die Sonne ging gerade unter, aber sie musste nicht einmal Licht machen. Die Spuren des Wochenendes, an dem sie beide gearbeitet hatten, waren nicht zu übersehen. Die Unordnung schlug ihr entgegen, und sie war hundemüde. Diese Kombination versetzte sie in einen gefährlichen Gemütszustand. Ohnmächtig starrte sie auf das Durcheinander und fühlte sich vollkommen erledigt.

Als sie den Küchentisch näher in Augenschein nahm, rastete sie aus. Das ist zu banal, dachte sie. Das ist lächerlich. Frauen rasten nicht wegen sudeligen Küchentischen aus, wenn sie aus dem Tritt geraten sind.

Trotzdem tat sie es.

Sie weinte nicht und schrie nicht, nur eine stumme Wut erfüllte sie. Sie trat einen von Klaras Stiefeln beiseite, der mitten auf dem Flickenteppich lag. Im Übrigen war nicht sie die Person der Familie mit dem größten Ordnungssinn. Das war Claes, und der war als Letzter gegangen. Er hatte die Butter in den Kühlschrank gestellt, aber das war auch alles gewesen.

Sie war niemand, der tausend Eisen im Feuer hatte, Bezüge für Stühle selbst nähte und überall frische Blumen in Vasen aufstellte, obwohl sie sich manchmal wünschte, auch eine häusliche Seite zu besitzen. Auf diesem Gebiet wies sie große Defizite auf. Sie schämte sich, als sie daran dachte, dass sie manchmal nicht einmal geputzt hatte. Und das war kein Protest gegen den diskreten Charme der Bürgerlichkeit gewesen. Sie hatte es auch nicht als Ausdruck eines Bohemelebens verstanden. Es war überhaupt kein Protest gewesen. Sie hatte einfach nicht gekonnt. Und eine Putzfrau hatte sie sich damals nicht vorstellen können. Um seinen Dreck kümmerte man sich schließlich selbst!

Als sie mit Claes zusammengezogen war, war das Problem eher das Gegenteil gewesen. Er war es gewohnt, dass alles immer klinisch sauber und maskulin nüchtern war, polierter Chrom und schwarzes Leder. Er hatte eine mühsame Entwöhnungskur hinter sich. Die Alternative war eine Putzfrau, aber das war eine heikle Frage.

Bei einem Kriminalkommissar konnte es keine Schwarzarbeit geben.

»Aber alle haben doch eine schwarze Putzfrau«, hatte Veronika protestiert, die, was das Putzen anging, inzwischen nicht mehr ganz so kategorisch war.

»Nie im Leben!«, hatte er geantwortet.

Damit war dazu alles gesagt gewesen. Das Dilemma der Doppelmoral.

Sie waren sich zumindest darin einig, dass man Konflikten nicht auswich. Sie liebten sich so sehr, dass sie nicht mit dem Rumoren eines herannahenden Erdbebens unter den Füßen leben wollten. Daran erinnerte sie sich jetzt, während sie wutschnaubend dastand.

Es war jedoch nicht einfach, im Alltag immer ehrlich zu sein. Denn wer wollte schon den Familienfrieden stören, wenn man es sich endlich vor dem Fernseher bequem gemacht hatte? Konflikte waren immer ungemütlich.

Wann hätten sie sie sonst austragen sollen? Für Streitigkeiten gab es keine passenden Zeitpunkte, nur unpassende. Sie war daher sehr tüchtig, was das Verschweigen anging. Sie musste aufpassen, dass sie nicht immer darauf zählte, dass Claes, der sehr gut Gedanken lesen konnte, erriet, was sie auf dem Herzen hatte, wenn sie sich entschied zu schweigen.

Er hatte sich an ihre entspannte Einstellung zur Hausarbeit gewöhnt, kam es ihr in den Sinn. Sie füllte die Waschmaschine und riss dann die trockene Wäsche von der Leine. Er tat einfach nur noch das, was er gerne tat.

Wie eine frustrierte Furie rannte sie herum und hob Spielzeug und Kleider vom Fußboden auf. Sie war ungerecht, das wusste sie. Aber diese Ungerechtigkeit war auch eine Befreiung, jedenfalls eine Weile lang.

Und vor allen Dingen jetzt.

Bei der Arbeit hatte sie sich keine Minute entspannen können. Sie hatte den ganzen Tag Stress gehabt. Alle waren zwar nett gewesen, hatten sie aber angezweifelt. Und die ständigen Fragen hatten ihr einen steifen Nacken eingetragen.

Hatte sie nicht doch etwas übersehen, als sie die Schusswunde operiert hatte?

Sundström hatte ihr diese Frage bei der Morgenbesprechung als Erster gestellt.

»Soweit ich weiß, nicht«, hatte sie geantwortet. Sie war bleich gewesen. »Sonst hätte ich etwas unternommen.«

»Du hast die Operation doch recht spät in der Nacht begonnen. Wir wissen alle, dass es ermüdend ist, um diese Tageszeit so lange zu stehen«, hatte Sundström gemeint, allerdings nicht bösartig.

»Man reißt sich eben zusammen«, hatte sie sich verteidigt. »Das Adrenalin hält einen auf den Beinen. Das wisst ihr genauso gut wie ich!«

Alle hatten auf ihren Stammplätzen in der Bibliothek gesessen und sie angestarrt. Niemand hatte Lust gehabt, die Routinefälle vorzutragen. Nicht jetzt, wo die große und unvorhergesehene Katastrophe eingetreten war.

»Wir sind alle auf deiner Seite, nur dass du das weißt«, hatte Ronny Alexandersson gesagt, und Veronika war einen Augenblick lang ganz gerührt gewesen.

Zum Glück hatte sie ihn. Ihr fehlte Else-Britt Ek, die Urlaub hatte. Sie hätte mit ihr in Ruhe beratschlagen wollen. Eigentlich war es vollkommen in Ordnung, dass Fragen und Zweifel zur Sprache gebracht wurden, man durfte nichts außer Acht lassen. Das kostete zwar Nerven, aber gehörte dazu, und es war eine große Erleichterung gewesen, dass die Gruppe überschaubar und die Tür geschlossen gewesen war.

Veronika hatte Rückendeckung bei Daniel Skotte gesucht,

und dieser hatte bestätigt, dass die Operation vollkommen reibungslos verlaufen war.

Trotzdem hatte sie eine Mauer des Schweigens umgeben, alle hatten sich im Stillen ihre Gedanken gemacht. Sie ging davon aus, dass hinter ihrem Rücken getuschelt wurde und dass es Leute gab, die ihre Eignung zur Chirurgin und ihre Kompetenz in Zweifel zogen.

Es gab immer Kollegen, die glaubten, dass sie alles so viel besser gekonnt hätten. Man konnte leicht kritisieren, wenn man selbst nicht das Skalpell geführt hatte.

»Wir müssen das Resultat abwarten«, hatte Sundström kühl und neutral gemeint und ihr zum Abschluss der Morgenbesprechung freundlich zugenickt.

Was gab es noch zu sagen? Die Obduktion würde hoffentlich bestätigen, dass sie am Tod der Patientin keine Schuld trug. Sie hatte die Verletzung mit gutem Ergebnis operiert. Es war ganz klar, dass etwas nicht stimmte. Das beunruhigte sie zutiefst.

Aber bis zum Eintreffen des Obduktionsberichts musste sie sich damit abfinden, dass sie sich auf sehr dünnem Eis bewegte.

Der Arbeitstag hatte mit den Routineaufgaben begonnen, und das war eine Befreiung gewesen und hatte ihre Gedanken ein wenig zerstreut. Als die Morgenvisite ihrem Ende zugegangen war, hatte die Stationsschwester sie auf dem Gang angesprochen und darum gebeten, mit der neuen Pflegehelferin ein paar Worte unter vier Augen zu wechseln.

»Ihr ist der Vorfall sehr nahe gegangen«, hatte die Stationsschwester mit großen Augen und Grabesstimme gesagt.

Ihr also auch …

Als würden alle die Gelegenheit nutzen, wenn sie sich bot, dachte Veronika. Dass sie selbst nicht ganz in Form war, müssten die anderen eigentlich begreifen. Das taten sie auch, aber niemand hatte offenbar die Absicht, darauf Rücksicht zu nehmen, bevor sie sich nicht selbst wehrte. Schließlich wandten sich alle immer Hilfe suchend an diejenigen, die Ärztekittel trugen.

Natürlich hatte sie darüber nachgedacht, ob Charlotte Eriksson die falschen Medikamente bekommen hatte. Oder eine Überdosis. War etwas verwechselt worden?

Die Gerichtsmedizin stellte natürlich toxikologische Untersuchungen an. Hatte Charlotte Eriksson eine tödliche Überdosis bekommen, würde sich das nachweisen lassen.

Veronika hatte die Krankenschwester aufgesucht, die für die Medikamente verantwortlich gewesen war, ehe die Visite begonnen hatte. Sie waren zum Medikamentenschrank gegangen und hatten sich die Präparate angesehen. Genauer gesagt hatte die Schwester sie mit eigenen Augen anschauen lassen, was es dort gab, weil sie bereits selbst alle Pillen und Ampullen durchgezählt hatte. Morphium käme in Betracht, aber Morphium fehlte keins. Alle Entnahmen waren säuberlich notiert, und alles war inzwischen mehrfach durchgezählt worden. Die Polizei hatte auch schon eine Kopie der Bestandsliste angefordert, falls es ein rechtliches Nachspiel geben würde.

Veronika holte die junge, neu angestellte Pflegehelferin namens Sara-Ida. Ein ungewöhnlicher, hübscher Doppelname. Ihr fiel sofort die beispiellose Schönheit der jungen Frau auf. Dass das Leben so ungerecht sein konnte. Harmonische Züge, glatte Haut, hohe Wangenknochen, ein geschwungener Mund, keine herabhängenden Mundwinkel. Grünbraune Augen, die etwas orientalisch wirkten. Das rötlich braune Haar zu einem Zopf geflochten.

»Das war wirklich außerordentlich bedauerlich«, begann Veronika freundlich.

Die junge Frau machte eine Vertretung als Pflegehelferin. Sie hatte nichts mit den Medikamenten zu tun, dafür umso mehr mit den Patienten. Oft hatten die Pflegehelferinnen den intensivsten Kontakt mit ihnen.

Veronika berichtete sachlich, wie die Operation verlaufen

war. Sie versuchte, Sara-Ida einen objektiven und sachlichen Eindruck zu vermitteln, während es ihr bereits vor der Begegnung graute, die ihr später bevorstand. Um eins hatte sie einen Termin mit Harald Eriksson.

Die junge Frau hörte aufmerksam zu.

»Wir haben natürlich damit gerechnet, dass die Patientin wieder gesund und entlassen werden würde«, sagte sie. »Aber es kam anders.«

Sara-Ida knetete die Hände im Schoß.

»Das war doch nicht etwa meine Schuld?«, murmelte sie dann.

Tut sie nur so, oder hat sie wirklich etwas zu bereuen?, überlegte Veronika. Sara-Ida schaute aus dem Fenster, und Veronika fielen die Ringe um ihre Augen auf. Sie hatte plötzlich eine Vorstellung davon, wie Sara-Ida als alte Frau aussehen würde. Auf fast unheimliche Weise vereinigten sich Vergangenheit, Gegenwart und Zukunft zu einem einzigen Augenblick. Veronika wurde von der Vergänglichkeit und der kurzen Lebenszeit der Menschen auf Erden überwältigt.

Wehmut stieg in ihr auf und trieb ihr Tränen in die Augen. Sie sehnte sich nach Hause. Oder nach draußen. Auf Waldwege, ans Meer.

Sie schluckte.

»Hören Sie, keiner von uns glaubt, dass Sie daran die Schuld tragen«, beruhigte sie die junge Sara-Ida mit müder Stimme.

Schließlich zwang sie sich zu einem Lächeln, und die junge Frau verließ sie etwas weniger niedergeschlagen.

Veronika blieb noch einen Augenblick sitzen, dann stellte sie sich ans Fenster und tröstete sich mit der Aussicht. Wie immer war sie einzigartig. Das grüne Tal und die bewaldeten Hänge und etwas weiter weg das Meer mit seinen grauen Wellen.

Nachdem sie Klara abgeholt hatte, hatte sie beschlossen, den Versuch zu wagen, diesen furchtbaren Arbeitstag zu vergessen.

Sie zwang sich, sich mit bedeutend einfacheren und greifbareren Fragen zu befassen, wie der Nichtigkeit, dass die häusliche Arbeitsteilung zwischen Claes und ihr nicht so ausgefallen war, wie sie es sich vorgestellt hatte.

Rasch kam sie zu dem wenig überraschenden Schluss, dass er im Prinzip immer darauf wartete, dass sie etwas unternahm. Er wartete so lange ab, bis sie zum Staubsauger griff. Ein wortloser Kampf, wer schneller die Nerven verlor.

Mit anderen Worten, sie war in dieselbe Falle getappt wie alle anderen Frauen. Entrüstet dachte sie darüber nach, räumte auf, staubte ab und faltete Wäsche zusammen. Claes' Mama hatte ihn angeblich mit ihrem Staubsaugerfimmel an den Rand des Wahnsinns getrieben. Er könne das Geräusch nicht ertragen, behauptete er. Täglich sei sie mit dem Staubsauger herumgewirbelt, und das habe tiefe Spuren in ihm hinterlassen und zu einer bösartigen Staubsaugerphobie geführt, wie er sich ausdrückte.

»Aber Phobien überwindet man doch am besten, indem man sich ihnen stellt«, meinte sie immer, wenn das Thema aufs Tapet kam.

»Ich tue mein Bestes«, antwortete er dann tapfer.

Am meisten stand sie sich jedoch selbst im Weg. Sie wollte ihn nicht bitten müssen und ihm beim besten Willen damit auch nicht in den Ohren liegen. Aber Staub zu saugen machte ihr auch keinen Spaß!

Aber jetzt riss sie das Ungetüm aus dem Putzschrank. Sie legte eine DVD für Klara ein. Sie liebte Willi Wiberg. Dann schob sie unwirsch den Staubsauger über den Teppich. Sie musste Harald Eriksson einfach aus ihrer Erinnerung verdrängen.

Die Begegnung mit ihm war keine Freude gewesen. Als hätte er ausprobieren wollen, wie weit er gehen könne. Er wollte sie ihre Schuld büßen lassen.

»Wie soll ich mir sicher sein, dass Sie wissen, was Sie tun?«

Was hätte sie antworten sollen?

»Mein Kollege und ich haben Ihre Frau im Hinblick auf die Verletzungen optimal operiert«, hatte sie neutral gesagt. »Und Ihrer Frau ging es dann ja auch besser, bis …«

Es war still geworden.

»Bis sie tot war«, hatte er verächtlich ergänzt. »Es muss *einen Grund* dafür geben, dass es so gekommen ist. *Eine Erklärung.* Es kann nur daran liegen, dass Sie nicht wissen, was Sie tun.«

Sie hatte von dem gratinierten Seelachs mit Salzkartoffeln zum Mittagessen zwar nur ein paar Bissen gegessen, aber angesichts des aufgebrachten Mannes war ihr trotzdem übel geworden. Dennoch war sie sitzen geblieben und hatte sich seine Tiraden angehört. Seine Wut hatte sich mit ihren eigenen Schuldgefühlen gemischt, und ihr war der kalte Schweiß ausgebrochen.

»Ich werde die Sache nicht auf sich beruhen lassen«, waren seine letzten Worte gewesen. Dann war er gegangen.

Sie hörte nicht, dass Claes kam. Der Staubsauger dröhnte, und sie war verschwitzt und hochrot im Gesicht. Als sie ihn entdeckte und ihr klar wurde, dass er nicht eingekauft hatte, obwohl er das Auto hatte, dachte sie nur, dass das ganz logisch war.

Alles war ein einziges Chaos.

Er hätte bei der Arbeit so viel zu tun gehabt, verteidigte er sich vage. Und obwohl sie mit dem Aufräumen noch nicht einmal fertig war, hatte sie nicht mehr die Kraft, in die Luft zu gehen.

Sie wandte ihm den Rücken zu.

Claes war sofort klar, was los war.

»Was ist?«, wollte er wissen und ging hinter ihr her. Er versuchte, den Lärm des Staubsaugers zu übertönen.

»Nichts!«, schrie sie, sah ihn aber immer noch nicht an.

Abrupt trat er auf den Knopf, und das Staubsaugermonstrum kam zur Ruhe.

»Sag mir, was los ist«, sagte er mit bewundernswert beherrschter Stimme.

»Nichts!«

»Das merke ich doch! Ist es die Arbeit?«

Bockig presste sie die Lippen aufeinander.

»Alles«, sagte sie schließlich. »Und dass du überhaupt nicht hilfst. Weder staubsaugst noch einkaufst.«

Er seufzte und sah aus wie ein trauriger Hund, aber das machte es auch nicht besser.

»Und jetzt fang nicht auch noch an, dir selbst leidzutun, weil du so eine schreckliche Frau hast«, fuhr sie bissig fort.

Er trollte sich in die Küche.

Sie blieb allein im Wohnzimmer zurück. Abgesehen von der Fernsehstimme von Willi Wiberg war es plötzlich vollkommen still im Haus.

Sie konnte es nicht lassen, ihm in die Küche zu folgen.

»Was machst du?«, wollte sie wissen.

»Ich zaubere uns was zu essen.«

Er öffnete einen Tetrapak Tomaten.

Da begann Klara wie am Spieß zu schreien. Claes ging ins Wohnzimmer und nahm sie auf den Arm. Dann kehrte er zu Veronika zurück, die in der Küche stehen geblieben war.

»Stressig?«, fragte er.

Sie nickte.

»Das verstehe ich.«

Klara hatte zu schreien aufgehört und wollte ihrer Mama einen Kuss geben. Kinder spüren, wenn etwas nicht in Ordnung ist, dachte sie, und küsste Klara auch.

»Setz dich, dann koche ich«, sagte er, und setzte Veronika ihre Tochter auf den Schoß.

Dann zog er seine Frau an sich. Sie lehnte ihr Gesicht an seine Schulter.

»Das kommt schon in Ordnung, Veronika. Das verspreche ich dir. Das geht alles vorbei«, sagte er und streichelte ihre Wange.

9

Süß, oder?«, meinte Erika Ljung und hielt die Zeitung in die Höhe. »So was Kleines«, murmelte sie dann noch Richtung Foto gewandt.

Schweigend standen sie im Halbkreis und lasen die Zeitung vom Mittwoch, die aufgeschlagen auf dem Tisch lag.

»Ich mache Kopien«, sagte Peter Berg plötzlich, nahm die Zeitung und verschwand, ehe sie fertig gelesen hatten.

»Das muss einfach etwas bewirken«, meinte Erika Ljung. »Sie ist wirklich entzückend, die kleine Matilda.«

Peter Berg kehrte zurück und verteilte den Artikel.

»In Karton gefunden«, lautete die Überschrift.

»Schon allein deswegen will man sich um sie kümmern«, meinte er. »Wie armselig, in einen Pappkarton gebettet, das klingt wirklich wie früher. Armut und Elend.«

»Vielleicht ist es ja mehr ein Ausdruck von Panik«, meinte Louise Jasinski.

»Der Text ist ganz okay«, meinte Peter Berg. »Ich habe ihn eben am Kopierer gelesen.«

Auf dem Schwarzweißfoto war Matilda zu sehen, nackte Beine, runde Knie und winzige Füße. Alle Zehen waren sichtbar, und die großen Zehen ragten nach oben. Sie lag auf einem weißen Laken und trug einen hellen Strampelanzug ohne Beine. Die kleinen Hände hielt sie vor dem Gesicht zu Fäusten geballt. Sie schlief tief, und nichts, was um sie herum geschah, schien ihr etwas anhaben zu können.

Louise Jasinski las.

»Die Ärmste«, sagte sie. »Allein schon ein Kind ganz allein zur Welt zu bringen, da kann doch die Stärkste ins Wanken geraten. Ich frage mich wirklich, wer die Mutter ist.«

Claesson tauchte auf.

»Was sagt ihr zu dem Artikel?«

»Gut«, antworteten alle im Chor.

»Mal sehen, ob das heute was bewirkt. Gibt es übrigens was Neues über den roten Strampelanzug, den sie anhatte?«

»Der war ganz neu, nach unserer Einschätzung noch nie gewaschen«, meinte einer der Kriminaltechniker.

»Er ist von H & M«, sagte Peter Berg. »Das Modell der Saison.«

»Dann können wir ja mit dem Suchen anfangen«, meinte Claesson.

Sara-Ida schloss die Augen. Sie wollte nicht aufstehen. Sie fing erst um ein Uhr an, aber eine Polizistin hatte am Vorabend bei ihr angerufen und gefragt, ob sie kurz nach neun bei ihr zu Hause vorbeikommen könne.

Da konnte man nicht nein sagen, das hätte vollkommen komisch gewirkt, das war ihr sofort klar gewesen. Ehe sie zu Bett gegangen war, hatte sie daher den Tisch in der winzigen Pantryküche abgeräumt und gespült, sodass sie dort sitzen konnten. Sie hatte ihren Radiowecker gestellt, kam aber trotzdem nicht aus dem Bett, obwohl sie wusste, dass es schon nach acht war.

Sie sollte frühstücken. Sie sollte runter in die Waschküche gehen. Sie sollte einkaufen gehen. Sie sollte so einiges.

Und wirklich nicht liegen bleiben und träumen.

Sie konnte aber am besten nachdenken, wenn sie gerade aufgewacht und ihr Kopf noch nicht mit so viel anderem gefüllt war. Sie liebte es, noch ein wenig liegen zu bleiben.

Er hatte gestern nicht von sich hören lassen, und das war schön. Der Diamantring lag auf dem wackligen Nachttisch und sandte sehr gemischte Signale aus. Glücklicherweise konnte sie ihn bei der Arbeit nicht tragen. Sie musste daran denken, ihn anzuziehen, wenn sie sich trafen. Damit er auch sah, wie sehr sie sich freute.

Aber bis zum nächsten Treffen würde es wahrscheinlich etwas dauern.

Er tat ihr irgendwie leid. Sie würde ihn fallenlassen, das spürte sie, aber am schönsten war es, überhaupt nicht an ihn zu denken. Neue Gedanken hatten sich einen Weg gebahnt, von denen sie wie besessen war. Sie war über beide Ohren verliebt, und zwar so, wie man es nur einmal im Leben sein konnte. Daniel hatte dieses Feuer in ihr entfacht. Er war der wunderbarste Mann, dem sie je begegnet war. Er war ganz anders, weich und zärtlich und nicht so verdammt egoistisch. Ihr klopfte das Herz, als sie daran dachte, wie er sich zu ihr vorgebeugt hatte. Er hatte sich Zeit genommen. Sie mit seinen sanften Augen angesehen und sie getröstet. Gesagt, sie habe einfach Pech gehabt. *Besonders bedauerlich ist, dass du so etwas ausgerechnet am ersten Tag erleben musstest.*

Dieser Satz hallte wie Freudenglocken in ihrem Gedächtnis wider.

Aber sie war ernst geblieben, als sie vor ihm gesessen hatte. Sie hatte sich in seinen freundlichen Worten gesonnt und seinen Blick und seine tiefe Stimme genossen. Dankbar hatte sie seine Hand genommen, als er sie ihr gereicht hatte.

Sie dachte darüber nach, was irgendwelchen weiteren Treffen mit Daniel im Wege stehen könne, und weniger darüber, wie sie auf den Catwalk kommen könnte. Sie wollte ihn richtig treffen und nicht nur flüchtig auf dem Krankenhauskorridor. Dem stand sicher einiges im Wege, aber das würde sie aus der Welt schaffen. Beispielsweise könnte er bereits eine Freundin haben.

Sie hatte bemerkt, dass er die Augen nicht von ihr lassen konnte. Die Chancen wirkten vielversprechend. Wenn er nicht gerade verheiratet war und Kinder hatte …

Ihre Enttäuschung nahm zu, je mehr sie an seinen Familienstand dachte. Wenn er bereits vergeben und außerdem noch verheiratet war!

Aber man konnte sich auch scheiden lassen, dachte sie trotzig und fasste wieder Mut, während sie zwischen Traum und Wirklichkeit hin und her glitt. Sehr viele Paare trennten sich. Und er war ganz sicher der Mensch, der einsehen würde, dass seine Frau und er nicht glücklich zusammen waren. Er würde das sofort begreifen, wenn er erst einmal von *echten Gefühlen* erfüllt wurde. Richtig geliebt zu werden war eine Gnade und ein unwahrscheinliches Glück, dem niemand widerstehen konnte. Und da seine Frau ganz einfach nur superlangweilig sein konnte, hatten sie sich schon längst über, alles war nur noch Gewohnheit, die Gefühle waren erloschen, die Scheidung war nur noch eine Formsache, außerdem eine Befreiung.

Sie stand auf. Sie nahm sich vor, heute noch herauszufinden, ob er verheiratet war. Sie war so voller Tatendrang, dass sie förmlich unter die Dusche tanzte.

Wasserdampf quoll aus der Tür, als sie das Badezimmer verließ. Sie streckte die Hand nach ihrem Handy aus, das auf dem Tischchen in der Diele lag, und schaltete es ein. Vier Anrufe hatten sie nicht erreicht.

»Mist!«

Ehe sie nachsehen konnte, wer sie angerufen hatte, klingelte das Handy. Es war Jessan. So früh?

»Wie geht's?«

»Okay«, meinte Sara-Ida mit leicht belegter Stimme.

»Habe ich dich geweckt?«

»Hm.«

»Wollte nur wissen, wie es so ist, nach allem, was passiert ist und so …«

»Doch, alles okay.«

»Werden sie dich verhören?«

»Ja, aber da ist nichts weiter dabei. Sie war einfach plötzlich tot. Irgendwas muss mit ihr nicht in Ordnung gewesen sein«, antwortete Sara-Ida.

»Meine Mutter kennt die Leute. Irgendwelche großen Tiere, jedenfalls der Mann. Steinreich. Wirklich traurig alles.«

Sara-Ida spürte, dass ihre Wangen glühten.

»Kommst du heute Abend zu mir?«, wollte Jessica wissen, als Sara-Ida nichts sagte.

»Ich kann nicht. Ich arbeite bis neun.«

Ein betretenes Schweigen machte sich breit.

»Na dann«, meinte Jessica schließlich, und Sara-Ida merkte, dass sie gekränkt war.

Aber das war ihr egal. Sie hatte im Augenblick zu viel um die Ohren.

»Louise Jasinski vernimmt die Zeugin Sara-Ida Ström am 10. Oktober um 9.35 Uhr in ihrer Wohnung in der Bragegatan 17 in Oskarshamn.«

Als Louise diesen Spruch aufgesagt hatte, nickte sie Sara-Ida zu.

»Wie gesagt, ich lasse das Tonband laufen, während wir uns unterhalten.«

Sie lächelte der jungen Frau zu, die verängstigt wirkte. Das gibt sich, dachte sie. Sie kannte sie von irgendwoher. Sie zerbrach sich den Kopf, während sie möglichst neutrale Fragen zu formulieren suchte.

»Ich weiß, dass es der erste Arbeitstag in der Klinik war, als Sie Charlotte Eriksson tot aufgefunden haben. Stimmt das?«

»Ja.«

»Können Sie das bitte in eigenen Worten erzählen?«

»Ich wurde von einer anderen Pflegehelferin, die vermutlich keine Zeit hatte, in ihr Zimmer geschickt. Ich nahm also das Tablett mit den Getränken und stellte am Bett der Patientin fest, dass sie tot war.«

Louise wartete auf eine Fortsetzung, aber Sara-Ida starrte sie nur an.

»Wann war das ungefähr?«

»Vielleicht um halb eins.«

»Und Sie sahen sofort, dass sie tot war?«

»Nein. Sie lag mit dem Gesicht von mir abgewandt da. Aber sie war verschwitzt und reagierte überhaupt nicht, als ich eintrat. Ich ging also um das Bett herum, um ihr ins Gesicht zu schauen, und da sah ich, dass sie tot war.«

»Sie haben also schon einmal einen toten Menschen gesehen?«, fragte Louise vorsichtig. »Nicht alle in Ihrem Alter haben das.«

»Ich habe in der Altenpflege gearbeitet … das sieht man sofort, würde ich sagen.«

»Und was haben Sie dann getan?«

»Ich bin natürlich rausgerannt.«

»War es das erste Mal, dass Sie bei ihr im Zimmer waren?«

»Nein. Ich hatte sie am Vormittag mit einer Krankenschwester zusammen von der Intensivstation abgeholt. Dann habe ich ihr das Essen gebracht.« Sie strich sich das feuchte Haar aus dem Gesicht.

In diesem Augenblick fiel Louise wieder ein, dass sie Sara-Ida Ström auf der Flanaden gesehen hatte. Sie hatte zusammen mit einem jungen Mann, der ihr, was sein Aussehen betraf, überhaupt nicht entsprochen hatte, auf einer Bank gesessen. Sara-Ida war eine Schönheit, aber der Mann hatte irgendwie tölpelhaft gewirkt. Als erwarte man immer eine gewisse Entsprechung in Aussehen und Stil. Er war wohl kaum ihr Freund gewesen.

»Wer hat Sie gebeten, ihr das Mittagessen zu bringen?«

»Die eine Schwester. Sie heißt Sophie.«

»Wie ging es Charlotte Eriksson da?«

»Sie war recht munter und bat mich, das Tablett auf den Tisch zu stellen. Sie wollte keine weitere Hilfe, auch nicht dabei, das Kopfteil ihres Bettes zu verstellen. Sie wollte irgendwie, dass ich sofort wieder gehe.«

»Warum das? Hat sie das gesagt?«

»Nein. Das war mehr so ein Gefühl. Ich glaube, sie wollte einfach ihre Ruhe haben.«

»Sie hatten also das Gefühl, dass sie Sie loswerden wollte?«
Sara-Ida biss sich auf die Unterlippe.

»Vielleicht.«

»Haben Sie eine Vorstellung, warum das so gewesen sein könnte?«

»Nein. Aber das ist doch wohl nicht so merkwürdig.«

Sara-Ida schüttelte den Kopf. Das lange, rötliche Haar trocknete und duftete leicht nach Shampoo.

»Wenn man krank ist, dann braucht man seine Ruhe«, fuhr sie fort.

Louise Jasinski war ins Präsidium zurückgekehrt. Sie stellte ihre Tasche in ihr Büro, suchte die Toilette auf, betrachtete sich im Spiegel und wusch sich die Hände. Die Beleuchtung war gnadenlos. Ihr Gesicht war graugrün und wirkte genauso leblos wie ihr Haar. Der Kontrast zu der wunderschönen Frau, die sie gerade verhört hatte, war extrem. Das Leben war wahrhaftig nicht gerecht! So ging das nicht! Sie musste wieder etwas aus sich machen.

Sie riss die Toilettentür auf, stürmte in ihr Büro und rief ihre Frisörin an. Sie überlegte, während diese nach einem freien Termin suchte, wohin sie zum Mittagessen gehen sollte. Sie wollte etwas Richtiges essen, kein Junkfood. Sie wollte ihre schmale Taille behalten. Sie schaute auf die Armbanduhr. Noch eine Stunde bis zum Mittagessen, und sie hatte bereits jetzt einen Mordshunger. Die Frisörin kam wieder an den Apparat, und Louise schrieb sich die Zeit für Haareschneiden und Strähnchen auf. Dann blieb sie am Fenster im Licht stehen. Gegenüber lag das Ärztehaus der Slottsgatan. Sie wollte sich gerade setzen, als ihr etwas ins Auge fiel.

Ein Kopf tauchte auf. Sie wusste, wer es war.

Oder hatte sie sich geirrt?

Das Gesicht tauchte über einer Gardine auf, die die untere Hälfte des Fensters verdeckte. Vermutlich gehörte es zum Empfang. Die Person, die dort arbeitete, wollte mehr Licht ins

Zimmer lassen. Die Behandlungszimmer, in denen sich die Patienten entkleideten, hatten alle undurchsichtiges Milchglas.

Es war Harald Eriksson.

Vermutlich hatte er sich gerade erhoben, um zu gehen.

Wahrscheinlich war das das Zimmer von Dr. Björk. Ein enges und nicht sonderlich freundliches Gelass mit verschrammtem Schreibtisch, überfülltem Regal und einem riesigen Schreibtischstuhl aus schwarzem Kunstleder, der weder zu Dr. Björk noch in das Zimmer passte.

Die Menschen gingen trotzdem zu ihm.

Natürlich hatte sich auch Harald Eriksson an Björk gewandt. Das verstand sie. Wo hätte er auch sonst hingehen sollen, der Chef von Drott Engineering?

Distriktsarzt Gustav Björk war eine Institution. Auf seine Verschwiegenheit war unbedingt Verlass. Er war außerdem Witwer und konnte deswegen die Tragweite des Vorgefallenen umso besser verstehen. Er konnte nicht mehr weit von der Rente entfernt sein. Wer wohl sein Nachfolger werden würde?

Jetzt tröstete er also den frischgebackenen Witwer. Vielleicht verschrieb er ihm auch Schlaftabletten? Vielleicht bekam er auch nur ein Tütchen mit ein paar wenigen, damit er nicht süchtig wurde? Kommen Sie nur wieder, Sie sind mir immer willkommen, sagte Dr. Björk sicher. Man muss mit offenen Augen und wachem Verstand trauern, das sagte er bestimmt auch.

Das hatte er auch zu Louise gesagt, als sie mit verquollenen und rot geweinten Augen vor ihm gesessen hatte, fix und fertig vor Schlafmangel. Damals, als ihr aufgegangen war, dass Janos sie betrog. Als sie der Wahrheit endlich hatte ins Gesicht sehen und begreifen mussen, dass ihr Leben in Trümmern lag.

Aber das war damals gewesen.

Harald Eriksson verschwand vom Fenster. Louise blieb noch eine Weile stehen und wartete darauf, ihn auf die Straße treten zu sehen.

Aber niemand kam. Nach einer Weile fuhr ein schwarzer BMW vom Parkplatz hinter dem Ärztehaus und bog auf die Slottsgatan.

Natürlich war er mit dem Auto gekommen.

Sie nahm an ihrem Schreibtisch Platz und betrachtete ihre Töchter, die sie anlächelten. Die Fotos waren ein paar Jahre alt und steckten in roten Rahmen. Ich müsste sie durch neue ersetzen, dachte sie. Die eine Tochter war dunkelhaarig wie Janos, die andere dunkelblond wie sie. Hübsche Mädchen, fand sie. Vielleicht wurden sie noch hübscher, wenn sie größer waren.

Sie selbst fühlte sich farblos wie ein Maulwurf. Sie konnte jedoch einigermaßen gut aussehen, wenn sie sich Mühe gab. Sie erinnerte sich noch, wie sie als junge und schlanke Mutter stolz die Uniform angezogen und das Käppi auf die langen Haare gedrückt hatte. Wie zufrieden sie damals doch mit sich gewesen war! Sie war durchtrainiert gewesen, und die Männer hatten ihr hinterhergeschaut. Nicht so wie jetzt, wo sie kaum noch einem einen Blick wert war.

Sie war alt.

Sie hatten eine Familie gegründet, eine richtige Familie. Sie hatte das Gefühl gehabt, dass das nie zu Ende gehen würde, dieses Glück!

Jetzt war sie vierzig. Irgendwie mittendrin. Und sie alterte, das spürte sie, und man sah es auch.

Sie erschauerte und hielt den Film an. Man gewöhnt sich daran, dachte sie. Die Menschen gewöhnen sich an das meiste. Auch daran, alt zu werden.

Sie begann rasch, die Papiere auf ihrem Schreibtisch zu sortieren, und tröstete sich mit dem Gedanken an alle Achtzigjährigen, die sie kannte, die ein schönes und interessantes Leben gehabt hatten. Einige waren sogar schon über neunzig. Meist Witwen, die taten, was sie wollten.

Sie hatte zumindest Kinder und eine Arbeit. Sie hatte sich endlich eine Stellung erkämpft. Sie hatte allen Grund, zufrieden zu sein. Aber war sie glücklich?

Falsche Frage, dachte sie, und nahm drei halbleere Ordner aus dem Regal und legte sie offen nebeneinander auf den Schreibtisch, um Unterlagen abzuheften. Sie fand es wichtig, den Überblick zu behalten. Leider fehlte es ihr immer mehr an Systematik. Sie kam ins Hintertreffen, hatte zu viele ungeklärte Fälle auf dem Schreibtisch liegen.

Nein, sie war nicht glücklicher, weil sie sich hochgearbeitet hatte, aber ruhiger und zufriedener. Sie hatte als Polizistin so viel erlebt, dass sie kaum noch etwas aus der Ruhe brachte. Sie kannte ihre eigenen Stärken und Schwächen und nicht nur die ihrer Kollegen. Sie war eins mit ihrem Polizistinnen-Ich geworden. So erging es bei der Polizei sicher vielen. Einmal Polizist, immer Polizist. Auch nach der Rente.

Sie klappte die Ordner zu und stellte sie wieder in das Regal. Die Akte über Charlotte Eriksson lag auf der Fensterbank.

Die sparsamen Notizen von ihrer Unterhaltung mit Sara-Ida Ström legte sie dazu. Das meiste war auf Band, und das lag bereits bei der Sekretärin.

Louise fand eine kleine Broschüre über das bevorstehende 150-jährige Jubiläum der Stadt Oskarshamn. Als sie sie in die oberste Schublade legte, bemerkte sie einen gelben Zettel, der auf ihrer Schreibtischunterlage klebte. Darauf hatte sie *Charlotte E.* geschrieben.

Charlotte Eriksson war zurückgekommen. Sie hatte eine Ausbildung gemacht und war dann in ihre Heimatstadt zurückgekehrt. War das so selbstverständlich gewesen? Ihr Vater war in der Stadt ein wichtiger Mann gewesen. Es gab Menschen, die sich dem Erwartungsdruck, den das erzeugte, entzogen. Sie wollten ihr Leben selbst gestalten. Ihr Mann war dann Firmenchef geworden. Wie war das zugegangen?

Sie warf einen raschen Blick auf die Uhr. In zehn Minuten würde der Ansturm auf die Kantine beginnen. Resolut klappte sie die Mappe zu. Sie wollte nicht allein essen und plante daher, sich in den Strom einzureihen. Sie fuhr ihren Computer hoch, da sie noch Zeit hatte, rasch ihre Mails zu lesen. Drei langweilige Rundschreiben, sonst nichts. Louise stand auf, reckte die Arme und überlegte, wie einsam sie sich fühlen sollte.

Alle anderen waren mit dem Findelkind beschäftigt, und sie hatte man damit betraut, so gut es ging die Ermittlung im Todesfall von Charlotte Eriksson in Gang zu halten. Niemand erwartete einen Durchbruch, dachte sie träge. Niemand erwartete irgendetwas, sie sollte nur Papiere hin und her schieben und ein paar Vernehmungen durchführen, bis der Obduktionsbericht eintraf. Vielleicht würde die Gerichtsmedizin nicht einmal herausfinden, wie der Todesfall zu rubrizieren war. Unzählige medizinische Komplikationen konnten nach einer Operation auftreten. Louise trat auf den Korridor. Der Körper war ein sehr komplizierter Organismus. Man wusste nie, wann Krankheiten auftraten, und ständig passierte etwas Unerklärliches.

Sie ging die Treppe hinunter und hörte schon Geschirr und Besteck klappern. Sie würden personell natürlich aufstocken, falls sich herausstellen sollte, dass Charlotte Eriksson nicht an den Folgen der Operation gestorben war. Darin waren sich alle einig. Jetzt konnten sie nur den Obduktionsbericht abwarten und hoffen, dass Matildas Mutter so freundlich sein würde, wieder aufzutauchen, damit sich alle auf Charlotte Eriksson und ihre Todesursache konzentrieren konnten. So sah der Plan im Großen und Ganzen aus.

Es war auch nicht Harald Eriksson, der die Bedingungen diktierte. Das hatte Claesson deutlich gemacht. Er hatte eine Auseinandersetzung mit dem unzufriedenen und aufgebrachten Ehemann gehabt. Louise überlegte, warum er ihr so unangenehm war, gleichzeitig aber auch irgendwie leidtat.

Allein musste sie jetzt versuchen, so viel wie möglich über den Vorfälle auf dem Friedhof und im Einzelzimmer auf der Chirurgie in Erfahrung zu bringen.

Das ist mir wahrhaftig ein Vergnügen, dachte sie, um sich anzuspornen, während sie weitereilte, um sich eine Portion Speck mit Wurzelgemüse zu genehmigen.

Sie setzte sich zu Peter Berg. Wenig später kam Erika Ljung

mit dem Neuling Martin Lerde von der Polizeischule. Seine Suche nach Matildas Mutter bei Hebammen und in Mütterkliniken hatte nichts ergeben.

Lennie Ludvigsson stand etwas verloren mit seinem Tablett mitten in der Kantine, und Peter Berg winkte ihn heran. Lennie holte sich einen Stuhl.

»Wie geht es mit den Apfelkartons?«, wollte Berg wissen.

»Ausgezeichnet«, meinte Lennie Ludvigsson und verschlang sein Wurzelgemüse. »Wirklich wahnsinnig gut!«

Er salzte und pfefferte wie ein Weltmeister.

»Ich dachte, du gehörst zu denen, die den natürlichen Geschmack schätzen«, meinte Erika Ljung und sah ihn missbilligend an.

»Klar, aber manchmal muss man eben nachhelfen«, meinte Ludvigsson, der als Gourmet und guter Koch galt. »Mit den Kartons bin ich überhaupt nicht weitergekommen. Ich war in allen Läden. Niemand hat um eine Kiste gebeten.«

»Heutzutage verwenden vermutlich alle richtige Umzugskartons«, meinte Peter Berg. »Die sind schließlich auch nicht sonderlich teuer und viel stabiler. Außerdem lassen sie sich gut zusammenfalten.«

»Ich kann mich an ein Mal erinnern«, meinte Ludvigsson kauend. »Mein Nachbar zog ein, der Kistenboden hielt nicht, und alles fiel, genau als ich vorbeikam, heraus. Und was lag da auf dem Bürgersteig, glaubt ihr?«

Alle sahen ihn an, aber niemand hatte Lust, zu raten.

»Ein Massagestab.«

Allgemeines Gegrinse.

»Und?«, meinte Erika Ljung und wartete auf die Fortsetzung.

»Tja. Sonst nichts«, meinte Lennie Ludvigsson, zuckte mit den Achseln und aß mit gutem Appetit weiter. »Aber das kann ich euch garantieren. Ich dachte jedes Mal, wenn ich ihn im Treppenhaus getroffen habe, an dieses Plastikding.«

Es wurde still. Niemand wollte neugierig wirken und fragen,

wer der Nachbar war, aber allen stand die Frage ins Gesicht geschrieben.

»Wer will Kaffee?«, fragte Louise, als keine Fortsetzung kam.

Sie stand auf und nahm die Bestellungen entgegen. Zwei schwarz, einen randvoll mit einem Schuss Milch, eine halbe Tasse mit zwei Stück Zucker und viel Milch und einen Tee.

Sie kam mit einem Tablett zurück.

»Vielleicht arbeitet die Mutter in einem Lebensmittelladen«, meinte sie.

Zwei Sekunden blieb es still.

»Dann hätten ihre Kollegen doch bemerken müssen, dass sie weg war«, meinte Peter Berg. »Jedenfalls hätten sie sich etwas denken müssen, nachdem wir die Sache in den Medien so publik gemacht haben.«

»Vielleicht hat sie ja gar nicht gefehlt«, beharrte Louise. »Vielleicht war sie ja nur einen einzigen Tag weg. Hat sich wegen einer Erkältung oder einer Magenverstimmung oder was auch immer krank schreiben lassen.«

»Warst du nicht auch gerade krank?«

Lennie sah sie spöttisch an.

»Weißt du was!«, sagte sie. »Keine Chance. Ich will wirklich kein Kind mehr.«

»Aber ihre Kollegen müssten doch was gemerkt haben?«, fuhr Peter Berg fort.

»Das ist nicht sicher.«

Dann erzählte sie von einer Mitschülerin, deren gesamte Schwangerschaft von niemandem in der Klasse bemerkt worden war. Sie hatte das Kind zur Welt gebracht, ein paar Tage gefehlt, hatte wieder am Unterricht teilgenommen, und dann waren Sommerferien gewesen. Sie hatten nicht einmal bemerkt, dass sie dicker geworden war. Sie waren jung und naiv gewesen, und eine Schwangerschaft hatte sich außerhalb ihrer Vorstellungswelt befunden. Sie hatten so etwas kaum für möglich gehalten, obwohl sie gewusst hatten, dass sich ordentliche Mädchen davor in Acht nahmen.

»Sie war recht mager«, fuhr sie fort. »Beine und Arme waren dünn geblieben, und den Bauch hatte sie unter weiten Pullovern versteckt. Ich könnte mir vorstellen, dass es einer dicken Frau noch leichter fällt, eine Schwangerschaft geheim zu halten.«

»Das hat mir einer der Ärzte auch gesagt«, meinte Erika Ljung. »Frauen, die ihre Schwangerschaft übersehen, sind statistisch meist übergewichtig.«

»Aber das ist nur die Statistik, das dürfen wir nicht vergessen. Wer ausreichend unter Druck steht oder nicht darauf eingestellt ist, kann eine Schwangerschaft verdrängen. Das wissen wir.«

»Das Wort *unerwünscht* klingt so schrecklich«, meinte Peter Berg nachdenklich.

Lennie schaute verlegen auf seinen leeren Teller und kaschierte nur schlecht ein Rülpsen.

Die Runde sann noch eine Weile über dieses Thema nach. Warum hatte sich die Mutter der kleinen Matilda immer noch nicht gemeldet?

»Wir haben bislang noch keinen einzigen vernünftigen Hinweis bekommen. Das ist merkwürdig«, meinte Erika Ljung.

»Die Mutter hat den Karton vermutlich abgestellt und ist dann aus der Stadt verschwunden«, sagte Peter Berg. »Vielleicht arbeitet oder studiert sie irgendwo anders.«

»Vielleicht hat sie im Auto gewartet, bis die Luft rein war, und dann den Karton ausgeladen«, schlug Martin Lerde vor, der bislang fast nur geschwiegen hatte.

»Das werden wir früher oder später erfahren«, meinte Louise und stand auf.

»Glaubst du?«, fragte Peter Berg und lächelte schief.

Louise kehrte an einen vollkommen leeren Schreibtisch zurück. Herrlich! Jetzt war sie bereit.

Sie begab sich zum Sekretariat in der Mitte des langen Korridors, um die ins Reine geschriebenen Notizen und Verhöre zu holen. Fröhlich nickte sie den drei anwesenden Sekretärinnen zu. Die vierte war schon seit Ewigkeiten wegen Rückenbeschwerden krankgeschrieben. Alle drei hatten Kopfhörer auf, und ihre Finger tanzten über die Tastaturen.

Sie ging den Korridor entlang zurück und blätterte die Mappe rasch durch. Sie war vollständig. Die Vernehmungen von Personen, die nach dem Schuss auf dem Friedhof zufällig vorbeigekommen waren, Vernehmungen der Nachbarn und des am Montag anwesenden Personals der Chirurgie.

Sie ging in ihr Büro, setzte sich an den Schreibtisch und begann zu lesen.

Es würde nicht leicht werden, die Spuren vom Tatort auf dem Friedhof zu verwerten. Außerdem drängte sich der Eindruck auf, dass es sich um ein Versehen gehandelt hatte und Charlotte Eriksson nur zufällig vorbeigekommen war.

Louise blätterte zu Claessons Verhör mit Charlotte Eriksson in der Klinik weiter. Sie suchte nach dem Namen der Freundin, die Charlotte zum Nähkränzchen eingeladen hatte. Louise hatte sich den Namen bei der Vernehmung von Harriet Rot aufgeschrieben, konnte sich aber nur noch daran erinnern, dass es sich nicht um einen typisch schwedischen Namen gehandelt hatte. Irgendetwas Slawisches. Sie hatte jedoch den Eindruck, dass sich diese Frau und Charlotte Eriksson nahe gestanden hatten.

Wahrscheinlich war es jetzt auch an der Zeit, sich einmal das Unternehmen Drott Engineering anzusehen.

Schließlich fand sie den Namen. Alena Dvorska. Sie notierte ihn auf ihrem Block. Dann blätterte sie zu Claessons Verhör mit Charlotte Eriksson am Sonntag, dem 7. Oktober, zurück. Erika Ljung war ebenfalls zugegen gewesen.

Louise war stolz darauf, so viel Geduld und Sitzfleisch zu besitzen. Sie konnte wenn nötig auch tagelang am Schreibtisch ausharren. Sie war für Worte und Papier wie geschaffen. Aber sie hasste es, bei der Arbeit gestört zu werden. Jetzt hörte sie nur die wenigen Autos auf der Slottsgatan durch das einen Spalt breit geöffnete Fenster.

Charlotte Eriksson hatte den Täter nicht beschreiben können. Sie erinnerte sich nur daran, dass sie auf die Straße zugegangen war, dann hatte es geknallt. Sie beschrieb die verschiedenen Autos, die vorbeigefahren waren. *Vielleicht* ein Volvo 850. Ein älteres Modell, *vielleicht* mit Rostflecken, *vielleicht* mit einem Loch im Auspuff.

Es gab viele Unklarheiten. Und dann war da ein seltsames Geräusch vom Friedhof gewesen. Sie hatte einen Menschen gehört, *vielleicht*.

Louise stutzte und las den genauen Wortlaut im Verhörprotokoll noch einmal. Wie immer war das Protokoll in Dialogform abgefasst.

Dann blätterte sie weiter, bis sie auf die Liste sämtlicher Damen des Nähkränzchens stieß. Sie versah den Namen Harriet Rot mit einem Häkchen, denn sie hatte sich mit ihr bereits unterhalten. Mit allen zu reden kostet Zeit, dachte sie müde. Sie entdeckte auch den Namen von Charlotte Erikssons ältester Freundin, Kristina Luna, geborene Petersson. Sie schrieb diesen Namen unter den von Alena Dvorska.

Dann war da noch die Aussage von Sara-Ida Ström. Sie überflog sie ein weiteres Mal, entdeckte aber nichts Neues.

Sie erhob sich und betrat das Büro von Erika Ljung. Leer. Also ging sie zu den Kriminaltechnikern ein Stockwerk tiefer.

»Hallo«, sagte Benny Grahn und lächelte ungewöhnlich fröh lich.

»Ist irgendwas passiert?«

Er sah sie fragend an.

»Du wirkst so gut gelaunt«, erklärte Louise.

»Ich bin Großvater geworden«, sagte Benny Grahn und strahlte über das ganze Gesicht.

»Herzlichen Glückwunsch«, sagte Louise. »Was ist es denn?«

»Ein Mädchen. Sie heißt Julia. Ich zeige sie dir.«

Louise trat an Bennys Schreibtisch und beugte sich zur Pinnwand vor, um Julia zu betrachten, die natürlich ein kleines Wunder war.

»Wie süß«, meinte sie und lächelte Benny an.

Nur weniges bereitet älteren Herren soviel Freude wie ihre Enkelkinder, dachte sie. Das Sahnehäubchen des Lebens.

10

Louise Jasinski schlug die Autotür zu, setzte langsam zurück und verließ den Parkplatz hinter dem Präsidium.

Der Ziegelkomplex lag mitten in der Stadt, nahe des Stora Torget mit dem schönen Posthotel um die Ecke, dem ehemaligen Hauptpostamt, das die Abrisswelle der Sechzigerjahre überstanden hatte. Die Storgatan war wenig befahren, die Lage ruhig.

Beim Verlassen des Parkplatzes sah sie sich aufmerksamer als sonst um. Im Rückspiegel suchte sie mit dem Blick nach einer weiteren Apfelkiste mit einem Säugling. Wie leichtsinnig von der Mutter, dachte Louise verärgert. Das Kind einfach irgendwo abzustellen, wo es von einem Auto überfahren werden konnte! Höchst unverantwortlich, selbst wenn man sich in einer Krisensituation befand.

Die kleine Matilda würde es vielleicht bei vernünftigen Pflegeeltern besser haben. Nicht nur das Jugendamt traf Schuld. Die Gesetze dieses fantastischen Landes liefen nun einmal darauf hinaus, dass die Rechte der Eltern größer waren als die Bedürfnisse der Kinder. Louise war sehr dankbar, nicht beim Jugendamt zu arbeiten.

Als ruchbar geworden war, dass Matilda bei einer Angestellten der Polizei übernachtet hatte, hatte das sehr viel Aufsehen erregt. Weil nach Büroschluss beim Jugendamt niemand mehr erreichbar gewesen war, hatte eine Sekretärin, deren einzige Qualifikation darin bestanden hatte, dass sie selbst Kinder hatte, sich um die Kleine gekümmert.

Geschieht dem Jugendamt recht, dachte Louise hämisch.

Nach Feierabend wollte sie mit ihren Töchtern zusammen Winterjacken kaufen. Es war Donnerstag, und in den Läden war nicht so viel los wie freitags und samstags. Sie wollte rechtzeitig wieder zu Hause sein. Vielleicht würden sie anschließend noch ins Café gehen, um endlich wieder einmal gemeinsam etwas Schönes zu unternehmen, obwohl es an sich genauso nah lag, nach Hause zu gehen und sich an den Küchentisch zu setzen.

Am Morgen hatten sie sich über Geld gestritten. Die Ältere hatte allein oder mit einer Freundin Kleidung kaufen gehen wollen. Sie war vierzehn und fand, ihre Mutter sei hysterisch und altmodisch, weil sie sie nicht allein shoppen ließ. Aber Louise wollte sichergehen, dass Gabriella nicht nur modische Sachen kaufte. Sie sollten auch warm und praktisch sein. Sie war sich jedoch bewusst, dass alle ihre Fehler machen mussten, selbst ihre Töchter. Sie konnte es sich bloß nicht leisten. Nicht gerade jetzt.

Im Übrigen hatte es nur Vorteile, zentral zu wohnen. Täglich dachte sie über ihre neue Wohnsituation nach. Nach wie vor betrachtete sie ihre neue Umgebung mit Neugier und Aufgeschlossenheit.

Die Wände der Wohnung waren noch kahl.

Sie überlegte, was sie aufhängen sollte. Sie besaß ein paar hübsch gerahmte Plakate, hatte aber noch kein einziges aufgehängt. Wandregale samt Haken, alles, was in die Wand gedübelt werden musste, hing ebenfalls noch nicht. Ihr fehlte das Werkzeug. Sie fragte sich, wen sie um Hilfe bitten sollte.

Verdammt! Sie musste endlich lernen, mit solchen Sachen selbst fertig zu werden.

Der Garten, dachte sie plötzlich, jedenfalls blieb ihr die Gartenarbeit erspart, und das bedeutete einen großen Zeitgewinn. Sie brauchte auch kein schlechtes Gewissen mehr zu haben, weil sie ihn vernachlässigte. Gleichzeitig sehnte sie sich wahnsinnig danach, sich mit einem Glas Wein auf einen Gartenstuhl zu setzen und den Sonnenuntergang zu beobachten. Man weiß nicht, was einem fehlt, erst wenn es zu spät ist. Der Spatz in der Hand.

Aber wie oft hatte sie eigentlich im Garten gesessen und philosophiert? Alles andere als oft. Wahrscheinlich ging es ihr hauptsächlich um die Wahlfreiheit.

Sie hatte es nicht eilig und fuhr nur siebzig. Alena Dvorska hatte ihr den Weg beschrieben. Außerdem hatte sie sich eine detaillierte Landkarte mitgenommen.

Sie fuhr durch einen hübschen Mischwald. Hier wuchsen nicht nur düstere Nadelbäume. Sicherlich gab es hier auch viele Pilze. Sie gehörte nicht zu den Leuten, die Pilze sammelten, aber es war schließlich nie zu spät für neue Gewohnheiten.

Vielleicht sollte sie sich einen Mann suchen, der Pilze sammeln ging? Einen, der friedliche Wald- und Wiesenspaziergänge zu schätzen wusste. Ungefähr so wie für einen Hund bei einer Hundeausstellung formulierte sie die Anzeige im Kopf: *Kein Stammbaum, etwas älter, aber mit angenehmem Naturell, gut geeignet für Familie mit Kindern.* Noch skeptischer war sie, was Kontaktanzeigen im Internet anging, obwohl sie schon von vielen geglückten Begegnungen gehört hatte. Das schien eine Wissenschaft für sich zu sein. Außerdem kostete es Zeit. Das konnte regelrecht zur Sucht werden. Eine der Sekretärinnen hatte erzählt, dass man sich nie entscheiden könne, man glaube immer, es würde sich einer finden, der noch besser sei.

Was war aus dem Prickeln geworden?, fragte sie sich. Ein Reh hatte mitten auf der Straße innegehalten und sah sie aus schwarzen glänzenden Augen an. Sie verlangsamte, das Tier lief weiter und verschwand zwischen den Zweigen.

Janos hatte immer gesagt, sie habe die schönsten Augen, die man sich vorstellen könne. Das war, nachdem sie sich kennengelernt hatten. Man könne in ihnen ertrinken.

Er hatte das auch im Laufe der Jahre gelegentlich noch gesagt und ihr dabei einen Klaps auf den Po gegeben, was sie aber nie als kränkend empfunden hatte. Außer im letzten Jahr. Da war er durch die Tür verschwunden und hatte sich geschämt wie ein Hund. Da hatte es plötzlich keine Berührungen und Bemerkungen über Augen, in denen man ertrinken könne, mehr gegeben.

Sie bog Richtung Küste von der Landstraße ab. Der Asphalt ging in Sand über. Sie zog die Landkarte hervor und las die Wegbeschreibung auf ihrem Block. Dann fuhr sie langsam weiter durch die menschenleere Landschaft.

Der Wald lichtete sich, und sie näherte sich dem Meer. Einige Jahre lang hatten Janos und sie ein Sommerhaus in den Schären von Misterhult gemietet. Es war ganz in der Nähe des Kernkraftwerks Oskarshamn in Simpevarp gelegen, aber das hatte ihnen nichts ausgemacht. Die gesamte Küste Smålands war unendlich schön. Nicht zuletzt deswegen, weil der Granit der Schären bei Västervik im Norden in eine eher platte, bäuerliche Landschaft weiter im Süden an der Grenze zu Blekinge überging. Die kannte sie sehr gut aus ihrer Zeit auf dem Gymnasium in Torsås. Große Flächen waren Naturschutzgebiet, das wusste sie, obwohl sie immer stur behauptet hatte, dass es ihr auf dem Land nicht gefalle.

Sie sah sich selbst als Stadtmensch. Sie mochte Städte. Richtige Großstädte wie Stockholm, New York und nicht zuletzt Kopenhagen. Aber sie war in typischen Kleinstädten aufgewachsen, und als sich ihr die Möglichkeit geboten hatte, in Stockholm zu bleiben, hatte sie das nicht wahrgenommen. So widersprüchlich war der Mensch eben.

Vielleicht wollte sie sich die Sehnsucht bewahren.

Sie ließ ihr Leben Revue passieren. Sie war in Motala zur Welt gekommen, aber in Boxholm in Östergötland aufgewachsen, einem Industriestandort mit etwa fünftausend Einwohnern, sieben Minuten mit dem Zug von Mjölby entfernt. Ihr Vater hatte im Stahlwerk gearbeitet, er war ein gewissenhafter und guter Schweißer gewesen. Ihre Mutter Gemeindeschwester. Sie hatte, soweit sie sich erinnern konnte, eine geborgene Kindheit gehabt. Ganz in der Nähe waren Wälder und

Seen gewesen. Im Sommer hatten sie im Svartån, der durch den Ort fließt, gebadet. Manchmal waren sie mit dem Auto nach Malexander gefahren, um dort im klaren Wasser des Sommen zu schwimmen. Alles war sehr überschaubar gewesen.

Bis ihr Vater sich entschlossen hatte, Ingenieur zu werden. Er hatte als Erwachsener studiert. Noch heute bewunderte sie seine Ausdauer und seinen Fleiß. Sie hatte sich oft gefragt, wo er die Kraft hergenommen hatte. Er war ehrgeizig gewesen. Vielleicht hatte er sich ihrer Mutter, die eine wichtige Person im Ort gewesen war, auch unterlegen gefühlt. Louise hatte ihn nie gefragt.

Indirekt hatte das Studium ihres Vaters zur Scheidung geführt. Er hatte eine neue Frau gefunden, ein zweites Mal geheiratet und noch mal Kinder bekommen. Die zweite Frau war relativ wohlhabend gewesen, und ihrem Vater war es materiell recht gut gegangen. Ihre Mutter hingegen hatte es ziemlich schwer gehabt. Die neue Frau hatte den Kontakt zwischen Louise und ihrem Vater nicht gerade gefördert, phasenweise war er ganz abgebrochen. Dass er seine Kinder zugunsten des Familienfriedens verraten hatte, hatte sie ihm nie verzeihen können.

Es gab beunruhigend viele Parallelen zu ihrer eigenen Scheidung: Janos hatte Fortbildungen besucht, war immer weniger zu Hause gewesen und schließlich ganz verschwunden.

Ihre Mutter hatte sich geschämt und nicht in Boxholm bleiben wollen. Sie waren nach Högsby gezogen, in ein gottverlassenes Nest vierzig Kilometer westlich von Oskarshamn. Louise war dreizehn gewesen, und ihr hatten ihre Freundinnen aus Boxholm gefehlt. Außerdem hatte sie sich nach ihrem Vater gesehnt. Sie hatte sich ihr altes Leben zurückgewünscht. Es war ihr vollkommen gleichgültig gewesen, dass die Landschaft bei Högsby schön war und dass man auf dem Aboda Klint ganz in der Nähe Ski fahren konnte. Frische Luft hatte sie nicht interessiert. Schöne Natur noch viel weniger.

Sie hatte heimlich geraucht, sich auf Partys betrunken und

war in schlechte Gesellschaft geraten. Sie hatte sich weggesehnt, aber nicht weggekonnt.

Ihre Mutter hatte gemerkt, was hinter ihrem Rücken vorging. Eines schönen Tages hatte sie verkündet, sie würden nach Blomstermåla umziehen, wieder so ein Nest und nichts für jemanden, der von Asphalt und Wolkenkratzern träumte. Der Ortswechsel war jedoch positiv gewesen. Louise hatte sich zusammengenommen und in der neunten Klasse so gute Noten gehabt, dass sie einen Platz auf dem Korrespondenzgymnasium in Torsås, vierzig Kilometer südlich von Kalmar, bekommen hatte.

Die Zeit in Torsås hatte die Wende gebracht. Sie hatte Freunde gehabt, die spannend, aber deswegen nicht gleich kriminell waren, ein wirkliches Novum.

Dann hatte sie, ohne nachzudenken und weil sie nicht so mutig gewesen war, die Schwesternschule in Växjö besucht, das war bei dem Beruf ihrer Mutter naheliegend gewesen. Diese hatte damals schon an Brustkrebs gelitten. Louise hatte versucht, sich einzureden, dass sie zur Krankenschwester berufen sei. Ihrer Mutter hatte dieser Beruf Spaß gemacht, warum hätte er ihr also nicht auch gefallen sollen?

Aber es hatte irgendwie nie gepasst. Nach dem Tod ihrer Mutter hatte sie sich an der Polizeihochschule in Stockholm beworben, dort Janos Jasinski in einer Kneipe kennengelernt und sich bis über beide Ohren in sein Gesicht und seine Schlagfertigkeit verliebt. Als Janos mit seinem Lehramtsstudium fertig gewesen war, hatte er keine Stelle gefunden, und sie hatte Gabriella erwartet. Asphalt und Hochhäuser bereiteten ihr nicht mehr nur noch Freude, also waren sie nach Oskarshamn gezogen, in eine Gegend, in die Louise nie hatte zurückkehren wollen.

Und so war es jetzt. Sie befand sich im nördlichen Teil der Runnöer Schären, so viel wusste sie. Nach einer Weile tauchte eine Bucht mit graugrünem Wasser und einer Badestelle mit Holzsteg und Rettungsring an einem Pfosten auf. Sie entdeckte einzelne kleinere Inseln, und das hohe Riedgras auf den Uferwiesen an der Badestelle zitterte im Wind. Es war die reine Idylle. Ein schmaler Streifen Sandstrand und offen liegender Fels in verschiedenen Grautönen, auf dem man sich im Sommer sonnen konnte.

Sie hielt auf dem gekiesten Vorplatz an, schlug die Tür ihres Wagens zu und lauschte dem Plätschern der Wellen und dem Rauschen des Windes.

Vor ihr lag ein klassisches Holzhaus mit einem unförmigen Anbau auf der Rückseite. Das Haupthaus war nicht sonderlich groß, es war vermutlich ursprünglich einmal von einer Häusler- oder Fischerfamilie bewohnt worden. Das Haus war das erste von fünf Anwesen, die alle am Nordufer der Bucht standen. Am Südufer war das Land eben, dahinter begann wieder der Wald.

»Hallo!«

Eine Frau um die fünfundvierzig mit einem üppigen Busen und einem blaulila Turban auf dem Kopf hielt die Tür an der Giebelseite des Hauses auf. Das ersparte Louise die Überlegung, wo sie anklopfen sollte.

Alena Dvorska machte, obwohl ihre beste Freundin gestorben war, einen unerwartet fröhlichen und munteren Eindruck. Vielleicht war das aber auch ihr Naturell.

Louise sah sich zu einem Kaffeetrinken mit Zimtschnecken eingeladen.

»Wenn man so weit draußen wohnt, dann muss man immer was in der Tiefkühltruhe haben«, meinte ihre Gastgeberin.

Sie war eigentlich Textilkünstlerin. Während die Kaffeemaschine lief, erbot sie sich, Louise durchs Haus zu führen. Alena trug ein heidekrautgrünes Hemd und verschlissene Jeans und führte Louise in den neuen Teil des Hauses, ein Atelier mit großen Fenstern. Ihr Mann, der nicht zu Hause war, malte, aber mehr als Hobby. Ein Stümper, fand Louise, so etwas Schreckliches hätte nicht einmal sie selbst zuwege gebracht. Die großen Leinwände, die an den Wänden lehnten, waren mit grellen Farben in halsbrecherischen Kombinationen bedeckt. So etwas würde ihr nicht über die Schwelle kommen. Sie war äußerst dankbar, dass sie sich über diese geschmacklosen Werke nicht äußern musste.

Dafür weckte die übrige Einrichtung eine spontane Freude in ihr. Sie sah, wie farblos und büromäßig ihre Existenz im Präsidium war. Dort verkümmerte man beinahe. Hübsches Garn und Stoffballen in verschiedenen Farbnuancen, angefangen von grobgewebter, grauer Wolle bis zu hauchdünner Seide, die an glänzende Spinnweben erinnerte, gab es hier. An der Decke hingen Mobiles, die wie textile Kronleuchter aussehen. Zerbrechlich und leicht aus dünnem Draht mit Kiebitzen aus Wollbüscheln, durchsichtigem Seidenpapier und verschiedenfarbigen Garnen.

»Die mache ich auf Bestellung und für den Kunsthandwerksladen«, sagte Alena Dvorska, als ihr Louises bewundernder Blick auffiel.

»Wirklich sehr schön«, sagte Louise andächtig.

»Danke!«

Ein schwacher Akzent war herauszuhören. Sie muss schon lange in Schweden wohnen, dachte Louise.

Sie fragte, ob sie das Gespräch aufzeichnen dürfe, zog das kleine Tonbandgerät hervor und legte es auf den abgebeizten Tisch. Solche Bauernmöbel wurden inzwischen überwiegend exportiert. Auf dem Tisch standen getöpferte Tassen, und in einem Korb aus Birkenrinde lagen die Zimtschnecken. In einem alten Kaffeekessel aus Kupfer standen ein paar Zweige mit Herbstlaub.

Fehlte eigentlich nur noch ein knisterndes Feuer in einem offenen Kamin.

»Wir wissen noch nicht sonderlich viel«, begann Louise. »Aber immerhin so viel, dass Sie und Charlotte demselben Nähkränzchen angehörten und sich seit langem kannten.«

Alena Dvorska nickte mit ihrem blaulila Turban. Sie hob ihre gepflegten Hände. Sie hatte muskulöse, zupackende Finger mit kurz geschnittenen Nägeln.

Plötzlich schlug Alena Dvorskas Stimmung um. Alles Fröhliche fiel von ihr ab, und sie wurde ernst.

»Wir kannten uns über zehn Jahre«, sagte sie, ließ die Hände langsam sinken und begann zu weinen. »Es ist nicht sonderlich einträglich, Handwerkerin oder Künstlerin zu sein, obwohl es natürlich auch seine angenehmen Seiten hat«, sagte sie unter Tränen. »Ich musste mir etwas dazuverdienen. Damals war ich allein, mittlerweile gleicht mein Mann das Minus teilweise aus.« Sie riss ein Stück Küchenkrepp ab und schnäuzte sich. »Ich begann also Kurse zu geben, Arbeit mit Farbe, Textilien, Aquarell, alles Mögliche. Sie erfreuten sich großer Beliebtheit, vielleicht weil die Gruppen überschaubar waren und sich alle einbringen konnten.«

Oder vielleicht auch, weil Sie so nett sind, dass alle gerne mit Ihnen zusammen sein wollen, dachte Louise.

»Diese Kurse liefen unter der Bezeichnung Kreative Kurse, weil ich alles wild durcheinanderwarf, Material und Stilrichtungen. Jedenfalls freundeten Charlotte und ich uns bei einem dieser Kurse an. Man könnte das vielleicht seltsam finden, weil wir so verschieden waren.«

Sie lächelte schief. Sie sah Louise an, als hoffe sie darauf, dass diese ihr widersprechen würde.

»Wie meinen Sie das? Ich habe Charlotte schließlich nicht gekannt, ich weiß also nicht«, meinte Louise.

»Wenn Sie ihr einmal begegnet wären, dann wüssten Sie genau, wie ich das meine«, meinte Alena gleichmütig. »Charlotte ist … ich meine, war … zurückhaltender als ich. Sie hatte einen klareren Stil, wenn man so will. Schicke, elegante und etwas teurere Kleider. Ich sehe auch recht anständig aus, wenn ich mir Mühe gebe, kann aber auch in Lumpen herumlaufen. Wie jetzt!« Sie schaute an sich herunter. »Aber Charlotte achtete darauf, nicht zu protzen. Sie war ein gutes Beispiel für den Ausdruck *weniger ist mehr*. Sie wissen schon, es ist nicht leicht, in einer Kleinstadt etwas Besseres zu sein. Aber ihr ging es gut. Sie war mit Geld aufgewachsen. Sie sprach nie darüber, aber es war spürbar, dass sie das irgendwie hemmte. Alle sollen immer so unauffällig sein, mausgrau und gleich. Sonst muss man es so machen wie ich, aufs Land ziehen.«

»Ist an diesem Abend bei Harriet Rot etwas Besonderes vorgefallen?«, fragte Louise.

Alena Dvorska schüttelte den Kopf. Kleine graue Löckchen schauten im Nacken unter dem Turban hervor. Er stand ihr und passte zu ihrem Image.

»Was hat Charlotte gesagt? Können Sie sich daran erinnern?«

»An diesem Abend eigentlich nichts Besonderes. Als wir aufgebrochen sind, hat sie auch nur Ciao gesagt.«

»Sind Sie gleichzeitig gegangen?«

Louise hatte vor, Harriet Rots Angaben zu überprüfen.

»Ja. Ich schob mein Fahrrad den Kärleksstigen entlang, bis wir auf die große Straße kamen. Dann habe ich mich auf den Sattel geschwungen und bin nach Hause geradelt.«

»Bis hier raus?«

»Ich bin das gewohnt. Aber ich brauche eine gute Fahrradlampe, damit ich auf dem Weg überhaupt etwas sehe.«

»Angst bei Dunkelheit darf man auch nicht haben.«

»Nein. Aber wovor sollte man hier draußen schon Angst haben?«

Sie deutete aus dem Fenster. Die Wellen in der Badebucht schlugen an den kleinen Sandstrand. Es war so friedlich, wie man es sich nur vorstellen konnte.

»Sie können sich also an nichts Außergewöhnliches erinnern?«, beharrte Louise.

»Nein. Alle waren fröhlich. Wir hatten gut gegessen und Wein getrunken. Es war ein netter Abend, und wir unterhielten uns über alles Mögliche, bis wir uns trennten. Harriet erzählte von ihren Enkeln, und wir ließen uns überschwänglich über die Fotos aus.«

Louise nickte.

»Können Sie sagen, wer noch zusammen mit Ihnen ging?«

Alena Dvorska sah an die Decke und zählte die Namen auf. Außer Charlotte waren das noch Åsa Feldt und Susanne Lundwall gewesen.

»Eva-Karin Laursen war schon früher gegangen«, sagte sie.

Das stimmte genau mit den Angaben von Harriet Rot überein, die in der Akte in ihrem Büro im Präsidium lagen.

»Worüber haben Sie sich bei Ihrem letzten Gespräch mit Charlotte unterhalten?«

Alena Dvorska sah sie fragend an. Vielleicht war auch eine gewisse Vorsicht auszumachen.

»Sie haben mit ihr am Vormittag desselben Tages noch telefoniert. Also am Freitag.«

Alena Dvorska sah aus, als hätte sie etwas Unangenehmes verschluckt.

»Wir haben ihr Handy gefunden«, sagte Louise als Erklärung. »Wir wissen auch, dass Sie mit ihr am Tag vor dem Schuss gesprochen haben. Am Donnerstag. Worum ging es bei dem Gespräch?«

Die Antwort ließ auf sich warten.

»Wir vermuten da rein gar nichts«, beruhigte sie Louise. »Aber da es uns darum geht, ein Verbrechen aufzuklären, müssen wir routinehalber alle möglichen Fragen stellen.«

»Am Freitagvormittag haben wir uns vermutlich darüber unterhalten, was wir zu dem Nähkränzchen mitbringen könnten. Wir treffen uns schon so lange, dass es einige von uns für unnötig halten, jedes Mal ein Glas Marmelade oder einen Blumenstrauß mitzubringen. Ich finde, dass wir mit diesem Unsinn aufhören sollten. Aber dann kann es doch jedes Mal irgendjemand nicht lassen.«

»Und Charlotte?«

»Sie und ich kamen mit leeren Händen. Wir hatten uns darauf geeinigt.«

»Und am Donnerstag, worüber haben Sie sich da unterhalten?«

Alena Dvorska sah zu Boden.

»Ich erinnere mich nicht. Wir telefonierten recht oft. Vermutlich ging es meist um Alltäglichkeiten oder Arbeit. Wie es mit der Kreativität aussieht. Ob es in ihrer Praxis viel zu tun gab und so weiter.«

Louise nickte. Dann blätterte sie ihren Block um und las weiter.

»Kennen Sie einen Thomas Dunåker?«

Die Frau ihr gegenüber wirkte plötzlich sehr abweisend. Dann schüttelte Alena Dvorska den Kopf.

»Nein.«

»Sie haben also noch nie von ihm gehört?«

»Nein.«

Weiter kam sie offenbar nicht.

Veronika nahm die Beine von den Beinstützen, setzte sich auf und zog sich wieder an. Dann hängte sie sich ihren Ärztekittel um. Der Gynäkologe riss das Schwarzweißbild ab, das das Ultraschallgerät ausgespuckt hatte.

»Bitteschön«, sagte er lächelnd. »Ich schreibe eine Überweisung für die Plazentauntersuchung.«

Rasch schob sie das Foto in die Kitteltasche, bedankte sich und verließ den Raum. Sie ging an den Fahrstühlen vorbei, bog in den Korridor, betrat ihr Büro und machte die Tür hinter sich zu. Dann zog sie das Bild hervor und schaute es an. Ihr Herz klopfte.

Das kaulquappenähnliche Wesen war nur ein paar Millimeter groß und schwamm im Fruchtwasser.

So was Kleines!

Noch lebst du. Noch schlägt dein Herz.

Als würde sie mit einer Fehlgeburt rechnen.

Louise fuhr auf der holprigen Straße nach Hause. Als sie die Stadtgrenze erreicht hatte, beschloss sie, in dem Baumarkt, der auf dem Weg lag, vorbeizuschauen.

Also parkte sie und trat ein. An einem normalen Donnerstag

wie diesem um halb zwölf war nichts los. Hinter ihr tauchte ein Mann auf.

»Kann ich Ihnen helfen?«, fragte er und ging hinter einen der Ladentische. Die Leuchtstoffröhre über seinem Kopf flackerte, auf dem Tisch lag ein Zollstock.

»Ich brauche einen Bohrer«, sagte sie und sah ihm kurz in die Augen.

»Wir führen alle Größen«, erwiderte er und ging zu einem Ständer.

»Ich meine, eine Maschine«, sagte sie.

»Eine Bohrmaschine?«

Sie nickte.

»Wofür?« Aber das klang gar nicht von oben herab, eher hilfsbereit. »Ich meine, wollen Sie ein Haus bauen ... oder?«

Das meinte er ganz im Ernst und ohne jede männlich herablassende Ironie.

Sie schüttelte den Kopf und bereute, dass sie noch nicht bei ihrem Frisör gewesen war, denn der Mann, der in kariertem Baumwollhemd und Jeans vor ihr stand, war genau das, was sie brauchte.

»Ich möchte Bilder und Regale und so aufhängen. Ich bin gerade umgezogen«, meinte sie und errötete leicht.

Das war schon lange her und so lächerlich ungewohnt, in Gegenwart eines Mannes in Verlegenheit zu geraten, dass sie noch stärker errötete. Wie ein Krebs. Gleichzeitig dachte sie fieberhaft nach. Wie sollte sie ihm zu verstehen geben, dass sie solo war und durchaus erobert werden wollte?

Aber so offensiv war sie nicht. Sie war auch nicht so abgebrüht. Das müsste ihm aber trotzdem klar sein, wenn es ihn interessierte.

Sonst hätte sie wohl kaum vor ihm gestanden, um eine Bohrmaschine zu kaufen?

»Gern«, sagte er. »Folgen Sie mir bitte.«

Sie gingen auf eine Wand mit Bohrmaschinen zu und sahen sich das Angebot an.

»In welche Wände wollen Sie denn bohren?«

Sie schwieg, während er sie anschaute und auf ihre Antwort wartete. Louise hatte keine Ahnung. Sie hatte nicht einmal an die Wände geklopft, um zu hören, ob sie hohl klangen.

»Das Haus ist ziemlich alt«, meinte sie ausweichend.

»Glauben Sie, dass es Betonwände sind?«

»Ich weiß nicht.«

»Sie sind nicht die Einzige, die das nicht weiß. Das wissen die wenigsten«, meinte er und zwinkerte gutmütig. »Vermutlich sollten Sie gleich einen Schlagbohrer kaufen, falls es wirklich Beton ist. Wir haben hier einen recht preiswerten mit Netzkabel. Mit Akku sind sie schwerer und doppelt so teuer. Und wenn Sie die Maschine nur gelegentlich verwenden, ist ein Akku nicht unbedingt notwendig.«

Ihr Blick folgte seinen Händen. Wie sie die rote Bohrmaschine von der Wand hoben und ihr zeigten. Sie nahm sie ihm ab.

»Die nehme ich«, entschied sie.

Der Preis ruinierte sie nicht einmal. Aber sie brauchte auch noch Schrauben, Dübel und Bohrer, fiel ihr ein. Sie gingen also zum nächsten Regal.

Nach getätigtem Einkauf nahm sie ihre Tüten und verstaute sie im Kofferraum, dann fuhr sie mit dem Gefühl davon, von einer sehr langen Reise, einem exotischen Abenteuer, zurückzukehren.

Als sie die steile Varvsgatan hinauffuhr, überlegte sie sich, was sie sonst noch im Baumarkt kaufen könnte.

Natürlich einen Werkzeugkasten!

Louise riss den Umschlag aus Linköping auf. Die Kugel wog 4,8 Gramm, ein Vollmantelgeschoss, rechtsdrehend, sechs Punkte.

Das sagte ihr nichts. Und die beiliegende Liste umfasste fünfzehn verschiedene Waffen unterschiedlicher Fabrikate, die dieses Charakteristikum aufwiesen. Darüber muss ich mit den

Spezialisten reden, dachte sie und schaute auf die Uhr, aber die sind wohl noch nicht vom Mittagessen zurück.

Im Aufenthaltsraum traf sie Claesson.

»Fortschritte?«

Sie zuckte mit den Achseln.

»Ich war bei einer der Damen vom Nähkränzchen. Sie wohnt recht nett an der Küste östlich von Sörvik.«

Sie merkte, dass er ihr nicht zuhörte.

»Sie macht irgendeine Art Kunsthandwerk, und ihr Mann malt, allerdings nur als Hobby.«

Claesson spitzte die Ohren.

»Das muss Brunstvik sein.«

Sie machte große Augen. Was für ein Name! Und was für Gemälde!

»Ich weiß nicht, wie er heißt. Sie heißt jedenfalls Alena Dvorska.«

»Recht große Gemälde. Öl. Sehr viel Gelb. Aber er schreckt nicht davor zurück, die ganze Palette zu verwenden«, meinte Claesson, der jetzt ganz offensichtlich zugehört hatte.

»Ja, das stimmt«, meinte Louise.

»Hauptberuflich ist er Röntgenfacharzt und eben ein sehr begabter Amateurmaler.«

»Kann gut sein«, erwiderte sie ausweichend.

»Ich habe ein Bild von ihm. Ich zeige es dir, wenn du das nächste Mal zu Besuch kommst.«

Die Geschmäcker sind wirklich verschieden, dachte Louise und war froh, dass sie nichts Abfälliges gesagt hatte.

Sie gab das Tonband vom Vormittag zur Abschrift und ging in ihr Büro. Jemand hatte ihr einen Zeitungsartikel auf den Schreibtisch gelegt. »Klimaveränderung Chance für Umwelttechnikfirma«.

Sie überflog den Text. Das Interesse, in Umwelttechnikfirmen zu investieren, nehme zu, las sie. Das bedrohte Klima habe die Börsenspekulanten aufhorchen lassen, verlautbarte ein Analyst.

Die Investitionsmöglichkeiten nähmen zu, während gleichzeitig die neuen Risiken an der Börse immer zahlreicher würden.

Sie nahm den Artikel und ging zu Peter Berg.

»Weißt du, wer mir diesen Artikel hingelegt hat?«

»Nee.«

Egal, dachte sie. Einer der Kollegen wollte sie wohl darauf hinweisen, dass der Sektor, in dem sich die Drott Engineering AB bewegte, prosperierte. Die Firma wurde in dem Artikel nicht erwähnt, da es sich um eine überregionale Zeitung und bei der Drott Engineering AB vermutlich um ein kleines Unternehmen handelte. Aber soweit sie gehört hatte, lief es gut und war solvent. Der alte Ernst Drott, der Gründer der Firma, war ein waschechter Småländer gewesen.

Jetzt blühte das Unternehmen förmlich. Aber nur dank gewisser Investitionen und harter Arbeit. Der Todesfall hätte nicht ungelegener kommen können, so hatte es Harald Eriksson selbst ausgedrückt, sachlich und hilflos. Er hatte wirklich nicht froh geklungen.

Mit leerem Blick starrte sie Richtung Ärztehaus. Thomas Dunåker, dachte sie. War er der Joker in diesem Spiel?

Sie sah auf die Uhr und rief das Labor an, ließ sich durchstellen, bis sie einen Waffenexperten an den Apparat bekam. Er gehörte zu den erfahreneren Kriminaltechnikern und führte den Titel Forensischer Ingenieur, so hießen nur die, die auch Gutachten erstellen durften.

Jetzt lieferte er ihr eine Vorlesung über Handfeuerwaffen, sie nahm das Headset, um die Hände frei zu haben, und schnappte sich Stift und Block.

Offenbar war kein Revolver verwendet worden, weil die Patronenhülse beim Friedhof auf der Erde gefunden wurde. Außerdem waren Revolver generell seltener, obwohl sie aus der Perspektive der Straftäter vorteilhafter waren, unter anderem, weil man keine Patronenhülse am Tatort zurückließ. Wurde außerdem noch eine unummantelte Bleikugel verwendet, zersplitterte sie in der Regel und ließ sich nicht mehr mit einem bestimmten Lauf und einer bestimmten Waffe in Verbindung bringen.

Mit größter Wahrscheinlichkeit war in diesem Fall also eine Pistole verwendet worden. Wenn die Waffe erst kürzlich von einem illegalen Waffenhändler erworben worden war, dann handelte es sich wahrscheinlich um eine jugoslawische Pistole. Aber eine Person, die nicht über illegale Kontakte verfügte und auch keine Waffe legal kaufen konnte, musste sich mit irgendwelchen Erbstücken zufriedengeben, die aus dem Zweiten Weltkrieg übrig geblieben waren. Diese Waffen wurden häufig sorgfältig gepflegt, damit sie ihren Wert nicht verloren. Alte Waffen waren aber nur selten so wertvoll, wie ihre Besitzer glaubten, betonte der Experte. Einigen vermittelte eine Waffe ein Gefühl der Sicherheit, bei anderen stärkte sie das Selbstvertrauen. Häufig tauchten solche Waffen auf, wenn eine Waffenamnestie ausgerufen wurde. Die letzte Waffenamnestie hatte es 1993 gegeben, eine neue war für das Frühjahr 2007 geplant.

Louise schrieb rasend schnell mit.

Manche Familien verfügten also über alte Waffen, fuhr der Techniker fort, die häufig auftauchten, wenn Speicher entrümpelt wurden. In Norwegen und Finnland waren solche Waffen bedeutend häufiger, dort war der Besitz solcher Waffen erlaubt, wenn sie funktionsuntüchtig waren. Es kam vor, dass sie in Schweden auftauchten und wieder in Stand gesetzt worden waren. Das war ein großes Problem.

Aus Perspektive des Benutzers waren Waffen vorzuziehen, die sich bequem in der Tasche tragen ließen. Eine nicht zu sperrige Waffe also, für die es moderne Patronen gab und die keinen zu starken Rückstoß hatte.

»Ein Beispiel ist die erste Pistole auf der Liste, eine FN 1910, Kaliber 7,65 mm mit einem Magazin für sieben Patronen, Vollmantelgeschosse. Diese Waffe wurde am 28. Juli 1909 von der Fabrique Nationale de Herstal bei Lüttich in Belgien patentiert. Sie hat einen harmlosen Rückstoß, ist einfach in der Bedienung und sehr zuverlässig.«

Er fuhr mit der nächsten Pistole fort, der Mauser HSc mit demselben Kaliber und mit einem Magazin für acht Patronen. Von ihr waren seit dem Zweiten Weltkrieg ebenfalls illegale Exemplare im Umlauf. Das galt auch für die Beholla mit sieben Patronen im Magazin, von Becker & Holländer in Deutschland hergestellt.

Plötzlich wurde sich Louise der Tatsache bewusst, dass sie immer noch nicht die geringste Ahnung hatten, um was für einen Täter es sich handeln könnte. Sie waren bisher nie so weit gekommen, sich mit dieser Frage auseinandersetzen zu können. Sie waren immer davon ausgegangen, dass es sich um einen Irrtum gehandelt haben musste, dass diese unbescholtene Frau mittleren Alters niedergeschossen worden war. Ein einziger Schuss, der nicht tödlich gewesen war.

Wie gut war der Schütze gewesen? Vielleicht war es auch ein Stümper, der ein Familienerbstück auf einem småländischen Speicher oder in einer Scheune ausgegraben hatte.

Verrückte hatte es schließlich immer gegeben …

11

Es war herbstlicher geworden. Sara-Ida Ström trottete hinter Harriet Rot auf der Station her. Der Vorfall machte ihr immer noch zu schaffen, wie sehr sie auch versuchte, ihn zu vergessen. Es war ein Mittwoch Mitte Oktober, und über eine Woche war vergangen, seit *das Schlimme* geschehen war.

Daniel Skotte hatte sie getröstet, wenn sie sich begegnet waren. Viel mehr konnte sie eigentlich nicht verlangen, aber trotzdem reichte es nicht. Sie brauchte ständig mehr.

Jeden Tag erwachte sie mit einer verzehrenden Sehnsucht. Sie musste auch heute mit ihm sprechen, wollte ihm gegenübersitzen.

Die Gedanken an ihn waren wie ein Fieber. Selbstlos und zärtlich, ein Märchenprinz, den sie in ihren Tagträumen rund um die Uhr an ihrer Seite sah. In seiner Nähe war das Leben großartig und wundervoll. Sie konnte nicht mehr ohne ihn sein. Er hatte sich zu ihr vorgebeugt und in ihre Augen geschaut, aber ohne mit ihr zu flirten. Er hatte sie kurz zum Abschied umarmt, jedoch ohne sie an sich zu drücken. Sie hatte gar nicht gewusst, dass es solche Männer gab.

Aber heute war er nicht aufgetaucht. Es war auch ein trüber Tag, ein ungemütlicher Wind schlug gegen die Fensterscheiben, und es goss so heftig, dass man draußen kaum noch die Hand vor Augen sehen konnte. Die Autos auf der Straße mussten anhalten, weil die Scheibenwischer mit dem Regen nicht fertig wurden.

Nun war es richtig Herbst, das seltsam milde Wetter war vorüber. Sie machte sich schon jetzt Gedanken darüber, wie sie nach Hause kommen sollte. Wieder bei strömendem Regen radeln wie schon am Morgen. Sie würde völlig durchnässt sein. Und das, obwohl ihr Haar gerade wieder getrocknet war.

Hänschen hatte nichts von sich hören lassen. Das war schön. Alles war vorbei. Sie brauchte ihn nicht mehr, das hatte er wohl kapiert.

Kein spätes Aufbleiben mehr, weil er sie besuchen wollte, ohne gesehen zu werden. Wie dumm sie gewesen war, dass sie geglaubt hatte, sie würde ihm etwas bedeuten, dass sie eine Schönheit und etwas Besonderes war, weil es so einem alten Macker gefiel, ihre Brust zu streicheln. Sie wollte keine alten Macker mehr. Sie wollte einen, der jung und knackig war und dachte wie sie.

Der Ring! Was sollte sie damit machen? Vermutlich einfach zurückschicken, aber wohin? Vielleicht zu ihm nach Hause. Nein, sie konnte ihn genauso gut behalten, es war schließlich ihrer. Sie musste an ihre Karriere als Model denken, und da konnte es vielleicht nützlich sein, dass er so teuer aussah. Schlimmstenfalls konnte sie ihn verkaufen.

Vollkommen idiotisch, dass sie davon geträumt hatte, diesen Typen zu heiraten! Sie schämte sich fast.

Er wollte sein trostloses und vorhersehbares Leben hinter sich lassen. Sie würden nicht einmal mehr miteinander schlafen, er und seine Frau, so tot sei ihre Beziehung, hatte er erzählt. Es sei an der Zeit, sich neu zu orientieren, so hatte er sich ausgedrückt. Und bei dieser Neuorientierung hatte er ihr die Rolle des rettenden Engels zugedacht. Das war sehr verlockend gewesen. Ein stinkreicher Mann würde sie auf Händen tragen. Unfassbar! Sie sollte ihm dafür durch ihr jugendliches Strahlen Kraft geben. Sobald es ihm gelänge, die eheliche Zwangsjacke abzuschütteln, würden sie ein Paar werden. Eine Märchenhochzeit hatte sie sich ausgemalt, damals, am Anfang. Mit stolzgeschwellter Brust würde er sie ansehen. Sie würde ein weißes Prinzessinnenkleid tragen, einen maßgeschneiderten Traum aus Seide und Tüll mit einer ewiglangen Schleppe, die man auf dem roten Teppich vor dem Altar ausbreiten würde.

Aber aus Sicherheitsgründen wollte er diskret sein. Das hatte sie anfänglich aufregend gefunden, nach einer Weile war ihr die ewige Heimlichtuerei aber auf die Nerven gegangen.

Jetzt konnten ihr die Märchenhochzeit und die romantische Hochzeitsreise gestohlen bleiben. Jedenfalls mit ihm.

Vielleicht sollte sie den Ring ja doch wegwerfen, sobald sie nach Hause kam?

»Wie geht's?«, fragte Arne Bengtsson und postierte sich hinter ihr.

Veronika drehte sich um. Sie stand in der Schlange vor dem Kiosk im Foyer des Krankenhauses.

»Gut. Die Wogen haben sich etwas geglättet«, erwiderte sie und setzte voraus, dass er verstand, dass sie von der nächtlichen Operation von vor zwei Wochen sprach, bei der er die Anästhesie gemacht hatte.

Sie kaufte eine Banane und Schokowaffeln. Sie hatte Lust auf etwas Süßes und auch wieder nicht. Sie wartete ab, bis Arne ein Butterbrot und eine Cola light bezahlt hatte, dann wechselten sie noch ein paar Worte.

»Was glaubst du?«, fragte er.

»Weiß der Geier. Ich warte auf das Obduktionsergebnis.«

»Bei der Operation ist, soweit ich mich erinnern kann, nichts schiefgegangen. Es gab keine größeren Blutungen, außerdem war sie jung und hatte ein gesundes Herz.«

»Wirklich merkwürdig …«

Sie sah zu Boden.

»Wie kommst du damit klar?«

Sie zuckte mit den Achseln, gleichzeitig war sie den Tränen nahe. Arne war nett, ein Mann, auf den man sich verlassen konnte.

»Ich hatte am Wochenende meine ältere Tochter zu Besuch.

Du weißt schon, sie wurde wegen eines Subduralhämatoms Ende August operiert. Man sieht ein, dass nicht nur der Schädelknochen sehr zerbrechlich ist, sondern das Leben überhaupt.«

»Da hast du wohl Recht.«

»Diese Sache macht mir also komischerweise gar nicht mal so sehr zu schaffen. Es ist, als gäbe es nur Raum für eine Katastrophe auf einmal. Ich muss gewissermaßen Prioritäten setzen«, meinte Veronika mit einem schiefen Lächeln, »und mich auf die konzentrieren, die mir am nächsten stehen.«

»Ich bin auf deiner Seite«, sagte er, »nur dass du das weißt.«

In diesem Augenblick schrillte sein Piepser.

»Ich muss los. Pass auf dich auf!« Er ging auf die Fahrstühle zu.

Veronika blieb stehen und schälte mit zitternden Fingern die Banane. Sie hatte Freunde. Es gab noch Hoffnung.

Dann ging sie langsam ein Stockwerk höher. In mir wächst ein neues Leben, dachte sie. Trotz der Katastrophe erfüllte sie eine unbändige und unglaublich starke Zuversicht. Trotz allem.

Sara-Ida würde vorläufig mit Harriet im Team arbeiten, teilte die Pflegedienstleiterin mit. Das war sehr großzügig, das war ihr trotz aller Kommentare, dass das doch eine Selbstverständlichkeit sei, klar.

»Überhaupt kein Problem«, wiederholte die Pflegedienstleiterin. »Sie können sich ganz sicher sein. Wir verstehen sehr gut, dass Sie es nach solch einem Anfang mit Polizei und allem nicht leicht haben.«

Sara-Ida hatte letzten Montag, eine Woche nach *dem Schrecklichen*, in ihrem Büro gesessen. Die Pflegedienstleiterin hatte bereits vorher einmal mit ihr gesprochen.

Jetzt hatte sie Britt-Louise Karp, die allgemein nur Karpen, also der Karpfen, genannt wurde, wieder zu sich rufen lassen. Sara-Ida war alles andere als begeistert. Sie hatte weder Lust, mit ihr zu reden noch mit ihr zusammen zu schweigen. Es war in etwa dasselbe Gefühl gewesen, zum Rektor gerufen zu werden, das geschah auch nicht, ohne dass etwas Ernstes vorgefallen war.

An der Tür stand »Pflegedienstleitung Britt-Louise Karp«. Sara-Ida hatte das Schild mittlerweile oft gelesen. Eine Tür zu haben, auf der der eigene Name stand! Aber wenn sie erst einmal ein Promi war und ihre ersten Filme drehte, wenn ihre Modelkarriere ihrem Ende zuging, dann würde sie in so einem Regiestuhl sitzen, auf dessen Rückenlehne ihr Name stand.

»Auch bei uns darf man Fehler machen«, begann der Karpfen dieses Mal. »Man lernt aus seinen Fehlern, das wissen Sie sicher«, lächelte sie.

Sara-Ida wusste nicht, was sie darauf antworten sollte. Sie saß wie beim letzten Mal auf einem graublau gepolsterten Stuhl ohne Armlehnen. Der Karpfen hatte Fotos ihrer Kinder auf einem Bücherregal stehen und daneben einen Kupferkessel mit verblichenen und staubigen Strohblumen.

Sara-Ida stieß mit ihren Ellbogen an die kalte Betonwand, als sie, vor allem um Zeit zu gewinnen, das Gummiband ihres Pferdeschwanzes festzog.

Was sollte sie antworten? Aus den Fehlern lernen!

Der Karpfen hatte das letzte Mal gesagt, dass sich Sara-Ida nicht zu schämen und auch keine Angst davor zu haben brauchte, was die anderen dächten. Aber jetzt schien sie das Problem in einem anderen Licht zu sehen.

»Der menschliche Körper hat so viele unerklärliche und launische Seiten«, sagte sie.

Das war durchaus so, dachte Sara-Ida.

»Ein Unglück ist schnell passiert«, fuhr der Karpfen fort.

Sara-Ida nickte, blieb aber ernst.

»Sie können sich auf mich verlassen. Meine Lippen sind versiegelt.«

Sara-Ida runzelte die Stirn. Ihre Unlust nahm zu.

»Sie können mir gerne *alles* erzählen, was sich bei der Patientin im Einzelzimmer zugetragen hat«, fuhr der Karpfen immer noch unbeschwert fort. Sara-Ida meinte jedoch eine gewisse Forciertheit zu bemerken und war auf der Hut.

Der Karpfen saß reglos und aufrecht da. Sie trug eine dunkelblaue Wolljacke. Die weiße Schwesterntracht war aus Baumwolle. Wahrscheinlich hatte sie sie mit nach Hause genommen und selbst gebügelt, weil die Sachen recht zerknittert waren, wenn sie aus der Wäscherei kamen. Ein BH mit Spitze schimmerte darunter. Sie trug keine Arbeitsschuhe, sondern dunkelblaue Pumps. Sie arbeitete nicht in der Pflege, sondern nahm an Besprechungen teil oder saß in ihrem Büro.

Ihre Stimme war honigsüß und klebrig.

Sara-Ida ließ die Sekunden verstreichen und schaute abwechselnd auf den hellblauen, stabilen Webteppich und den Karpfen. Sie hatte dunkelblond getöntes Haar und einen Pony. Sah eigentlich recht gut aus, fand Sara-Ida, und Respekt einflößend. Ihre schwarze Metallbrille war eckig.

Der Karpfen ließ ihren Blick auf Sara-Idas Gesicht ruhen.

»Nur Sie und ich sind hier«, sprach sie weiter. »Sie brauchen keine Angst zu haben.«

»Aber es ist doch gar nichts passiert!«

Sara-Idas Stimme war leise, verunsichert und gleichzeitig verzweifelt.

»Natürlich ist das ein *Trauma* für Sie, bereits am ersten Tag diesen unerwarteten Todesfall zu erleben.«

Trauma war ein großes Wort. Sara-Ida hatte es schon mehrfach gehört, war aber trotzdem beeindruckt. Die meiste Zeit wurden so große Worte gebraucht. Worte, mit denen sie nichts anfangen konnte.

»Ich will noch einmal betonen, dass Fehler wiedergutgemacht werden können«, beharrte die Pflegedienstleiterin. »So arbeiten wir an dieser Klinik.«

»Aber ich habe keinen Fehler gemacht!«, rief Sara-Ida.

Wieder machte sich eine unsichere Stille in dem kleinen Büro breit.

»Tja dann.«

Britt-Louise Karp holte tief Luft und beendete das Gespräch mit der Bemerkung über Sara-Idas und Harriet Rots Teamarbeit.

»Sie machen gemeinsam weiter, solange Sie es wünschen«, meinte sie.

Sie tut nur so freundlich, dachte Sara-Ida und schwieg.

»Wir möchten, dass Sie sich bei uns wohl fühlen«, sagte sie. Dann erhob sie sich und entließ Sara-Ida.

Im Team arbeiten.

Das klang gut, aber Sara-Ida wusste, wie es in der Praxis aussah. Die Zusammenarbeit verlief im Sande, weil es niemand aushielt, unentwegt jemand anderen auf den Fersen zu haben. Sie wusste aus dem Pflegeheim Gullregnet, wie das war.

Aber Harriet beruhigte sie. Sie habe nicht das Geringste dagegen, mit ihr im Team zu arbeiten.

»Immer mit der Ruhe«, sagte sie zu Sara-Ida, die noch skeptisch war.

Und sie entspannte sich mit der Zeit tatsächlich. Harriets Worte waren aufrichtig gewesen, und Sara-Ida hatte wahrhaftig keinen Grund zur Klage. Harriet war nett und hilfsbereit. Alle waren so wahnsinnig nett auf der Station, dass sie dem Frieden nicht recht trauen mochte.

Das hatte sie auch schon im Gullregnet erlebt. Dass es die Alten nicht ertrugen, dass sie jung und hübsch war.

Aber hier war das etwas anderes. Auf der gesamten Chirurgie schwebte das Wort *Wertesystem* durch die Luft.

Sie begriff zwar nicht hundertprozentig, was damit gemeint war, nur dass die gesamte Belegschaft viel besser miteinander kommunizierte, seit alle eine Fortbildung absolviert hatten. Auf einem Internat in Blankaholm hatte man gut gegessen und abends mit den Ärzten Wein getrunken. Es war gemütlich gewesen. Man hatte gescherzt und gelacht und war in die Sauna gegangen. Sogar in die gemischte. Das erzählte ihr Harriet, die sonst nicht übertrieben gesprächig war. Selbst war sie kein Saunamensch, was sie auch betont hatte. Es war also nicht wie sonst immer nur das Personal in leitender Stellung gewesen, das sich mit dem neuen Wertesystem befasst hatte, wie Harriet berichtete. Dieses Mal hätten alle fahren dürfen. Fast alle jedenfalls, denn einige hätten schließlich noch auf der Station arbeiten müssen.

Beim Morgenkaffee hatte der Karpfen von dieser neuen Initiative, vom Wertesystem, berichtet. Dann wurde Sara-Ida gefragt, wie es denn so im Gullregnet gewesen sei. Mit dem Wertesystem, und darüber hatte Sara-Ida nicht so ohne weiteres Auskunft geben können.

Alle am Tisch waren verstummt.

»Ganz okay«, hatte sie ausweichend gemeint.

Das kann dir scheißegal sein, hatte sie noch im selben Atemzug gedacht, denn langsam war sie diesen Karpfen leid gewesen, obwohl sie eingesehen hatte, dass die Pflegedienstleiterin sie gefragt hatte, um sie in die Unterhaltung mit einzubeziehen, um nett zu sein.

»Dieses ganze Gerede über das Wertesystem, da ist nicht viel dahinter«, hatte Harriet anschließend gemeint. »Es geht eigentlich nur darum, dass man andere so behandelt, wie man selbst behandelt werden möchte. Das habe ich bereits in der ersten Klasse gelernt. Man soll nicht gemein sein und die ganze Zeit daran denken, dass alle gleich viel wert sind. Es ist nur schwer, das auch zu beherzigen.«

Sara-Ida war erleichtert gewesen. Also das war mit Wertesystem gemeint! Nichts weiter.

Im Übrigen war sie hin und her gerissen, was die Arbeit auf der Station anging. Die Arbeit hatte ihre Höhen und Tiefen, was natürlich aufregend war, aber manchmal auch unangenehm sein konnte.

Seit dem Todesfall hatte sie sich nicht mehr mit Sophie unterhalten. Sie wurde mit jedem Tag blasser. Sie hatte es sich offenbar sehr zu Herzen genommen, als kontrolliert worden war, was sie der Patientin verabreicht hatte. Sie war doch immer so gewissenhaft! Würde man ihre Kompetenz jetzt in Frage stellen?

Trotzdem wollte Sophie, dass die Ordinationen und ihre Namenskürzel überprüft würden. Wollte, dass alles mit rechten Dingen zuging. Das erzählte Harriet.

Da war Sara-Ida ihr alter Arbeitsplatz im Gullregnet lieber, obwohl sie wusste, dass der nicht das Paradies auf Erden gewesen war. Aber so etwas blieb einem dort jedenfalls erspart.

Hier wie dort war es entscheidend, mit wem man sich verbündete.

Der Vormittag war im Nu vergangen, jetzt war die Mittagszeit vorbei, und sie wollte mit Harriet einen Patienten duschen, weil sie am Vormittag nicht dazu gekommen waren. Sie bezogen gerade das Bett frisch, da sah sie den Kittel, nach dem sie den ganzen Vormittag Ausschau gehalten hatte, im Schwesternzimmer verschwinden. Selbst ging sie nur dorthin, wenn es ihr ausdrücklich aufgetragen worden war. Ihr Herz begann rascher zu klopfen. Sie überlegte, wie sie ihn treffen könnte, ohne dass die anderen etwas merkten.

Der Patient war frisch operiert, der ganze Bauch sei voller Krebsgeschwüre gewesen, hatte sie sich sagen lassen. Es gab viele Patienten in recht instabiler Verfassung. Die Ärzte hatten nicht viel tun können. Sie hatten die Bauchdecke geöffnet und dann wieder zugenäht. Der Mann war dünn und konnte sich kaum auf den Beinen halten. Harriet und sie hatten ihn auf einen Hocker unter die Dusche setzen müssen, während er die ganze Zeit mit matter, rauer Stimme beteuert hatte, wie nett sie seien. Ihr kamen fast die Tränen, weil er so verdammt dankbar war, und sie dachte, dass vermutlich dies mit dem Wertesystem gemeint war. Ihr wäre es unmöglich gewesen, hart oder gemein zu ihm zu sein.

Die ganze Zeit beobachtete sie aus den Augenwinkeln, was Harriet tat. Mit energischen Handbewegungen shampoonierte sie das Haar, seifte den Rücken ein und duschte den Mann dann mit der Handdusche lange ab, weil er das warme Wasser so angenehm fand. Sie ließ sich Zeit dabei, weil er in seinem Leben vermutlich nicht mehr so sonderlich oft duschen würde, wie sie Sara-Ida anschließend erklärte. Genauso bedächtig strich Harriet anschließend die Laken glatt. Keine Lieblosigkeit. Sie redete dabei allerdings nicht die ganze Zeit, wie Gertrud im Gullregnet das getan hatte. Fröhliches Geplauder, das die Stimmung aufhellte.

Harriet bat den Patienten, den Versuch zu unternehmen, die wenigen Schritte bis zum Rollstuhl zu gehen, während sie und Ida ihn stützten. Sara-Ida überlegte sich die ganze Zeit, was als Nächstes passieren würde.

Sie vergaß nicht, wie es im Gullregnet gewesen war.

Als sie dort neu gewesen war, hatte Gertrud sie immer Fräulein Neugierig genannt. Sie müsse einfach selbst erkennen, was zu tun sei, und dürfe nicht bei jeder Kleinigkeit fragen. Wie ein unsichtbarer Geist sehen und zupacken, hatte Gertrud mit ihren lippenstiftfleckigen Zähnen gesagt.

Sara-Ida hatte wirklich keine Fehler machen wollen. Schließlich arbeiteten sie nicht an einem Fließband, sondern mit Menschen aus Fleisch und Blut. Das war wichtig und konnte einem auch Angst machen.

In Gertruds Gesellschaft war sie verstummt. Die Vorsicht hatte sie gelähmt. Da hatte sich Gertrud jedoch vor ihr aufgebaut, die Hände in die schon lange nicht mehr vorhandene Taille gestemmt und sie angefahren, es genüge nicht, herumzustehen und schön zu sein.

»Hier wird gearbeitet«, hatte sie verkündet.

Sara-Ida hatte sich damit getröstet, dass sie mit anderen Arbeitskolleginnen besser auskam. Sie hatte mehr auf jene gehört, die der Auffassung gewesen waren, sie sei tüchtig und nett zu den Pflegebedürftigen.

Mit der Zeit war sie dann auch mit Gertrud ausgekommen. Dieser war es eigentlich nur darauf angekommen, alles so schnell wie möglich zu erledigen, um noch Zeit für ein Kreuzworträtsel oder ein Sudoku zu haben. Gertrud war es schon längst leid gewesen, sich um Kranke und Alte zu kümmern. Sie war wirklich bitter geworden. So hatte Sara-Ida nie werden wollen.

Dann war der Fehler geschehen.

Veronika ging in ihr Büro, das auf demselben Flur lag wie die Behandlungszimmer. Anfänglich hatte sie sich ein Büro geteilt, zeitweilig waren sie sogar zu dritt gewesen. Aber seit sie Oberärztin geworden war, besaß sie ein eigenes Kabuff. In den letzten Wochen hatte sie sich so oft wie möglich dorthin zurückgezogen.

Sie hatte gerade zusammen mit Fresia Gabrielsson einen Leistenbruch operiert. Genauer gesagt hatte sie der Anfängerin assistiert. Fresia war geschickt, das machte das Assistieren weniger langwierig und langweilig. Es gab Ärzte, die große Angst davor hatten, dass die Wunde stark bluten würde oder dass sie irgendwelche vitalen Körperteile wie Blutgefäße, Nerven oder den Harnleiter durchtrennen würden, dass nichts voranging. Aber Fresia war eine geborene Chirurgin. Noch mehr als Daniel Skotte. Aus Fresia konnte noch etwas werden, wenn sie beharrlich genug war und sich keine Steine in den Weg legen ließ, denn sie war hart im Nehmen und besaß Urteilsvermögen.

Statt im Aufenthaltsraum einen Kaffee zu trinken, saß Veronika da und starrte ins Leere. Sie dachte dieselben, wenig originellen Gedanken, die sie jetzt jeden Tag beschäftigt hatten. Was zum Teufel hatte sie übersehen? Ein Loch im Darm? Eine Blutung?

Sie legte die Füße auf den zweiten Stuhl und versuchte eine Woge der Übelkeit zu unterdrücken. Sie öffnete die Schreibtischschublade, in der sie ihre Süßigkeiten verwahrte. Sie nahm eine ungeöffnete Rolle Kekse, aß sie auf und stellte fest, dass es so nicht weitergehen konnte. Sie befand sich in einer Sackgasse.

Alles war trocken gewesen und hatte wunderbar ausgesehen, als sie den Bauch zugenäht hatten. Die Patientin hatte Antibiotika bekommen, und auf der Intensivstation war es ihr immer besser gegangen.

Daniel Skotte war ebenso schleierhaft wie ihr, was passiert war. Mit seiner ruhigen Art war er ein guter Zuhörer und ein hervorragender Tröster gewesen. Das galt auch für Ronny Alexandersson und Else-Britt Ek.

Hatte die Patientin eine Überdosis erhalten? Oder hatte es sich um einen allergischen Schock gehandelt? Oder war Gift im Spiel gewesen? Aber Charlotte Eriksson hatte noch der Schweiß auf der Stirn gestanden, das hatte die Pflegehelferin, die die Vertretung machte, berichtet. Sie hatte sich den Vorfall sehr zu Herzen genommen. Außerdem schien sie ein Auge auf Daniel Skotte geworfen zu haben. Sie glaubte sicher, dass niemand etwas gemerkt hatte, aber sie strahlte ihn unentwegt an.

Und der Obduktionsbericht ließ auf sich warten.

Sie würde ohnehin nichts erfahren, jedenfalls nicht solange die Polizei ermittelte. Verdacht auf Mord. Aber niemand glaubte, dass sie die Mörderin war. Niemand, außer der Ehemann, soweit sie wusste.

Es hatte sich während ihrer ersten Wochen im Gullregnet ereignet, als die Arbeit noch neu für sie gewesen war. Sara-Ida musste in letzter Zeit öfter daran denken.

Sie hatte einem Mann geholfen, eine Tablette zu schlucken, die auf dem Nachttisch gelegen hatte. Das war nach Gertruds Predigt gewesen, sie stelle zu viele Fragen. Ein Wasserglas hatte auch dort gestanden. Sie hatte dem alten Mann das Glas gereicht, er hatte selbst die Tablette genommen, die wie eine Kapsel ausgesehen hatte. Der Mann hatte ganz augenscheinlich gewusst, was er schluckte.

Eine andere Pflegehelferin hatte sie später gefragt, ob sie dem Mann sein Zäpfchen gegeben habe, weil es nicht mehr auf dem Nachttisch liege. Sie hatte genickt. Ein Zäpfchen! Sara-Ida hatte sich in Grund und Boden geschämt. Es hätte rektal und nicht oral verabreicht werden müssen.

Aber der Mann war am nächsten Tag wie immer gewesen, genauso verwirrt und genauso fröhlich.

Sie hatte die Angelegenheit für sich behalten, denn sie hatte niemandem, am allerwenigsten Gertrud, die Gelegenheit geben wollen, auf ihr herumzuhacken.

Jetzt befürchtete sie, dass etwas Schreckliches geschehen würde. Sie dachte an die Ärztin. Sara-Ida hatte das Getuschel gehört. Gewisse Schwestern und Ärzte hegten den Verdacht, sie hätte bei der Operation gepfuscht.

Andere hingegen nahmen sie in Schutz.

Es schüttete. Sara-Ida stand hinter den Türen im Haupteingang und überlegte. Sollte sie sich ins Unwetter wagen oder warten? Der Himmel war vollkommen schwarz.

Plötzlich tauchte neben ihr ein Schatten auf.

Es war Jörn.

»Hallo«, sagte sie überrascht.

Er stellte sich etwas zu dicht neben sie. Man hätte glauben können, dass sie sich nicht nur flüchtig, sondern sehr gut kannten.

»Was machst du hier?«, fragte sie ihn mit beherrschter, aber freundlicher Stimme.

»Ich fahre jetzt nach Hause. Ich habe meine Mutter besucht.«

Er trug private Kleidung, nicht die graugrüne Hose mit den vielen Taschen und die robuste Jacke der Hausmeister. Sie waren nicht die Einzigen, die darauf warteten, dass der Regen nachließ. Der Karpfen stand in einem durchsichtigen Regenmantel über dem Kostüm und einem lächerlichen, spießigen Hütchen aus dunkelblauem Wachstuch auf dem Kopf schräg hinter ihr.

»Was hat deine Mutter denn?«, fragte Sara-Ida, mehr um überhaupt etwas zu sagen.

»Ihr ist schwindlig. Sie ist zur Beobachtung auf der Inneren. Vielleicht ist es was mit dem Herzen«, meinte er ausweichend und zuckte mit den Achseln. »Sie untersuchen das noch.«

»Also nichts Ernstes«, meinte sie und war erleichtert, nicht über Krankheit und Tod sprechen zu müssen.

Davon sah sie genug. Am liebsten wollte sie nur kerngesunde Leute treffen.

»Nein«, erwiderte er nach kurzem Zögern.

Draußen war es heller geworden, aber es goss noch immer. Sara-Ida und Jörn gingen durch die Glastür.

Sara-Ida trat unter dem Vordach hervor, und die kühle Herbstluft schlug ihr ins Gesicht. Sie dachte, dass sie jetzt den weiten Weg bis nach Kristineberg im Regen zurückradeln musste, da räusperte sich Jörn.

»Du kannst bei mir mitfahren«, meinte er und warf den Kopf in den Nacken, wie er es immer tat.

Wunderbar!, dachte sie sofort.

Zögerte aber dennoch.

»Und das Fahrrad? Ich habe morgen Frühdienst.«

»Das lege ich in den Kofferraum.«

Das klang ganz einfach. Sie konnte nicht widerstehen. Sie schloss ihr altes Monark-Fahrrad auf und schob es zum Auto. Er öffnete den Kofferraum. Sehr aufgeräumt und abgesehen von einer zusammengeknüllten gelben Frotteedecke in einer Ecke vollkommen leer. Eine typische Krankenhausdecke, hat er geklaut, dachte Sara-Ida, während Jörn ihr Fahrrad in den Kofferraum hob. Das Vorderrad ragte aus der Klappe hervor. Er band es so fest, dass das Schutzblech nicht den Lack zerkratzte.

Dann stiegen sie ein und fuhren vom Parkplatz.

»Aber ist das nicht ein Umweg für dich? Musst du nicht in die entgegengesetzte Richtung?«, fragte sie aus Höflichkeit.

»Das macht nichts«, murmelte Jörn und bog statt nach Westen nach Bockara Richtung Zentrum ab.

Er hielt mit beiden Händen das Lenkrad. In der Mitte prangte das blauweiße Markenzeichen: BMW.

»Neu?«, fragte sie.

»Nein, gebraucht. Aber wie neu«, antwortete er grinsend und tätschelte liebevoll das Armaturenbrett.

12

Es war halb zehn Uhr abends, der Montag nach Allerheiligen. Auf allen Friedhöfen hatten Kerzen gebrannt. Claes spähte vom Sofa aus durchs Fenster in die Dunkelheit. Im Wohnzimmer war es gemütlich warm. Klara schlief. Das alte Holzhaus knarrte vertraut bei dem Wind.

Die Stille wurde unterbrochen, als ein Handy irgendwo in der Diele zu klingeln begann. Seins war es nicht, und er blieb liegen, bis die Melodie verklungen war.

Er hatte gerade die Nachrichten gesehen und wartete auf die Sportschau.

Veronika vergaß ihr Handy recht oft. Oder sie vergaß, den Akku aufzuladen. Das sei ihr stiller Protest gegen die Arbeit, behauptete sie. Sie hielt es für eine Freiheit, unerreichbar zu sein. Auch wenn es sich nur um eine scheinbare Freiheit handelte, denn heutzutage erreichte man immer jeden, wenn man es wirklich darauf anlegte.

Claes wusste, dass Veronika bei einer Kollegin war, bei Else-Britt Ek, die er auch kannte. Sie lebte außerhalb, auf einem Bauernhof, ihr Mann war Landwirt. Sie trafen sich häufiger.

Ein paar Kollegen aus der Klinik hatten sich bei Else-Britt Ek verabredet. Er kannte nicht alle und hatte auch nur mit halbem Ohr zugehört. Veronika hatte den Wagen genommen und die anderen abgeholt. Sie hatte ohnehin nicht vor, Wein zu trinken, würde den Grund dafür aber vermutlich nicht verraten.

Aber wer weiß, überlegte er, ging in die Küche, öffnete den

Kühlschrank und griff nach der zweiten Dose Bier an diesem einsamen Abend.

Vielleicht erzählt sie es ja doch, dachte er zerstreut. Er stellte sich näher an das Küchenfenster und schaute in die Dunkelheit. Matschwetter. Der Halbmond war jedoch zu sehen. Dann würde es Dezember werden, und sie würden Santa Lucia und Weihnachten feiern, überall würden Kerzen brennen, und man würde Glögg trinken. Die Zeit verging rasch, bald war es so weit.

Auf Strümpfen ging er zurück zur Wohnzimmercouch und legte die Füße auf den Glastisch mit den tausend winzigen Fingerabdrücken von Klara. Wirklich verrückt, mit kleinen Kindern einen Glastisch zu haben, aber diesen Tisch hatte er aus seiner Wohnung mitgenommen, irgendein Designguru hatte ihn entworfen, und er war verdammt schick. Weder Kratzer noch Fingerabdrücke machten ihm so viel aus wie früher.

Was ihm nach seinem vierzigsten noch alles geschenkt worden war. Unglaublich eigentlich. Erst Klara, und jetzt noch ein Geschwisterchen!

Er trank ein paar Schluck Bier. Sie hatten sich mit dem Arzt über die Risiken unterhalten. Sie hatten lange in seinem Sprechzimmer gesessen. Sie waren alles andere als durchschnittlich, vor allem war Veronika das nicht, sie fiel wirklich ganz und gar aus dem Rahmen. Dadurch war nichts einfach und selbstverständlich.

Als sie anschließend auf dem Gang gestanden hatten und er die anderen Paare im Wartezimmer angeschaut hatte, war er von den ganzen Statistiken und Entscheidungen, die zu treffen waren, wie erschlagen gewesen.

Jetzt konnten sie nur noch warten.

In gewisser Weise war es jedoch auch einfach: Veronika und er waren sich einig, die Untersuchung durchführen zu lassen. Sie waren sich auch einig, was zu tun war, wenn das Resultat nicht wie gewünscht ausfiel.

Die Termine für die Untersuchungen standen bereits fest.

Frauen in Veronikas Alter empfahlen die Ärzte sofort eine invasive Untersuchungsmethode. Eine dünne Nadel wurde durch die Bauchdecke gestoßen, um eine Probe des Fruchtwassers und des Gewebes der Plazenta zu entnehmen. Der Vorteil einer solchen Plazentauntersuchung war, dass man sie bereits nach elf Wochen durchführen konnte. In knapp zwei Wochen würden sie also nach Linköping fahren. Dann würde ein Schnelltest des entnommenen Plazentagewebes durchgeführt, mit dem sich die häufigsten und schwerwiegendsten Chromosomenveränderungen feststellen ließen. Das Ergebnis würden sie innerhalb einer Woche erhalten, hatte es geheißen.

Er hatte gelernt, dass Fruchtwasseruntersuchung Amniozentese hieß, und kannte sogar die englische Abkürzung für Plazentauntersuchung, CVS, was für chorionic villus sampling stand. Die Ärzte hatten eine ebenso große Schwäche für Abkürzungen wie die Polizeibeamten.

Veronikas Handy klingelte erneut. Sein Entschluss stand jedoch fest, und er blieb auf dem Sofa liegen.

Bis ihm einfiel, dass es Cecilia sein könnte. Claes sprang auf und rannte in die Diele, um Veronikas Handy zu suchen. Aber da hatte der Anrufer schon wieder aufgelegt. Eine Geheimnummer, sah er auf dem Display. Cecilia konnte es also nicht gewesen sein.

Er hatte sich gerade wieder gesetzt, da klingelte der Festnetzanschluss. Er erhob sich und nahm in der Küche ab.

»Ist Veronika Lundborg zu sprechen?«, fragte eine fremde Männerstimme.

»Nein. Und wer sind Sie bitte?«

»Ich hätte gerne gewusst, wo ich sie erreichen kann«, beharrte die Stimme am anderen Ende.

»Was wollen Sie denn?«

Claesson wurde ungehalten.

»Ich rufe von einer Zeitung an.«

Die Stimme nannte ihm den Namen der Zeitung, aber Claesson war so wütend, dass er ihn nicht richtig verstand. Klang nach einer dieser Gratiszeitungen, die in ihrem entlegenen Winkel ohnehin nicht verteilt wurden.

»Ich würde mich nur gerne mit ihr unterhalten«, sagte die Männerstimme.«

»Worüber?«

Eine kurze Stille trat ein, in der Claesson die Atemzüge des Mannes hören konnte.

»Ich hätte gerne von ihr gewusst, was sie dazu sagt, den Tod eines Menschen verursacht zu haben.«

»Wie bitte?«

»Es ist Anzeige gegen sie erstattet worden.«

Claesson wurde fuchsteufelswild.

»Und deswegen rufen Sie um diese Tageszeit an? Was sind Sie eigentlich für ein Mensch? Bitte teilen Sie mir Ihren Namen mit.«

»Janne Johansson«, lautete die Antwort.

»Und was soll das für eine Anzeige sein?«

»Darüber würde ich lieber mit ihr persönlich sprechen.«

»Das geht nicht. Sie ist nicht zu Hause.«

Sara-Ida hielt das Weinglas in beiden Händen. Sie hatte es fast ganz geleert und war etwas beduselt. Es war das dritte Glas, das sie auf fast leeren Magen getrunken hatte.

»Du bist schön«, sagte er, streckte den Arm über den Tisch und nahm ihre Hand. Die Kerze flackerte. Sie drückte seine Hand und schwebte im siebten Himmel.

»Vielen Dank«, sagte sie und hörte selbst, dass sie etwas undeutlich sprach.

Es fiel ihr schwer, aufrecht zu sitzen. Sie lehnte ihren Kopf an den aufgestützten Arm. Ihr Haar löste sich aus der Haarspange.

Er fuhr mit seinen langen Fingern durch die rotbraune Mähne.

»Du siehst einfach super aus«, sagte er, und seine Augen sprühten Funken.

Er stand auf, ging um den Tisch, legte die Arme um sie und half ihr vom Stuhl. Sie hielten sich eng umschlungen.

Ich kann mich fallen lassen, dachte sie. Mich dem Mann ausliefern, der mich liebt. Meinem Tröster!

»Ich will ein winziges Loch in die Wirklichkeit bohren und in dich hineinkriechen«, flüsterte sie ihm ins Ohr.

Er brummte zustimmend.

Er drückte sie noch fester an sich, sein Herz klopfte so sehr, dass sie seinen Puls an der Wange spüren konnte. Er küsste sie leidenschaftlich, ihr Speichel vermischte sich, und sie vergaß alles, die Arbeit, was Jessan gesagt hatte und was Hänschen glaubte.

Alles war verwirrend und chaotisch. Vor ihr lag eine unsichere Zukunft. Aber nun fühlte sie sich geborgen. Hier und jetzt. Bei ihm.

Er nahm die Brille ab und legte sie auf den kleinen Küchentisch ihrer Wohnung, ließ sie dabei aber nicht los. Er drückte ihr die Lippen auf die Stirn, dann fuhr er ihr mit der Zunge über die Nase, eine nasse Welle abwärts, und schob sie ihr in den Mund.

Sie ließ sich von der Wärme und Nähe treiben. Schmolz dahin, hörte auf, Sara-Ida zu sein, und ließ sich zum Bett führen. Er schälte sie aus ihrer Jeans, und sie half ihm dabei. Der Slip glitt von ihren Hüften. Sie zog den Reißverschluss seiner Hose auf.

Es war heftig und intensiv.

»Ich liebe dich«, stöhnte er mitten im Vulkanausbruch.

Er wird mich nicht verlassen, dachte sie. Er wird mich in seinen Armen halten, egal, was passiert. Er wird auch nicht lauter Geheimnisse haben wie Hänschen.

Veronika kam nach Hause. Claes hatte ihr die Tür geöffnet. Er hatte das Auto in der Einfahrt gehört.

Er pflegte doch nicht auf sie zu warten? Sie ahnte bereits die Katastrophe.

»Wir setzen uns«, sagte er und ging in die Küche.

»Was ist los?«

Sie legte die Stirn in tiefe Falten und hatte nur rasch die Jacke abgelegt.

»Ist jemand gestorben?«

Er schüttelte den Kopf.

»Ein Verrückter hat angerufen«, erwiderte er.

Jetzt saßen sie sich gegenüber, und er erzählte.

Sie regte sich nicht einmal auf, spürte nur, wie sich in ihr eine Kälte ausbreitete.

»Ich habe so etwas geahnt«, sagte sie leise. »Irgendwann weiß man, dass alles geschehen kann.«

In dieser Nacht schmiegte sie sich eng an ihn.

Zumindest bin ich nicht allein, dachte sie. Gott sei Dank!

13

Nach der Röntgenvisite am Morgen begaben sich Veronika und Fresia Gabrielsson auf die Station, um dort die Visite zu machen. Die Stimmung war gelöst und heiter. Sie wurden von Schwester Lisbeth begleitet.

Die Tage vergingen quälend langsam. Es war Dienstag, die Woche hatte erst ihren Anfang genommen. Veronika hatte eine Nacht mit fürchterlichen Träumen hinter sich. Keine Alpträume, aber ihr Organismus war auf eine Katastrophe eingestellt, und ihre Nackenmuskeln waren verspannt.

Sie kreiste mit den Schultern und gähnte hinter vorgehaltener Hand.

»Schlecht geschlafen?«, wollte Lisbeth wissen.

Sie standen neben dem Rollwagen für die Visite und warteten darauf, dass Fresia ihr Telefonat mit einem Psychiater beenden würde.

»Allerdings. Mit kleinen Kindern ist das so.«

»Geistert sie nachts herum?«, wollte Lisbeth wissen. Veronika nickte. »Ich kann mich auch noch daran erinnern.« Lisbeth lächelte.

»Unsere Klara wird immer gegen drei munter und ruft nach uns. Mein Mann holt sie dann«, erzählte Veronika.

Veronika dachte daran, wie zufrieden ihre Tochter immer im Bett war. Sie legte sich zufrieden zwischen ihnen zurecht und schlief ein. Das Leben der Anpassung, der Mühe und der Liebe, dachte sie. Sie liebte die Kleine so sehr, dass es schmerzte.

Erst am frühen Morgen war sie endlich eingeschlafen. In einem Schlitten mit Glöckchenklang, die Kufen tief im Schnee, war sie davongefahren. Sie hatte sich unter die Felle gekuschelt und in den tiefschwarzen Himmel geschaut. Es war immer schneller gegangen, bis der Schlitten abgehoben hatte. Er war geradewegs ins All gefahren.

Dann war der Radiowecker angegangen, mit den Nachrichten. Sie war wie erschlagen gewesen und hatte eine Weile gebraucht, um zu sich zu kommen.

Niemand weiß etwas, hatte sie gedacht, noch nicht.

Die Visite war beendet. Sie ließ die vormittägliche Kaffeepause aus und begann, die Entlassungsscheine auszustellen. Anschließend wusch sie sich die Hände und betrachtete sich im Spiegel über dem Waschbecken. Oberärztin Veronika Lundborg stand auf ihrem Namensschild, weiße Buchstaben auf blauem Grund. Es steckte etwas schief am Kragen ihres Kittels.

Wie mein ganzes Leben, dachte sie und rückte das Schildchen zurecht, ehe sie sich wieder an den Schreibtisch setzte.

Auf dem Korridor rollte scheppernd der Essenswagen vorbei. Sie sah auf die Uhr. Gleich elf. Sie musste sich ranhalten. Weitere Patienten warteten. Taxis waren vorbestellt.

Veronikas Gedanken drehten sich im Kreis. Eine weitere Patientin war ihr in ihr Sprechzimmer gefolgt. Sie hatte ihr ihre Fragen beantwortet, und sie war mit einem Rezept und einer Krankschreibung wieder gegangen. In einem Monat würden sie sich bei der Nachuntersuchung wiedersehen. Mit vorsichtigen Schritten, aber guter Dinge war die Frau nach Hause gegangen.

Veronika war allein. Die Schreibtischlampe leuchtete gelb und freundlich. Die Worte fielen ihr mühelos ein. Sie fasste den Krankenhausaufenthalt zusammen, gab den Grund an, warum die Patientin hatte stationär behandelt werden müssen, nannte die Art der Operation, ihr Ergebnis, beschrieb die beginnende Genesung und dass sie damit rechne, dass dieser Prozess zu

Hause abgeschlossen und bei der Nachuntersuchung überprüft werde. Alles Routine. Ihre Lippen bewegten sich automatisch am Mikrofon. Ihre Gedanken schweiften ab.

Sie hatte es sich sehr zu Herzen genommen. Alle nahmen sich eine Anzeige sehr zu Herzen. Ärzte, Schwestern, Hebammen. Natürlich war das so. Ihr Beruf war es zu heilen. Dass das manchmal schief ging, war unvermeidlich. Die Arbeit in der Krankenpflege war schwierig und anspruchsvoll, Kommunikation und Routinen waren gelegentlich sehr komplex. Fehler und Todesfälle waren nicht ausgeschlossen. Wie hätte man das auch verhindern wollen? Wie ließ sich der Gesundheitssektor besser und sicherer gestalten?

Jedenfalls nicht, indem man Einzelne verurteilte! Nicht indem man in erster Linie fragte, wer was getan hatte, sondern indem man fragte, was überhaupt vorgefallen war, um die Ursachen zu ermitteln.

Aber das Bedürfnis, einen Schuldigen zu finden, war offenbar bei den Menschen tief verwurzelt. Einen Sündenbock. Und jetzt war sie selbst an der Reihe.

Sie beschloss, nicht nachzugeben. Es gab nichts, wofür sie sich hätte schämen müssen, sie hatte nur ihre Arbeit gemacht. Schon vor vielen Jahren hatte sie sich von dem Gedanken verabschiedet, dass ausgerechnet sie ohne Komplikationen durchkommen würde. Das war eine Utopie. Wer keine Rückschläge einstecken konnte, konnte nicht als Chirurg arbeiten.

Man lernte dazu, nicht zuletzt durch Komplikationen wurde man im Laufe der Jahre sicherer, und man lernte, Probleme zu bewältigen.

Leider lassen sich die Toten nicht wieder zum Leben erwecken, dachte Veronika und erhob sich. Sie ging auf die Toilette und anschließend in die Personalküche, um ein Glas Wasser zu trinken. Wir müssen noch einmal durchdenken, zu welchem Zeitpunkt Patienten von der Intensivstation verlegt werden dürfen, dachte sie und goss das Wasser aus. Es schmeckte nach Chlor. Sie öffnete den Kühlschrank und nahm den Apfelsaft heraus. Die klinikinterne Ermittlung wird vermutlich zu diesem Schluss kommen, dachte sie und trank einen Schluck Saft. Sie wusste, dass die Statistik auf eine erhöhte Mortalität von Patienten hindeutete, die gerade verlegt worden waren, vor allen Dingen von solchen, die an Atemstörungen litten.

Würde man das gegen sie verwenden können? Bei diesem Gedanken zuckte sie zusammen. Sie stützte sich an der Spüle ab und drückte das Glas an Lippen und Kinn. Auf der Intensivstation wurde jeder Atemzug überwacht, aber auf der Station lagen dieselben Patienten ohne Überwachung, die Kohlendioxidkonzentration im Blut nahm zu, und im schlimmsten Fall schliefen sie für immer ein. Eine Station für nicht ganz so schwere Fälle für den Übergang wäre gut, dachte sie. Das musste sie vorschlagen. Oder dass sich die Intensivschwestern auch noch um ihre Patienten kümmerten, wenn sie auf der Station lagen. Vielleicht hätte sich jemand besser um Charlotte Eriksson kümmern müssen?

Am Morgen war sie zum Briefkasten gerannt und hatte noch im Garten die Lokalzeitung durchgeblättert. Keine Zeile über eine Anzeige gegen eine Ärztin. Im Laufe des Tages würden die Abendzeitungen erscheinen. Hatte sie Glück, stand auch darin nichts. Ein Schicksal im kleinen Oskarshamn dürfte die großen Zeitungen kaum interessieren.

Aber sie bereitete sich auf das Schlimmste vor. Sie sah bereits die Schlagzeilen der im Kiosk im Entree und in der Cafeteria ausliegenden Zeitungen vor sich.

Dann war es an der Zeit, die nächste Patientin zu holen, die entlassen werden sollte. Sie verließ das Personalzimmer und kam an der offenen Tür des Spülraums vorbei. Die neue Pflegehelferin Sara-Ida unterhielt sich mit Harriet. Veronika blieb abrupt stehen, trat ein paar Schritte zurück und sah Harriet an, die an der Spüle lehnte.

»Was ist?«, wollte Harriet wissen, richtete sich auf und strich ihren Kittel glatt.

Veronika zögerte. Sie hätte der netten Harriet und der jungen, unschuldigen Sara-Ida gerne ihr Herz ausgeschüttet. Sie wollte sich jemandem anvertrauen. Außerdem hatte sie das Gefühl, dass Sara-Ida und sie irgendwie zusammengehörten. Das, was nicht hatte geschehen dürfen und trotzdem passiert war, verband sie. Sie waren beide auf unterschiedliche Art in den Todesfall verwickelt. Denn Sara-Ida hatte eigentlich überhaupt nichts mit Charlotte Erikssons Tod zu tun.

»Nein, nichts«, erwiderte sie und setzte ihren Weg fort.

Sie holte die sechzigjährige Patientin ab, der die Gallenblase entfernt worden war. Sie schaute auf die Uhr und hoffte, die Sekretärin würde ihr bald die Post bringen.

Die Entlassung ging rasch. Das Telefon klingelte, als sie gerade dabei war, die Krankmeldung zu schreiben. Sie entschuldigte sich und griff zum Hörer. Es war Claes.

»Ich habe nachgeforscht, weshalb so ein verdammter Journalist vor den Betroffenen von einer Anzeige wissen kann«, sagte er aufgebracht. »Ich habe bei der Beschwerdestelle der Gesundheitsbehörde angerufen …«

»Ich habe gerade eine Patientin im Zimmer«, informierte ihn Veronika mit milder Stimme. »Kann ich dich später zurückrufen?«

Nachdem die Frau gegangen war, trat Veronika auf den Gang und machte sich auf die Suche nach Fresia Gabrielsson. Sie fand sie in einem Vierbettzimmer. Sie zog sie in den nächstbesten Raum, in dem sie sich ungestört unterhalten konnten.

»Hast du noch viel zu tun?«, wollte sie wissen.

»Wieso?«

Fresia ging sofort in die Defensive.

»Ich müsste eigentlich noch einen Patienten entlassen, muss aber dringend sofort weg«, entgegnete Veronika.

Trotzdem willigte Fresia nicht sofort ein. Es war heikel, den jüngeren Ärzten Routineaufgaben aufzuhalsen. Früher war das anders gewesen, aber heutzutage mussten alle alles machen, auch die Oberärzte.

Veronika war drauf und dran, einen Deal vorzuschlagen oder

die junge Kollegin daran zu erinnern, dass sie so nett gewesen war, sie den letzten Bruch ganz allein operieren zu lassen. Veronika hatte sich zurückgehalten und nur assistiert, obwohl das viel länger gedauert hatte. Das hätten wahrhaftig nicht alle Kollegen getan!

Aber sie zögerte. Sie wollte sich nicht dazu herablassen zu betteln. Fresia schien nicht nachgeben zu wollen.

»Auch egal!«, sagte Veronika schließlich, warf den Kopf zurück und verließ den nach frischer Wäsche duftenden Lagerraum.

»Du«, sagte Fresia, die ihr gefolgt war. »Was sollte ich noch gleich für dich tun?«

»Meinen letzten Patienten entlassen. Er hört schlecht, und es wird deswegen etwas dauern. Du warst bei der Operation ja dabei, du weißt also, worum es geht.«

»Klar, kein Problem«, sagte Fresia und wirkte etwas reumütig.

»Danke, ich werde mich bei Gelegenheit revanchieren«, entgegnete Veronika und verließ erleichtert die Station.

Als Erstes ging sie an ihrem Postfach vorbei. Dort lag kein Umschlag.

Wirklich eine ausgesprochen seltsame Anzeige. Die ganze Angelegenheit war merkwürdig. Die versehentlich angeschossene Frau, der missgelaunte Ehemann, ihr sozialer Status. Bessere Gesellschaft. Es war einfacher, mit Patienten umzugehen, die keine wichtigtuerischen Angehörigen hatten. Nette Menschen wurden im Krankenhaus besser behandelt, behauptete sie oft.

Sie kam an Gunilla Åhmans Büro vorbei und blickte hinein. Der Raum war hell und mit schönen Bildern über dem Schreibtisch hübsch eingerichtet. Die Sekretärin war außerordentlich zuverlässig, fand Veronika. Sie war schon über sechzig, war nicht neugierig und ärgerte sich schon lange nicht mehr über Bagatellen.

Die Sekretärin, die heute eine hellblaue Wolljacke und eine

Bluse im selben Farbton trug, sah sie über den Rand ihrer Brille hinweg freundlich an. Die neonfarbene Plastikkette, die von den Bügeln herabhing, klapperte leise, als sie langsam den Kopf schüttelte.

»Die Post ist leider noch nicht gekommen«, sagte sie. »Ich begreife nicht, warum sie so spät dran ist. Typisch!«

»Okay.«

Veronika sah enttäuscht aus.

»Ich bin in meinem Zimmer«, meinte sie dann.

Gunilla Åhman nickte, und Veronika überquerte den Gang, machte die Tür sorgfältig hinter sich zu und rief Claes an.

»Ich werde jetzt nicht Himmel und Erde in Bewegung setzen«, begann sie. »Ich habe die Anzeige schließlich noch nicht mal gelesen. Es gibt eigentlich keinen Grund, sich aufzuregen, bloß weil ein Journalist angerufen hat. Die interne Ermittlung hier in der Klinik ist schließlich auf keine Mängel und Versäumnisse gestoßen.«

»Er hat aber zu einer sehr unchristlichen Zeit angerufen, so viel lässt sich sagen. Außerdem noch zu Hause. Wirklich eine Frechheit. Ich habe mich jedenfalls darum gekümmert, wie das zusammenhängt, und bei der Beschwerdestelle der Gesundheitsbehörde angerufen …«

Sie hörte ihn in den Papieren blättern.

»Diese gerichtsähnliche, unabhängige Einrichtung mit Sitz in Stockholm gibt es seit etwa zwanzig Jahren.«

»Ich weiß«, stöhnte sie. »Zur Sache.«

»Die Beschwerdestelle der Gesundheitsbehörde ist also eine staatliche Einrichtung und hat die Aufgabe, Mitarbeiter zu überprüfen, die im Gesundheitssektor tätig sind … also Krankenpflegepersonal und Ärzte … ob euch bei der Arbeit irgendwelche Fehler unterlaufen sind oder nicht. Dorthin können sich Patienten oder ihre Angehörigen wenden.«

Veronika seufzte.

»Sobald eine Anzeige bei der Beschwerdestelle der Gesundheitsbehörde eingeht, wird sie öffentlich einsehbar«, fuhr Claes unverdrossen fort. »Wenn also eine Anzeige von der Kanzlei angenommen wird … Es wird überprüft, ob der angezeigte Vorfall nicht länger als zwei Jahre zurückliegt, die Verjährungsfrist beträgt nämlich zwei Jahre. Außerdem muss der Beschwerdeführer ein Patient oder sein Angehöriger sein. Man kann auch keine eventuellen Kunstfehler anzeigen, die nach dem Tod aufgetreten sind. Kannst du folgen?«

»Natürlich.«

»Jedenfalls schickt man dem Beklagten die Anzeige mit der Aufforderung, dazu innerhalb von drei Wochen Stellung zu nehmen.«

»Ich weiß! Das ist häufig zu wenig Zeit, um alle Unterlagen zusammenzubekommen. Oft muss man um Verlängerung der Frist ersuchen.«

»Jetzt komme ich zum springenden Punkt. Wenn der Brief abgeschickt wird, legt man den Vorgang in einen Korb am Empfang der Beschwerdestelle der Gesundheitsbehörde. Und diesen Korb haben die Leute der Nachrichtenagenturen im Auge. Die machen daraus sofort eine Meldung, und zwar noch bevor der Betroffene etwas weiß. Schließlich dauert es auf dem normalen Postweg mindestens einen Tag lang, bis der Brief ankommt.«

Veronika sagte kein Sterbenswort.

»Und genau das ist jetzt passiert«, sagte Claes. »Und es handelt sich natürlich um einen besonders spannenden Fall, an dem viele Details verlockend sind. Erst einmal die Schießerei …«

»Schießerei? Du übertreibst!«

»Dann diese komplizierte Operation.«

»Die war nicht besonders kompliziert«, versuchte Veronika ihn zu bremsen.

»Aber die Zeitungen werden es so darstellen. Sie lieben Katastrophen, genau wie ihre Leser. Davon leben sie schließlich. Sie sehen dich als jemanden mit Einfluss, und solche Leute müssen sich eine kritische Prüfung gefallen lassen. Das solltest du am besten gleich einsehen.«

»Das tue ich auch.«

»Außerdem war das Opfer mit einem einflussreichen Mann aus der Stadt verheiratet und noch recht jung. Da gibt es viele Saiten, auf denen sie spielen können. Bedenklich ist auch, dass die Medien die Betroffenen bereits bezichtigen dürfen, ehe das Verfahren in Gang gekommen ist, aber so funktioniert offenbar unsere gläserne Gesellschaft. Außerdem wird nur in wenigen Fällen gegen die Beklagten entschieden, nur in etwa zehn Prozent, ich habe das nachgesehen.«

»Es gibt Menschen, die sich schon die Anzeige an sich sehr zu Herzen nehmen«, meinte Veronika.

»Das ist klar. Und zu einer Schlagzeile gehört auch immer ein Foto.«

»Du meinst, meines?«

»Ich habe mich jedenfalls mit Louise Jasinski unterhalten, da sie mit diesem Fall betraut ist«, meinte er. »Wir haben den Bericht der Gerichtsmedizin, und wir haben ihn uns heute Vormittag zusammen angesehen, aber wie du weißt, unterliegt dieser Bericht der Geheimhaltung, da es sich um eine polizeiliche Ermittlung handelt. Ist die Beschwerdestelle der Gesundheitsbehörde an dem Obduktionsbericht interessiert, dann muss sie ihn direkt von der Gerichtsmedizin in Linköping anfordern. Aber ich kann so viel sagen«, meinte er und überlegte, »du hast keinen Grund, die Hoffnung aufzugeben!«

Sie legten auf.

Sie setzte sich an ihren Computer und googelte die Beschwerdestelle der Gesundheitsbehörde.

Die Stelle dieser Einrichtung verhängte Disziplinarstrafen. Eine Ermahnung war die geringste Strafe, eine Verwarnung war schon ernster. Die meisten Beklagten wurden freigesprochen. Die Beschwerdestelle zahlte keine Entschädigungen. Das war ein weit verbreitetes Missverständnis. Für eine Entschädigung mussten sich die Patienten an die Gesellschaft zur Regulierung von Personenschäden wenden. Wenn es um Schadensersatz ging, war der Rechtsweg zu beschreiten. Die Beschwerdestelle konnte allerdings das Recht widerrufen, Rezepte auszustellen. Sie konnte Ärzten auch ihre Approbation entziehen, dann mussten die Vorwürfe allerdings von der Behörde kommen. Etwa zwanzig Personen pro Jahr wurden ihre Approbation los, las sie. Sowohl Ärzte als auch Krankenschwestern.

Sie wandte sich vom Monitor ab und schaute auf die Uhr. Ihr Magen knurrte, sie musste etwas essen, ehe die Sprechstunde am Nachmittag begann.

In diesem Augenblick hörte sie ein leises Klopfen, und die Tür wurde geöffnet. Gunilla Åhman wedelte mit einem großen weißen Umschlag. Mit hochroten Wangen streckte sie die Hand aus und nahm den Umschlag entgegen.

Die Sekretärin nickte freundlich und ließ sie allein. Sie riss den Umschlag auf. Oben links stand: »Beschwerdestelle der Gesundheitsbehörde«, rechts davon: »Anzeige aufgrund einer Fehlbehandlung.«

Sie begann zu lesen.

Louise Jasinski saß im Auto. Es ging auf elf Uhr zu. Das Wetter war grau. Um diese Jahreszeit wurde es nie richtig hell.

Sie wollte Kristina Luna, die ihren freien Tag hatte und sich bereit erklärt hatte, der Polizei ein wenig Zeit zu opfern, zu Hause aufsuchen. Darauf hatte sie auch gleich hingewiesen. Frau Luna hatte betont, sie sei sehr beschäftigt.

Vielleicht war ihr ein Besuch der Ordnungsmacht nicht sonderlich angenehm, das kam ab und zu vor, aber Louise hatte keine Lust, darauf Rücksicht zu nehmen. Sie wollte endlich vorwärtskommen.

Es sei nicht ganz einfach, die praktischen Seiten des Lebens zu bewältigen, wenn man nach Västervik pendeln müsse, hatte Kristina Luna am Telefon gesagt und umständlich erklärt, warum sie so gestresst war. Wahrscheinlich gehörte sie zu den Leuten, die sich immer für alles entschuldigen mussten.

»Siebzig Kilometer einfach, hundertvierzig hin und zurück,

hat mir die Luna dann noch erklärt, als wüsste nicht jeder Mensch in Oskarshamn, wie weit es nach Västervik ist«, beklagte sich Louise bei Peter Berg, bevor sie ging.

»Ja, ja«, erwiderte dieser geduldig.

Sie bat ihn noch, sich bei dem Rechtsanwalt zu erkundigen, ob sich die Besitzverhältnisse der Drott Engineering AB jetzt geändert hätten.

Kristina Luna wohnte in Rödsle, einer Ansammlung Häuser westlich von Oskarshamn, einen Steinwurf von Svalliden entfernt, wo Louise früher gewohnt hatte. Dort habe ich erst neulich noch gewohnt, dachte sie wehmütig. Aber jetzt ist alles anders, überlegte sie rasch, denn sie wollte nicht wieder im Sumpf des Selbstmitleids versinken.

Ihr fiel ein, dass sie auf dem Rückweg noch ein paar Schrauben kaufen musste, denn sie hatte zu ihrer großen Zufriedenheit recht viele Regale zu Hause angebracht und musste ihren Nagel-, Schrauben- und Muttervorrat ergänzen.

Dieser Gedanke hob ihre Laune.

Im Dorf drosselte sie die Geschwindigkeit. Rödsle wirkte wie die meisten Orte mitten am Tag wie ausgestorben. Nur auf dem Schulhof wimmelte es von Kindern. Kristina Luna arbeitete in der Buchhaltung einer Pumpenfabrik, das hatte sie ihr am Morgen erzählt. Aber nicht deswegen wollte sie Kristina Luna, geb. Petersson, befragen, sondern weil sie angeblich die beste Freundin von Charlotte Eriksson gewesen war.

Louise bog in eine Straße ein, die Lidkroken hieß, und fand sofort das Haus, auf das die Beschreibung passte. Ein kleines Holzhaus mit großem Garten und einer Doppelgarage, vor der viele Fahrräder standen.

Es zeigte sich, dass Kristina Luna nicht weniger als fünf Kinder hatte. Auch das war ein Grund dafür, dass sie wenig Zeit hatte. Im Haus war es still.

»Die ganze Bande ist in der Schule«, meinte Kristina Luna fröhlich und ohne sich für das Durcheinander in der Diele zu entschuldigen.

Solchen Frauen gegenüber hatte Louise immer gemischte Gefühle. Sie beeindruckten sie, gleichzeitig wurde sie wahnsinnig eifersüchtig. So hätte sie auch sein wollen. Eine Frau mitten im Leben, die sich nicht der eigenen Bequemlichkeit hingab.

Aber war das alles nicht doch etwas zu viel? Die fünf Kinder und dann noch der Beruf? Und nicht genug damit, sie sah auch noch wahnsinnig gut aus!

Wahrscheinlich verbirgt sich da so einiges hinter der Fassade, dachte Louise missgünstig. Überall herrschte ein wahnsinniges Chaos.

Kristina Luna trug einen radikalen Kurzhaarschnitt, war fast mager und erinnerte mit ihrer tief auf den Hüften sitzenden Jeans an einen Jungen. Sie hatte die Figur eines Teenagers, ihre Bewegungen waren flink und geschmeidig. Man hätte sie in einer Illustrierten vorführen können unter dem Thema: »Alles ist möglich«, »Prioritäten setzen« oder »Die Kinder halten mich jung«.

»Charlotte und ich kannten uns von Kindheit an«, sagte sie und schenkte Kaffee ein.

Sie saßen in der engen Küche. Über der Küchenbank hingen Stundenpläne, Listen mit Dingen, die zu erledigen waren, und verblasste Fotos. Zwei lächelnde siebenjährige Jungen mit Zahnlücken. Zwillinge. Vielleicht hatten sie nach den Zwillingen aufgehört? Aus dreien waren plötzlich fünf geworden.

Louise fragte nicht. Stattdessen wandte sie sich sofort dem Thema zu: Charlotte Erikssons Tod.

»Wirklich schrecklich«, sagte Kristina Luna. »Wir sind zusammen aufgewachsen, doch in den letzten Jahren haben wir uns nicht mehr so oft gesehen, dafür aber häufig telefoniert.«

»Sie haben gesagt, dass Sie noch am Tag, bevor auf sie geschossen wurde, mit ihr gesprochen haben?«

»Ja. Sie rief von ihrem Arbeitsplatz an. Also bei mir im Büro … es war aber nichts Besonderes.«

»Sie hat Sie nicht aus dem Krankenhaus angerufen? Als sie dort lag?«

Kristina Luna schüttelte den Kopf.

»Aber ich habe mit Harald gesprochen. Charlotte befinde sich auf dem Wege der Besserung, sagte er. Ich hatte vor, sie diesen Montag zu besuchen, aber da war sie bereits ...«

Mit traurigem Blick sah sie auf.

»Wie klang sie, als sie das letzte Mal mit ihr gesprochen haben?«

»Wie immer ... so wie sie in den letzten Jahren immer geklungen hat«, meinte Kristina Luna und zuckte leicht mit den Achseln.

»Können Sie das näher erläutern?«

»Tja, sie wurde immer gleichgültiger, könnte man sagen. Ich schämte mich fast, um ehrlich zu sein. Denn bei mir kam ein Kind nach dem anderen, wie die Orgelpfeifen, sagt mein Mann.«

Sie lachte zufrieden.

»Aber jetzt reicht es«, meinte sie mit Nachdruck. »Mehr werden es nicht.«

»Und Charlotte ...?«

»Eben. Sie bekam keine. Ich habe keine Ahnung, woran das lag, sie und ihr Mann haben sich untersuchen lassen und alle erdenklichen Methoden ausprobiert, aber ... Wirklich jammerschade. Denn beide sind so kinderlieb. Meine lieben sie.«

Kristina Luna hatte eine Tüte Zwieback auf den Tisch gestellt. Louise nahm keinen, aber Kristina Luna aß einen nach dem anderen. Sie fuchtelte mit den Händen und hatte den Kopf ständig in Bewegung. Lebhaft, deswegen ist sie so mager, dachte Louise. Sie setzt einfach kein Fett an.

»Ich war dabei, als sie Harald in Lund kennenlernte«, fuhr Kristina Luna fort. »Ich habe noch nicht gefrühstückt«, entschuldigte sie sich, sprang auf, nahm die Milch aus dem Kühlschrank und goss sich ein großes Glas ein. Sie fragte Louise, ob sie auch ein Glas wolle, aber sie lehnte ab. Dann setzte sie sich wieder.

»Charlotte hatte sich über beide Ohren verliebt«, fuhr sie

fort. »Wir hatten Oskarshamn, man könnte sagen, die Provinz, verlassen und waren in die große Universitätsstadt Lund gekommen. Das fanden wir beide wahnsinnig aufregend. Gleichzeitig waren wir etwas nervös und auch manchmal etwas einsam ... es war also eine Ironie des Schicksals, dass der erste Mann, dem Charlotte begegnete, ein Mann von zuhause war ... Aber vielleicht ist das gar nicht so merkwürdig«, meinte sie und fuhr sich durchs Haar, »denn es geschah auf einem Ball für Studenten aus Oskarshamn und Kalmar. Dort haben sie sich kennengelernt. Sie kannten sich nicht aus der Schule, denn Harald ist vier Jahre älter. Sie war vermutlich etwas schüchtern und ließ sich anfänglich nicht so leicht erobern ... er musste sich also anstrengen, der gute Harald ... Aber Beharrlichkeit führt zum Ziel! Ich war natürlich auf der Hochzeit, eine Riesenhochzeit in Påskallavik mit Dinner in der Påskallavik Gästgiveri. An nichts wurde gespart. Charlotte trug ein schlichtes Kleid, das wunderschön war. Maßgeschneidert natürlich ... Meine Güte, das waren Zeiten!«, sagte sie von den Erinnerungen beflügelt.

»Und das ganze Leben lag vor uns ...«

Ihre Augen funkelten. Die Wimperntusche war nicht ganz exakt aufgetragen, das sah man, wenn sie nach draußen ins graue Wetter schaute.

»Um ehrlich zu sein, glaube ich, dass sich Harald auf dieser Hochzeit recht klein vorkam.«

Ihre Tonlage war jetzt gedämpfter. Sie schaute auf ihre Finger und spielte mit einem Zopfband mit zwei Kirschen in der Mitte.

»Sie wissen schon, die große und reiche Verwandtschaft Charlottes und von ihm nur Mutter und Schwester. Sie kommen aus Figeholm, daran ist an sich nichts auszusetzen, aber man unterscheidet sich ja doch. Die Drotts sind ursprünglich aus Stockholm ... Haralds kleine Familie muss sich recht armselig vorgekommen sein. Daran habe ich manchmal gedacht. Er wollte so viel, war motiviert und voller Begeisterung, musste anfänglich aber recht oft zu Kreuze kriechen, wie man sich vorstellen kann. Als er in die Firma eintreten wollte … sich mit dem alten Drott zusammenraufen musste … also mit Charlottes Papa. Harald mit seinen modernen Ideen. Er hatte schließlich im Unterschied zu Ernst, Charlottes Vater, eine lange Ausbildung absolviert. Harald ist Ingenieur. Es kam zu etlichen Auseinandersetzungen zwischen ihnen, das kann man sich ja denken … bis sich dann der Unfall ereignete und Harald die Firma übernehmen konnte. Endlich, könnte er gesagt haben, aber das sagte er natürlich nicht. Ich glaube nicht, dass es Harald ertragen hätte, noch länger zu warten. Ernst Drott war schließlich kerngesund. Und stur, von altem Schrot und Korn, sozusagen. Er wäre sicher hundert geworden. Aber Harald wäre vermutlich ausgeschert und hätte etwas Eigenes angefangen. Ich habe ihn allerdings nie gefragt. Aber er wollte auf jeden Fall weiterkommen. Da gab es keinen Zweifel. Aber das hat er Ihnen vielleicht schon selbst erzählt?«

Sie machte eine Pause, aber Louise sah sie nur wortlos an. Sie würde überprüfen müssen, ob etwas über den Autounfall vorlag.

»Glauben Sie, dass jemand einen Grund gehabt hat, Charlotte zu erschießen?«

Kristina Luna schien gewissermaßen die Luft anzuhalten.

»Darüber habe ich noch nicht nachgedacht.«

»Nicht?«, beharrte Louise.

»Nein. Dieser Schuss muss ein Versehen gewesen sein. Kein Mensch hatte einen Grund, Charlotte auch nur ein Haar zu krümmen.«

»Jedenfalls war Charlotte ein sehr guter Mensch.«

Dann entgleisten Kristina die Züge, und sie brach in Tränen aus.

Louise schwieg einen Augenblick. Kristina Luna riss ein Stück Küchenkrepp ab.

»Gibt es etwas, wovon Sie glauben, dass ich es wissen sollte? Schließlich geht es um die Aufklärung eines Verbrechens«, sagte Louise, nachdem ihr Gegenüber sich geschnäuzt hatte.

»Ich finde es unbegreiflich, dass ausgerechnet jetzt so etwas passieren musste …«

»Wie meinen Sie das?«

»Charlotte schien sich in einer positiven Phase zu befinden.«

»Sie war vorher deprimiert?«

»Nein, eher etwas zurückhaltender, wie ich eben schon gesagt habe. Sie war nicht so wie früher, ich weiß schließlich, wie sie ist, wenn sie sie selbst ist.«

»Und was veranlasst Sie zu der Annahme, dass sie sich in einer positiven Phase befand?«

Kristina Luna schüttelte langsam den Kopf.

»Wir haben uns in den letzten Jahren nicht mehr alles erzählt.«

Louise wartete.

»Es war nicht so wie früher, da war es selbstverständlich, der besten Freundin sein Herz auszuschütten«, meinte sie zögernd. »Aber …«

Ihr Handy klingelte. Louise zog es aus der Hosentasche und stellte es ab. Die vertrauliche Stimmung war weg. Verdammtes Handy, dachte sie und versuchte, Kristina Lunas Blick zu begegnen.

»Irgendwas war im Busch, so viel kann ich sagen«, meinte sie schließlich.

Louise hatte noch nichts auf ihrem Block notiert. Jetzt malte sie eine liegende Acht, das Symbol für die Unendlichkeit.

Manches wiederholt sich. Immer wieder, dachte sie.

»Sagt Ihnen der Name Thomas Dunåker in diesem Zusammenhang etwas?«, fragte Louise.

Kristina Luna starrte ins Leere.

»Nein«, erwiderte sie dann knapp und schüttelte den Kopf. »Nicht in diesem Zusammenhang.«

Dann öffnete sie den Mund, als wollte sie eine Frage stellen.

»Das ist Ihr Bruder, nicht wahr?«, fragte Louise Jasinski und lehnte sich auf dem Küchenstuhl zurück, der leise knarrte.

»Aber er hat nichts mit Charlottes Tod zu tun«, sagte Kristina Luna und errötete plötzlich heftig.

Veronika hatte versucht, Ronny Alexandersson zu erreichen, der genauso lange wie sie an der Klinik arbeitete. Er war für sie ein Mann des Trostes. Sie wartete auf ihn.

In gewissen Situationen suchte man sich seine Vertrauten sorgfältiger aus als sonst.

Er hatte vier Kinder, seine Frau war Lehrerin, er spielte nicht Golf, ging auch nicht segeln, dafür war er Gärtner. Auf seinem Grundstück am Stadtrand hatte er einen riesigen Gemüsegarten angelegt.

Jetzt fiel ihr auf, dass er sie ein wenig an ihren Vater erinnerte. Zäh und zuverlässig. Kein Hallodri. Nicht besonders abenteuerlustig, höchstens im Kleinen. Erdverbunden.

Else-Britt hatte frei, Veronika wollte sie später zu Hause anrufen. Im Augenblick wollte sie das Trauerspiel mit niemandem erörtern, weder den Inhalt der Anzeige noch ihre eigene Rolle in dieser Angelegenheit. Früh genug würden sowieso alle davon erfahren. Sie musste sich erst noch eine Strategie zurechtlegen.

Jetzt stand sie am Fenster und blickte meditierend über die Dächer. Wahrscheinlich musste Ronny nur noch sein Mittagessen beenden. Sie hatte den Lärm der Kantine im Hintergrund gehört, als sie mit ihm telefoniert hatte. Sie selbst begnügte sich mit ihren Keksen. Die meiste Zeit war ihr ohnehin ein wenig übel. Sie hatte nicht vor, sich zum Kiosk oder in die Kantine zu begeben und sich unter die Kollegen zu mischen. Sie verkroch sich lieber in ihrem Büro wie ein Fuchs in seinem Bau.

Veronika ließ ihre Gedanken schweifen und dachte daran, wie sie mit Cecilia am Telefon vor einigen Tagen gelacht hatte. Sie musste lächeln. Cecilia hatte genau wie früher etwas Lustiges gesagt. Sie hatten lauter, perlender und länger gelacht als seit langem.

Es klopfte, sie schreckte auf und rief Ronny herein.

»Ich möchte, dass du das hier durchliest«, sagte sie und schnappte sich ein paar Blätter vom Schreibtisch.

Er sah auf die Uhr.

»Jetzt sofort. Bitte!«, flehte sie.

Er hatte offenbar vor, die Seiten im Stehen zu überfliegen, aber sie schob ihn zu dem kleinen Sofa, das in der Ecke neben dem Bücherregal stand.

Ronny knipste die Stehlampe an und begann, in den Papieren zu blättern. Veronika stellte sich ans Fenster. Sie starrte in den Nebel.

Aufforderung zur Stellungnahme
Die Beschwerdestelle der Gesundheitsbehörde hat folgende Beschwerde gegen Sie erhalten (siehe Anlage).

Der Beschwerdestelle der Gesundheitsbehörde fordert Sie hiermit auf, sich schriftlich zu dem Inhalt der Beschwerde zu äußern. Aus Ihrer Antwort muss hervorgehen, ob Sie den Vorwürfen, die gegen Sie erhoben werden, zustimmen oder ob Sie Einspruch einlegen. Sollte Letzteres der Fall sein, müssen Sie die Gründe für Ihren Standpunkt nennen. Die Antwort soll – soweit möglich – so formuliert sein, dass sie auch für eine Person ohne medizinische Vorkenntnisse verständlich ist. Falls Sie medizinische Fachausdrücke verwenden, sollten Sie diese in einer folgenden Klammer erklären.

Die Beschwerdestelle der Gesundheitsbehörde wird die Patientenakte anfordern. Die Stellungnahme muss der Kommission innerhalb von drei Wochen nach Erhalt dieses Schreibens vorliegen.

Er überflog den Rest der Seite.

»Alles wie immer. Am besten schreibst du die Erwiderung jetzt gleich. Sonst wirst du nicht rechtzeitig fertig«, sagte er und nahm den Anzeigentext in die Hand.

Der Beschwerdeführer war gemäß handschriftlich ausgefülltem Formular Harald Eriksson. Auf der Anzeige stand »Charlotte Eriksson, Ehefrau«. Unter der Rubrik »Ich zeige folgende im Gesundheitswesen tätige Personen an und fordere eine Disziplinarmaßnahme« stand nur ein einziger Name: Oberärztin Veronika Lundborg. Unter der Rubrik »Ich habe folgende Einwände gegen Diagnose oder Therapie« stand: »Siehe Anlage«.

Ronny Alexandersson blätterte zur Anlage weiter.

Anlage zur Anzeige eines Behandlungsfehlers im Fall von Charlotte Eriksson bei der Beschwerdestelle der Gesundheitsbehörde

Ich erhebe nachdrücklich Beschwerde gegen die ärztliche Behandlung meiner Ehefrau Charlotte Eriksson, die zu ihrem Tod führte.

Sie wurde viel zu früh von der Intensivstation verlegt. Außerdem wurde sie in ein Einzelzimmer ohne ständige Überwachung verlegt, was dazu führte, dass niemandem auffiel, dass es ihr schlechter ging und dass sie vielleicht Hilfe benötigt hätte.

Dafür ist die für sie zuständige Ärztin, Oberärztin Veronika Lundborg, verantwortlich.

Meine Ehefrau Charlotte war vollkommen gesund, als sie von unbekannten Tätern in der Nacht auf Samstag, den 6. Oktober, in den Bauch geschossen wurde. Sie wurde noch in derselben Nacht operiert. Die Kugel wurde entfernt, und soweit ich informiert bin, verlief die Operation gut. Die Chirurgin war Oberärztin Veronika Lundborg.

Charlotte wurde daraufhin auf der Intensivstation behandelt. Dort schien sich ihr Allgemeinzustand zu verbessern.
Obwohl ich nachdrücklich darum bat, meine Ehefrau noch mindestens einen weiteren Tag auf der Intensivstation zu belassen und sie nicht zu verlegen, ohne mich zu informieren und an dem Beschluss teilhaben zu lassen, wurde Charlotte bereits nach zwei Tagen, am Montag, den 8. Oktober vormittags, verlegt. Diese Verlegung fand statt, ohne dass ich informiert wurde, und zu einem Zeitpunkt, als ich ihre Pflege nicht überwachte, sondern mich zu Hause aufhielt.
Das führte zu Charlottes Tod, und für diesen mache ich einzig und allein Oberärztin Veronika Lundborg verantwortlich.

Ronny Alexandersson ließ das Papier sinken, im Zimmer war es vollkommen still. Er betrachtete Veronika am Fenster. Sie hatte die Arme über der Brust verschränkt und schien nur mit Mühe die Fassung zu bewahren.

»Weißt du, woran sie gestorben ist?«

Veronika schüttelte den Kopf.

»Nein.«

»Keine Vermutung?«

»Die Polizei hat mich und alle anderen Beteiligten verhört, und die Spurensicherung hat ihr Zimmer durchsucht … Aber soweit ich weiß, hat sich dabei nichts ergeben. Trotzdem kann schließlich noch einiges passieren. Polizeiliche Ermittlungen sind langwierig.«

Veronika nickte. Sie war bleich geworden.

»Hast du denn keinen Anhaltspunkt? Ich meine, dein Mann muss doch schließlich etwas wissen«, sagte Ronny.

»Doch. Offenbar hat die Obduktion keine Klärung ergeben.«

Sie starrten sich an.

»Das ist aber ungewöhnlich«, meinte er. »Kein Herzversagen, keine Lungenembolie?«

Sie schüttelte den Kopf.

»Nein, nichts dergleichen. Nichts, was irgendwie schlüssig wäre. Aber das bleibt unter uns. Ich habe den Bericht der Gerichtsmedizin nicht gelesen. Das waren nur gewisse Vorabindikationen, die darauf schließen ließen.«

Sie legte den Zeigefinger an die Lippen.

»Natürlich sage ich kein Wort.«

»Ich habe natürlich x-mal überlegt, was ich übersehen haben könnte.«

Er nickte und sah sie mit seinen sanften, grünen Augen fragend an.

»Zwei Tage auf der Intensiv kommen mir nicht zu kurz vor«, meinte er und kratzte sich am Kopf. »Ich habe sie selbst bei der Visite gesehen. Sie sah recht munter aus, etwa so, wie zu erwarten. Schließlich war sie auf dem Weg der Genesung. Diese Sache werden sie dir nicht anhängen können.«

Sie zuckte mit den Achseln.

»Es ist merkwürdig, dass es ihrem Ehemann so wichtig ist, wann sie verlegt wurde. Die Operation stellt er überhaupt nicht in Frage. Eigentlich verlief alles nach Plan. Ich war sogar relativ zufrieden, wenn ich das so sagen darf.«

»Gegen die Operation lässt sich auch nichts einwenden. Das weiß er sicher.«

»Aber wann man Patienten verlegt, ist schließlich eine Frage der persönlichen Einschätzung. Wir haben beide schon tausend Mal irgendwelche Patienten verlegt, gelegentlich auch grenzwertige Fälle, aber so war es ja hier nicht einmal.«

»Natürlich. Aber eine Einschätzung ist schließlich auch nicht aus der Luft gegriffen.«

»Ich werde natürlich auf die Laborwerte hinweisen, die Temperaturkurven, die Aufzeichnungen, die ihren klinischen Status betreffen – glücklicherweise habe ich genaue Aufzeichnungen. Die Notizen im Pflegeplan der Schwester liegen mir ebenfalls vor. Aber es hängt trotzdem alles von den Personen ab, die in dieser Sache urteilen.«

»Wir dürfen nicht vergessen, dass die erst nachträglich urteilen. Sie wissen, wie es ausgegangen ist. Das ist psychologisch heikel. Wäre sie nicht gestorben, hätte niemand einen Gedanken daran verschwendet.«

»Wir verlegen die Patienten, wenn wir den Eindruck haben, dass sie kein Intensivbett mehr benötigen. Das kann sehr unterschiedlich sein, das weißt du genauso gut wie ich. Es kann passieren, dass wir gezwungen sind, Patienten früher, als optimal gewesen wäre, auf die normale Station zu verlegen, weil andere den Intensivplatz nötiger brauchen. Meistens geht das auch gut. Das ist dem Ehemann sicher auch klar«, meinte Veronika. »Dieses Mal muss etwas mit der Kommunikation schiefgegangen sein.«

»Du hast also nicht mit ihm gesprochen?«

»Habe ich nicht. Aber ich sehe jetzt ein, dass ich das hätte tun sollen. Nicht, weil die Angehörigen diktieren sollen, wer welche Betten bekommt, sondern um ihnen das Gefühl zu geben, in die Entscheidung mit einbezogen worden zu sein. Einem anderen Angehörigen wäre das vielleicht egal gewesen, aber die meisten finden es positiv, wenn Patienten auf die normale Station verlegt werden, schließlich ist das ein Indiz dafür, dass es ihnen besser geht. Aber dieser Mann ist mir mit seiner Unruhe ziemlich auf die Nerven gegangen, das Übliche, du weißt schon, und ich habe ihm auch zugehört, das habe ich wirklich. Aber offenbar nicht aufmerksam genug … Ich hätte ihn vor der Vormittagsvisite auf der Intensivstation anrufen sollen, aber es war Montag, und nach dem Wochenende hatten wir alle Hände voll zu tun.« Sie seufzte betrübt.

»Es gibt so viel, was man hätte tun sollen. Zumindest im Nachhinein«, tröstete Ronny sie.

»Es reicht nicht immer für alles.«

Ihre Stimme war belegt, sie war den Tränen nahe.

»Und ich dachte, auf der Station ist dann immer noch genug

Zeit, um mit ihm zu reden. Wenn der Vormittag erst einmal abgehakt ist, können wir uns in aller Ruhe hinsetzen. Aber …«

Daraus war nichts geworden.

»Warum hat Charlotte Eriksson ein Einzelzimmer bekommen?«

»Das war nur nett gemeint, weil der Mann so verdammt anspruchsvoll war. Ein richtiger Wichtigtuer. Außerdem dachte ich, dass die Polizei sie vielleicht mehrmals verhören will. Man soll nie etwas außer der Reihe machen! Das rächt sich nur. Sie hätte genauso gut in einem Mehrbettzimmer liegen können. Da hätte vielleicht jemand gemerkt, dass sie Hilfe benötigte …«

»Könnte die Beschwerdestelle der Gesundheitsbehörde zu dem Schluss kommen, dass sie eine Sitzwache gebraucht hätte? Was glaubst du?«

Veronika gefiel es, dass er diese Fragen stellte. Sie würden ihr helfen, wenn sie ihre Erwiderung auf die Anzeige zu Papier brachte.

»Nein, so schlecht ging es ihr wirklich nicht. Sie konnte sprechen, war vollkommen klar im Kopf, schaffte es auf die Toilette, zwar nur mit Hilfe, aber immerhin, konnte sich aufsetzen und essen … konnte klingeln, wenn etwas war. Aber mir ging nicht aus dem Kopf, dass man auf sie geschossen hatte. Vielleicht hätte man sie rund um die Uhr bewachen müssen, aber das wäre dann eine Entscheidung der Polizei gewesen. Sie hätte in dem Fall die Wache stellen müssen.«

»Also, Verooonika«, sagte Ronny auf die für ihn so typische Art. »Sie können dir das nicht anhängen. Zwei Tage auf der Intensiv sind nicht schlecht. Ich kann mir nicht vorstellen, dass die Beschwerdestelle zu einem anderen Ergebnis kommt.«

»Man kann nie wissen. Das hängt ganz allein davon ab, was für alte Käuze sie als Sachverständige heranziehen. Einige von ihnen haben seit der Jahrtausendwende keinen Patienten mehr gesehen.«

Er lachte.

»Im Übrigen ist da noch etwas, woran ich gedacht habe«,

sagte sie, und ihre Augen funkelten. »Warum gerate ich immer an so hoffnungslose Fälle?«

»Also Verooonika«, stöhnte Ronny erneut. »Sei nicht kindisch. Wir haben alle hin und wieder mit hoffnungslosen Fällen zu tun. Reiß dich zusammen, verdammt noch mal! Natürlich ist das nicht angenehm, aber du wirst es überleben. Das weißt du auch.«

Sie nickte.

»In einem Punkt muss ich dir jedoch zustimmen«, fuhr er fort. »Der Ehemann wirkt ungewöhnlich lästig. Ich lese deine Antwort an die Beschwerdestelle der Gesundheitsbehörde gerne durch, wenn du sie geschrieben hast. Es ist genauso gut, gleich in den sauren Apfel zu beißen. Ans Werk!«

Er erhob sich, umarmte sie aufmunternd und eilte davon. Veronika dachte kurz nach und verließ dann ihr Büro. Sie ging in Gunilla Åhmans Büro und bat sie, die Krankenakte von Charlotte Eriksson auszudrucken, damit sie die Unterlagen mit nach Hause nehmen konnte. In der Klinik würde sie keine Zeit dazu finden.

Dann ging sie in ihr Sprechzimmer und wappnete sich gegen einen Kommentar, weil sie eine Viertelstunde zu spät kam. Aber die Schwester sagte nichts, und das hätte sie ahnen lassen müssen, dass etwas nicht in Ordnung war.

Sie warf einen Blick auf die Patientenliste. Es war nur einer zu viel. Immerhin etwas, dachte sie, ein tapferer Versuch, nicht die Fassung zu verlieren. Der erste Patient, sie überflog den Namen nur, war wegen hoch sitzender Bauchschmerzen an sie überwiesen worden. Die Überweisung war von Dr. Gustav Björk vom Ärztehaus Slottsstaden getätigt worden. Sie las die Diagnose quer, vermutlich würden sie eine Gastroskopie durchführen müssen, dachte sie beiläufig, öffnete die Tür des Untersuchungszimmers und trat ein.

Auf der Schwelle blieb sie wie angewurzelt stehen.

Vor ihr saß Harald Eriksson.

14

Welche Pumpen?«, fragte Claesson.

Louise Jasinski hatte ihm am Nachmittag von ihrem Besuch bei Kristina Luna erzählt. Sie hatte sich nicht zurückhalten können, obwohl sie wusste, dass es nicht korrekt war.

Sie tranken Kaffee, und auf dem Schreibtisch standen die Kekse, die sie in einer Dose in ihrem Büro verwahrte. Claesson schien etwas auf dem Herzen zu haben.

»Lenzpumpen oder Wärmepumpen?«

Darum geht es gar nicht, dachte sie.

»Keine Ahnung. Die Pumpen interessieren mich nicht. Aber irgendjemand muss noch mal zu Thomas Dunåker. Ich habe bei meinem Besuch nicht viel aus ihm rausgekriegt. Er sagte nur, er sei wegen seines Rückens bei Charlotte Eriksson gewesen. Er arbeite auf dem Bau und bekäme leicht einen Hexenschuss, behauptete er«, meinte Louise und setzte ihren Bericht über den Ermittlungsstand fort, obwohl sie wusste, dass sie das nicht durfte. Das Wichtigste war, dass Claes formell nicht mit dieser Ermittlung betraut war.

»Ja, das ist kein Vergnügen.« Er seufzte und sah aus dem Fenster, während er sich einen Keks in den Mund schob. »Ich meine, so eine Rückengeschichte.«

»Du hattest doch schon lange keinen Hexenschuss mehr?«

»Nein, damals kam das vom vielen Sitzen. Man muss sein Muskelkorsett in Schwung halten, wie die Krankengymnasten und Chiropraktiker sagen.«

»Und, tust du das?«

»Ich versuche es.«

»Sollten wir zur Abwechslung Erika Ljung dieses Mal zu Dunåker schicken?«

»Warum nicht Peter Berg?«, schlug Claesson vor. »Was ist dieser Dunåker denn für ein Typ?«

»Groß, stark, typischer Schwede. Wortkarg. Sieht gut aus. Keine Kontakte zu Kriminellen, das habe ich überprüft.«

»Verschweigt er was?«

»Ich glaube schon. Vielleicht sollten wir Peter und Erika zu ihm schicken? Weil das mehr Eindruck macht.«

»Klar«, meinte Claesson, aber er klang, als sei er mit seinen Gedanken woanders.

Ihr fiel auf, dass er auf die Tüte starrte, die schräg hinter ihr auf dem Boden stand, nur um nicht über das sprechen zu müssen, was ihm ganz offensichtlich auf den Nägeln brannte.

»Was ist eigentlich da drin?«

Sie drehte sich nach der Plastiktüte aus dem Baumarkt um. Wäre es eine Tüte aus Bians Boutique gewesen, hätte Claesson wohl kaum gefragt.

»Alles Mögliche«, antwortete sie ausweichend und wurde bis über beide Ohren rot.

Es reichte, dass sie an das karierte Hemd, die lieben Augen und die Freundlichkeit, mit der er ihre gar nicht mal so schweren Tüten zum Auto getragen hatte, dachte. Dann waren sie sich sofort einig gewesen, dass es eine gute Idee sein könnte, im Holzlager Bretter anzuschauen. Er hatte mit ihr reden wollen, ohne dass sein Kollege zuhörte. Zwischen den Bretterstapeln hatte er sie gefragt, ob er zu ihr nach Hause kommen und ihr helfen könne. Dabei hatte er gelacht, als hätte er andeuten wollen, er sei natürlich davon überzeugt, dass sie ausgezeichnet mit Schraubenzieher und Bohrmaschine umgehen könne. Das hatte er dann auch gesagt, ohne überlegen zu klingen.

Darauf hatte sie entgegnet, dass sie ihn ebenfalls gerne treffen würde, auch ohne Hammer und Nägel.

Heute Abend würde sie ihn bereits sehen. Sie hatte sich bereits Gedanken gemacht, wie sie ihre Wohnung verlassen könnte, ohne einem Kreuzverhör ihrer Töchter ausgesetzt zu sein.

Der Mann, der wie eine Bombe eingeschlagen hatte, hieß Kenneth. Vielleicht war es angezeigt, auf die innere, mahnende Stimme zu lauschen und sich etwas zu mäßigen, obwohl sie dazu nicht die geringste Lust verspürte.

»Rechne damit, dass nichts daraus wird«, sagte diese Stimme drohend. »Es beißt nur selten einer sofort an, denk daran! Bau jetzt keine Luftschlösser. Sei nicht so euphorisch. Rechne mit Rückschlägen.«

Dann stand plötzlich Peter Berg mit einem Blatt Papier in der Tür. Er trug einen neuen Pullover. Früher hatte er immer vollkommen nichtssagende Sachen getragen, aber seit er mit Nicko zusammengezogen war, hatte er einen eigenen Stil entwickelt. Einen schickeren Haarschnitt hatte er auch. Moderner, maskuliner.

»Erikssons hatten keine Gütertrennung«, sagte Peter Berg und tippte mit dem Zeigefinger auf das Papier.

Er sah, dass es keinen freien Platz gab, holte einen Stuhl vom Gang, setzte sich und begann, in seinen Notizen zu blättern.

»Der alte Drott hat seinem einzigen Kind, Charlotte also, seinen gesamten Besitz hinterlassen. Auch die Firma.«

»Er vertraute seinem Schwiegersohn also nicht«, meinte Claesson.

»Oder mochte ihn nicht so recht. Diese alten Füchse denken nicht so wie Normalsterbliche. In den großen Firmen stellen Geld, Familienzugehörigkeit, der Klan, den Antrieb dar.«

»Das musst du mir näher erklären«, meinte Louise und fuhr sich mit den Händen durchs Haar.

Sie hatte sich rotbraune Strähnchen färben lassen. Der neue Haarschnitt machte sie jünger.

»Ein Testament, das alleiniges Eigentum verfügt, zielt darauf ab, dass der Erbe im Falle einer Scheidung sein gesamtes Erbe behält und nicht mit dem Partner teilen muss. Recht clever eigentlich«, meinte Peter Berg.

»Daran sollten eigentlich alle denken. Besonders wenn man ein Sommerhaus oder eine andere Immobilie besitzt, die man vererben will«, meinte Claesson, »damit so was bei einer Vermögensteilung nicht an die Angeheirateten verschwindet. Beim Teilen geht es dann hart auf hart. Dann spielt es keine Rolle mehr, wo der Besitz herkommt. Vernunft und Anstand geraten aus dem Blick, wenn es ums Geld geht.«

»Aber was hat das für Harald Eriksson für praktische Konsequenzen?«, wollte Louise wissen.

»Im Falle einer Scheidung wäre Charlotte Eriksson alleinige Eigentümerin der Drott Engineering AB geworden. Harald ist als Geschäftsführer nur angestellt und wird als solcher entlohnt. Aber das hat nichts mit Besitz zu tun.«

»Vermutlich ein recht gut bezahlter Posten«, meinte Claesson. »Aber nach einer Scheidung hätte er dort vermutlich nicht weiterarbeiten können.«

»Thomas Dunåker«, meinte Louise und warf Claesson einen Blick zu. »Wir wollen dich zusammen mit Erika Ljung noch einmal zu ihm schicken. Ich habe das Gefühl, dass sich Charlotte Eriksson überhaupt nicht für die Firma interessierte und die Leitung liebend gerne ihrem Harald überließ.«

»Aber was wird jetzt aus dem Erbe?«, fragte Claesson. »Ich weiß, dass ich mich da nicht einmischen soll, aber ich bin trotzdem neugierig. Die beiden haben schließlich keine Kinder, und es gibt damit auch keine Pflichterben.«

»Nein. Und weil Charlotte Eriksson ihrerseits kein eigenes Testament verfasst hatte, jedenfalls haben wir keines gefunden, fällt alles Harald Eriksson zu«, sagte Peter Berg.

»Oh«, sagten Claesson und Louise wie aus einem Mund und sahen sich an.

»Aber bei seinem Ableben fällt die Firma an ihre Verwandtschaft zurück«, fuhr Berg fort und sah sicherheitshalber noch einmal in seinen Notizen nach. »Und zwar an die Geschwister der Eltern.«

»Gibt es da jemanden?«, wollte Louise wissen.

»Keine Ahnung.«

»Und falls die alten Drott keine Geschwister hatten, dann fällt nach Haralds Tod alles an den Staat und geht nicht an irgendwelche Kinder, die er vielleicht später noch bekommt.«

»Aber bis dahin wird es ja noch eine Weile dauern«, meinte Claesson, »schließlich ist Harald Eriksson etwa so alt wie ich.«

»Und du bist noch ein junger Hüpfer«, meinte Louise, die drei Jahre jünger war als Claesson.

»Harald Eriksson besitzt und leitet das Unternehmen jedenfalls im Augenblick«, unterstrich Peter.

»Und es brummt«, meinte Louise.

»Genau. Und das ist vielleicht sogar sein Verdienst.«

»Aber wäre das wirklich Grund genug, um die Ehefrau zu ermorden? Was meint ihr?«, fragte Louise. »Er schien sehr an ihr zu hängen.«

»Mit guten Schauspielern haben wir es immer wieder zu tun«, meinte Claesson.

»Ich glaube überhaupt nichts«, sagte Peter Berg. »Aber vielleicht ist irgendwas passiert, das ihn irritiert. Er will schließlich auch die Früchte seiner Mühen ernten. Das wollen alle. Sein ganzes Leben, seine Kraft, sein Engagement einzusetzen und dann alles zurückzulassen … Wer will das schon?«

»Übrigens will ich, dass jemand diesen Verkehrsunfall überprüft, bei dem Charlotte Erikssons Eltern ums Leben kamen«, warf Louise ein. »Kannst du das machen, Peter?«

Er nickte.

»Charlottes Vater war seinem Schwiegersohn gegenüber offenbar sehr kritisch eingestellt, nahm ihn aber trotzdem in die Firma auf. Das hat mir Charlotte Erikssons langjährige Freundin Kristina Luna erzählt, deren Bruder also Thomas Dunåker heißt. Dieser Dunåker mit seinem Hexenschuss taucht immer wieder auf. Wir müssen uns in der Firma umhören, was das Verhältnis von Ernst Drott zu seinem Schwiegersohn Harald Eriksson angeht und ob da irgendwas in der Luft liegt.«

Die Tür wurde plötzlich aufgestoßen.

»Hier seid ihr!«, sagte Erika Ljung und blickte in die Runde. Die anderen verstummten. Ihnen war sofort klar, dass etwas vorgefallen war. Erika hielt etwas in den Händen.

»Was ist das?«, fragte Louise schließlich.

»Habt ihr das gesehen?«, fragte Erika und hielt ihnen die beiden Abendzeitungen so hin, dass sie die Schlagzeilen lesen konnten.

ÄRZTIN VERURSACHT IN OSKARSHAMN TOD
EINER PATIENTIN

Claesson ging sofort in sein Büro. Er rief im Krankenhaus an und bat darum, zu Veronika durchgestellt zu werden.

»Sind Sie ein Patient?«, wollte die gleichgültige Frauenstimme an der Telefonzentrale wissen.

»Nein, das ist privat.«

Der Telefonistin gelang es jedoch nicht, Veronika an den Apparat zu bekommen. Auf ihrem Handy antwortete sie nicht, aber sie schaltete es meist aus, wenn sie sich um ihre Patienten kümmerte.

Er sah auf die Uhr. Gleich vier. Es war Zeit, Klara vom Kindergarten abzuholen. Er hatte heute das Auto.

Draußen war es schon dunkel. Die Winternacht begann zeitig. Er hielt am Zeitschriftenkiosk am Stora Torget, kaufte die beiden Abendzeitungen und warf sie auf den Rücksitz.

Im Kindergarten war es wie immer. Klara wollte nicht nach Hause, freute sich aber trotzdem, Claes zu sehen. Er zwängte sie in ihren Overall und zog ihr die roten Gummistiefel an. Seiner Tochter fiel seine Schweigsamkeit auf. Sie legte ihm ihre kleinen Hände auf die Wangen und drückte zu, sodass sich seine Lippen spitzten.

»Mein Papa froh?«, fragte sie und sah ihm tief in die Augen.

»Ja, dein Papa ist froh«, sagte er und wurde einen Augenblick lang von einem Glücksgefühl erfüllt, weil er so eine wunderbare Tochter hatte. »Dein Papa hat dich sehr lieb«, sagte er dann, küsste sie auf den Mund und nahm sie auf den Arm. »Wo ist deine Tasche?«

Sie deutete in die Ecke. Dort hing ihr Rucksack, und er half ihr, ihn vom Haken zu nehmen. Dann gingen sie zum Auto. Er setzte seine Tochter auf den Kindersitz und schnallte sie an. Sie saß mit dem Rücken zur Fahrtrichtung.

Er hielt beim ICA am Humleplan, um Milch und Brot mitzunehmen, hob Klara aus dem Kindersitz und ließ sie selbst in den Laden gehen, während er ihr die Tür aufhielt. Sie war müde, aber er musste sie jetzt wach halten, damit sie zu einer vernünftigen Zeit ins Bett kam und schlief.

Klara half ihm, die Milch in den Einkaufswagen zu legen. Die Milch war schwer, und sie stöhnte vor Anstrengung. Aber ihr gefielen solche Aufgaben. Sie strahlte, wenn sie mithelfen durfte. Es machte ihr Spaß. Einstweilen jedenfalls. Er fragte sich, wann ihr diese Alltagsaufgaben wohl langweilig werden würden.

Als sie an die Kasse kamen, wurde er förmlich von Schlagzeilen bombardiert. Rasch sah er sich um, als wolle er sich vergewissern, dass ihn niemand damit in Verbindung brachte. Aber niemand schien sich um ihn oder um die Zeitungen zu kümmern. Wahrscheinlich leide ich langsam an Paranoia, dachte er.

»ÄRZTIN VERURSACHT IN OSKARSHAMN TOD EINER PATIENTIN«, stand in der einen Zeitung. In der anderen stand im Prinzip das Gleiche: »ÄRZTIN SCHULD AM TOD VON PATIENTIN«.

Aus »Ärztin verursacht Tod« kann, wenn man nicht aufpasst, recht leicht »Ärztin tötete« werden, dachte er.

Veronika ist bereits abgestempelt, dachte er. Ohne Ermittlung und ohne Strafverfahren. Aber sie würden der Wahrheit auf den Grund gehen! Die polizeiliche Ermittlung musste endlich vorankommen. Sie mussten endlich eine Spur finden, die zum Täter führte.

Er wollte Louise dazu überreden, ihm auch noch die restlichen Fakten des Falles anzuvertrauen. Dann würde er sich selbst damit beschäftigen.

Irgendwo musste der Hund begraben sein. Das war immer so. Ihm schauderte bei dem Gedanken, wie die Journalisten über Veronika herfallen würden. In einer Kleinstadt wie dieser konnte das schonungslos und schmerzhaft werden.

Klara sah zu ihm auf, lächelte ihn an, und er erwiderte ihr Lächeln.

Nachdem er bezahlt und mit Klara den Supermarkt verlassen hatte, verstaute er die Tüte und Klara rasch im Auto, setzte zurück und fuhr dann langsam Richtung Kolberga. Er bog in ihre eigene, schmale Straße ein und kam an Häusern vorbei, deren Küchen und Zimmer gemütlich erleuchtet waren. In den Gärten war es stockdunkel, und kahle Äste zeichneten sich vor den Fenstern ab. Der Tag war grau und diesig gewesen, die Luftfeuchtigkeit hoch, aber mit aufkommendem Wind war der Himmel klarer geworden.

Er bog in die Auffahrt und parkte vor der Doppelgarage, deren Tore schief in den Angeln hingen. Das Gebäude war baufällig, erfüllte jedoch seinen Zweck, und er hatte nicht die Absicht es abzureißen. Eigentlich war für das Auto nie Platz gewesen, aber er hatte sich vorgenommen, die Garage zu entrümpeln, damit in diesem kalten Winter nicht wieder die Scheiben vereisten. Die Zeit verstrich rasend schnell. Bereits in vier Wochen war Advent. Am Wochenende, dachte er. Am Wochenende mache ich es endlich.

Die Außenbeleuchtung brannte nicht, und im Vorgarten war es dunkel. Als er Klara aus dem Auto gehoben hatte, bemerkte er, dass sich auf dem Grundstück etwas bewegte. Klara hüpfte singend zur Haustür. Sie hatte keine Angst vor der Dunkelheit.

Da tauchte wie aus dem Nichts eine Gestalt auf.

»Hallo, meine Kleine«, hörte Claes eine Frauenstimme. »Wohnst du hier?«

Sie beugte sich zu Klara hinunter. Claesson raste auf sie zu. Was zum Teufel!

»Wer sind Sie?«, brüllte er und baute sich breitbeinig vor der Frau auf.

In diesem Augenblick blendete ihn ein Blitzlicht. Es war also noch jemand da! Worum zum Teufel ging es eigentlich?

»Ich hätte gerne mit Veronika Lundborg gesprochen«, sagte die Frau. Sie war klein und für das Wetter passend gekleidet, ein großer Parka und eine Mütze, die sie sich tief in die Stirn gezogen hatte.

»Sie ist nicht zu Hause. Was wollen Sie?«

»Wir wollen mit ihr reden, und zwar bezugnehmend auf den Todesfall, den sie verursacht haben soll«, sagte sie in einem Ton, als sei von nichts Schlimmerem die Rede als von einer entlaufenen Katze.

Er nahm Klara auf den Arm, zwang sich zu schlucken, um dieser Person nicht ins Gesicht zu spucken.

Sie musste hier herumgeschnüffelt haben. Wahrscheinlich hatte sie sich die Nase ihres einfältigen Gesichts an den Fenstern plattgedrückt!

»Seien Sie so freundlich und verlassen Sie sofort mein Grundstück«, sagte er mit unterdrückter Wut.

»Unsere Leser hätten gerne eine Stellungnahme von ihr selbst. Vielleicht hat sie etwas zu ihrer Verteidigung vorzubringen. Bereut sie es?«

»Seien Sie so gut und verlassen Sie sofort mein Grundstück«, wiederholte er. Er brüllte zwar nicht, aber die Wirkung war dieselbe.

»Aber wir wollen ihr doch nur die Möglichkeit einräumen, selbst eine Erklärung abzugeben«, verteidigte sich die Frau. »Sonst müssen wir ...«

»Was müssen Sie sonst?«

Jetzt platzte ihm wirklich der Kragen.

»Was müssen Sie? Beantworten Sie meine Frage!«

»Wir müssen versuchen, trotzdem darüber zu schreiben.«

»Sie meinen wohl, dass Sie etwas erfinden müssen? Ist es Ihnen noch nie in den Sinn gekommen, dass es auch die Möglichkeit gibt, gar nichts zu schreiben? Sie können es auch bleiben lassen, Artikel aus Unwahrheiten zusammenzufantasieren und sich derart aufzudrängen.«

»Ich möchte nur ihre eigene Version hören«, beharrte die Journalistin. »Ich würde ihr gerne die faire Option einräumen, sich zu verteidigen.«

»Verschwinden Sie!«

Er hob den Arm und deutete Richtung Straße.

Einen Augenblick lang verharrten sie und starrten sich an, Claesson, der Fotograf und die Journalistin, dann trotteten die beiden langsam davon. Claes schloss die Haustür auf, während er sie im Auge behielt. Sie gingen zu einem geparkten Auto.

Er stellte die Tüte in die Diele und wählte Veronikas Nummer und hoffte, dass sie ihr Mobiltelefon eingeschaltet hatte.

In der Küche machte er kein Licht. Er stellte sich ans Fenster und sah hinaus. Das Auto stand immer noch da.

Veronika antwortete endlich.

»Wo bist du?«

»Wieso? Ich bin auf dem Heimweg, ich habe Gegenwind. Gleich bin ich am Hafen … Ich habe einen furchtbaren Tag hinter mir.«

»Hör jetzt genau zu! Zwei Idioten sitzen bei uns vor dem Haus. Eine Journalistin und ein Fotograf. Ich rufe Gruntzéns an. Vielleicht sind die zu Hause. Spielt aber auch keine Rolle. Ich warne sie vor, dass du über ihr Grundstück und hinter ihrem Haus vorbeigehst. Stell dein Fahrrad hinters Haus und kriech durch die Hecke. Ich mache dir dann die Hintertür auf.«

»Okay.«

»Verstanden?«

»Ja, verstanden.«

Er wählte die Nummer der Nachbarn. Der Mann ging an den Apparat.

»Kein Problem«, meinte Gruntzén. »Überhaupt kein Problem, dann wissen wir, was los ist … Sie können anschließend erzählen, wie es gelaufen ist. Sie können Veronika sagen, dass wir uns bereit halten, falls sie zu uns ins Haus flüchten muss.«

»Vielen Dank«, sagte Claesson. »Gute Idee. Es ist immer gut, wenn man noch einen zweiten Ausweg hat.«

Dann rief er Veronika ein weiteres Mal an.

Veronika trotzte dem Gegenwind. Sie hatte sich darauf gefreut, zu Hause aufs Sofa fallen und sich über die Widrigkeiten des Lebens beklagen zu können.

Jetzt packte sie eine neue, kältere und unberechenbarere Angst. Das Gefühl, vollkommen die Kontrolle verloren zu haben, ergriff ganz von ihr Besitz.

Erst die Anzeige, dann die versteinerte Miene Harald Erikssons und jetzt das!

Die Treibjagd hatte begonnen. Das Wild floh, suchte nach Verstecken.

Die aufreibende Geschichte, auf die sie schon lange keinen Einfluss mehr hatte, lieferte ihr neue Energie.

Sie trat mit ganzer Kraft in die Pedale, das machte ihr alles etwas leichter. So schnell sie konnte, radelte sie heimwärts, obwohl ihr Haus von der Pressemeute belagert wurde. Sie stellte sich die dunklen Gestalten vor, die durch die Büsche schlichen. Das Journalistenpack machte sich wie Maden über den Kadaver her. Nun galt es, die Fassung zu bewahren und sich selbst nicht zu verlieren.

Sie packte den Lenker fester und dachte an Harald Eriksson. Es hatte sie überrascht, ihn plötzlich im Untersuchungszimmer vor sich zu sehen. Ein merkwürdiger Mann, dachte sie.

Andererseits war er auch ein recht gewöhnlicher Mensch. Er wollte es wohl mit eigenen Augen sehen, wie schlecht es Veronika ging. Das war reiner Sadismus. Er wollte seine Überlegenheit spüren.

Während sie sich bemüht hatte, die Fassung zu bewahren, hatte sie ihm einen anderen Arzt angeboten.

»Ich habe nicht den Wunsch, die Ärztin zu wechseln«, hatte er knapp erwidert.

Sie war gelinde gesagt erstaunt gewesen, aber sie wusste, dass es keine rechtliche Grundlage gab, ihn als Patienten abzuweisen. Seine verschlossene Miene hatte sie verunsichert. Wollte er testen, wie viel sie aushalten konnte?

Sie hatte ihm einen Termin für eine Gastroskopie gegeben und sich erkundigt, ob er noch weitere Fragen habe. Habe er nicht, hatte er geantwortet.

Fünfzehn Minuten waren vergangen, ohne dass ein Wort über seine Frau gefallen war.

Nachdem er gegangen war, war sie vollkommen erschöpft gewesen. Sie wusste nicht recht zu beurteilen, wie die Besprechung eigentlich verlaufen war. Sie brauchte keine Angst zu haben.

Während sie auf ihrem Rad die Straße entlang sauste, fiel ihr ein, dass sie eine gängige Frage ausgelassen hatte. Unter normalen Umständen hätte sie gefragt, wie es ihm momentan gehe. Ganz allgemein. Ob er gestresst sei.

Sie schaltete ihr Vorder- und Rücklicht aus, bevor sie in ihre Straße einbog. Hinter der Biegung sah sie ein Auto. Es parkte in einigem Abstand von ihrem Haus, aber mit gutem Blick auf ihr Grundstück und mit der Kühlerhaube in ihrer Richtung. Die Straßenlaternen standen recht weit auseinander. Mit etwas Glück und wenn sie sich beeilte, würden sie sie nicht bemerken. Das hintere Tor von Gruntzéns lag genau zwischen zwei Laternen im Dunkeln.

Sie verlangsamte die Fahrt, rollte aus und steuerte auf das Haus der Nachbarn zu. Sie wagte es nicht, zu dem Fahrzeug hinüberzuschauen. Dann stieg sie ab, um das Tor zu öffnen. Mit klopfendem Herzen drückte sie die Klinke herunter und schob das niedrige schmiedeeiserne Tor auf. Sie hoffte, dass die Angeln gut geölt waren.

Aber ein durchdringendes Quietschen ertönte und schien in der ganzen Straße widerzuhallen. Ihr Herz begann immer heftiger zu pochen. Unsicher schob sie ihr Fahrrad den Gartenweg der Nachbarn entlang. Er kam ihr unendlich lang vor.

Ihre Anspannung ließ erst nach, als sie die Schmalseite passiert hatte und die Rückseite des Hauses entlangging. In den Fenstern des buttergelben Einfamilienhauses, in das Gruntzén und seine erste Frau mit den beiden gemeinsamen Kindern vor einigen Jahren eingezogen waren, brannte Licht. Leise Stimmen waren von innen zu hören. Vielleicht waren sie ja gerade beim Essen, also die neue Familie Gruntzén mit der neuen Frau, die er in Thailand kennengelernt hatte, und mit den beiden Kindern, die sie ihm in rascher Folge geschenkt hatte.

Vorsichtig lehnte Veronika ihr Fahrrad an die Hauswand, ging ein paar Schritte auf dem Kies weiter, dann trat sie auf den Rasen. Die Äste der Obstbäume schrappten über ihren Rucksack und schlugen ihr ins Gesicht, obwohl sie sich bückte. Sie schlich die Büsche an der Grundstücksgrenze entlang, dann zwängte sie sich hindurch. Stolpernd gelangte sie auf der anderen Seite wieder ins Freie und verharrte einen Augenblick, um Atem zu schöpfen. Sie meinte eine Autotür schlagen zu hören und wartete darauf, dass ein Motor angelassen würde, aber alles blieb still.

Dann ging sie auf ihr Haus zu. Ihr geliebtes Zuhause! Im Wohnzimmer brannte Licht. Sie steuerte auf die Verandatreppe zu.

»Sind Sie Veronika Lundborg?«

Ihr Herz schlug ihr bis zum Hals. Hinter den Johannisbeerbüschen stand jemand. Jetzt trat er auf sie zu.

»Ich würde gerne mit Ihnen sprechen«, hörte sie eine Frauenstimme. Im selben Augenblick wurde sie von einem Blitzlicht geblendet.

Gleichzeitig hörte sie Schritte aus dem Inneren des Hauses, und die Verandatür wurde aufgerissen.

»Was zum Teufel …«

»Es wäre wirklich besser, wenn Sie sich äußern würden«, sagte die Reporterin barsch.

»Wozu?«, fragte Veronika mit schwacher Stimme.

Da spürte sie, wie Claes sie am Arm packte. Er schob sie die Treppe hoch und zerrte sie ins Wohnzimmer. Dann knallte er die Tür zu.

»Die sind doch nicht ganz bei Trost!«, rief er.

Sie hatte ihn noch nie so wütend gesehen. Aber es war ein gutes Gefühl, dass es jemanden gab, der bedingungslos auf ihrer Seite stand.

Louise bestellte ein Rinderfilet, medium, und ein Glas Rotwein. Das passte gut zum Spätherbst.

An zwei weiteren Tischen saßen Gäste. Sie saß mit dem Rücken zur Tür und konnte daher nicht sehen, wer kam und ging. Das war gut. So war auch sie nicht sofort zu sehen. Nicht etwa, weil sie etwas hätte geheim halten wollen, aber es wurde immer so schnell getuschelt. Ehe sie es sich versah, war sie verlobt und wieder verheiratet, und man würde sich überlegen, ob sie nicht trotz ihres Alters auch wieder etwas Kleines erwartete.

Kenneth hatte einen einundzwanzigjährigen Sohn namens Patrik, der bei seiner Mutter in Nybro gewohnt hatte, aber jetzt in Malmö studierte. Sein Sohn und er hätten sich oft getroffen, hatte der stolze Vater erzählt. Mit oft meinte er etwa einmal im Monat, was Louise recht dürftig vorkam, denn sie hätte es sicher nicht ertragen, ihr Kind nur so selten zu sehen. Das wäre selbst Janos zu wenig gewesen, trotz der egoistischen und eifersüchtigen Diven, die er sich immer wieder anlachte und die es vorgezogen hätten, wenn Sofia und Gabriella ein für alle Mal von der Erdoberfläche verschwunden wären.

Kenneth schrieb seinen Namen mit h am Ende und erzählte

augenzwinkernd, dass er deswegen auch Mitglied im Kenneth-Club sei, der seit 1993 bestehe.

»Was war 1993?«

»Da bekamen wir einen Namenstag, den 29. April.«

Er grinste.

»Nicht schlecht«, erwiderte Louise. »Wie viele Kenneth gibt es denn?«

»Tja, in Schweden sind es fast 14 000, aber wie viele von denen im Club sind, weiß ich nicht. Außerdem gibt es einige Tausend ohne h. Aber die dürfen nicht in den Club. Ein h muss sein.«

Sie überlegte, ob er sie gerade zum Besten hielt.

»Das ist wahr. Ehrenwort. Du kannst dir das im Internet ansehen.«

Mit Kenneth mit h konnte man sich gut unterhalten. Sicherlich hatte er schon einige Frauen bezirzt. Eine gewisse Eifersucht meldete sich bereits, aber sie nahm sich vor, sie zu ignorieren.

Sie bestellten das Dessert, Eis mit Heidelbeeren. Allmählich wurde Louise etwas müde, schließlich war sie keine zwanzig mehr.

Aber sie war verliebt.

Ehe sie von zu Hause losgegangen war, hatte sie sich vorgenommen, Kenneth auf keinen Fall zu sich hereinzubitten, obwohl die Mädchen bei Janos waren. Man wusste nie, ob sie nicht trotzdem auftauchen würden.

Eine Stunde später lag Kenneth Strömberg neben ihr auf der Schlafcouch, aber an Schlafen war nicht zu denken.

15

Es ging auf Weihnachten zu, in vier Tagen war Heiligabend, und ihr Leben stand irgendwie Kopf. Früher hatte sie nie so geweint, eine Flut salziger Tränen ergoss sich auf Daniels Schulter, ohne dass sie traurig, wütend oder enttäuscht gewesen wäre.

»Was ist los?«, fragte er und wiegte sie in seinen Armen.

Sara-Ida konnte nicht antworten. Wusste selbst nicht, warum die Tränen nicht aufhören wollten zu strömen.

Sie schüttelte leicht den Kopf. Es war befreiend und schön, endlich loszulassen. Ausnahmsweise ruhte sie in sich und nicht in einem mageren Körper, aus dem ein Mannequin werden sollte. Sie versteckte sich auch nicht hinter einem akkurat geschminkten Gesicht, das perfekt und starr war wie eine Maske.

»Ich weine, weil ich dich so wahnsinnig gern habe«, murmelte sie.

Er nahm sie noch fester in die Arme und drückte sie zärtlich. Er wischte ihr die Tränen von den Wangen und küsste sie auf den Mund.

Daniel tröstete sie über alles hinweg, über ihr Leben, so wie es jetzt war, und über Dinge, die vor langer Zeit geschehen waren. Große und kleine Abscheulichkeiten, die ihr immer noch zu schaffen machten.

»Du bist lieb«, sagte sie schniefend und ging in die Küche, um ein Stück Küchenkrepp zu holen.

Er schwieg. Vielleicht war es nicht das gewesen, was er hatte hören wollen, aber ein besseres Kompliment konnte sie ihm nicht machen.

Sie machte sich die Brote, die sie zur Arbeit mitnehmen wollte. Um eins fing sie an. Daniel hatte frei, er musste mit seinem Wagen zum TÜV und wollte anschließend zu sich nach Hause fahren.

Sie kniete sich hin und stellte Wurst und Butter wieder in den winzigen Kühlschrank. Die Pantry-Küche hatte ein schräges Dach mit einem winzigen Fensterchen. Daniel konnte nur an der kleinen Spüle aufrecht stehen. In letzter Zeit lagen immer zwei Sets aus Seegras auf dem Tisch. Eines für Daniel und eines für sie. Sie hatte einen Adventskerzenhalter aus rot lackiertem Blech gekauft und mit getrocknetem Moos und Fliegenpilzen aus Plastik dekoriert. Drei Kerzen hatten sie bereits angezündet. Am Sonntag war vierter Advent und am Tag darauf Heiligabend. Sie würden Weihnachten nicht zusammen feiern, das fanden sie noch zu früh. Beide wollten bei den Eltern feiern. Die von Daniel wohnten in Växjö.

Daniel war meist bei Sara-Ida gewesen, obwohl seine Wohnung viel größer war und er sogar einen Balkon hatte. Sie dachte nicht viel darüber nach, warum das so war, es gefiel ihr aber, dass es so gekommen war.

»Dann komme ich heute Abend zu dir«, sagte sie.

Denn Daniel wohnte näher an der Klinik als sie. Sie hatte erst spät Feierabend, um halb zehn, und musste schon früh wieder aufstehen, weil sie um sieben wieder anfangen musste. Sie hatte einen Schlüssel zu seiner Wohnung und er einen zu ihrer.

Sie verließen die Wohnung gemeinsam. Hand in Hand gingen sie die Treppe hinunter, Sara-Ida Ström und ihre große Liebe Daniel Skotte.

Als sie auf die Straße traten, rieselten große Schneeflocken wie Papierschnitzel langsam vom Himmel und schmolzen auf dem Asphalt.

»Der Schnee schmilzt sofort«, sagte Sara-Ida.

»Ja, leider«, erwiderte Daniel Skotte. »Gegen eine weiße Weihnacht hätte ich nichts einzuwenden gehabt.«

Dann küsste er sie auf den Mund, und sie trennten sich.

»Louise Jasinski von der Polizei«, sagte sie.

Sie hatte eigentlich Erika Ljung und Peter Berg schicken wollen, weil sie nicht damit gerechnet hatte, es selbst zeitlich noch zu schaffen, aber jetzt hatte es glücklicherweise doch noch geklappt. Sie war gerne persönlich dabei, um selbst Unausgesprochenes und Pausen zu interpretieren. Sie hatte die langjährige Freundin, Kristina Luna, getroffen. Sie hatte Charlotte Erikssons künstlerische Freundin Alena Dvorska ein weiteres Mal befragt. Das war gestern am Spätnachmittag gewesen. Dvorska hatte schließlich gesagt, wie die Dinge lagen, und war in Tränen ausgebrochen. Vermutlich, weil aus dieser Liebesgeschichte nie etwas geworden war.

Thomas Dunåker trat von dem kleinen schwarzen Fußabstreifer mit der roten Aufschrift Willkommen zurück. Er reichte ihr eine große, warme Hand. Louise schnürte ihre Stiefel auf, während Peter Berg in die Wohnung trat.

Dunåker schloss die Tür und nickte Richtung Küche. Peter Berg bat darum, die Toilette aufsuchen zu dürfen. Louise behielt ihre Jacke lieber an, da sie begonnen hatte, Daunen zu verlieren, die auf ihrem Pullover kleben blieben. Aber in diesem Jahr konnte sie sich keine neue Jacke leisten, sie brauchte das Geld für die Wohnung.

Kein schmutziges Geschirr stand in der Spüle. Sie wartete darauf, dass Peter zurückkam, da sie das Gespräch mit Thomas Dunåker nur zusammen mit ihm beginnen wollte.

Er hatte eine aufgeräumte, ordentliche Junggesellenwohnung. Sie gingen jedoch davon aus, dass es noch bis vor kurzem eine Frau in Dunåkers Leben gegeben hatte. Dunåker stand mit verschränkten Armen an der Spüle gelehnt und schien seinen Gedanken nachzuhängen.

Sie stellte sich ans Fenster. Feine Schneeflocken schmolzen

auf dem Asphalt. Dunåker wohnte im dritten Stock eines Mietshauses im Älgstigen, der ganz in der Nähe in den Axel Munthes Stig direkt neben der Volkshochschule mündete. Das Viertel hieß Norrtorn und lag auf einer Anhöhe, ein so genanntes unbelastetes Viertel, in dem es weder Graffiti noch Müll gab. Im Augenblick wirkte es recht ausgestorben und grau. Es würde mehr Schnee geben.

In solchen Momenten sehnte sich Louise fort. Sie sann darüber nach, warum sie sich nicht einfach eine Stelle in Stockholm suchte, jetzt wo sie wieder frei war. Sie wusste jedoch auch, dass sie das nie tun würde, sie brauchte nur die Sehnsucht. Ihre Wohnung war außerdem alles andere als deprimierend. Und dazu hatte sie noch Kenneth, der eben erst in ihr Leben getreten war.

Endlich kam Peter Berg in die Küche.

»Sie wissen, warum wir hier sind«, begann sie.

»Ich kann es mir denken«, erwiderte er und sah sie mit seinem braunen Hundeblick an. »Geht es um Charlotte?«

Dann verzog sich sein Mund, und er begann zu schluchzen.

Louise und Peter Berg sahen einander verwirrt an. Alle anderen waren so zurückhaltend gewesen. Abgesehen einmal von den aggressiven Ausfällen des Ehemannes, die allerdings auch ein Ausdruck seiner Trauer sein konnten.

»Sie waren ein Paar, nicht wahr?«, fuhr sie fort.

Er nickte. Louise betrachtete sein Gesicht. Sie konnte seine Anziehungskraft auf Charlotte sehr gut nachvollziehen. Harald sah zwar besser aus, von seiner Art war er aber auch egoistischer und introvertierter. Wir fühlen uns von menschlicher Wärme und Herzlichkeit angezogen, dachte sie.

»Weshalb haben Sie sich nicht bei uns gemeldet?«

Er schnäuzte sich und zuckte mit den Achseln.

»Warum hätte ich das tun sollen? Ich hatte schließlich nichts mit ihrem Tod zu tun.«

»Glauben Sie, dass niemand von Ihrem Verhältnis wusste?«

»Natürlich hatte ich den Verdacht, dass es rauskommen könnte. Wer hat es Ihnen denn erzählt?«

Er sah Louise mit Tränen in den Augen an.

»Das spielt keine Rolle. Erzählen Sie selbst.«

»Es begann vor knapp zwei Jahren. Ich bin Polier und bekam auf einmal wahnsinnige Rückenschmerzen. Jemand empfahl mir einen Krankengymnasten. Ich konnte damals kaum noch zur Arbeit gehen ...«

Er schnäuzte sich wieder.

»Sie kamen also als Patient zu Charlotte?«

»Ja.«

»Hatte das auch damit zu tun, dass Sie sie schon vorher kannten?«

Er sah sie an, als überlege er, was die Polizei eigentlich alles über seine Vergangenheit wusste.

»Ich habe mich mit ihrer langjährigen Freundin Kristina unterhalten. Ich weiß also, dass sie sich schon seit Ihrer Jugend kannten«, meinte Louise.

»Damit hatte das aber nichts zu tun. Ich hätte genauso gut bei der anderen Krankengymnastin landen können, mit der Charlotte gemeinschaftlich die Praxis betrieb. Es ergab sich einfach so ... Charlotte behandelte mich, und meine Rückenschmerzen verschwanden ... ja, und dann ging es so weiter.«

»Sie gingen also ein Verhältnis ein.«

»Ja.«

»Auch sexuell?«

»Ja.«

»Wusste ihr Mann davon?«

»Nein.«

»Sind Sie sicher?«

»Soweit ich weiß, wusste er nichts. Aber er hätte es natürlich früher oder später erfahren.«

»Können Sie das näher erklären?«

»Es deutete alles darauf hin, dass wir zusammenziehen würden, Charlotte und ich.«

»Gab es dafür konkrete Pläne?«

»Wir hatten noch kein Datum bestimmt, aber es war geplant.«

»Was hätte Harald Ihrer Meinung nach davon gehalten?«

»Das hätte wohl niemandem gefallen! Aber ich glaube, dass Charlotte Angst vor ihm hatte.«

»Inwiefern?«

Er suchte nach den richtigen Worten.

»Bedrohte er sie? Wandte er Gewalt an?«, wollte Louise wissen.

»Nicht direkt. Soweit ich weiß, hat er sie nie geschlagen. Aber unterschwellig war da etwas.«

»Was?«

»Die Angst.«

»Wovor?«

»Dass der schöne Schein zerstört werden würde.«

»Ging es nur um die Fassade?«

»Eine Scheidung ist nie ein Vergnügen. Das weiß ich. Ich bin selbst geschieden.«

»Sie haben zwei Kinder?«

»Ja. Wir haben das gemeinsame Sorgerecht.«

»Sie tragen noch den Nachnamen Ihrer geschiedenen Frau?«

»Ja. Sie wollte nicht den Dutzendnamen Petersson tragen.«

Louise nickte.

»Aber um wieder auf Charlotte und Harald zurückzukommen. Sie haben von dem schönen Schein gesprochen. Gab es etwas anderes, was ihm im Falle einer Scheidung hätte Sorgen bereiten können? Sie behaupten schließlich, dass eine Scheidung in der Luft gelegen habe.«

»Vielleicht die Firma.«

»Können Sie das näher erklären?«

»Die Drott AB und Harald waren gewissermaßen eins.«

»Hatten Sie Einblick in Charlottes Finanzen?«

Er errötete leicht.

»Sie hatte Geld, so viel wusste ich.«

»Spielte das eine Rolle?«

»Das spielt immer eine Rolle«, meinte er kurz angebunden.

Louise nickte.

»Könnten Sie das vielleicht präzisieren?«

»Geld ist nie vollkommen bedeutungslos«, meinte er. »Aber falls Sie wissen wollen, ob ich eine Affäre mit ihr anfing, weil sie Geld hatte, kann ich nur sagen, dass Sie sich ganz und gar irren. Aber glauben Sie doch, was Sie wollen.«

Vermutlich hätten Sie sie nicht vor der Heirat ermordet, dachte Louise.

»Sie haben sie nicht im Krankenhaus besucht?«

»Nein.«

»Wir brauchen von Ihnen eine Speichelprobe für die DNA-Analyse. Sie kennen das vielleicht schon?«, sagte sie, und er nickte. »Es gibt viele Spuren im Krankenzimmer, und wir wollen sicherstellen, dass keine von Ihnen stammt.«

»Da können Sie Gift drauf nehmen.«

»Gut, dass Sie nichts dagegen haben. Können Sie uns noch sagen, wann Sie sie zuletzt gesehen haben?«

Plötzlich brach er wieder in Tränen aus.

»Am Tag, bevor auf sie geschossen wurde. Sie war hier.«

»Haben Sie sich immer hier getroffen?«

»Ja, allerdings nicht in den Wochen, in denen ich die Kinder hatte.«

»Hatten Sie danach keinen Kontakt mehr mit ihr? Weder per Telefon noch im Krankenhaus?«

»Nein«, schluchzte er.

Louise spürte, dass ihr unter der Daunenjacke der Schweiß ausbrach. Sie verabschiedeten sich.

»Nennt man das jetzt Liebe?«, fragte sie Peter Berg anschließend im Auto.

Er beantwortete ihre Frage nicht.

Claes Claesson und Benny Grahn standen vor der weiß glänzenden Tafel. Es war mitten am Tag, aber trotzdem nicht richtig hell. Draußen schneite es, und sie hatten Licht gemacht.

Technik-Benny hielt seine Unterlagen in der Hand und malte mit einem schwarzen Filzstift auf die Tafel. Pfeile zeigten von einem Rechteck, das den Westlichen Friedhof darstellen sollte, in verschiedene Richtungen. Die Waldkapelle erinnerte an eine Torte mit einer einzigen Kerze in der Mitte.

Da flog die Tür auf, und die Männer zuckten zusammen. Louise Jasinski trat ein und baute sich ganz hinten im Saal auf.

»Hallo«, sagten beide wie aus einem Munde und nickten ihr zu.

Dann wandten sie sich wieder der Tafel zu.

»Wirklich furchtbar, dass ich nicht schon früher dazu gekommen bin«, murmelte Benny Grahn.

Dann sagte er eine ganze Weile lang nichts mehr. Die Neonröhren an der Decke knackten leise, und der Filzschreiber schrappte über die Tafel. Sonst war es still.

»Claesson hat mich gründlich zurechtgewiesen«, erklärte Benny schließlich und sah Louise an.

Sie kümmerte sich nicht um seine Entschuldigung. Wie eine Feldherrin stand sie mit über der Brust verschränkten Armen da.

»Er war recht brutal«, scherzte Benny.

Aber die Gewitterwolke, die hinter ihnen stand, reagierte immer noch nicht.

Dann änderte sie ihre Taktik.

»Ihr hättet mir das auch sagen können«, fauchte sie. »Es gibt nichts Schlimmeres, als wenn einem nichts gesagt wird. Außerdem geht dich dieser Fall gar nichts an«, sagte sie an Claesson gewandt.

Er kratzte sich im Nacken. Das tat er immer, wenn ihm etwas peinlich war.

»Ich habe vergessen, es dir zu sagen«, meinte er.

»Ach?«

Claesson und Benny warfen einander einen raschen Blick zu und versuchten, sich wieder auf die Tafel zu konzentrieren.

Schließlich gab Claesson auf und wandte sich wieder an Louise.

»Warum stehst du denn da hinten? Wenn du schon hier bist, kannst du doch auch zu uns nach vorne kommen?«

Er verabscheute es, wenn jemand beleidigt spielte. Das stahl einem die ganze Energie. Er hatte, als er mit Eva zusammengelebt hatte, eine Allergie gegen das Beleidigtsein entwickelt. Eva war manchmal tagelang kalt und stumm wie ein Eiszapfen herumgelaufen, gelegentlich sogar wochenlang, wenn sie in dieser Stimmung gewesen war. Hätten sie sich nicht getrennt, dann wäre entweder ein Alkoholiker oder ein nervliches Wrack aus ihm geworden.

»Von hier aus habe ich einen besseren Überblick, das ist alles«, sagte Louise gelassen und breitete die Hände aus, als sei gar nichts vorgefallen. »Macht nur weiter.«

Breite, schwarze Pfeile wiesen hintereinander die Stengatan entlang bis zum Fahrrad- und Fußweg. Auf dem asphaltierten Weg hatte Benny dünnere Pfeile in beide Richtungen gemalt. Ein verwirrendes Muster, als würden die Pfeile ineinander übergehen.

»Wir sind uns sicher, dass sie hier entlanggegangen ist«, sagte Benny und tippte auf den gestrichelten Pfad. »Aber weshalb ist sie hin und dann wieder zurück gegangen?«

»Weil jemand sie zur Stengatan zurück und dann auf den Friedhof gelockt hat«, meinte Claesson. »Sie hat etwas gehört. Das erwähnte sie auch, als Erika und ich uns mit ihr im Krankenhaus unterhielten. Wir haben aber nicht weiter nachgefragt. Ein Mist ist das!«

»*Denn auch die Steine in der Mauer werden schreien!*«, sagte Benny plötzlich mit der Stimme eines Geistlichen.

»Woher stammt dieser Satz?«, wollte Claesson wissen.

»Ich glaube, aus der Bibel. Das klingt so danach.«

»Ist das nicht der Titel eines Krimis von Ruth Rendell?«,

meinte Louise. »Der ist richtig gut. Eine Frau mordet, weil sie Analphabetin ist und ausgegrenzt wird.«

Claesson nickte zerstreut und wandte sich dann wieder der Tafel zu.

»Es muss jedenfalls jemand gewesen sein, der sich hier aufgehalten hat«, fuhr er fort und deutete mit dem Finger auf den hinteren Teil des Friedhofs. »Wir wissen nur, dass Charlotte Eriksson ein Auto gesehen hat, in einer hellen Farbe, vielleicht beige, das mit defektem Auspuff auf der Stengatan an ihr vorbeigefahren ist. Wahrscheinlich ein alter Volvo Kombi. Das hat sie auf der Intensivstation ausgesagt. Dieser Autotyp lässt sich auch von Personen, die nichts von Autos verstehen, leicht wiedererkennen.«

»Es stellt sich die Frage, warum sich der Fahrer dieses Wagens nicht gemeldet hat«, meinte Louise.

»Das kann natürlich alle möglichen Gründe haben«, meinte Claesson.

»Und zwar?« Louise klang immer noch unwirsch und verärgert.

»Könntest du mir bitte alle Spuren nennen, die beweisen, dass Charlotte Eriksson wirklich auf dem Friedhof war? Ich würde sie mir gerne noch einmal vor Augen führen«, sagte sie.

Benny blätterte in der Akte.

»Es gibt ein paar Abdrücke von ihren Schuhen. Aber um ehrlich zu sein, waren wir von der Spurensicherung nicht sonderlich auf Zack. Schließlich sind da eine Menge Leute rumgestiefelt, als die Rettung kam. Aber zumindest können wir ihre Schritte ungefähr bis dorthin verfolgen, wo man die Mauer abgetragen hat, und von da dann hierher.«

Er deutete auf eine Stelle innerhalb des Friedhofs.

Claesson erinnerte sich an die tiefen Schuhabdrücke neben dem Grabstein. Benny hatte bereits damals den Verdacht gehabt, dass sie nicht von Charlotte Eriksson stammten. Er hatte sie ihm bei der obligatorischen Tatortbegehung am Tag nach dem Schuss gezeigt. Das war am Samstag gewesen, und es war warm draußen gewesen. Daran erinnerte er sich noch genau. Benny hatte auch festgestellt, dass eine Flüssigkeit an dem Grabstein heruntergelaufen war. Claesson fragte sich, was wohl aus diesen Spuren geworden war.

»Das war am Grabstein von …«

Wieder blätterte Benny in seinen Papieren.

» … Elsa Ros Gustavsson, aber die hat wohl kaum mit dieser Sache zu tun.«

»Nein, schließlich ist sie bereits tot.«

Benny Grahn tat, als hätte er Louises Bemerkung nicht gehört.

»Das war hier.«

Er deutete auf eine Stelle in der Mitte des Friedhofs und zeichnete einen Bogen, der einen Grabstein darstellen sollte.

»Es gibt also auch einen Zeugen, der sich auf dem Friedhof befand«, meinte Louise. »Schließlich hat Charlotte Eriksson etwas gehört.«

Sie sahen sich an.

»Dieser Gedanke ist mir auch schon gekommen«, meinte Claesson.

»Natürlich«, erwiderte Louise lakonisch und neigte ihren Kopf zur Seite. »Ein Zeuge, der aus irgendeinem Grund schweigt, falls es sich nicht doch um ein Tier gehandelt hat.«

»Die Verwandten von Elsa Ros Gustavsson scheinen jedenfalls nicht an übermäßiger Grabpflege interessiert zu sein«, fuhr Benny fort. »Die Flüssigkeit vom Grabstein ist sicher inzwischen analysiert worden. Ich werde mal nachfragen. Schließlich hatten wir viel zu tun«, meinte er entschuldigend. »Vermutlich ergibt sich frühestens nach den Feiertagen etwas Neues. Und die Besitzer der Schuhe haben wir … also nicht ausfindig machen können.«

»Okay.« Louise nickte.

Benny hängte mit einem Magneten ein Foto der Schuhabdrücke an die Tafel. Alle drei sahen sich an.

»Wenn es also nicht der Täter war … und das wirkt wenig

wahrscheinlich«, fuhr er fort. »Auf dem Friedhof war es dunkel. Die Straßenlaternen sind nicht sonderlich hell. Da hätte man gar nicht treffen können, auch wenn Charlotte Eriksson weiter auf die Straße zugegangen wäre. Ich glaube also auch, dass es sich bei dieser Person um eine Zeugin handeln könnte.«

Claesson nickte und deutete auf das Foto mit den Schuhabdrücken.

»Aber warum lässt sie dann nichts von sich hören?«

»Du gehst also davon aus, dass es sich um eine Frau handelt?«, meinte Louise.

»Ja, weil Benny das glaubt.«

»Die Schuhgröße ist etwa 37. Es kann sich natürlich um einen Jugendlichen handeln. Die Sohle ist wirklich recht schmal«, sagte Benny. »Leider haben wir nicht ermitteln können, um was für Schuhe es sich handelt. Und dann stellt sich trotzdem noch die Frage, was die Betreffende gesehen haben könnte.«

»Könnte euch das weiterbringen? Was glaubst du?«, fragte Claesson an Louise gewandt.

»Möglich«, erwiderte Benny. »Wir haben auch einen Kassenzettel gefunden, allerdings in einiger Entfernung vom Grabstein und von der Stelle, an der Charlotte Eriksson zusammengebrochen ist.«

Er malte ein rotes Kreuz auf die Tafel.

»Mit diesem Kassenzettel kommt man allerdings bei einem eventuellen Prozess nicht sonderlich weit«, meinte er. »Den kann jemand schon früher dort verloren haben. Er ist nämlich vom Mittwoch. Der Wind könnte ihn auch ein Stück weit fortgetragen haben. Aber wir haben darauf einen Fingerabdruck gesichert, es gibt allerdings keine Übereinstimmungen mit anderen Fingerabdrücken.«

»Um was für einen Kassenzettel handelt es sich denn?«, wollte Claesson wissen.

»Er stammt aus dem ICA in Påskallavik. Ich habe hier ein Bild ... ich finde zumindest, dass die Bildqualität so besser wird.«

Er schaltete seinen Computer ein. Es dauerte eine Weile, ihn hochzufahren. Plunder, dachte Claesson.

Er hatte Benny in den Ohren gelegen, sich anzustrengen. Er war sich bewusst, dass er befangen war und sich deswegen eigentlich nicht mit dem Fall befassen sollte, unterdrückte diese Einsicht aber recht effektiv.

Sie hatten gerade eine hektische Phase hinter sich, ihnen war viel dazwischengekommen. Eine Woche zuvor waren beispielsweise zwei Leichen in einer Wohnwagensiedlung gefunden worden. Schrottreife und halbverrottete Wohnwagen ohne Heizung, deren Fenster durch Pappe ersetzt waren. Die Wagen hatten hinter einem gepflegten Anwesen gestanden, einem hübschen Gutshof mit großen Treibhäusern. Die Toten hatten keine Papiere gehabt. Es hatte sich herausgestellt, dass es sich um Polen gehandelt hatte, die vermutlich erfroren waren, falls sie nicht an einer Alkoholvergiftung oder einem epileptischen Anfall aufgrund von Alkoholmissbrauch gestorben waren. Weißer Sklavenhandel. Pfui Teufel!

Louise hatte sich jedenfalls die Zeit genommen, ihm den Fall gründlich zu präsentieren. Es war jetzt einen Monat her, dass die Zeitungen über Veronika hergefallen waren und Claesson das Gefühl gehabt hatte, gleich zu explodieren. Das einzig Positive in dieser Zeit war Veronikas und sein Besuch in Linköping gewesen.

Ohne Umschweife hatte ihm Louise an den Kopf geworfen, dass das, was er tue, ein Dienstvergehen war und er deswegen in richtige Schwierigkeiten geraten könne.

Das würden sie doch wohl auf die Reihe kriegen?, hatte er beharrt. Es brauche ja niemand zu erfahren, dass er sich an der Ermittlung beteiligte.

Sie fand auch, dass er gefühlsmäßig zu sehr involviert war, um ihnen nützlich sein zu können. Er müsse sich erst einmal abregen, eigentlich müsse man ihm einen Eimer kaltes Wasser über den Kopf schütten. Sie erbot sich buchstäblich, das zu erledigen. Und sie hatte damit natürlich Recht. Sich um eine andere Person zu sorgen war schlimmer, als selbst betroffen zu sein, fand er.

Die unsichtbare Umklammerung der Ohnmacht.

Jetzt wartete er darauf, dass es Benny endlich gelingen würde, auf der Festplatte das richtige Foto zu finden. Schließlich bat ihn Benny, die Leinwand herunterzulassen. Dann erschien das Bild. Er trat zurück. Vor sich sahen sie einen ganz normalen Kassenzettel von ICA in Påskallavik. Er stammte vom 4. Oktober.«

»An welchem Tag wurde auf Charlotte Eriksson geschossen?«, fragte Louise. »War das nicht am 5.?«

»Doch«, erwiderte Claesson. »Kurz vor Mitternacht. Eventuell war es auch am 6., kurz nach 24 Uhr.«

»Und wann hat Peter Berg die kleine Matilda gefunden?«

»Am Sonntag. Also am 7.«

Der Kassenzettel war am Rand etwas schmutzig, aber trotzdem gut lesbar. Es war deutlich angegeben, welche Waren gekauft worden waren. Ein Stück Seife, ein Kilo Äpfel, ein Laib Brot und eine Packung Müsli. Außerdem ein Paket *Windeln Mini 3-6 kg.*

»Wir müssen jemanden nach Påskallavik schicken«, meinte Louise.

Claesson trat einen Schritt vor, als wolle er sich melden, um sofort loszulegen. Louise sah ihn finster an.

»Nicht du«, sagte sie. »Da fahre ich lieber selbst. Und dann müssen wir den Kassenzettel mit den Spuren von Matildas Kleidern und von dem Apfelkarton, in dem das Mädchen lag, abgleichen.«

Claesson schwieg.

»Wir treffen uns in meinem Büro, sobald ich wieder zurück bin«, sagte sie und ging.

Sie hatte ihren Befehlston verwendet, den sie sich in einem Seminar für Polizistinnen antrainiert hatte. Dieser Ton wirkte bei allen, obwohl nicht nur Claesson, sondern auch Benny fand, dass sie übertrieb. Claesson verabschiedete sich und ging zum Mittagessen.

Veronika wäre fast über ein paar graulila Tauben gestolpert, die pickend einen armseligen Mann auf einer Bank umgaben. Er streute ihnen Brotkrümel aus einer Plastiktüte auf die Erde.

Sie befand sich auf dem Mårtenstorget in Lund. Es war feuchtkalt, und die Sonne hatte sich schon seit Tagen, wenn nicht gar Wochen nicht mehr gezeigt. Es ging auf drei Uhr, schien aber bereits zu dämmern. Bei diesem Wetter konnte man richtig schwermütig werden. Die Bäume, die den Platz säumten, hellten die Stimmung jedoch auf. In den Baumkronen brannte die Weihnachtsbeleuchtung. Die Markthalle, auf die Veronika zusteuerte, war mit Girlanden aus Tannenzweigen dekoriert. Die großen, schönen Bogenfenster waren mit Glühbirnen illuminiert.

Sie versuchte, mit dem Kinderwagen die Tauben zu umfahren. Klara schlief und war im Wagen nach unten gerutscht. Veronika blieb stehen, um Klara wieder höher zu setzen.

Aber dann hielt sie einige Sekunden lang inne.

Denn als sie sich vorgebeugt hatte, hatte sie es gespürt. Wie einen Fischschwanz, der weit unten gegen ihr Schambein schlug.

Deutliche Bewegungen des Fetus.

Das kleine Wesen, das in ihr wuchs, brachte sich in Erinnerung. Endlich! Sie lächelte, und Tränen traten ihr in dem eisigen Wind in die Augen. Das Chaos des letzten Monats, mit dem sie kaum fertig geworden war, trat in den Hintergrund, wurde unwichtig. Sogar das fürchterliche Foto verblasste. Ein entsetztes Augenpaar, das direkt in die Kameralinse starrte. Dazu eine fette Schlagzeile: »DAS VERSTECK DER UNTER MORDVERDACHT STEHENDEN ÄRZTIN«. Brutaler konnte es kaum werden. Ein Farbfoto, das spätabends vor ihrem Haus geschossen worden war. Sie »versteckt« sich zu Hause. Wo auch sonst?

Sie hatte die Zeitung nicht weggeworfen, sie hatte sie auch

nicht gegen die Wand geschleudert, obwohl ihr Claes beides als symbolischen Akt wärmstens nahegelegt hatte. Müll gehöre in den Müll.

Aber sie war stur und gelegentlich auch schonungslos sich selbst gegenüber gewesen. Sie hatte der Wirklichkeit nicht ausweichen wollen. Weder den Kopf einziehen noch sich verstecken wollen! Darauf hatte sie bis zur Selbstquälerei beharrt.

Sie hatte den Artikel ausgeschnitten, mit Magneten am Kühlschrank befestigt und gedacht, dass man sich vielleicht antrainieren könne, die Sache mit Humor zu betrachten. Vielleicht nicht sofort, aber später. Sie hatte ihren Fahrradhelm getragen, und der Blitz war von dem gelben Plastik reflektiert worden. Sie hatte vollkommen irrwitzig ausgesehen. Sicher entsprach sie der Vorstellung, die die Zeitungsleser von einer mordenden Ärztin hatten.

Wie auch immer diese aussah.

Natürlich wie ein ganz normaler Mensch.

Energisch schob sie den Kinderwagen am Systembolaget vorbei und gelangte zu der niedrigen Bank vor der Kunsthalle.

In der Markthalle schlug ihr die Wärme entgegen. Es duftete nach frischgebackenem Brot, würzigem Käse, geräucherten Würsten und überbackenen Schinken, eingelegtem Hering und geräuchertem Aal, Pizza und Lasagne. An einigen Ständen waren lange Schlangen. Veronika kaufte Brot und Schinken und ein paar importierte Würste. Sie wollte abends für Klara und sich ein Wurstragout mit Reis kochen. Ihre dauernde Übelkeit war vorüber.

Eine Woche lang war sie täglich die dreißig Kilometer nach Orup gefahren. Dort lag das alte Sanatorium wie ein Adlerhorst idyllisch oberhalb des Ringsjö. Jetzt würden sie Cecilia nach Oskarshamn mitnehmen, um dort Weihnachten zu feiern. Die Rehabilitation war abgeschlossen, jedenfalls die in Orup.

Nach Weihnachten würde Cecilia wieder in ihre eigene Wohnung in der Tullgatan im südlichen Stadtzentrum von Lund einziehen, eine schöne Einzimmerwohnung, in der Veronika und Klara im Augenblick wohnten.

Die Wohnung hatte Cecilia nach vielem Hin und Her gekauft, sich dann aber nur wenige Stunden in ihr aufgehalten, bevor sie sich zu dem folgenreichen Fest begeben hatte.

Ein einziger Schlag, und das Leben war vollkommen verändert.

Claesson saß an seinem leeren Schreibtisch. Er hatte keine neuen Akten herausgesucht. Die Tür war geschlossen. Er stützte den Kopf in die Hand und seufzte. Allmählich ließ seine Anspannung nach. Es kribbelte in Waden und Kreuz, und eine angenehme Müdigkeit ergriff von ihm Besitz, obwohl er angestrengt nachdachte.

Das Telefon klingelte. Es war Benny, der wieder beim Kriminaltechnischen Labor angerufen hatte. Sie analysierten gewisse Spuren ein weiteres Mal und befassten sich erneut mit Matildas Kleidern und der Flüssigkeit, die auf dem Grabstein sichergestellt worden war. Letzteres war bisher unterlassen worden, und das war ein Patzer gewesen.

»Gut«, erwiderte Claesson. »Hast du Louise auch informiert? Damit das von dir kommt …«

»Klar«, sagte Benny. »Eine Abreibung pro Tag reicht.« Er lachte, und sie legten auf.

Da wurde die Tür aufgerissen. Claes zuckte zusammen.

»Hast du Zeit?«, fragte Louise.

Unbekümmert und ohne eine Erwiderung abzuwarten, marschierte sie ins Zimmer und nahm Platz.

Ist sie immer noch sauer?, fragte er sich und versuchte die Antwort auf diese Frage in ihrem Gesicht zu lesen.

Veronika hob Klara aus dem Kinderwagen und stellte sie in den Hauseingang. Dann schob sie den Wagen ins Treppenhaus. Während sie die Tüte mit den Einkäufen aus dem Korb nahm, ging Klara langsam die Treppe hoch. Mit ihren kleinen Händen hielt sie sich unten am Treppengeländer fest. Ihre Fausthandschuhe baumelten an den Ärmeln ihres Overalls.

Veronika überholte sie, schloss auf, öffnete die Tür und wartete auf ihre Tochter. Sie nahm sie auf den Arm, als sie die Treppe bezwungen hatte, und zog ihr den Overall aus. Klara war guter Laune. Sie ging ins Wohnzimmer, suchte eines ihrer Lieblingsbücher heraus, legte sich auf den Bauch und begann, die Bilder anzuschauen.

Veronika hängte ihren Mantel auf. Sie ließ die Tüte mit den Einkäufen in der Diele stehen und ging auf die Toilette. Die Türe ließ sie angelehnt, damit sie Klara hören konnte.

Blut im Slip. Eine eiskalte Hand legte sich auf ihr Herz. Da verspürte sie einen dumpfen Schmerz, als hätte sie ihre Tage. Sie sah in die Kloschüssel. Frische Blutstropfen verdünnten sich hellrot.

16

Wie geht's«, fragte Louise. Ihre Stimme verriet jedoch nur wenig Mitgefühl.

»Danke der Nachfrage«, erwiderte Claesson. »Wenn das so weitergeht, müssen wir wohl umziehen«, meinte er und verzog den Mund.

»Wie wird Veronika damit fertig?«

Louise klang jetzt freundlicher.

»Recht gut. Sie gehört nicht zu denen, die sich in eine Opferrolle drängen lassen. Ich glaube, sie hat sich vorgenommen, diese Geschichte hinter sich zu lassen.«

»Ist das so schlimm?«

»Nein. Ich übertreibe. Sie will sich davon nicht fertigmachen lassen. Das ist natürlich nicht das einzige Mal, dass diese Sache in den Zeitungen breitgetreten wird ... Sie muss einfach eine Art finden, damit umzugehen, das Ganze nicht an sich heranzulassen. Keine Ahnung, wie man das macht. Ich versuche, ihr den Rücken zu stärken, bin aber selbst so verdammt wütend. Das ist vermutlich wenig hilfreich ...«

»Für wen?«

»Für das Herz.« Er fasste sich an die Brust. »Und für den Blutdruck. Ich lasse mich vermutlich zu sehr von Veronikas Wut anstecken, statt ruhig und gelassen zu bleiben, wie der Fels in der Brandung, du weißt schon.«

Louise schwieg.

»Veronika hat am meisten zu schaffen gemacht, dass eine Patientin sie gebeten hat, von einer anderen Ärztin behandelt zu werden. Da ist sie dann nach Hause gegangen.«

»Oh!«

»Aber die meisten waren sehr verständnisvoll. Sowohl Patienten als auch Kollegen. Nicht alle Kollegen natürlich, aber das war wenig überraschend, so ist es immer. Man konzentriert sich leider gerne auf die Sauertöpfe und Bösartigen.«

Sie nickte.

»Man hat eben nur ein Leben«, seufzte sie und warf einen düsteren Blick aus dem Fenster. »Du weißt doch, dass ich Krankenschwester war, bevor ich zur Polizei gegangen bin?«

»Das hatte ich vergessen. Und?«

»Mir ist natürlich klar, wie so ein Krankenhaus funktioniert, obwohl es lange her ist, dass ich in einem gearbeitet habe. Genauer gesagt weiß ich, dass gelegentlich unabsichtlich etwas schiefgeht.«

»Das ist wie mit der ersten Liebe«, scherzte Claesson.

Sie starrte ihn an. Sie war es nicht gewohnt, dass er so persönlich wurde.

»Und wie hieß sie?«

»Stina.«

»Stina? Wirklich? Was für ein spießiger Name.«

»Sie sah aber wahnsinnig gut aus.«

»Sieh mal einer an. Man kann also so einen spießigen Namen haben und trotzdem supergut aussehen. Aber daraus wurde dann nichts?«

»Nein. Ich ging nach Stockholm auf die Polizeischule, und währenddessen kam sie mit einem Burschen aus Nässjö zusammen und bekam dann auch recht bald Kinder.«

»So geht es, wenn man sich nicht sputet.«

»Sie wurde dann Krankenschwester. Vermutlich ist sie das immer noch.«

»Einmal Pflege, immer Pflege, heißt es. Ich bin aus der Reihe getanzt, als ich mir was anderes gesucht habe«, sagte Louise, stand auf und stellte sich ans Fenster.

»Ich fand den Krankenpflegesektor furchtbar altmodisch und hierarchisch strukturiert«, fuhr sie fort. »Das war schlimmer als bei uns. Außerdem kam ich mir so eingesperrt vor auf der Station, das war das Schlimmste. Alles sollte möglichst gleichzeitig erledigt werden, und man wurde gestört, egal, was man gerade tat. Ob man eine Infusion vorbereitete, Medikamente holte, sich mit einem Patienten unterhielt ... spielte alles keine Rolle. Immer kam etwas dazwischen.«

»Das kann ich mir vorstellen.«

»Man hat immer Angst, etwas falsch zu machen, besonders zu Anfang, weil man weiß, dass das schreckliche Konsequenzen haben kann. Ich war immer vollkommen erledigt, wenn ich nach Hause kam. Vor dem Einschlafen fiel mir noch etwas ein, was ich vergessen zu haben glaubte. Dann stand ich auf, rief auf der Station an und machte mich auf eine Abreibung gefasst ... Du meine Güte!«

»Egal, was man macht, es fehlt einem zu Anfang das Selbstvertrauen.«

»Genau. Bei der Polizei ... hatten wir zu Anfang auch Angst«, fuhr Louise fort und setzte sich wieder. »Bei manchen Einsätzen macht man sich fast in die Hose. Ganz gewöhnt man sich nie.«

»Das ist vermutlich auch nicht wünschenswert«, meinte Claes.

»Bist du stolz darauf, bei der Polizei zu sein?«

»Nein. Aber es erfüllt mich doch mit einer gewissen Zufriedenheit, etwas Sinnvolles zu tun. Das gilt auch für Veronika, obwohl sie es im Augenblick nicht sonderlich leicht hat.«

»Wem so etwas nicht nahegeht, für den hab ich auch kein Verständnis.«

»Glaubst du, dass Charlotte Erikssons Tod ein Unfall war?«, wechselte Claesson das Thema. »Ein Betriebsunfall im Krankenhaus?«

»Tja ... ich weiß wirklich nicht.«

Sie schaute auf ihre Hände. Die Fingernägel waren lackiert und funkelten wie frisches Eis.

»Seltsamerweise hat der Gerichtspathologe keine einzige plausible Todesursache gefunden. Er hat eine kleine Verletzung an der Zunge entdeckt. Das ist alles. Es wurde die Frage erörtert, ob sie an Epilepsie gestorben sein könnte. Aber warum hätte sie plötzlich an Epilepsie erkranken sollen? Sie hat vorher nie unter Krampfanfällen gelitten. Jedenfalls haben die Gerichtsmediziner daraufhin umfassendere toxikologische Untersuchungen angefordert, aber das scheint auch zu nichts zu führen. Vielleicht entdecken sie ja doch noch irgendein Mittel oder Medikament oder irgendeine andere Ursache.«

»Und wenn sie mit einer Substanz vergiftet wurde, die sich nicht nachweisen lässt?«, meinte Claesson. »Die vom Körper abgebaut wird, ohne Spuren zu hinterlassen?«

»Auch das wurde erwogen. Dann sehen wir …«

» … alt aus.«

Louise fuhr sich mit den Händen durchs Haar. »Es stellt sich zweifellos die Frage, ob zwischen Charlotte Erikssons Verlegung von der Intensivstation und ihrem Tod ein Zusammenhang besteht. Das glaube ich nicht. Aber man muss natürlich darüber nachdenken.«

Sie sahen sich schweigend an. Draußen herrschte eine friedliche Winterdunkelheit, und der Schnee dämpfte den Lärm des Verkehrs.

»Du meinst, ob man sie hätte retten können, wenn sie auf der Intensivstation geblieben wäre?«, fragte er.

Louise zuckte mit den Achseln.

»Dort konnte sie schließlich nicht bis ans Ende ihrer Tage bleiben«, sagte Louise leichthin.

Claesson musste zum ersten Mal seit langem lachen.

»Ich habe heimlich die Vernehmungsprotokolle aus der Klinik gelesen«, sagte er. »Ich weiß, dass ich das nicht darf. Ich *gestehe*«, blökte er und fuchtelte mit den Händen.

Louise schwieg.

»Jedenfalls«, fuhr er fort, »bezeugen alle, dass Charlotte Eriksson ziemlich fit war. So fit, wie jemand nur sein konnte, zwei Tage nachdem er eine Kugel in den Bauch bekommen hatte. Sie war ansprechbar, nahm Flüssigkeit zu sich, hatte nur mäßige Schmerzen und keine sonderlich erhöhte Temperatur. Sie war auf dem Wege der Besserung. Wo liegt der Fehler?«

Sie zuckte mit den Achseln.

»Jedenfalls war es nicht Dunåker. Er hat ein Alibi. Er war verreist. Außerdem wirkt er wirklich verzweifelt wegen Charlotte Erikssons Tod. Netter Mann übrigens. Sie kannten sich seit der Kindheit. Vermutlich eine Jugendliebe, die immer noch loderte. Er gefiel mir viel besser als dieser Affe Harald Eriksson.«

Sie zog den Bauch ein und schob den herausgerutschten Pullover in den Hosenbund.

»Die einzige Person, die von Charlotte Erikssons Ableben profitiert, ist jene, die ihren Tod im Augenblick am lautesten beweint«, fuhr sie fort. »Und das sagt alles. Aber wir haben nichts gegen ihn in der Hand.«

»Harald Eriksson?«

Sie nickte.

»Hast du die Anzeige gesehen, die er bei der Beschwerdestelle der Gesundheitsbehörde erstattet hat?«

»Nein, habe ich nicht. Aber daraus wird ohnehin nichts. Zumindest nicht, wenn wir ermitteln. Oder die Staatsanwältin, aber von der habe ich noch keinen Mucks gehört. Vielleicht finden wir ja den Schuldigen.«

»Falls es wirklich einen gibt«, meinte er und erhob sich. Er nahm ein paar zusammengeheftete Blätter vom Bücherregal und gab sie Louise.

»Das ist eine Kopie von Erikssons Anzeige.«

Sie nickte.

»Schau sie dir mal an«, forderte Claesson sie auf.

»Später.«

»Nein, jetzt. Da findet sich vielleicht was.«

Er richtete seine brennende Schreibtischlampe auf den Text und betrachtete Louises Gesicht, während sie langsam die Augen über die Zeilen wandern ließ.

»Du meinst das hier?«, fragte sie schließlich und deutete auf eine Zeile mitten auf der ersten Seite.

»Ja. Dass er regelrecht darum gebettelt habe, sie auf Intensiv zu belassen. Ich finde, das wirkt inszeniert. Ich weiß nicht, warum, aber diese extreme Unruhe und Fürsorge für seine Ehefrau wirkt geplant. Beides mag ja berechtigt gewesen sein, aber trotzdem ... und dazu noch diese ständige Kritik und sich anschließend von Veronika behandeln zu lassen. Das wirkt unsinnig. Als wolle er testen, ob sie es wirklich verkraftet, die mordende Ärztin zu sein.«

»Stimmt. Das ist einfach zu viel! Als habe er uns seine große Besorgnis nur vorspielen wollen, obwohl er seiner Frau in Wahrheit ausgesprochen überdrüssig war. Aber wie können wir ihm das nachweisen?«, fragte sie, das Gesicht zum Fenster gewandt. »Was für ein Schnee! Wenn wir Glück haben, gibt es eine weiße Weihnacht. Wie doch die Zeit vergeht. Montag ist schon Heiligabend.«

Sie schaute auf die Uhr.

»Ich muss wirklich langsam Weihnachtsgeschenke kaufen«, sagte sie. »Hast du deine schon?«

»Tja«, erwiderte er.

Ihm fiel auf, dass Männer eigentlich immer eher ungeschoren davonkamen. Er musste nur etwas für Veronika besorgen, um den Rest kümmerte sie sich.

»Die Läden haben doch bis sieben Uhr auf?«, fragte er.

Louise stand auf. Sie war irgendwie süß. Vermutlich lag das an der neuen Frisur.

»Wir sehen uns jedenfalls morgen«, meinte sie. »Übrigens ...«

Sie blieb in der Tür stehen.

»Was diese Anzeige betrifft, fällt mir ein, dass ich Harald Eriksson kurz nach dem Tod seiner Frau bei Dr. Björk im Ärztehaus gesehen habe. Ich habe ihn hier von meinem Fenster aus gesehen ... ich weiß, das klingt so, als hätte ich ihm nachspioniert, aber das war reiner Zufall.«

»Vielleicht brauchte er in seiner schweren Lebenslage Beistand und Trost. Darauf versteht sich Björk schließlich.«

»Vielleicht wollte er sich auch beraten lassen, wie man eine Anzeige erstattet?«

»Das ist doch nicht weiter schwer. Diese Information findet man im Internet oder man lässt sich in der Krankenhausverwaltung die Formulare geben.«

»Ich meine, vielleicht wollte er sich einen Tipp geben lassen, worüber er sich beklagen könnte. Er wollte sich dabei helfen lassen, einen ernstzunehmenden Fehler zu finden.«

Claesson schüttelte den Kopf.

»Das klingt nach Konspiration. Das traue ich Björk nicht zu, dass er sich auf so etwas einlässt. Aber man weiß nie … Oder war er dort, um sich in die Klinik überweisen zu lassen?«

Sie sah ihn an.

»Ist er krank?«

»Tja«, wich Claesson aus. »Das darf uns nicht weiter interessieren. Schweigepflicht, du weißt schon. Aber offenbar hat er Probleme mit dem Magen. Vielleicht der Stress …«

Nachdem Louise die Tür hinter sich geschlossen hatte, verließ ihn plötzlich jegliche Energie. Der Aktenstapel auf dem Archivschrank, den er eigentlich hatte durcharbeiten wollen, würde dort erst einmal liegen bleiben. Er hatte seine Rückstände abarbeiten wollen, während Veronika und Klara weg waren und es keine Rolle spielte, wenn er bis spät in die Nacht arbeitete.

Jetzt zog er sich stattdessen seine grüne Goretexjacke an. Er hatte das Fleecefutter eingeknöpft, und eine Mütze lag in einer Seitentasche. Schwarz, gestrickt, aber keine Pudelmütze. Wenn er sie tief in die Stirn zog, sah er aus wie ein richtiger Bulle oder auch wie ein Herzensbrecher, fand Veronika. Bei diesem Gedanken wurde ihm ganz warm ums Herz. Er ging die Treppe hinunter und überlegte, ob er zu Fuß gehen oder das Fahrrad nehmen sollte. Als er die Hintertür öffnete, sah er ein, dass er das Fahrrad nach Hause schieben musste.

Alles war unter einer hohen Schneedecke verschwunden. Es war windstill und nicht besonders kalt. Und er empfand wieder dieselbe spontane Freude wie als kleiner Junge, wenn der erste Schnee gefallen war. Er holte tief Luft, schloss die Augen, wandte sein lächelndes Gesicht nach oben und ließ die Schneeflocken auf den Wangen schmelzen.

Schlitternd versuchte er, die Slottsgatan entlangzuradeln, musste aber bereits beim Stora Torget aufgeben. Er ging ins Juweliergeschäft und suchte dort einen Anhänger aus, eine braun schimmernde Perle an einem goldenen Ring. Sie hing wie ein schwerer Tropfen an einer langen Goldkette. »Passt zu Ihrer großen Frau«, meinte die Verkäuferin. Claesson nickte nur und kommentierte nicht weiter, dass sie wusste, wie Veronika aussah. Er könne den Schmuck selbstverständlich umtauschen, wenn er nicht passe, meinte die Verkäuferin noch und schlug die Schachtel geschickt in silber glänzendes Papier ein, das sie mit einer dunkelblauen Rosette dekorierte.

Er steckte das Geschenk in die Jackentasche und schob sein Fahrrad dann durch die Schneewehen über den Stora Torget. Der Schneepflug war noch nicht so weit vorgedrungen. Die beleuchteten Sterne in den Fenstern, die Weihnachtsbäume und die Lichtergirlanden über den Straßen verbreiteten Weihnachtsstimmung. Die Christbaumverkäufer hatten Laternen in den Schnee gestellt, und an den Ständen konnte man alles von Zuckerstangen über indische Amulette bis hin zu Lovikka-Fäustlingen kaufen und sich mit Glögg und Pfefferkuchen stärken.

Er ging den Kråkerumsbacken hinab, eine abschüssige Straße, auf der die Autos den Schnee zu Haufen zusammengeschoben hatten.

Plötzlich vibrierte sein Handy in seiner Hosentasche. Er zog es hervor und meldete sich. Es war Veronika.

»Hallo«, sagte sie. »Hast du einen Augenblick Zeit?«

Ihre Stimme war belegt.

Sara-Ida hatte sich umgezogen und stand im Eingang der Klinik. Sie zog ihr Mobiltelefon aus der Tasche, um Daniel anzurufen und ihn zu fragen, ob er sie abholen könnte. Sie zögerte etwas, da es am nächsten Morgen praktisch wäre, das Fahrrad zu haben, denn sie hatte Frühdienst. Bis dahin war sicher geräumt.

Ihr Akku war leer.

»Verdammt!«, murmelte sie.

Dann musste sie doch zu Fuß gehen. Ihre Wimperntusche würde bei dem Schneetreiben zerlaufen. Außerdem waren ihre Stiefelsohlen zu dünn für die Kälte.

Sie begann, in ihrer Tasche nach Daniels Handy- oder Telefonnummer zu suchen. Sie hatte sie nicht im Kopf, da beide in ihrem Handy gespeichert waren.

Sie wollte zur Station zurückgehen, um von dort aus zu telefonieren. Aber sie fand ihr kleines türkises Notizbuch mit dem Gummiband nicht. Daniel steht vermutlich im Telefonbuch, oder ich rufe die Auskunft an, dachte sie. Denn jetzt hatte sie absolut keine Lust mehr zu laufen.

Niemand sah sie, als sie den halbdunklen Korridor entlangging. Die Patienten schliefen. Sie hörte aus dem Kaffeezimmer leises Klirren und halblaute Stimmen. Vermutlich machten sich die Schwestern gerade über Emmas Torte her. Emma war fast unerträglich ordentlich. Sie brachte es nicht übers Herz, ein paar Eier wegzuwerfen, deren Haltbarkeitsdatum fast abgelaufen war, sondern rührte rasch einen Tortenboden zusammen. »Nichts umkommen lassen«, sagte sie immer munter. Wie zu Omas Zeiten. Aber Emma ist für so etwas zu jung, dachte Sara-Ida. Kein Wunder, dass sie den Prinzen vergeblich angehimmelt hat. Sie hatte gemerkt, dass Emma ziemlich eifersüchtig auf sie war, wegen Daniel. Es hatte sich auf der Station herumgesprochen, dass sie ein Paar waren. Obwohl Daniel und sie sich Mühe gaben, sich nichts anmerken zu lassen. Der Karpfen hatte sie bereits mit strengen Augen angesehen. Sie wusste sicher auch schon Bescheid. Aber es war schließlich nicht verboten, seine große Liebe am Arbeitsplatz kennenzulernen!

Sie ging leise ins Ärztezimmer, rief die Auskunft an und ließ sich die Nummern von Daniels Handy und Festnetzanschluss geben. Sie schrieb »Tröster« auf einen Block, der neben dem Telefon lag, und die Nummern darunter. Dann rief sie ihn sofort an.

Er antwortete auf seinem Festnetzanschluss. Ihr wurde ganz warm ums Herz und flau im Magen, als sie seine Stimme hörte.

Aber Daniel konnte sie nicht abholen. Es täte ihm wahnsinnig leid, sagte er mit seiner ruhigen, allersüßesten Stimme. Sara-Ida spürte die Enttäuschung wie einen eiskalten Klumpen im Bauch.

»Ich habe ein paar Flaschen Bier getrunken, verstehst du. Ich kann einfach nicht fahren. Natürlich hätte ich dich gerne hier, aber kannst du nicht ein Taxi nehmen? Ich bezahle es auch?«

Es würde bestimmt hundert Jahre dauern, bis sie bei diesem Wetter ein Taxi bekam, dachte sie, nachdem sie aufgelegt hatte. Da kann ich genauso gut laufen, entschied sie, riss rasch das Blatt von dem Block und steckte ihn in die Tasche.

Die Kerze auf dem Tisch brannte. Sie steckte in einem Kerzenhalter aus Zinn, der aus Veronikas Elternhaus stammte und an Cecilia weitervererbt worden war. Der kleine Tisch mit der ausklappbaren Platte kam auch von dort. Er hatte im Sommerhaus auf Öland gestanden, das Veronikas Mutter verkauft hatte, nachdem ihr Vater gestorben war. Die zerkratzte Tischplatte aus Kiefernholz weckte Erinnerungen an viele Sommer. Damals hatte eine Tischdecke auf dem Tisch gelegen, und die Tassen, aus denen sie nach dem morgendlichen Bad Kaffee getrunken hatten, hatten ein Rosenmuster gehabt. Gerade jetzt brauchte Veronika diese Erinnerungen, denn sie gaben ihr Halt und Geborgenheit.

Sie hatte keine Schmerzen mehr.

»Das klingt, als hättest du in letzter Zeit recht viel um die Ohren gehabt«, meinte Christina Löfgren.

Die Küche in der Tullgatan zeigte zum Hof. Die beiden Frauen tranken Tee und aßen Brote, Klara schlief.

Christina hatte in der Frauenklinik Spätschicht gehabt und war zufällig am Eingang vorbeigekommen, gerade als Veronika mit Klara an der Hand zu ihrem Auto zurückgegangen war. Veronika hatte sich gefreut und war gerührt gewesen, als sie ihre ehemalige Kommilitonin gesehen hatte, und Christina hatte sie nach Hause begleitet. Veronika war unendlich dankbar, nicht allein sein zu müssen, jetzt, wo sich ein schwarzer Abgrund vor ihr auftat.

»Wenn es nur nicht wieder zu bluten anfängt«, meinte sie mit leiser Stimme und schob nachdenklich ein paar Krümel auf ihrem Teller hin und her.

Die Blutung hatte von selbst wieder aufgehört, als sie in die Notaufnahme der Frauenklinik gekommen war. Sie hatte die widerstrebende Klara ins Auto gesteckt und war selbst gefahren. Sie hatte nicht die Kraft gehabt, einen Parkplatz zu suchen, sondern hatte ihr Auto direkt vor den Eingang gestellt. Sie hatte Glück gehabt, dass sie keinen Strafzettel bekommen hatte. Die Politessen seien wie Flöhe, meinte Christina. Sie fielen über einen her, wenn man am wenigsten damit rechne. Darüber hatten sie gelacht.

»Das wäre mir egal gewesen«, sagte Veronika, denn das kleine Herz hatte wie eine Uhr geschlagen. Das Wesen schwamm ganz vergnügt in ihr herum und hatte keine Ahnung davon, wie gefährlich es lebte.

Der Arzt hatte nicht sagen können, von wo genau die Blutung gekommen war. Er vermutete, von der Plazenta oder vom Rand der Plazenta. Die Plazenta lag ganz nahe am Gebärmuttermund, vielleicht sogar über ihm, aber das ließ sich zum gegenwärtigen Zeitpunkt nicht so recht beurteilen.

Veronika hatte sich das anschließend immer wieder vorgesagt, um es auch nicht zu vergessen. Sie hielt es nicht für sinnvoll, sich stationär behandeln zu lassen. Mit Klara wäre das auch sehr kompliziert geworden, und ihr blieb ohnehin nichts anderes übrig, als abzuwarten. Käme das Kind jetzt zur Welt, wäre es nicht lebensfähig. Es war erst gut achtzehn Wochen alt.

»Das wird ein langes Warten«, hatte sie anschließend zu Claes am Handy gesagt. Wo sie nur die Kraft hernehmen sollte? Darauf hatte er ihr auch keine Antwort geben können. »Ich bin jedenfalls immer für dich da«, hatte er gesagt.

»Was glaubst du?«, fragte sie jetzt ihre alte Freundin und Gynäkologin.

»Wir sagen immer, dass es meist gut geht, wenn das Kind noch lebt und wenn die Blutungen wieder aufhören«, meinte Christina vorsichtig.

Veronika nickte und hakte nicht weiter nach.

»Jedenfalls hat der Arzt mich für zwei Wochen krankgeschrieben. Das ist angenehm«, seufzte sie. Sie war immer noch den Tränen nahe. »Claes hat darauf bestanden, uns morgen abzuholen, aber jetzt geht es mir wieder gut, ich werde also wie geplant selbst fahren.«

Plötzlich überwältigte sie die Müdigkeit. Die Freundinnen beendeten den Abend. Christina zog sich in der kleinen Diele ihren Mantel an und wickelte ihren Schal um den Kopf.

»Ich hatte vor einiger Zeit eine Patientin aus Oskarshamn«, meinte sie. »Sie studiert hier und kam zu mir, weil sie Milch in der Brust hatte. Das kann alles Mögliche sein, beispielsweise ein Tumor der Hypophyse, ja, du weißt schon. Sie hätte kein Kind zur Welt gebracht, sagte sie mit Nachdruck. Jedenfalls bat sie mich um eine gynäkologische Untersuchung. Sie wollte also nicht nur, dass ich die Brust untersuche, was ein Chirurg vielleicht getan hätte. Alles war, wie es sein sollte, doch sie hatte Schwangerschaftsstreifen auf dem Bauch, aber die kann man auch haben, ohne ein Kind bekommen zu haben. Du weißt schon, Teenager, die wegen der Hormone zu schnell wachsen. Aber ihr Gebärmutterhals war etwas verdickt, wie nach einer Geburt. Tja ... das heißt vielleicht nicht so viel. Aber sie wirkte etwas deprimiert. Irgendwie hilflos und einsam. Ich konnte sie nicht vergessen und versuchte, Näheres über sie in Erfahrung zu bringen, aber das ergab nichts. Irgendwas war mit ihr, aber sie wird schon darüber hinwegkommen!«

Veronika nickte. Sie war es gewohnt, dass Kollegen unvermittelt von irgendwelchen Patienten erzählten, auf deren Diagnose sie sich keinen Reim machen konnten.

Christina schwieg ein paar Sekunden.

»Aber warum erzähle ich das eigentlich?«, sagte sie dann. »Gute Nacht.«

Dann ging sie.

Das Auto fuhr dicht neben ihr her.

Anmache, dachte sie und hoffte, dass der Fahrer aufgeben und weiterfahren würde, wenn sie kein Interesse an den Tag legte. Sie hielt die Nase ganz hoch und ging schneller, das Motorengeräusch verfolgte sie aber weiterhin. Sie hatte ihr Fahrrad vor dem Krankenhaus stehen lassen, weil es ihr zu anstrengend gewesen wäre, es durch den Pulverschnee zu schieben. Sie bildete sich ein, dass sie Daniel ohne Mühe dazu überreden konnte, sie am nächsten Morgen früh zur Arbeit zu fahren. Er hatte sicher ein wahnsinnig schlechtes Gewissen, weil er sie nicht abgeholt hatte.

Das Auto folgte ihr immer noch. Es war schwarz und groß.

Was zum Teufel wollte der Fahrer?

Sie versuchte, gleichgültig zu wirken, schritt weit aus, und ihre Umhängetasche schlug ihr gegen die Hüfte. Dann packte sie jedoch die Angst, und sie begann zu rennen. Das Auto beschleunigte ebenfalls. Sie warf einen raschen Blick zur Seite. Sie kannte niemanden, der so ein Auto besaß. Sie brauchte nicht einmal sonderlich lange nachzudenken. Aber wieso folgte ihr der Wagen?

Da glitt die Seitenscheibe nach unten.

»Willst du nicht mitfahren?«, ließ sich eine Stimme vernehmen, die sie nur zu gut kannte. Es war Jörn.

»Nein«, sagte sie ganz außer Atem. »Ich habe es nicht so weit. Ich gehe gerne zu Fuß.«

Sie hatte den Verdacht, dass er sie den ganzen Weg vom Krankenhaus verfolgt hatte. Vermutlich hatte er im Auto auf dem Parkplatz auf sie gewartet. Aber dort waren Leute gewesen, die sie hätten sehen können, er hatte also gewartet, bis sie alle Krankenhauszufahrten passiert und bis hierher in die Södra Fabriksgatan gekommen war.

Es herrschte kaum Verkehr, und im Augenblick war überhaupt kein Fahrzeug in Sicht. Sie schlitterte die Straße entlang. Der Fahrradweg weiter innen war unter den Schneemassen verschwunden, die der Schneepflug aufgetürmt hatte. Das orangefarbene Licht der Straßenlaternen funkelte auf der geräumten Straße. Der Schneepflug war vermutlich eben erst durchgekommen und sie hoffte, dass er wieder auftauchen würde. Sie wollte einfach in den Schnee abiegen, damit Jörn ihr nicht so auf der Pelle klebte, aber aus irgendeinem Grund hatte sie Angst, ihn zu provozieren.

Es war fast halb elf. Vermutlich sind jetzt alle zu Hause und sehen fern, kochen Karamell oder heiße Schokolade, dachte sie niedergeschlagen. Der Atem stand wie eine Wolke vor dem Mund. Sie hatte immer noch kalte Füße. Es war der 20. Dezember, und das wichtigste Weihnachtsgeschenk hatte sie immer noch nicht gekauft. Sie konnte sich nicht entscheiden, schließlich musste sie das Richtige finden.

Der Wald zu ihrer Linken schluckte das Geräusch des neben ihr schnurrenden Motors. Zwischen den schneebeschwerten Ästen konnte sie hinter dem Wäldchen die erleuchteten Fenster der Mietshäuser ausmachen, sie lagen gar nicht weit weg. Dort wohnte Daniel. Sie musste nur noch ein kleines Stück gehen und konnte in den Idrottsvägen einbiegen. Dann hatte sie es fast geschafft. Sie meinte schon zu spüren, wie sie sich in seine Arme fallen ließ.

Der Wagen beschleunigte plötzlich und fuhr an ihr vorbei. Sie war erleichtert.

Aber Jörn hielt an und sprang aus dem Wagen.

Verdammt!

»Komm doch mit«, sagte er und deutete mit dem Kinn auf das Auto. Breitbeinig baute er sich vor ihr auf.

Sie schüttelte den Kopf. Wollte nicht. Hatte Angst. Sie hatte so große Angst, dass sogar ihre Sehnsucht nach Daniel verschwand.

»Ich dachte, wir können reden.«

»Es gibt nichts, worüber wir reden müssten.«

»Ach?«

Es hatte aufgehört zu schneien. Trotzdem kniff Sara-Ida unter ihrer weißen Wollmütze die Augen zusammen. Sie hatte die Lippen zusammengepresst. In der Ferne hörte sie ein Auto. Sie wartete, bis es näher kam. Sie wollte auf die Straße laufen und darum bitten, mitgenommen zu werden. Der Saab wurde langsamer. Ein Mann ließ das Seitenfenster herunter und fragte Jörn, ob er Hilfe brauche. Brauche er nicht, erwiderte er so dünkelhaft, wie es seine Art war.

»Meine Freundin und ich haben ihn gerade wieder in Gang bekommen.« Er nickte in Richtung des Autos, das von einer Abgaswolke umgeben war. »Vielen Dank trotzdem«, ergänzte er, und der Mann fuhr weiter.

Es war vermutlich besser, so zu tun, als sei alles in Ordnung, und zu versuchen, ihn zu beruhigen. Etwas Psychologie schadet nie, dachte sie.

»Okay, aber dann musst du mich auch nach Hause fahren«, sagte sie.

Sie versuchte, so zum Auto zu gehen, als tue sie das freiwillig.

»Aber du wohnst doch gar nicht in dieser Richtung?«, meinte Jörn, als sie im warmen Wageninneren saßen. Er legte den ersten Gang ein, und das Auto rollte an.

Sie antwortete nicht, hatte ein ungutes Gefühl im Bauch. Er

hatte also in Erfahrung gebracht, wo sie wohnte! Das war zwar nicht sonderlich schwer, aber es gefiel ihr nicht, dass er ihr nachspionierte. Das ging ihn alles nichts an. Sie wollte keinesfalls Daniel in die Sache verwickeln. Jörn hatte mit ihm nichts zu tun. Sie bereute es zutiefst, dass sie jemals nett zu diesem grinsenden Idioten aus Bockara gewesen war. Zwei unterschiedlichere Menschen als Daniel und Jörn hätte man sich nicht vorstellen können.

Sie bat ihn, in den Idrottsvägen einzubiegen, aber er fuhr geradeaus weiter, als hätte er sie nicht gehört, und machte Musik an. Eine hoffnungslose Band rappte monoton aus den Lautsprechern. Jörn tippte mit einer Hand auf dem Lenkrad den Takt. Er fuhr an der nächsten Abzweigung vorbei, die zum Westfriedhof und nach Södertörn führte, und hielt auf den Kreisverkehr zu. Würde er jetzt Richtung Zentrum abbiegen? Oder wollte er auf die E 22, die nach Kalmar und nordwärts nach Västervik führte?

»Ich will aussteigen«, sagte sie.

Sie begann, wütend zu werden und Angst zu bekommen. Wahnsinnige Angst. Er verlangsamte nicht einmal die Fahrt.

»Hörst du?«, brüllte sie. »Bleib stehen, du verdammter Idiot. Ich will aussteigen!«

Aber stattdessen bog er vom Kreisverkehr viel zu schnell nach Westen auf den Åsavägen ab. Fast wäre er in den Graben geschlingert.

Dann bog er auf den Zubringer nach Västervik ab. Darauf beschleunigte er auf mindestens hundert. Die Straße war zwar geräumt, aber glatt und matschig.

»Wo fährst du hin?«, schrie sie. »Kannst du nicht langsamer fahren?«

Aber das hätte sie nicht sagen sollen. Er lächelte und gab noch mehr Gas, während die Musik ohrenbetäubend aus den Lautsprechern dröhnte.

»Lass mich raus!«

Keine Reaktion. Sie hätte das schon lange begreifen müssen. Sie hätte nicht so nett zu ihm sein dürfen. Leid hätte er ihr auch nicht tun dürfen, denn er war ein unzurechnungsfähiger Schwachkopf. Jetzt tauchten vor ihnen zwei Lastwagen mit Anhängern auf. Er überholte sie, dass der Schnee nur so stob und man durch die Windschutzscheibe fast nichts mehr sehen konnte. Dann ging es in rasendem Tempo weiter. Sara-Ida schwieg. Sie versuchte sich zu orientieren. Sie fuhren am Flugplatz vorbei. Jetzt waren sie fast in Fårbo.

Fast ohne langsamer zu werden, bog er plötzlich nach links ab. Das Auto schleuderte und schlitterte, es gelang ihm jedoch, es wieder in die Spur zu bringen. Auf einer Nebenstraße fuhr er nun ins Landesinnere. Der Abstand zwischen den Höfen nahm zu. Sie wusste nicht mehr, wo sie sich befanden. Die Straße wurde immer schmaler, jetzt gab es überhaupt keine Höfe und Häuser mehr, nur noch tief verschneiten Wald.

Er legte eine Hand auf ihr Bein.

»Was soll das?«, sagte sie und schob seine Hand weg.

Aber er legte sie zurück und begann, ihren Oberschenkel zu massieren.

Sie schlug ihm auf die Hand, aber das hatte keinen Sinn, er legte sie jedes Mal wieder zurück und knetete und drückte immer fester. Angeekelt lehnte sich Sara-Ida zurück, um sich so weit wie möglich von ihm zu entfernen. Mit seiner Hand näherte er sich immer weiter ihrem Schritt.

Sie schlug ihm auf den Arm.

»Hör auf! Was soll das?«, brüllte sie.

»Du weißt, dass du mir das nicht abschlagen kannst«, sagte er.

»Kann ich sehr wohl. Das ist immer noch mein Körper!«

»Aber du weißt, was ich weiß«, rutschte ihm heraus.

Sie sah ihn finster an und schwieg.

Der Wald verdichtete sich, Jörn wurde langsamer und fuhr an den Straßenrand. Er parkte schräg, den Kühler Richtung Wald. Sara-Ida hatte die Hände in den Jackentaschen vergraben und saß starr auf dem Beifahrersitz. Sie hatte schon lange den Gedanken aufgegeben, sich aus dem Auto zu werfen und wegzurennen. Wohin auch? Er würde sie ja doch einholen.

Er zog die Handbremse an, ließ den Motor in Leerlauf laufen und stieg aus.

»Bleib sitzen«, sagte er und ließ die Tür auf der Fahrerseite offen stehen.

Die Scheinwerfer leuchteten direkt in den Wald. Sie sah, wie er im Schnee in einen nicht allzu tiefen Graben vor dem Wagen stieg.

Jörn stellte sich breitbeinig hin und lehnte den Oberkörper etwas zurück.

Er pinkelte.

Blitzschnell zog sie ihre Hände aus den Taschen, löste den Gurt und kletterte auf die Fahrerseite. Ihre Umhängetasche verfing sich im Schalthebel. Sie starrte auf seinen Rücken und wagte es nicht, den Sitz zu verstellen, denn das hätte er hören können. Vorsichtig trat sie die Kupplung durch. Das war nicht so einfach, da sie kaum an die Pedale kam. Sie musste die Füße strecken und die Zehen benutzen. Dann legte sie vorsichtig den Rückwärtsgang ein. Sie klammerte sich am Lenkrad fest, um nicht nach hinten zu rutschen, während sie mit klopfendem Herzen das Gaspedal durchtrat, um ein paar Meter in die Mitte der Straße zurückzusetzen und dann davonzuschießen.

Er musste etwas gehört haben. Misstrauisch drehte er sich zum Auto um und versuchte dann sofort den Strahl zum Versiegen zu bringen, um mit einem großen Schritt aus dem Graben zu kommen. Da ließ Sara-Ida die Kupplung kommen.

Aber der Wagen setzte nicht zurück, wie sie gedacht hatte, sondern machte einen großen Satz vorwärts. Den Bruchteil einer Sekunde schaute sie in sein weißes Gesicht mit hilflosen und entsetzten Augen, ehe ihn die Stoßstange mit Schwung umriss. Diese Augen werden mich noch verfolgen, dachte sie im selben Augenblick, obwohl alles seine Schuld war.

Dann war alles vorüber. Der BMW lag mit der Kühlerhaube im Graben.

»Das wollte ich nicht«, jammerte Sara-Ida und massierte ihren Hüftknochen, mit dem sie gegen das Lenkrad geschlagen war. Dann drehte sie den Zündschlüssel und ließ ihn stecken.

Verdammt. Sie besaß nicht einmal einen Führerschein. Sie war nur gelegentlich mit ihrem Vater gefahren. Aber sie hatte geglaubt, sie könne fahren!

Sie kletterte aus dem Auto, stand bibbernd mitten auf der Straße und zog den Reißverschluss ihrer Daunenjacke hoch. Dann schob sie ihre Umhängetasche zurecht und streifte ihre Handschuhe über. Nicht einmal die weiße Mütze aus Angorawolle kam ihr im Augenblick sonderlich warm vor.

Sie wollte wirklich nicht nachsehen, aber sie musste. Die Kühlerhaube des Autos zog sie magisch an.

Als sie zum Graben kam, sah sie, dass es kein Problem war, zu Jörn nach unten zu rutschen. Wenn er noch lebte?

Es schüttelte sie.

Sie musterte ihn. Dann rammte sie die Absätze in den Schnee und kletterte in den Graben. Sie schaute unter die Stoßstange. Dort lag sein Kopf, das Gesicht nach oben. Sie beugte sich dichter zu ihm. Ich will ihn nicht anfassen, dachte sie, streckte dann aber doch die Hand aus und berührte sein borstiges Haar, das sich von dem nassen Schnee wie zusammengeklebt anfühlte. Das hatte sie wirklich nicht gewollt.

Er hätte mich nicht anfassen, nicht mit mir wegfahren dürfen, der Idiot. Ihre Fingerspitzen berührten seine Nase. Sie fuhr ihm über die Wange. Er war warm, aber er reagierte überhaupt nicht.

Sie richtete sich auf, kletterte aus dem Graben und stellte sich auf die Straße. Der Himmel war dunkellila. Der Mond schimmerte durch die Wolken wie durch Milchglas. Sie begann zu laufen.

Es hatte wieder angefangen zu schneien.

17

Daniel Skotte wachte auf, weil er pinkeln musste, war aber zu müde, um aufzustehen. Er hatte rasende Kopfschmerzen, und seine Augen brannten unter den geschlossenen Lidern. Er öffnete sie jedoch nicht und unternahm einen tapferen Versuch, wieder einzuschlafen. Er wollte alles vergessen.

Aber es gelang ihm nicht. Er hob einen Arm in die Dunkelheit und tastete nach seiner Brille, um nachzuschauen, wie viel Uhr es war. In diesem Augenblick wurde ihm schmerzhaft bewusst, dass das Bett neben ihm leer war. Er ließ die Hand mit der Brille auf das leere Kissen sinken. Nicht dass er eine Sekunde lang daran geglaubt hätte, dass Sara-Ida wie durch ein Wunder mitten in der Nacht zu ihm ins Bett gekrochen wäre, ohne dass er es bemerkt hätte. Er hatte das Gefühl, in einen schwarzen Abgrund zu stürzen.

Das letzte Mal ist über ein Jahr her, dachte er und wünschte sich, die Zeit wäre noch schneller vergangen und das Schreckliche ganz aus seinem Gedächtnis verschwunden.

Er setzte die Brille auf. Sein Radiowecker zeigte 3:27 Uhr. Er stöhnte laut. Er fühlte sich lausig, wie immer zu dieser Tageszeit. Zu viele Nächte, die er wie ein Gespenst in den Krankenhauskorridoren herumgewankt war, hingen ihm nach.

Sara-Ida schläft vermutlich in ihrem eigenen Bett, versuchte er sich einzureden. Das tat sie seinetwegen. Um ihn nicht wecken zu müssen, wenn sie Frühdienst hatte. Ein dankbarer Gedanke, von dem aus er wieder zu seiner inneren Ruhe zurückfinden konnte.

Aber das funktionierte nicht. Sie konnte genauso gut zu jemand anderem nach Hause gegangen sein, da brauchte er sich gar nichts vorzumachen.

Schließlich nahm er sich zusammen, ging schwankend zur Toilette und gab dem Druck seiner Blase nach. Er wurde klarer im Kopf, als er beschämt einsehen musste, dass ihm noch einiges fehlte, was die schwere Kunst der Selbstbeherrschung betraf. Wenn er einmal anfing zu trinken, dann gab es kein Halten mehr. Seine Sorgen in Alkohol zu ertränken, wer hatte davon noch nicht gehört …

Aber jetzt war er frei. Die Erinnerung an die vergangene Nacht war unbehaglich unvollkommen. Er wusste nicht einmal, wie er schließlich ins Bett gekommen war. Zumindest hatte er sich seiner Kleider entledigt, denn die lagen in einem Haufen auf dem Schlafzimmerteppich.

Sie war also nicht aufgetaucht. Und sie war den ganzen Abend unerreichbar gewesen. Hatte sie ihr Handy etwa ausgestellt? Schließlich hatte sie ihm so eine große Zuneigung bewiesen und ihn ihren Tröster genannt, nur weil er sich um sie gekümmert hatte, nachdem sie die Patientin tot aufgefunden hatte. Diese Frau mit diesem feinen Pinkel von Ehemann, diesem Generaldirektor Eriksson. Eigentlich recht traurig, die ganze Sache. Aber man musste einiges einstecken können, wenn man im Pflegesektor arbeitete!

Ich bin eigentlich noch ungeschoren davongekommen, dachte er. Veronika hatte eine Anzeige am Hals, er nicht. Das war an sich erstaunlich, da auch sein Name auf dem Operationsbericht stand und meist alle Beteiligten angezeigt wurden.

Für ihn war es nur von Vorteil gewesen, dass ausgerechnet Sara-Ida zu der toten Patientin ins Zimmer gegangen war. Die süßeste und naivste von allen! Damit er sich anschließend um sie hatte kümmern können.

Er ging in die Küche, ohne Licht zu machen, und ließ das

Kaltwasser eine Weile laufen. Dann füllte er ein Glas und trank es mit großen Schlucken leer. Seltsamerweise wusste man immer noch nicht, woran die Patientin gestorben war. Natürlich würde es auch eine Erklärung dafür geben, warum das Herz dieser Frau aufgehört hatte zu schlagen. Ein unsichtbarer, aber entscheidender Faktor, der sich in dem verwesenden Körper verbarg. Ein Geheimnis auf Molekülebene, auf der Ebene von Partikeln und Spannungen.

Nackt stellte er sich ans Küchenfenster. Durch das Schneetreiben sah er die leuchtenden Sterne in den Fenstern des gegenüberliegenden Hauses. Bis zur Dämmerung würden noch Stunden vergehen. Es war ganz still und stimmungsvoll. Ein neuer Tag erwartete ihn.

Da sah er plötzlich Sara-Ida vor seinem inneren Auge, ihr Lächeln und ihre Brüste. Er hatte das Gefühl, sie würde sich ihm von hinten nähern. Er konnte ihre Wärme an seinem nackten Rücken spüren. Ihre Brustwarzen berührten unter seinen Schulterblättern seine Haut, und es schauderte ihn. Er wandte sein Gesicht nach oben, spannte seine Halsmuskeln. Er schloss die Augen und spürte, wie sie ihm mit den Händen über den Brustkorb streichelte und sie zu den Hüften gleiten ließ. Er bekam eine Gänsehaut. Wohlig zog er die Schultern hoch, holte ganz tief Luft und hielt den Atem an. Wie angenehm!

Dann atmete er aus, ließ die Schultern sinken, öffnete die Augen, und das Gefühl war verschwunden. Natürlich war sie nicht da.

Hatte sie sich das einfallen lassen, um sich rarzumachen? Er stellte alle möglichen Mutmaßungen an, während er immer noch in das Schneetreiben und den blaugrauen Himmel starrte. Vielleicht wollte sie ihm ein schlechtes Gewissen machen, damit er sie nicht vergaß?

Wenn ihr nur nichts zugestoßen war! Aber daran wollte er nicht glauben.

Er hatte noch am Abend, bevor er zu beduselt gewesen war,

bei der Notaufnahme angerufen. Er hatte so getan, als hätte er dort im Schwesternzimmer sein kleines grünes Ringbuch vergessen, in dem alle Anweisungen, Telefonnummern und andere Notizen standen, die er als Klinikarzt benötigte, und das er immer in seiner Kitteltasche bei sich trug. Schwester Rose hatte munter ins Telefon gezwitschert. Auf der Notaufnahme sei alles ruhig, hatte sie gesagt. Sie würden fernsehen. Er war sich vollkommen sicher, dass sie etwas gesagt hätte, wenn Sara-Ida verletzt eingeliefert worden wäre. Sie wussten vermutlich, dass sie ein Paar waren, obwohl Sara-Ida und er das noch nicht offiziell bekannt gegeben hatten.

Er fror und ging wieder zu Bett. Er streckte die Hand nach dem Telefon aus und wählte zum x-ten Mal ihre Nummer. Der Teilnehmer war vorübergehend nicht erreichbar.

Irgendwie hatte er keine Kraft mehr. Es würde genauso weh tun wie beim vorigen Mal. Damals war eine vierjährige Beziehung in die Brüche gegangen. Wollte ihn Sara-Ida verlassen, dann konnte sie das genauso gut auch jetzt tun, dachte er voller Selbstmitleid.

Wenn er ehrlich war, dann war er es gewesen, der allen konkreten Plänen aus dem Weg gegangen war. Schließlich hatte er sich nicht schon wieder die Finger verbrennen wollen. Außerdem war Sara-Ida recht jung, naiv und hatte hochfliegende Träume. Sie wollte Model werden. Er wusste zwar nicht, wie so etwas ging, aber er ahnte, was diese Pläne für ihn bedeuten könnten. Sie würde im Mittelpunkt stehen, und er würde an den Rand gedrängt werden und sich dumm vorkommen.

Seine Gedanken wurden immer träger, ihm wurde wärmer, langsam schlief er ein. Vielleicht ist das so wie mit den nächtlichen Fahrradtouren allein, dachte er noch. Ist man eine Strecke einmal gefahren, weiß man, dass man durchkommt. Wenn sie mich verlässt, dann tut sie das eben. Er würde es überleben. Das hatte er beim letzten Mal auch getan.

»Was machst du Weihnachten?«

Erika Ljung wandte sich an Louise Jasinski und senkte die Stimme. Sie saßen im kleinen Konferenzzimmer.

»Die Mädchen und ich bleiben zuhause«, antwortete Louise ebenfalls mit leiser Stimme. »Wir wollen unser erstes Weihnachten in der neuen Wohnung feiern. Pfefferkuchen backen und einen Christbaum schmücken, du weißt schon. Janos kommt Heiligabend für ein paar Stunden vorbei. Ohne seine Neue. Die alte Familie wird für eine Weile wieder auferstehen.«

»Wie nett«, erwiderte Erika lächelnd.

Es war Morgen, aber draußen war es noch dunkel. Sie warteten darauf, dass alle mit roten Nasen aus der Kälte hereinkommen würden. Die Geräusche von draußen wurden von der dicken, herrlichen Schneedecke gedämpft. Drinnen brannten elektrische Kerzen in beiden Fenstern, ein Weihnachtsstern stand in einem rot lackierten Korb auf dem Tisch, die Erde mit Moos bedeckt.

»Und wie geht es dir?«, fuhr Erika fort.

»Wirklich gut. Ich glaube, Janos und seine Neue stecken schon wieder in einer Krise.«

Louise klang auffallend gleichgültig.

»Dann fahren die Mädchen mit ihm zu seinen Eltern nach Stockholm«, fuhr sie fort.

»Und was hältst du davon?«, wollte Erika wissen.

»Wovon?«

»Dass sich Janos in einer Krise befindet. Ich meine, findest du nicht, dass ihm das recht geschieht?«

Louise starrte auf die Tischplatte.

»Wenn ich ehrlich sein soll, hätte ich das vor nur einem halben Jahr noch gefunden, aber jetzt nicht mehr. Man muss nach vorn blicken. Ich denke manchmal an die Neue meines Vaters, die auch nicht mehr so neu ist. Papa und sie leben schon seit Ewigkeiten zusammen und haben erwachsene Kinder, also meine Halbgeschwister, die ich kaum kenne. Trotzdem bewacht sie dauernd eifersüchtig meinen Vater und ihre Kinder, als würde er einen Verrat begehen, wenn er sich uns ein paar Minuten lang widmen würde. Mittlerweile müsste sie sich seiner doch sicher sein. Außerdem wird er langsam alt.«

»Manche sind sich ihrer Sache nie sicher.«

»Nein. Und Papa war immer zu feige. Er hätte zu seinen Entscheidungen stehen müssen und zu uns. Inzwischen leidet er an einem chronisch schlechten Gewissen. Ich habe den Verdacht, dass er schwermütiger ist, als nötig wäre.«

Erika nickte. Sie dachte daran, wie unterschiedlich alles sein konnte. Ihr Vater war in ihrem Leben immer sehr präsent gewesen. Wie wäre sie wohl ohne ihn geworden?

Louise beugte sich zu Erika vor.

»Ich habe einen Mann kennengelernt«, flüsterte sie und schielte zu Peter Berg und Martin Lerde hinüber, die sich gerade an die andere Seite des Tisches setzten.

Ihr fiel auf, dass Peter Berg sie anstarrte.

»Neugierig?«, fragte sie.

»Überhaupt nicht«, erwiderte er augenzwinkernd.

»Vor kurzem erst«, flüsterte sie ganz leise Erika zu. »Er ist ein Traum im Bett.«

Louises Wangen hatten sich gerötet. Erika nickte anerkennend, und Peter Berg wurde noch neugieriger. Da hielt Claes Claesson Einzug und baute sich am Tischende vor ihnen auf.

»Sollen wir kein Licht machen?«

»Nein«, erwiderte Louise, und Erika nickte. »So ist es gemütlicher!«

»Gut, das Wichtigste zuerst. Um drei gibt es im Kaffeezimmer Glögg und Pfefferkuchen. Alkoholfrei. Ihr könnt dann nach Hause radeln, ohne wegen Trunkenheit auf dem Sattel Punkte zu bekommen, falls ihr es überhaupt wagt, durch den Schnee zu rutschen. Wer dann bereits seinen Weihnachtsurlaub angetreten hat, dem wünsche ich ein richtig schönes Weihnachtsfest«, sagte er mit tieferer Stimme, die wie die des Weihnachtsmannes klingen sollte.

Langsam wurde es heller. Ein klares Licht von einem wolkenlosen Himmel, das den Schnee funkeln ließ und Herzen und Sinne leicht machte.

»Da heute Nacht einiges vorgefallen ist und ein langes Wochenende mit Bereitschaft vor uns liegt, sollten wir hier um halb drei alles abstimmen, also vor dem Glögg«, sagte Claesson.

»Du hast also die ganze Nacht Safrankringel gebacken«, meinte Peter Berg.

»Genau«, erwiderte Claesson gut gelaunt. »Ich hatte noch etwas Zeit, nachdem ich alle Geschenke eingepackt und die Verse für die Empfänger gedichtet hatte.«

Die anderen lächelten.

»Zurück zur Wirklichkeit. Heute Nacht wurde ein Toter unter einem Auto gefunden. Vermutlich in einer Schneewehe.«

Janne Lundin meldete sich. Claesson nickte ihm zu, und plötzlich machte sich eine allgemeine Ernüchterung breit.

»Jönsson und Özen waren wegen eines Unfalls unterwegs und riefen mich gegen halb sechs an. Ich komme im Prinzip direkt von dort«, sagte Lundin und strich sich mit der Hand über sein gegerbtes Gesicht. »Es handelt sich um einen Fünfer-BMW, ein älteres Modell, den sie auf einer Forststraße kurz vor Fårbo aus einer Schneewehe ausgraben mussten. Diese Straße wird kaum befahren, am allerwenigsten bei diesen Straßenverhältnissen. Ein Bauer verständigte uns. Er wohnt in der Nähe und hat die Aufgabe, den Schnee dort zu räumen. Er entdeckte den Wagen, als er mit seinem Schneepflug kam. Erst dachten Jönsson und Özen, dass es sich um einen abgestellten Wagen handelte, aber als sie die Schneemassen wegschaufelten, entdeckten sie einen Mann unter dem vorderen Teil des Autos. Die Spurensicherung ist gerade dabei, Aufnahmen zu machen und den Unfallort zu sichern.«

Er hielt inne und blätterte in seinen Unterlagen.

»Sie riefen mich also an und informierten den Abschleppdienst und die Spurensicherung. Gute Arbeit, muss man sagen … Sie haben inzwischen Feierabend gemacht und liegen hoffentlich im Bett.«

Erika und Louise sahen sich an. Janne Lundin lobte immer alle. Er sah, was getan, und nicht, was versäumt worden war.

»Özen und Jönsson fanden nämlich, dass die Sache seltsam aussah«, fuhr Janne Lundin fort. »Als sei er von seinem eigenen Auto angefahren worden. Als hätte es zu rollen begonnen, während er sich erleichterte. Seine Hose stand offen ... der Zündschlüssel steckte, und der Motor war aus. Sie sahen sich den Kofferraum an, der aufgeräumt war, fast staubfrei. Aber ein Bündel lag darin. Es enthielt eine Waffe, eine Pistole.«

Alle horchten auf.

»Es handelt sich um ein altes Modell. Wie ihr euch denken könnt, hatte ich natürlich gleich den einen Gedanken. Dass das die Waffe sein könnte, mit der auf Charlotte Eriksson geschossen worden ist. Aber im Zusammenhang mit dieser Tat war nie von einem schwarzen BMW die Rede. Der Fahrzeughalter könnte sich allerdings auch ein neues Auto zugelegt haben. Jedenfalls ist das Auto seit Ende Oktober dieses Jahres auf Jörn Johansson zugelassen. Wir glauben auch, dass es Johansson war, der unter dem Auto lag. Er wohnt bei Bockara. Die Eltern sollen ihn heute Vormittag identifizieren. Vielleicht wissen die ja auch etwas über die Waffe. Aber ... wieso hat er sich nicht von ihr getrennt ... tja ...«

Er verstummte und schaute auf.

»Für euch sah es also so aus, als sei er von seinem eigenen Wagen überrollt worden?«, fragte Louise Jasinski. »Könnte nicht eine andere Person am Steuer gesessen haben?«

»Doch, durchaus, wir werden uns den Wagen gründlich vornehmen. Aber es ist auch vorstellbar, dass er einfach losgerollt ist, während er pinkelte. Da ist ein kleiner Graben, in den er hinabgerollt ist. Als Johansson etwas merkt, dreht er sich vermutlich um, um beiseitezuspringen, schafft es aber nicht. Das ist natürlich nur eine Vermutung ...«

»Ihr habt sonst nichts gefunden?«, fragte Claesson.

»Nein, nichts und niemand. Auch Fußspuren können wir abschreiben. Alles ist unter einer dicken Schneedecke begraben. Es hat schließlich ununterbrochen geschneit.«

Er verstummte.

»Wir haben einen Zettel im Wagen gefunden, aber der bedeutet wohl nicht so viel ...«

Er machte eine Pause. Lundin liebte Pausen. Louise Jasinski zog ungeduldig die Brauen hoch.

»Auf dem Zettel steht ›Tröster‹, was zum Teufel das auch immer heißen soll«, fuhr Lundin fort, »und daneben Zahlen, sieht nach Teilen einer Telefonnummer aus. Wir müssen das überprüfen.«

»Vielleicht die Telefonseelsorge«, schlug Erika vor. »Es gibt verschiedene Gruppen, an die man sich wenden kann. Krisengruppen und Trauergruppen. Vielleicht kann man ja auch einen städtischen oder kirchlichen Tröster anrufen!«

»Das Bedürfnis des Menschen nach Trost soll unendlich sein«, meinte Janne Lundin.

»Ach«, erwiderte Claesson und fuhr dann fort. »Heute steht also die Identifizierung von diesem Johansson an. Kümmerst du dich darum, Louise?«

»Wenn möglich lieber nicht. Ich wollte heute bei dem ICA-Händler in Påskallavik vorbeischauen, wenn möglich in Begleitung. Ihr wisst schon, dieser Kassenzettel vom Friedhof. Jemand hat Windeln gekauft. Wenn wir mit dem Fall Charlotte Eriksson ein paar Meter weiterkämen, wäre das schließlich ein schönes Weihnachtsgeschenk. Vielleicht ergibt sich ja auch etwas Neues in Sachen Findelkind.«

»Gibt es denn Neuigkeiten über die kleine Matilda?«, wollte Erika Ljung wissen.

»Ihr geht es bei ihren Pflegeeltern wie einer Prinzessin«, meinte Peter Berg.

»Du hast also spioniert?«, fragte Louise Jasinski.

Berg wackelte zweideutig mit dem Kopf.

»Vielleicht ist es genauso gut, dass wir die Mutter nicht ausfindig gemacht haben«, sagte Louise. »Dann kann das Mädchen dort bleiben, wo es ihm gut geht … Allerdings könnte es sein, dass wir Fortschritte machen. Dann könnten wir dafür sorgen, dass die Zeitungen zwischen Weihnachten und Neujahr ein paar Zeilen über das Findelkind schreiben.«

»Gut«, meinte Claesson. »Darum kümmere ich mich. Berg kann dich nach Påskallavik begleiten, und Erika kommt mit mir. Dann könnt ihr hierbleiben und euch um alle Tipps kümmern, die wegen des Autos reinkommen«, fuhr er fort und nickte Martin Lerde und Lennie Ludvigsson zu. »Das war heute Morgen in den Lokalnachrichten, irgendwas müssten wir also reinkriegen.«

Es war zehn Uhr. Daniel Skotte stand mit einem Becher schwarzem Kaffee in der Hand im Bademantel am Wohnzimmerfenster und starrte nach draußen. Er blickte in eine blendend weiße Welt und einen strahlend blauen Himmel.

Er sehnte sich auf die Loipe.

Sein Eifer wurde rasch von einer alles überschattenden Unlust gedämpft.

Sara-Ida!

Sie hatte sich immer noch nicht gerührt. Er versuchte, nicht an sie zu denken. Bei seinem Nachbarn lief das Weihnachtslied »Glanz über Meer und Strand« im Radio und war selbst durch die Betonmauern zu hören. Es konnte jedoch nicht aufhören, an Sara-Ida zu denken, und er brach fast in Tränen aus. Er war von Weihnachtsfreude und Seelenfrieden noch sehr weit entfernt.

Er war sich seiner selbst und seiner ständigen Zweifel überdrüssig. Er sann über einen brauchbaren Vorwand nach, um auf der Station anzurufen und nach Sara-Ida zu fragen. Dann kam ihm ein anderer Gedanke. Er konnte auch zu ihr nach Hause fahren, der Schlüssel lag auf der Kommode in der Diele. Sein Eifersuchtsgefühl verlangte nach Wahrheit. Und sah die Wahrheit so aus, dass sie zwei Männer hatte, dann würde er sie sofort fallen lassen.

Mit wiedererwachten Lebensgeistern verschwand er unter der Dusche und zog sich an. Er grub seinen Golf aus dem Schnee aus und kratzte das Eis von den Scheiben.

Er schloss auf und sprang ins Auto. Der Motor sprang mühelos an, schließlich war er am Vortag ohne Beanstandungen durch den TÜV gekommen. Er schaltete das Gebläse ein, rollte langsam vom Parkplatz und fuhr zu Sara-Ida.

Vor dem Haus stellte er sich auf einen Gästeparkplatz und sah sofort, dass Sara-Idas Fahrrad nicht neben dem Eingang stand. Im Treppenhaus war es still wie in einem Grab. Es duftete nach Farbe, da das grauschwarze Treppengeländer gerade frisch lackiert worden war. Irgendwo wurde die Wasserspülung betätigt, als er sein Ohr an die Tür von Sara-Idas Wohnung legte. Das Geräusch kam aber aus einer anderen Richtung. Er klingelte. War sie wider Erwarten zu Hause, würde sie ihm schon selbst öffnen. Aber sie kam nicht.

Also schloss er auf. Es duftete nach Sara-Ida, nach ihrem milden Blumenduft. Er zog seine Stiefel aus und ließ sie auf dem Fußabstreifer stehen. Sein Herz pochte. Bereits von der Diele aus hatte er einen guten Überblick. Das Bett war nicht gemacht, und die Decke mit dem Blümchenbezug war halb auf den Boden geglitten. Er stellte sich mitten ins Zimmer und drehte sich langsam um sich selbst, musterte alle vertrauten Möbel und Gegenstände. Das Zimmer hatte sich jedoch verändert. Plötzlich war ihm das Vertraute fremd. Es war ein Zimmer mit Gegenständen, die einer Frau gehörten, der er hinterherspionierte.

Plötzlich fühlte er sich gänzlich verlassen.

Er versuchte, sein Unbehagen in Schach zu halten. Rasch zog er die Schubfächer der Kommode heraus. Slips, Strümpfe, T-Shirts. Dann zog er die einzige Schublade des kleinen Schreibtisches heraus. Dort lagen ein paar Rechnungen und ein Foto von Sara-Ida zusammen mit einer dunkelhaarigen Freundin sowie ein vollgekritzeltes Adressbuch. Dann schob er die Hand tiefer in die Schublade und stieß auf ein dickes Bündel Geldscheine, das von einem Haarband zusammengehalten wurde. Er kam sich plötzlich dumm vor und hatte nur das Bedürfnis, sie auszuschimpfen. Was fiel ihr ein, ihr Geld so herumliegen zu lassen! Sie sollte es auf der Bank einzahlen.

Aber die Scheine versengten ihm förmlich die Finger. Irgendetwas kam ihm komisch vor.

Schließlich legte er das Bündel zurück, ging in die Küche und lauschte ins Treppenhaus. Er wollte nicht, dass sie ihn beim Herumspionieren ertappte.

Seine Unlust nahm zu, während er die winzige Küche in Augenschein nahm. Was hatte sie mit dem Geld vor? Wollte sie weg von hier?

Und wo hatte sie es her? Hatte sie das alles zusammengespart? Er versuchte sich einzureden, dass es ihr nicht unmöglich gewesen war, ab und zu ein paar Scheine auf die hohe Kante zu legen. Schließlich war sie keine Verschwenderin. Trotzdem war das beunruhigend. Er wollte sie fragen, sie damit konfrontieren.

Auf einem Holzbrett lagen ein halbes Brot, ein Käsehobel und ein Buttermesser. Sie war also am Morgen zu Hause gewesen. Oder war das noch von gestern? Er befühlte das Brot und bohrte mit dem Zeigefinger in die Kruste. Das Brot war frisch und nicht vertrocknet. Wahrscheinlich war sie am Morgen zu Hause gewesen. Vermutlich allein. Spuren eines Rivalen konnte er keine entdecken.

Der Brotduft stieg ihm in die Nase, und in seinen Eingeweiden begann es zu rumoren. Wie immer nach einem Besäufnis, dachte er. Er eilte auf die Toilette. Hier würde er jetzt eine Weile verbringen müssen.

Er sah sich um. Der Boden in der Dusche neben ihm war vollkommen trocken. Falls sie geduscht hatte, waren seither etliche Stunden vergangen. Vor seinen Knien stand ein schmaler Wagen mit drei ausziehbaren Metallkörben. Er beugte sich vor und zog die Körbe heraus. Shampoo, Seife, Hautcreme, Waschmittel und Haarklammern lagen in den Körben. Nichts Ungewöhnliches. Bis er zu dem Korb ganz unten kam.

Er erkannte den Stoff sofort wieder. Er fand es merkwürdig,

dass sie in Krankenhauskleidung nach Hause gegangen war. Der hellblau-weiß gestreifte Kittel aus Kräuselkrepp war zu einem Bündel zusammengeknüllt. Sie hatte es vielleicht eilig gehabt und vergessen, ihn auszuziehen, als sie nach Hause gegangen war.

Er nahm das Kleidungsstück in die Hand. Unbeschädigt, sauber, keine Flecken. Er knüllte es wieder zusammen und wollte es wieder zurücklegen, da spürte er etwas Hartes. Er wickelte den Kittel wieder auf und sah in den Taschen nach. Die eine war leer, aber in der anderen fand er zwei Ampullen.

Sie standen um den jungen Mann herum, der auf der Bahre lag. Sein Gesicht war blutleer, wächsern.

Die Mutter brach in Tränen aus. Der Vater wirkte ratlos, er ließ den Kopf hängen. Die beiden taten Claesson unendlich leid.

Claesson sah Erika Ljung an, sie nickte. Sie gingen nach draußen und ließen die Eltern eine Weile allein.

Erika stellte sich ans Fenster und ließ ihren Blick auf dem funkelnden Weiß ruhen.

»Ein fast unverschämt schöner Tag«, sagte sie. »Jedenfalls muss es ihnen wie eine Unverschämtheit vorkommen.«

Claesson nickte. In diesem Augenblick vibrierte sein Mobiltelefon in seiner Hosentasche. Veronika rief an.

»Hallo«, sagte er leise und wandte sich von Erika ab. Er sagte, er habe nicht viel Zeit.

Als er zurückkam, sah er erleichtert aus.

»Veronika ist mit den beiden Mädchen von Lund auf dem Weg hierher. Die Straßenverhältnisse sind gut«, sagte er.

»Wie schön«, erwiderte Erika. »Wahrscheinlich haben sie mittlerweile überall geräumt.«

Die Eltern von Jörn Johansson kamen aus dem Abschiedsraum. Claesson und Erika halfen ihnen in ihren Dienstwagen und fuhren sie zum Präsidium.

Daniel Skotte parkte seinen Wagen auf dem Krankenhausparkplatz. Es war sehr viel los, und viele Taxis standen vor dem Eingang. Heute werden fast alle entlassen, dachte er. Alle wollten über Weihnachten nach Hause.

Er musste dringend wissen, was los war. Entweder das, oder ... sein Handy klingelte, als er die automatischen Türen passiert hatte und auf dem Weg zu den Fahrstühlen war. Es war nicht zu erkennen, wer anrief. Das Gespräch ging vielleicht über eine Vermittlung.

Er meldete sich.

»Hallo«, sagte sie.

Sara-Ida. Sie klang wie immer.

Als hätte man von eiskalt auf brennend heiß umgeschaltet. Eine Hitzewelle überfiel ihn. Er war vielleicht verliebter, als er sich hatte eingestehen wollen.

»Sara-Ida, wo warst du?«

Seine Unruhe war mit einem Mal verschwunden. Sie atmete ganz nah an seinem Ohr.

»Idyllisch wie auf einer Weihnachtskarte«, sagte Peter Berg zu Louise Jasinski, während sie langsam durch den pittoresken Ort fuhren.

Die Inseln vor der Küste lagen wie Wattebäusche im graugrünen Wasser des Kalmarsunds. Vor dem Lebensmittelladen in Påskallavik bog er in eine Parklücke ein, die gerade frei wurde, und stieg aus. Der Schnee knarzte herrlich unter den Schuhen.

Sie fragten das bleiche, übergewichtige Mädchen an der Kasse, wo sie den Inhaber finden konnten. Keine Ahnung, antwortete sie und unternahm keine Anstalten, sich von der Kasse wegzubewegen. Offenbar erwartete sie, dass sie sich selbst auf die Suche machen würden. Aber sie blieben stehen, und alle, die an der Kasse anstanden, starrten sie an.

»Soll ich ihn bitten herzukommen?«, fragte das Mädchen dann plötzlich blutrot im Gesicht.

Sie lächelte verlegen und griff zum Telefon. Wenn sie jetzt noch zwanzig Kilo abnehmen würde, wäre sie geradezu hübsch, dachte Louise Jasinski. Die Dame neben ihr legte mit zitternden Händen Leberwurst und fertigen, in Plastikfolie verschweißten Milchreis auf das Kassenband.

»Kann ich Ihnen helfen?«, fragte ein ernster, hagerer Mann in einem roten Kittel.

Sie gingen an Christbaumständern, Lametta, roten Christbaumkugeln, Weihnachtslimonade, Konserven und anderen Lebensmitteln vorbei.

»Wir sind von der Polizei«, sagte Louise, als sie den Geschäftsraum hinter sich gelassen hatten.

Der Besitzer wirkte wenig begeistert.

»Wir wollen Sie nicht lange aufhalten. Wir suchen einen Kunden, der am 4. Oktober hier war«, sagte sie und zog eine vergrößerte Kopie des Kassenzettels aus der Tasche, den sie auf dem Friedhof gefunden hatten.

Der Mann starrte auf das Blatt.

»Ich weiß, dass wir vielleicht etwas zu optimistisch sind, denn es ist ja schon eine Weile her, aber könnten Sie Ihr Personal fragen, ob sich jemand an irgendetwas erinnert, und sich dann bei uns melden?«

Sie gab ihm ihre Karte, Peter Berg überreichte ihm seine und versuchte den Mann in dem roten Kittel noch dadurch zu motivieren, dass er ihm andeutungsweise erläuterte, worum es ging.

»Möglicherweise hat die Kundin bei dieser Gelegenheit auch um einen stabilen Karton gebeten, also um einen leeren«, sagte Louise.

»Tja«, erwiderte der Ladenbesitzer lahm.

»Es könnte auch ein Mann gewesen sein«, kam es Louise plötzlich in den Sinn.

Wieder draußen, hielten sie einen Augenblick inne und starrten in den Schnee.

»Wahnsinnig schön«, meinte Peter Berg.

»Ich weiß«, seufzte Louise. Der Atem stand wie eine weiße Wolke vor ihrem Gesicht. »Glaubst du, wir kommen hier weiter?«

»Nicht wirklich.«

»Nein, das denke ich auch nicht. Aber immerhin wäre das jetzt erledigt.«

Kurz vor dem Mittagessen meldete sich ein älterer Mann bei der Polizei. Er hatte im Radio von einem Toten in der Gegend von Stensjö gehört. Es waren schon viel zu viele Tipps eingegangen, fand Lennie Ludvigsson, der das Gespräch entgegennahm und schon keine Lust mehr hatte, sich noch mehr anzuhören.

Er dachte an alles, was er für den Weihnachtsschmaus kochen musste, ein Unterfangen, das ihm allerdings große Freude bereitete. Hatte er den falschen Beruf gewählt? War es zu spät, um doch noch Koch zu werden?

Diese Frage ließ sich nur beantworten, indem er es einfach ausprobierte. Das wusste er. Aber das war ein sehr großer Schritt. War er mutig genug? Der Spatz in der Hand ist besser als die Taube auf dem Dach. Alle Veränderungen hatten ihren Preis, man konnte aber auch von ihnen profitieren.

»Im Radio war davon die Rede, dass man sich bei der Polizei melden soll«, sagte der Mann. Er sprach ungemein langsam. »Was hätte man denn gesehen haben sollen?«

Lennie unterdrückte ein Stöhnen.

»Erzählen Sie mir einfach, was Ihnen aufgefallen ist«, erwiderte er stattdessen außerordentlich freundlich und fühlte sich wie ein Heuchler, denn gleichzeitig schnitt er eine Grimasse, die natürlich niemand sah.

»Ich habe so ein Auto gestern am späten Abend gesehen«, fuhr der Mann in formellem Ton fort, dessen er sich vermutlich bediente, weil er es mit einer Behörde zu tun hatte.

»Aha, können Sie das vielleicht präzisieren? Wo haben Sie diesen Wagen gesehen?«

»Es handelte sich um einen großen, dunklen BMW«, erwiderte der Mann und räusperte sich umständlich. »Aber das war in Oskarshamn, deswegen handelt es sich vielleicht nicht um dasselbe Fahrzeug. Neben dem Wagen standen ein Mann und eine Frau. Ich hatte den Eindruck, dass sie stritten. Der Weihnachtsstress bringt die Frauen noch um den Verstand, dachte ich.«

Lennie Ludvigsson verzichtete auf einen Kommentar. Bei ihm zu Hause war es nicht seine Frau, die den Stress verursachte, sondern er. Er hätte daran denken sollen, einen Schinken mit Knochen zu bestellen, fiel ihm jetzt ein. Die hatten einen kräftigeren Geschmack und waren auf dem Weihnachtsbüfett auch ansehnlicher, irgendwie rustikaler.

»Wo haben Sie das Fahrzeug gesehen?«, fragte er mit seiner Telefonstimme.

»In der Södra Fabriksgatan. Ich fragte die beiden, ob sie eine Panne hätten, aber da fiel mir bereits auf, dass der Motor im Leerlauf lief.«

Von der Södra Fabriksgatan bis nach Stensjö war es recht weit. Etwa dreißig Kilometer. Lennie Ludvigsson schrieb pflichtschuldig einen Bericht und hatte vor, es dabei zu belassen. Dann erhob er sich von seinem Stuhl und holte Kaffee.

Er dachte, dass man von der Södra Fabriksgatan recht schnell nach Stensjö gelangte. Er schaute in Janne Lundins Büro, doch es war leer. Auch sonst waren alle weg, wie er feststellte, als er den Korridor entlangging und in die anderen Zimmer schaute. Er beendete seine Wanderung damit, die Toilette aufzusuchen. In der Garderobe davor betrachtete er sich im Spiegel. Meine Güte, dachte er betreten und zog seinen Bauch ein. Er musste sich im neuen Jahr wirklich zusammennehmen. Nach einer Orgie mit hausgemachter Wurst, Pastete, Sülze und den vier klassischen Sorten eingelegten Herings, die bereits fertig waren.

Er betrachtete gerade das gerahmte Schwarzweißfoto von der Einweihung des Präsidiums 1954, als der Polizeichef Olle Gottfridsson, auch Gotte genannt, erschien.

»Was macht das Pfefferkuchenhaus?«, wollte Gotte wissen und störte ihn in seiner ganz offensichtlichen Untätigkeit.

Für Gotte stellte das Pfefferkuchenhaus die kreative Leistung des Jahres dar, und Lennie Ludvigsson hatte gegen das Thema nichts einzuwenden.

»Es ist fertig. Meine Enkel wohnen ja in Stockholm und hatten mich gebeten, den Fernsehturm Kaknästornet zu bauen. Aber es gibt schließlich auch Grenzen, was sich mit Pfefferkuchenteig fabrizieren lässt.« Er lachte so sehr, dass seine Hamsterbäckchen in Bewegung gerieten.

Wie gerufen kamen Louise Jasinski und Peter Berg den Korridor entlang und brachten den Geruch von frischem Schnee mit nach drinnen.

»Was haltet ihr davon?«, fragte Lennie Ludvigsson und erzählte von dem Tipp. »Sollten wir dem Hinweis nachgehen?«

»Unbedingt«, sagte Louise. »Lade ihn vor und finde heraus, ob er möglicherweise Jörn Johansson gesehen hat. Zeig ihm die Fotos. Wir können uns genauso gut gleich damit befassen. Wer war die andere Person, die er gesehen hat?«

»Eine Frau. Recht jung.«

Louise dachte nach.

»Was ist?«, wollte Lennie wissen.

»Ich sage es ja«, meinte sie, »alles passiert immer gleichzeitig.«

Sie marschierte in ihr Büro und ließ Lennie Ludvigsson und Peter Berg ratlos auf dem Gang zurück.

18

Der Heilige Abend fiel auf einen Montag. Darauf folgten zwei Feiertage. Jetzt war Donnerstag, ein klassischer Brückentag, außerdem bewölkt und grau. Auf den Rodelhängen und Loipen und in den Eislaufhallen war nicht viel los, aber im Zentrum wimmelte es von Leuten, die Geschenke umtauschen oder im Schlussverkauf ein Schnäppchen machen wollten.

Im Polizeipräsidium war das Personal reduziert, und eine ungewöhnlich friedliche Stille hatte sich in dem Gebäude ausgebreitet.

Louise Jasinski saß an ihrem Schreibtisch und dachte darüber nach, was für einer passend großen oder eher passend kleinen Aufgabe sie sich zuwenden könnte. Es ging ihr ausgezeichnet und sie wollte lieber zu früh als zu spät Feierabend machen.

Die Mädchen waren mit Janos nach Stockholm gefahren. Weihnachten hatte alle Erwartungen übertroffen. Keine Wutausbrüche, keine beleidigten Gesichter, dafür Nachdenklichkeit und Neugier von Janos, auf die Louise mit gemischten Gefühlen reagiert hatte. Zurückhaltend hatte er sich danach erkundigt, wie es ihr gehe, und hatte sie fragend und verlegen angelächelt.

Sehr lange war es her, dass er sich für ihr Befinden interessiert hatte. In den letzten Jahren war es nur um ihn gegangen und darum, ob er hier oder dort bleiben oder einfach gehen sollte.

Plötzlich hatte Louise begriffen, dass Janos wirklich eifersüchtig war. Ein paar Augenblicke hatten sie sich einander wieder ganz geöffnet, und ein warmer Luftstrom war zwischen ihnen zirkuliert.

Sympathie, hatte sie gedacht. Ich akzeptiere, dass ich ihn mag. Aber das ist keine Liebe. Außerdem ist er der Vater meiner Kinder. Wir haben ein gutes Leben gehabt. Einmal haben wir uns füreinander entschieden, aber das war damals.

Vielleicht war das die Versöhnung. Sie beide waren trotz allem miteinander verbunden, aber auf eine andere Art.

Der folgende Abend gehörte Kenneth und ihr. Sie würde ihn in seinem roten Holzhaus besuchen, das vollkommen eingeschneit war. Es war ein gemütliches Haus mit niedrigen Decken, knarrenden Dielen und einem offenen Kamin. Ordentlich und gepflegt. Kenneth war ein praktischer Mann. In seiner Gesellschaft wurde sie ruhig. Gleichzeitig aber auch ausgelassen und kindisch albern. Sie hätte nie geglaubt, dass sie wieder einmal so werden würde. Über beide Ohren verliebt, mit anderen Worten. Sie hatte etliche Kilo abgenommen und sah blendend aus. Liebe und eine Tomate am Tag, eine einfachere Diät gab es nicht!

Sie erhob sich, um die Post zu holen, dazu hatte sie bisher nicht die Zeit gefunden. In diesem Augenblick kam Peter Berg zu ihr herein.

»Warte hier, ich komme gleich«, sagte sie und eilte den Korridor entlang.

Das Telefon klingelte, und Peter Berg griff zum Hörer. In die sem Augenblick kam Louise zurück.

»Das Labor der Gerichtsmedizin«, sagte er und reichte ihr den Hörer.

Sie bedeutete ihm, Platz zu nehmen, dann begann sie mitzuschreiben.

»Aha, und wie könnte das passiert sein … ja, so natürlich. Sehr interessant. Gut, dass Ihnen das aufgefallen ist. Vielen Dank und ein gutes neues Jahr.«

Sie lächelte Peter Berg strahlend an.

»Erst passiert überhaupt nichts, dann immer noch nichts und dann …«

»Der berühmte Dominoeffekt«, sagte er. »Worum ging es denn?«

»Um Insulin«, erwiderte sie.

Er zog die Augenbrauen hoch.

»Charlotte Eriksson könnte an Insulin gestorben sein«, präzisierte sie.

»Ach? Ich wusste gar nicht, dass sie an Diabetes litt.«

»Das tat sie auch nicht.«

Claesson brauchte nicht viele Minuten, um den bedauernswerten Vater von Jörn Johansson zu dem Geständnis zu bewegen, dass die in Belgien zu Beginn des vorigen Jahrhunderts hergestellte Pistole ihm gehörte. Mit anderen Worten, illegaler Waffenbesitz, aber der Vater entschuldigte sich damit, er habe nie vorgehabt, die Pistole zu verwenden.

»Sie ist gewissermaßen ein Familienerbstück.«

»Wussten Sie, dass man mit ihr noch schießen konnte?«

»Darüber habe ich nie nachgedacht … Sie funktionierte allerdings, als ich sie das letzte Mal ausprobierte, und das ist schon länger her.«

»Wann war das ungefähr?«

Der Mann dachte angestrengt nach.

»Tja, das könnte vielleicht zwanzig Jahre her sein.«

Claesson versuchte sich seine Verwunderung nicht anmerken zu lassen.

»Und Jörn wusste von der Pistole?«

»Wir holten sie manchmal hervor, aber nur um sie anzuschauen, als Jörn noch klein war. Er fand das wahnsinnig aufregend … Das war natürlich eine Dummheit. Wir haben nie mit ihr geschossen. Ich hätte nicht im Traum daran gedacht, dass er … ich meine … wenn er schießen wollte, hatten wir schließlich die Jagdgewehre. Wir haben gejagt, er und ich. Aber das werden wir jetzt nicht mehr …«

Der Mann verlor die Beherrschung, er schluchzte und schnäuzte sich. Claesson ließ ihm Zeit.

»Ich habe mir sagen lassen, dass mein Vater einem Ausländer mit Arbeit, Kleidung und einem Dach über dem Kopf half. Aber das ist lange her. Als Dank schenkte er ihm die Pistole. Seither hat sie immer in einem alten Eichenschrank gelegen. Ich hatte sie gewissermaßen vergessen. Ich habe sie Jörn nur gezeigt, um …«

Er verstummte.

»Warum?«

Der Vater zuckte mit den Achseln.

»Um ihm zu imponieren. Der Junge fand das natürlich aufregend. Ich hätte mir nie träumen lassen, dass er damit einmal auf jemanden schießen würde.«

Claesson schwieg.

»Wir wissen das noch nicht sicher«, meinte er dann.

Er überlegte, ob der junge Mann die Waffe noch im Auto liegen gehabt hatte, weil er sie irgendwo hatte versenken wollen, aber noch nicht dazu gekommen war. Vielleicht hatte ihm die Pistole aber auch ein Gefühl von Macht gegeben und sein Selbstbewusstsein gestärkt. Vielleicht hatte er sie aber auch noch mal verwenden wollen.

Wir werden es nie erfahren. Wenn es nun wirklich die Waffe war, mit der auf Charlotte Eriksson geschossen wurde, dachte Claesson resigniert.

Claes feierte um die Mittagszeit ein paar Überstunden ab, um Veronika vor der Mütterklinik zu treffen, die im alten Lazarett mitten in einem großen Park unweit des Hafens untergebracht war. Er konnte das Meer riechen, als er aus dem Auto stieg. Den Duft von Tang nahm er manchmal auch in der Brise auf dem Parkplatz des Präsidiums wahr. Ich brauche das, dachte er dann immer. Wind, Wasser und Wald, dann bin ich glücklich! Auf der anderen Seite der Wiese lag in einem kleinen, charmanten Holzhaus das Atelier des berühmten Holzschnitzers Döderhultarn, das man im Sommer besichtigen konnte. Gegenüber erhob sich direkt hinter dem alten Lazarettgebäude der mit Tannen und Kiefern bestandene Stockholmsberg.

Veronika wartete bereits ungeduldig. Er küsste sie auf die Wange, und sie gingen ins Haus. Ausnahmsweise hatte er darauf bestanden mitzukommen. Für den Fall, dass …

Während Veronika ihre Unterlagen aus Lund überreichte, versuchte er sich mit dem Gedanken zu beruhigen, dass sie auch die Plazentauntersuchung in Linköping durchgestanden hatten, und da war ihm noch mulmiger gewesen.

Die Hebamme ließ sie zuerst die Herztöne des Kindes hören. Sie war sehr geschickt. Aus dem Verstärker pochte es schnell und rhythmisch. Einen Augenblick lang musste Claes sich bemühen, die Fassung zu bewahren.

»Es wird alles gut. Du wirst schon sehen«, sagte er und versetzte Veronika einen kleinen Stups.

Sie verließen die Mütterklinik vollkommen benommen. Geteilte Freude, doppelte Freude, dachte er und wusste kaum, wie er seine Gefühle bändigen sollte. Mit beiden Händen griff er Veronikas Kragen, zog sie an sich und gab ihr einen geräuschvollen Kuss auf den Mund.

»Gut gemacht, Veronika!«

»Einen gewissen Beitrag hast schließlich auch du geleistet«, erwiderte sie und tätschelte ihm mit ihrem Fausthandschuh die Wange.

Dann fuhren sie zusammen nach Hause.

»Dann fange ich vermutlich so allmählich nach Neujahr wieder an zu arbeiten«, meinte sie.

»Ist das wirklich vernünftig?«

»Es ist so langweilig, zu Hause zu sitzen. Außerdem fällt jetzt niemand mehr über mich her. Die Menschheit ist vergesslich.«

Das glaubst du, dachte er.

»Vielleicht vertrauen sich mir doch wieder ein paar Patienten an, ohne Angst zu haben, dass ich sie ermorde.« Sie lachte.

Die Fahrbahn war voller Schneematsch, und Claesson musste langsamer fahren. Er hielt an, weil ein schwarzer Wagen aus der Ausfahrt des Pflegeheims Gullregnet bog. Durch das Seitenfenster sah Claesson, wer am Steuer saß. Es war Harald Eriksson.

Er hat dort also einen Angehörigen, den er besucht, dachte Claesson.

Claesson kehrte ins Präsidium zurück und wollte mit Louise Jasinski und Peter Berg sprechen, aber beide waren unterwegs. Er beschloss, sich an die Regeln zu halten und nicht in den Akten über Charlotte Erikssons Tod herumzustöbern.

Da erhielt er vom Empfang den Bescheid, dass zwei Personen ihn zu sehen wünschten.

»Sie waren vorhin schon einmal hier, aber da waren Sie gerade nicht verfügbar«, sagte die etwas verhuschte Vertretung von Nina Persson.

»Ich komme gleich.«

Er legte auf, erhob sich und ging nach unten. Zwei Frauen erwarteten ihn. Die eine war um die zwanzig, die andere etwa siebzig.

Die ältere, eine gut erhaltene, füllige Dame mit sportlichem Kurzhaarschnitt, eröffnete das Gespräch.

»Das hier ist meine Enkelin«, sagte sie mütterlich und legte der jungen Frau eine Hand auf die Schulter.

Diese brach in Tränen aus.

Louise Jasinski und Peter Berg warteten im Foyer und hatten reichlich Gelegenheit, die Empfangsdame der Drott Engineering AB zu begutachten, die höchstens fünfunddreißig Jahre alt war und kühl und unnahbar hinter ihrem Schreibtisch saß.

Harald Eriksson hatte mit gelassener Nachdrücklichkeit betont, er sei beschäftigt, als Louise einen Termin mit ihm hatte vereinbaren wollen.

»Ich kann kommen, wann immer es Ihnen passt«, hatte

Louise auf ihrem Anliegen beharrt, »aber es muss heute noch sein.«

Daraufhin hatte er nachgegeben. Und jetzt waren sie zum verabredeten Zeitpunkt erschienen. Trotzdem bat er sie nicht sofort herein. Ein Spielchen, um Macht zu demonstrieren, dachte Louise.

Aus einiger Entfernung hörte man ein Telefon, eine Tür wurde geöffnet. Die Empfangsdame saß immer noch leblos wie eine Schaufensterpuppe an ihrem Schreibtisch. Da ist Nina Persson doch was ganz anderes, dachte Louise und kämpfte mit dem Schlaf. Sie war immer erfrischend bunt zugekleistert, als würde sie demnächst mit Dolly Parton die Bühne betreten. Außerdem strahlte sie genau wie Dolly Wärme aus.

Die Verwaltung der Drott Engineering AB war in einer älteren gelben Luxusvilla mit riesigen Sprossenfenstern und einem Säulenvorbau untergebracht. Wahrscheinlich war das Gebäude einmal als Sommerhaus errichtet worden, als der Hafen noch von geringerer Bedeutung gewesen war. Es hob sich deutlich von seiner Umgebung ab, die von Industriegebäuden aus Beton und Wellblech, Asphalt und Gleisanlagen geprägt war. Über allem schwebte nicht nur ein Geruch von Meerwasser, sondern auch von Diesel, Schmieröl, Stahl und Rost.

Louises Lider wurden schwer wie Rollläden. Sie verlagerte ihr Gewicht von einem Fuß auf den anderen und warf einen verstohlenen Blick auf die Anziehpuppe. Zum zweiten Mal warteten sie hier nun. Beim letzten Mal hatte sie den Generaldirektor über das Testament ausfragen wollen, aber er hatte sich keine Blöße gegeben, und Louise war mit gemischten Gefühlen von ihrem Treffen mit Harald Eriksson aufgebrochen.

Sie wusste nicht, wie sie diesen Mann einordnen sollte. Vermutlich log er wie gedruckt, aber sie konnte sich selbst nicht genau erklären, warum sie dieses Gefühl hatte. Wahrscheinlich deshalb, weil Harald Eriksson so übertrieben normal ist, dachte sie jetzt. Selbst seine Gefühlsausbrüche hatten etwas Wohlüberlegt-Taktisches. Das konnte auch von seiner gegen Veronika Lundborg gerichteten Anzeige gesagt werden. Niemand konnte behaupten, dass ihm ein Fehler unterlaufen war.

Sie wusste also bereits, dass sich hinter den hohen, weißen Türen ein nicht sonderlich großes Chefbüro befand. Dafür war die Aussicht über den Hafen überwältigend.

Auf dem Tisch der Anziehpuppe piepste es, sie fuhr aus ihrem Schlummer auf und streckte die Hand nach dem Telefon aus.

»Jetzt hat er Zeit«, sagte sie.

Sie traten ein. Nachdem Peter Berg die Tür hinter ihnen geschlossen hatte, räusperte sich Louise.

»Wir haben gerade erfahren, dass Ihre Frau an einer Überdosis Insulin gestorben ist.«

Harald Eriksson starrte sie an. Seine Züge waren vollkommen regungslos. Langsam ließ er seinen Stift sinken und legte beide Hände auf den Schreibtisch.

»Ist Ihnen bekannt, dass sie sich Insulin gespritzt hat?«, fuhr Louise fort.

»Nein, natürlich nicht. Weshalb hätte sie Insulin verwenden sollen? Sie war nicht zuckerkrank«, sagte er, erhob sich und stellte sich ans Fenster.

»Können Sie sich erklären, warum Charlotte dieses Insulin eingenommen hat?«

»Woher soll ich das wissen? Da ist doch ganz offensichtlich im Krankenhaus ein Fehler gemacht worden. Vielleicht ist meine Frau mit einer anderen Patientin verwechselt worden. Es scheinen dort recht unübersichtliche Zustände zu herrschen. Mich erstaunt gar nichts mehr«, sagte er verärgert.

»Kennen Sie jemanden, der an Diabetes leidet?«, fragte Louise weiter.

»Weshalb fragen Sie das? In unseren Zeiten kennen doch vermutlich alle jemanden mit Diabetes. Dieses Leiden wird zu einer regelrechten Volkskrankheit.«

Louise sah ihn durchdringend an.

»Vielleicht könnten Sie mir dann eine Person nennen, die diese überaus häufige Krankheit hat?«

Harald Eriksson schaute mit zusammengekniffenen Augen Richtung Hafen. Die Sekunden tickten vorbei.

»Nein«, sagte er dann, »mir fällt im Augenblick kein einziger Name ein. Vermutlich ist es das Alter«, versuchte er zu scherzen. »Aber was spielt das schon für eine Rolle? Schließlich wurde Charlotte falsch behandelt und nicht ich!«

»Wir werden diese Angelegenheit natürlich weiterverfolgen«, sagte Louise.

Mit diesen Worten verließen Peter Berg und sie den Ehemann wieder, der am Fenster stehen blieb.

»Wir müssen natürlich ein paar Tests machen«, sagte Claesson freundlich, während seine grünblauen Augen ernst dreinblickten. »Von DNA haben Sie doch schon gehört?«

Sie nickte mit beschämt zu Boden gerichtetem Blick. Ihr Name lautete Josefine Langbacke und ihre Eltern waren im Sommer zuvor nach Spanien gezogen. Gleich nach dem Abitur ihrer Jüngsten, ebenjener Josefine, die jetzt schräg vor ihm saß, hatten sie ihre Firma verkauft und waren in die südliche Wärme ausgewandert.

Die Großmutter der jungen Frau ergriff das Wort. Ihre Enkelin habe den Artikel über das Findelkind gelesen, als sie über Weihnachten nach Hause gekommen sei.

Der Artikel hat also seinen Zweck erfüllt, dachten Claesson und Louise und sahen sich an. Der Kassenbon hingegen hatte nichts gebracht.

»Ich hatte ja schon zuvor von dem Findelkind gelesen«, sagte die Großmutter, »aber ich konnte mir beim besten Willen nicht vorstellen, dass die Mutter … Josefine sein könnte. Dann sah ich einen weiteren Artikel über das kleine Mädchen, in dem stand, dass weiter nach der Mutter gesucht wurde. Darin stand zwar, dem Mädchen gehe es gut, man sei aber immer noch sehr interessiert daran, mit der Mutter in Kontakt zu treten. Ich erzählte Josefine davon … dass das doch traurig sei mit dem Findelkind, und dann …«

Jetzt weinte die Großmutter ebenfalls.

»Ja, so war das dann«, fuhr sie fort.

Josefines Haltung war abweisend, aber auch wehrlos. Die Großmutter schien sich dafür zu schämen, dass ihre Tochter nach Spanien gezogen war, um in der Sonne zu liegen, und ihre Enkelin im Stich gelassen hatte.

»Waren Sie über Weihnachten allein?«

Claesson wandte sich demonstrativ an Josefine und hoffte, dass diese mittlerweile so gefasst war, um eine Frage beantworten zu können. Die Großmutter brachte er mit einem Blick zum Schweigen.

»Wir sind drei Geschwister, ich bin die Jüngste«, schluchzte Josefine. »Es hieß erst, dass wir über Weihnachten zu Mama und Papa fliegen würden, aber dann hatte ich so viel an der Uni zu tun, und wir einigten uns darauf, dass ich bis zum Sommer mit der Reise warten würde. Ich war also über Weihnachten bei meiner Großmutter.«

Die Eltern hatten sie demnach die letzten schweren Monate vor der Geburt nicht zu Gesicht bekommen. Fraglich war natürlich, ob ihnen überhaupt aufgefallen wäre, was los war.

Die Großmutter wirkte jedoch integer. Sie hatte ihrer Enkelin einen Arm um die mageren Schultern gelegt. Beide weinten, Josefine am heftigsten.

Josefine war bleich und hatte dunkle Ringe um die Augen. Ihr glattes, in der Mitte gescheiteltes Haar war schwarz gefärbt.

Sie war nicht sonderlich gut aussehend, irgendwie wirkte sie mager, besaß keine Rundungen, aber ihre Bewegungen und ihre Ausdrucksweise verrieten eine altersadäquate Reife. Und sie wusste, wie man Blicke einsetzte. Ihre Augen, die traurig und dunkelblau dreinblickten, fielen als Erstes auf. Der Mund war klein, die Lippen schmal und gerade.

Bei vielen Männern erwacht beim Anblick solcher Frauen der

Beschützerinstinkt, überlegte sich Claesson. Ihm war es jedoch vollkommen rätselhaft, wie jemand, der nur aus Haut und Knochen bestand, ein Kind hatte austragen können.

Sie trug eine eng anliegende schwarze Jeans und ein enges rotes Shirt mit langen Ärmeln sowie ein schwarzes Halstuch mit weißen Punkten. Claesson hatte das Gefühl, dass es sich um modische Kleidung der angesagten Marken handelte, die ihm jedoch gänzlich unbekannt waren. Ihre Ohrringe waren vermutlich aus Weißgold und nicht aus Silber. Unter dem Halstuch war stellenweise eine dünne Halskette zu sehen, an der ein kleiner geschliffener Edelstein hing.

Das ließ Claesson an den Anhänger denken, den er Veronika zu Weihnachten geschenkt hatte. Er war zweifellos sehr kleidsam. Jedenfalls hat sie sich darüber gefreut, dachte er flüchtig, während Josefine Langbacke erzählte, dass sie in Lund BWL studiere. Sie habe sich so gefreut, einen Studienplatz ergattert zu haben, die Konkurrenz sei sehr groß gewesen. Sie habe den Studienplatz einfach nicht ablehnen können, auch, weil sie sich so danach gesehnt habe, von zu Hause auszuziehen.

»Es geht schließlich um meine Zukunft«, schniefte sie.

Claesson nickte. Er überlegte, ob sie Matilda ähnelte, aber seine Erinnerung an das Gesicht der Kleinen war verblasst. Sie war jetzt drei Monate alt und sah vermutlich inzwischen ganz anders aus. Wahrscheinlich hatte sie so runde Wangen mit Grübchen wie Klara früher. Vielleicht hat unser zweites Kind auch welche, dachte er und verspürte plötzlich eine gewisse Zuversicht.

»Aber es war schrecklich«, meinte Josefine inzwischen etwas gefasster. »Seltsamerweise hat das mit dem Studieren funktioniert, aber die ganze Zeit habe ich mich gefragt, wie es der Kleinen wohl geht.«

Claesson fiel es nicht schwer, sich diese alptraumhaften Qualen vorzustellen.

»Ich habe natürlich noch einige Fragen«, meinte er. »Manchmal ist es besser, wenn nicht nur einer zuhört, deswegen möchte ich Sie gerne fragen, ob ich unser Gespräch auf Band aufnehmen darf? Schließlich wollen wir Ihnen, so gut es geht, helfen.«

Er sprach langsam und freundlich. Sie nickte, und Claesson schaltete das Tonband ein.

»Darf ich Sie fragen, ob Sie sich vorbereitet haben? Haben Sie beispielsweise Sachen für das Kind gekauft?«

Josefine Langbacke knüllte ihr Papiertaschentuch zusammen.

»Ein paar.«

»Zum Beispiel?«

»Ich habe einen Strampelanzug gekauft.«

»Wie sah der aus, erinnern Sie sich?«

»Er war rot«, sagte sie, jetzt mit etwas festerer Stimme und sah zu ihm hoch. »Ich dachte, dass Rot sowohl für ein Mädchen als auch einen Jungen passen würde.«

Plötzlich lächelte sie und entblößte dabei gleichmäßige Zähne.

»Ich wollte doch, dass sie schön aussieht.«

Wieder versagte ihr fast die Stimme.

»Haben Sie sonst noch etwas gekauft?«

»Windeln.«

»Und wo haben Sie die gekauft?«

»Bei ICA in Påskallavik.«

»Ist Ihnen bewusst, dass wir intensiv nach der Mutter des kleinen Mädchens gesucht haben?«, fragte er ernst.

Sie schüttelte den Kopf.

»Nicht? Sind Sie sich da sicher? Alle Zeitungen haben darüber geschrieben und ein Foto des Mädchens abgedruckt. Sogar auf der Titelseite.«

»Doch, vielleicht. Vielleicht habe ich das gesehen, aber irgendwie wollte ich davon nichts wissen. Schließlich war alles so schlimm.«

Die Fragen schienen eine beruhigende Wirkung auf sie auszuüben. Es war, als ermögliche ihr das Reden, ihre Gedanken zu ordnen. Claesson war sich bewusst, dass es sehr wohltuend sein konnte, sein Herz auszuschütten.

Er vermied es vorläufig noch, das Gespräch auf die eigentliche Geburt zu lenken.

»Wo haben Sie das Kind hineingelegt? Können Sie mir das sagen?«

»In einen Karton.«

Ihr Gesicht verzog sich, und sie schien sich zu schämen.

»Er war aber stabil«, sagte sie mit der Fürsorglichkeit einer Mutter, die trotz allem ihr Möglichstes getan hatte.

»Können Sie den Karton näher beschreiben?«

»Er war aus fester Pappe, und es hatten ursprünglich mal Äpfel darin gelegen, glaube ich.«

»Haben Sie das irgendwo gelesen? Das stand in der Zeitung.«

»Nein. Ich habe ihn bei ICA mitgenommen. Das kann ich jedoch nicht beweisen, denn niemand hat mich gesehen. Ich bin einfach ins Lager gegangen. Eigentlich wollte ich fragen, aber es kam niemand. Da habe ich ihn einfach genommen und den Laden durch den Hintereingang verlassen. Ich war mit dem Auto meiner Eltern unterwegs.«

Es war stickig. Sie musste etwas frische Luft schnappen und wollte außerdem auf die Toilette. Claesson erhob sich, öffnete das Fenster einen Spalt und bot ihr etwas zu trinken an.

Da vernahm er Peter Bergs und Louises Stimmen auf dem Gang. Claesson fing sie ab, um noch ein paar Worte mit ihnen unter vier Augen zu wechseln, ehe er Kaffee holen ging.

»Hallo, mein Schatz«, sagte Daniel Skotte und versuchte zu lächeln, aber es wirkte sehr gezwungen, wie Sara-Ida fand. Vermutlich lag das daran, dass sie im Treppenhaus des Krankenhauses standen, wo alle sie sehen konnten.

»Hallo, mein großer Tröster«, flüsterte sie.

Es war ihnen geglückt, gleichzeitig ins Treppenhaus zu

schlüpfen, aber dort gab es keinen stillen Winkel, in dem sie sich hätten umarmen können.

Er nickte. Er sah auffallend müde aus.

»Unausgeschlafen?«, fragte sie und legte den Kopf schräg.

»Ziemlich. Wir sehen uns dann später bei dir«, sagte er und lief die Treppe herunter.

Martin Lerde hatte sehr viel Mühe auf die Zahlenfolge auf dem Zettel verwendet, den sie in dem eingeschneiten Auto kurz vor Weihnachten gefunden hatten. Sie nannten ihn nur den Trösterzettel. Konnte es sich um eine Telefonnummer handeln?

Bislang hatte niemand die Zeit gefunden, sich richtig darum zu kümmern. Weihnachten war dazwischengekommen, und jetzt kam Neujahr. Er hatte sich auch nicht nach eventuellen Fingerabdrücken auf dem Zettel erkundigt, aber Benny Grahn hatte auch Urlaub gehabt.

Irgendwie dümpelt alles so vor sich hin, dachte Martin, was ihm natürlich die Gelegenheit gab, zu zeigen, was in ihm steckte. Er hatte eine Liste zusammengestellt und rief eine Nummer nach der anderen an. Er wollte seinen Kollegen beweisen, dass er ausdauernd war. Er war noch nie vor Feierabend gegangen. Das taten nur Frauen mit kleinen Kindern, und die sah er nicht als Konkurrenz an. Dann gab es noch die Alten, die sämtlichen Ehrgeiz verloren hatten, wie dieser Janne Lundin. So wollte er nie werden.

Über Lundin durfte man allerdings keine Witze machen. Er errötete immer noch vor Scham, wenn er sich vergegenwärtigte, wie er einmal etwas Lustiges, aber auch Gemeines über den wandernden Stecken Lundin gesagt hatte. Der Alte war schließlich trocken wie ein Stück Holz und lang wie eine Bohnenstange. Aber niemand hatte das lustig gefunden. Stattdessen hatte sich eine peinliche Stille breitgemacht, und nicht einmal Lennie Ludvigsson und Erika Ljung hatten den Mund verzogen.

Er war wirklich in einen superspießigen Ort geraten. Dieses kleine Oskarshamn war ein Nest, naturschön, ein Paradies für

Jogger, aber sonst nichts. Er wollte nicht länger als nötig bleiben, er würde Abendkurse in Jura belegen und zusehen, dass er in eine größere Stadt kam.

Er holte sich eine Cola aus dem Automaten, nickte Claesson zu, der mit einem Tablett mit Kaffee und Marzipangebäck den Korridor entlangkam.

Was die wohl wieder für eine Besprechung hatten?

Claesson stellte Josefine Langbacke und Louise Jasinski einander vor. Die Großmutter hatten sie nach Hause geschickt.

»Sagen Sie Bescheid, wenn Sie Hunger bekommen oder einen anderen Wunsch haben«, sagte er zu der jungen Frau, und diese nickte.

Sie rührte das Gebäck nicht an und trank nur eine Flasche Mineralwasser. Louise Jasinski erzählte kurz, was sie von Claesson erfahren hatte, der es nicht lassen konnte, selbst ein Gebäckstück zu nehmen. Er liebte Marzipan. Ich muss aufpassen, dass ich keinen Bauch bekomme, dachte er flüchtig und biss das Ende mit dem Schokoguss ab. Am besten schmeckte ihm Prinzessinnentorte, die Veronika und er immer für Geburtstage kauften. Sie bestand aus Vanillecreme, Himbeermarmelade und Sahne und war mit grün gefärbtem Marzipan überzogen. Richtiggehend dekadent! Klara aß immer als Erstes die Marzipanrose, mit der die Torte dekoriert war.

»Wir hätten gerne gewusst, wo Sie das Kind zur Welt gebracht haben«, sagte Louise.

Claesson fiel auf, dass sie beinahe »Ihr Kind« gesagt hätte, aber dessen konnten sie sich nicht sicher sein, solange das Ergebnis des DNA-Tests nicht vorlag.

»Als ich nach Lund kam, war ich etwas runder, aber dort kannte mich schließlich niemand. Alle glaubten vermutlich, das sei mein normales Aussehen. Ein bisschen dick also«, erzählte Josefine. »Außerdem ging ich nicht so aus der Form wie andere Frauen. Ständig überlegte ich, was zu tun sei. Ich war vollkommen panisch, denn ich konnte mich schließlich nicht um ein kleines Kind kümmern. Ich wollte mich nicht damit abgeben ... also mit dem Kind, aber schließlich kann man ein Kind auch nicht einfach wegwerfen!«

Sie versuchte zu lächeln, aber ihre Gesichtszüge entglitten ihr.

»Ich wollte ja auch, dass es ihr gut geht. Ich spürte ja ihre Bewegungen in mir, und irgendwie wurden wir auch Freunde, das Wesen in mir und ich. Wir gehörten schließlich zusammen.« Ihr Mund begann zu zittern, und sie brach in Tränen aus.

Louise und Claesson schwiegen, während sie schniefte und sich ein Kleenex aus der Box nahm.

»Hatten Sie überlegt, wo Sie hinwollten, wenn es soweit sein würde?«, wollte Louise wissen.

»Ich habe diese Überlegung die ganze Zeit vor mir hergeschoben. Jedenfalls fuhr ich nach Hause nach Oskarshamn, um ein paar Sachen zu holen. Das war Anfang Oktober, die Prüfungen waren vorbei, und ich hatte ein paar Tage frei. Den Strampelanzug habe ich übrigens in Lund gekauft, ich habe gesagt, eine Freundin von mir hätte ein Kind bekommen und ich wolle sie besuchen. Eigentlich lächerlich, denn der Verkäuferin war das vermutlich vollkommen gleichgültig.«

Sie trank einen Schluck Mineralwasser und streckte die Hand nach einem Gebäckstück aus.

»In Oskarshamn wohnte ich in meinem Elternhaus. Es stand leer. Ich sagte nicht einmal meiner Großmutter Bescheid, dass ich zu Hause war, und ich ging auch nicht in die Stadt. Ich war die meiste Zeit zu Hause, damit auch die Nachbarn nicht zu viel von mir sehen.«

»Aber Sie sind nach Påskallavik gefahren, um einzukaufen«, warf Claesson ein.

»Es war einfacher, dorthin zu fahren. Dort kennt mich niemand.«

Sie aß ihr Teilchen auf und leckte sich die Finger ab.

»Ich dachte vermutlich so wenig wie möglich über die nahende Geburt nach. Hier in Oskarshamn gibt es ohnehin keine

Entbindungsstation. Ich überlegte, dass ich nach Kalmar oder nach Västervik fahren und etwas erfinden könnte, aber mir war auch klar, dass sie dort meine Personalien überprüfen würden. Dann plante ich, nach Lund zurückzufahren, die Stadt ist groß, dachte ich, und vielleicht kann man sich dort leichter irgendwo reinschleichen … was weiß ich … aber da begannen die ersten Wehen … es tat so wahnsinnig weh, sie kamen schubweise den ganzen Tag über. Ich wagte es also nicht, das Auto zu nehmen und allein die 300 km zurückzulegen. Und den Bus zu nehmen und auf die Bahn umzusteigen, das kam mir noch fürchterlicher vor. Und dann …«

Ihre Stimme wurde leiser. Sie weinte nicht mehr.

»Und dann was?«, fragte Claesson.

»Jeden Abend machte ich einen Spaziergang. Ich wartete immer, bis es draußen dunkel war, damit mich niemand sah. Ich musste einfach mal raus und frische Luft schnappen. Wir wohnen im Allévägen. Ich ging also Richtung Friedhof. Ich meine den Westfriedhof. An jenem Abend ging ich nur eine halbe Runde, denn plötzlich schien etwas in mir zu platzen, und das Wasser lief mir die Beine runter. Ich wusste natürlich, was das war, hatte aber keine Ahnung, wo ich hinsollte … ich ging also einfach auf den Friedhof, weil es so wahnsinnig weh tat. Ich versteckte mich dort, bis die Schmerzen sich etwas gelegt hatten und ich nach Hause gehen konnte. Es war schließlich nicht so weit, nur einen Block. Dann brachte ich nur wenige Stunden später zu Hause das Kind zur Welt …«

Louise und Claesson hörten aufmerksam zu.

»Es ging in der Tat recht schnell. Sie schrie sofort. Ich hatte mir einiges angelesen und wusste, dass ich die Nabelschnur abbinden musste. Ich behielt sie einen Tag lang, stillte sie. Dann musste ich am Montag nach Lund zurückfahren, ich stellte sie also am Sonntagabend ab. Und das war furchtbar!«

Ihre Stimme zitterte. Sie schaute auf ihre Finger mit den hellrosa lackierten Nägeln und knüllte ein weiteres Taschentuch zusammen. Claesson und Louise wechselten einen raschen Blick.

An der weißen Tafel hing ein Passfoto von Jörn Johansson. Daneben die Personenbeschreibung der Frau, die er möglicherweise in der Södra Fabriksgatan mitgenommen hatte, sowie eine Kopie des Trösterzettels.

Wer war sie? Und wer war der Tröster?

Martin Lerde hatte eine Kaffeepause eingelegt. Im Gang war es still. Er hätte immer noch gern gewusst, was in Claessons Büro gerade besprochen wurde, aber das würde er noch früh genug erfahren. Peter Berg hatte soeben das Präsidium verlassen, doch für den Feierabend war es noch zu früh. Er hatte Martin allerdings nicht gebeten, ihn zu begleiten.

Egal, es hatte keinen Sinn, sich über einen schwulen Polizisten den Kopf zu zerbrechen. Immerhin waren die Gedanken frei. Seine Zunge hielt er im Zaum. Leider musste er zugeben, dass Peter Berg trotz allem recht normal wirkte. Dennoch hatte er vor, bis auf weiteres Abstand zu wahren.

Er ging in sein Büro, nahm den Zettel und begann die erste Nummer zu wählen.

Sekretärin Gunilla Åhman saß in ihrem Büro auf der Chirurgischen. Ein hagerer Mann stand vor ihr in der Tür.

»Womit kann ich Ihnen helfen?«, fragte sie und schaute ihn über den Rand ihrer Brille hinweg an.

Peter Berg nannte seinen Namen und bat darum, mit dem Chefarzt sprechen zu dürfen.

»Leider ist der erst nach Neujahr wieder hier. Er hat Urlaub und besucht seinen Sohn in Australien.« Diese Mitteilung sollte unterstreichen, wie vollkommen unmöglich es war, ihn zu erreichen.

Es war ihr anzusehen, dass sie es sofort bereute. Vor allen Dingen das mit dem Sohn. Es gab keinen Grund, detaillierte Auskünfte über den Chefarzt zu erteilen.

»An wen könnte ich mich sonst wenden? Wer trägt hier im Augenblick die Verantwortung?«

»Oberärztin Else-Britt Ek. Soll ich sie rufen?«

»Ja, danke.«

Sie wählte eine Telefonnummer. Peter Berg fragte sich, ob er jetzt wieder so lange warten musste wie am Vormittag bei Drott Engineering. Aber Frau Ek würde sofort kommen.

Eine Minute später stand eine Frau mittleren Alters vor ihm. Sie war recht klein und hatte den längsten Zopf, den er je gesehen hatte.

»Wir können in mein Büro gehen«, sagte sie.

Sie gingen zwei Zimmer weiter.

»Und womit kann ich Ihnen helfen?«, fragte sie vollkommen unerschrocken, nachdem sie die Tür hinter sich geschlossen hatten.

Er brachte sein Anliegen vor.

»Merkwürdig«, meinte sie nachdenklich.

Peter Berg wartete darauf, dass sie sonst noch etwas sagen würde.

»Ich hatte frei, als es zu diesem bedauerlichen Vorfall kam, aber ich bin natürlich informiert. Das sind wir alle. Wir versuchen immer, aus den Fehlern zu lernen. Wir ändern dann auch schon mal die Abläufe. Ampullen mit Insulin liegen nicht einfach so herum. Außerdem muss es sich um eine recht hohe Dosierung gehandelt haben. Allerdings ist es so, dass Patienten mit Diabetes ihr eigenes Insulin dabei haben. Sie kümmern sich selbst um ihre Behandlung, außer wenn sie frischoperiert sind. Es wirkt seltsam, dass jemand eine Spritze gestohlen haben sollte«, meinte sie ratlos.

»Wir brauchen Ihre Hilfe. Wir müssen eine erneute Kontrolle durchführen. Daran werden auch einige von meinen Kollegen beteiligt sein. Aber da nun einige Feiertage anstehen, dachten wir, wir könnten schon einmal im Kleinen anfangen.«

»Natürlich«, erwiderte sie und sah ihn an. »Wir werden alles unternehmen, um zu helfen. Das wird natürlich Wellen schlagen.«

Sie hatten Spaghetti Carbonara gegessen. Sara-Ida trank Rotwein und Daniel Bier. Er hatte gekocht, und jetzt spülte Sara-Ida in der winzigen Küche das Geschirr. Daniel saß noch am Tisch und starrte in die Flammen der vier Adventskerzen. Sie wollte sie ausbrennen lassen, denn Weihnachten war vorüber, und der Weihnachtsschmuck würde bald weggeräumt werden.

Jetzt wo er sie gewissermaßen zurückbekommen hatte, sah Daniel ein, dass er Sara-Ida nicht viel zu sagen hatte. Eigentlich wollte er nur seine Einsamkeit vertreiben. Seine Freunde heirateten einer nach dem anderen, im letzten halben Jahr war er auf drei Hochzeiten gewesen, und mehrere von ihnen hatten bereits Kinder.

Vielleicht war sie ja eine Art Revanche für seine gescheiterte Beziehung. Es hatte ihm gefallen, sich mit einem so hübschen Mädchen zu zeigen.

»Und?«, fragte sie und fuhr ihm mit den Händen durchs Haar. »Wie geht's?«

»Gut.«

»Müde?«

»Ja.«

Da klingelte sein Handy. Er nahm den Anruf an. Eine ihm fremde Stimme meldete sich, sagte, sie sei von der Polizei und begann von einem Zettel zu sprechen. Daniel schaute auf die Uhr. Es war acht. Merkwürdige Tageszeit für so einen Anruf.

Er stand auf und ging nach nebenan, während Sara-Ida weiter mit dem Geschirr klapperte.

»Hören Sie, um ganz ehrlich zu sein, verstehe ich nicht recht, von was für einem Zettel Sie eigentlich sprechen«, erwiderte er und wurde noch misstrauischer.

Hielt ihn der Typ zum Besten? Aber dann sagte der Beamte, er solle sich auf dem Präsidium einfinden, um sich dieses Stück Papier näher anzusehen.

»Jetzt?«

Schließlich habe ich Bier getrunken, da müssen sie mich schon abholen, dachte er. Der Polizist teilte ihm jedoch mit, es genüge, wenn er am folgenden Tag käme.

»Ich höre Freitag immer früher auf, ich kann also am frühen Nachmittag kommen«, sagte Daniel und beendete das Gespräch.

Sara-Ida stand mit einem Topf und einem Küchenhandtuch in den Händen im Türrahmen. Wie eine Schlafwandlerin trocknete sie den Topf ab.

»Worum ging's?«, fragte sie.

Ihre Augen glänzten, und sie war bleich.

»Keine Ahnung. Bloß ein verrückter Polizist, der irgendwas von einem Zettel faselte.«

Er erzählte ihr nicht, was er in ihrem Badezimmer gefunden hatte. Auch über das Geldbündel verlor er kein Wort. Er wusste immer noch nicht, was er tun sollte.

19

Es war neun Uhr morgens, am Freitag, den 28. Dezember. Josefine Langbacke wartete pünktlich im Foyer des Präsidiums. Sie war allein, und außer der Frau am Empfang, die sie keines Blickes würdigte, gab es nicht viel zu sehen. Sie kam sich vor wie eine Schwerverbrecherin. Sie hatte gegen das Gesetz verstoßen. Auf das Aussetzen von Kindern stand sicher Gefängnis.

Sie musste nicht lange warten, denn wenige Minuten später erschien Kriminalkommissar Claes Claesson und ging mit ihr in ein anderes Zimmer als am Vortag. Vermutlich ein Verhörzimmer. Die Beamtin namens Louise Jasinski stieß zu ihnen und lächelte sie freundlich an. Sie wirkte nett, aber Josefine wagte es trotzdem nicht, sich zu entspannen. Der Schein konnte trügen. Sie musste darauf vorbereitet sein, dass die Stimmung umschlug. Vielleicht fuhren sie plötzlich scharfes Geschütz auf und bombardierten sie mit unangenehmen Fragen.

Sie setzte sich auf die Stuhlkante.

»Setzen Sie sich ruhig bequem hin. Wir haben es nicht eilig«, meinte Louise.

Also würde es lange dauern. Diese Gewissheit verstärkte ihr Unbehagen noch, und das hatte Louise vermutlich nicht beabsichtigt, eher im Gegenteil. Schreckliche Ahnungen stiegen in ihr auf. Die Polizei würde sie durch die Mangel drehen. Würde sie mit Fragen bombardieren, bis sie vollkommen erschöpft war und alles zugab, selbst Dinge, die sie nicht getan hatte, genau wie in den Fernsehserien!

Claesson begann ihre Aussage vom Vortag in freundlichem Ton zusammenzufassen.

»Stimmt das alles, oder wollen Sie noch etwas ändern oder hinzufügen?«

Josefine schüttelte den Kopf.

»Wir haben natürlich eine wichtige Frage, und zwar hinsichtlich der Vaterschaft«, sagte Claesson. »Dazu haben Sie sich gestern nicht geäußert. Möchten Sie das jetzt tun?«

»Nein«, erwiderte sie kurz.

»Okay, Sie wollen uns also nicht erzählen, wer der Vater ist?«, fragte Claesson.

»Nein.«

»Gestern erzählten Sie uns, wie Sie zu Hause eine Tochter zur Welt gebracht haben.«

»Ja«, sagte sie und nickte.

»Wir hätten gerne gewusst, ob Sie an dem Abend, als Sie sich auf dem Friedhof versteckten, jemanden gesehen haben?«

Josefine schaute aus dem Fenster.

»Da war wirklich etwas«, erwiderte sie und blinzelte. »Aber ich hatte solche Schmerzen, dass ich es nicht so richtig wahrnahm. Plötzlich kam in der Dunkelheit des Friedhofs eine Frau wie aus dem Nichts auf mich zugerannt.«

»Haben Sie eine Vermutung, weswegen?«

Josefine zuckte mit den Achseln.

»Vielleicht hatte sie mich gehört. Es war mir unmöglich, leise zu sein, denn ich hatte solche Schmerzen. Plötzlich stand sie vor mir. Ich weiß nicht wieso, aber irgendwie wirkte sie nett.«

»Und dann? Was war dann?«

»Ich weiß nicht. Sie drehte sich um und rannte zurück auf die Stengatan. Vielleicht wollte sie Hilfe holen. Ich meine, für mich.«

Er nickte. Es entstand eine Pause. Das Tonband lief.

»Und was haben Sie dann getan?«

»Ich sah ein, dass ich versuchen musste, ungesehen von dort wegzukommen. Ich weiß immer noch nicht recht, wie mir das gelang, weil ich mich die ganze Zeit vor Schmerzen krümmte. Aber dann begann ich, in die entgegengesetzte Richtung davonzuwanken, um nicht von der Frau gesehen zu werden. Ich ging bis zum Fußweg weiter oben und von dort aus nach Hause.«

»Ist Ihnen etwas Ungewöhnliches aufgefallen?«

Sie schüttelte den Kopf.

»Nein.«

»Haben Sie irgendwas gehört? Ein seltsames Geräusch zum Beispiel?«

Sie nickte nachdenklich.

»Einen Knall.«

»Können Sie ihn beschreiben?«

»Er klang wie ein Pistolenschuss, vielleicht …«

»Sie wissen, dass hier in Oskarshamn eine Frau angeschossen worden ist?«

»Ja«, murmelte Josefine kaum hörbar. »Aber damit habe ich wirklich nicht das Geringste zu tun!«

»Sie haben also überhaupt nichts gesehen?«, wiederholte Claesson. »Denken Sie nach. Manchmal fällt einem auch erst später noch etwas ein.«

Sie biss sich auf die Unterlippe.

»Doch. Einmal habe ich mich umgedreht. Im Übrigen musste ich auf den Boden schauen, um zu sehen, wo ich hintrete, denn es war vollkommen dunkel … Da sah ich, wie ein Auto mit quietschenden Reifen anfuhr und unten auf der Straße vorbeischoss. Ich bekam Angst und eilte weiter.«

Sie warteten auf die Fortsetzung.

»Können Sie uns etwas über das Auto sagen?«

»Es hatte eine helle Farbe und klang schauderhaft.«

»Inwiefern?«

»Es machte Lärm.«

»Als sei der Auspuff kaputt?«, wollte Claesson wissen.

»Ja. Ungefähr so.«

Else-Britt Ek hatte Britt-Louise Karp, die Chefin des Pflegedienstes, zu sich gebeten.

Derselbe magere und bleiche Polizist, der am Vortag die Chirurgie aufgesucht hatte, war auch heute wiedergekommen. Er machte einen beherrschten und schüchternen Eindruck, schien aber genau zu wissen, worauf er hinauswollte. Er war in Begleitung einer Kollegin erschienen, einer ausgesprochenen Schönheit, die nicht sonderlich furchtsam wirkte, sondern eher aus demselben Holz geschnitzt zu sein schien wie sie selbst, fand Else-Britt Ek. Die dunkelhäutige Schönheit sah sie und den Karpfen ernst an und begann unverzüglich, eine Liste von Fragen durchzugehen, die sie auf einem Zettel abhakte.

Die ganze Station würde also nochmals auf den Kopf gestellt werden. Darauf hätten sie gerne verzichtet.

Daniel Skotte hatte sich bei der Frau am Empfang gemeldet und sich schon eine lange Erklärung für den Grund seines Erscheinens im Polizeipräsidium zurechtgelegt, aber sie beachtete ihn kaum.

Ihm war unbehaglich zumute, und es erfreute ihn gar nicht, warten zu müssen. Er hatte Platz genommen, die Beine übereinandergeschlagen, und wippte mit einem Fuß. Eigentlich war er es gewohnt, dass die anderen auf ihn warteten, und nicht umgekehrt.

Er hatte, soweit er wusste, nichts Ungesetzliches getan, konnte also eigentlich ganz gelassen bleiben.

Trotzdem stand er auf und ging ungeduldig auf und ab.

Da wurde eine Glastür geöffnet. Ein junger Mann kam auf ihn zu, um ihn abzuholen.

Der junge Mann hieß Martin Lerde, und Daniel Skotte war nicht ganz klar, ob er wirklich Polizist war oder nur Verwaltungsangestellter, denn er trug zivile Kleidung.

Martin Lerde bot ihm den Besucherstuhl vor einem winzigen, mit Akten übersäten Schreibtisch an.

»Ich habe nicht vor, Ihnen genauer zu erklären, wo wir

dieses Material gefunden haben«, begann Martin Lerde. »Jedenfalls handelt es sich um die Kopie eines Zettels. Was sagen Sie dazu?«

Er reichte Daniel Skotte ein kleines Blatt Papier.

Daniel starrte es an und hoffte, dass er nicht allzu augenfällig errötete.

»Ich habe keine Ahnung, was das sein kann«, sagte er und legte das Blatt auf den Schreibtisch. »Haben Sie sonst noch Fragen?«

Er schaute diesem Martin wie-immer-er-hieß direkt in die hellblauen Augen.

»Nein. Danke für Ihre Hilfe«, erwiderte Martin.

Daniel Skotte wollte nur noch ganz schnell weglaufen, ging aber dennoch beherrscht und gelassen die Treppe hinunter.

Sara-Ida schwitzte in ihrer Daunenjacke. Sie machte kleine Schritte, da es glatt war, aber sie ging schnell. Bald würde es stockdunkel sein. Der Himmel über ihr war diesig und grau. Es waren mehrere Tage vergangen, an denen es gar nicht richtig hell geworden war. Es ging ihr schlecht, und sie sehnte sich nach dem Frühling, nach Licht und Wärme, aber vor allem nach einem weniger komplizierten Leben. Sie sehnte sich danach, es sich mit Daniel gemütlich machen zu können.

Es durfte nicht zu Ende gehen.

Er liebt mich bestimmt noch, dachte sie stur und zählte die verschiedenen Faktoren auf, die dafürsprachen. Vor allen Dingen hatte er sie nicht verlassen, das hätte er doch vermutlich getan, wenn er sie nicht mehr geliebt hätte. Zum Zweiten schlief er mit ihr, sobald sich eine Gelegenheit ergab, das musste doch auch etwas bedeuten. Drittens kam er gerne zu ihr nach Hause, obwohl es auch vorkam, dass er das nicht tat.

Weiter kam sie nicht. Ihr Handy summte in ihrer Tasche. Verdammt! Sie sah, wer es war.

»Ich bin unterwegs«, sagte sie.

Sie ging weiter den nördlichen Kai entlang. Der Wind schlug

ihr ins Gesicht, als sie um die Schmalseite des Lagerhauses aus Wellblech bog. Die Ostsee und der Hafen lagen direkt vor ihr. Sie blinzelte in den kalten Wind, und ihre Augen tränten. Das Meer war graugrün, stellenweise schwarz, und die Wellen türmten sich bedrohlich auf.

Die Kühlerhaube des Wagens schaute hinter der gegenüberliegenden Seite des langen Lagerschuppens hervor. Sie konnte immer noch umkehren und verschwinden. Hänschen! Einfach lächerlich. Wie hatte sie diesen Idioten nur so nennen können!

Es war vorbei. Ganz und gar. Sie war nur hier, weil sie nett sein wollte. Um es hinter sich zu bringen.

Jetzt hatte er sie durch das Seitenfenster entdeckt. Aber er blieb am Steuer sitzen und folgte ihr mit dem Blick, bis sie die Beifahrertür öffnete und einstieg.

»Hallo«, sagte er.

Seine Stimme klang sanft.

»Hallo«, erwiderte sie und starrte durch die Windschutzscheibe.

Mit gespieltem Interesse betrachtete sie die Autos auf der Skeppsbron auf der anderen Seite des Hafenbeckens, dort wo die normalen Menschen waren, die sich nicht zu verstecken brauchten. Es schauderte sie, als sie bemerkte, wie verdammt einsam dieser Platz war. Hier fuhren überhaupt keine Autos.

Drei oder vier Meter vor ihnen endete der Kai, und das Wasser begann. Reiner Selbstmord, hier Auto zu fahren.

Er räusperte sich, sagte aber nichts, sondern legte eine Hand auf ihr Bein.

»Du wolltest was«, sagte sie mit heller Stimme.

»Ja, aber zuerst können wir doch …«

Jetzt machte sich seine verdammte Hand an ihren Hosenknöpfen zu schaffen.

»Nein«, sagte sie und schlug seine Hand beiseite. »Ich will nicht.«

»Der Ring«, sagte er.

Sie schwieg.

»Ich will den Ring zurückhaben«, sagte er und umklammerte das Lenkrad mit seinen Händen. Er trug Lederhandschuhe.

»Aber du hast ihn mir doch geschenkt!«, erwiderte sie erbost, vor allem weil sie den Ring nicht mehr hatte. »Das war ein Geburtstagsgeschenk. Man fordert doch keine Geburtstagsgeschenke zurück!«

»Ich finde«, erwiderte er kühl, »dass wir im Hinblick auf alles, was vorgefallen ist, sämtliche Spuren verwischen sollten, die auf eine Verbindung zwischen uns hinweisen können. Wir werden ab heute jeden Kontakt abbrechen.«

Ohne etwas zu sehen, starrte sie vor sich hin.

»Verstanden?«

»Ja«, antwortete sie.

»Wir haben uns nie gekannt. Verstanden?«

Er hat Angst, dachte sie. So ein Feigling. Das hätte ich gleich merken sollen. Dabei ist er immer so großkotzig aufgetreten.

Sie trug immer noch ihre Handschuhe.

»Lass sehen«, sagte er, packte ihr Handgelenk und riss ihr den Fausthandschuh von der Hand.

Kein Ring.

»Oh!«, sagte er und schüttelte missbilligend den Kopf. »Das geht nicht!« Er nahm ihr auch den anderen Handschuh ab.

Auch dort kein Ring.

»Ich sagte doch schon. Ich habe ihn nicht mehr. Ich habe ihn verschenkt.«

Sie log. Vielleicht hörte er das. Er presste die Lippen zusammen und trommelte mit den Daumen aufs Lenkrad.

»Okay. Du hast eine Woche Zeit, um den Ring wiederzubeschaffen.«

»Du bist wohl verrückt! Was soll das?«

Sie wollte gerade die Beifahrertür öffnen und aussteigen, als er sie packte und in den Sitz zurückzerrte. Dann fasste er sie am Kinn und drehte ihren Kopf in seine Richtung.

»Schau mich an!«, befahl er.

Der Ledergeruch seiner Handschuhe stieg ihr in die Nase.

Sie schwieg. Sie weigerte sich, ihm in die Augen zu schauen. Das ärgerte ihn, und er beugte sich über sie und versuchte sie zu küssen, aber sie presste die Lippen aufeinander. Er leckte ihr über den Mund und versuchte, ihr seine Zunge zwischen die Zähne zu schieben.

Hänschen, früher immer so höflich und arrogant, war eigentlich ein Mistkerl. In diesem Augenblick wurde ihr jedoch auch bewusst, dass er nicht ungefährlich war. Er war zu allem fähig.

Sara-Ida wurde schwindlig vor Angst. Sie versuchte aber trotzdem aufrecht sitzen zu bleiben. Er hatte ihr die Jacke hochgeschoben und zog jetzt ihren Pullover hoch, betatschte sie überall.

»Hör auf!«

Sie schob erneut seine Hände beiseite, aber es war zu spät. Rücksichtslos wie ein Panzer überrollte er sie und legte seine Hand auf ihren Mund. Sie versuchte, ihn durch den Handschuh zu beißen.

»Was soll das?«, knurrte er und ließ seine Hand auf ihren Hals gleiten.

Da bekam sie richtig Angst.

Er schien jede Kontrolle verloren zu haben und drückte zu. Er würgte sie, ihr Kopf drohte zu platzen, der Schmerz war riesengroß, sie bekam immer weniger Luft, und ihr Widerstand ließ nach.

Sie lieferte sich ihm aus und ließ ihn mit ihrem Körper machen, was er wollte. Sie versuchte abzuschalten.

Dachte, ich tue alles, wenn ich nur am Leben bleibe.

Claes nahm es sehr genau. »Nichts Schweres heben«, sagte er.

Veronika war das nicht gewohnt, gehorchte aber und schob den Einkaufswagen, während sie die Sachen auf der nicht vollständigen, aber gemeinsam erstellten Einkaufsliste abhakte. Sie blickte von dem Papier auf, um sich nach Klara umzusehen, und bemerkte zwei andere Kunden, die sie anstarrten.

Die Mörderärztin. Bekannt aus Funk und Fernsehen!

Sie sann nach. Allzu oft hatte sie jetzt schon so getan, als merke sie nichts. Sie war es einfach leid.

Ich bin stark, ihr seid schwach, weil ihr neugierig seid!, sagte sie sich. Vermutlich war das das Klügste, aber jetzt hatte sie plötzlich Lust, auf sie zuzugehen und zu fragen, ob man sich zufälligerweise kenne. Es müsse schließlich einen Grund geben, weshalb sie so starrten. Das Paar würde natürlich in Verlegenheit geraten, damit würde sie die Oberhand gewinnen, und das würde ihr etwas Genugtuung verschaffen. Oder sollte sie ihnen einfach nur fröhlich zulächeln und wie eine Königin gnädig zuwinken?

Aber aus alledem wurde nichts. Klara kam mit ein paar Kerzenmanschetten aus hellblauen und gelben Seidenblumen an sowie einem Paket Tee in Silberfolie mit Elefanten auf dem Etikett, das sie unter anderem deswegen so interessant gefunden hatte, weil es recht weit unten im Regal gestanden hatte. Claes legte einige Sachen aus der Fleischtheke in den Wagen und verschwand wieder, und Klara wandte sich einem Regal mit Seife zu.

Für Silvester hatten Veronika und Claes Lundins eingeladen, nachdem sie eine größere Party abgesagt hatten. Veronika hatte Janne und Mona vorgeschlagen, da sie sich in Gesellschaft der beiden entspannt fühlte. Sekt, Bier und Wein hatte Claes bereits nach Hause getragen. Veronika hatte vorgeschlagen, nur eine Kleinigkeit zu kochen, denn Kochen war nicht ihre starke Seite.

»Warum?«

»Dann brauchst du nicht stundenlang in der Küche zu stehen.«

»Aber ich habe nichts dagegen, mir etwas Arbeit zu machen. Du hast zwar keine Lust dazu, aber ich habe nichts dagegen.«

Jetzt bat Claes darum, die Einkaufsliste sehen zu dürfen, als Louise Jasinski plötzlich zwischen den Regalen auftauchte. Und zwar mit einem Mann, der zweifellos zu ihr gehörte.

Sie waren alle fast lächerlich verlegen. Schließlich brach Louise das Eis und stellte die Anwesenden einander vor. Sie tat das äußerst gründlich.

»Das ist mein Chef Claes Claesson. Du hast ja schon von ihm gehört«, sagte sie und bemühte sich, ein warmes und natürliches Lachen erklingen zu lassen. »Das hier ist seine Frau Veronika und das die kleine Klara.«

»Kenneth Strömberg«, sagte der Mann, gab Veronika und Claesson nacheinander einen festen Händedruck und lächelte sie an.

Sie tauschten die besten Wünsche für das neue Jahr aus, dann verabschiedeten sie sich.

»Wo hat sie denn diesen gut aussehenden Mann aufgetrieben?«, flüsterte Veronika, als sie ein gutes Stück weiter waren. »Ein richtiges Prachtexemplar.«

Claes nickte, war aber auch etwas gekränkt. War er selbst etwa kein Prachtexemplar?

»Du gehörst auch zu der Spezies«, ergänzte Veronika und nahm seine Hand, als hätte sie seine Gedanken gelesen. »Es gibt sicher ganz viele Frauen, die wahnsinnig eifersüchtig auf mich sind.«

Als sie auf dem Heimweg im Auto saßen, erzählte er Veronika, woran Charlotte Eriksson eigentlich gestorben war, obwohl er das eigentlich nicht durfte. Es sprudelte einfach aus ihm heraus. Wahrscheinlich hat sich das auf der Chirurgie inzwischen sowieso herumgesprochen, versuchte er sich einzureden. Dass Veronika davon noch nichts wusste, lag sicherlich daran, dass sie krankgeschrieben war.

»Was sagst du da? Insulin? Ist das dein Ernst?«

Er nickte und wusste nicht, ob er diese Indiskretion bereuen sollte.

»Dann habe ich ja mit dem Todesfall überhaupt nichts zu tun! Ich frage mich, ob die Zeitungen genauso viel darüber schreiben werden?«

»Vermutlich«, erwiderte er. »Zumindest in diesem Fall. Dich

reinzuwaschen ist der Presse wahrscheinlich kein Anliegen, denen ist eine verurteilte Ärztin lieber, das hat mehr Skandalwert. Aber dass ein rätselhafter Mord aufgeklärt wird, ist natürlich immer interessant, weil man dann den Prozess verfolgen kann.«

Sie hörte ihm kaum zu.

»Du meine Güte«, sagte sie und verstummte dann. »Hast du Insulin gesagt? Charlotte Eriksson litt doch gar nicht an Diabetes?«

Sie sah ihn fragend an, und er bremste gerade hinter einem Lastwagen ab.

»Nein«, erwiderte er vage.

In medizinischen Dingen kannte er sich nicht aus.

»Seltsam«, meinte sie, nachdem sie sich diese Information eine Weile hatte durch den Kopf gehen lassen. »Das erklärt auch, warum die Pflegehelferin gemeint hat, Charlotte Eriksson habe so verschwitzt ausgesehen, als sie sie fand.«

»Welche Symptome treten denn auf, wenn jemand versehentlich Insulin erhält?«, fragte Claes.

»Die gleichen, die auch jemand mit Diabetes bekommt, der zu wenig gegessen hat, wenn er sein Insulin nimmt, oder wenn er überdosiert. Der Blutzuckerspiegel sinkt ab. Dann hängt natürlich alles von der Höhe der Insulindosis ab. Man wird blass, unruhig, kalter Schweiß bricht aus, es kommt zur Tachykardie.«

»Zu was, bitte?«

»Zu Herzrasen. Man wird zittrig, vielleicht verwirrt, kann nicht mehr klar denken, und es kann zu Krampfzuständen kommen, die zum Tod führen.«

»Wie hoch wäre eine tödliche Dosierung?«

»Das musst du die Ärzte fragen, die sich mit Diabetes auskennen. Ich habe die Zahlen nicht im Kopf.«

Sie verstummte.

»Das war wirklich ein schönes Neujahrsgeschenk. Sie starb also nicht, weil ich sie von der Intensivstation in ein Einzelzimmer und auf die normale Station verlegen ließ. Aber wie soll das zugegangen sein?«

»Das wissen wir nicht«, antwortete Claes.

Sie sah ihn von der Seite an, um ihn zu ermuntern, fortzufahren, aber er sagte nichts mehr.

Das Wetter war milder geworden, und der Schnee war geschmolzen. Die Straßen waren voller Streusand.

Wie ein Déjà-vu-Erlebnis, dachte Claes, als er wieder ein schwarzes Auto aus der Einfahrt des Pflegeheims Gullregnet kommen sah. Er sah auch, wer am Steuer saß. Das hatte er bereits geahnt.

Sara-Ida steckte den Schlüssel ins Schloss. Sie zitterte, aber sie weinte nicht. Sie hatte nicht einmal mehr die Kraft, sich selbst leid zu tun. Sie hatte nur noch Angst.

Jeden Moment konnte Daniel kommen. Das wollte sie nicht.

Sie ging ins Bad. Ihr Kopf schmerzte, ihr Hals tat weh. Sie versuchte, ein paarmal zu schlucken. Dann räusperte sie sich und gab Daniels Nummer in ihr Handy ein.

Sie hatte sich eine gute Entschuldigung einfallen lassen. Sie müsse schlafen, würde sie sagen, ob sie nicht morgen etwas Nettes zusammen unternehmen könnten? Es widerstrebte ihr, Daniel einen Korb zu geben. Sie hatte den Eindruck, dass er sich allmählich von ihr entfernte. Die Stimmung zwischen ihnen hatte sich verändert. Sie hatte Angst, ihn zu verlieren.

Aber er hob nicht ab.

Sie warf einen Blick in den Badezimmerspiegel und war entsetzt. Ihr Hals war von blauen und roten Flecken übersät, ihre Augen waren geschwollen, und die Wimperntusche war verlaufen. Sie holte ein Halstuch, mit dem sich das meiste verbergen ließ, und hielt ihr Gesicht unter kaltes Wasser. Nicht auszudenken, wenn Daniel jetzt mit seinem Schlüssel aufschloss und plötzlich in der Diele stand!

Sie hatte natürlich von der tödlichen Dosis Insulin gehört. Auf der Station sprach sich alles rasend schnell herum.

Sie wusste genau, was sie verschwinden lassen musste. Das hätte sie schon lange tun sollen. Das war ein vollkommen idiotischer Fehler, dachte sie und zog den untersten Korb heraus.

Entsetzt starrte sie hinein. Kein gestreifter Kittel. Ihr wurde es eiskalt. Hatte sie ihn etwa woanders hingelegt?

Sie riss alle anderen Körbe heraus und wühlte zwischen Slipeinlagen und Haarpflegeartikeln herum.

Hatte sie ihn schon beseitigt? Sie hielt inne, runzelte die Stirn und dachte nach. War sie so verwirrt, dass sie sich nicht mehr erinnern konnte? Weil so viel passiert war?

Nein. So konfus war sie nicht. Sie begann im Mülleimer, im Wäschekorb und in den Schubladen zu wühlen. Die ganze Wohnung stellte sie auf den Kopf, während die Angst ihr Herz wie eine eiskalte Hand umklammerte.

Sie weinte. Sie wünschte sich ihr altes, einfacheres Leben zurück. Eben war es doch noch so schön gewesen. Zuckersüß und warm mit Daniel. Noch nie war sie so verliebt gewesen. Sie hatte richtig geliebt und sich nicht ausnutzen lassen.

Plötzlich erstarrte sie. Konnte es Daniel gewesen sein?

Hatte sie sich geirrt? War er gar kein Tröster? War er stattdessen ein Verräter?

20

Es herrschte noch immer Schneematschwetter, und es war fast nicht möglich, Fahrrad zu fahren. Veronika nahm den Wagen zur Arbeit, während Claes sich dennoch aufs Fahrrad schwang.

Während der morgendlichen Röntgenvisite an diesem Dienstag Anfang Januar sann sie darüber nach, wie viel ihr ihr Arbeitsplatz eigentlich bedeutete. Ein klein wenig sehnte sie sich weg. Träumte davon, irgendwo neu anzufangen, und eine gute Position in der Hierarchie zu ergattern.

Es überraschte sie kaum, dass alles beim Alten war. Ein gewisses Maß an Vorhersehbarkeit hatte etwas Befreiendes. Niemand erwähnte die Anzeige, die bei der Beschwerdestelle eingereicht worden war. Als hätte man sie für die Dauer der Ermittlung beiseite geschoben und als sei es ohnehin nicht weiter wichtig. Vor allen Dingen nicht jetzt, wo andere Dinge ins Zentrum der Aufmerksamkeit gerückt waren.

Darüber wurde gescherzt.

»Na?«, meinte ihr Chef. »Die Anzeige ist ja wohl hinfällig. Eine tödliche Dosis Insulin hast du ihr ja wohl kaum verschrieben!«

Sie verzog den Mund.

Ihr fiel auf, dass Daniel Skotte nur noch ein Schatten seiner selbst zu sein schien. Ringe unter den Augen und zusammengepresste Lippen. Hatte er nicht kürzlich ganz frischverliebt gestrahlt?

»Wie steht's?«, fragte sie, als sie den Korridor entlang zur Station gingen.

»Okay«, erwiderte er.

Mehr wurde nicht gesagt. Aber sie behielt ihn im Auge, während sie mit dem Visitenwagen durch die Station gingen. Er sah aus wie damals, als seine Freundin Schluss gemacht hatte. Müde und deprimiert, in sich gekehrt.

Am liebsten hätte sie ihm gegen das Schienbein getreten, um seine Reaktion zu beobachten, als sie aus den Augenwinkeln die süße Pflegehelferin Sara-Ida am Ende des Korridors bemerkte. Sie schien nichts zu tun zu haben und nur darauf zu warten, dass er sie erblickte.

Irgendetwas war geschehen, aber ging sie das etwas an? Sara-Ida wirkte gleichermaßen übernächtigt wie Daniel, und als es Zeit für die Kaffeepause war, verschwand er.

»Ich habe noch etwas zu erledigen. Ich bin dann wieder zurück, um meine Patienten zu entlassen«, sagte er und verschwand mit wehenden Kittelschößen Richtung Ausgang.

Die beiden gingen sich ganz offensichtlich aus dem Weg, dachte Veronika und tauchte einen Teebeutel in heißes Wasser.

Gegen zehn Uhr erhielt die Chefin des Pflegeheims Gullregnet unerwarteten Besuch in Gestalt zweier Polizeibeamter in Zivil.

»Claesson«, stellte sich der eine vor.

»Louise Jasinski«, sagte die andere.

»Wir hätten gerne gewusst, ob Sie diese Frau kennen?«

Es war dasselbe Passfoto, das sie schon einmal verwendet hatten, damals jedoch mit wenig überzeugendem Ergebnis. Der Mann, der Jörn Johansson in der Fabriksgatan gesehen hatte, war sich nicht ganz sicher gewesen, ob das Foto wirklich die junge Frau zeigte, die er in dessen Gesellschaft gesehen hatte.

Die Krankenschwester zögerte jedoch nicht.

»Das ist ja Sara-Ida Ström«, sagte sie sofort. »Sie arbeitet nicht mehr bei uns. Und in Wirklichkeit sieht sie noch viel besser aus.«

»Danke«, erwiderte Claesson. »Wissen Sie, ob sie diesen Mann kannte?«

Er hielt ein Foto von Jörn Johansson in die Höhe.

»Natürlich. Er brachte jeden Tag die Medikamentenkiste. Der Ärmste«, sie wiegte den Kopf, »jetzt ist er tot.«

Sie presste die Lippen zusammen.

»Die Medikamentenkiste?«, wollte Claesson wissen.

»Ja, mit den Präparaten, die wir aus der Apotheke bestellen.«

»Die beiden kannten sich also?«

Claesson hielt beide Fotos nebeneinander.

»Ja. Aber ob sie auch außerhalb der Arbeit miteinander zu tun hatten, weiß ich nicht. Wohl eher nicht … sie waren schließlich sehr unterschiedlich.«

Wusste ich's doch, dachte Louise, die sich plötzlich wieder an das Paar an dem warmen Oktobertag auf der Bank auf der Flanaden erinnerte. Damals hatte sie zufällig aus dem Fenster geschaut.

Claesson registrierte, dass Louise etwas eingefallen war.

»Wolltest du etwas sagen?«

»Nein«, erwiderte sie und schüttelte den Kopf.

Er wandte sich wieder an die Leiterin.

»Sie sind wirklich sehr aufmerksam«, lobte er sie. »Ich habe hier noch ein Foto. Was sagen Sie dazu?«

Sie starrte auf das Bild.

»Dazu kann ich mich nicht äußern«, antwortete sie.

»Sie meinen, das verbietet Ihnen die Schweigepflicht?«

Sie nickte.

»Okay. Ich verstehe, dass Sie unsicher sind und dass es Ihnen wichtig ist, das Richtige zu tun, aber unter gewissen Umständen muss man die Schweigepflicht brechen. Das wissen Sie. Bei diesem Mann handelt es sich nicht um einen Patienten?«

Sie starrte weiter auf das Foto.

»Hier habe ich noch etwas«, meinte Claesson.

Sie betrachtete die Kopie, aber Claesson merkte, dass sie so nervös war, dass sie gar nicht recht begriff, was da stand.

»Wäre es Ihnen lieber, ins Präsidium zu kommen? Dort könnten wir eine ganz korrekte Vernehmung durchführen. Dann können Sie sich ganz sicher sein, dass das alles kein Bluff ist.«

Vor der Tür waren schlurfende Schritte zu hören. Ein sehniger Mann stand plötzlich vor ihnen und starrte sie mit leerem Blick an.

»Gehen Sie wieder in Ihr Zimmer zurück, Rune«, sagte die Leiterin zu dem Mann, der sich nach einer Weile aufraffte und weiterschlurfte.

»Ist seine Mutter hier im Pflegeheim?«, bohrte Claesson.

Sie leckte sich über die Lippen. Ihr Nicken war kaum zu sehen.

»Ich weiß, dass er sie gelegentlich besucht.«

»Ja«, sagte sie. Ihr Nicken war jetzt deutlicher.

»Sie ist schon lange krank und wurde zu Hause gepflegt«, fuhr er fort. »Aber dann hat sie eine schwere Infektion bekommen und wurde hier eingewiesen. Vielleicht kommt sie gar nicht mehr nach Hause.«

Die Frau schwieg noch immer.

»Außerdem hat sie Diabetes.«

Die Leiterin nickte.

»Woher wusstest du das alles?«, wollte Louise im Auto auf dem Weg zurück zum Präsidium wissen.

»Ich habe mich mit den Nachbarn unterhalten. Also den Nachbarn von Erikssons Mutter.«

»Aber man kann doch im Pflegeheim kein Insulin stehlen?«

»Vielleicht nicht. Aber Erikssons Mutter hatte vielleicht zu Hause noch Insulin. Wieso bist du so zusammengezuckt?«

Er schaute sie an.

»Weil ich Jörn und die süße Sara-Ida mit eigenen Augen zusammen gesehen habe.«

Sie erzählte ihm davon.

»Das Gedächtnis funktioniert bisweilen auf merkwürdige Weise«, meinte Claesson.

»Manchmal arbeitet es eben langsamer.«

Kriminaltechniker Benny Grahn war bereit.

Des weiteren saßen Claesson, Jasinski, Berg, Lundin und Ljung am Tisch. Sie warteten auf Martin Lerde, der noch ein Telefongespräch beenden musste. Sie unterhielten sich gerade, als Lerde zur Tür hereinstürmte und sich auf einen freien Platz fallen ließ.

»Könntest du bitte die Tür schließen?«, sagte Claesson.

Worauf Lerde wieder aufsprang und die Tür zuknallte.

»Dann fange ich an«, sagte Technik-Benny.

Alle blickten gespannt auf die weiße Leinwand, vor der er stand. Er projizierte das erste Foto an die Wand.

»Die Handfeuerwaffe, eine Pistole, die in Jörn Johanssons Kofferraum gefunden wurde. Mit größter Wahrscheinlichkeit wurde mit dieser Waffe auf Charlotte Eriksson geschossen. Das wissen wir jetzt«, sagte er.

Dann erschien das nächste Bild, ein Text.

»Bei der Pistole handelt es sich um eine FN von 1910, ich habe mir das alles angelesen. Ich musste dafür sogar etwas Französisch lernen«, witzelte er. »FN steht für Fabrique Nationale d'Armes de Guerre Herstal – Liège, Belgique«, sagte er auf Französisch mit starkem, småländischem Akzent. »Das steht auf der Waffe. Diese Pistole wurde 1909 patentiert. Alt, aber ausgezeichnete Qualität.«

Er verstummte und wartete auf Kommentare.

»Es stellt sich natürlich die Frage, warum er geschossen hat«, meinte Claesson mit leiser Stimme.

»Geld«, meinte Peter Berg. »Er brauchte eines neues Auto.«

»Falls wirklich er der Täter war«, fuhr Claesson fort.

»Jörn Johanssons Fingerabdrücke sind auf der Pistole sichergestellt worden«, meinte Benny. »Der Ärmste. Das war wirklich kein schönes Ende.«

»Man soll eben auch nicht am Straßenrand pinkeln«, meinte Lundin lächelnd.

»Ich übergebe jetzt an Erika Ljung«, sagte Claesson. »Bitte schön.«

»Johansson kaufte also ein neues Auto kurze Zeit, nachdem auf Charlotte Eriksson geschossen worden war, und zwar den gebrauchten BMW, unter dem er später tot aufgefunden wurde. Es ist vorstellbar, dass er für den Mord an Charlotte Eriksson bezahlt wurde. Vermutlich war er entsprechend geldgierig oder einfach dumm, je nachdem, wie man das sehen will. Johanssons Eltern haben sich jedenfalls keine großen Gedanken darüber gemacht, dass er es sich plötzlich leisten konnte, ein neues Auto zu kaufen. Das haben sie mir jedenfalls erzählt. Aber vermutlich sind sie so naiv wie die meisten Eltern, was die eigenen Kinder angeht.

Das alte Auto gab fast den Geist auf, Jörn wohnte noch zu Hause, obwohl er 32 Jahre alt war und recht ordentlich verdiente. Er habe für einen Pilotenschein gespart, erzählten die Eltern. Sie schöpften keinen Verdacht. Jedenfalls war er an dem Abend, an dem er wahrscheinlich auf Charlotte Eriksson geschossen hatte, mit seinem alten, weißen Volvo Kombi unterwegs. Der Auspuff hatte ein Loch. Zwei Zeugen haben das bestätigt, zum einen das Opfer selbst bei einem Verhör auf der Intensivstation, das ich zusammen mit Claesson durchführte«, dieser nickte zustimmend, »zum anderen die Frau, die später auf dem Friedhof beinahe ihr Kind zur Welt gebracht hatte, Josefine Langbacke.«

Es wurde still.

»Diese Geschichte wird langsam unübersichtlich«, meinte Janne Lundin und wandte sich an Claesson. »Ich weiß, dass es jetzt nicht darum geht, aber hat sie ihr Kind inzwischen zurückbekommen? Ich meine, die Mutter?«

»Keine Ahnung«, erwiderte Claesson kurz.

»Nein, hat sie nicht«, warf Louise ein. »Es ist noch nicht eindeutig erwiesen, dass sie die Mutter ist.«

»Jörn Johansson ist jedenfalls tot«, fuhr Claesson mit lauter Stimme fort. »Wir werden vielleicht nie erfahren, ob ihn Geld dazu bewog, die alte Pistole seines Vaters abzustauben. Wir können nur Vermutungen anstellen.«

»Sein altes Auto haben wir bei Schrott-Pelle in Bockara gefunden«, fuhr Erika fort. »Glücklicherweise hatte er es noch nicht zerlegt. Pelle rechnet sogar damit, es nach ein paar kleineren Reparaturen wieder verkaufen zu können. Es ist nicht sehr schlüssig, dass Johansson die Waffe nach der Tat nicht wieder zu Hause an ihren Platz gelegt, sondern in seinem neuen Wagen verwahrt hat. Aber vielleicht wollte er sie wirklich in einem See versenken oder ein weiteres Mal verwenden. Vielleicht hatte er es auch auf die Mitfahrerin abgesehen, von der wir immer noch nicht wissen, ob sie bei ihm war, als er starb … ja, weiter werden wir jetzt wohl nicht kommen.«

»Harald Eriksson wollte seine Frau loswerden«, meinte Louise. »Das ist ziemlich offensichtlich. Sie wollte sich mit ihrem neuen Freund Thomas Dunåker zusammentun. Sicher wünschte sie sich außerdem Kinder, das sagen ihre Freundinnen, obwohl sie betonen, dass Charlotte nur äußerst selten von ihrer Kinderlosigkeit sprach. Aber das tun sicher nicht viele Frauen in ihrer Situation. Sich darüber beklagen, dass sie keine Kinder haben, meine ich. Dunåker ist übrigens nett und noch dazu gut aussehend.«

»Ein Hengst also«, meinte Janne Lundin.

»Sie hat ihn geliebt, soweit ich weiß. Aber das mit der Scheidung war heikel. Eine Scheidung hätte bedeutet, dass Harald die Firma verloren hätte, für die er sich so viele Jahre lang mit seiner ganzen Energie eingesetzt hat. Das war ihnen sicherlich beiden klar, obwohl er es vermieden hat, über das Testament mit uns zu sprechen.«

»Harald Eriksson wird Jörn Johansson im Pflegeheim Gullregnet begegnet sein, in dem seine kranke Mutter betreut wird. Jeden Tag nach der Arbeit fährt Eriksson dorthin«, sagte Claesson. »Harald Eriksson dachte wohl, dass er mit Johansson ein leichtes Spiel haben würde. Auftragsmörder sind ja nicht sonderlich leicht zu finden, wenn man sich nicht in den entsprechenden Kreisen bewegt und es sich um sehr viel Geld dreht. In diesem Fall waren es ja nur 20 000 Kronen. So viel hat der BMW laut Auskunft des Autohändlers gekostet. Johansson könnte natürlich auch mehr erhalten haben, wir haben bei ihm jedoch kein Geld gefunden.«

»Oder die Eltern haben das Geld gefunden und versteckt«, meinte Erika. »Sie sahen zwar nicht aus, als würden sie so etwas tun, aber man kann nie wissen, wie sich sogenannte ehrliche Leute in Ausnahmesituationen verhalten.«

»Jörn muss ein schlechter Schütze gewesen sein«, meinte Peter Berg. »Er hat sicher auf vielen Elchjagden danebengeschossen. Es ist allerdings auch nicht leicht, einen tödlichen Schuss abzufeuern, da muss man schon sehr nahe herangehen. Außerdem war es dunkel …«

»Benny, hattest du noch was?«, fragte Claesson.

»Ja. Wir sind auf etliche Übereinstimmungen gestoßen, sowohl hinsichtlich der DNA als auch, was die Fingerabdrücke betrifft. Wir haben Fingerabdrücke auf dem Lenkrad von Johanssons BMW sichergestellt sowie einige Haare. Auf dem Trösterzettel fanden sich ebenfalls Fingerabdrücke. Wir haben ja von allen Angestellten der Chirurgie nach Charlotte Erikssons Tod die DNA ermittelt. Außerdem haben wir von allen, die nachweislich in ihrem Zimmer gewesen sind, die Fingerabdrücke abgenommen. Es zeigt sich, dass die junge Frau, die Charlotte Eriksson tot aufgefunden hat, auch im schwarzen BMW von Jörn Johansson mitgefahren ist, ganz gemäß der Aussage des Zeugen aus der Fabriksgatan, obwohl seine Personenbeschreibung etwas vage war. Wir haben ihm ein Passfoto vorgelegt, auf dem er sie nicht wiedererkannte. Wahrscheinlich ist es ihr nicht sehr ähnlich.«

Es wurde vollkommen still.

»Dabei sieht sie so gut aus«, meinte Peter Berg enttäuscht.

»Auch gut aussehende Frauen begehen Verbrechen«, meinte Erika Ljung. »Aber wir können nicht beweisen, dass sie an jenem Abend, an dem Johansson starb, in seinem Auto saß«, fuhr sie fort. »Es gibt auch Zeugen, die die beiden bei anderen Gelegenheiten zusammen gesehen haben.«

Louise nickte.

»Ja. Ich habe sie Anfang Oktober auf einer Bank auf der Flanaden gesehen. Da schien ihr seine Gesellschaft eher lästig zu sein.«

»Wir müssen sie wohl selbst fragen«, meinte Claesson.

»Sollen wir sie holen?«, fragte Peter Berg.

»Ja. Und zwar sofort. Nimm Erika mit.«

Sara-Ida Ström sagte kein Wort, als man sie im Krankenhaus abholte. Kurz nach vier Uhr saßen Louise Jasinski und Peter Berg vor ihr. Sie wich in keinem Punkt von ihrer ersten Aussage ab. Sie erzählte ein weiteres Mal, wie sie in das Zimmer von Charlotte Eriksson gekommen war. Die Patientin sei in Schweiß gebadet und tot gewesen. Mit todernster Miene beschrieb sie dann, wie schockiert sie gewesen sei.

»Sie wissen also nicht, wie es zu dem hohen Insulinspiegel in ihrem Blut gekommen sein könnte?«

»Natürlich nicht! Ich bin nur Pflegehelferin. Ich habe nichts mit den Medikamenten zu tun.«

»Aber im Gullregnet hatten Sie doch die Aufgabe, Insulin zu spritzen, nicht wahr?«

Sara-Ida schaute auf ihre Hände.

»Oder?«

»Ja.«

»Sie wissen, dass Charlotte Eriksson an einer Überdosis Insulin gestorben ist?«

Ihre Gesichtszüge entgleisten. Jetzt haben wir sie gleich so weit, dachte Louise.

»Aber ich war es nicht.«
Pause.
»Wer dann?«
»Ich weiß es nicht.«
»Wir wissen, dass Sie Jörn Johansson kannten. Wir wissen, dass Sie in seinem Auto mitgefahren sind. Können Sie uns davon erzählen?«
»Was? Er hat mich halt mal mitgenommen, als so wahnsinnig schlechtes Wetter war.«
»Haben Sie bei dieser Gelegenheit das hier verloren?« Louise legte den von einem Block abgerissenen Zettel auf den Tisch.
Die junge Frau starrte ihn an.
»Woher soll ich das wissen?«
Sie war leichenblass.
»Sie wissen es also nicht?«
»Nein. Ich könnte ihn ja auch schon früher in seinem Auto verloren haben.«
»Früher als was?«
»Als er … als er überfahren wurde.«

21

Sara-Ida Ström wurde ein weiteres Mal zum Verhör abgeholt. Jetzt erwartete sie ein Kommissar.

»Ich heiße Claes Claesson«, sagte er.

Dann sprach er das Datum, Mittwoch, den 23. Januar, auf Band und wer sich außer ihm noch im Zimmer befand,

»Sie wissen, dass wir über versierte technische Möglichkeiten verfügen, Dinge zu untersuchen?«, fragte er dann.

Er starrte sie an. Das tat seine Kollegin, die neben ihm saß, auch.

»Wenn ich Ihnen das hier zeige, was sagen Sie dann?«, sagte er und zog eine durchsichtige Plastiktüte hervor.

Sie starrte auf die zwei kleinen Ampullen in der Tüte und errötete heftig.

»Wissen Sie, was diese Ampullen enthielten?«

»Nein.«

»Aber es steht drauf. Sie können die Tüte gerne in die Hand nehmen, es ist nämlich recht klein geschrieben.«

Sie befolgte seine Aufforderung.

»Insulin«, sagte sie dann und legte die Tüte wieder hin.

»Was wissen Sie über Insulin?«

Sie zuckte mit den Achseln.

»Wissen Sie, was für eine Art Insulin das hier ist?«

»Schnellwirkendes.«

»Insulin, das sich Diabetiker bei Mahlzeiten selbst spritzen können.«

Sie nickte.

»Ich merke, dass Sie sich auskennen«, meinte Claesson freundlich. »Wenn ich mir das mal näher anschaue«, fuhr er fort und griff zu seiner Lesebrille, »dann sehe ich, dass jede Ampulle 600 Einheiten enthält. Wissen Sie, ob das viel ist?«

»Natürlich ist das viel«, erwiderte sie.

»Man kann also nicht die ganze Ampulle auf einmal nehmen?«

»Nein, wirklich nicht. Das kann schlimm enden!«

»Und noch schlimmer wäre vermutlich, wenn man beide auf einmal spritzen würde«, meinte er und legte die Tüte langsam auf den Tisch zurück.

»Ja, da würde man ganz sicher ...«

Es gelang ihr gerade noch innezuhalten. Claesson und Louise rührten sich nicht.

»Ganz sicher was?«, fragte Claesson vorsichtig.

»Aber ich war es nicht«, sagte sie leise, den Blick auf die Tischplatte gerichtet.

Dann holte sie tief Luft, erblasste und schien einer Ohnmacht nahe, aber sie blieb regungslos sitzen.

Claesson fuhr gnadenlos fort. Er holte eine weitere Tüte unter dem Tisch hervor, eine große braune Papiertüte.

»Wissen Sie, was hier drin ist?«

Sie starrte ihn wie verhext an. Seine rechte Hand glitt in die Tüte und zog etwas hervor.

Er faltete ein Kleidungsstück auseinander. Hellblau-weiß gestreift.

Sara-Ida fixierte den Kittel. Dann rang sie nach Luft, atmete immer schneller, bis sie so stark hyperventilierte, dass sie zusammenbrach.

Am nächsten Tag wurden die Vernehmungen fortgesetzt. Man hatte gerade eine kürzere Pause eingelegt.

»Sie bestreitet alles, aber ihre Fingerabdrücke sind auf den Ampullen«, meinte Claesson.

Claesson und Louise standen mit einer Tasse in der Hand im Kaffeezimmer.

»Wie läuft's denn so?«, wollte Peter Berg wissen, der eben mit Janne Lundin zu ihnen gestoßen war.

»Tja«, meinte Claesson. »Es wird schon.«

»Sie brauchte Geld, genau wie Jörn. Dumme, geldgierige, kleine Idioten«, stöhnte Louise. »Natürlich wusste Harald Eriksson, wie man sie ausnutzt.«

»Benny hat das Fragment eines Fingerabdrucks von Harald Eriksson auf einer Ampulle gefunden«, sagte Claesson. »Dort finden sich also nicht nur die Fingerabdrücke Sara-Ida Ströms. Es wird aber dauern, ihn zu einem Geständnis zu bewegen.«

»Mal sehen, ob Sara-Ida gesteht, Jörn Johansson überfahren zu haben«, meinte Louise.

»Hat sie das denn?«, fragte Claesson.

»Ja. Aber wir können es nicht beweisen. Wir wissen, dass sie bei ihm mitgefahren ist. Aber es gibt auch mehrere Zeugen, die sie bei anderen Gelegenheiten zusammen gesehen haben, zum Beispiel in der Eingangshalle des Krankenhauses. Die Spuren könnte sie also schon früher in dem BMW zurückgelassen haben. Es ist wirklich Pech, dass es in dieser Nacht so stark geschneit hat. Ich meine, für uns. Es gab bei dem Fahrzeug keine verwertbaren Spuren. Es gab auch keine Zeugen, die sie in der Nähe gesehen oder vielleicht sogar mitgenommen hätten.«

»Vielleicht ist sie zu Fuß gegangen«, meinte Lundin.

»Das muss die halbe Nacht gedauert haben«, sagte Peter Berg.

»Schon möglich«, sagte Louise. »Aber sie war am nächsten Morgen an ihrem Arbeitsplatz, sie sah zwar recht erschöpft aus, aber das braucht ja nichts zu bedeuten. Sie behauptet, zu Hause gewesen zu sein und geschlafen zu haben. Aber ihr Exfreund, dieser Arzt, der den Kittel abgegeben hat, sagte, sie hätte zu ihm nach Hause kommen wollen, sei aber nie erschienen. Da steht Aussage gegen Aussage.«

Claesson und Louise stellten ihre Tassen in die Spülmaschine und gingen, um das Verhör von Sara-Ida Ström fortzusetzen.

»Wenn ich Sie richtig verstanden habe, war Harald Eriksson an dem Montag, an dem seine Frau starb, auf der Station«, begann Claesson.

Sie nickte. Claesson räusperte sich.

»Ich habe mir von der Krankenschwester Sophie Sköld sagen lassen, dass sie den Ehemann, also Harald Eriksson, anrief und ihm erzählte, seine Frau sei wohlauf und man habe sie auf die chirurgische Station verlegt. Dann teilte ihm Sophie Sköld noch mit, in welchem Zimmer seine Frau lag, damit er sie bei seinem nächsten Besuch sofort finden konnte.«

Sara-Ida sah ihn mit großen Augen an.

»Harald Eriksson musste mit Ihnen sprechen. Sie kannten sich ja bereits«, fuhr Claesson fort und faltete seine Hände auf dem Tisch.

Sie holte tief Luft, schwieg aber.

»Er rief Sie auf Ihrem Handy an. Das stimmt doch?«

»Nein. Wir haben auf der Station keine Mobiltelefone. Er …«

»Er hat Sie in einer SMS aufgefordert, ihn anzurufen?«

Sie schwieg.

»Das können wir auch so in Erfahrung bringen. Wir können uns die Listen kommen lassen, aus denen hervorgeht, wer von einem Handy aus angerufen worden ist.«

Sie schwieg weiterhin.

»Aber es wäre mir lieber, wenn Sie von sich aus reden. Dann muss ich nicht erst Mutmaßungen anstellen«, meinte Claesson freundlich.

»Er kam, ohne dass ihn jemand gesehen hätte. Das Einzelzimmer liegt gleich neben dem Eingang der Station«, sagte Sara-Ida schließlich.

»Darauf hatten Sie sich also geeinigt?«

Sie nickte.

»Mir war das gar nicht recht. Mir hat die Arbeit auf der Station Spaß gemacht … Harriet war so nett zu mir, aber ich war vollkommen erschöpft, es war mein erster Tag, und alles war neu. Ich wollte gewissermaßen neu anfangen und alles hinter mir lassen. Ich wollte mit ihm nichts mehr zu tun haben. Aber dann …«

Sie starrte an die Wand. Claesson wartete ab.

»Hat er Sie erpresst?«, fragte er schließlich.

»Ja. Er hatte mir ja bereits Geld für diese Model-Ausbildung gegeben, aber damals hatte er noch behauptet, er gebe mir das Geld aus Liebe. Jetzt forderte er dafür eine Gegenleistung. So drückte er sich aus. Sonst würde er meinen Eltern und allen alles erzählen. Da war ich gezwungen, zu tun … zu tun, worum er mich bat. Ich hätte ihm das Geld zurückgeben können, aber ich hatte bereits einen Teil ausgegeben. Für Kleidung. Es sei nicht weiter gefährlich, sagte er. Niemand würde mich verdächtigen.«

»Hatten Sie ein Verhältnis mit ihm?«

»Er war ab und zu bei mir zu Hause und wir …«

» … hatten Sex«, ergänzte Claesson.

»Aber er sagte, dass er mich liebt und mit mir zusammenleben wollte, aber daran glaubte ich wohl nicht so recht … und davon, dass er verheiratet war, sagte er auch nichts, als wir uns kennenlernten … das erfuhr ich erst später. Anfangs war er ziemlich verschwiegen, aber das war mir egal, weil ich ihn hübsch fand. Er hatte Geld und konnte mir Geschenke machen. Er nannte sich Hans …«

»Haben Sie noch etwas behalten, was er Ihnen geschenkt hat?«

»Nein. Den Ring habe ich nicht mehr.«

»Welchen Ring?«

»Einen echt goldenen mit einem Diamanten.«

»Er hat Ihnen also einen Diamantring geschenkt?«

»Ja. Zu meinem Geburtstag. Aber ich habe ihn an eine Freundin verkauft. Sie bekam ihn wirklich billig.«

Claesson und Louise sahen sich an.

»Glauben Sie, dass Ihre Freundin diesen Ring noch hat?«

Sara-Ida zuckte mit den Achseln.

»Weiß nicht. Kann schon sein.«

Claesson schlug die Beine übereinander.

»Sie waren also gleichzeitig mit Harald bei Charlotte im Zimmer?«

»Ja.«

»Wie hat Charlotte reagiert?«

»Ich glaube, dass sie Angst hatte.«

»Wovor?«

»Vor Harald natürlich. Mich kannte sie schließlich nicht. Wir waren die ganze Zeit sehr vorsichtig. Er sagte immer, es sei wahnsinnig wichtig, dass niemand von unserem Verhältnis erfährt.«

Claesson nickte.

»Wer von Ihnen hat das Insulin mit der Spritze aufgezogen?«

»Ich habe das gemacht. Er hielt sie fest, aber das war nicht schwer, denn sie war noch ziemlich geschwächt.«

»Okay. Aber wer hat Charlotte die Spritze gegeben?«

»Ich nicht, das sage ich doch die ganze Zeit!«

»Wusste Harald, wie das geht?«

»Ja. Er hatte schließlich seiner Mutter unzählige Male mit dem Insulin geholfen, solange sie noch zu Hause wohnte. Wenn die Hauspflege nicht rechtzeitig kam. Sie hatte die notwendigen Utensilien.«

»Können Sie uns sein Vorgehen Schritt für Schritt erzählen?«

»Er hat ihr das Insulin in den Venenkatheter im Arm gespritzt, an dem man die Infusion anschließen kann. Sie hatten ihn noch nicht entfernt, obwohl er zu jenem Zeitpunkt nicht verwendet wurde. Er hielt sie an dem anderen Arm fest und forderte mich auf, ihr die Spritze zu geben, aber mir brach der kalte Schweiß aus, und ich weigerte mich hartnäckig. Da riss er mir die Spritze aus der Hand und spritzte ihr alles auf einmal.«

Sie demonstrierte die Handbewegungen.

»Und dann?«

»Dann verließen wir das Zimmer.«

»Geht das auch genauer?«

»Erst schlich er sich hinaus. Bis zum Treppenhaus waren es schließlich nur ein paar Schritte. Dann rannte ich auf den Gang.«

»Sie rannten?«

»Ja«, sagte sie mit gesenktem Blick und biss sich auf ihre Oberlippe. »Es sollte schließlich so aussehen, als wäre ich vollkommen schockiert, weil ich sie tot aufgefunden habe. Und ... außerdem war es in der Tat entsetzlich. Ich habe es sofort bereut. Was habe ich nur getan? Was habe ich nur getan?, dachte ich.«

Claesson lehnte sich im Stuhl zurück.

»Dann machen wir jetzt eine Pause«, sagte er und erhob sich.

»Ganz schön dumm und naiv«, stöhnte Claesson draußen auf dem Gang. »Die ist wohl nicht ganz dicht. Wahrscheinlich ein Fall für den Psychiater.«

»Und erst neunzehn«, meinte Louise.

»Und ungewöhnlich kaltblütig«, fuhr er fort und seufzte. »Jetzt knöpfen wir uns Harald vor.«

»Der ist glatter.«

»Yes«, pflichtete ihr Claesson bei und schaute auf die Uhr. »Ich muss nach Hause. Bis morgen.«

22

Wäre er noch Raucher gewesen, hätte Claesson vermutlich jetzt im Raucherzimmer gesessen und eine Zigarette nach der anderen gepafft.

Aber diese Zeiten waren vorbei. Überdies herrschte mittlerweile im gesamten Präsidium Rauchverbot.

Er hatte mit wenig Erfolg Harald Eriksson durch die Mangel gedreht. Er habe weder mit Sara-Ida noch mit dem Tod seiner Frau etwas zu tun, behauptete er. Claesson war auch noch etwas angeschlagen nach dem Verhör mit Sara-Ida am Vortag.

Aber jetzt lag sein Trumpf auf dem Schreibtisch. Er holte die Tüte, und Louise betrat mit ihm das Zimmer, in dem das Verhör stattfinden sollte. Der Rechtsanwalt nickte, als sie eintraten.

»Sie behaupten, Sara-Ida Ström nicht zu kennen. Habe ich das richtig verstanden?«, fragte Claesson.

»Ja.«

»Sie haben sie noch nie gesehen?«

»Wie bereits gesagt, war ich ihr im Pflegeheim Gullregnet, in dem meine Mutter wohnt, begegnet. Aber ich bin mit ihr nicht näher bekannt.«

»Kommt es vor, dass Sie Geschenke für Personen kaufen, mit denen Sie nicht näher bekannt sind?«

»Nein. Wieso?«

Eriksson wurde nervös.

Claesson legte den Ring auf den Tisch.

»Was ist das?«

»Haben Sie diesen Ring schon einmal gesehen?«

»Nein.«

»Bestimmt nicht? Sie dürfen ihn gerne in die Hand nehmen und genauer anschauen.«

Eriksson verzichtete darauf.

»Sie wollen ihn nicht genauer anschauen?«

»Nein. Nicht nötig. Ich habe ihn noch nie gesehen.«

»Sie haben ihn aber selbst gekauft.«

»Diese Behauptung ist lächerlich!«

Eriksson suchte Beistand vom Anwalt.

»Vielleicht. Es ist aber trotzdem wahr«, sagte Claesson. »Er wurde am 29. September bei einem Juwelier hier in der Stadt gekauft. Sie haben ihn mit Karte bezahlt.«

Der Mann erblasste.

»Jetzt erinnere ich mich. Ich habe ihn für meine Frau gekauft.«

»Eben noch haben Sie behauptet, den Ring noch nie gesehen zu haben.«

»Man kann sich auch mal irren.«

Schweiß trat ihm auf die Stirn.

»Sie haben diesen Ring also für Ihre Frau gekauft. Wann hat sie ihn bekommen?«

»Daran erinnere ich mich nicht. Schließlich ist das schon ein halbes Jahr her.«

»Hier ist eine Kopie des Kassenbons. Der Verkäufer konnte sich jedenfalls noch an Sie erinnern. Das ist der Nachteil, wenn einen jeder in der Stadt kennt«, meinte Claesson und erntete einen sauren Blick des Anwalts. »Ihre Ehefrau hat diesen Ring jedoch nie getragen. Sie haben ihn Sara-Ida Ström geschenkt, mit der Sie eine Affäre hatten. Ihre Nachbarn können bezeugen, dass sie Sie vor ihrem Haus gesehen haben. Sara-Ida hat diesen Ring dann für 250 Kronen an eine Freundin weiterveräußert.«

Eriksson blieb der Mund offen stehen. Claesson hatte den Eindruck, als entsetze es ihn, dass das undankbare Ding ihn so weit unter Wert veräußert hatte.

»Sie kennen Sara-Ida Ström. Sie war Ihre Geliebte. Sie haben Ihrer Frau zusammen eine tödliche Dosis Insulin verabreicht. Sie wussten, dass Ihre Frau Sie verlassen würde, weil sie einen Mann kennengelernt hatte. Sie wussten auch genau, was im Testament stand. Sie haben Sara-Ida benutzt, da es Jörn Johansson nicht gelungen war, Ihre Frau zu erschießen. Ich will, dass Sie mir selbst erzählen, wie sich das zugetragen hat.«

»Was soll ich Ihnen erzählen?«

»Wie Sie ihr die tödliche Injektion verabreicht haben.«

»Keine Ahnung! Das sage ich doch die ganze Zeit!«

Claesson ärgerte sich, dass ihnen die Spritze nicht vorlag. Sie hatten nur die Ampullen mit Sara-Ida Ströms Fingerabdrücken und immerhin auch einen halben von Harald Eriksson. Er würde sicherlich weiterhin behaupten, dass dieser Fingerabdruck entstanden war, als er in der Wohnung seiner Mutter Medikamente sortiert hatte. Denkbar war auch, dass sich auf der Spritze überhaupt keine Fingerabdrücke befanden. Schließlich war er vermutlich klug genug gewesen, Handschuhe zu tragen.

Mit einem Mal sah Claesson ein, dass sie vermutlich nie erfahren würden, wer die tödliche Spritze gegeben hatte. Aussage würde gegen Aussage stehen.

Die einzige glaubwürdige Zeugin, Charlotte Eriksson, lebte nicht mehr. Welch schreckliche letzte Minuten sie verbracht haben musste! Entweder Harald oder Sara-Ida hatten vermutlich auch die Klingel vom Bett genommen, während sie dagelegen und mit dem Tod gerungen hatte. Beide stritten jedoch ab, die Klingel auch nur berührt zu haben. Sara-Ida bestritt auch, sie wieder auf ihr Bett gelegt zu haben, als Charlotte Eriksson schließlich tot gewesen war.

Claesson warf einen raschen Blick auf die Schlagzeile: »Das Geständnis der Krankenschwester«.

Die Ärmste, dachte er und schob seinen Einkaufswagen vor die Fleischtheke. Die Zeitungen hatten ein treffendes Foto von ihr aufgetrieben. Als »wunderschöne Mörderin« wurde sie bezeichnet. Auch von »Giftmörderin« war in einer Zeitung die Rede gewesen. Sie war berühmt geworden, nicht nur in Oskarshamn, sondern auch in ganz Schweden, aber sicher nicht auf die Art, wie sie sich das einst erträumt hatte.

Man muss nett zu seinen Angehörigen sein, dachte er, als er vor den Würsten, Schinken, Pasteten und Fleischstücken unterschiedlichster Art stand.

Er griff sich eine Gourmetzeitung aus einem Gestell neben der Theke und blätterte, während er darauf wartete, an die Reihe zu kommen. Er suchte nach etwas Besonderem und stieß auf eine Burgunderpfanne. Bestimmt lecker, kräftig im Geschmack und nahrhaft.

Er bat um Rindergulasch und ein Stück Speck. Dann holte er Champignons, Frühlingszwiebeln und Rinderbouillon, falls es zu Hause keine mehr gab. Möhren hatten sie noch, da war er sich sicher, und einen kräftigen Rotwein für ihn selbst. Veronika trank Wasser.

Nachdem er bezahlt hatte, setzte er seinen Fahrradhelm wieder auf und trat in die Pedale.

Vor dem Haus stieß er auf Gruntzén. Sein Nachbar hielt seine beiden Söhne an der Hand. Ungewöhnlich, dachte Claesson, da er die Kinder sonst immer nur zusammen mit der zierlichen und ständig lächelnden Mutter sah, die aus Thailand stammte oder von den Philippinen. Eigentlich hätte er schon längst einmal fragen sollen, wo sie genau herstammte. Aber zwei süße Kinder hatten sie. Nun erfuhr er, dass die Frau im Krankenhaus lag, und blockte sofort innerlich ab. Er wollte nichts wissen, nicht noch mehr Elend, jetzt wo sich allmählich seine Laune besserte.

Die vielen Verhöre der letzten Zeit hatten in ihm eine große Müdigkeit ausgelöst. Allzu lange hatte er sich in Räumen aufgehalten, in denen dunkle Gefühle vibriert hatten, die er nicht vollkommen hatte abwehren können.

Jetzt befand er sich auf bestem Wege in eine andere Phase. Er hatte noch recht viel Schreibtischarbeit zu bewältigen, aber das war etwas ganz anderes. So allmählich würde er das, was als vorsätzlicher Mord an Charlotte Eriksson rubriziert worden war, hinter sich lassen und als sorgender Ehemann und Papa wiederauferstehen.

»Aber das mit meiner Frau ist nicht so schlimm«, meinte Gruntzén. »Eine Kontrolluntersuchung, weil sie Hepatitis hatte.«

Gelbsucht.

Claesson bekam einen Schock, als er daran dachte, wie oft Klara mit den Nachbarssöhnen gespielt hatte.

»Sie hatte es schon als Kind. In Thailand ist das sehr verbreitet. Nur ein paar Blutproben. Man kann sich nicht anstecken«, sagte der Nachbar, dem Claessons Reaktion aufgefallen war.

Claesson atmete auf und wollte weitergehen, da räusperte sich Gruntzén.

»Übrigens! Hatten Sie nicht mit diesem Mordfall zu tun? Sie wissen schon, diese hübsche Krankenschwester ...« Er sah Claesson an.

Claesson antwortete nicht.

»Und dann noch dieser Eriksson von der Firma Drott, merkwürdig ... Er hatte doch Erfolg. Hätte er nicht etwas gelassener sein können?«

Claesson schwieg immer noch. Er verspürte keinerlei Bedürfnis, sein Herz auszuschütten oder sich wichtig zu machen, indem er sein Wissen demonstrierte. Jedenfalls nicht seinem Nachbarn gegenüber.

»Mit dem Mädchen kann nicht alles in Ordnung sein«, meinte Gruntzén schließlich kopfschüttelnd.

Vermutlich nicht, dachte Claesson, der bereits auf dem Weg in seinen Garten war.

»Schönen Abend noch«, rief er und öffnete die Haustur.

Klara lief ihm sofort in die Arme. Veronika begrüßte ihn vom Sofa, sie ruhte sich aus. Eine CD mit Kinderliedern lief.

Sie hat viele innere Defizite, die Schöne, dachte Claes, ging in die Küche und begann zu kochen. Defizite, die jetzt Tag und

Nacht von Reue und Kummer ausgefüllt wurden. Sie habe ihre große Liebe verloren, hatte sie einmal gesagt, als sie gerade nicht geweint hatte.

»Es gibt auch noch andere Männer«, hatte er zu ihr gesagt, als sie einen Augenblick lang allein gewesen waren. Sie hatte ihn nur mit leerem Blick angestarrt. »Ich meine andere Männer, in die man sich verlieben kann, dann, nach dem Gefängnis. Sie haben eine Zukunft«, hatte er gesagt und versucht, ihr in die Augen zu sehen.

Aber sie war wahrscheinlich noch zu jung, um ihm zu glauben. Sie hasste Harald Eriksson, hatte sie gesagt. Dazu hatte sie jeden Grund, aber das hatte er ihr nicht gesagt. Er hatte ihr nur zugehört.

Klara nahm einen Küchenstuhl und stellte ihn an den Arbeitstisch. Claes schob ihn zurecht, half ihr hoch und band ihr eine Schürze um. Sie schaute gerne beim Kochen zu.

»Ich will auch ein Messer«, sagte sie.

Er gab ihr ein Messer und ein Brett sowie eine recht kleine Möhre. Ihr Messer war ziemlich stumpf, aber es gelang ihr trotzdem, ihre Möhre zu zerteilen.

»Ich möchte auch rühren«, sagte sie dann und streckte die Hand nach dem Holzlöffel in dem Topf aus, in dem er das Gulasch anbräunte.

Seine Tochter konnte wirklich so allerhand. Er küsste sie auf den Scheitel und genoss es, neben ihr zu stehen und zu kochen. Er war vollkommen versunken und schwelgte in dem Augenblick.

Sie setzten sich.

»Ich glaube, ich kann mich jetzt von der Rolle der mordenden Ärztin verabschieden«, meinte Veronika und lächelte.

»Darauf stoßen wir an«, erwiderte Claes.

Sie hoben alle drei ihre Gläser.

Epilog

Es war ein unglaublich schöner Frühlingstag in der ersten Maiwoche. Veronika saß rund auf einer grünen Bank auf der Flanaden in der Fußgängerzone von Oskarshamn. Sie aß ein Eis. In einer Woche würde ihr Kind in Kalmar mit einem Kaiserschnitt entbunden werden.

Claes und Klara waren im Schuhgeschäft, um Sandalen zu kaufen.

Veronika versteckte sich hinter ihrer Sonnenbrille und schaute sich ungeniert um. Die Verfolgungen der Presse schienen ihr in der herrlichen Frühlingssonne unendlich weit zurückzuliegen. Die ganze Welt gehörte wieder ihr.

Plötzlich entdeckte sie Daniel Skotte leger gekleidet in Jeans und einem ungebügelten, kurzärmeligen Hemd.

Auch er erblickte sie und kam auf sie zu.

»Wie geht's?«, fragte er.

»Gut. Und dir?«, erwiderte sie und fuhr fort, an ihrem Eis zu lecken.

»Doch, besser.« Er lächelte. »Aber von den Frauen lasse ich eine Weile die Finger, glaube ich.«

»Das finde ich unnötig! Aber du kannst sie ja erst zu mir schicken, dann kann ich ein erstes Urteil abgeben. Ich meine, falls du dir deines eigenen Urteils nicht sicher sein solltest«, scherzte sie und warf ihren Eisstiel in den Mülleimer neben der Bank.

»Ich werde das im Kopf behalten«, erwiderte er. »Jedenfalls geht es aufwärts.«

»Es wird schon alles wieder. Wart's nur ab.«

»Klar! Wir sehen uns, wenn du wieder anfängst!«

Er ging weiter, und Klara kam mit einer Plastiktüte in der Hand angerannt.

»Mama, Mama«, rief sie. »Schau mal, meine neuen Sandalen.«

Alle Umstehenden lächelten. Veronika nahm ihre Tochter in die Arme und schaute dann in die Tüte.

»Oh, das sind aber schöne Sandalen«, meinte sie.

»Hm«, erwiderte Klara. »Kriegt das Baby auch welche?«

»Ein andermal«, antwortete sie, während sich Claes neben sie setzte.

»Was hältst du von Nora?«

»Können wir nicht abwarten, bis wir wissen, ob es ein Mädchen oder ein Junge wird?«

»Natürlich.«

Da setzten die Wehen ein.

Dank

Kriminaltechniker Lars Henriksson und Gerichtsmediziner Peter Krantz haben wie immer meine Fragen über die Welt des Verbrechens beantwortet. Ich kann euch nicht genug danken!

Thomas Gren hat zum 150. Jubiläum der Stadt Oskarshamn ein ausgezeichnetes Buch geschrieben, »Oskarshamn – vid Smålandskusten« (2006), und mir geschenkt. Die Lektüre war eine große Bereicherung für mich. Der Oberarzt in der Chirurgie in Oskarshamn, Kaj Sundqvist, hat mich buchstäblich bei der Operation der Schussverletzung an die Hand genommen. Inger Klevbom, die ich aus meiner Zeit am Krankenhaus in Oskarshamn kenne, hat mir freundlicherweise mit Details über das Krankenhaus und über die Stadt ausgeholfen. Ich möchte außerdem allen Mitarbeitern des Fremdenverkehrsamtes Oskarshamn danken, an die ich mich unzählige Male gewandt habe. Trotzdem können sich Fehler eingeschlichen haben, die jedem Oskarshamner sofort auffallen müssen. Für diese bitte ich um Verzeihung! Ich habe mein Bestes versucht.

Synnöve Ödegård hat mich in meinen Fragen über die Sicherheit und Verantwortlichkeit in der Krankenpflege beraten. Das von ihr herausgegebene Buch »I rättvisans namn« (Im Namen der Gerechtigkeit, Liber 2007) war mir eine große Hilfe. Sven Lindberg danke ich für die sachkundige Lektüre des Manuskripts. Rechtsanwalt Conny Lindhe hat mich in juristischen Fragen beraten. Der Endokrinologe Per Katzman hat mich über die verschiedenen Dosierungen und Typen von Insulin aufgeklärt und über ihre Gegenanzeigen.

Meine Verlegerin Lotta Aquilonius und meine Lektorin Katarina Ehnmark Lundquist und ich wissen inzwischen, wie wir am besten zusammenarbeiten. Ich muss euch beide loben, nicht nur, weil ihr so viel entdeckt und den Text zum Glänzen bringt, sondern auch weil ihr mir immer wieder Mut macht.